春夏秋冬代行者

春之舞

上

しゅんかしゅうとう だいこうしゃ

[日] 暁佳奈 著

刘晨 译

第一章 春之代行者 花叶雏菊 005
第二章 冬之代行者 寒椿狼星 073
第三章 夏之代行者 叶樱琉璃 125
第四章 秋之代行者 祝月抚子 221
第五章 狼星与雏菊 239
后记 292

登场人物介绍

者护卫官

美龙胆

代行者的侍从，自以为看得
做到只把护卫官当成工作，可
的他并非如此。他对抚子的保
溺爱，只是他并不自知。

夏之代行者护卫官

叶樱菖蒲

琉璃的姐姐和侍从，正计划借结婚的机会告别护卫官的职务。她从小过着迁就琉璃的生活，不过内心其实希望琉璃幸福。

夏之代行者

叶樱琉璃

夏之代行者，拥有“生命使役”的能力。她性格开朗，在姐姐面前总是使小性子。正反对菖蒲辞去护卫官一事。

春夏秋冬代行者

春之舞

上

[日] 晓佳奈 著
刘晨 译

新星出版社 NEW STAR PRESS

原作名：春夏秋冬代行者 春の舞 上；作者：暁 佳奈；绘者：スオウ
SHUNKASHUTO DAIKOSHA HARU NO MAI JO

Edited by 电击文库
First published in Japan in 2021 by KADOKAWA CORPORATION, Tokyo.
Simplified Chinese translation rights arranged with KADOKAWA CORPORATION, Tokyo.

著作版权合同登记号：01-2023-4716

图书在版编目（CIP）数据

春之舞. 上 / (日) 晓佳奈著 ; 刘晨译. -- 北京 :新星出版社, 2023.11
（春夏秋冬代行者）
ISBN 978-7-5133-5338-0

Ⅰ. ①春… Ⅱ. ①晓… ②刘… Ⅲ. ①长篇小说－日本－现代 Ⅳ. ①I313.45

中国国家版本馆CIP数据核字(2023)第191943号

起初，世上有了冬。

冬是整个世界唯一的季节，它耐不住寂寞，切削自己的生命，制造了另一个季节。

冬把那个季节称为春。春把冬当成老师来敬爱，总是追在冬身后。

冬也不辜负春的敬爱，它教导和指引着春，两个季节相亲相敬，轮流来到世界上。

然而，没过多久，大地便有了怨言。它嫌没有休息的机会。

动物们刚刚孕育爱情，便开始休眠。树木刚刚长满绿叶，便冻结凋零。大地说与其这样，还不如永远只有忍寒受冻的冬天。

它说正因为尝到了春的滋味，冬的到来才更让它难以忍受。

大地说的话让冬万分伤怀，不过它还是满足大地的愿望，进一步切削自己的生命，制造了新的季节。它们就是夏和秋。酷暑的夏天代表冬受到大地嫌弃后发出的叹息。令生命缓缓走向死亡的秋天则可以给大地一段时间，好让它重新接纳冬天。

大地接受了新的变化，于是春夏秋冬四个季节便开始轮流登场。

四季追在彼此身后，环绕整个世界，给各地带来了季节的流转变化。

春追在冬的身后，后面跟着夏和秋。冬回过头去就能看到春，可现在和只有两个季节时不同，它们的蜜月已经结束。

冬爱着春。就像动物们会成双成对一起生活一样，冬爱着春，而春也像命中注定般以爱回报冬。

夏和秋注意到冬春对彼此心怀爱意，给它们提了一个建议：让大地上的居民们代替四季履行职责。

四季把力量分给大地上的居民，让对方花一年时间环绕大地，将其称为四季代行者。

四季首先把任务交给了牛，可惜牛走得太慢，导致一整年只有冬天。

后来，四季又把任务交给了兔子，结果兔子走到一半被狼吃掉了。

鸟出色地完成了任务，没想到第二年就忘了自己的职责。

四季正发愁，不知如何是好，这时人来到它们面前。人提出由他们来做四季代行者。他们希望得到五谷丰登、风调雨顺的大地。

春夏秋冬分别把自己的力量赐给了一部分人，冬再也不缺疼爱春的时间了。

就这样，四季代行者出现在了世界上。

第一章 春之代行者 花叶雏菊

春神是一位少女，她正眺望着窗外的风景。

雪后放晴的蓝色天空和白色大地，映在她那双世所罕见的黄水晶般的眼睛中。

现在是冬季，朝阳柔和的光芒普照整个被人们称为“大和”的国度。

晨光轻柔地把银装素裹的群山抱在怀中。

“呼……”她不禁赞叹了一声。

冬神带来的这个季节不像春天那样多彩，却很美丽。

不过，冬天带给人们的并不仅仅是可见的美。

冬是代表死亡的季节，食物匮乏，日照缩短，寒气伤身。

话虽如此，可如果没有冬天，大地没时间休息，迟早会枯竭。

流转是必然的，只是装点大地居民人生的季节，并不会自然出现。四季是由现代的现人神（**注:人之身，但有神之力的人类**）施展神力呈现出来的。

周而复始的每一天是由伟大的奇迹和牺牲换来的，可惜人们对这一点并没有多么深入的了解，他们麻木地把恩惠当成了日常生活的一部分。

有些人希望明天不会到来。

有些人祈祷明天照常到来。

只不过在神统治的时代与伟大的神缔约了的人们，会平等地把四季带给所有人。

由古至今一直如此。

“马上就要到了，雏菊大人。”

少女雏菊正看着银色的世界出神，目光中好像有憧憬，又像有爱慕。

车窗外只有仿佛失去所有颜色的雪景，人们或许会觉得平平常常并不稀罕。因为这个国度已经在冬天中度过了孤寂难熬的几个月。

对已经习以为常的人们来说，这或许不是什么值得欣赏的风景，她却被眼前的风景迷住了。不知是因为外面的世界对她来说事事新奇，还是因为她喜欢象征着冬季的雪。

她看得太入迷，眼中和心中都只有那雪景，以至于别人搭话，她都没有反应。

“呼……”她又赞叹了一声。

“雏菊大人。”

那人又叫了雏菊一声，语气中带着一丝劝诫。雏菊这才回过神来，看向说话的人。

就在这时，列车突然剧烈摇动，雏菊的身体像毛线球一样弹了起来。

那位侍从模样的姑娘马上伸出纤细的手臂，扶住雏菊的身体。

“您没事吧？”

列车晃得突然，把这位侍从也吓了一跳，像猫眼一样的眼睛睁得更大了。花一样的嘴唇，花一样的眼睑，花一样的脸庞——侍从是一位花一样的美少女。她的一头黑色鬈发用市松纹样（**注：双色相间的方格花纹。据说日本江户时代的著名歌舞伎演员佐野川市松穿过这种图案的衣服，随后在民间开始流行**）的发带扎在脑后，从上至下由漆黑渐渐染成暗粉色，看起来就像夜色下的樱花。

“失礼了。”发现雏菊没有受伤，她便这样回道，松开了手。侍从上身穿着西装外套、桃花色的马甲，配了一条有光泽的暗红色领带，下面穿着七分长的和服裙裤、系带式的长筒靴，样子称得上一位现代侍女。而她配在腰际的和式刀也和她清秀的美丽容貌一样引人注目。

雏菊伸出自己的手，攥住那只正在远离的手，然后凝视那位姑娘。

虽然雏菊没有开口，但是那位姑娘看懂了雏菊的意思是“希望你绝对不要放开我”。

侍从姑娘惊得眨了眨眼睛，孔雀羽毛般的长睫毛也跟着颤了起来。

“列车还会摇晃的，请您当心。”

说完，姑娘嘴角露出一丝笑意，像用爱意回答爱意一样，紧紧握住了雏菊的手。

她们的体温温暖了彼此的手。

咔嗒咕咚、咔嗒咕咚，沿着海岸行驶的地方列车带着两位姑娘缓缓晃动。

“看……多美，对，吧？”

雏菊又把目光转向车窗外。

“雏菊，喜欢，冬天。”

尽管话说得不流利，可那声音就像晶莹剔透的水果糖一样甜。

她说话的方式很特别，断断续续，第一次听的人恐怕会皱起眉头。

“是这样吗？我还是觉得春天更美。”

回答她的人，声音宛如银铃，清脆悦耳。

“因为，樱，讨厌，冬天，啊。”

“我最讨厌冬天。”

侍从樱皱着眉头回答，脸上写满了嫌弃。

“冬天对我来说……是可憎的。”

樱的话中，带着藏不住的怒气。

“可，是……”

听到樱的话，雏菊难过地垂下眉梢。

“那，都怪，雏菊，不好……”

“不是的，都怪冬天，不能怪您。”

“不是，的……就是，怪，雏菊……”

“您没有做错什么。”樱脸上带着复杂的表情，嘟囔道。雏菊好像想换个话题，这样说道：

“今天开始，回归……会不会，见到，冬之，代行者，大人，呢？”

“四季厅已经发布了‘春天回归’的通告，您应该迟早会与他有接触吧。”

“那，雏菊，什么，时候，去向，冬……向，狼星，大人，道歉？”

“雏菊大人为什么要道歉？如果冬天那边来道歉我倒是可以理解。”

“因为，雏菊……变，了，狼星，大人……可是……”

“您就是花叶雏菊大人，是这个国家的春之代行者。”

“确实，没错……只是，雏菊，觉得，狼星，大人，一定会，失望……雏菊，要为，让狼星，大人，失望，而道歉……”

“这个问题不是早就得出结论了吗？您这样就很好，我可以说一千次这句话。”

樱悲切地轻声细语，把雏菊的手握得更紧了，而雏菊也用同等的力量紧紧回握住樱的手。旁人无法理解她们的对话，而且她们之间也酝酿出了让旁人无法介入的亲密氛围。雏菊似乎有什么心事，她不断抬起又放下和服褶裙下露出的穿着靴子的小脚，然后自言自语道：

“今天的仪式……能不能，成功，呢？”

这句话表现出了她的不自信。或许就是察觉到这一点，樱平静而坚定地说道：

“能成功。一定能成功。我可以保证。”

樱抬起一只手搭在胸口，毅然决然地说出这句话。见状，雏菊皱起眉头，说道：

“要，完成，仪式的……明明是，雏菊啊？”

雏菊的语气微带嗔意，又有点像是在撒娇。樱听到这话，脸上露出灿烂的笑容。

“您不是……”

樱透过黑发的缝隙，直直地凝视着雏菊如同黄水晶般的眼睛。

雏菊也凝视着樱的眼睛。

“您不是说过，只要能把樱留在身边，您什么都愿意做吗？”

这句话听起来就像互诉衷肠的台词。

对此，雏菊没有笑，也没有生气，只是平静地、好像理所当然似的回答道：

“雏菊会的。只要能把樱留在身边，雏菊什么，都愿意，做。会让，春天到来，会让，雪融化。”

两位姑娘一个是人们口中的春之代行者，一个是其随从。

“这可是您说的。”

“是的……”

两位姑娘个头一高一矮，她们一个是主人，一个是侍从。

“那么，只要能帮助您完成您的职责……我不惜献出我的生命。”

“生命，要，珍惜，才行。”

两位姑娘的名字中都含有在春天盛开的花名。

“只要是您的命令，我会竭尽全力。”

“请，竭尽，全力，吧。”

“是，谨遵主命。”

列车到站了，有点古怪的两位姑娘一起站了起来，走出车厢，迈向银装素裹的大地。

“大和”浮在大海之上。

大和位于世界地图东部，还被称为东洋樱花。

人称大和的国度由名为大和列岛的一系列岛屿组成，看起来就像折到手中的一枝怒放的樱花，所以才得了上面的雅称。大和列岛主要由五个大岛组成，从北向南分别是虾缘、帝州、衣世、创紫、龙宫。

虾缘自然资源丰富，大和国内的粮食自给，基本全靠虾缘支撑。这里幅员辽阔，向大和人提起“田园牧歌”，他们首先联想到的地方一定是虾缘。

大和的首都帝都位于帝州，已经发展成一座国际都市。大和主要的空港都在帝州帝都，这里称得上是这个国家空中航道的出入口。

除了大和人，这里还居住着许多外国人，是一个富有国际色彩的都市。

衣世以温泉群闻名，从古时起就是温泉疗养的胜地。到了现代，这里的主要收入依然来自依靠温泉的观光业。大和人很喜欢把这里当成国内旅行的目的地。

创紫四处分布着大和历史上闻名遐迩的灵山和火山，也有许多具有历史价值的建筑物。提到这里的城市，许多人往往会联想到“古都”二字，实际上它们都是现代化的城市，观光产业和工业发展均衡。

最后是龙宫。龙宫是大和最南端的岛屿，这里的生态系统与其他岛屿不同，动植物都独具特色。这里的海中看得到珊瑚，山上有名为风守的树木，是大和无人不知、首屈一指的度假胜地，本来全年气候宜人。

一主一仆两位姑娘走出车厢踏上的大地，就是大和最南端的龙宫。

“龙宫，镇的，雪也，好厚啊……雏菊，还以为，只有，飞行场，是，这样……”

如今龙宫这个度假胜地的特色，已经被大雪掩盖，让人看不出本来的模样。

“这里，本来，应该，是，温暖的，南国吧？”

雏菊问话的语气中带着一丝困惑。樱苦笑着回答道：

“现在四季失衡，其他季节的力量自然会变强。只有夏秋冬……当然会失衡……”

听到这话，雏菊马上面带愁容低下了头。

“对……不，起。”

“您没有必要为此道歉。再说了……我们就是为了解决这个持续已久的问题才来到这里。”

“是，啊……”

“雏菊大人今后将在各地看到这样的景象。请您不要勉强自己看。雪景很刺眼……最好不要长时间凝视。要是您非得看什么，干脆看着樱好了。还是这样好，雪可是有害的。”

樱似乎是想开开玩笑，没想到雏菊摇了摇头。

“不能，放松，要求……就算，刺眼，雏菊，也要，看。这就，是，雏菊的，工作。”

“不能放松吗？”

“不能，放松，的。”

这一天是黎明二十年二月十日。

一位神带着她的侍从来到龙宫的消息很快传遍了整座岛。

樱给岛上最大的镇公所打了一通电话，五分钟后一位公所职员便漂移着车停在了车站门前。随后，面无血色的职员驾车带着两位年轻的姑娘来到公所。到公所的时候，负责人似乎正绞尽脑汁，万一这次来访引起什么问题，该把责任推卸到谁头上才好。真是可怜。

“四季代行者大人！那个……没想到您居然今天来了。是这样，每年诸位代行者大人都会驾临我们岛，这一次四季厅竟然没有通知我们，我们吓了一大跳……是这样啊……春之代行者雏菊大人，希望进行一次秘密旅行……不，不是……我当然不是有什么不满……只是，雏菊大人今天突然来访，我们这边也没有做好接待的准备……您的意思是不需要我们帮忙？明白了……我这就为您准备入山许可证……”

这位负责人话里话外“不想担责任”的意思让樱觉得十分厌烦，她直接说出他想听的那句话，打断了他。

——真是个俗物。

樱一脸不耐烦，回到雏菊所在的休息室门前。

来到公所办手续和咨询的人们不知从什么地方听到消息，在休息室门前挤成一团，想看雏菊一眼。职员在门前维持秩序，可是人群中不乏想要硬闯进去的无礼之徒。门前大部分是上了年纪的老人，其中也有年轻人，他们正拿着便携终端，迫不及待地盼着雏菊现身。见状，樱赶忙冲了过去。

“雏菊大人！雏菊大人！”

樱想从人群中挤过去，结果挤了半天也没能进去。

“不要挤在这里！有什么热闹可看的！”

听到樱的吼声，人们才把路让出来。走进看起来像一间简易接待室的房间，樱发现她急了眼要保护的主人正抱着膝盖蜷缩在房间一角。

“雏菊大人！您没事吧！”

雏菊现在蜷得就像一只潮虫。

樱来到她的身旁，摸了摸她的肩膀，雏菊这才抬起头来。

“樱……不认识的，人，随意，闯进，房间，里……”

雏菊肯定是被吓坏了，她脸色苍白，手不住地发抖。

“唉，雏菊大人……委屈您了，您肯定吓坏了吧？您同意和他们握手拍照了吗？”

雏菊摇了摇头。看来人们差点冲进房间的时候，是公所的职员保护了她。

“非常抱歉……以您的身份，不管到什么地方都会引人注目……”

听到这话，雏菊似乎非常发愁，默默地扑进樱的怀抱里。

“雏菊大人……请问，您是在玩捉迷藏吗？”

“雏菊要，待在，樱的，身边。”

“离主人这么近，樱当然觉得很高兴，只是这样您活动起来很不方便吧？”

“雏菊要，待在，樱的，身边。”

“雏菊大人……”

樱伸出手，抚了抚主人正在发抖的后背。

——雏菊大人本就惹眼。

樱打量起少女雏菊：主人的容貌身姿美得就像神女下凡。

雏菊有一头仿佛漂在海中的琥珀色浓密波浪长发，会随着她的一举手一投足，像翩翩起舞的水母一样摇曳。她的一举一动都像童话故事中的公主。洁白的花朵和长长的发带组成了她的头饰，唯独右脸旁边编着一条细细的麻花辫。构成这位少女的每一个因素都显得那么圣洁，如果艺术家殚精竭虑地描绘出一位“春天般的少女”，恐怕就是她的样子。这就是雏菊的容貌。

娇小的她身穿纯白色的和服上衣，搭配淡粉色的和服褶裙，打底的是一件高领内衣。衣服上毫不吝惜地装饰着许多缎带、布花、刺绣，和服束带上绑着一个蝴蝶结，看上去像是一朵大鲜花。她的双脚穿着一双不会显得过度华美的短靴，让她给人的华美印象中多了几分清秀。一身古色古香的大和民族服装搭配异国与现代的装饰，在雏菊身上相得益彰。

——哪怕雏菊大人并不愿意，还是会释放迷人的魅力，必须驱除被花朵引来的害虫。

为主人决定着装，把主人打扮得如此可爱和惹眼的正是樱自己，不过她抛开这一点不想，暗暗下定了决心。

“请放心，我已经在后门安排好了出租车。我们可以神不知鬼不觉地行动，我现在陪在您身边，一定会帮您赶走无礼之徒。”

“雏菊，和樱，已经，能，进山，了吗？”

“是的，雏菊大人，我已经把许可抢到手了。”

“抢……抢到，手吗？许可，是要，抢到，手的，东西吗？”

雏菊有些困惑，樱看着她，苦笑道：

“这次是抢到的。毕竟这次我们算是不速之客，确实有点对不起公所的职员们。”

“雏菊，想得，太，简单了……真是，对不起……”

樱摇了摇头，为了让主人安心，用温柔的声调说道：

“没关系，根本算不了什么。雏菊大人，您只需考虑您该做的事就行了。我要做的是消除烦扰您的所有杂音，这就是我的职责。”

在公所拿到入山许可之后，二人坐上出租车到了龙宫岳的山脚下。

出租车驾驶员说还能再往上开一段，不过遭到了樱的拒绝。

——如果驾驶员跟上去，拍下视频传到网络上就麻烦了。

她们想尽量少和别人发生交集其实也是有原因的。

这对神秘古怪的主仆，接下来要做的事是需要保密的，不能让别人看到。车窗外是一片雪景，没有一点儿多余的颜色。

龙宫神社是岛上的观光胜地，这条山路是前往神社的必经之路，已经除过雪了。

——到目标地点大概要走四十分钟吗？

樱仔细地看着便携终端上的地图。她负责这次旅行中的各种事务，虽然不会表现在脸上，但心里其实总是带着一丝紧张和担心。

——不要紧，目前没有大问题，一切顺利。

她在心里这样鼓励着自己。随后，她脸上带着只会为主人露出的微笑，对雏菊说道：

"雏菊大人，我把您背到举行仪式的地点吧，可以吗？"

樱是怕主人累着，没想到她的主人愣了一下，然后拒绝道：

"那，那，可，不行。"

"您是说您要自己走过去？可是……"

"嗯……雏菊，要，好好地，完成，使命。"

雏菊一脸严肃地点头，这副可爱的样子让樱看得入了迷。过了一会儿，樱才回过神来，说道：

"是这样的，因为这次少了四季厅的协助，没有平时该有的轿子，所以我来代替轿子……"

"轿，子？"

听到这个词，雏菊脑海中冒出了疑问。樱为她解释，轿子是用来坐人的，前后有轿夫用粗木棍把坐人的木箱抬起来，如今已成了古装戏剧中登场的旧时代的交通工具。

听完樱的解释，雏菊好像更加吃惊般睁大眼睛，明确表达着绝对不肯的意思。

"不……雏菊，要，走，路。坐，轿子，羞煞，人也。"

"您羞得都说古语了，雏菊大人。您要知道……虽说会有些难为情，但保留体力很重要。我之所以说要代替轿子背雏菊大人，其实不光是为了避免您过度疲劳。外面很冷，我背着您还能稍微……"

"雏菊的，衣服，里，贴着暖宝宝……要说，避免，疲劳，樱，过度，疲劳，也，不行，啊。樱，不是，要，保护，雏菊，吗？"

"我当然会保护雏菊大人。"

“那么，要，保护，雏菊，的人，也要，保留，体力……对不对？”

雏菊用洁白纤瘦的手指头轻轻弹了樱的鼻子一下。樱语塞了，脸红了几秒钟。

“您是怕我累吗？”

“当然，了。樱，对，雏菊，来说，可是，很重要的，人呢……”

“啊啊，雏菊大人……您竟然对樱这样说……鄙人怎么敢当呢？”

“那么，我来背如何？”

两位姑娘正上演主仆之间感人的一幕，出租车驾驶员在旁边插了一句。雏菊和樱是在出租车里说话，驾驶员会插嘴也没什么不正常的，不过樱仿佛要用视线杀人一样瞪着驾驶员，说道：

“不需要……不要插嘴，再插嘴我就把你打趴下。”

樱对扰乱她和主人二人世界的人格外无情。

“饶命……”

被樱一瞪，出租车驾驶员马上缩回了头。

“对不起。其实……要是知道春之代行者大人来了，镇上的人们肯定愿意来做轿夫……山路上的雪虽然清理过，可是后来又下了雪，肯定很滑很危险……唉，大人要是先打个招呼，我们会事先把路重新清理一遍……”

出租车驾驶员不但没停嘴，还好像觉得十分遗憾一样继续说了下去。樱冷冷地告诉他没有那个必要。

“既然我们来了，雪过不了多久就会消融。山上似乎有电话信号，等仪式结束，我们还会叫你们公司的出租车。这样行了吗？”

出租车驾驶员转悲为喜，接受了樱提出的方案。他为可以向孩子和妻子炫耀自己“为春神开过车”高兴得不得了，对雏菊和樱谢了又谢。临别握手时，他攥着雏菊的手不肯放开，樱轻轻掰开了他的手。她给雏菊披上带披肩的风衣，把围巾给她系成蝴蝶结形，自己也穿好外套围好围巾，这才下了车。

“来吧，您工作的时间就要到了，雏菊大人。”

咚咚，这句话仿佛自带背景音。雏菊听到后，把双手紧紧地攥成拳头，举在胸前说道：

“好的，雏菊，要，完成，春之，代行者的，工作，了。”

樱也学着雏菊，双手在胸前攥成拳头。

雏菊现在已经被担心主人受寒的侍从裹得里外层外三层，就像一个布球。

“您有这样的决心真是太好了。”

“是的！”

“不过……下一次开始，还是事先与我们要去的地区打声招呼为好……四季厅的人这会儿听说了我们的去向，肯定在拼命找我们……”

听到这番话，刚才还满怀斗志的雏菊像晒蔫的花一样低下了头。

——糟了，说错话了。

樱慌忙加了一句：

“不是，是这样，我很理解雏菊大人想悄悄完成仪式。毕竟这是雏菊大人回归后的第一次仪式……再说了……”

樱把视线从主人身上移开了一点儿，脑海中浮现出她并不想回忆起来的事，继续说下去。

“四季厅打算让雏菊大人在众目睽睽之下完成仪式，拿出大张旗鼓召集五百名相关人员的计划时，最先发怒的就是我……是我把我们和春季部门职员的关系搞僵了……那个……非常抱歉。希望那件事不会影响雏菊大人今后的工作……”

“没关，系，樱。樱，只是，替，雏菊，发怒，没有，做错，什么。”

雏菊反而护着樱，一番暖心的话让樱大受感动。

“而且……代行者的，仪式，应该，秘密，进行。居然，要，五百名，相关，人员，到场，观看……绝对，有问题……这又，不是，庙会上的，表演……”

“是，您说得没错。十年来第一次举行仪式，四季厅春季部门的职员一定欢天喜地。只是此事对他们来说就像是一场庙会，对我们来说可不一样。”

“是的，不，一样。”

"这是赌上性命的仪式，应该秘密进行。"

"嗯。"

——最重要的是，要保证雏菊大人满怀自信召唤春天。特别是这一次……

樱没有把内心的担忧表现在脸上，而是这么说道：

"只要沿着这条路一直走下去，就能看到通往龙宫神社的登山路。樱会准确地把雏菊大人带到预定地点，请不用担心。您就在那里举行仪式吧。"

"嗯……等，一下，樱。"

"怎么了？还是说您希望我背您过去？"

"不是，的。那边……你看……应该，是人，吧？"

听到意外的提醒，樱的脑海中浮现出疑问，同时顺着雏菊的手指看了过去。

离两位少女有一段距离的地方是个岔路口，而其中一条岔路上有一个黄色的点。

"嗯？"

樱定睛凝视，视力1.5（**注：即5.2**）的眼睛看出那个黄色的小点确实是人。

"确实……那里有个人啊。"

"那是个，孩子啊。"

"咦？那是个孩子吗？"

"雏菊，的，视力，是六。大概，是个，还在上，小学的，孩子。"

雏菊的视力竟然达到了6.0之优。

"樱，那个孩子，会不会是，迷路，了啊……雏菊，觉得，有可能。"

樱赞叹着主人身体之健康，把思绪转向主人提出的现实问题。

"我刚刚让负责人拉过警报，无关人员应该已经全部从龙宫岳撤离了……这里竟然出现了一个孩子，确实有点奇怪啊。"

——孩子的父母在干什么？孩子在山上有可能受到野猪攻击啊。

樱的想法不无道理，龙宫岳到了夏天确实会有野猪出没。

她听说深夜列车撞死野猪这种令人难过的事情已经是家常便饭了。

“看来需要人保护这孩子。雏菊大人，我们要和别人接触了，没问题吧？”

“不要，紧。只是，一个，孩子……雏菊，不怕。”

这话听起来更像在说不是孩子的人她都怕。樱有点担心，看了看雏菊，只见她的主人也看向了她，像是在请求她一样说道：

“孩子，需要……别人，的，保护。”

听到雏菊从亲身经历中得出的结论，樱用力点了点头。

“是的，当然……按照您说的办。”

为了避免孩子遇到危险，她们必须尽快追上去，结果樱还是背起雏菊，在雪路上小跑到了岔路口。雏菊明明说过不愿意让樱背她，真的到了樱的背上，她却乐得叫了起来。

跑了一会儿，樱便看清楚那个孩子。那个孩子身穿可爱的防寒服，头戴黄色针织帽，拽着一架雪橇，正坚定地迈着步子朝山上走，看起来是有明确的目的地。

樱在靠近的同时，观察着那个孩子。雏菊没有说错，那个孩子看起来确实像是小学生，大人能从身后轻易抱起这个身材娇小的孩子。

“喂！你！站住！”

遇到坏人、被绑架、受到伤害，樱对这三点非常敏感。正因为如此，樱的呼叫虽说是出于好心，那个孩子一开始却没能领会她的善意。那个孩子看到一个高个子女人背着人突然从身后跑来，被那一声呼叫吓得逃了起来。樱追了几分钟，好不容易才与她说上话。

“荠要去除雪。”

雏菊和樱追上去问过后，发现对方果然是个家住附近的女孩。

女孩说她的名字叫荠，今年十二岁。

“带着，雪橇，和，铁锹……要到，山上，去，除雪，吗？”

“要玩雪在你家门口也可以啊，回家去。”

听到一个不认识的人说话这么不客气，荠把困惑的目光投向了樱。

——这孩子要是知道了我们的身份，说不定会听劝。

樱这么思考，决定告诉这孩子她们是什么人。

“我们还没有自我介绍，我叫姬鹰樱，是四季代行者的护卫官。而这位是花叶雏菊大人，正是这个国家的春之代行者。”

樱本以为荠会吓一跳，谁知道荠好像并不明白雏菊的头衔意味着什么。

女孩歪着头，从看向樱的目光中可知她怀疑的情绪更重了。

“樱……年纪，还小的，孩子，恐怕，没法，理解，雏菊的，身份。”

“是的，您说的没错……我正在反省……”

樱正在思考该怎么向这孩子解释，只见雏菊为了平视荠的眼睛而弯下腰，面带微笑与荠说起了话。樱有点惊讶，没有再开口，默默地看着主人。

“是，这样，雏菊，会把，春天，叫来。”

雏菊的声音就像融化积雪的和煦春风一样，轻柔地抚慰着听者那紧绷的心。

“春天是什么？”

看着雏菊近在眼前的花容月貌，荠显得有些乱了阵脚。

雏菊也没想到荠会问出这么基本的问题，睁大了眼睛。

“你不，知道，春天，是，什么，吗……”

“不知道。”

孩子的回答在雏菊的心中吹起一阵干巴巴的冷风。而樱在一旁听着她们的对话，心中更是没法风平浪静。

“这样啊。”雏菊嘟囔了一句后，很快便轻柔地说道，“春天，啊……”

她像讲童话故事一样向荠解释起来。

“春天，是，季节，之一。过去，十年中，一直，没有，春天，不过，从今年，开始，就有了。四季，不就是，数字‘四’，加上，季节的‘季’，吗？现在，只有，三个，其实，本来，有，四个。”

“姐姐会把第四个……把春天叫来吗？”

"是，啊。四季，本来，就是，春、夏、秋、冬。"

"现在是冬天啊……冬之代行者大人，把冬天叫来了。"

"你，知道的，好多啊。确实，是，这样。"

听到雏菊的夸奖，荠显得很高兴，然后难为情起来：

"荠在学校的课上学过。春天……春天……啊！"

"你，想起来，春天，了，吗？"

"嗯，可是……春天不是消失了吗？爸爸也说，就是因为春天消失了，龙宫才变得和以前不一样。他说龙宫本来不会下这么大的雪，而且比现在暖和得多。"

荠伸手指着她们周围银装素裹的大地。那雪原无边无际，一眼看不到尽头。

"嗯……因为，雏菊，一直不在，没能，把春天，带给，大和。不过……雏菊，现在，回来，了……"

"姐姐真的是春之代行者大人吗？"

"嗯，雏菊，是，这个国家的，春之，代行者。"

"是吗……可是姐姐不像真的，像是冒充的。"

"咦？"

"因为，姐姐说话的方式好奇怪啊，断断续续的。为什么要这样说话？果然是冒充的吗？"

听到女孩连续不断的提问，雏菊有点慌了神。

"喂，你不要太得寸进尺……"

樱一直不插嘴，只是默默听着二人的对话，但女孩刚才说出的话让她忍不住了。樱本就是个急性子，大多时候都是为了自己侍奉的春之少女而发火。她尤其讨厌别人嘲笑主人那独特的说话方式。

"小丫头，不管你理解不理解，这位就是四季代行者中春之代行者大人，接下来将举行十年来的第一次仪式，把春天召唤到这里。你妨碍了我们的工作，老老实实离开。"

樱的话音中有种自然的冷淡。听到樱毫不客气的这番话，荠好像被吓到一样低下了头。

"樱。"

"话不说得重一点儿，小孩子是不会听的，雏菊大人。"

"怎么，能，吓唬，孩子，呢……是，这样，小，茅，雏菊，真的是，春之，代行者，要让，春天，来到，龙宫。这样一来，雪就化了，春天就到了，冬天就，结束，了，所以，有可能，发生，雪崩。雏菊，已经，拜托大家离开，龙宫岳了，所以……"

"那好，给茅看看雏菊是神的证据。要是能看到证据，茅就考虑要不要听话。"

听到这话，樱和雏菊看了看彼此，她们都觉得这是个不好对付的孩子。

茅用孩子特有的亮晶晶的大眼睛凝视着她们。主仆二人用眼色交换了一下意见，得出的结论是或许拿出证据来更容易说服这孩子。

"明，白了，小茅。雏菊，这就，给你看，证据。不过，啊，有一点……雏菊，要先，说明白。雏菊，不是，神。"

这是一个众说纷纭的问题，不光在大和，全世界关于这个问题都有各种各样的说法。

有人说"他们"是神，有人说"他们"不是神而是人，还有人说"他们"不是人。

"如果说得严谨一点儿，应该是现人神吧……雏菊大人。"

"那个……雏菊，没有，把自己，当成，神。雏菊，这样的，四季，代行者，不是，神。"

"不是吗？四季代行者大人不是会用魔法的力量送来四季吗？"

"是的，你，说的，没错。"

"有魔法的力量，却不是神吗？"

听到孩子的这个问题，雏菊好像很为难一样微笑着，从和服袖子中掏出了一个布袋。她从布袋里抓出花种攥在手心，看起来在用体温给它们加热。

"代行者，确实，有，神秘的，力量，但，只是，代为，行使。"

雏菊缓缓张开手掌，过了一会儿，小小的绿芽便从种子中探出头，就像雏鸟破壳而出一样。

“这股，力量，不属于，雏菊，这样的，四季，代行者。我们，只是，能做到，这样的，事，罢了。除此，之外，雏菊，觉得，自己，就是，一个普通，的人。雏菊，和，普通的，人，一样，没有，区别。”

嫩芽长出了绿叶，结出了花苞，最后开出了一朵蔷薇。

在自然界中不管怎么找，恐怕也找不到如此精致的蔷薇。它有着人工赋予的美。

“四季，代行者，会，宣告，春天，运送，夏天，播撒，秋天，呈献，冬天。”

春之代行者雏菊像讲起了故事一样，轻声细语地向看着蔷薇出神的莽说道。

“只不，过，我们，只是，代行者，司掌，春夏秋冬，的，代行者。”

春夏秋冬如何交替循环?

按教科书上的说法，人们大概会这样回答:

“是四季代行者让春夏秋冬交替循环。”

不同国家的传说中，世界诞生的方式各不相同，唯独四季和日夜交替变化的方式在全世界都一样。四季代行者代替四季行使它们的力量，为世界各地带来春夏秋冬;黎明射手和黄昏射手向天空射出箭矢，为世界各地带来日与夜。在这个时代，人们已经能用电子设备与远在天边的人通话，能通过计算预测未来，能用铅弹同族相残，但唯独这一点与古时无异。

他们被人们统称为四季代行者，从神统治的时代开始就为四季“代理执行”它们的工作。

他们的工作就是把四季送到世界的每一个角落，哪怕要翻山越岭，哪怕抵达天涯海角最偏僻的地方。各国都有四名代行者:春之代行者、夏之代行者、秋之代行者、冬之代行者，而在远东的这个国度，还有名为四季厅的机构协助代行者更顺利地完成他们的工作。

曾几何时，代行者需要徒步走遍整个大陆，以完成送上季节的工作，后来他们骑上了马，马又换成了马车，马车换成了轿车，轿车换成了飞机。

尽管移动手段变得现代化，可是代行者们的工作与古时无异。

他们为了遵守盟约，年复一年地把四季带到世界各地。

春之代行者让花朵开放之后，夏之代行者会召唤在灼热的太阳照耀下显得生机勃勃的深绿原野。秋之代行者会在几个月后来到这里吸取生命力使绿色凋零，将枫叶和银杏叶织成毯子铺满大地。最后，冬之代行者跟在秋之代行者身后，将其渲染过的大地变成银色的雪原。

这就是四季代行者。

“四季代行者大人为什么会在这里呢？”

听到荠天真无邪的问题，樱压着火回答道：

“跟你说了，是为了送春天来啊。”

“那就快点让春天到龙宫吧。”

“你还说！就是因为你，雏菊大人才没法工作！”

樱忍不住吼了起来。

“荠做了什么不该做的事吗？”

“你正在做！你这样的孩子本来就不该独自上山，应该有更年长的人陪着你或者保护你才对！我们就是发现你才不得不停下来！还有重要的仪式等着我们完成，我们却不得不为你挤出时间！听明白了吗，快走吧！”

“樱，怎么，能，这么，凶呢？”

樱赶紧换上笑容看向主人，只是太阳穴的青筋还没消掉。

“雏菊大人……这是必须讲明白的事实……喂，你快点离开龙宫岳。你本来打算去干什么啊？”

“除雪……”

“什么？这山上不全是雪吗，你打算怎么除？是大人吩咐你来除雪的吗？”

“不是。”

“这么说是你自己想除雪才来的？那怎么可能啊，不要骗人。”

“荠没有骗人。”

樱当然是怒气冲冲，荠也渐渐被樱说得来了气，鼓起了腮帮。

“荠就是想除雪才来的！”

“你喜欢除雪就在你自己家门口除吧。听好了……要不是碰见了你，我们现在已经开始举行呼唤春天的仪式了。我们的时间比你的宝贵，快点回到你父母的身边去。”

樱说完，像抱麻袋一样从腋下抄起了荠。荠的身材本就娇小，被身高接近一米七的樱一抱，看起来就像布娃娃。

“不要不要不要不要！”

荠挥动着手脚，仿佛在空气中游泳。

“唔……这家伙是虾吗！”

荠像虾一样扭动身体抵抗着，樱因为侧腹部挨了一脚，不得不松开手。荠稳稳当当在地上站好，向樱吐了吐舌头。樱气得瑟瑟发抖。

“这个小丫头！你是虾吗！”

雏菊被二人的样子逗笑了，她用袖口挡着嘴，笑得花枝乱颤。

“雏菊大人！”

“怎……怎么了……呵呵。”

“现在不是笑的时候！时间不是无限的，我们的计划可是在日落前完成仪式！”

“没……没有，笑……雏菊，很，严肃，没有，笑，看啊，多严肃。”

“不，刚才雏菊大人确实笑了，您为什么要撒谎呢？算了，您这么可爱，笑就笑吧……”

樱说完，叹了口气。

——必须尽快完成仪式，却被这个小丫头耽误了这么多的时间……

不知什么时候，荠已经从樱身边逃开，紧紧抱住了雏菊。

“樱……可以，找到，这孩子，的，爸爸，和，妈妈，把，他们，叫来，吗？雏菊，会，陪着，这孩子，等在，这里。”

“那怎么行啊！怎么能让雏菊大人身边没人护卫。”

“没关，系，不会，太久。更何况……樱，跑得，很快。”

“不会太久也不行啊！您应该明白吧！”

樱忍不住声嘶力竭地喊了起来。喊完，她捂住了自己的嘴。

“嗯……对，不起。”

雏菊十分平静，她知道樱是替她担心才大吼大叫。

“樱，不用，总把，那，件事，放在，心上……”

在旁人听来，这或许只是雏菊安慰樱的一句话，可樱心里的痂却被揭开了。

——雏菊大人为什么要说这样的话呢？

“我会放在心上，放一辈子。”

樱用手捂住自己的脸，没法正视眼前这位少女。

少女越是高洁，越是温柔，樱就觉得心中的刺扎得越深。

——您的举手投足，一言一行都会刺痛我的心。

她要是能忍住不看该多好。

——要是能永远遮住眼睛该多好。

那么，她就不用再难受了。

——即便如此，我还是会忍不住看。

樱总是忍不住把视线投向雏菊，就像口渴的人看着水。

她给自己定了一则戒律，永远不要让这位少女离开视野。

樱已经把这戒律铭记在心中很久了。也不知雏菊是否知晓了这位侍从心中的纠葛，只听她还是用和煦的阳光一样温暖的声音说道：

“嗯……不过，啊，现在的，雏菊，不是，和樱，在，一起，吗？所以，不，要紧，的……”

这个带给樱惩罚和罪恶感的人，总是对樱这么温柔。

“雏菊大人……”

“怎么，了？”

“樱是雏菊大人的棋子。”

“樱，不是，棋子，啊。”

“那樱就是您的刀，是您唯一可以信任的自己人。”

“嗯……”

“非常抱歉，我刚才一时昏了头。我是一把保护雏菊大人的刀，要做对您有好处的事，帮助您完成您想做的事才对。”

樱好像调整好了自己的情绪，和平时一样平静地说出了这番话。

“那么我破个例吧，在保护您的同时，保护这个小丫头。雏菊大人肯定是……希望我这样做吧？”

“可以吗？”

雏菊用像看着太阳一样的目光凝视着樱，随后面带微笑，转向荠，说道：

“谢，谢！小，荠，樱，同意，了，雏菊，可以，陪，小荠，一起，去吗？”

“荠自己一个人去也没事。”

“小，荠，出门的，时候，跟，家里人，打好，招呼，了，吗？”

荠沉默了。

“不过，只要，和，雏菊，还有，樱，在，一起，小荠，就容易和，家里人，解释，了。”

“……可以吗？”

“嗯，可以，的……因为，小，荠，年纪，还，小……”

樱偷偷看了一眼用水果糖一样甜的声音轻声细语的雏菊。

——雏菊大人有时会说出显得十分成熟的话。

在樱眼中，雏菊是个年纪还小的孩子。

听到雏菊说出显得成熟的话时，樱总会恍然大悟：

——是啊，雏菊大人已经十六岁了。

刚刚相识的时候，她还十分年幼。

“■■大人，■■大人。”

伺候小小的主人的日子，对她来说每天都那么快乐。

“樱，谢谢你总是陪在我身边。”

能得到侍奉主人的机会，她感到十分荣幸。

“樱也喜欢……■■大人吗？”

她相信自己不管遇到多么难熬的事，都能坚持下去。

“樱，樱。”

她相信小小的主人不管遇到什么样的危险，她都能保护好主人。

“■■大人！■■大人！樱！”

她心中始终有这样一种无凭无据的自信。

“求求你们……请不要杀樱，不要杀■■大人……”

要是能回到过去，她甚至想杀掉当时的自己。

“樱你快逃吧。”

她想杀掉当时的自己。

"你快逃，活下去。"

她想说：就因为你，"雏菊大人"才死了。

"樱。"

听到雏菊喊自己的名字，樱这才把思绪从心灵深处拉回现实中。

"好的……雏菊大人。"

樱发现自己不知什么时候出了一身冷汗。寒风吹过，飞快地从出汗的皮肤上带走了体温，而樱现在正需要这样的寒意。

——打起精神来，这次我一定要做好完美的侍从。

"喂，虾丫头……"

"是荠！"

"荠，我们挤出宝贵的时间来陪你，快点说你要到山上什么地方去除雪，我来帮你……"

樱说这话的目的是向荠抛出橄榄枝，没想到荠把脸一扭，躲到雏菊身后，又向樱吐了吐舌头。

樱的嘴角忍不住抽搐起来。

"雏菊大人，等这个虾丫头的事办完，就叫来出租车把她扔进车里，然后去完成我们的仪式吧。就这样办吧。"

"嗯，就，这样，办，吧。"

"不要，阿姨别过来。"

"你这臭丫头，我才十九岁，在大和和你一样是未成年人。"

"樱，小荠，不要，吵架。"

三个姑娘就这样肩并肩走了起来。

她们面前除了通往龙宫神社的登山路之外，还有另外一条路。

雏菊和樱本来应该走上登山路，可是荠选择了另外一条路，主仆二人只好跟着荠走了过去。朽木交叠着倒在荠选择的这条林间路两旁，上面还铺着一层细雪，显得有些阴森可怕。

可能是因为冬季来访者比较少，只有指示牌都已经被雪埋住的停车场，以及周围的主要道路完成了除雪，走起来比较方便。

“小，茅，快，到了，吗？”

听到雏菊的问题，茅开心地点了点头。

“马上到。”

然而，下一秒茅便闭紧眼睛皱起眉头。仿佛在山间嬉戏的寒风吹过，茅头上的针织帽差一点儿被吹飞。

“多危险啊，戴好。”

樱下意识地伸出手，连同帽子按住了茅的头。

茅眨了眨眼，好像感到很意外一样道谢：

“阿姨……谢谢你。”

她大概没料到樱会保护她吧。

“真的别再叫阿姨了……我说了，我叫姬鹰樱。”

“那好……樱，谢谢你。”

茅第一次对樱露出了显得有点难为情的笑容。她们看起来有点冰释前嫌的意思。

“小茅，的，那顶，帽子，好，可爱，啊。”

“真的？这是妈妈给茅选的。”

听到雏菊的称赞，茅显得更开心了。

“茅也很喜欢这顶帽子。”

茅迈着小步子走在雏菊和樱前面，时不时摸着受到称赞的帽子，笑着转过头来看向主仆二人。见状，雏菊轻声笑了起来。

“小孩子，真，可爱，啊。对吧，樱？”

“是这样吗？我还是觉得您更可爱……不要说她了，雏菊大人，您不觉得冷吗？”

“嗯，不冷。”

“山上还是比山下冷，我有点担心您会感冒……”

“雏菊，很暖和。樱，给，雏菊，穿了，好多，衣服嘛……樱，倒是，穿得，很薄……”

“有需要的时候，我还要拔刀动起来，不能穿得太厚……”

主仆二人聊起来之后，茅可能是想和她们一起聊，放慢速度走在她们旁边。

“雏菊，荠问你啊！”

“喂，有你这样说话的吗？要叫雏菊大人。”

樱坚持雏菊至上主义，一句话破坏了好不容易变得融洽的气氛。

“真是，的，樱……为，什么，要说这样的，话？”

“我明白您的意思……可您是这个国家最高贵的……”

“现在，不需要，说，那个。要对，小，荠，更温柔，一点儿……雏菊，可要，生气了！”

雏菊竖起一根食指，脸上露出了表示她“生气了”的表情。

“您要生气了啊……”

只是，雏菊的样子一点儿都不吓人。

“嗯，樱，雏菊，要，生气了。”

看到主人可爱的样子，樱的脸上露出了痴痴的笑容。

“雏菊大人……那怎么行……请您再多说我几句吧……”

樱双颊绯红，显得有点难为情，又显得很开心。

“樱，一点儿，反省的，意思，都，没有，吧。”

“有的有的。所以请您再多说我几句，要是能稍微歪着头就更……”

“真是的。”看到樱完全没有要反省的意思，雏菊噘起嘴来，“小，荠，不用，理，樱。你，要问，雏菊，什么？”

荠挨了樱的教训，不高兴地鼓起腮帮，不过听到雏菊追问，还是继续说了下去：

“荠想问，雏菊大人为什么藏了十年呢？”

这番话仿佛和煦的阳光下突然刮起了一阵带着箭雨的寒风。

“咦？”

“两个有些古怪的人”为什么现身此处？

这个国家为什么会有从未经历过春天的孩子？在失踪的这十年里，雏菊是怎样生活过来的？当中有许多人们不愿提起的隐情，荠却毫不客气地问了出来。

“课本上虽然没写，可大家都说‘被神藏了起来’，这叫‘神隐’。

雏菊大人不是神吗，为什么会‘被神藏了起来’？”

听到荠天真无邪的问题，雏菊温和的脸上，露出了有些为难的表情。樱没有等主人开口便回答道：

“雏菊大人也不想出那样的事，那是一次不幸的事故。”

“事故？也就是说，雏菊大人是在事故里受了伤，然后在医院里过了十年吗？”

“具体怎么回事我就不说了，这不是你应该知道的事。你和这件事没有关系，我们不会告诉你的。”

“当……当然有关系。”

“你这样一个小孩子能有什么关系……”

听出樱语气中的不屑，荠又噘起了嘴。

“当然有！荠的爸爸是做观光工作的。爸爸说龙宫明明是最南边的岛，冬天却这么长，还下雪了，让他们很发愁！荠家里就是因为这个才没什么钱的！没有春天，和荠也有关系啊！荠想要什么东西，爸爸也没法给荠买！”

听到这话，雏菊显得非常难过。

“这……真是，对，不起……”

雏菊难过得就像看到自己犯下的罪过和受害者都摆在了眼前，她的脸上写满了歉意。

“我说你啊，指责别人有意思吗？”

看到连樱也显得十分难过，荠有点慌了神。

“荠……荠不是有坏心眼才说的……”

“小，荠……不要，紧。你没有，坏心眼，雏菊，明白。”

“荠不是有坏心眼……不是有坏心眼……”

“小，荠……”

雏菊显得更难过了，但很快，她摇了摇头驱赶杂念，重新换上了和善的笑容。她像是在鼓励低下了头的荠一样，用欢快的语调说道：

“小，荠……是，这样，雏菊，告诉，你吧，不过，你要，保密。”

“嗯？”

“雏菊，这，十年里，一直，在，遵守，嘱托。”

“嘱托？”

“雏菊，一直在，‘忍辱负重，等待战机’。这，就是，雏菊，这十年，里，一直在，做的，事。”

“忍辱负重？是什么意思？”

荠歪着脑袋，似乎理解不了雏菊说的话。雏菊面带柔和的微笑看着她说道：

“嗯，这句话……是雏菊……的，熟……熟人的，母亲大人，嘱咐，雏菊，的……”

樱凝视着面带笑容的雏菊。

“这句话的，意思是，就算现在，输了，也要等待，能重新站起来，能战斗，的日子。”

这位少女拥有世上罕见的黄水晶般的眼睛，是春天的化身，她好像理所当然一样站在那里。她还活着。所以，樱注视着雏菊的一举一动。

正因为有段时间樱没法好好地看着雏菊，好像要弥补损失一样，樱在雏菊的身旁凝视着雏菊。

“你说的是游戏？还是比赛打输了？”

“那个……不是……哪怕，现在，有困难，无法，战斗……也要，像在，冬季，冬眠的，动物们，那样……在，艰难的，时期，忍耐，忍耐，再忍耐……”

樱眼前这位代表春天的少女神，不管对谁都是那么温柔。

“不，能，放弃。”

只不过，樱很清楚，主人的温柔是从困境中培育出来的。

“只要活着……就像雪……迟早，有一天，一定会，融化，一样，春天，一定会，到来……”

樱很明白，主人是一个因为受过伤害，所以变得愈发温柔的人。

——您其实不用对谁都这么温柔。

樱并不宽容，主人对其他人表现得温柔会让她心生嫉妒。

“绝对，不要，放弃，活下去。可以战斗的日子，能战胜困难的日子，一定，会，到来……”

——您只对我温柔就行了。

樱心中有这样一个自私的愿望，而这个愿望实际上是无法实现的。

“那位，熟人……的母亲大人，说，希望，雏菊，一定要，做到，这一点。这是，一件，很难，做到的，事，许多人，都，无法，做到。不过，雏菊……喜欢，这位，母亲大人，所以，一直，在，努力，遵守，她的，嘱托……”

在这个世界上，只有为数不多的人能马上理解雏菊的这一番话。

“遵守了十年吗？”

荠的问题让雏菊苦笑起来。

“嗯，不仅，是，遵守，雏菊，也在，以，自己的，方式，战斗……”

“荠没怎么听明白，但雏菊大人应该吃了不少苦吧。”

“嗯……也许，是，吧……不过，这些，年，雏菊，给，大和的，所有人，都添，麻烦了。今后，雏菊，会，非常，努力……小荠，等着，雏菊的……好消息，吧……”

雏菊露出柔弱的微笑，樱似乎是忍不住了，为了结束这个话题，她说道：

“好了……别再问了，雏菊大人也有难处。”

“樱为什么要插嘴啊？”

荠似乎很不满意樱打断她和雏菊的对话，樱也没好气地说道：

“龙宫的观光问题近期就会解决。差不多得了吧，别让雏菊大人继续说下去了！”

“不要吼荠！”

“我没有要吼你的意思啊。”

“你的话里带着火气，而且声音也大。大人为什么都喜欢吼呢……”

荠跺了跺脚。樱终于发现自己与一个小孩子较起了劲，这才压低了声音。她为自己的所作所为感到难为情，向荠道起歉来：

“抱歉……还有，我说过我还是未成年人，并不是大人。至少在大和是这样。”

“荠最讨厌大人……”

“我说了我是未成年人，才十九岁。喂，不要当没听到啊。”

“荠的家人也是，除了妈妈，荠都讨厌……樱也是大人，因为樱心眼坏。”

听到这番话，樱举起双手，表示她已经投降了。她本来就不擅长哄孩子。

“大人，们……对，小，荠，很，刻薄，吗？”

听到雏菊小心翼翼地问出这个问题，荠的脸上露出了无法形容的表情。

“大人们都不陪荠玩嘛……”

“是不是，很忙，呢？小荠的，父亲，和，母亲。”

“嗯……大概是的……”

荠的脸上闪过一丝落寞，她好像想调整自己的情绪一样，灵巧地迈着小步子走到二人前头。樱看着荠走在雪中的背影，心想：

——她的家庭或许情况复杂吧。

毕竟是小孩子说的话，不一定完全客观，不过综合起来，樱还是对这个家庭有了初步的印象——“冷漠的父亲”和“忙碌的母亲”，还有因此感觉到缺少关爱的女儿。

或许正因为如此，这孩子才会独自一人从家里走到山上而没有被家里人发现。

“雏菊大人……”

“怎，么，了？”

“我虽然一点儿都不关心这孩子身处什么样的家庭环境……不过，把这孩子交给她的父母时，我觉得应该好好跟她的父母说一说。我们可是受到影响的一方，应该有表达不满的权利。告诉他们这孩子没有得到足够的关爱。”

“雏菊，知道，樱，这样，叫，什么。”

“咦，您是指什么？”

“樱，这样的，性格，人们，都叫，冰……冰山，对吧？”

雏菊说完一脸得意，好像在说“你看我懂得多吧”。

“不是……雏菊大人，我觉得人们恐怕，不是恐怕……人们绝对不是这样说的……”

樱冷静地吐槽，脑海中浮现出一片树木无法生长的冻土。

“樱，只是，装作，冷漠，其实，是个，非常，非常，温柔的，女孩子。”

“不……不是的！”

“没错，就，是的。雏菊，赞成，温柔的，樱，提出的，建议。”

樱红了脸，小声嘟囔道：“不是啊……”

“我只对雏菊大人温柔。先不要说我了……到时候雏菊大人也要帮忙啊，我不擅长平心静气地和别人说话……”

“嗯……话说，回来，小，荠，到底，打算，做，什么呢？”

“她说过是打算除雪啊。”

“可，是，除雪，没有，必要，瞒着，别人，吧……”

荠走在前面，樱和雏菊在后面小声地咬着耳朵。

姑娘们沿着荠选择的路渐渐走进了深山里。

雪没有完全除净的小道曲曲折折，想开车来到这里会十分困难，上了年纪的人走在这种路上恐怕十分容易出事故。

“雏菊大人，这坡很陡，请扶着我的手。”

“嗯，嘿哟，哟，哟哟哟。”

雏菊的和服褶裙下穿的虽然不是木屐而是靴子，可她步幅毕竟有限，走起路来比较慢。

“快一点儿——”

荠只管往前走，于是她们之间的距离越来越远。

“喂，荠！别走得太远！”

“是你们走得太慢了。”

荠好像已经走过好多次，沿着积了雪的陡坡灵巧地向上攀登，就像一个小小的忍者。被留在下面的主仆二人赶忙上坡去追。

沿着坡向上走了一段，路开始变得平缓了。

——有点不对劲。

走上荠选择的山路时，樱就觉得有点不对劲。这条路怎么想都不像是小孩子去除雪会走的路。

——莫非那孩子是狐狸，变成孩子把我们骗了？

樱现在就有误入另一个世界的感觉，以至于怀疑她们主仆二人遇到的是会化形骗人的狐狸。尽管如此，她们现在也没办法把小女孩一个人丢在这里，掉头返回。

——如果这是“贼人”的圈套……

她看着荠小小的背影，握好身上的刀。

——如果真的是这样……

这把刀配在现代人身上就像搞错了属于它的时代，可现在樱能依靠的只有它。

——如果真的是这样，只能把她斩于刀下。

主仆二人继续跟着前面的荠往上走，不一会儿，她们到了山顶的一处开阔地。

“哇，啊……”

雏菊发出了赞叹声。展现在她们面前的，是雪、光、树木交织在一起形成的自然美景的结晶。

闪闪发光的雪花在阳光下飘动，眼前的景象实在太美了。

这处开阔地在树木环绕之中，显得有些闭塞，不过头顶就是天空，能享受阳光带来的恩惠。这是藏在山中的一处秘境，是大自然创造的静谧的隐蔽所，哪怕会有天女下凡来到这里也一点儿都不奇怪。

“樱……”

然而，雏菊和樱没办法只把这里当成一处美景。

“雏菊大人……”

她们在这里发现了意料之外的东西。

——这是怎么回事？

那样东西使徒步走到这里的两位姑娘不禁感到毛骨悚然，让她们忍不住呼唤着彼此的名字并紧紧贴在一起。

——她为什么要把我们带到这样的地方？

而把主仆二人带来的那个人，正笑着示意她们到她那边去。

樱默默地把雏菊护在自己身后。本能警告她保护好雏菊，但樱还没来得及开口，雏菊便从她背后探出头来问道：

“小，茅，你，干什，么呢？”

在这样的情况下，雏菊的声调依然格外柔和。听的她的声调就知道她的意思：尽管这个地方明显有“问题”，但她不打算责难，而是要先问明白怎么回事。

而茅身为吓到雏菊和樱的“罪魁祸首”，并不知道主仆二人心中的想法，脸上带着笑容愣住了。

“一看不就知道了吗？茅在除雪啊。”

茅显得十分开心。

“虽然有点累，但茅总算到这里了。见也见过了，那就努力除雪吧。”

听茅的语气，好像她正在做一件寻常的事。

然而，在樱和雏菊听来，茅说的每一句话都带着一股寒气。

在周围正常的景色中，包含着一些异常的细节。樱也不愿意这样想，可是她的意愿没法否定那些细节的异常。如果这些细节出现在其他地方，她也不会感到害怕，不会觉得它们“异常”。

只是，她现在就觉得它们异常，因为它们是一些等间隔的雪包。随着茅铲掉上面的雪，被盖在雪下的东西露了出来。从树木缝隙间射来的阳光，照亮了眼前的一切。

“小，茅，可，是……”

阳光照亮了毫无疑问已经损毁的东西。

“可是，这里，是，墓地，啊。”

有什么东西横亘在雏菊主仆二人和茅之间，让她们无法相互理解。

出乎意料的是，当雏菊指出问题之后，茅依然不为所动，反而显得很不明白雏菊为什么要把明摆着的事情特意说出来。

"荠知道啊。"

"你……知道，吗？"

"嗯，荠知道。"

少女们的声音在寂静的山间回响着，同时还有沙沙、沙沙的声音。

"是这样。"

沙沙、沙沙，这是荠铲雪的声音。雪下面看起来应该是谁的墓，荠像挥舞匕首一样挥舞着铁锹刺在雪上。她的动作中没有一丝犹豫，沙沙、沙沙，她不停把铁锹刺下去。

"荠的妈妈就睡在这下面。"

沙沙、沙沙。

"要走好久山路才能到这里，不过……这是为了妈妈嘛……"

沙沙、沙沙。荠不断把铁锹刺下去，把雪铲起来。

沙沙、沙沙。沙沙、沙沙。沙沙、沙沙。

"谢谢你们帮荠把雪橇拉来。"

雪橇是用来搬运雪的，铁锹是用来铲雪的。

"让妈妈在雪下面，多冷、多可怜啊。"

她说的都是真话。她为了给妈妈除雪，才瞒着家里悄悄来到这里。

"荠是来除雪的。"

荠自言自语道。在覆盖厚厚积雪的墓前，她的笑脸多么天真无邪。

樱张了张口，又闭上了。她打算说点什么，可是话在嘴边又说不出来。

现在虽不是什么非得说漂亮话的场合，但她还是没有随便开口，而是过了一会儿才说道：

"大冬天的，你来扫墓吗？"

"不是啊，荠来除雪。荠不是说了怕妈妈冷吗？"

"喂……我再问你一次，那是墓吧？"

"嗯，是墓啊。"

荠回答得很明确。她年纪虽小，回答问题却总是简洁明快。从主仆二人刚遇到这个小姑娘时起，她每次回答问题都是这样，看来是个有聪明之处的孩子。正因为是这样，樱才更觉得心里打鼓。

“墓的下面是你的母亲……你却说不是扫墓？”

“嗯。”

茅活动着她那娇小的身体，继续铲着雪。

——如果这不是扫墓，还能是什么？

在大和，人们通常选择夏季到墓地去看望先人，清理掉杂草之类的东西。为坟墓打扫卫生是扫墓时必不可少的礼节，樱认为不管在什么地区应该都是这样。

——茅却说这不是扫墓。

很明显，她们的理解有出入。

——这孩子本来可以直接说要来扫墓，可是她从一开始就非得说这是“除雪”。

在她们之间，出现了巨大的分歧。

——这孩子在路上没有提到她的母亲已经死了。

这个分歧，在樱的眼中显得很可怕。

——莫非这孩子还不明白死是怎么回事？

樱尽量让自己的语气显得柔和，这样问道：

“喂……你……明白你的母亲……已经死了吗？”

茅沉默了一会儿之后，点了点头。樱松了口气，只是她的紧张感还没有消除。

樱觉得自己异常紧张，就像为了交涉一件重大的事而坐在谈判桌前一样。

“我再问你一个问题，你说你的母亲会冷，对吧？茅，难道你能听到你母亲说话吗？”

茅没有停下铲雪的手，只是摇了摇头。她的脸上闪过一丝困惑，就像樱说了什么蠢话。

“那你怎么知道你的母亲觉得冷？”

茅没有回答樱的问话，而是反问道：

“樱在睡午觉的时候，樱的妈妈没有给樱盖过被子吗？”

樱被打了个措手不及。她没有经历过普通孩子的家庭生活，只凭自己的经历没法给出合理的回答。所以，她支吾了一会儿后，说道：

“母亲会不会给我盖，我不知道……”

她在自己的记忆中虽然找不到完全相符的例子，但是能理解荠问这话的目的。

“不过，我经常给雏菊大人盖被子……”

对樱来说，把自己的外套披在心爱的主人肩膀上，对她来说不是义务，而是她“愿意做的事”。只要雏菊高兴，她随时愿意这样做。

“因为我希望雏菊大人保重身体。”

——我没有其他想珍视的人了。

樱说完这话，手便被轻轻握住了——是雏菊。樱的心怦怦直跳，她也握住了雏菊的手。只要握住这位春神的手，不管什么样的情况下，她都能鼓起勇气。

“那不就是因为喜欢她……怕她会冷才给她披上吗？”

“是啊……对喜欢的人，人们都会这样做。可是，这可是墓啊……墓可是……”

——墓里的人不会说话，我们甚至无法确定下面有没有灵魂。

面对忍不住露出困惑表情的樱，荠没有掩饰她的不耐烦，大声反驳道：

“妈妈为荠做过的事，荠也想为妈妈做罢了。”

荠仿佛在用叫喊向整个世界发泄她的不满。

“可是……你也不知道你的母亲到底冷不冷啊？”

荠坚决抗拒樱的疑惑。樱明白荠为什么抗拒，但她还是把不希望荠抗拒的意思表现在了脸上。

“当然会冷了！就算妈妈不冷，荠也想为妈妈除雪！不行吗？”

“不……这倒不是……”

缅怀已经不在世的人会犯禁忌吗？

“你想说不正常、不对劲，是吧？荠就讨厌大人的这一点！”

面对荠的质问，有谁能回答“不行”呢。

“常理”否定她的想法、她的行动、她独特的缅怀母亲的方式，而茅憎恨的似乎就是这“常理”。

“既然知道妈妈已经死了……爸爸也是这样说的。爸爸现在就像什么都没有发生过一样。就算茅还小，也明白那样才正常……”

茅的话音中渐渐带上了抽泣声。她咽着口水，努力不让眼泪流下来。

她用手套抹了几下脸，可是眼泪总是流得比抹得快。

“茅当然明白。这么简单的道理，茅又不傻。茅又不是傻子。”

家人为茅买来的手套，渐渐被茅为家人流下的眼泪打湿了。

没人能止住茅的泪水，能止住她的眼泪的家人不在这里。

“可是……从家里，能看到这座山。”

就算是这样，她还是继续讲述着，希望有人能理解她的痛苦，哪怕只是刚刚认识的人。

“茅的家……离这座山很近……为什么偏偏建在了那里呢？”

茅恐怕不是第一次来给母亲的墓除雪了。

樱到这会儿，总算对茅不同寻常的言行有了一定的理解。

“早上醒来，拉开窗帘……就能看到妈妈所在的地方。”

茅大概一直瞒着父亲来给母亲除雪。

“拉开窗帘就能看到龙宫岳。看到之后，茅就忍不住看着这座山，每天都看这座山。”

她经常到山上来，到山上看已经不在世上的亲人。

“茅知道这样很傻。可是，拉开窗帘就能看到山……妈妈的墓就在山上……”

她自己应该也思考过，这样做是不是有意义。

即便如此，她还是会到山上来。其他人能放得下过世的亲人，茅却放不下。

“夏天挺好的，花很好看，妈妈应该不会寂寞。”

茅像在挖土一样，专注、仔细、用上全力，怀着对母亲的思念铲着墓上的雪。

“秋天挺好的，落下的红叶会像被子一样盖着妈妈。”

她并不是没有接受母亲的死，她也知道墓里有什么。

“然而……冬天……就……”

她明明知道妈妈已经不在了。

“茅就会觉得……妈妈一定会冷……”

可她还是忍不住。

“茅就会觉得，在满眼的白色中，妈妈一定很孤单……”

无法忍住上山的冲动。

“茅总是会这样觉得……因为茅能看到啊……去学校的时候，回来的时候，到门口迎接爸爸回家的时候，总是会，总是会，总是会，总是会看到……”

因为，她的妈妈还活在她的心中。

“妈妈就在山上，所以茅来除雪没有什么奇怪的。”

茅的心中依然有她的妈妈，妈妈就在她的心中，没什么道理好讲。

在茅心中，这就是事实，不管别人怎么说，也无法改变这个事实。

——哪怕你自己因此受到消磨，变得孤独吗？

樱把这话咽回肚里，没有说出来。

她说不出来。她心中出现了一个疑问：我自己明明也是这样，还要说别人吗？

——我那时也是，别人都劝我别再找了，我还是继续找了下去。

樱也经历过失去。

她觉得现在质疑茅，就相当于否定过去的自己。

——有一种病，人要是患上了，就会控制不住自己，不停地做自己认准的那件事。

许多人都会为爱伤心，做出相似的事。

可是，每个人的经历各不相同，并不是在所有方面都一样。茅缅怀母亲的方式是“为母亲的墓除雪”，只是在樱的眼中显得奇异而已。

这就是茅选择的为母亲的死表达悲伤的方式，不是他人能随意评价的。这是荠心中的一场内战。

荠要是待在家里，恐怕控制不住去看龙宫岳。早上也好，晚上也罢，她会一直看着这座山。

每次看到这座山，她都会想“妈妈正孤零零地待在那里”，于是她就来给母亲的墓除雪。

她说母亲会冷，很可怜，这就是荠为母亲的死感到悲伤的方式。

想象着荠孤零零地看着龙宫岳的样子，樱就什么都说不出来了。雏菊代替说不出话的侍从说道：

“雏菊，知道，了。小荠，只是，想为，妈妈，除雪……对吧？”

“嗯。”

“除雪，之后……妈妈，可能，会觉得高兴……对，吧？”

“嗯！”

“哪怕，是在，墓，里面，肯定，还是，会，暖和，一点儿……”

“妈妈肯定会高兴！”

荠把目光投向沉默不语的樱，像是在问她：你是怎么看的？

“樱。”

看到樱沉默不语，雏菊在她身后开了腔。

“雏菊大人……”

不知什么时候，雏菊脱掉了带披肩的风衣和围巾。樱也不知道现在的气温到底有几摄氏度，不过她知道，要是脱掉一件外套肯定会觉得相当冷。

“是啊……缅怀，的，方式……因人，而异……”

樱很快想明白雏菊为什么脱掉防寒服，有点慌了神。

“不要，否定……小荠，是在，用，自己的，方式……”

樱想到这位春神打算做什么，觉得心头一紧。

“她只是，想，告诉，妈妈，她，爱，妈妈。仅此，而已……”

——您总是只考虑别人。

樱看到主人下定决心的样子，感到胸口一热。随后，她在主人的决心的鼓舞下，面对荠说道：

“荠……我明白了……你只是爱你的母亲大人……”

听到樱的这句话，荠总算不再表达自己的怒气了。

“嗯，对。”

随后，她露出笑容，又用铁锹铲起了雪。或许是不需要别人的帮助，她一言不发，只是埋头干起了活。

“雏菊大人。”

主仆二人都明白自己该做什么了。

“好，的。”

这对少女主仆凝视着彼此，开始用只有她们懂的方式对话。

“那孩子不知道什么是春天。您不在的这十年，荠的人生中几乎没有春天的影子。”

“嗯……是，啊。”

荠努力铲雪的娇小背影，刺痛了樱的心。

“如果有……如果有春天……”

樱思考过了，她能为这个少女做点什么。

“一定能……”

如果她们和她一起除雪，想必能让她得到短暂的满足。然后她们可以把她送回她的父亲身边，然后、然后……

——这样做没法彻底解决问题。

这样做连敷衍了事都算不上，这不是外人该插手的问题。

然而，她又不想做能狠心袖手旁观的人。

“她正是需要我们尽到责任的民众，雏菊大人。”

世上为什么有她们这样为世界带来春天的人？

樱认为应该让人们明白，“春”会给人们带来什么样的效果，它有什么样的意义。

“嗯……樱，对，啊……雏菊，也，是，这样，想的。”

紧接着，春神脸上露出了和煦阳光一样温暖的笑容，说道：

“真的，有人，需要，雏菊，啊……樱……现在，就有人，需要，雏菊，对吧？”

"是的，是这样的……当然是这样的……"

樱恭恭敬敬地接过雏菊的外套，从随身物品中拿出扇子交给雏菊。

"雏菊大人，来吧，是时候了，我们准备赏樱吧。请召唤春天。"

那是一把精雕细琢的奢华扇子。它的款式并不适合年方二八的少女，雏菊拿在手中却显得有模有样。雏菊抖开扇子，樱马上嗅到了春天的气息。

"代行者不能肆意行使神通力……不过，我们无法对悲伤的孩子置之不理，把举行仪式的地点换到这里……四季之神一定会谅解。这位就是春之代行者——花叶雏菊大人。雏菊大人……拜托了，请您为龙宫召唤春天……"

听樱说完这番话，雏菊点了点头。

"请，放心，吧。"

雏菊如同水果糖一样甜美的容貌中带上几分妩媚，这样说道：

"雏菊，会，成功，呈现，春天。"

雏菊身体一颤，下定决心走近银装素裹的墓。

樱捏着一把汗，注视着雏菊的一举一动。

"小，荠。"

雏菊叫了一声正在专心用铁锹铲雪的荠。荠停了下来。

"是，这样。雏菊，决定了，要，在，这里，召唤，春天。"

雏菊透过自己呼出的水蒸气，看到娇小的荠鼻子和脸颊都已经被冻红了。

如果荠的母亲看到这一幕，一定会觉得十分心疼。就像女儿担心妈妈受冷前来除雪，妈妈也一定会担心女儿的身体受寒。

只不过，荠的母亲已经不在人世了。

"春天，来了，雪，就，会融化。所以啊，荠的，妈妈，也就，不会，再冷，了……所以啊，就，不用，再来，除雪，了。"

荠没法再得到母亲的关怀。

"真的吗？"

母亲没法再为她挑选帽子、围巾和手套。

“嗯……不过，要，保密，啊。本来，不能，随便，让别人，看的。可是，啊，现在，小，荠，需要，雏菊……小荠，并不是，不需要，雏菊……所以……”

被留在世上的，只有经历了丧母之痛的荠。悲伤不会帮人解决现实问题，它能做的很有限。为荠抚平伤痛的任务，落到了要和她一起迎接明天的人的肩头。

“所以，雏菊，要让，小荠，在，这里，看到，春天，显现。”

雏菊脸上的微笑更温柔了。她已经下定决心，要把春天带给眼前的小姑娘。

樱从背后抱着荠，离开了墓地。

樱是想控制住她，以免她妨碍仪式。这次荠没有挣扎，任樱抱起自己。不仅如此，荠还抬起头，露出微笑看向樱。樱和这个小小的姑娘一直不对眼，到了这会儿，樱才觉得她们彼此之间的关系稍微变得融洽了一点儿。于是，樱的声音自然也变得柔和了。

“荠，你听好……我现在简要地跟你解说一下雏菊大人接下来要做的事情。”

雏菊选择比较开阔的地方，仔细把脚下的雪踩紧实，为自己踩出一块便于执行仪式的区域。

“为了让代行者代替四季给大地带去相应的季节，四季授予各自的代行者相应的神通力。”

踩出合适的区域之后，雏菊接下来要做的是集中精神。她用腹式呼吸法一次次吸进空气，然后一次次把气呼出去。

“春之代行者的能力是‘生命促进’，夏之代行者的能力是‘生命使役’，秋之代行者的能力是‘生命腐败’，冬之代行者的能力是‘生命冻结’，代行者们可以用各自的能力完成各种各样的仪式。春天的开花仪式也有许多种类……刚见到你时雏菊大人向你展示的，只是让花开放的仪式，还不算是呈现春天。”

为了让身体能活动得更自如，雏菊挥动着扇子，衣衫也随之微微飘起。

“首先有可以通过歌唱完成的歌术仪式。对我们来说，歌指的就是‘四季歌’。春夏秋冬代行者都有代代传承的歌谣。春之代行者可以通过唱春歌，促进日照和生命的成长。然后还有舞术仪式。四季在神统治的时代就把力量赐给了代行者们，而世界各地都有把舞蹈献给四季的仪式。只要把歌术仪式和舞术仪式组合起来，就能扩大季节的力量影响的区域。”

虽然世界不同的地区语言和风俗不同，但是不管在世界上的什么地方，人们都会歌唱舞蹈。

而人们的歌舞往往是献给诸神的。

四季代行者不唱歌跳舞也能行使四季赐予的神通力，只是要想大范围呈现季节，就必须沿袭古法。

樱一口气完成她的说明，不过被她抱在怀里的荠恐怕连三分之一都没能理解。樱低头看了看怀中的荠的脸，发现她的目光中带着疑问。

“荠听不懂。”

樱沉默了，不知道该怎样说才能让小孩子也理解。

“我想想……”

樱想了一会儿，还是想不出该怎么解释才好，干脆回答道：

“雏菊大人接下来会唱歌跳舞，然后春天就来了，就是这么一回事。你肯定也看过春天的景色……当然，你恐怕已经忘记两岁前的事……”

“荠可能和妈妈……一起看过？”

“四季代行者会把季节送到各国家的每个角落。既然你在龙宫，你看到的春天会比其他地区来得更早，因为春天是从龙宫开始的。春天可是非常、非常美丽的季节。”

荠听得兴奋起来，不住地点头。

“终于要开始了。”

雏菊在面前甩开扇子，扇子上系着银铃和五颜六色的长绳。

雏菊侧眼向半空一瞥，挥起手中的扇子，双脚在地上一蹴。

银铃丁零零地响起，雏菊的双脚重新落在地上的时候，现场的气氛已经变了。

樱听到荠倒吸了一口凉气。

银装素裹的墓地中，一位身着春衣的少女跳起了献给神的舞。

招展的衣袖划过半空，四季听到少女的祈祷，力量化为了真实的现象。

——我的眼睛、耳朵、皮肤……

哪怕是平时，这位春神也会令樱神魂颠倒。

——五感都要被雏菊大人占据了。

雏菊在樱眼前呼唤春天的样子，实在太美了。

“笼寒月夜雾漫漫，”

雏菊确实是在唱歌。

她不只是在吟诵，歌词带着明显的韵律。

折扇上的彩绳在半空中缓缓飘动。

红、粉、绿、蓝，这些彩绳时而交织在一起依附在雏菊翩翩起舞的肢体上，时而四散开来。

“藏剑锋烟帘幽幽，”

雏菊脚步轻盈，好像身轻如燕的天女在翩翩起舞。

有东西从天而降，明显附在了雏菊的身体上。

宛如春天化身的这个姑娘，正祈求着春天降临。

从天而降的某种东西，把此地化为了圣域。

春风撩拨着众人的鼻腔。

“红花绿柳掩思愁。”

回过神来，脚下厚厚的积雪已经消失了。

春天已经从轻歌曼舞的雏菊脚下开始了。
雏菊每跳一步，她脚下的大地就会绽放出花朵，萌发出青草。
春之代行者的能力是“生命促进”。

“紫藤染山野，菜花黄满眸。”

这一句唱的现象，正发生在樱和茅的眼前。
刚才还能让人呼出白雾的冷空气已经烟消云散。
现在笼罩着这片区域的，只有让人欢欣鼓舞的春天的和煦阳光。

“我恋君，叹花开不长久。春随冬，如月永在人后。”

雏菊顾盼生辉，蹦蹦跳跳地跑了起来。
只见周围突然长出了绿叶的樱花树一齐绽放起来。
正是樱花烂漫，鸟语花香。
展现在她们眼前的，是标准的春日景象。
——完成了。
樱花花瓣如雪片般漫天飞舞，樱的心中激动不已。
——您做得非常好，雏菊大人。
樱的心中其实充满了不安。她们主仆二人走过的路途漫长且艰险，她不知道有多少次，觉得这样的一天恐怕永远不会到来。
——可是，您做到了。
樱不知道有多少次差点气馁，也经常和雏菊一起像小孩子一样号啕大哭。没有人站在她们一边，没有人保护她们，所以两位少女是彼此唯一的旅伴。
——雏菊大人完美地呈现了春天。
回想起这一路上的艰辛，樱就会觉得心头一紧。
“茅，这就是……这就是春天……怎么样，多棒啊？”
樱向茅问话的时候，本以为茅会十分高兴，谁知茅的反应出乎她

的意料。

“樱……”

水滴落在了樱的手背上，樱本以为那是雪融化成的水。想起自己的手臂搂着茅的身体，樱这才发现那是茅的眼泪。

“茅见过……”

得到了春天的女孩哭了，大颗的泪珠落了下来，让人忍不住赞叹人的眼睛竟然能生成如此美丽的宝石。

“跟你说，茅其实，见过……”

茅哽咽着，流着大颗的泪珠挤出浑身力气说道：

“茅……和妈妈一起，看过这个……”

从她的声调中听得出，她在埋怨自己为什么忘了这么重要的事。

“这种粉色的东西，茅曾经见过。”

茅伸出手去抓半空中飞舞的樱花花瓣，结果扑了个空。她脸上挂着泪珠笑了起来。

“茅呼吸过这样暖烘烘的空气。”

阳光照着她刚沐浴人世气息十多年的，水灵灵的头发和肌肤。

看着雪渐渐融化，沐浴阳光的地面范围变得越来越大，茅又哽咽起来。

茅的母亲的墓上，雪形成的外套渐渐褪去了。

“这个……”

茅兴奋地说了起来，她想起了很多年前发生的事。

那是她人生中不会发生第二次的事。

“这个……‘春天’，茅和妈妈一起看到过。”

茅不知道那是什么地方。

茅的脑海中，出现了本来被烟雾笼罩的，过去的情景。

那应该是一处赏花名所，全国各地都有这样的地方。

“人好多啊，能找到坐下的地方吗？”

当时还是婴儿的茅的眼中，映出的是一个亮晶晶的世界。周围有许多大人，可是她还分不清谁是谁。小摊依次排开，四周传来人们的谈笑声，鸟儿们在空中飞来飞去。在她晃来晃去的视野中，出现得最多的是母亲和父亲。

“婴儿又不知道这是什么，带她来赏花没意义吧？”

“不要这样说嘛，就是让她体验一下。是吧，小茅？”

对茅来说，这是两个每天都对她说话的大人。他们是她的守护者。只要她感到不安，他们就会用温暖的身体和轻柔的声音来安慰她。

“来吧，小茅，到这边来。”

过了一会儿，母亲把茅从婴儿车中抱到了怀里。没有了遮挡视线的婴儿车，茅看清了许许多多的人在樱花树间来来往往的样子。

“你看。”

颜色鲜艳的世界映入茅的眼帘，这是她在封闭的世界中无法体验的。平时外出茅总是哭闹，这天却显得很兴奋，她伸出小手，想抓住樱花的花瓣。

她的手抓了个空，不过就算没能抓到花瓣，她还是很开心。

“你看，她多开心。她想要花瓣，让她抓一片吧。”

母亲说完，把茅高高举到了飘舞的樱花花瓣中。茅满眼是蓝色的天空、白色的云朵、淡粉色的花瓣。眼前的景象多么美，简直像梦境一样。

“呵呵，你看，她笑了。”

虽然茅不知道自己胸中涌动的感觉是什么，但是它深深刻在了她的心头。茅很兴奋，很喜欢这样的世界。她眼下的世界颜色鲜艳，充满希望，她高兴得不得了，笑出了声。父亲把她抢过去抱在怀里。

经历了比母亲更粗放的举高高之后，会发出香甜气息的母亲看着茅的脸，说道：

“小茅。”

母亲叫着她的名字。

“小茅，你看，春天到了。”

再也回不来的声音呼唤着荠的名字，告诉她的女儿，这就是春天。她一定是希望，这个诞生不久的生命，能多学一点儿东西。

这时候，这一家人相信着自己的未来，这未来本不该有一丝阴霾。

“茅，你好好听爸爸说。妈妈她……回来了。她今天早退回家了，可是她……在回来的路上出事了，然后……睡着了。她会一直睡下去，再也不会醒过来。爸爸也没能见她最后一面，她就睡过去了。所以，今后……今后……”

那时候，那一家人有着光明的未来，那未来明明不该有一丝阴霾。

“荠……曾经看过春天。”

荠好像还没走出梦境一样，自言自语道。

“荠曾经看过春天……和妈妈一起看到的。”

她觉得自己宛如发现了一箱被埋藏起来的宝石一样开心。

“好厉害……荠小时候啊，和妈妈一起看到过春天。”

荠高兴坏了，忍不住兴奋地说了起来。

“家里肯定有相册，荠得让爸爸找出来。”

荠本以为新的记忆中不会再有母亲的身影，今后等着她的只有伤心的事。然而，她现在发现了，生活中还会有开心的事，这是一个多么棒的发现啊。

“樱，跟你说，跟你说。”

她握住樱的手臂摇了起来。出乎意料的是，樱没有马上回答她。

“稍微……等一下。”

等了好久，荠才听到樱的回答。樱的声音是颤抖的。

“等一下……雏菊大人就是为了像你这样的人……才一直坚持到了今天……”

樱的话音听起来像是强忍着眼泪，荠听到吃了一惊。

“雏菊大人其实不愿意，可还是一直在努力……不是为了自己，而是为了其他人，一直在努力……”

荠吃了一惊，她没想到这个大人居然也会哭。紧接着，她便明白了。

“现在，雏菊大人终于得到了回报……我真说不出现在到底是什么滋味。”

春天就是这样。

“我真说不出心里到底是什么滋味……”

春天这个季节，就是这样。

“春天来了，你为此感到开心，让我万分开心……”

春天也会融化人心中的坚冰和积雪。

“嗯……荠很开心。”

荠感到自己心中的冰也完全融化了。荠本来认为自己和樱绝对无法友好相处，现在却觉得自己和樱的距离突然近了。她从来没有像现在这样心平气和过，继续说了下去：

“不过，好奇怪啊。荠为什么会忘了呢……就算那时荠还是婴儿，那也是荠和妈妈……还有爸爸一起留下的宝贵的回忆，荠为什么会记不住呢……”

荠说着，像是在祈祷一样，看向了春景。

“现在还记得的事，将来是不是也会忘掉呢……”

荠许下愿望，想把眼前的景象更深刻地烙印在脑海中。

樱花的粉色，是美丽的，是如梦似幻的色彩。她的玻璃球和玩具戒指中都没有这样的色彩。

这种色彩一定只属于春天。看着粉色的樱花，荠就觉得无比感动，如海水般的眼泪在眼睛中直打转。这或许也是春天带来的效果。

“好想让……爸爸也看看啊……这景色……”

她一眨眼，海水便顺着脸颊滴了下去，滴在她的唇间，让她觉得很咸。当她把那咸味咽下去时，另一汪泪海又形成了。这个过程一再重复。

人哭起来的时候为什么觉得心里这么难受呢，是因为心会被泪雨打湿吗？

没法撑起一把挡眼泪的伞，真的太遗憾了。

“樱，跟你说……”

荠下定决心绝不忘记眼前的景色时，她想到一个好办法。

“荠……也想成为春之代行者大人……”

她刚刚品尝到那像朝阳一样温暖万物的温柔。

“这样就算是冬天，荠也能帮妈妈融化墓上的雪。”

失去母亲让荠的心中开了一个大口子，唯独这时候，她心上的伤口被抚平了。

“这样一来，爸爸肯定也会夸奖茅厉害，肯定也会更关心茅。”

温暖、柔和，不会“一直”在，但是永远会“如期而至”。

这就是春的温柔，就是她们眼前发生的奇迹带来的春的温柔。

“你说，茅能做吗？”

听到茅天真无邪的提问，樱说道：

“不可能。一个国家只会诞生一位春之代行者。”

樱说得很坚决，但是语气中又带着一丝歉意。茅显得很失望。

“不过，你可以为自己感到骄傲……”

为了鼓励茅振作起来，樱继续轻声说下去。

“雏菊大人是为了你，才呈现出大和阔别十年的春天。”

这句话在茅的记忆中，肯定会变成一辈子忘不掉的美妙的声音。

“你应该感到骄傲，世界其实是爱你的，哪怕你现在感到孤独。”

哪怕人们感到无助，福音也确实在人们身边。四季称得上是世界给人们的无偿的爱，它们就在人们身边。

雏菊舞毕，深深低头行了个礼。

“献，丑了。春天，已经，顺利，来到了，这里。”

春天就这样，在龙宫显现了。

春天应该是烂漫的。

夏天应该是爽朗的。

秋天应该是恬淡的。

冬天应该是沉静的。

“虽说这里不是我们计划中的位置，不过春天已经呈现在了这片土地上。恭喜您，雏菊大人。”

起初，世上有了冬。

冬是整个世界唯一的季节，它耐不住寂寞，切削自己的生命，制造了春。

“嗯……让，小，荞，也，回家，了，真是，太好，了。”

春把冬当成老师来敬爱，总是追在冬身后。

冬爱着春的温暖，教导和指引着春。

后来两个季节便轮流来到世界上。

然而，没过多久，大地便有了怨言。

它嫌没有休息的机会。

“希望荞能健健康康地长大……”

动物们刚刚孕育爱情，便开始休眠。树木刚刚长满绿叶，便冻结凋零。

大地说与其这样，还不如永远只有忍寒受冻的冬天。

它说正因为尝到了春的滋味，冬的到来才更让它难以忍受。

冬满足大地的愿望，进一步切削自己的生命，制造了夏和秋。

“雏菊大人……我刚刚发现，有直升机……那里有一架直升机。那个……是四季厅的。他们恐怕已经发现我们了，要逃吗？”

酷暑的夏天代表冬受到大地嫌弃后发出的叹息。

令生命缓缓走向死亡的秋天则可以给大地一段时间，好让它重新接纳冬天。

大地接受了新的变化，于是春夏秋冬四个季节便开始轮流登场。

“反正……春天，已经，来，了。怪可怜的，就让，他们，抓住，我们，吧？”

四季追在彼此身后，环绕整个世界，给各地带来了季节的流转变化。

春追在冬的身后，后面跟着夏和秋。

冬回过头去就能看到春，可现在和只有两个季节时不同。

“好的，雏菊大人。”

春和冬的蜜月已经结束。

冬爱着春。就像动物们会成双成对一起生活一样，冬爱着春。

而春也像命中注定般以爱回报冬。

“您献给神的歌舞真是优美动人。雏菊大人，请您对自己更自信，这次的仪式已经证明，雏菊大人现在已经能凭自身的意愿呈现春天了。”

夏和秋注意到冬春对彼此心怀爱意，给它们提了一个建议。

让大地上的居民们代替四季履行职责。

四季把力量分给大地上的居民，让对方花一年时间环绕大地，将其称为四季代行者。

“因为……樱，对，雏菊，说，把，春天，呈现给，小茅，看。”

四季首先把任务交给了牛，可惜牛走得太慢，导致一整年只有冬天。

后来，四季又把任务交给了兔子，结果兔子走到一半被狼吃掉了。

鸟出色地完成了任务，没想到第二年就忘了自己的职责。

“只要，是，为了，樱……”

四季正发愁，不知如何是好，这时人来到它们面前。

人提出由他们来做四季代行者。

他们希望得到五谷丰登、风调雨顺的大地。

春夏秋冬分别把自己的力量赐给了一部分人，冬再也不缺疼爱春的时间了。

就这样，四季代行者出现在了世界上。

“只要，是，为了，樱……雏菊，就能，做到……雏菊，就能，坚持。”

直升机正步步逼近已经迎来春天的龙宫岳，樱瞪着直升机，把雏菊护在身后，以免她被直升机的烈风吹到。

——今后不管发生什么，我也一定要把雏菊大人保护好。

“您不觉后悔吗……雏菊大人。”

春神听到樱的问题，困惑地歪起了脑袋。

“十年前……您被绑架，春天从这个国家消失了。”

樱故意用冷漠的语气问道。

“十年后，您回来了。不管您愿意不愿意，都会成为人们注目的焦点。不了解具体情况的人们会妄加揣测，好像什么都知道一样对我们评头论足……”

樱像忍着疼痛一样咬了一下嘴唇，然后说道：

“‘真可怜。’‘她肯定失去了信心。’‘这个受了伤害的姑娘还能派上用场吗？’‘她能做得到吗？’‘贼人对她做了什么？’他们会像捅刀子一样毫不客气地向我们说出这些话。”

每次听到人们说出这样的话，她们都会留下新的伤口。

“我们想必会受到比现在更多的伤害，您能承受吗？”

樱用苦楚的声音说道，像是在质问雏菊。其实，樱说出的是她自己的“心愿”。

——您愿意承受吗？

她在向这位春神祈祷，希望春神和她一起迎接命运的挑战。

听到樱的询问，雏菊回答道：

“嗯。”

少女春神坚定地点了点头。

“雏菊，能坚持，不管别人，怎么说。”

雏菊毫不退缩，盯着自己的侍从，点了点头。她的脸上没有虚饰，只有决心。

“您回答得这么快……这么坚决……您确定吗？”

樱见雏菊回答得斩钉截铁，她仿佛告白成功了一样，开心得差点儿掉下眼泪来。

“没错，确，定。”

樱的春神也微笑起来。虽然笑容看起来娇弱无力，可是春神的话中带着巨大的信赖。

“因为，樱，会，保护，雏菊。”

雏菊像朝阳一样耀眼的目光中没有丝毫怀疑。

“樱，不会，再，离开，雏菊，了，对，不对？”

樱这样回答雏菊的问题：

“是的，雏菊大人。”

樱心想：“我要为这位春神献出生命。”

——这是我的神。

樱的脑海中响起了钟声。她现在确定了，自己就是为了今天，熬过了那些艰辛的日子。

这一刻，她又一次确信了自己对这位少女春神的忠心是真的。

——不论是生病还是健康。

她知道，这种感情和责任感不同。

——不论是欢乐还是悲伤。

她知道，这也很难说是使命感。

——不论是富裕还是贫穷。

她觉得，如果非得说是什么，应该称之为命运。

——我都会保护您，尊敬您。

她觉得事实上，这是信仰。

——我都会慰藉您，帮助您。

她知道，她信仰的对象是一位真正的神。

——我发誓只要生命不息，我就会为了您战斗下去。

那时她没能殉死，现在终于得到了挽回的机会。

为此她什么事都愿意做，因为这是信仰。

“雏菊大人……下一次樱没法保护雏菊大人的时候，就是樱殉死的时候。”

——迟早有一天，我要背负着十年前没能把您救出来的罪责死掉。

“这就是樱的幸福。”

四季代行者是这样一群人。

他们是现人神，天生拥有与春夏秋冬四个季节之一相关的超常能力。如果他们不走遍各地，世界上就不会有四季流转。

不论是群山环抱的小村还是霓虹闪烁的大都市，不论是无人涉足的古代战场遗址还是只住着一个人的深山老林，不管是什么地方，不管是谁，都会平等地迎来流转的季节。

伟大的四季将超常的能力授予四季代行者，而这平等正是依靠四季代行者的力量才得以实现。

我们将要讲述的就是四季代行者的故事。这个故事是神话的续篇，是单纯的杀人凶手的故事，也是关于救赎的故事、友情的故事，是春的故事、夏的故事、秋的故事、冬的故事。

它还是一个随处可见的，爱情的故事。

与此同时，它也是一个生活在略有不同的世界上的人们，编织而成的人生故事。

讲到这里，故事总算开始了。

——这一定是梦。

呼哧呼哧呼哧。

——我在做梦，喘不上气来。

呼哧呼哧呼哧呼哧。

——明明是梦中，我却难受得喘不上气来。

眼前是一眼望不到头的雪原。视野摇晃着。脚下踉踉跄跄。

“狼星！”

——冻蝶在叫喊。

声嘶力竭的叫喊，让他的心中不断涌出不安感。

——我想停住脚，不想再跑了。

“狼星！挺住啊！跑啊！”

——我明白。

梦中的自己，喉咙中不断喘着粗气。

——就算喉咙喘破了，我也要跑下去。

“不快跑会被杀掉的！”

——就算肺喘破了，我也要跑下去。

若是停下奔跑的脚步，一切就完了。

“包抄，包抄，拦住去路！冬之代行者是个少年！杀了那个少年！”

男人们就像在打猎一样，从他身后追了上来。

他们把杀人说得好像天经地义，在这里，生命无足轻重。

——我好像忘了什么，不对，我好像忘了谁。

发现这一点后，他马上觉得胸口一紧，然后回想起来了。

——对啊，我忘了■■。

“快跑啊！狼星！”

——我明白，如果不跑得再快一点儿，我就会失去她。

他把目光投向冻蝶怀中的少女。

他想好好看看她，可是雪花、刺骨的严寒，他自己带来的一切都在妨碍他。

——我想看看她的脸。

明明是梦中，他的身体却无法自如活动。

恐惧限制了他的所有行动，除了跑之外，他什么都做不了。

——我想看看■■的脸。

“危险！”

紧接着，他听到了砰的一声枪响。

枪响的同时，他被撞飞了。眼前天翻地覆，他没能马上反应过来到底发生了什么。

“请保护好■■大人！”

有人为了保护他，撞开了他。察觉到这一点之后，他慌了。

他觉得后背挨了撞的地方生疼。

“走啊！快走！”

——樱，你该保护的不是我，不要保护我。

梦中的情形和以往一样，他已经做了几千次这个梦，每次都分毫不差。

——我不要这样。我不要这样。我不要这样。

“樱！”

冻蝶怀中的■■在哭喊。

——自己快要发狂了。事情为什么会变成现在这样？

不久之前，他们还在开心地交谈。

他们安稳的生活正受到陌生人破坏，已经到了无法复原的地步。

他心想：他们这样做有什么好处啊，我们做错了什么吗？

他们疯了吗？我们做了什么错事，需要受到这种惩罚？

不对，这不是最重要的，这不是最重要的。

为什么谁都没有告诉我呢？

——那时候只要我死掉就行了，为什么没人说出来呢？

第二章 冬之代行者 寒椿狼星

"……"

冬神是一位青年，他从梦中醒来，半梦半醒中用沙哑的声音低语着什么。

在漆黑的高级轿车中，他像看久别重逢的朋友一样看着窗外的风景，一张英俊的脸庞上没有一丝笑容。

他有一双显得有些阴郁的眼睛，薄薄的嘴唇，一头泛蓝的亮泽黑发像其他年轻人一样打理得整整齐齐。

他的侧脸还带着几分稚气，之所以显得沉稳，恐怕是因为他由内而外透出的高贵吧。他眨眼的样子、手放在车窗上的姿势，都带着油然而生的高雅。他身上的衣服称得上只有真正的贵人才有资格穿着的艺术品：紫黑色的和服长外套，黑底配金色刺绣的和服中衣，淡灰色的和服披风，靴子的色系也与衣服一致。懂行的人一眼就能看出这身衣服和靴子都是专门为他定制的，穿在这位青年身上使他成了一件完整的艺术品，也让他带上了让人只敢远远打量，不敢凑近攀谈的气质。

漆黑的高级轿车中安静得仿佛正在举行葬礼，不过他随手打开车窗之后，自然界的声音传了进来。有鸟儿的啼鸣，还有吹拂绿叶和花朵的风声。

如梦似幻的景色让他忍不住赞叹起来。

这里是创紫，日期是黎明二十年二月二十八日。

距离春之代行者雏菊在龙宫召唤出春天后，已经过去了两周。

迎来阔别十年的春天，大和举国欢庆，各地的人们纷纷前去赏花。外出赏花的车流堵住了路，他乘坐的高级轿车也被挤在中间动弹不得。或许因为周围都是车，打开车窗传来的，除去自然的声音，还有收音机各种频道的声音：

“大和迎来了阔别十年的春天，各国纷纷发来贺电。”

“在突然到访的春天带来的好景气中，股市的行情……”

“合众国的总统代表友邦发来了祝词。另外，四季厅收到了世界各国四季代行者送来的贺礼，祝贺春天重归大和。”

“真是匪夷所思，这十年间，大和的春之代行者跑到什么地方去了？各界专家都说出了自己的看法。”

青年闭上眼睛，吸足春天的空气，然后呼了出去。

一吸一呼之后，平时总是板着的脸上有了一丝平和。

称得上是春之恩惠的现象正在这个国家的每个角落发生。

“狼星，关上窗户。”

片刻的平和因为这一声戛然而止。

打断他幸福时光的，是坐在他旁边的男性侍从。

如果被称为狼星的青年冬神该用冰肌玉骨来形容，那么这位侍从就称得上风华绝代。

这位侍从的年龄在二十五至三十岁之间。

一头银发中掺杂着青丝，就像夜色下的雪原。墨镜挡住了他的一部分脸，可挡不住的风韵还是暴露无遗。远远就能看出他身穿黑色洋装外套、深灰的杂色花纹马甲配成的洋装三件套，但凑近看就会发现，他与主人一样是一身黑底配金色装饰的打扮。苗条的身躯让他把一身个性鲜明的服装穿得服服帖帖，这样的身材哪怕不是男性想必也会羡慕不已。乍一看，这位沉默寡言的男人就是一位不管干什么都风度翩翩的管家，唯有腰间的和式刀正微妙地大放异彩。

“要是有人向你开枪怎么办？把窗户关上吧。”

他一开口，爱操心的性格便露出了端倪。

“闭嘴，冻蝶。”

而这位主子顶起嘴来则有点像反抗期的儿子。

被主人唤作冻蝶的侍从什么都没有说，探出身子打算关上车窗，可是狼星伸出胳膊肘轻轻挡住了他。冻蝶扶了扶滑下来的墨镜，有点不耐烦地说：

“你的玩笑开过头了，不要挡我。”

冻蝶那双细长的眼睛在极近的地方看着狼星，用老师教诲学生一样的语气在狼星耳边劝告他，狼星却一点儿都没有被震慑住，反而也瞪着冻蝶。现在轿车停下了，要是突然发动起来，在这么近的距离下，恐怕会发生他们二人都不愿经历的事故。

“让开，冻蝶。”

“我可不会让，狼星。”

狼星沉默了。

冻蝶也沉默了。

“这种地方怎么可能会有人向我开枪，这就是一条普通的盘山道。”

“虽然是一条盘山道，但是车堵得动弹不得。如果我是想杀你的刺客，肯定不会放过这么好的机会。”

“你能看到射程范围内，有适合开枪的地方吗？难不成刺客要爬到树上去吗？”

“只要有必要，过激派的那些家伙想必会找来能在远处开枪的狙击手。我们行动时必须考虑周全。你觉得花钱请人为这车定制防弹玻璃是为了什么？就是为了保护你啊。”

“再让我开一会儿。对我来说，现在可是阔别十年的春天。”

“这一点对大和的所有国民来说都一样啊……”

“这样我能感觉到雏菊……她已经回来了。再让我开一会儿。”

狼星说出这个名字的时候，让人觉得就像硬挤出了一个他不习惯的单词，声音小得连近在咫尺的冻蝶也没能听清楚。看到狼星这个样子，冻蝶叹了口气。

“我们总要参加‘四季会议’，迟早能见到雏菊大人。”

“我知道……有回信了吗？”

“没有。她们恐怕不想见我们。不过，我们不能说不见就不见。我们能活着多亏了她……必须见面谢她的救命之恩……只是写信不够有诚意……你不想见她吗？”

“想见啊……可你不是说她们恐怕不想见我们吗？”

狼星这样说，是希望能得到这位侍从的否认，结果冻蝶皱着眉头，说道：

“不好说是雏菊大人的意思……还是侍从……樱的意思，但眼下只能认为她们不想见我们。可以说并不令人意外，见面恐怕不利于雏菊大人保持心情平和，她们甚至很可能会说永远不想再见到我们。”

一线希望受到冻蝶否定，狼星垂下了头。随后，他好像还是不甘心一样，说道：

“在‘四季会议’上总能见面。就算我们会挨打，会挨骂……见肯定能见到。在‘四季会议’之前，我们要尽到诚意，今后只要是我们能帮她们的，我都愿意做。明白了吗，冻蝶？”

“当然，只要我们能想到的，我都会安排。”

“那么，我们派过去的护卫有什么报告吗？比如……她们现在怎么样了……”

听到狼星用细弱的声音轻轻说出这句显得有些落寞的话，冻蝶本打算马上回答，张了张嘴又把话咽了回去。

想了一会儿，冻蝶还是开口了。狼星听到他低沉的声音这样说道：

“其实有，不过不是什么值得高兴的报告……”

“莫非护卫在偷偷保护她们的事暴露了？凭樱的性格，她发现了恐怕会生气……”

“不，还没有暴露。我说的不是这个……负责护卫的人报告……她看起来和被绑架前不一样了。”

狼星的脸上出现一丝惊恐。

“不一样了……怎么讲？受伤了？身体有残疾了？”

冻蝶尽可能挑选合适的词语解释道：

“不是，所谓的不一样了不是指身体方面。客观地说，雏菊大人现在已经长大成人，只是护卫报告，她的性格就像换了一个人……”

狼星的心头一阵刺痛。

——等一下。

他很想了解雏菊现在的情况，可还是忍不住在脑海中叫了暂停。

“护卫说看起来就像是另一个年幼的孩子在雏菊大人的身体中。”

——你等一下。

因为情况比他想象中还要糟糕得多。

“雏菊大人的精神年龄很可能还停留在幼年，或许是创伤后应激障碍的一种。负责护卫她们的是当时乡里的幸存者，对我们和雏菊大人她们都比较了解，情报应该是可信的。”

狼星的嘴唇间挤出一阵不成声的呜咽，他难过得紧紧闭上了眼睛。

——我一直担心迟早要听到这样的消息。

狼星闭着眼睛难过了一会儿，不过他没有逃避现实太久，很快便睁开眼睛，催促冻蝶继续说下去。

“还有吗……”

“她说话的方式也变了。称不上口吃，只是说话不连贯。”

“有没有……什么好消息呢？”

“雏菊大人在龙宫顺利呈现了春天，应该算是好消息吧？”

冻蝶也感觉到了狼星充满苦楚的叹息。

“继续护卫……静观一段时间再决定如何接触吧。”

“明白了。”

紧接着，狼星嘀咕了一句，声音被名为“罪恶感”的染料染上了不同色彩：

“其实只要稍微想想就明白了……”

他的黑发垂了下来，盖住那双忧伤的眼睛。他的眼睛湿润了。

“春神归来的通知来得太突然，与此同时，春天便呈现在了龙宫……是不是很不对劲？”

“是啊。”

“四季厅明明知道我们十年间一直在寻找雏菊，却瞒下她归来的消息没有告诉我们，肯定有什么蹊跷。既然她的精神年龄停留在幼年阶段，很可能并非自愿完成代行者的工作，而是如履薄冰地开展工作……”

“雏菊大人应该有樱在保护着，可是护卫们向我报告她们在乱来……能帮助她们的只有和她们立场相同的我们啊，狼星。”

“我也想帮助她，可是没法帮助她的最大原因居然是我自己，真是好笑……或许冬之代行者换成其他的人，这个世界对她来说还会显得更友善一点儿……如果她有这样的愿望，我愿意马上为她实现……”

“狼星……”

冻蝶用手扶着狼星的脸颊，二人之间的距离更近了。冻蝶用慈祥的目光看向狼星，主仆二人似乎正要表现出亲密的一面……

“呜哇！”

短暂的沉默之后，冻蝶给了狼星重重一记头槌，撞得他惊叫起来。

冻蝶这一个动作让车都跟着摇晃了。高级轿车的驾驶员打开前后座席之间联络窗的隔板，确认后座到底发生了什么。看到捂着头的狼星和正在扶正墨镜的冻蝶，驾驶员发现只是发生了常有的事，又关上了隔板。

“最后这句话绝对不能说！”

狼星觉得眼睛中直冒金星，突如其来的粗暴教育让他用痛苦的声音说道：

“那你用嘴说不就是了！有必要用头撞我吗?!”

狼星疼得差点哭了出来，冻蝶却十分平静。

“有必要。用嘴说你根本不听，不会关上窗户，还会说些自轻自贱的话。你在让我痛心方面是个天才，我只能用头脑教育你。”

“这不叫用头脑！喂，不能换侍从吗？”

冻蝶板起脸，想再给狼星一次头槌，狼星赶忙伸手按住他的头。狼星和冻蝶就这样默默地扭打在一起。

他们像亲兄弟一样闹了一会儿之后，冻蝶一侧的门被敲响了。狼星和冻蝶正面面相觑，驾驶员又打开隔板对他们说道：

“敲门的是四季厅的石原大人，她去确认为什么堵车了。”

驾驶员口中的石原，是陪同主仆二人的四季厅保全部警卫科的一位女性职员。冻蝶打开门，只见外貌像电视台主持人一样姣好的石原正紧张地站在车外。

“两位大人，出事了。”

“怎么了，石原女士，还要等很久吗？”

“是这样……冻蝶大人，您的担心成真了。前方转弯处发生了交通事故，一辆轻型小轿车被对面开来的货车撞到悬崖边上，只要护栏一断，轻型小轿车恐怕就会掉下悬崖。”

狼星坐正之后问道：

“车里有人吗？”

“看起来是普通家庭。我也不知道人数具体是多少，不过能听到年幼的孩子哭泣的声音。从后面的车下来的人们正在想办法救助，可是如果没有缆绳，这样的情况下谁都没有办法……”

“毕竟是偏僻的山区，就算有人联系了国家治安机构，救援人员也没法马上赶来……那好，车里基本都有紧急情况下会用到的工具，我来想想办法。石原女士把狼星……”

“我明白了。”

冻蝶说到这里，话便被打断了，紧接着他听到打断他的人打开车门的声音。

“狼星？”

冻蝶扭过头去的时候，狼星已经不在车里了。

“狼星！等等！石原女士，拦住他！”

“好……好的！”

冻蝶也慌忙来到车外。在山路上遭遇莫名其妙的阻塞，许多驾车出行的人都等得不耐烦，来到车外打发时间。他们有的正在吸烟，有的正在用便携终端报告事故。这时，一个打扮惹眼的人快步走过车与车之间的缝隙，人们的目光自然集中到了他的身上。

“狼星！”

在现在的大和，人们很少能看到年轻男人穿民族服装，更不要说是一身黑中带金的奢华民族服装。这名年轻男人看起来就像一个破坏春天绚丽色彩的魔术师，后面还有一名身穿洋装的男人和一名同样穿着洋装的年轻姑娘，他们像饿虎扑食一样冲向年轻男人，拼命叫喊着想要拦住他。这样的三个人吸引了所有人的目光。

"狼星！你不要太过分了！"

"狼星大人！请等一下！请您不要在这种时候去凑热闹啊！"

"我不是去凑热闹！"

冻蝶先追上狼星，抓住狼星的手腕，可是他的手被诡异的力量甩脱了——雪花突然出现在狼星的手腕上，然后碎裂消散。甩开冻蝶的手之后，狼星从快步前进改成了奔跑，继续向前奔去。

"狼星！可恶！有必要这样对付自己人吗！还有，这家伙穿着和服居然跑得这么快！"

"冻蝶大人！狼星大人让路面结了冰！我……我穿着高跟鞋，跑起来打滑！"

"你还给自己人设陷阱！狼星！狼星！"

狼星像溜冰一样在结了冰的路面上滑行，同时冷静地回答道：

"不是，我只是在热身。我看到那辆车了，冻蝶、石原。"

狼星突然站定，身后的冻蝶和石原先后撞到狼星的背上，宛如一个三明治。冻蝶本想怪罪狼星，说出的却是另一句话。

"好严重的事故……"

他们首先看到侧翻在路中央的大型货车，它的样子就像在说谁也别想过去。

人们已经把货车驾驶员抢救出来，他正躺在路中央接受人们的急救。而轻型小轿车则像石原报告的一样，挂在护栏上勉强没有掉下悬崖。护栏已经被撞得走了形，成了标准的"凹"字。车里不断传出孩子的哭声，气囊挡住了驾驶员的脸，人们看不出他是什么状态，不过看他一动不动的样子，恐怕不是昏了过去就是已经丧生。前部的车窗玻璃已经碎裂，血溅得到处都是。

——还有救吗？

冻蝶并不是不自信，只是忍不住这样想。轻型小轿车大半处在悬空状态，现在虽然还在悬崖上，但掉下去恐怕只是时间问题。

——要是贸然出手相救，恐怕会和它一起掉下去。

哪怕只是车里的人稍微动一下都很危险。

遭遇这次堵车的人们都远远地看着事故现场。

而冲到附近后突然停下来的狼星，则从和服的袖子里掏出了扇子。

狼星打开扇子，周围马上充满了寒气。

“狼星……莫非你打算出手？”

听到冻蝶的问题，狼星点了点头。冻蝶皱起眉头，抢走了狼星手中的扇子。

“会违反四季条例的规定。”

紧接着，狼星粗暴地把扇子抢了回来。

“不会吧。”

“不，会的……哪怕民众身临险境，也不能为了呈现季节之外的目的使用四季的力量……使用神通力。这是四季条例第一条。我理解你的心情……可是你不能鲁莽行事。我来……我会试着把里面的人救出来。你回车里去。”

“喂，石原。”

突然听到自己的名字，正捏着一把汗看着二人说话的石原惊得一个激灵，回答道：

“我……我在！”

石原被两个男人之间紧张的气氛吓到了，明显慌了神，真是可怜。

“背诵四季条例第二条。”

不仅如此，她还要服从蛮不讲理的命令。

“咦？”

“快背诵，石原！”

“明……明明……明白！”

石原虽然有些困惑，但她好像对自己的记忆力很有自信，马上背诵起来：

“四季条例第二条，四季代行者可以在遭遇危险时对他人使用神通力……完毕！”

“石原果然厉害。”

狼星伸出一只手，在石原娇小的后背上使劲拍了一下。石原被拍得向前迈了一步。

“非非非……非常感谢您的夸奖……”

“冻蝶，你听好。我们现在被交通事故堵在了半路，而且是在一边赶路，一边提防过激派那些家伙……那些贼人的袭击的时候，对不对？”

“想也不想就开窗的家伙说出这话让我很来气，不过你说得对，所以我才让你关上车窗。”

“我们恐怕还会被堵在这里很久。你看，那辆侧翻的货车彻底堵死了路。而掉头往回走也是不可能的，来赏花的游客把路堵得水泄不通，车子动弹不得。我们正处在受到贼人袭击，只能坐以待毙的状态。不仅如此，如果发生了战斗，民众也会遭殃。放眼看吧，全是堵在路上的车子。”

冻蝶听着这番话，觉得头疼了起来。

——可真是个难伺候的主子。

冻蝶的主人明显已经下定决心，看样子不管谁来劝也说不动他。

“丢下车走回去也是个办法，可是从这里徒步下山不是上策。这样想来，还是有必要把事故处理好。我现在要做的事，相当于自卫。四季条例上规定了，四季代行者在自己遇到危险时可以对他人使用神通力。所以，我要救助那车里……不对，要把那辆车移开。车里的人也很碍事，我要把他们也移开。这样赶来处理事故的人工作起来也更方便，结果就是能更快消除堵塞，就相当于尽快确保了我的安全……”

“好了，不用说了。”

冻蝶用手按住狼星的嘴唇，制止他继续说下去。狼星马上要出口的一句话被堵了回去，他保持着被冻蝶按着嘴唇的状态，瞪了冻蝶一眼。冻蝶移开手，说道：

“我跟你说啊，我是因为担心你才总是唠叨。你明白吗，狼星？”

听出冻蝶这话中的分量，狼星也收敛起猖狂的态度。

“我明白。”

“你不明白吧。”冻蝶叹着气说道，“狼星，你不明白。你现在要做的事，可能会在今后给你带来危险。你遇到了危险，保护你的人也会遇到危险。我倒无所谓，我是你的侍从，你对我来说是世界上最重要的人，只要是为了你，这条命不要也罢……可是，我以外的护卫就难说了，他们当中有人有家人和恋人。你是说你明白这一点，还是要出手吗？如果换成我，肯定不会在明白这一点的情况下还要一意孤行。”

狼星沉默了。

冻蝶的这番话确实刺痛了狼星的良心。他的所作所为对周围的人有多大的影响，狼星在过去已经体会得够多了。可是即使如此，他还是说：

“不好意思，就算是这样，我也要出手。”

狼星没有改变主意。

他指着眼前的悲剧、近在咫尺的残酷现实说道：

“我能救的生命就在眼前。”

在主仆对话的过程中，一直能听到凄惨的哭声。

“车里有孩子，还有……应该是孩子的父母吧。我也不知道里面有多少人，但那些都是生命。”

这次轮到狼星把事实摆在冻蝶面前了。

“都是只要我现在出手就能延续下去的生命。你应该明白这意味着什么吧？”

“你这样说太赖皮了……”

“你刚才那样说也很赖皮。”

“我是为了让你搞明白自己的立场。”

“我明白，我也明白你说的危险性。”

“既然是这样……”

“我救不了成百上千的人，我也不会救，那不是我的职责，我也不想成为承担那种职责的人。我不是仗着自己有神通力想逞能，希望你理解这一点。”

狼星毫不退缩地看着冻蝶。

“可是，我能救那家人，他们就在我眼前。”

狼星的声音很有分量，其中包含的不只是一位青年发自内心的正义感。

冻蝶沉默了。

“我要对他们见死不救吗……冻蝶？”

狼星的声音中有恳求冻蝶的意思。

冻蝶已经不知道自己叹过多少次气了。随后，他脸上带着五味杂陈的苦笑看向石原。

“石原女士……事后你我恐怕会有一大堆文件要写……”

这句话意味着冻蝶同意了狼星接下来要做的所有事情。石原转忧为喜，用力点了点头。

“没关系，冻蝶大人！车里的孩子还哭着呢！”

“说得好，石原，你是好样的。”

狼星又拍了石原的后背一下，不过这次她笑得很开心。

“狼星，这次是破例。既然决定要出手，我们就速战速决吧。”

“好，我告诉你们怎么做。石原，你先待命，我记得你有护士资格。救下来之后，那一家人就交给你了。冻蝶，能在冰上正常走路的只有我和你，别让你的个头白长那么大。”

“明白了，狼星大人。”

“那好……你可别用舞术仪式，只用歌术仪式就好……最好不要让人看到你……算了，在人群当中恐怕没希望。”

狼星在眼前甩开扇子，只见扇子上画着美丽的冬景。

“我不是要让季节回到冬天。这会是一件精细的工作，所以我会用歌术来提高神通力，不过会小声唱。”

冻蝶和石原在人群中为狼星分出一条路，这条路通向悬崖边上的轻型小轿车。

正在哭泣的孩子可能是在后座，狼星能听到男孩和女孩的声音。

他们在哭着求助，反复说的只有一句话：

“救救爸爸……救救爸爸……”

二人不是为自己求助，而是在为驾驶席上一动不动的父亲求助。他们明明也很害怕，可是更担心不回应呼唤的父亲。

——无论如何都要救下他们。

狼星做了个深呼吸，像是在瞄准那辆轻型小轿车一样，把扇子指向了它。周围的人们不明白这个穿着一身黑色和服的青年要干什么，都屏气凝神地注视着他的一举一动。

“六芒花剑漫天舞，蟾宫之色白更白。”

狼星的脚下生成了一层薄薄的冰。

那冰像波纹一样向四周扩展，渐渐到了眼看要落下悬崖的车旁。

“雪月花梦永不醒，病榻中人当自哀。”

冰开始向上生长，变成各种各样的形状。

冰形成了藤蔓、灌木、杂草，小小的芽眨眼间长成一棵棵树木。

仿佛有生命一样，冰在不断增殖。

它先缠住了护栏，然后缠住了轻型小轿车，将它们冻结起来。

藤蔓像一只伸出的手，扶住了轻型小轿车的车尾。

几乎要掉下悬崖的车渐渐被它拉回路上。

分明是没有颜色的冰，看起来却像有生命的绿色植物。

“秋去而来，春来而去。”

就像是一片冰形成的绿野。

不一会儿，那片冰形成的绿野上开出了花。

冰也绽放出绚丽的花朵，就像争奇斗艳的春花。

“杀遍天下仇敌，”

冰绽放出的，尽是春天的花。

冬之代行者在用冰描绘春景。
他其实有别的选项，他有代表他的季节的冬花。

“叹息令万物尽成白。”

即便如此，他还是描绘了春花。
他有意选择这样做，以免涂改了被春之代行者染成樱花色的大地。
狼星思念着雏菊，让冰绽放出春花是有意义的。
哪怕她现在不在这里，不会收下这些冰花。

木瓜。

棣棠花。

菖蒲水仙。

琉璃唐草。

木兰。

紫花地丁。

郁金香。

紫罗兰。

风信子。

梅花。

芍药。

万年青。

燕子花。

春飞蓬。

枸橘。

桃花。

金盏花。

皋月杜鹃。

杏花。

月桂。

石楠花。

铃兰。

银莲花。

四照花。

虞美人。

野山茶。

紫丁香。

薰衣草。

紫藤。

蔷薇。

樱花。

还有，“雏菊”。

他描绘出了童话故事般的景象。

那是一片冰花形成的花田。

所有人看着眼前的景象，都愣住了。

人们的五感完全被这位冬之代行者带来的神迹俘虏了。

——真有雅兴。

在看呆的人群中，唯独冻蝶脸上露出了酸楚的苦笑。他知道狼星为什么用冰开出了一片花田，而且开的全是春花。

—— 一定是送给那位大人的花田吧。

正因为明白缘由，冻蝶才觉得眼前的景象格外令人伤怀。

“万物尽染六芒花剑之白。”

狼星低声唱完这句，舞台便准备就绪了。随着一声脆响，狼星合上手中的扇子，分开冰形成的绿野和春花向前走去。冰形成的藤蔓也随着他的脚步自然向后退去。

“喂，没事吧？”

被强行冻成冰坨的轻型小轿车中，孩子们正吐着白白的水蒸气。

或许是眼前发生的魔法般的一幕比对死的恐惧更令他们感到害怕，他们吓得连哭都忘了。狼星伸出手去，二人马上缩了起来。

狼星开始觉得自己这张没有笑容的脸在这种时候太吃亏，他为了不吓到孩子们，用比平时略高的声调说道：

“没事了，我们这就救你们出来。我用冰把整辆车冻在地上，不可能掉下去，放心吧……冻蝶，交给你行吗？”

“明白，我这就把驾驶员救出来。”

冻蝶说着，用刀鞘砸碎了车窗。

刀鞘看起来并不结实，实际上一点儿损伤都没有。

冻蝶伸出手，通过破碎的车窗将车门的锁打开，然后硬生生掰开了车门。

他的一系列动作轻松得看起来就像是在开点心盒子。

等在一旁的石原平静地看着二人，但其他看热闹的人都惊得张大了嘴。

“那个小哥太可怕了……”

“人怎么可能有这么大力气……”

“还有这冰是怎么回事……莫非那是……四季……”

听到人们纷纷议论，冻蝶有点难为情，扶了扶墨镜。看来他虽然外表惹眼，但实际上并不想引人注目。

“喂，把车窗打开吧。”

狼星对吓得动弹不得的孩子们提议道。一对十岁左右的兄妹在车里瑟瑟发抖，而且恐怕不是因为寒冷。咚咚，狼星敲了敲车窗，可是孩子们看起来没有打开车窗的意思。

狼星沉默了片刻，然后把手举到了车门前。

只见冰形成的藤蔓就像在响应他的动作一样，撬开了轻型小轿车的后门。

“我来救你们了，来吧，没事了。”

狼星说这话是为了让孩子们放下心来，结果这话说完，狼星突然觉得自己胸口一阵刺痛。他没有受伤，却有种心痛的感觉，就像心脏被刀尖挑了一下。

——这是怎么回事？

他很奇怪自己会因为这句话感到心痛，过了一会儿才反应过来。

——好吧，是这样啊，因为我把这句话说出了口。

那是在狼星的人生中，一直想对一个特定的人说的话。

他一直觉得，有朝一日一定能对那个人说出那句话，一直靠这个想法活到了今天，可是始终没有得到机会。而刚才，他却不小心把它说了出来，明明他一直留着想说给那个人听。

——我还没能说出来给那家伙听呢。

现在他不小心说了出来，心这才痛得哭了。

“我来救……你们了……”

他现在发现了，自己没法对想说的人说出想说的话，就这样一直活到了现在。

他现在发现了，他本该把这句话说给那个人听。

——傻瓜，现在不要想那些。

狼星在伤心的同时，也觉得难为情得不得了。

他为自己感到羞愧，让他浑身发烫的羞耻感、罪恶感在他心中翻腾着。

——你这个不知耻的家伙，现在需要考虑的是眼前的孩子。

狼星知道自己得了什么样的病。这个世界有个词叫“辛德瑞拉综合征”，如果要命名狼星目前的状态，或许可以叫“英雄主义综合征”。

他的头脑中会不断地想童话故事一样的事：他会英勇地救出被囚禁起来的心爱之人，在那人的耳边轻声说“没事了”，把那人拥入怀中。

这只是他的空想。心怀英雄主义梦想本身并没有什么好奇怪的，人们都憧憬英雄主义故事。不过狼星的问题是，他不觉得那是空想，而是当了真，所以他自己也觉得自己愚蠢。实际上“救心爱之人于水火之中”这样的故事只会发生在想象中，现实更冰冷残酷，它会毫不留情地把人丢进苦海。人生中出现救星就和发生奇迹一样不现实，狼星也很明白这一点。

——雏菊，我会救你。

正因为明白，他才会一直做这个梦。

——雏菊。

他才会一直做救出十年前被绑架的春之代行者的梦。

我当时为什么没有马上自尽呢？

“樱，不会有事的。别担心，我来保护大家。”

虽然谁都没有说出口，可我自尽就是解决问题最简便的方法。

“狼星大人……”

我要当机立断，如果不尽快下定决心，死的将不只是我一个人。

“谢谢您陪我玩。”

要死就快死，只要我现在死掉，冻蝶、樱，还有雏菊，说不定都能活下去。

“谢谢您送冰花给我。”

快点生成一把冰剑，抵在喉咙上割开它。

“谢谢您一直对我那么好，狼星大人。”

只要我死了，那些家伙就满意了，说不定不会赶尽杀绝。快动手吧。

“我一定也不会有事的，所以……”

快死啊。现在就死。麻利地死掉。死啊，死啊，死啊，快死掉啊。

“所以，狼星大人，到时候继续陪我玩，好吗？”

我正这样想着，抬起抖个不停的手。

“请您不要死，好好活下去，好吗？”

我的初恋女孩，却用她让我撕心裂肺的温柔，保护了我。

短暂的再会已经结束，狼星回到了现实中。

现实世界中只有后悔，与他开始回忆之前相比没有丝毫变化。

——是啊，没错。

不过，漫长的冬天已经结束，春天让这个世界有了色彩。

——现在是春天，那家伙已经回来了。

美丽的春天已经回来了。

——我的言行不能辜负春天。

狼星逼着自己露出虚弱的微笑。

“没事了。不用再害怕了。”

看到他的笑容，小女孩终于拉住他的手。

“我不会让你们死……”

小男孩从里面伸出手，狼星同样朝他伸出了援手。

“不用怕……可怕的事情已经结束了。”

狼星听到孩子们松了口气。

只可惜好景不长，小男孩马上提出问题：

“爸爸怎么样了？”

他们刚才还哭喊着请求人们救他们的父亲，当然会问这个问题。

关于这一点，狼星没有能让小男孩满意的答案。冻蝶已经把孩子们的父亲从驾驶席中救了出来，但这位父亲失血很多。考虑到这位父亲现在还不能说话，狼星没法信口开河。

——我必须对这个孩子说点什么。

其实狼星只需要毫不犹豫地说“他没事”，可那只是乐观的猜测。

狼星硬把涌上来的胃液咽了下去，垂下眼睛说道：

“还不好说……”

狼星这样说是因为他诚实。

“就看还在路上的急救车……能不能尽快赶到了。”

“爸爸他……有危险吗？”

狼星又沉默了。

看起来略微年长的小女孩说道：

“哥哥，你是冬……冬神吧？”

她似乎看明白了眼前的这位青年做了什么，也想到了他是什么人。

“你是神，却不能说爸爸肯定没事吗？”

这是狼星最怕别人问起的问题。

“我只是一个代行者……不是无所不能的神……我要是真的……是神就好了。我也希望能像用魔法一样救你们，可是……”

此时，他作为一个人向孩子们伸出援手，能做到的事是有限的。

他只能尽可能快速和有效地做自己能做到的事。

“不过，正因为我是人……”

狼星下定决心，不畏惧他人的鄙薄。

“我会站在人的立场上，负起责任来保护好你们。”

不管别人怎么说他，也比只做梦不做实事要好。

“我会让人们把路让开，好让你们的父亲能尽快得到治疗。我会叫大人来保护你们，请各机构优先救助你们。这就是我能做的事，对救你们的父亲有帮助的事，我接下来都会做。在这之前，我首先要把你们救出去。”

狼星诚心诚意地向两个孩子轻声说道：

“请让我救你们出去吧，拜托了。”

突然现身的冬之代行者上演了一出营救大戏，让盘山道上的交通事故在发生后没多久便处理完毕。所有伤员都得到了救助，后续处理也进行得很顺利。

大型货车的驾驶员虽然不幸骨折，但是没有生命危险。

撞上护栏的那位轻型小轿车中的父亲还是没有苏醒。石原做了应急处理，是凶是吉还要到医院才知道。狼星一直拉着孩子们的手，等着急救车赶来。他虽然一直沉默不语，不过始终寸步未离守着两个孩子。

急救车赶到后，两个孩子在临别时向狼星挥了挥手。狼星也向他们挥了挥手作为回答。后面的事就是其他人的工作了，他已经做完了能为他们做的所有事情。

“狼星，你到这边来。”

狼星什么都没有回答。

他明明救了三个人生命，却觉得心里空落落的。

“你要垂头丧气到什么时候。四季厅刚刚联络了我，前方道路上已经准备好了车辆，我们要放弃现在乘坐的车辆，驾驶员已经在前方车辆里等我们了。”

“我们尽可能躲着看热闹的人走，以免被拍下相片……不过已经有好多人拍了……唉，看来要写检查了……”

“石原女士，咱们都打起精神来吧……狼星，你在听吗？”

“在听……”

救援没有花多少时间，狼星却显得极其疲惫。

他的样子看起来像是疲惫，也像是茫然自失。

“冻蝶……我想帮那一家人安排他们需要的东西，能查出他们的详细情况吗？”

“当然，我回头会确认他们的情况。孩子们的母亲没有在车里，让人有些担心。如果他们没有能依靠的亲属，我会派人去照顾两个孩子。这样可以吗？”

“好……”

“你用过神通力之后肯定很累了，到车里去睡一会儿吧。”

“嗯……”

“有什么想要的就说，我看看路上能不能搞到。”

狼星没有回话，还是一副心不在焉的样子。

“狼星……”

冻蝶攥住狼星的手腕，硬拽着他向前走去。冻蝶想让主人尽快离开此处，好让他的思绪摆脱刚才发生的一幕。

——这已经不是狼星……不，这已经不是我……第一次在曼妙的春景中茫然自失了。

冻蝶不经意间想起了过去的事，当时他觉得世界已经迎来了末日。

然而，直到现在，他的生活还在继续，他和周围人的人生，也没有表现出末日将至的迹象。

——唯独我们像活死人一样。

现实不会与他们保持相同的步调。冻蝶的脑海中响起了那个声音。

“冻蝶大人，这不是真的吧？您不会不管我们，对吧？您不会对雏菊大人，不会对我……见死不救吧？请告诉我……请告诉我，这不是真的……您不是说过，会帮我们吗……您明明这样对我说过啊！”

唯独往事，会时不时像突发奇想一样，快步走到人们背后刺上一刀。

在这种时候，往事绝对不会选错目标，它刺的永远是对它最刻骨铭心的那个人。

冻蝶想起一直在他心中的那位姑娘的祈求，垂下了眼睛。

就在这时，冻蝶的手臂突然一沉，他赶忙转头确认情况。狼星被路上的小石子绊了个趔趄，而狼星平时不是这样一个冒失的人。

“喂，狼星，你没事吧？”

“……”

“喂，你听到了吗？喂。”

“听到了，你问谁呢，我当然没事。”

不管是谁，都能听出狼星的“没事”是在撒谎。

冻蝶把狼星的手腕攥得更紧了。

“好疼……”

“我是故意的。”

“为什么？”

“因为你真的痛苦的时候……不会说‘痛’和‘苦’。”

狼星将视线转向冻蝶。他的目光就像迷路的孩子一样游移不定。

“我没有那样说的资格……我不能说那些话。”

“所有人都有资格表达自己的感情。”

“我没有，唯独我没有。”

“你有……要是有人说你没有，我会站出来说你有。你可以表达你的痛苦。”

“不要娇纵我……”

“这不是娇纵……我是……”

冻蝶觉得起码要把这位青年从痛苦中拯救出来。

他不怕救不了自己，不怕受人鄙夷，但是他觉得起码要让这位冬神走出苦海。

“我说过很多次了，你对我来说很重要。”

让狼星得到救赎并不代表他自己能得到救赎，可他还是愿意这样做。冻蝶的奉献无私得令人心痛，意外的是，狼星没有表现出理解，反而难过地露出了一脸苦相。

“这些话，你还是说给樱吧。”

这恐怕是最能伤冻蝶的心的一句话。

“要是能说出来就好了……不过，现在的问题和樱无关，我是说给你听的。”

“别说了，真烦人。”

——别说了，我……

狼星想过很多次离开这个人。不管是什么事，冻蝶绝对会站在狼星一方，这对狼星来说是一种救济，可惜狼星想要的不是救济。

“我现在想在自己能说的时候，尽量对身边的人说出来。”

——我想要受到审判，还是受到审判更好。

“狼星，别担心。”

然而，冻蝶绝对不会丢下狼星，为狼星献上自己的人生也没有丝毫疑问。冻蝶有时候会对狼星说重话，但是不会丢下他。

狼星希望冻蝶能质疑这种爱的方式，可是冻蝶不会。

——我就是……

狼星觉得眼睛一热，喉咙哽咽了。

“迟早有一天，时间也会解决雏菊大人的问题。”

这个名叫冻蝶的男人总是不负责任地对他说“别担心”。

这个男人总是给他爱和肯定。

“别再说这种话了……你又没法对你说的话负责……”

就是这份爱和肯定，还有不负责任的话，让狼星活到了现在。

——原来听到这种不负责任的话会如此高兴，早知道我也对那两个孩子说了。

告诉孩子们：“别担心，爸爸一定会得救的。”

哪怕是不负责任的话，听到这样一句，人的心情也会变得截然不同。

冻蝶早就让狼星明白了这一点，可是狼星还是因为胆怯没能对那两个孩子说出这句话。到了这会儿，狼星开始后悔了。

“我会负责，会用一辈子来保护你。”

狼星用和服的袖子抹掉差一点儿落下来的眼泪，然后像是置气一样甩起袖子拍在冻蝶身上。这个不管做什么都完美无缺的男人让狼星觉得很可气，当然，完美无缺的冻蝶只存在于狼星眼中。

“不要跟谁都说这种话……”

只要是为了狼星，冻蝶能做小丑也能做骑士，他就是这样的男人。

“你不要这么说，别人听了会误会的。我的爱只会给我选中的人。”

冻蝶满不在乎地回答道。他不会对主人唯命是从，却是一个最棒的侍从。

“真的吗……”

“是真的。狼星，你听好……你要做好‘人’，不要向‘神’偏得太多。”

“我知道……”

“那就好……还有，你的冰花太美了。你是为了避免涂改春之代行者大人……雏菊大人呈现的春天才这样做的吧？”

狼星像小孩子一样微微点了点头。冻蝶觉得主人像小自己很多岁的弟弟，无比可爱，因此他抬起空着的一只手，伸进狼星的头发里胡乱抚摸起来。

“好美的春景。我记得春之代行者大人最喜欢你做出来的冰花……狼星，今天咱们吃顿好的吧，吃你喜欢的就行。你想吃什么？”

狼星嘟嘟囔囔地回答“超市的寿司”，冻蝶笑了笑说：“好节俭啊。”

“我不吃墨鱼的，给你吃好了……”

“把你不喜欢吃的推给我？那好，你爱吃的鲑鱼寿司，我也替你吃掉好了。”

主仆用拳头轻轻捶了彼此几下，然后又向前走了起来。

狼星被冻蝶拽着手腕向前走，一路上只回头了一次。他看向那片在春日阳光下闪闪发光的冰花，觉得仿佛在那里面看到了那位少女的身影。

对狼星来说，那位少女是这个世界上最特别的人。

——雏菊，不管我走到哪里，都能看到你的影子啊。

记忆中，雏菊的样子和声音明明都已经褪色了。

——我走到哪里都能看到你的影子，是因为我想念你。

因为，雏菊一直色彩鲜明地留存在他的心中。

——我还像以前一样喜欢你。你恨我吗？

狼星就这样思念着那个因他而被绑架的女孩子。

而后，漫长的一天过去了。

冬之代行者一行在日期变更之前，到达了他们本打算前往的旅馆。

冻蝶背着在车里睡熟了的狼星完成了登记，他们这才迎来几个小时以来第一次休息的机会。

“冻蝶大人，您也在这休息吗？”

“是啊，石原女士，这边没有人。如果不嫌弃，请坐吧。”

四季厅包下了旅馆中的一整层，相关人员自然集中到了这一层的休息区。住宿的人可以在这里享用免费的饮料。

因为算是工作时间，大家没有碰含有酒精的饮料，不过都吃着旅馆方面准备的点心，喝着咖啡和红茶，享受着难得的休憩。代行者住宿的房间门前、走廊里、楼梯口，到处都是四季厅派遣的黑衣保镖，他们换班后就会来到休息区。这一层所有的四季厅工作人员加在一起恐怕会超过二十名。

石原一手端着咖啡，在一张空着的单人沙发上坐了下来。

“狼星大人睡了吗？”

冻蝶轻轻侧了一下脑袋，给石原看他的微型听筒，然后笑了笑。他面前的茶几上放着一杯绿茶。

“可能是鼻塞吧，他的呼吸声很重。”

代行者的房间里装着监视摄像机和收音器，冻蝶可以随时通过便携终端确认狼星的状态。

“狼星大人……这是哭了啊……在睡梦中。今天狼星大人经历了太多的事情……可能已经很累了。”

“希望你不要当面对他说这种话。他平时表现得很坚强……导致他在放松下来或者睡着的时候会出现很多负面情绪。”

“我听说精神科给狼星大人开了内服药。”

“是啊。石原女士刚刚上任，想必今后才会看到……总之，他就是经常叫喊。他做了噩梦并且叫喊着醒来是家常便饭，你值夜班的时候要做好心理准备……他的惨叫声会让人以为有人死了。”

“惨叫吗……”

“是啊，他会喊‘快逃’‘别去’……除此之外……”

冻蝶脸上带着难过的表情，轻声说道：

“还会像疯了一样喊‘雏菊’……就是春之代行者大人的名字。”

石原沉默了。

“这种时候，我实在看不下去……他毕竟是在做噩梦，我每次都会把他拍醒，可是他每次都会急切地问我‘雏菊没事吧’。”

“现在春之代行者大人应该已经回来了吧？”

“是啊。最近他问‘雏菊没事吧’，我都会回答‘狼星，雏菊大人已经回来履行春之代行者的职责了，她活着’。”

“狼星大人会怎样回答呢？”

“他或许还没有真实感吧，不太相信我说的话。也可能是因为睡糊涂了……我需要说好几次……他才会相信……然后就像放下心一样继续睡过去……对他来说，雏菊大人恐怕已经变得……重要得没办法用其他事物来比喻了。若思念一个人整整十年，或许不管是谁都会变成这样。毕竟……”

冻蝶在开口之前，感到自己心脏的位置疼得像被针扎一样，可是他没有理会。

他觉得哪怕会让自己更痛苦，也应该诚实地说出真相。

“十年前，雏菊大人就是为了保护我们才被绑架的。”

他似乎把直面罪过当成了表达诚意的一种方式。

平和、温柔的他脸上虽然带着笑，但是眼睛并没有笑意。

石原不知道该说什么才好，喝了一口手中的咖啡。

“可是……那个，那不是没办法的事吗……”

冻蝶摇了摇头。

“不，那不是没办法的事。一个六岁的女孩子在我们面前被绑架了。我这个护卫也在场，可是我没能保护好她，而且绑架地点就在我们冬乡。贼人的目标本是狼星，最后却是春之代行者大人被绑架了。春之代行者大人为了救我们，主动提出做牺牲品。她为什么这样做……原因非常简单。”

冻蝶的声音中没有了平时的柔和，带上了完全不同的愤恨的温度。

“雏菊大人……喜欢狼星。”

而令人难过的是，他愤恨的对象是自己。

“他们那时刚刚认识不到一个月，不过只要看了就明白，狼星应该也喜欢雏菊大人。二人之间产生了稚嫩的恋情，两位神之间的孤独的恋情。”

冻蝶一直在生自己的气。

“然而，悲剧发生了，他们不得不做出选择。如果是普通的孩子，想必会选择逃跑，毕竟最重要的是自己的生命。但是，雏菊大人没有逃跑，她在危急时刻为了让狼星活下去，选择献出自己，当时她还是一个六岁的小女孩。”

他的叹息、怨怒，一切负面感情的目标都是自己。

“你猜当时我在做什么，石原女士……”

他对没能保护好孩子们的十年前的自己，冷冷地说道：

“当时我腹部中弹，神志不清。真是好笑，真是丢人。当时我要是能在那里，在雪原中保护着雏菊大人而死掉该有多好。身为护卫官，那样才算死得其所，可我当时没能做到这一点，现在还活在这里。我经常为自己为什么没有被判刑感到奇怪。”

“这样说……太苛刻了。”

“不，我说的就是事实。狼星的心病也是因为我没保护好他们才留下的。我觉得我……对不起所有人，现在我能做的，只有拼命工作。”

一天二十四小时，一年三百六十五天，冻蝶在这十年间没有休息，每一天都是在冬之代行者的护卫工作中度过的。石原很清楚这一点，因此感到十分难过。

她觉得冻蝶说自己愿意为了狼星献出生命一事，应该是真的。

这样想来，他恐怕是打算保护着别人而死掉。

为了改变沉重的气氛，石原决定换一个话题。

“在四季厅职员中，我能得到在冬之代行者大人身边工作的机会，是因为有心理治疗师和护士资质……我会努力工作，不会让您失望的。”

“不用那么紧张。我们都是一起工作的同事，先熟悉一下吧，不然狼星恐怕也不会跟你说话。还有，我要告诉你，我选人和性别无关，只要有能力，男女都没关系。不过有相应的资质，而且练过武的人……四季厅的人事负责人告诉我……只有你和一位六十来岁的男士。我们这些人总是东奔西走，工作很辛苦，自然就选择了比较年轻的你。再说了，那位男士有妻室……”

“啊，是这样啊……”

石原好像觉得有点过意不去，耸了耸肩。冻蝶笑了，气氛变得轻松了一点儿。

“对不起，调到这里的时候，周围的人对我说了好多……”

“这个职位工资很高，他们肯定是嫉妒你。怎么不想想工资高，代表工作也更辛苦。”

“调来之前上司让我写遗书，把我吓了一跳。”

“是啊，每年都会让你写新的，你最好把文档保存起来。我每次递交的遗书内容都一样……”

石原不禁环视了休息区一周。

一想到周围的人都和自己一样为了这份工作写下了遗书，她就觉得很是诡异。石原喝了一口咖啡之后，问道：

“请问……经常发生武力冲突吗？”

“你是指什么？”

“就是我们和‘贼人’之间……我知道普通民众也对四季厅心怀不满，认为四季代行者明明拥有超乎寻常的力量，却不在灾害发生时用这个力量……还有人说四季代行者应该为了提高国内生产力而使用力量，甚至有人认为四季代行者应该为军事实验提供协助……不过，举行抗议活动的人虽然不少，但是实际想通过暴力解决问题的人到底有多少呢……”

“这个时节还只是淡季，深秋以后就是繁忙期，因为那时候显现之旅就开始了。”

冻蝶把他们的“敌人”说得像观光客一样。

“然而，如果怀有这种念头放松警惕……就会发生和十年前的冬乡袭击一样的悲剧。要是按年说……这样说吧，用两只手的指头来数，有的年头数得过来，有的年头数不过来，基本上就是这样的频率。”

“咦？”听到比预想中更高的频率，石原忍不住惊叫了一声。

“因为我们是冬天嘛，是季节中最受人厌恶的一个，所以遇袭的次数也是最多的。秋天那边可清闲了，他们很少遇袭，不会像我们这样戒备森严。是不是想调过去了？”

听到冻蝶半开玩笑地这样问，石原摇了摇头说道：“那怎么行。”

"你担心的暴力袭击……你要记住袭击的目的不一定是杀害代行者。有时候，袭击者是想引起需要动用武力的事态，以便诱使代行者使用他们的力量。"

"不危害代行者吗？"

"没错，有些贼人的目的不是危害代行者，只是想抓住代行者的把柄。你不是看到狼星的力量了吗？他们想抨击代行者，说代行者会为了救自己的命使用力量，但是不会为了救别人使用力量。"

"这也太不讲理了……"

"是啊，没错。实在太不讲理了。"

冻蝶的声音中明显带着怒火。

"四季代行者不是超级英雄，可是不管说多少次，人们还是不理解。这样的事一再发生，影响四季代行者的精神健康，所以我们必须保护好四季代行者。今天狼星去救人其实也不是上策，人们拍下了相片，说不定要上新闻了。"

石原沉默了。

"不要那么难过嘛，石原女士，这只是我从公事角度的评价。其实我也为能救下那一家人感到高兴。只是，四季代行者救了人，今后就会有人说'为什么那次救了，这次不救'。代行者没有办法每次都出手相救，因为代行者不是国家治安机构……代行者只是把四季送到各地的人……只是贼人始终主张这种看法是错的，对我们不依不饶……"

石原感叹道："真是个复杂的问题啊。"

冻蝶也点了点头，说道："确实是个复杂的问题。"他说着，随手确认便携终端上的画面。无线监视摄像机发来了睡梦中的狼星的样子，还有他的呼吸和心跳声。冻蝶看狼星睡得挺好，继续说了下去：

"这类问题确实复杂，不过我们的工作很简单。我们只需要……保护四季代行者。与贼人发生了冲突就彻底击溃他们，仅此而已。其他季节立场并不坚定……但我们和他们不一样。石原女士，你既然……调来做冬天的管辖职员，请你在这方面做好心理准备。"

冻蝶用和平时一样柔和的声音坚决地说完了最后这段话。

“好……好的……我明白。对了……冻蝶大人。”

“怎么？”

石原怯生生地说道：

“您不打算设法安排狼星大人和春之代行者大人见面吗……如果您同意，我可以去和四季厅春季部门的职员谈一谈……”

“石原女士真是心细啊。我也想这样做……”

冻蝶扶了扶墨镜，叹了口气。

“有什么问题吗？”

“十年前，春之代行者大人遭到绑架，现在又平安归来，你认为这期间的救援工作是怎样推进的？”

“我看资料上说，是四季厅和国家治安机构，还有春乡、冬乡合作救援的。”

“没错……确实是这样，资料上确实是这样写的……可实际上……”

冻蝶的脑海中浮现出一名少女的身影。

“春乡在雏菊大人被绑架三个月后便不再参与搜寻了。我们冬乡和国家治安机构继续合作，搜寻了五年……然而，五年后也选择了停止搜寻。”

“咦……”

“当然，搜寻工作还在继续，停止的只是大规模搜寻。不过，这样做……在敬爱雏菊大人的人看来，她们不就相当于被抛弃了吗？要在这么大的世界上找到一名少女无异于海底捞针，不用人海战术根本没有希望。”

“那当然了……如果是我的家人，我一定不会善罢甘休。”

“没错，确实是这样。有一个人哭着到各种机构申诉，请求保持搜寻力度，她就是当时十四岁的姬鹰樱。她是春神的护卫官，也是冬乡袭击事件的受害人之一。”

“当时只有十四岁啊……”

“自从春乡停止搜寻，樱就到冬乡和我们一起生活。冬乡停止大规模搜寻之后，樱便失踪了。临别之际，樱说了不少狠话……简直像是想把我们咒死……在樱看来，她的主人之所以被绑架就是因为冬天，五年后，冬天又放弃了对她主人的营救……我不觉得她这么快就会愿意帮狼星和雏菊大人恢复联系。”

石原沉默了，在脑海中整理着相关人员之间复杂的人际关系。冻蝶又摆弄起了便携终端，从正在睡觉的狼星的画面，切换到了普通的相片文件夹。

文件夹中没有近期生成的文件，都是一些老相片。

那些相片记录了悲剧发生之前那些快乐的日子。

其中有十岁的狼星在冬乡堆雪人的样子，有六岁的雏菊从雪屋中探出头来的样子，当时还很年幼的狼星和雏菊看上去都天真无邪。

最后一张相片是一个满脸笑容的黑发少女，她就是当时九岁的姬鹰樱。相片上的她对冻蝶露出了灿烂的笑容。

“姬鹰樱……除雏菊大人之外，她是我最对不起的人。我也不知道我能不能为主人说服她。”

说完这话，冻蝶好像要阻止自己继续想下去，关掉终端上的相片。

随后，他端起已经凉透的绿茶喝了一口。

“确实很复杂啊……考虑到那位大人的立场……”

“是啊，不过……我希望尽可能……为所有人赢得更好的未来。”

“春之代行者大人的警卫工作没问题吗？”

“我听说……樱不信任四季厅和国家治安机构，第一次仪式是她和雏菊大人悄悄举行的。”

“咦！那样太危险了啊！为什么……”

“确实……但究其根本，就会发现是四季厅许多方面工作不够细心，也难怪她们会这样决定……春天的高层管理部门有问题，可能是只把代行者当成了工具或者木偶吧？我现在最担心的是‘四季会议’……贼人到时候有可能再次发动袭击……”

“对不起……”

“不用道歉，石原女士又没有做错什么。你们虽然都是四季厅的职员，但职责不同。听说她们完成第一次仪式之后，接受了四季厅安排的警卫人员。然而……为了以防万一，冬天方面也划出预算随时监视着她们身边的情况……我也打算找机会与樱接触。”

“当然，我也说不好她肯不肯与我接触。”紧接着，冻蝶又说了这样一句苦楚的话。在工作上会让冻蝶焦头烂额的只有狼星，其他时候冻蝶总是非常冷静和温厚。四季厅职员们都知道冻蝶是云龙风虎，而春之代行者的护卫官竟然能让这样一个男人心神不宁，石原开始好奇她是一个什么样的人。

“冻蝶大人……您真是太辛苦了……您不会因为精神压力导致胃穿孔吧……”

“不辛苦不辛苦，谢谢你，你听我发了半天牢骚，我现在痛快多了……我们继续执行护卫任务吧。”

冻蝶说着，从沙发上站了起来。只见一片樱花花瓣随着他的动作轻飘飘落在了地板上，或许是贴在洋装上被他带进来的。冻蝶下意识地嘟囔了一声：“对不起。”

这只是一片樱花花瓣，可这片樱花花瓣会让他想起一位女性，想起她满脸的泪水、哭喊的声音、暴怒的面孔，就连她额头贴着地拼命哀求的样子都会浮出他记忆的海面。

——“请帮帮我们吧。”

得到消息时，冻蝶好不容易出了院，连日在他们“冬乡”调查春之代行者绑架事件。

逗留在冬乡的春之代行者向贼人提出代替冬之代行者做人质，贼人们同意她的条件后将她带走。时间过得很快，“春之代行者绑架事件”已经是三个月前的事了。

人们始终没有查出被绑架的春之代行者的去向。

冬乡的人们为了雪耻，全部出动展开搜寻。

冻蝶的主人狼星也不眠不休地查看周边监视摄像机拍到的影像，几次累坏了身体。“现在放弃太早了。”冬乡的人们都把这句话当成口头禅，没日没夜地进行搜寻。出乎意料的是，代行者雏菊及其侍从的“春乡”在事发后三个月时宣布结束搜寻。

这一决定令人感到难以置信。“四季之乡”是代行者的故乡，对春乡来说代行者应该比什么都重要，他们却草草结束了搜寻。

这样做意味着宣布“放弃拯救花叶雏菊的生命”。

本该主导搜寻的机构放弃了对代行者的营救，这个消息给相关人员带来了巨大的冲击。

——如果下一代春之代行者已经诞生，那倒还能理解。

得到这个消息，冻蝶坐立不安，马上赶到了春乡。

他是想去质问春乡为什么会做出这样的决定，更是因为担心同样是代行者侍从的樱。

他明白樱一定对春乡的这个决定非常失望。

没想到，事态发展得比冻蝶担心的糟糕得多。

“请不要抛弃我们！请打开门！不要抛弃我们！”

春乡就像抛弃一条狗一样，把九岁的孩子关在了乡门之外。

“樱？”

冻蝶下飞机后换乘公共交通工具，最后租小轿车赶到了春乡。看到在春乡门前哭着砸门的少女，他惊得说不出话了。少女的手臂还用三角巾挂在颈部，遇袭时受的伤让人看了忍不住心疼，她正用能动的那只手砸门。

“冻蝶大人……我……”

发现冻蝶之后，樱满眼的泪花变成大颗的泪珠落下，她抽泣起来。

因为不停地砸门，她攥起的拳头已经皮开肉绽，血渗了出来。

“我被剥夺护卫官的职责了……这是对我没能保护好雏菊大人一事的惩罚……”

“什么？”

“春乡把我赶了出来……”

“不是，等一下……怎么会这样……”

“我明白，是我不好，我应该受到惩罚……我被赶出来也没什么好抱怨的……可是，现在应该优先找到雏菊大人才行……他们竟然说要结束搜寻……”

“樱，你听着。不管怎么考虑，错也不在你，在代行者的幼年期，护卫官的主要职责不是护卫，而是帮助代行者保持稳定的精神状态。这一点，不管谁都应该明白。面对贼人的袭击，一个九岁的孩子怎么可能保护得了代行者！应该承担责任的是其他的大人，是我！”

“可是，我是雏菊大人的侍从……我才是雏菊大人的侍从……我应该舍命保护雏菊大人才对……我却活下来了……现在我又被赶了出来，我该……怎么找雏菊大人啊……”

“怎么能这样做！就算要罚，也该罚没能阻止贼人的冬乡，怎么能罚你！你先让开。喂，请把门打开！请把门打开！”

“我已经在这里敲了一小时，没人开门。”

“怎么会这样……”

冻蝶为了保护樱，把她带到了冬乡。樱刚到冬乡低头行礼的时候，冻蝶发现只有九岁的她，头发中竟然掺着银丝。现在樱成了什么样，冻蝶也不知道。

当时，在场的所有人都明白，这是一个在世界上已经无处可去、没有了退路的姑娘。

冬乡的人们明明都明白，却还是在五年后同样停止了大规模搜寻。

即便继续进行规模极小的搜寻，也不过是坐等雏菊的死讯罢了。

人们抛弃了这两个姑娘，已经抛弃了这么多年。

而被人们抛弃的春之代行者和她的侍从，现在回来了。

人们交口称赞，说回归后的春天不光鲜花绿叶美不胜收，连风都是壮美的。

她们不向任何事物低头，不接受任何人的命令，只以彼此为伴，就像绽放在荒原的野花。

这样的春天，对冻蝶来说太耀眼了。

他没法像狼星一样如痴如醉地欣赏这样的春天。

——两位少女实在太令人痛心了。

人们曾经盼着其中一位少女尽早死去。

人们曾经告诉另一位少女最好等她的主人死去。

两位少女以春花为名，她们还在不断用春天涂改银色的世界。

她们在向人们传达“我们就在这里”，这是她们在温柔地向所有大人复仇。

有些人曾经认为她们就应该死掉。

有些人曾经劝说她们等死。而这些人，同样会迎来她们呈现的春天。

冻蝶从来没有产生过希望雏菊死的想法。

他也没有告诉过樱让她等雏菊死。

只不过，他也没能尽到守护者的职责，保护好她们的人生。

当时的冻蝶十九岁，到这时已经过去了十年。

他同样是巨大漩涡中的一叶小舟，一直以来只能任由摆布。

另外三个当事人比他还要幼小。

雏菊、樱、狼星对冻蝶来说，都是需要保护的孩子。

他想保护好他们，尽到他作为守护者的职责，他甚至想献出生命来保护他们。

——可我现在还活着。

十年前，他不光没能保护他们，反而受到了他们的保护，所以他经历了丧失之痛。

他承受了巨大的精神压力，以至于五年前的一天，他曾经选择了出逃。

现在，他只能对狼星说“别担心”，以免狼星心碎。

冻蝶今后恐怕还是无法看到他想看到的世界，他每一秒都要面对这个现实。

今后肯定会与现在一样。

“您怎么了，冻蝶大人？”

“没事，没什么……”

冻蝶决定不再想下去。他看向休息区的窗外，夜色下的樱花开得正盛。

他能赎罪的“春天”现在总算到了。

人的一生中，恐怕不会有两次这样的救赎。冻蝶用嘶哑的声音，喃喃低语道：

"樱，你还恨我吗？"

他没法对落在地上的那片樱花置之不理，于是把它捡起来，收进了胸前的口袋里。

少女在白色的盒子中。

“■■■■。”

那是一个冷冰冰、静悄悄的鸟笼。
她被关在那里许多年了。

“■■■■。”

绑架少女的人会用另一个名字称呼她。那人应该是想通过夺走她的人生和名字，让她成为真正的奴隶吧。那人得逞了，少女的人格渐渐走了形。

“我是雏菊……”

第一年，少女心怀希望，觉得一定会有人来救她。

“我是，雏菊……”

第二年，她的记忆还很清楚，她还能想起自己敬爱的那些人。

“我，是雏菊……”

第三年，她开始心怀疑问。难不成有着另一个名字的自己才是真正的自己，而她过去的记忆是错误的？毕竟她等了这么久，还是没有人来救她。

“我，是，雏菊……”

第四年，她变得没法像以前那样说话。她拿不准自己到底是谁，没法自信地开口。她开始怀疑真的有她这样一个人吗，外面真的有一个世界吗，自己是不是真正的自己？

“雏菊是，雏菊……”

第五年，她感到自己的人格正在分裂，恐惧让她不断地重复自己的名字……

“雏菊，是，雏菊……”

第六年，她害怕受到惩罚，什么都不敢做了。

那些人不断告诉她，没有人在找她。这些话让她的精神开始崩溃。

“雏……雏菊，不，是，■■■■。”

第七年，因为那些人还让她活着，所以她才活着。她不再感到喜悦，也不觉得悲伤。

她甚至不再想外面那个世界。不过，她还是希望外面真的有那个世界。

“不，要……”

第八年，绑架犯提出了一个建议。

那不能算是建议，应该说是命令。她明明已经没有什么可以失去了，脑海中还是朦朦胧胧浮现出八年前她保护的那些人的面孔。能听她祈求的只剩下这些朦胧的面孔了。

“不，要，不，要，不要，不要。”

剧痛折磨着少女的身体。从来没有见过的人粗暴地把她按在地上，殴打她的身体。

“樱，樱！樱——”

最需要帮助的时候，她想到的不是神，而是一位以前的朋友。

“狼星大，人，狼星大人，狼星，大人，狼星，大人。”

浮现在她脑海中的，是她自始至终都喜欢的那位初恋少年的面孔。她本以为自己早就忘记了他。

“谁能，救救我，谁能，救救我，谁能，救救我，救救我，救救我，救救我，救救我。”

少女叫喊着，开始攻击把她关进鸟笼的人，开始攻击她现在所在的整个世界。

大人们尖叫着，少女明白这是在做坏事，可她控制不住自己。

过了一段时间，周围才静下来。

回过神来，少女发现自己离开了鸟笼，外面的世界被银色的雪覆盖着，非常冷。

“大家，在，哪里……”

少女赤着脚，每走一步都会留下血红的脚印。

“雏菊，想，回，去……”

少女开始下山。哪怕没有人在寻找她了，她还是想回去。

“冻蝶，哥，哥……”

想回去。回到她成功保护那位少年的地方去。

“樱。”

皮囊中的她已是面目全非，她不知道他还会不会欢迎她。

“狼星，大，人。”

她不知道是身体决定灵魂还是灵魂决定身体，不知道杀死自我算不算是罪过。

“大家，在哪儿？”

在多变的世界里，她现在一无所知，而她知道的只有一点。

“雏菊，就在，这，里。”

在封闭她的世界之外，确实有另一个世界。
原来并不是那个孩子的头脑发狂了。啊啊，太好了。

“就，在，这里。”

啊啊，太好了。回去吧，雏菊这就带你回去。

面目全非的少女雏菊，现在正带着一位与她一样伤痕累累的姑娘一起绽放春天。

第三章 夏之代行者 叶樱琉璃

四季代行者分别有自己的故乡。

春之代行者的故乡是春乡。
夏之代行者的故乡是夏乡。
秋之代行者的故乡是秋乡。
冬之代行者的故乡是冬乡。

自古以来，得到四季授予神力的人类后裔便生活在四乡之中。

代行者的后代中会自然地有能使用四季神力的人觉醒。

哪怕昨天还只是有血缘关系而没有神力的人，只要当代的代行者去世，其中就会产生下一代的代行者。不管代行者们离了巢飞得多高，四乡对他们来说依然是故乡，不过故乡不一定是孩子们想回的家。

在这样的情况下，代行者往往会把家安在四乡之外。

夏之代行者的隐居地叫夏离宫，它在森林的深处。

列岛“大和”被世人称为东洋樱花。

“衣世”是大和诸岛之一，被人们称为矢贺的大和国内的著名观光胜地就在衣世岛上。矢贺山绿意盎然的山林中点缀着古色古香的老式民房，半山腰溪谷中的大瀑布是这里的著名景点，每到夏天都会被游客占领。

对想远离喧嚣、投入自然怀抱的人们来说，这里是最合适的地方。山上有几处大和家喻户晓的文豪投宿过的旅店，为此来到这里朝圣的人也不少。

“夏离宫曾经是一家国家指定为重要文化遗产的旅店，几代夏之代行者都把这里当成隐居地。”

春之代行者雏菊和她的侍从樱走在银装素裹的落叶松林中的小路上，出神地听着眼前女性的解说，忍不住呼出一口白色的水蒸气。雏菊和樱呈现的春季樱花前线已经从龙宫推过了创紫，又从创紫推到了衣世。接下来，她们将在衣世呈现春天。

呈现春天的仪式一向在指定的地点举行，而这一次，管理代行者的四季厅推荐主仆二人前往夏之代行者的私有地。

“夏之代行者不光能呈现夏天，还能通过神通力驱使动物，因此喜欢更接近自然的地方。”

这里依然处在冬天的统治下，不过侧耳倾听就能听到鸟儿的啼鸣，凝眸细看就能发现小动物留在雪地上的点点脚印。

“以前的夏之代行者为了追求所谓的‘治愈效果’，把隐居地选在了这里。”

一行人马不停蹄，来到一座在雪中显得格外庄严肃穆的纯西洋式建筑前，这就是夏之代行者的别墅。

“矢贺本就有提高神通力的灵脉，春之代行者大人连日无休地呈现春天一定很累了，请在这里小憩几日再前往帝州吧。”

夏之代行者的护卫官微笑着说出了这样一番话，她戴着眼镜，是一位斯斯文文的黑发美女。

“希望两位能在这里过得开心。”

她的名字是叶樱菖蒲，看起来相当好客。听说春之代行者主仆要来衣世，她表示愿意在夏离宫接待二人，现在又亲自出来迎接。她的年龄大概有二十岁，配一身笔挺干练的灰色洋装还略显稚嫩。

“感谢您的厚意。来到这里，媒体应该没法轻易靠近，最重要的是我的主人能在这里好好休息。”

“不用客气，能为春天二位大人提供帮助是我的荣幸。神话中也提到，夏是因为春和冬才诞生。见证与我年龄相仿的女性东山再起更是我个人的愿望，为春之代行者大人尽力也是我作为护卫官应该做的。”

菖蒲就像静悄悄照耀大地的月亮，这种描述非常贴切。哪怕是平时只对雏菊亲近殷勤的樱，这次也变得像寄养在别人家的猫一样服服帖帖，从这一点上也看得出菖蒲待人是多么真诚和善。

“非，常，感，谢，叶樱，小姐。”

雏菊向菖蒲低头行礼，菖蒲也向雏菊鞠躬还礼。菖蒲鞠躬的动作非常标准，点缀着可爱的小白花、编成蓬松辫子的墨绿色长发宛若翠鸟的羽毛，充满光泽，随着她的动作摇曳起来尽显风情。她的皮肤细嫩得像玉，如果要给她一个大和美人的称号，那她一定当之无愧。她没有注意到两位少女看着她出神，平静地说道：

“希望您可以叫我‘菖蒲’，毕竟夏之代行者的姓也是‘叶樱’，很容易搞错。”

雏菊没能马上理解菖蒲的这句话，愣住了。樱慌忙解释起来：

“对不起，我还没为您说明。夏之代行者主仆两位大人是姐妹。”

“姐妹……是主仆？”

“是这样的，其他季节往往从本乡族人中选出代行者熟识的人，或者是身手高强者担任护卫官……不过我们这里，夏乡多从亲属中选出护卫官。”

“雏菊……和，樱，不是，姐妹，但是，与，姐妹，无异，所以，我们，也，一样？”

“咦？雏菊大人！我和您是姐妹，我怎么敢当……”

“我们，这么，要好，雏菊觉得，没有，什么，问题……樱，不，愿意，吧？对不起，啊，樱。”

听到樱的推辞，雏菊显得很失望。樱见状，赶忙辩解：

“怎么会呢！我怎么会不愿意呢！我愿意做您的朋友，愿意做您的姐妹，大多数时候还是保护您的那把刀！我愿意永远和您同甘共苦！”

“樱，的，职责，太，多……太，辛苦了……”

樱用力摇了摇头，然后直直地看着主人的眼睛，说道：

“我愿意承担这些职责！”

樱一点儿都不觉得难为情，攥紧拳头激动地说着，她的话中没有任何虚情假意。雏菊眨了几下眼睛，脸上露出有点羞涩的笑容。

“真的……吗？”

“是真的。”

“嘿，嘿嘿……这样，真的，合适吗……雏菊，太，幸福，了。”

“嘿嘿嘿！当然合适了！”

她们扭扭捏捏的，看上去非常甜蜜。听到她们之间的对话，菖蒲惊讶得用手捂住了嘴。

“我早就听说春之代行者主仆之间感情很好，看来两位真是亲如姐妹啊……”

樱显得有点难为情，并不否定菖蒲的话，回答道：

“过……过奖了。菖蒲大人和夏之代行者大人是亲姐妹，感情肯定更要好吧。”

“感情啊……是啊，我们毕竟是亲人。只不过，我们没有两位这样要好。”

没想到菖蒲否定了樱的猜想，苦笑起来。

“如果代行者是亲人，侍从其实会更辛苦。如果侍从的主人是任性的妹妹，那就更辛苦了……”

“任，性？”

听到雏菊有点吃惊地反问，菖蒲脸上带上了为难的表情。

“是啊，任性得很……要是她能成长为像雏菊大人一样有爱心、懂得为别人着想的人该有多好……”

樱和雏菊都觉得气氛变得让她们没法继续细问。菖蒲也打断话头，开始带主仆二人向夏离宫走去。雏菊和樱跟在菖蒲身后走着，困惑地看了看彼此。

一行人走了好久才到夏离宫。进门之后，主仆二人发现，夏离宫的构造让它从里面看起来比外面还要宽敞。

前门大堂、共享起居室、几间客房、游艺室、读书室、酒吧，夏离宫里各种功能的房间应有尽有，主仆二人居留期间肯定不用担心无事可做。夏离宫宽敞得就算不出门也能散步，但是它最大的特点不是宽敞，而是随处可见的小动物。

“那，里……有，一只，兔子。”

“确实有兔子啊，雏菊大人。”

“还有，小狗，还有，小猫。”

“不可思议的组合啊。”

“还有鸟……和松鼠……”

“这里是乐园，雏菊大人。”

雏菊和樱脸上都泛着红潮，有些兴奋地小声咬着耳朵。

来到共享起居室之后，各种各样的动物都露了面，像是来欢迎这对主仆。其中有些动物在笼子里，不过大部分都在室内自由活动，或者是相互依偎着睡午觉，和平共处。

雏菊看起来很开心，不过樱的表情则变化得格外显著。她眉开眼笑，嘴角也自然地向上翘着。看来她表面表现得冷若冰霜，实际上对可爱的东西毫无抵抗力。

菖蒲一边帮二人搬运行李，一边说道：

“呵呵，两位不讨厌动物，真是太好了。”

樱满脸写着“还有人讨厌这么可爱的生物吗”，问道：

“这就是夏之代行者大人的力量吗？”

“是的，这些都是夏之代行者驱使的动物……是琉璃的朋友。夏之代行者能用‘生命使役’的能力。每次显现夏天……琉璃都会把受伤的动物捡回家，或者是在所到之处结识新朋友，所以动物越来越多，我们可辛苦了。”

“小，狗、小，猫，能和，它们，说话，吗？”

“是的，不过只有琉璃能和它们说话。而我……虽然不能和动物说话，但我通过它们的动作能看得出它们在说什么，这是琉璃教我的。”

雏菊的眼睛闪闪发光，然后她用艳羡的声调轻轻嘟囔道：“雏菊要是夏之代行者该有多好。”

“也不是只有好事，管理费可不是个小数目。”

菖蒲笑着回答道。

樱不知道想起了什么，一副深有同感的样子，说道：

“恩格尔系数确实不容小觑，这是现实问题……”

呈现季节的旅行中，经费管理也由护卫官负责。樱和菖蒲都经常为之烦恼的问题让二人产生了共鸣，突然熟络起来。

“是的。虽说有经费，在这方面多花一点儿钱也没关系，可是这边用的钱多了，其他方面的经费就少了。每个月都拆东墙补西墙搞得非常辛苦……当然，这是每代夏之代行者都会做的事，不会有人抱怨。幸运的是，夏乡对这一点也很理解。”

“经费……如果可能，最好节约一点儿，每个月存起来，用作代行者的服装费。”

两位侍从越聊越投机，身为春神的少女根本插不上嘴。

“确实。我妹妹比较喜欢洋装，购置费用要比和服少很多，可是她毕竟正是爱美的年纪，多买几套衣服，服装费就见底了。请问……姬鹰大人，和服的经费消耗岂不是更大？我看其他季节的代行者和护卫官会穿和服，每次在‘四季会议’上看到，我都觉得一定非常昂贵……”

“和服确实是个无底洞。不过……您请看，穿上奢华的和服，雏菊大人是多么可爱。”

樱搂住雏菊的肩膀，雏菊的服饰都是樱精挑细选出来的。被当成范例的雏菊有些不知所措，菖蒲则不住地点头表示赞同。

“只要看到这么可爱的雏菊大人，我就会觉得拆东墙补西墙的辛苦根本不算什么！”

“毕竟代行者的装束体现着侍从的能耐嘛！”

“是啊！”

“和服真好看啊……可惜那孩子，不愿意穿活动起来不怎么方便的衣服……”

“其实，啊……雏菊，就算，不穿，和服，也，没关系……穿，洋装，可以，吗？”

“洋装，那怎么行？您在说什么，雏菊大人？”

“没错，花叶大人，您穿上洋装应该也很好看，不过绝对是穿和服更好看。”

雏菊不太明白为什么，但看到二人都表示否定，她发现自己今后恐怕只能穿和服，显得有点失望。两位侍从聊了一会儿服装的话题，这才想起来应该到房间里坐下再继续聊。

“两位，夏离宫有几名夏乡的常驻人员，还有四季厅夏季部门的职员轮班到这里负责警卫。等一下我会为两位介绍他们，两位居留期间有什么不明白的，可以问他们，或者问我。”

“好的。请问……菖，蒲，小姐。”

“请吩咐，花叶大人。”

“可以，摸摸……这些，小，朋友，吗？”

菖蒲本来就很喜欢这位内敛可爱的春之代行者，看到她凡事都要征得主人同意，于是对她更多了几分好感。

“它们都是温驯的小动物，只是抚摸没有问题。如果抱起来之后它们挣扎，请不要硬抱它们。如果它们来缠着您，那就请您把它们抱起来吧。它们会有吃点心的时间，只要您到时候参加喂食，或许会比较容易和它们亲近起来。”

“太好啦！雏菊大人，我们找个时间拍照吧。请让我拍一张雏菊大人和兔子的合照。”

“那，怎么，行，樱……动物，看到，闪光灯，眼睛，会，疼的。”

“我远远地拍，不用闪光灯就是，请让樱一饱眼福吧……”

菖蒲眯着眼睛听着春神主仆的对话，好像想起了什么事情，对樱说道：

“对了，四季厅春季部门的护卫还在外面等着吗？我可以为他们安排房间。”

“他们坐着露营车来的，不必费心。我们请他们远远地跟着我们。”

“是这样啊……”

所谓的四季厅是负责运营管理四季的独立机构，与四乡不同。四乡是诞生代行者的机构，四季厅是运营代行者的机构，这就是两个机构最简便的区分方法。而四季代行者在呈现季节和远途旅行的时候，往往会有四季厅职员负责警卫和处理杂务。四季厅的工作完全围绕代行者展开，所以有代行者的地方，一定会有一群身穿洋装的工作人员。四季厅主要负责四季的运营工作，发生意外时的调查工作、辅助工作、护卫和疏散工作，还有与各种政府机构沟通的工作。除了日常工作，四季厅还会遇到各种各样与季节有关的问题，职员的工作内容也是五花八门。正在呈现春天的雏菊和樱身边看不到这个四季厅的职员，说明她们不愿靠近四季厅的人。

——恐怕春神主仆也有许多苦衷啊。

菖蒲在心中感叹，没有说出口。

“我们不用去向夏之代行者大人打个招呼吗？”

“不用的，她现在还躺着呢。等她醒了，我就让她来和两位打招呼。”

三人说着话，携带行李来到了主仆的客房。

房间中的床像旅馆一样铺得整整齐齐，白色的欧式矮柜、老式的椅子、古色古香的装饰陈设撩拨着主仆二人的少女心。暖气应该是在一行人到达之前就打开了，暖烘烘的房间让雏菊和樱更深切地感受到了夏离宫的迎宾之情。

“樱，这个，房间，真的，好棒，啊！”

雏菊与人打交道很少会表现得开心，樱开始庆幸这里能成为她主人的暂居之所。

“两位远道而来，肯定已经累了吧？我这就准备茶点，厨房已经为两位做好了蛋糕。”

“菖蒲大人，我也来帮忙。雏菊大人请在房间里等一等，可以吗？”

“好，的。雏菊，把，樱的，行李里，马上，会用到，的，东西，也，拿出来。”

雏菊似乎非常中意夏离宫，带着微笑开始整理行李。专心致志地整理了一段时间后，她才注意到钉在自己身上的视线。

雏菊默默转头，循着感觉看了过去。

她发现，刚才在起居室看到的白兔正稳稳当当地坐在房门前。

“小兔，兔。”

雏菊轻轻挥手向白兔打了个招呼。白兔抖动着鼻翼，当成对雏菊的回答。

见雏菊已经看到它，白兔转身摆了摆尾巴，消失在了走廊里。

雏菊默默地跟了上去。

她就像漫游奇境的爱丽丝一样去追白兔。白兔也像知道她会追来一样，正在走廊里等着她。

"小兔，兔，你，好。"

雏菊没有贸然靠近，而是远远地朝白兔又打了一声招呼。只见它还是抖动着鼻翼，像是在带路一样沿着长长的走廊跳了起来。

"那边，有，什么，东西，吗？"

旁人看来可能会觉得有点黑色童话的氛围，而雏菊却非常认真。

——这只，小兔，子，肯定，是，夏之，代行者大人，的使者。

或许是因为刚刚听菖蒲提过夏神主仆能和动物交流，雏菊觉得这只白兔肯定是怀着某种意图来接触她。

她似乎猜对了，白兔来到走廊尽头的房间门前停住了脚。明明光从窗户照进了走廊，这扇门却显得阴气森森。

白兔来到雏菊脚下蹭来蹭去。为了感谢白兔带路，雏菊把它抱起来抚摸了一番，然后鼓起勇气问道：

"请，问。"

雏菊平时说话就断断续续的，紧张起来声音更是显得有些不自然。

"请，问……莫不，是，夏之，代行者，大人？"

她的问话没有得到回答，房门却打开了一条小缝。雏菊怀里的白兔跳了下去，从门缝钻进了房间。

——这是，夏之代行者大人的，气味。

房间中散发出新绿的香气。雏菊自己也不知道为什么认为那是夏之代行者特有的气息，只是她与生俱来的血统这么提醒她。

"雏菊，名叫，花叶，雏菊，非常，感谢……您，的，邀请。"

雏菊磕磕绊绊地努力说下去。

"您，叫，雏菊，来……有，什么，吩咐，吗？"

这就是浮现在她脑海中的话，她努力说出了樱如果在场预计会说的台词。对于怕生的雏菊来说，算是一次壮举。

房间中确实有什么人，只是一直沉默着。

雏菊开始担心，觉得是自己的自我介绍有问题。

——会不会，是，因为，雏菊，说话的，方式，很，奇怪，呢？

雏菊紧紧攥着和服的袖子，低下了头。

她正想着干脆一走了之，片刻之后房间中传出了声音。

“我姐姐……回来了吗？”

那个声音又轻又细，只听声音便可知说话者是个细腻的人。雏菊不知道自己到底该不该进去，站在房门前为难起来。她已经十年没有见过其他代行者了。

“那，个……”

“我是琉璃，夏之代行者琉璃。”

琉璃好像也没打算把雏菊请进房间，隔着房门继续说下去。

“雏菊，是，雏菊……”

“姐姐她，已经回来了吗？”

“菖蒲，小姐？”

“是啊……她提到我了吗？”

雏菊沉默了。

菖蒲确实没有说什么夏之代行者的好话，所以雏菊沉默了一会儿才开口说道：

“菖蒲，小姐，说您，不，舒服，躺着……来，着……”

雏菊选了一句无关痛痒的话。她说着说着，手心开始冒汗。

——雏菊，平时，只和，樱，说话，所以，这种，时候，就，不知道，如何，是好了。

平时别人和她说话都是顺着她说。面对一个需要她配合的人，而且是通过这种神秘的方式与她接触的人，雏菊心中只觉得害怕。

“只说了这个？”

“呜，是的。”

“她没有说因为我发愁吗？”

“那个……菖蒲，小姐……没有，提，到……发愁。”

虽然菖蒲说的话让人忍不住猜测她们姐妹之间或许并不和睦，但这个不是现在该提的事情，于是雏菊没有说出口。雏菊等着琉璃的下一句话，片刻之后才听到琉璃的话音。

“我对姐姐来说……果然只是个无关紧要的人啊……”

雏菊听到这样一句冰冷的话。

“咦，怎……怎么，会呢……”

“可是，她今天什么都没有对我说就出门了……她要是告诉我，我也愿意去迎接春之代行者大人啊。”

“菖蒲，小姐说，夏之代行者大人，不，舒服……”

“我没有不舒服。”

“咦？”

“我好得很。只是我不高兴，所以不出去……为了为难她，所以不出去。”

雏菊沉默了，这才察觉到自己被夏之代行者当成了发泄某种情绪的对象。

“要是姐姐不需要我，我就没法活下去……可总是只有我……惦记着姐姐……像傻子一样……那样的侍从，我才不要了呢……”

“是这，样吗……”

看来这位夏之代行者是想和雏菊聊聊她的心事，或许因为雏菊和她一样，也是代行者之一吧。

雏菊觉得这样的心事不该说给一个刚刚认识、连面都还没有见到的人听，不过先前她心中的恐惧已经渐渐消除，她又觉得自己不能就这样走掉。

雏菊推测，现在这位夏之代行者一定感到很孤独。

要是有多个精神依靠，人就不会固执于某一个人。哪怕她们之间隔着一扇门，雏菊还是注意到了这一点，这是雏菊凭自身经验也能推测到的。

“多赖皮啊。我其实……要不是被选为夏之代行者……也不会过上只能依靠姐姐的生活，也能选择其他的活法。可是……我已经被选中了啊……所以姐姐应该对我温柔一点儿，把我当成最优先保护的人才对，你不觉得是这样吗？”

雏菊也不知道琉璃的怒气到底指向何处，但她觉得应该是更根本的地方。

“请，问……雏菊可以，问个问题吗？”

雏菊没有表示赞同，而是提出了疑问。

“夏之代行者大人，那么，喜欢，姐姐，还要，故意做，会让，姐姐，发愁的，事吗？”

雏菊说完这话，马上听到门里的人惊讶地倒吸了一口凉气。

“您的，姐姐，肯定，很，苦恼。”

雏菊的脑海中浮现出一张笑脸，那张笑脸属于一直为了雏菊而活的那位以花为名的姑娘。

那位姑娘一心向着她，总是叫她“雏菊大人”。

片刻之后，琉璃用委屈的声音嘟囔道：

“可是……可是！最难受的是我啊？”

听到带着哭腔的嘟囔声，雏菊心里一酸。

“夏之代行者大人……雏菊这样说……不是，想，责备，夏之代行者大人……雏菊，也……”

说到这里，雏菊听到走廊传来了脚步声。

“琉璃从房间里出来了吗？”

菖蒲现身了，后面跟着樱。大概是樱回到房间里发现雏菊不在，来找她了吧。

就在这时，雏菊面前的门被猛地一关，让雏菊惊得一屁股坐在了地上。

“雏菊大人！”

“雏……雏菊，没事，的。”

虽说是一屁股坐在了地上，不过雏菊摔得不重，慌忙站了起来。她觉得是自己出了丑，难为情地笑了，可是菖蒲看到这一幕，马上露出愤怒的神色。

“琉璃！你怎么能对花叶大人如此无礼！你出来！”

“那……那个，没事，的。”

“花叶大人肯定不是主动来这房间前跟琉璃搭话。我知道琉璃会怎么做，她肯定是驱使动物把花叶大人引到了这里，没错吧？”

“是……是的……不过……”

“琉璃！琉璃！你为什么不出来！你这是在给夏之代行者丢脸！要是想和花叶大人说话你就出来说！怎么能看自己理亏就躲起来！”

“菖……菖蒲，小，姐……”

雏菊被菖蒲和门夹在中间，不知该如何是好。

“雏菊大人，您没有摔伤吧？”

“樱，没伤！那个，我们，只是，打了，个，招呼。是，真的！”

看到雏菊拼命解释的样子，樱这才点了点头，松了口气。

“菖蒲大人，我的主人并没有受伤，看来真的只是两位代行者大人向彼此打了个招呼。”

“可是……”

“雏菊大人应该不是在帮琉璃大人说话。琉璃大人八年前开始担任代行者，这还是雏菊大人第一次见到琉璃大人，会想和琉璃大人打个招呼也不奇怪。当然，按理说应该在你我的陪同下才最恰当……”

菖蒲好像还有什么话想说，又瞪了那扇门一眼，然后重重地叹了口气，把想对琉璃说的话咽了回去。三人回到雏菊的房间前。

“我失态了，真是不好意思……本以为就算春之代行者大人来了，那孩子也不会从房间中出来……所以有些惊讶，而她任性妄为的样子又太让人生气……”

听到菖蒲的谢罪，雏菊表示不用在意，菖蒲本人却摇了摇头。

“其实我一开始就应该对花叶大人说实话……只是，我又不想让家丑外扬……”

菖蒲显得十分疲劳，垂下了双肩，声音也有气无力。

“我的主人叶樱琉璃目前正在罢工，已经持续三个月了……她一直像那样闷在房间里不肯出来……”

春神主仆二人本来就有些无所适从，听到罢工一词后更是不知所措。菖蒲脸上带着自嘲的笑容继续说了下去：

“我要结婚了，即将告别侍从的工作。因为反对这件事……作为主人的妹妹就开始罢工……”

就这样，春之代行者主仆的访问夏离宫之行，在波澜中拉开了序幕。

菖蒲告诉主仆二人只当是在自己家。雏菊和樱到各自的房间中整理过行李，重新在樱的房间里碰了面。

发生刚才的事之后，二人还没有缓过神来。

“结婚……”

“罢工……”

二人都心怀无法名状的不安，各自抱着一个抱枕，陷入了沉默。

“樱……你，有……结婚的计划吗？”

先开口吐露不安的是雏菊。

“什么！没……没有啊！我的心愿就是一辈子在雏菊大人身边侍奉！我没有结婚的计划，也没有结婚的意愿！”

樱连连否认，把头摇得像要扭断脖子一样。

“可是，可是，可是啊……那么，要是……要是冻蝶哥哥说要和樱结婚呢……”

雏菊似乎说出了樱忌讳的词，樱脸上的表情突然消失，放低声音说道：

“啊？您怎么提起那家伙了？雏菊大人和那家伙有联系吗？”

“樱……好……好吓人……樱，小时候，可是，对冻蝶哥哥……”

“那是十年之前的感情，早就进了垃圾桶，通过垃圾处理场焚烧完毕了。那只是我的一厢情愿，请您不要再提了……不要说我了，雏菊大人，您没有罢工的计划吧？您要是有什么不满意的地方，请马上告诉我啊。”

“没……没有啊……”

“是吗……那就好。对不起……我觉得有点不放心。”

“因为，雏菊……做过，一样的……事吗？”

雏菊说出这句话后，沉默降临在她和樱之间。

樱似乎没想到雏菊会说出这话。

“不是，那个……”

樱在雏菊的凝视下慌了神，忍不住垂下头，逃避她心爱的春神的目光。

“雏菊大人确实有罢工的前科……”

她开始拼命开动脑筋，寻找不会伤害主人的词句。

“可是，雏菊大人的情况和夏之代行者大人不同……”

说完，樱偷偷瞥了雏菊一眼，发现雏菊半张着嘴愣住了。

“前科……雏菊，最近，刚刚，学会，这个词……”

樱已经很努力了，结果发现“前科”这个词还是用错了。

“对……对，不，起……雏菊，确实，是，罪人……”

“对不起！对不起！不是的！不是的！”

“没关系……雏菊，毕竟，有前科……”

“雏菊大人，请当我没有说刚才的话！应该叫经历过！雏菊大人只是经历过罢工！樱的语文成绩很不好！请当我没说！咱们吃点心吧？”

“不会……”

雏菊摇了摇头，随后凑到樱的身旁，握起樱的手。雏菊用双手捂住了樱的手。

“雏……雏菊大人？”

春神的突然贴近让侍从乱了阵脚，雏菊轻声对樱说出了她发自内心的话：

“樱……对不，起。雏菊，虽然，是罪人……”

雏菊指的似乎是她过去的种种行为。

“不过，可以，为了樱，变好。”

这对主仆之间有过悲伤的事，开心的事，难熬的事。

“雏菊，可以，变成，好，人。所以……不要，丢掉，雏菊……”

二人过去的种种全包含在雏菊的这番话中。

“樱，不要，丢掉，雏菊。只要是为了樱，雏菊什么，都能做，到。”

这时，在樱的眼中，雏菊背后出现了亮光。

洒进房间中的自然光照亮了雏菊的头发和皮肤，让她的一切都显得那么光彩夺目。

安静的房间中只有主仆二人，而春神就像在忏悔室中告解一样祈祷着。

春神向一个普通人祈祷着，祈祷这个人留在她的身边。

春神的愿望只是让这个普通人留在她的身边。

——唉，雏菊大人永远这么孤独。

樱开始为受到雏菊依靠的自己感到骄傲，同时也觉得难过。

这位春神的言行曾经许多次打动她的心，而这一次真的让她非常感动。

“我怎么会丢下您呢……雏菊大人。”

樱也把没被握住的那只手搭在雏菊的双手上。

“就是因为有那时的事，我们现在才会在这里。我们不是发过誓吗?永远不认输，不管发生什么事都要一起挺过去。”

雏菊发现樱的声音不光温暖，而且极其真诚。

“嗯……”

因而，雏菊也松了口气。

到达夏离宫的这一天，春神主仆明明有独属于自己的房间，她们还是像姐妹一样在同一张床上陪伴着彼此睡着了。

第二天开始，二人便到呈现春天的各个地点，向神献上歌舞。

春神呈现季节的地点会马上迎来春天，周围则是渐渐显现。

随着雏菊献上歌舞的次数增多，她的歌舞也变得越来越神秘。

“飘飘忽忽，风中雪纷飞乱舞。”

简直就像春附在她的身上，歌唱着对冬的恋慕。

“雪沙雪绵雪成花，春来冬过。”

四季歌有许多种类，但唱起爱之歌时，雏菊的声音便显得格外娓娓动听。

“纤雪绒雪花成雪，零零落落。”

樱明白这是为什么，她听着雏菊的歌声，心中像是打翻了五味瓶。

“千里万里，四海五湖遍飞花。”

和能对冬神主仆翻脸不认人的樱不一样，樱的主人宅心仁厚，从不把本该有的怨怒挂在嘴上。樱反倒觉得，她的主人因为见不到冬神，才会对他越来越想念。

“纵无缘相拥，春亦永随君后。”

雏菊想念的那个人，正是她被绑架的原因。

——雏菊大人的宅心仁厚有时候真让人头疼。

“献丑，了。春天，已经，顺利，来到了，这里。”

雏菊结束歌舞之后，樱马上一手拿着外套和毛毯跑到她的身边，像拥抱她一样为她披在身上。

“辛苦您了。我们还得走回停车的地方，请您休息一下再走吧。”

“好，的。”

“我准备了热乎乎的烘焙茶和冰镇的运动饮料，您喝哪个？”

“雏菊，想喝，烘，焙茶。”

樱打开轻巧的折叠椅，让雏菊坐下，从随身物品中取出保温筒，递给了雏菊。

接着，她取下捆在登山包上的红色和式纸伞，撑起来站到雏菊身旁。

这是一个天气晴朗的冬日，雪山中的红色纸伞下是主仆两位少女。尽是可以入画的风景。

“樱……不用，做得，这，么，周到……”

雏菊可能觉得只有自己坐着过意不去，皱起了眉头。

“雏菊大人，您是应该受人伺候的春神。”

“登山，呈现，春天，樱，和，雏菊，一样，辛苦啊。”

“樱一点儿都不觉得累。”

“樱，那伞，很，重吧？别，撑，了。”

“这是一把我精挑细选出的与雏菊大人十分般配的纸伞，它做工精良，虽然是和式纸伞却很轻巧。再说了，紫外线对皮肤很不好。”

“那，咱们，一起坐，吧。”

“我只带了一把椅子。”

“樱，坐椅子。雏菊，坐在，樱的膝头，上。”

“咦？”

“雏菊，坐在，樱的，膝头上。这样就能，一起，坐了吧？”

“我没法拒绝啊……”

听到主人极具诱惑力的邀请，樱不由得把侍从的职责放到一边，答应了主人的提议。两个姑娘像亲近的姐妹一样一起坐在小小的椅子上，樱还打着纸伞。

——我真的太幸福了。

这里如此安静，没有一点儿多余之物。如果一定要说有什么碍事，那就是雪。

“雏菊大人，请不要总是看雪，太晃眼了。”

“雏菊，忍不住要看。”

要是不管走到哪里都没有雪花来蛊惑她最爱的主人，这一刻就更完美了。

“雏菊大人。”

“嗯。”

“不能再看了，请您闭上眼睛休息一下……”

樱的语气就像小孩子撒泼，她伸出一只手捂住雏菊的眼睛。樱也明白这样做什么意义都没有，可是她希望现在主人只属于她，哪怕只是片刻。

“对不，起。”

听到主人道歉，樱叹了口气。樱的手指感觉到雏菊的睫毛在抖动，雏菊恐怕是在透过樱的指缝看雪。这位主人平时很温顺，可是不能让步的事，她绝对不会让步。明知这一点还不依不饶，樱觉得自己像傻瓜一样。

虽然也有坐在膝头的缘故，但雏菊的目光从不会看向樱。

明明一直看着雏菊的人是樱。

“狼星，大人……不知道，过得，好不，好，呢？”

雏菊黄水晶般的眼睛直勾勾地看着过不了多久便会消失的雪。

她盯着那位代行者带来的季节所留下的残骸。

“您不用记挂那样一个无关紧要的人。”

樱控制不住自己，还是说出了带刺的话。

“雏菊，只是，想了，想，他，现在，过得，好，不好，的问题。”

“他要是好，我会不痛快，希望他现在过得痛苦。”

“樱，不要，说，这样，的话……雏菊，真的……不恨，冬天，不恨，狼星，大人……狼星，大人，是，‘我’喜欢，的，人……所以，雏菊……直到，现在……还，一直……记，挂着，仅此，而已……”

雏菊说了一句听起来有些怪的话，不过樱并没有对此产生疑问，马上回答道：

“您是说这不是您的意愿？”

“雏菊，也说，不好……刚，见到，樱的，时候，雏菊，就知道，樱是樱……可是，毕竟，是，借来的，东西……”

雏菊似乎有些心不在焉，她的双脚来回摆动着。

“就像，未经，允许，随意，住进，陌生人，的，家里。”

“那就是您的家。”

“说是，这么，说，但是，雏菊，还是，觉得，不一样……所以，樱对，身为，‘替代品’……的，雏菊，这么，好，雏菊，非常……非常，感谢，樱。”

主人这番奇怪的话，让樱难过得面孔都走了形。

她突然觉得坐在她膝头的这位少女如梦幻泡影般虚无缥缈。

——请不要说这样的话。

樱没有把她的哀求说出口，而是在脑海中喊了出来。

“你走，吧……让，雏菊，自己，死掉，就好。”

那个声音响彻樱的脑海。

“雏菊大人，大夫不也说过了吗？您是在您的延长线上。”

樱把这句话说得格外坚决，就像是说给自己听一样。她觉得，如果自己不能坚定自信地说给主人听，主人就会变得面目全非，而她绝对不会把心中的不安表现出来。

“是，啊……”

“您不是替代品，您也是花叶雏菊大人。您或许会觉得心里没底，但樱很清楚确实就是这样。不过，您不必变回过去的样子，樱同样非常喜欢现在新的雏菊大人。樱非常喜欢……您努力的样子。”

“嗯……”

二人的对话本可以皆大欢喜地到此为止，没想到雏菊把自己娇小的脑袋轻轻地靠在樱的身上。

“那么……”

雏菊的倚靠代表着信任。这位少女不知道心碎了多少次，即便如此，她还是拼起碎片挣扎着重新站了起来。对于很清楚这一点的樱来说，这位少女的信任比什么都更宝贵。

所以，樱不能背叛她。

“雏菊，可以……想着，狼星，大人……吗？”

她不能背叛这位少女。

哪怕这位少女因为她的鼓励，提出令她出乎意料的愿望。

“雏菊，啊……想让‘那个孩子’，见见，狼星，大人……为什么，呢……雏菊，已经，是，另一个，人了，对，狼星，大人的，感情……却，没有，死……”

哪怕会让她心乱如麻，她也不能背叛这位少女。

“樱……雏菊……想，见见，狼星，大人……想，让‘那个孩子’，见见，狼星，大人。”

她害怕那样会让她连“现在的”雏菊都失去。

——只有这一点绝对不行。

樱想起了现在坐在她膝头的主人回来时，她有过的恐惧。

那是黎明十八年的秋季。

一位姑娘来到春乡。

春乡在群山环抱之中，它的位置没有标注在大和的地图上。

养育四季代行者的“四乡”分布在大和各地。

“春乡”“夏乡”“秋乡”“冬乡”，四乡的位置都是国家机密。

其中，在自然风光方面，最受相关人员好评的就是“春乡”。

环绕着春乡的，是一堵巨大的围墙，隔绝着春乡与外界。

进入围墙中，就能看到许多搭着茅草屋顶的人家。春乡入口有一条宽敞的路，直通春乡中的森林，穿过森林就会走上一座小山丘，石阶通向小山丘顶部。人们可以欣赏着种在两侧的应季花木，沿着石阶走向春乡的总部。

春乡的总部被人们称为“神社”，是祭祀“春”、培育春之代行者的地方。这里分为正殿和偏殿两部分，正殿是工作人员生活的地方，而偏殿是供奉四季的地方。两殿建在宽敞的神社中，都是极尽奢华的大和建筑。在古色古香的春乡中，外来客正忐忑不安地站在神社前。

如果用一个词来形容这位姑娘，那就是风尘仆仆。

她掺杂着银丝的黑发疏于打理，已经长到了齐腰长。不知是不是没有钱买衣服，已经入秋了，她只穿着单薄的黑色衬衫和牛仔短裤。

按理说，神殿不是一位衣着寒酸的姑娘应该来的地方，不过这位姑娘是应邀前来。不知道从何而来的小轿车，把这位姑娘放在山中，她走了很久才来到这座神社前。

过了一会儿，神社正殿中出现了一位身着和服的女性。

“长老在等您……您有替换的衣服吗？”

姑娘摇了摇头。她根本没有称得上是行李的东西，倒是有一个背包，不过空空如也，只是胡乱塞了一把和式刀。

“您这样的装束，我们没办法让您见长老。”

“是你们把我叫来的。”

“我们请的是春之代行者的侍从……不是脏兮兮的流浪者。”

“我只是来说话，不觉得有必要穿多么正式的服装。”

面对轻蔑的目光，姑娘毫不示弱，瞪了回去。

“明白了……那好，姬鹰樱大人，这边请。”

这座极尽奢华的大和建筑，称得上是一座东洋的城堡。

不管在其中走到什么地方，美轮美奂的和式庭院都能映入眼帘。

樱在正殿中转了好多个弯，终于被带到一个看起来像是接待室的房间。

然而，等她来到接待室之后，把她叫来的那个人还是没有现身。她是下午到达春乡的，直到天空被夕阳染红的时候，她总算见到把她叫来的那个人。

“你把我叫来就是为了让我干等吗，老太婆……”

樱开口先说了这样一句话。

对方一点儿都没有被樱的先发制人吓住，也说道：

“注意你说话的方式，小丫头。”

把樱叫来的是管理春乡、被人们称为长老的老妪，年龄恐怕已经过了七十岁。

在正殿一隅的和式房间中，二人都坐得端端正正，面对着彼此。

“姬鹰樱……你举着寻找春之代行者花叶雏菊的大旗……把自己卖到冬乡……被冬乡抛弃之后，你又混迹于普通人当中，沦落到现在这个地步……你如此恬不知耻，春乡却没有给你定罪，还允许你来到了这里，你一句感谢的话都没有吗？”

听到这番冷酷无情的话，樱也不屑地哼了一声。

“凡事都要看怎么说。我虽然生在春乡，但是不为春乡做事，我的主人只有一个。主人不见了，我当然要找。你们草草地放弃搜寻雏菊大人，与你们为伍对我没有好处，而当时冬乡方面还值得利用。现在你们不是允许我来到这里，而是请我来，不对吗？”

“你现在……说话真难听啊。”

“九岁就被故乡抛弃的人，说话当然不好听。”

“我们当时教育你要成为一把折不断的刀，看来是我们失策了。你只要有利可图，不管对方是谁都会投怀送抱，简直就是娼妇。”

樱丝毫不在乎长老的中伤，脸上带着冷笑继续说了下去：

“娼妇就娼妇，只要是为了主人，我能做盗贼，也能做娼妇。说说吧，你把看都不想看到的人叫来是为了什么？莫非你想现在在这里开始一场审判？”

长老沉默了。

“莫非你打算交换情报？如果你们到这时候又想重新展开搜寻，我愿意拿出我掌握的所有情报。”

“春乡不打算重新展开搜寻……”

或许是听到了意料之中的回答，樱不屑地笑了起来。

“对啊……你们早就把赌注押在雏菊大人的死亡上。”

气氛陡然变得紧张，就像玻璃突然裂了缝。

二人都感觉到，本就糟糕的气氛向着最糟糕的方向更进了一步。

长老张了张嘴，似乎打算说什么，可是樱先抬起手制止了她。

“只要生命还在延续，神通力没有枯竭，代行者就能呈现季节。”

——你们这些禽兽。

“如果没有了能呈现季节的代行者，下一代代行者很快就会出现。”

——恬不知耻的家伙。

“雏菊大人遭到绑架已经过了八年，直到现在春天还没有来过，说明雏菊大人还活着……”

——恬不知耻的家伙，恬不知耻的家伙，恬不知耻的家伙！

“你们希望雏菊大人早点死！所以你们才草草结束搜寻……不要脸的是你们！你们这些禽兽！”

樱觉得自己脑子里就像有一锅热油一直在沸腾。明明端坐在椅子上，结果因为大吼大叫，吼得自己呼吸困难起来。这是她在过度的压力中患上的老毛病换气过度综合征。

樱难受得出不了声。她捂住嘴，做起深呼吸。她强忍着痛苦，勉强避免了症状发作。

——我说出来了，总算说出来了。

樱一直想把这个事实摆在春乡的人们面前。

然而，即便说出来了，她也没有觉得心情变得多么舒畅，甚至一点儿都不觉得高兴。她心中只有空虚感和无法名状的悲伤，发现自己的眼泪就要溢出来了，于是赶紧咬住嘴唇。

“居然指望产生新的代行者来解决问题……真亏你们做得出来！”

说出最后这句话时，她的话音显得像硬挤出来一样苦楚。

长老沉默了片刻。

如果要受到谴责，应该承认错误的明显是春乡。

按时间顺序整理一下樱的话，是这样的：

花叶雏菊是这个国度的春之代行者，她遭到身份不明的人绑架。

只要四季代行者死亡，或者因年事已高无法行使神通力，其能力就会转移向其他人。与代行者有血缘关系的其中一人会被超自然的力量选为新的代行者，而他们的血统从神统治的时代开始，和代行者制度一起延续到了现代。

下一任春之代行者没有出现，说明花叶雏菊虽然遭到绑架，但是没有性命之忧。

出乎意料的是，春乡草草放弃了搜寻。

那个姑娘在无法完成使命之后马上遭到了抛弃，而她还活在世界上的某个地方。

“这么多年你们一直对雏菊大人见死不救！哪怕现在这一刻也是！真亏你们做得出来！”

“延续第一代四季代行者的血脉……四乡建立起来的目的首先是这一点。”

长老像在劝樱一样，缓缓说了起来。

“我们春乡的义务就是及时把春天送到各地，既然代行者不见了，我们当然想要下一任代行者。我们没有那么多钱，也没有那么天真，一直等一个一去不回的人。她被贼人绑架……我们当时认为她迟早会遭遇不测。”

“有利用价值的时候就前呼后拥地叫雏菊大人春神，没法让你们使唤的时候就把雏菊大人当成垃圾扔掉……可是你们的赌注押错了，雏菊大人已经活了八年！我真不该来……我不知道你们想干什么，只是和你说话我就觉得反胃……”

“等一下……樱，你听我说。”

“事到如今把我叫来干什么！你们又不打算找雏菊大人，叫我来有什么意义！为了嘲笑我吗？”

“不是的，你听我说，樱。”

樱默默地站了起来。长老见状，想要劝樱留下，攥住了她的手臂。樱毫不留情地甩开长老的手，但长老又攥住了。

“喂，你要是觉得我会因为你是老太婆就手下留情……”

“她已经回来了！”

樱没能马上理解这句话的意思。

“什么？”

她的呼吸停住了。

“代行者雏菊已经回来了。我们在半年前发现了她……这件事，还没有对外公布……”

“怎么可能……”

樱的话音颤抖起来。听到如此惊人的消息，按说她应该感到头晕目眩，马上问个究竟，而实际上她没能这样做。

她没能马上问出该问的问题，身体抢先有了反应。她并不觉得冷，手指却抖得无法自控，上下牙不住地打战。

“可……是……”

她好不容易挤出的声音，像柔弱的少女一样绵软无力。

“半年前？既然已经找到了，为什么不公之于众……不联系我……”

“因为我们不知道你的去向……而且我们本来打算更换侍从……”

长老继续把令樱伤心的事实摆到樱的面前。

春之代行者被绑架的时候，她的侍从没有起到应有的作用，更换掉这样的侍从其实是理所当然的，可是樱听到长老口中说出这番话，还是大受打击。

——既然是这样，为什么把我叫来？

樱无论如何都不觉得，这位长老是好心好意叫她来和她当时没能保护好的主人久别重逢。

——一定有什么隐情。

樱这样想着，瞪了长老一眼。长老或许是看出她的想法，轻声解释起来：

“国家治安机构把花叶雏菊交给我们，我们让人努力为她治疗，结果她的状态始终没有好转……这样下去，她可能到最后都没办法发挥作用。因为绑架事件……她现在变得和以前大不相同……她的精神崩溃了……不对，是‘离成为神只有一步之遥’。为了避免这样的事发生，我们给她换了几个新的侍从，可是总也没有效果……”

听到长老说出自己主人的现状，樱变得面无血色。

“能说话吗？雏菊大人还能说话吗？”

“虽然有向幼儿期退化的迹象……不过语言能力没有消失。如果她作为人的平衡进一步被打破，她会变得过于接近神……也就是说……”

长老接下来说出的话，进一步动摇了樱的决心。

“会夭折。”

长老看出樱不打算走了，放开手，像在劝解一样说道：

“侍从的职责……主要不是保护主人的身体，而是保护主人的心灵，让主人能留在人的一边。四季代行者……虽然他们都不承认，但他们就是现人神……是与我们是不同的物种。如果他们失去了人心，自然会去到神的一边……这个过程是不可逆的。姬鹰樱，我们……本来非常不愿意让你回到春乡……不过，我觉得要是有人能救春之代行者大人，那个人只能是你。”

“真亏你……能说出……这种话……”

樱的脑海中出现了各种想说的话：

——“已经太晚了。”“都怪你们。”“要死也应该是你死。”“为什么不早点告诉我？”“那你们为什么把我赶出去？”“你们明明抛弃了雏菊大人。”“就是你们对雏菊大人见死不救。”

“这样说肯定会遭到你否定……不过，我还是要说，既然春之代行者大人活着回来了，我们希望能为她做点什么。请你无论如何都要救救雏菊大人。”

——“骗子。”“你们明明认定雏菊大人很快会死掉。”“可惜你们猜错了。”“你们抛弃雏菊大人之后她还是活了下来。”“我现在就想让你们尝尝那种滋味。”“雏菊大人对你们来说只是工具。”“可是雏菊大人对我来说是……对我来说是……”

“我来为你带路，雏菊大人现在住在偏殿其中一室……”

——“雏菊大人对我来说，可是这个世界上最宝贵的女孩子。”

这些诅咒一样的话语在樱脑海中翻腾起来，再也没有消失，但最后她没有再说一句话。

她觉得自己只要再开口，一定会忍不住向这个长老动手。可是，不管樱多么憎恨这个长老都要忍住，毕竟这个长老现在联系着樱和樱消失已久的主人。樱明白，现在应该按这个长老说的做，于是咬紧牙关忍怒火。

——不过，我绝对不会原谅你们。

她把复仇的欲望只刻在心里，默默地随着长老走上通往偏殿的路。

来到偏殿之后，长老便离开了。

长老说，已经告诉过雏菊大人有人要来，她还是不在场更好。

“我进来了。”樱打了一声招呼后，走进偏殿。刚进门的第一个房间中摆着许多四季中春季的雕像，里面有一条通往偏殿深处的走廊。樱像误入迷宫一样，打开一扇又一扇拉门，向里走去。

樱走过的每一个和式房间中都挂着干花，而越向里走，景象就越显得诡异。挂干花的人似乎并不在意花的种类，满天星、蔷薇、薰衣草、千日红、星辰花，各种各样的花被扎成花束点缀在墙上、吊在头顶的天花板上。与其说人在房间里，不如说是在花丛中。走了一会儿，樱最终来到一个已经被花遮挡得看不出本来模样的房间前。她小心翼翼地看了几个房间，发现不管哪个房间中都没有人。这里为什么一个人都没有？

樱觉得主人应该就在最后一个房间里。她停住脚步之后，把目光投向脚下。

风从拉门的缝隙中送出东西，落到樱的脚下。那是桃心形的粉红色樱花花瓣。

——雏菊大人真的在这里。

现在是秋天，春乡在枫叶和银杏叶簇拥之中，樱花不可能开放。她眼前的樱花本身就是反季节的。

——这是春之代行者的力量，气味都不一样。

与秋天不同的另一种气味指引着她。那是转瞬即逝的，仿佛随时会醒来的梦一样的季节的气味，是春天的气味。樱走近拉门，把手搭了上去，拉开之后又有几片樱花花瓣飞了出来。

那些花瓣飘飘忽忽，像舞蹈一样转动着。

看到拉门里的那个世界，樱忍不住赞叹起来。

里面的景象给人的印象太深刻，让人看一眼就会被震慑住。那种迷人的力量宛如一位女王。

樱的五感完全被那幅景象占据了，它美得仿佛能令时光停住脚步。

“樱花摇摇，

“樱花飘飘，
“芬芳馥郁，香开满梢。
“春去春来，瞑目细想，春为谁俏，为谁妖娆，
“春来春去，勿相挽留，春为谁笑，为谁魂销。”

一位身穿白色和服的少女正坐在缘廊边上唱歌。院子里长着只有成年男性那么高的樱花树。少女作为代行者的力量确实变弱了，但是毫无疑问还能呈现春天。

“春来春去，勿相挽留……”

唱到一半，少女停下了，看向拉门这边。樱从少女的眼神看得出，她没有把樱当成自己认识的人。她慌忙转身，赤着脚站到了庭院里，明显摆出了逃跑的架势。

“雏菊大人！”

樱撕心裂肺地喊了一声。

“雏菊大人！我是樱啊！我是您的……是您的樱啊！”

少女突然愣住了。樱也没能马上说出接下来的话。

樱的主人就在樱的面前，樱没能保护好的春神还活着。

这一点足以让樱难受得像窒息了一样。

“我是姬鹰樱！”

——调整好呼吸，证明你是谁。

“没能保护好您，非常抱歉！”

——你的神就在你的眼前。

“樱一直在……一直在……”

——雏菊大人就在你的眼前。

“樱一直在找您……雏菊大人！”

樱这才发现自己已经哭得瘫倒在地板上了。

她本打算下跪谢罪，可是她已经哭得挺不起膝盖，胳膊也用不上力气。

“呜呜呜……呜呜……呜，呜呜呜……”

樱现在只是胳膊撑在地板上哭泣。她想着必须把下跪的姿势摆好，拼命把颤抖着的手移到身体前方，把额头贴在地板上，可是很快又倒了下去。

“樱。”

因为，她听到了如同机关娃娃说话一样的话音。

她忍不住抬起了头。

“樱？”

樱的神悄无声息地来到樱的面前，低头看着樱。樱泪流满面，茫然若失。少女用指尖小心翼翼地摸着樱的脸、头发、嘴唇。

“真，的，是……樱？”

“雏……雏菊大人。”

“樱，的，头，发，怎么，了……以前，是，一头，漂，亮，的，黑发，怎么，变，白，了？”

“雏菊大人！雏菊大人！雏菊大人！”

樱伸出颤抖的双手。

“雏菊大人，樱好想您啊……樱一直在找您，一直在找您啊。”

樱忍不住抱住雏菊的腿，倚靠着雏菊。

雏菊像是在安慰脚下的樱一样，抚摸着樱的头，然后用失常的声调和古怪的说话方式对樱说话。

“雏菊大人！雏菊大人……”

“樱，找，过，雏，菊？”

“找过……一直在找……”

“一直，在，找？”

“一直在找……一直！樱没有一天不在找雏菊大人！雏菊大人！”

听到这番话，雏菊好像觉得有些难过，仿佛半梦半醒的面孔有点变形了。

“是吗……樱，一直，在找……雏，菊啊……对不起啊……”

“哪里话，哪里话……樱明明是侍从，却没能保护好您，樱应该向您道歉……如果您还在生气，请您尽管惩罚樱……”

“嗯……嗯。不……不是，的，雏，菊，其，实……”

“樱听着，雏菊大人。”

樱凝视着主人的脸，下定决心，不管主人说出什么都要接受。

“已经死，了。”

这句话就像打在樱脸上的冰冷的雨点，完全出乎她的意料。

“死了……是什么意思？”

“本来，的……雏，菊，已经死了。现在的，雏菊，是另一个人。”

“雏菊大人？”

樱的心里咯噔一下。

她忍不住苦笑起来。因为她眼前的主人明明已经长大，变得比年幼时更美了。

现在的雏菊像幻影一样好像随时会消失，可她确实是樱的主人，樱不可能认错。不管怎么看，她就是樱一直在寻找的春之代行者，樱花的出现也证明了这一点。

“另一个是怎么讲……雏菊大人，对不起，樱……理解不了……”

“上一个，雏菊，没，能，承受到，最后，半途，消失了……现在的，雏菊，是，替代者，不是，樱在，找的雏菊。”

“您说话的方式确实和以前大不相同了……不过……”

“确实，不，是。雏菊，告诉过，大家了，现在，的，雏菊，不是，以前的，雏菊，可是……”

樱已经察觉到了，主人有过可怕的遭遇，而且那绝对不是她能轻易想象到的遭遇。雏菊本人好像很发愁一样皱起眉头看着樱。

雏菊脸上的表情好像在说“该如何劝解这个突然出现，让人不知如何是好的少女呢”。

樱不由得放开紧抱着雏菊的手。

“对不，起，啊……”

樱又听到头上传来冷冷的声音。

“对不起，啊……樱……要，走，就，走吧。”

听到这句委婉的拒绝，樱觉得心像扎了针一样疼。

“看来，有人，为了，雏菊，把樱，叫来了，吧？雏菊，明明，说了……不用，的。”

樱觉得这位雏菊大人确实和以前不大一样了。

“大家，一直在，等，‘那个孩子’，死掉……雏菊，知道的。”

说话的方式不同，表情也不一样。

“那就，让大家，如愿，好了。现在的，雏菊，迟早，会死，所以，不要，管了。”

樱觉得就像在听外貌相同、内在不同的另一个少女说话。

“等，雏菊，死了，樱，再，做，下一个，人的，侍从，吧。谢谢，樱，回去，吧。”

樱觉得后脊一凉，这次再会的情况与她想象中的完全不同。

樱不知道说什么才好了。

死心离开的选项摆在她的面前。

她可以按雏菊说的，离开这里，忘记这位春之代行者，选择另一种人生。

这个选项出现在她的脑海中。

——别想了。

她的内心马上否定了自己的想法。

——别想了。

在这之前，樱的心中始终只有这位少女，一直为了她才活到今天。如今，这位少女还活在世上，而且她并不欢迎樱，樱按理说可以选择开始新的人生。

——我不要，不要那样的人生。

其实她按那位少女说的离开就是，她才十几岁，完全来得及从头再来。

这是个机会，开始和普通人一样正常且没有差错的人生的机会，这或许会是她最后一次得到这样的机会。她只要告诉自己：有没有季节又有什么关系？对我的人生能有什么影响？我只要离开这个十年前用生命救过我的少女，反正她也说她不需要我。

——没错。

命运正在对她低语。

——没错，那又如何。

命运正在对樱低语，樱却没有服从命运。

——没错，那又如何，我不需要正常的人生。

她拒绝了尝试想象没有雏菊的人生的自己。

那个自己想象的是：她可以交很多雏菊之外的朋友，到学校去学习，和某个人坠入爱河，结婚，然后说不定会有孩子，过上普普通通的平静生活。

——闭嘴。

樱向不断对她低语的命运说道：

“不……”

——闭嘴，可恶。

樱面露凶相。

——闭嘴，去死，消失吧。

她杀死了脑海中想到背叛主人的自己。

她一次又一次杀死那个自己。殴杀。斩杀。绞杀。刺杀。拘杀。磔杀。射杀。毒杀。压杀。惨杀。诛杀。扼杀。伏杀。剜杀。

她杀了又杀，杀得一个都不剩，只留下忠心耿耿的自己。

“不，樱该去的地方只有一处。”

就这样，才有了现在的姬鹰樱。

——杂音都去死，有什么好大惊小怪的。

她的主人还活着，尽管这位主人现在不需要她。不过，那又如何。

——我不需要，除了留在雏菊大人身边的权利，我什么都不要。

“不管发生了什么事，樱都是您的奴仆，都会赶到您的身边。”

有什么好大惊小怪的。樱在脑海中把这句话又重复了一遍，像是想让自己的决心变得更加坚定。

“请原谅樱没能一直陪伴您。姬鹰樱，现在已经赶到您的身边。”

听到这话的时候，雏菊的眼神就像看到一件难以置信的事情发生。

——我什么都可以失去，唯独不能失去雏菊大人的信任。

现在，樱正承受着一种不安，那种不安就像诡异可怕的虫子，爬遍她的全身。

樱应该对主人说主人希望听到的内容，毕竟她的主人已经不在怨恨的深渊中。然而，樱的心里还有无从排遣的苦涩。

樱遭遇的一切都太沉重了，不该由一个十九岁的姑娘来承受，而她本人没有注意到自己已经被重负压得动弹不得。

“可是，您被绑架是冬天的错……”

樱不知如何是好，说出了这样一句话。

——明明不该说，我怎么还是说出来了。

樱明白这样的话没法令雏菊满意。

“不是，的……有，错的，是，贼人。”

那是樱躲避痛苦的挡箭牌，只不过雏菊不需要这样的挡箭牌。

“那些家伙抛弃了您，您的人生就是因为他们才遭到了破坏啊……”

雏菊的人生中遭遇过残忍的背叛，如今她已经迈过那道坎了。

与雏菊相反，樱还对那些背叛耿耿于怀，或许一辈子都迈不过那道坎了。

“其他人……不……我们没有可信的自己人……”

不对，她不是迈不过去。

“怎么，会，呢？”

她就是不想迈过去。

“不，就是这样。”

樱不想忘记仇恨。因为没了仇恨，她没法正常运转。

“樱，为什么，要这样，说呢？”

雏菊撑起身体，不再靠在樱的身上，扭头看向她。二人的目光这才相遇，正是樱渴望的目光。她的主人那双黄水晶般的眼睛中闪烁着难过的光芒。

“把，狼星，大人，和，冻蝶，哥哥，当成，坏人，樱的，心里会，觉得……好受一点儿？”

——春神啊。

“雏菊，很，理解，樱的，心情。因为，雏菊，以前也，是这样，很痛苦。”

——我的春神。

“可是，这样想，只是，在为，自己，制造，坏人。”

——您是那么幼小，那么天真。

“还是，樱，教给，雏菊，的。”

——您却能站在把天地尽收眼底的视角俯瞰事物。

“明明是，樱，教给，雏菊，的，樱，为什么，还要说，这样的，话？樱其实，很，明白，吧？那天，狼星，大人，和，冻蝶，哥哥，其实是，想保护雏菊，和樱的……”

——真让我心里难受。

“把，过错，归结到，别人身上，樱就会，没办法，走出，痛苦。”

雏菊的这番话就像一段圣洁的祈祷。

“不过，就算，樱，没法，改变……雏菊，也还是，喜欢樱。”

雏菊用这样一段指路明灯一样的祈祷，为樱照亮了一条没有痛苦的路。

“只是，雏菊，不，希望，樱觉得痛苦。”

然而，樱不想抛弃仇恨。

“雏菊大人……”

如果现在抛弃了仇恨，她一定会变得软弱。

——我找了您那么多年。

她一定会变得软弱。

——哪怕春抛弃了您，冬抛弃了您，我还是在找您。

如果她变得软弱，就无法胜任守护之刃。

——怒火对我来说是有必要的。

如果她没法做好守护之刃，就保护不了她最爱的少女。

——您一定不知道，怨恨对我来说是有必要的，雏菊大人。

樱必须保护好她最爱的主人。

——您一定不知道。

她必须做好守护之刃。

——世上有些人离开了怨恨就没办法活下去。

如果她做不好，雏菊和她都会死。

樱沉默了片刻，像是在整理思绪一样，呼了一口气。

“我会努力，按您说的做。”

“真的？”

“是的，我会努力……所以……雏菊大人……”

“怎，么了？”

“能请您再说一次喜欢樱吗？樱想要努力的动力。”

说完，樱觉得自己提出了一个愚蠢的请求。

——愚蠢、肤浅，我也明白。

这样做简直像小孩子无理取闹。她不满自己怨恨的人不费吹灰之力就能得到主人的好感，于是对主人表示自己也想要。尽管她的主人并不是她的母亲或恋人。

“哪怕撒谎也没关系……”

主人与侍从、神与袢。女人与女人、男人与女人。完全不同。狼星与雏菊的关系和樱与雏菊的关系不一样，樱也明白这样争很蠢。

樱很明白，因为她怨恨冬天，就束缚主人的心，想让主人心中只有自己，这是多么愚蠢啊。

——对不起。

即便如此，她还是想要这位少女的爱。

——我用您的爱，代替了其他东西。

樱一直把负面感情当成食粮活到这一天，而她现在需要的是雏菊，只有这位少女是她活下去的希望。

——您明明也有您的痛苦，对不起。

她想要雏菊的目光，想要雏菊的关心，想要得到雏菊的同等的爱。

“樱，怎么，又说，这样的话……雏菊，是，不会撒谎，的……”

樱不用争夺，她的春神对她本就十分慈爱，这也让樱觉得很难过。

“雏菊，喜欢樱。”

雏菊用真挚的声音把樱想要的话语送到樱的耳边。

——太好了。

“雏菊，喜欢，樱，喜欢，温柔的，樱，也喜欢，急脾气，的，樱。”

——每次您说您喜欢我，我都会觉得得到了一分宽恕。

“雏菊，喜欢樱，非常，喜欢樱。”

——所以我才会像渴望免罪符一样，想听到您的这句话。

“樱，不用，担，心。”

樱的心从十年前开始一直在痛苦中挣扎，能让她的痛苦得到缓解的，只有雏菊。

“雏菊大人……”

樱决定对严苛的事实视而不见。

“雏菊大人，我也喜欢您。”

樱想把对一切的怨恨再保持一段时间。她松开纸伞，让它落在地上，用拿伞的手把面朝她的主人拥入怀中。樱紧紧抱着雏菊，仿佛想抗拒雪原向她们反射的光。雏菊被樱抱住，微笑着在樱怀中说了一声“疼”。樱慌忙松开了胳膊。

“雏菊大人……”

“别担心，别担，心，不要紧，的……”

“好的……”

雏菊像哄孩子一样对樱低语着。樱能感觉到雏菊没有说出口的意思：不管她多么失态，雏菊也不会抛开她。

——对不起，雏菊大人。

年仅九岁的樱之所以能挣扎着爬起来活到今天，靠的是抛弃对她更有好处的感情，还有保持后悔和执拗。

——对不起。

如果没有这些，她没法活着，活不下来。

——我要是能更正常地喜欢您就好了。

樱也发现了，自己的这种爱是扭曲的。

“我想一辈子在您身边听您说喜欢我。在距离您最近的地方，永远不离开您。”

樱的爱有些畸形，但是比谁都更奋不顾身。

“嗯……樱，想听，多少次，雏菊，都会，说。雏菊，喜欢，樱。所以……雏菊，不会，怪，樱……雏菊，感谢，樱，没有忘记，雏菊……一直等着，雏菊……雏菊，喜欢樱。”

樱只有这样活着，才能正常运转。

“明白了。樱也喜欢雏菊大人……一定会保护雏菊大人一辈子……”

她现在需要怨恨，也需要依赖，她不能放开这些。

“别担，心。”

这些雏菊都明白，所以她对樱毫不吝惜话语和目光。

“雏菊，喜欢樱。”

“嗯……”

“雏菊非常非常，喜欢樱。”

“嗯，雏菊大人。”

一个表达爱的姑娘，一个渴望爱的姑娘，她们之间的那份感情不是爱情。

“所以，不用，担心。”

“明白了……雏菊大人。”

虽然不是爱情，但是比爱情更热烈，更纯粹。

“只要有您在，樱就不会担心。”

这份感情确实有些畸形，但在她们之间，这才是正常的。

雏菊第五十次说出“喜欢”的时候，樱已经变得能像原来那样笑了。

春神主仆二人来到夏离宫已经几天了。

雏菊一直在按照既定的日程呈现春天，已经顺利完成她在衣世的工作了。

二人刚来的时候，衣世还是银装素裹，满眼冷冰冰的景色，现在已经开始渐渐转暖，可以说正在从冬装换上春衣。

完成春天的呈现之后，雏菊主仆经过几天的休养，接下来还要赶到帝州。

“雏菊大人，您还好吧？”

可能是因为连续多日使用神通力，回到房间之后，雏菊便发烧了。

“嗯……只是，有点，发烧。”

雏菊从被子中探出头来，有气无力地回答道。看到自己的主人难受的样子，樱心如刀绞。前几天的呈现之后，她们在雪地中说了太久的话，一想到这可能是主人发烧的原因，樱就觉得自责。

“不是因为那天。”雏菊似乎看透了樱在想什么，马上补充了一句。

“总而言之，先想办法退烧吧。樱这就把药拿来。夏离宫没有准备适合病人吃的晚饭，樱去借厨房为您做些，喝粥可以吗？”

“雏菊，要是说，想喝，加了，鸡蛋的粥，算不算，任性？”

“发烧的时候也好，没有发烧的时候也好，在樱面前，雏菊大人怎样任性都可以。”

樱仔细地把雏菊额头上的退烧贴贴正，朝着厨房走去。

为了保护雏菊，樱已经把这座夏离宫的构造记在脑子里，她没有走冤枉路，很快到了厨房。

夏离宫是一座西洋式建筑，这里的每个房间都很大。

可能是时刻准备着招待客人，厨房中有两台冰箱。樱发现厨房中一个负责管理的人都没有，开始思考自己该不该擅自打开冰箱。

“姬鹰大人，有什么事吗？”

听到有人搭话，樱转过头去，发现菖蒲站在她的身后。

菖蒲穿着连衣裙，打扮得像一位文静的大小姐，看起来像是外出刚刚回来。

“菖蒲大人，我可以用冰箱里的东西吗……雏菊大人发烧了……我想给雏菊大人做点适合病人吃的东西……”

“哎呀，怎么发烧了……当然可以。您可以随便用厨房里的东西，现在厨师正好外出去采购了。”

“谢谢，那我就不客气了。”

樱打开冰箱，麻利地拿出食材和调味料。菖蒲好奇地看着樱干活儿的样子。

“那个……怎么了？”

“没什么，我只是在想，姬鹰大人也会做料理啊……”

“我只是熬个粥，谁都会做的。”

“说出来不怕您笑话……我就从来没有做过。”

“咦？”

樱不禁发出一声傻兮兮的惊叫。

“一直以来，都是身边其他人替我做的。”

代行者及其侍从往往年幼时起就为了呈现季节东奔西走。负责为他们准备饮食的往往是随行的成年人，得不到做饭的机会也不奇怪。

“我都要结婚了……这样怎么行呢，我总不能全让丈夫做……丈夫也有感冒发烧的时候，我起码得学会怎么熬粥……”

樱觉得没法只是随意对这位友善的侍从说一声“对啊”，于是她有点犹豫地询问菖蒲要不要一起做做看。菖蒲高兴得连连点头，两位姑娘肩并肩站在了灶台前。话又说回来，到底只是熬粥，再怎么讲究，她们要做的也只是守着灶台上的锅。

她们静静地盯着锅看了一会儿，沉默得实在太久，樱只好开了口。

“请问……我可以问问……罢工的事吗？”

樱早就想打听一下了。菖蒲微微皱起眉头，用微弱的声音说道：

“是啊……让您见笑了。我居然搞得主人罢起了工……”

“哪里，那个……”

“说来很容易理解，我妹妹从小时候起就有把我当成自己的私有物品的倾向。”

菖蒲回忆着她们的过去，说了起来。她的脑海中肯定浮现出了她和妹妹的各种往事。

“您想，人们都把代行者当成‘神’来对待，代行者没法去学校，只能在相当封闭的环境中成长，所以他们往往非常依赖侍从。我要结婚，要辞去侍从的职务，在她看来，就像自己的玩具被别人偷走了一样……她觉得我是属于她的……”

樱能理解那种心情，不过她觉得那并不是代行者特有的想法。

——在这一点上，我们侍从也一样吧？所以你才会这么烦恼。

樱觉得他们这些侍从也有认为自己“属于代行者”的倾向。

代行者和侍从的感情越深，这样的倾向就越强，侍从会觉得离开主人像剥皮抽筋一样痛苦。夏之代行者和侍从虽然现在闹了别扭，可是夏之代行者的侍从一定也有这样的感觉。樱观察着菖蒲的反应，继续说了下去：

“没想到，夏乡居然同意您结婚啊……侍从有保护代行者的职责，但更大的作用是保持代行者精神的稳定……就像人们常说的‘为了不让代行者过于偏向神的一边’。”

“在这一点上，夏乡比较特殊。幼年时，陪伴代行者的是家人，到了一定年龄，要换成配偶来终生保护代行者的精神。因为夏乡特殊的习俗，所以这次要结婚的不仅是我。”

“这么说来，夏之代行者大人也要结婚？”

菖蒲的回答让樱大吃一惊，菖蒲本人则理所当然一样点了点头。

“他们已经见过面了。从明年开始，我妹妹的……被选中将来要成为琉璃的丈夫的人，会陪伴琉璃完成代行者的工作。他是血统纯正的名门之子，年龄比琉璃略大，不过人很好，心胸宽广。琉璃其实也不讨厌他……”

“琉璃大人……今年多大……”

“十八岁了。我觉得是时候让她离开姐姐，帮助她把注意力转移到其他事物上……毕竟年龄越大，见识越广，越会抗拒这种形式的婚姻。”

菖蒲平静地说出了一番残酷得出奇的话。

——她或许是已经想通了吧。

哪怕樱对主人之外的事物漠不关心，也觉得这样婚姻方式远远落后于时代。虽说服务于四季的人们本就生活在与外界节奏不同的环境中，樱还是想问“你也是这样想的吗”，可是她看到菖蒲不知什么时候攥紧了双拳，又把嘴边的话咽了回去。

——她果然是不情愿的。

服务于四季的人们，都在为世界做出某种牺牲。

不光菖蒲是这样，樱是这样，代行者们也是这样。总有一些事情，他们不得不设法说服自己。

“夏乡其实也慢慢发生了改变……以前夏乡曾经禁止侍从结婚，为代行者挑选的结婚对象的规矩也更严格。到了我和琉璃这一代才……保持这个趋势，下一代的代行者和侍从应该会更加自由……”

“真令人佩服……”

“琉璃也明白应该往好处想……她应该是明白却无法接受吧。哪怕将要成为侍从的人喜欢她……对琉璃来说……还是非从小就在一起的人不可……”

樱沉默了。

“对不起，让您听我说这些……真是让您见笑了……毕竟您也是侍从……我没忍住……”

“哪里哪里。”

“春之代行者大人那边应该没有这样的烦恼吧……”

“我们……”

樱不想把春乡的丑事抖出去，可是菖蒲说了这么多夏乡的内情，她又觉得什么都不说也不合适。

“其实……我们的代行者也曾经罢过工……”

“什么?!”

菖蒲的反应在樱的意料之中，她苦笑起来。

“我们的代行者，雏菊大人……遭到绑架回归之后，有很长一段时间闭门不出……因为雏菊大人不敢再相信人，还患有创伤后应激障碍，各种原因夹杂在一起……”

“唉。”菖蒲发出了一声叹息。

“实际情况和官方消息不一致啊……这么说‘春神归来’是……”

“准确地说是在两年前。人们发现雏菊大人之后，雏菊大人花了两年时间治疗心理创伤……到今年总算好了一点儿。”

安静的厨房中，有好长一段时间只能听到二人的叹息和锅盖的声音。过了一会儿，菖蒲先开了口。

“那个……我倒是看过相关资料……问题有那么严重吗？”

“怎么讲？”

“冬乡遇袭和春之代行者大人绑架事件的资料。”

“是啊……糟糕得很。我是当事人之一，接受了问询……而且读过很多次事件概要整理成的资料，已经记在脑子里了。”

樱在菖蒲的凝视下，搅动锅里的粥，像以歌叙事的吟游诗人一样说了起来。

“冬乡袭击事件发生在黎明十年二月一日。”

樱开头的方式宛如讲述《一千零一夜》。

“当时我们正好为了完成‘四季降临’去到冬乡。那天下午三点左右，反四季厅的过激组织袭击了冬乡……过激派走地下水路进入冬乡，向冬乡的职员开枪，许多人都受了伤……”

煮粥的锅咕嘟咕嘟地响着。

“当时，十岁的冬之代行者寒椿狼星、十九岁的侍从寒月冻蝶，还有我的主人——六岁的春之代行者花叶雏菊大人，以及九岁的我……姬鹰樱……发现有危险，为了避难，离开了冬乡的正殿……”

锅不停地响着，好像把一句句令人心惊肉跳的话也煮进了粥中，咕嘟咕嘟的声音就像在敲打记忆的大门。

虽说樱只是在为菖蒲说明情况，可是一说出口，她就忍不住回想起来。

“我们四人逃离冬乡，却在冬乡周围的森林中被过激派追上，发生了战斗……冬之代行者的侍从寒月冻蝶为了保护雏菊大人……受了重伤……我也中枪受了重伤……”

哐当、哐当。记忆的大门被砸得直响。

“如果不是雏菊大人当场行使春神的神通力，让森林中出现了巨大的樱花树保护我们三人，我们在那时就已经死了。”

哐当、哐当、哐当。

“雏菊大人尝试与过激派交涉，表示愿意充当人质，要求过激派收手撤退……”

哐当、哐当、哐当、哐当、哐当。

樱记忆的大门被砸得响了又响，终于被砸得打开了一条小缝。

“经过交涉，雏菊大人被过激派绑架，我们保住了一命。”

哐当、哐当、哐当、哐当、哐当、哐当。

“过激派撤退后……绑架犯主动联系了国家治安机构。”

哐当、哐当、哐当、哐当、哐当、哐当、哐当。

“他们要求限制四季代行者的能力，扩大代行者能力的适用范围。”

哐当、哐当、哐当、哐当、哐当、哐当、哐当、哐当。

“国家治安机构马上成立了指挥所，开始与绑架雏菊大人的过激派进行包括赎金在内的交涉。随后，四季厅、国家治安机构、大和国政府拒绝了过激派的要求……”

哐当、哐当、哐当、哐当、哐当、哐当、哐当哐当、哐当。

“指挥所重新制定了与过激派交涉的方针，可是从某一天开始，绑架犯便断了联络……”

哐当、哐当、哐当、哐当哐当、哐当、哐当、哐当、哐当、哐当。

“从那以后，对方完全消失了，事件没能通过交涉解决。”

哐当、哐当、哐当、哐当哐当、哐当、哐当、哐当、哐当、哐当、哐当、哐当、哐当、哐当哐当、哐当、哐当、哐当、哐当、哐当。

“直到确认下一代春之代行者没有诞生，我才得知我的主人花叶雏菊大人还活着。”

救命、救命、救命、救命救命、救命、救命、救命、救命、救命。
哐当、哐当、哐当、哐当哐当、哐当、哐当、哐当、哐当、哐当。

哐当、哐当、哐当、哐当、哐当、哐当、哐当、哐当。哐当、哐当。

樱不想回忆，她想埋葬过去。

——完了，完了，全完了。

“四季降临”是一种仪式，刚刚获得神通力的代行者，会与冬之代行者共同生活一个月来完成仪式。

冬天是季节之祖，其他季节的代行者要通过与冬之代行者度过形式上的蜜月，再现诸神的生活。这是新任代行者成为四季代行者一员的必经之路，他们会在“四季降临”结束之后到各地去完成自己的职责。

冬乡早就为“四季降临”期间遇袭做好了预案，进行过许多次训练，可是在紧要关头，这些预案没有起到一点儿作用。

贼人掌握了避难路线，导致我们当时没法用小轿车。我们好不容易才逃到无处可藏的森林中，与其他护卫人员走散，保护代行者的只有冻蝶和九岁的我。

雏菊大人一直哭着，我拉着她的手，和冻蝶、狼星一起向森林里逃，结果没过多久便被贼人发现了。

——完了，完了，全完了。

全完了，全完了，全完了，全完了，一切都完了。

冻蝶护着雏菊大人，身中数弹。

危急之中，狼星生成冰墙保护了我们，可是在无法集中精神的情况下生成的冰十分脆弱，很快便碎裂了。我无论如何都要保护好雏菊大人，但我现在什么都做不了。

——完了，完了，全完了。

我没有超常的力量，现在正需要那样的力量，我却没有。

要是有超常的力量，我就能保护大家。

——完了，完了，全完了。

或许是雏菊大人感觉到了我当时的想法。

“冻蝶哥哥，狼星大人和樱就拜托您了。”

雏菊大人当时只有六岁，她是个聪慧、机灵的孩子，但是还只有六岁。

“樱，不会有事的，别担心……”

雏菊大人或许明白这件祸事为什么会找上门，也知道要交出什么才能收场。然而，她还只有六岁。

“狼星大人……”

我只是春之代行者的侍从，但雏菊大人从不把我当成工具，而是把我当成朋友。

“谢谢您陪我玩。”

我应该保护雏菊大人，应该保护雏菊大人的是我，哪怕丢掉生命，我也应该保护好雏菊大人。

“谢谢您送冰花给我。”

可是现在，全完了，全完了，全完了。

“谢谢您一直对我那么好，狼星大人。”

那一天，一切都完了。

樱回过神来，发现粥已经沸腾，赶忙关掉了火。

“姬鹰大人和冬之代行者主仆……都受到了雏菊大人的保护，是这样吧？”

“啊，是的……”

“年幼时呈现季节的能力还不稳定，而在危急时刻人们往往会陷入恐慌，春之代行者大人却能完成那样的壮举……想必她一定是有超常的精神力量……”

樱点了点头，表示同意。

“雏菊大人确实非常了不起，正是因为雏菊大人当时的决定，我才能活到现在，雏菊大人是我的救命恩人。”

樱轻声低语，仿佛在回忆当时的情景。

“雏菊大人那小小的背影在雪片般的樱花花瓣中越走越远……我一辈子都不会忘记当时的情景。雏菊大人为了保护我们不受贼人伤害，还是第一次呈现了春天。那个春天本该挑选良辰吉日呈现，受到所有人的祝福，永生永世延续下去……”

——直到现在我还能回想起来。

“一棵又一棵樱花树随着雏菊大人的歌声从地面长了出来，眼见着越长越大，挡住了我们……枝杈和淡粉色的花瓣渐渐遮蔽了我的整个视野，我哭了起来，拼命地拨开樱花枝，可惜只是白费力气。然后，我听到了话音……还只有……六岁的女孩子在说话……”

——那一刻的情景，美得让人发狂。

“‘我到你们那边去，别再伤害其他人了’——我听到了雏菊大人请求贼人的声音……”

——那一刻，也同样让人绝望。

“当时的一切……声音、颜色，一切的一切……我都没法忘记。”

樱作为当事人，平静地描述着当时的情景，她的样子让菖蒲心生同情。

菖蒲明白，樱只能把自己当成讲述者，如果站在当事人的角度，讲述当时的情景对她来说太痛苦了。

“您一定非常难过吧……”

樱不肯定也不否定，只是露出了模棱两可的笑容。

十年前的事件对菖蒲来说绝非事不关己。当时遇袭的碰巧是雏菊和狼星，不说明夏之代行者没有遇袭的危险。

“那个……我有个问题想问……”

“什么问题？”樱反问道。

“袭击冬乡的贼人是哪一种？”

樱没能理解菖蒲的问题，歪着头问道：

“哪一种，是什么意思？”

“我问的是贼人的种类……因为这件事与夏天也有关系，所以我想了解一下……”

“种类……是这样啊，您是问贼人属于改革派还是根除派？”

樱看起来领会了菖蒲想问什么，菖蒲对她点了点头，说道：

“没错，我们虽然把危害四季代行者，妄图将自己的理念强加于四季代行者的人统称为‘贼人’，其实贼人也分化成两派。其中一派自古便妄图利用四季授予代行者的神力满足私欲……他们认为四季代行者应该为造福人类使用神力，动武的主要目的是让四季厅和国家听取他们的诉求。他们就是人们口中的‘改革派’……也有一批人认为人们不需要某些特定的季节……他们就是‘根除派’。事件发生之后，与政府展开交涉的是改革派，我的理解应该没错吧？”

樱思考了一会儿，沉吟道：

“情况比较复杂……手握人质与政府展开交涉的是改革派的贼人。可是……袭击冬乡的那些人是根除派的。雏菊大人回来之后，我听雏菊大人说，贼人内部发生了内讧。当时那次袭击恐怕是改革派和根除派联手实施的，只是他们在达到目的之前就分道扬镳了……不过，对贼人们来说，袭击四季代行者族人居住的四乡，那样的行动本身就具有重大的意义，而那次袭击也确实是近年规模最大的一次。”

听到这里，菖蒲心里又是一沉。

——如果没有那次袭击，雏菊大人也不会失去人生中的这十年。

十年二字写出来的分量显得很轻，只有真正品尝过那种滋味的人，才会觉得那就像永远不会结束的折磨。

正如她们所说，贼人因为思想的不同，主要分为两种。

其中改革派的活动目的主要是让国营机构或大和政府改变目前对待四季代行者的方式。而根除派则认为世界上不该有某一季节，尝试铲除相应代行者，下一代代行者出现后，他们也会跟着转移目标。随着时代的变化，改革派会改变他们的诉求。根除派则不会，从祖上世代传承下来的仇恨和宗教思想让他们不会改变主张。

有些生命确实会受到季节的左右。曾经有过这样的事例：亲人生病，一座村庄的居民曾经请愿免除冬天的呈现，可是遭到了拒绝，村民的亲人因为冬天的到来去世了。还曾经有许多人因为夏季带来的干涸而丧生。诸如此类的仇恨像传统一样世代继承，这些人的子孙也会像祖先一样，继续把代行者视为必须除掉的仇敌。

“农民和有病人的村庄最抗拒的季节就是冬天……所以，贼人们才选择了冬乡来发动袭击吧？雏菊大人相当于受到殃及被绑架……”

“而在多年的监禁生活之后……雏菊大人的精神出了问题……这个确实需要疗养，我也能理解雏菊大人会抗拒显现春天，换成谁都没有办法马上开始工作。”

“不仅是因为这个……”

樱等粥放得稍凉一点儿之后，一边把粥盛进碗里，一边说道。

浮现在她脑海中的，是可恶的故乡。

“雏菊大人遭到绑架三个月后，春乡便停止了对雏菊大人的搜寻。”

她的话音中明显带着怨恨。

“什么……”

菖蒲惊叫了一声。她似乎没能马上理解樱这句话的意思，有些困惑。

“可是……可是，没有春之代行者大人，春天就不会回到大和……春乡称得上是春之代行者大人的生母，怎么会草草结束搜寻呢？”

樱点了点头，只是点头之后，她冷冷地否定了菖蒲的疑问。

“是的……不过，只要现在的代行者死了，马上会有新的代行者出现嘛。”

樱说着，自己也为自己说出的话感到伤心。她最爱的主人遭到故乡抛弃，她也没能救下主人，这些事实不管到什么时候都会让她伤心。

樱好像想起了自己以前的遭遇，声音变得越来越冷。

“这个世界就是这样。”

她说得像在唱歌一样轻巧。

“这是个像童话故事一样按部就班的世界，让我感到厌烦。”

声音却冷到了极点。

“机器只要无法正常运转，马上会被替代品换下。神通力会自然而然地由替换时最合适的……年轻且血统纯正的人自动继承。从远古时起，四季代行者一直是这样产生的。”

樱的目光中带着极大的怨怒。

菖蒲到这会儿才总算明白这位名叫姬鹰樱的姑娘是由什么样的感情构成的。樱对代行者称得上过头的保护和奉献就源自这段经历。

“既然数据能转移，那么用旧的容器随时可以扔进垃圾桶。我记得冬之代行者曾经说过，他们这些四季代行者是‘家畜’，因为他们受人畜养，没有自由，而且随时可以找到备份。我第一次听他说出这话的时候，还觉得他是一个冷漠的孩子……后来我才发现，他之所以这样说，只是因为有亲身体会，毕竟冬乡在四乡中算是最墨守成规的……就这样……春乡的高层抛弃了雏菊大人，他们认为雏菊大人迟早会死……只要雏菊大人一死，拥有神通力的继任者就会从他们的族人中‘被选出’。有代行者血统的人受到统一管理，不管出现在什么地方他们都能找到。于是他们把赌注押在了雏菊大人的死上，毕竟这样更轻松。”

“怎么能这样……怎么能，这样。”

刚才樱口中说出的事实足以让菖蒲变得面无血色。

听到同行说出这样的事，她当然没法当成事不关己。

“万一这样的事落到我的头上呢？”

一个没有答案的问题浮现在她的脑海之中，悬而未决。

“您是不是觉得春乡不可能做出这样的决定？夏乡或许不会，可春乡的的确确是这样决定的。我觉得不如独自寻找雏菊大人，不再对春乡抱有幻想，结果找了八年也没有找到……但是遭遇绑架的雏菊大人确实还活着。”

“难以置信……”

刚刚见面的时候，菖蒲就觉得春之代行者主仆像密友一样要好。

特别是樱，她醉心于雏菊的样子格外明显。她曾经失去自己的主人，受到自己的故乡背叛，不难想象她在漫长的年月中曾经多么绝望。

菖蒲忍不住抬手捂住嘴，开始觉得眼下平静的生活随着那锅粥升腾起的水蒸气一起飘飘忽忽。

“姬鹰大人是怎样和雏菊大人重逢的？”

“雏菊大人回到春乡一段时间之后，我才见到雏菊大人。当时雏菊大人拒绝与别人接触，春乡的长老无计可施，把我这个被故乡抛弃的人叫了回来。当时春乡一直隐瞒着雏菊大人归来的消息，还打算为雏菊大人安排新的侍从，结果没能如愿。这时，养育雏菊大人的花叶家想方设法把我找了回来。”

“无计可施怎么讲？”

“雏菊大人什么都知道，知道春乡只过了三个月便背叛了她，知道多年以来人们一直在等她死亡。大概是国家治安机构的工作人员如实回答了雏菊大人的问题。随后，雏菊大人就开始罢工，拒绝呈现春天。”

樱的脑海中浮现出过去雏菊不管什么事都哭着拒绝他人的样子。

“雏菊大人被抛弃了，知道这件事后，当然会出现心理问题……”

“是的……然而，我无论如何都要请雏菊大人呈现春天。不肯呈现春天的春之代行者，对春乡来说只是障碍，雏菊大人随时有为人所害的危险。我当然也不愿意勉强雏菊大人，希望雏菊大人能像普通人那样生活下去，只是这个世界不会让我们如愿以偿。虽然四季代行者本人会否认……可是他们确实是现人神，是世界的齿轮。雏菊大人没法发挥作用，就会被春乡的强硬派换掉。”

说到这里，樱讲了讲雏菊在那段时间里的状态。

她会打翻别人为她做的料理，会抓破自己的皮肤鲜血淋漓地离开浴室，不管做什么都会闹得天翻地覆。而一到夜里，她就会静静地啜泣。当时，她的精神彻底崩溃了。

——无法想象雏菊大人的那个样子。

菖蒲尝试了好多次，可还是没法想象樱口中“崩溃的”春之代行者的样子。

她只看到过侍从身旁面带微笑、楚楚可怜的春之代行者。

“花叶家和与花叶家有联系的家族充当了雏菊大人的拥护派，雏菊大人这才没有为人所害，可是两派的均衡随时可能被打破。我为雏菊大人解释过许多次，这样下去雏菊大人自己的生命会面临危险，但没能说服雏菊大人……我有很长的一段时间被夹在雏菊大人和春乡之间，不过雏菊大人最终决定重新开始履行职责。正是因为我和雏菊大人那时一起克服了困难，才有了现在的感情。”

菖蒲不知道该如何接这番话。过了一会儿，她才低声沉吟道：

“听姬鹰大人说了这些，我现在觉得我们就像傻瓜一样……我们姐妹又没有像春之代行者大人和姬鹰大人那样被拆散……虽说结婚后会分开……可又不会断了联系……”

“怎么会是傻瓜呢……”

“不，我们确实太傻了……春之代行者大人受过我没法想象的苦，我又有什么资格把孤单、难过挂在嘴边……简直太傻了……”

听了菖蒲这番话，樱的声调变得比刚才柔和了一点儿。

“菖蒲大人，我有一句话……希望正在遭遇代行者罢工的菖蒲大人能听一听……”

“请讲……”

“代行者需要侍从，失去了精神支柱，代行者就会垮掉。”

菖蒲沉默了。

“只要是人，在需要精神支柱这一点上，或许不管是谁都一样……不过，我认为四季代行者在这一点上尤为显著。不管哪位代行者，内在都非常细腻，对支撑他们的人有着特殊的感情。因为有特殊的感情，他们才会不惜舍命保护支撑他们的人。”

“姬鹰大人说的这些，我大部分都感同身受……”

“四季代行者们是用心来呈现季节的，所以，如果心垮掉了，季节也会垮掉。冬天就是一个很好的例子，自从雏菊大人被绑架，大和的冬天愈发严酷，而且变得像是打算填补春天的空缺一样漫长，就连南国龙宫也成了雪国。冬之代行者认为春天是因为他才消失，他有着很大的责任……所以……”

菖蒲听着，脸上露出不知如何是好的表情，过了一会儿才问道：

“您的这番话……是对我的劝诫吗……”

樱摇了摇头。

“不是的，我只是希望您明白。”

“希望我……明白？”

“是的，菖蒲大人说夏之代行者大人只是在耍小孩子脾气，实际上并非如此。您真的是夏之代行者大人的精神支柱，所以她才觉得难过。哪怕她真有心上人，一直以来支撑着她的还是您，她没法承受您的离去，精神已经出现了垮掉的迹象。如果您只把夏之代行者大人的痛苦当成是小孩子耍脾气，那么不管到什么时候，问题都得不到解决。”

春之代行者的侍从好像在说自己的事一样谈论着菖蒲的代行者。樱面前的这位姑娘不知道是有了什么感触，沉默片刻之后，点了点头。

“姬鹰大人，非常，感谢您。”

随后，她的脸上带上了柔和的微笑。

“想到有姬鹰大人这样的人……有理解代行者的人，我就觉得好受多了……”

樱觉得菖蒲这话说得蹊跷，歪起了头。

“是这样吗？我倒是觉得有在讲大道理的嫌疑……”

“怎么会呢。”

“菖蒲大人的烦恼是作为夏之代行者侍从的烦恼……我这个春之代行者的侍从似乎不该说长道短……”

“不会不会，您说的都是有必要的话……我想，我或许一直在等别人对我说出这样一番话。”

菖蒲向樱伸出手，不知道为什么拽住了樱的衣角。

这时候，樱才第一次仔细端详菖蒲的面孔。

菖蒲是一位戴着眼镜的清秀美女，清秀得可以比作月亮。这是樱对菖蒲的第一印象，不过，现在出现在樱眼前的菖蒲和印象中有些不同。她眼镜下的那双眼睛是蜂蜜色，皮肤有些苍白，但是很水灵，给人开朗的印象。

“哪怕一切都为时已晚……”

菖蒲凝视着樱，像太阳一样光芒万丈。

樱开始奇怪自己为什么一开始会觉得菖蒲像月亮。

她眼前的这位姑娘脸上明明带着灿烂耀眼的笑容。

“希望她能允许我永远喜欢她……因为世上我最喜欢的就是她。”

“请问……”

“姬鹰大人？”

“啊，不……没什么。”

樱没有把她的疑惑说出口，而是选择了一句模棱两可的话。

说完话的时候，粥已经凉了，正是适合雏菊吃的温度。

当天晚上九点多。

雏菊午饭喝过粥后一直独自一人躺在床上，到夜里突然醒了过来。

她默默地用手摸了摸自己的额头，发现体温已经降了不少。

窗帘都被拉上了，但房间比平时还要暗。她想看看自己睡了多久，四下张望，可是没能找到钟表，只听窗外传来细细的雨声。

——赶紧，告诉，樱，雏菊的，烧，已经退了。

她撑起沉重的身体，想要走出房间。就在这时，她听到轰隆一声巨响，声音大得让她起初以为是有什么东西爆炸了。

“雏菊大人！”

“琉璃！”

一楼的起居室中，同时传来了两位女性尖利的叫声。樱和菖蒲沿着通向客房的楼梯冲了上来。二人的主人所在的房间位于同一层走廊的两端。

“菖蒲大人！我去保护雏菊大人！”

“好！我去把琉璃护卫好！”

冲到二楼，二人分别向走廊中自己主人所在的方向冲了过去。樱好像要把门踹破一样冲进了房间，雏菊马上扑到她的身旁。

“樱。”

不安让雏菊的声音颤抖着。樱试着安慰她，好让她平静下来。

“请不要担心，有樱在呢。”

“嗯。”

“我听到很大的响声，可能是地震或者爆炸……”

“应该，不是，焰火……吧。”

“夏离宫方面没有通知我有需要放焰火的活动。再说了，如果只是焰火，菖蒲大人也不会冲过去保护琉璃大人。”

紧急情况下该如何行动，主仆二人已经反复进行过训练。雏菊藏到樱的身后，樱对她点了点头，表示这样就可以。樱的手已经握住了腰际的刀柄，以便有需要时可以拔刀。

“有可能是贼人发动奇袭……”

樱说到这里的时候，眼前突然一暗。

夏离宫中各处传来惊叫声，看来是夏离宫本身发生了停电。主仆二人能听到猫狗和鸟的叫声，还有人沿着楼梯向上奔跑的声音，让她们觉得仿佛一头扎进了深夜的丛林之中。黑暗中，主仆二人听到狗像狼一样拉长音嚎叫，动物们都是夏之代行者的眷属，它们想必是赶去确认主人是否平安无事。

“樱！”

黑暗中听到狼嚎般的声音，雏菊心中的不安越来越浓重，她紧紧地贴在樱的背上。

樱先把手伸向背后，攥住雏菊的手，然后开口说道：

“别担心，雏菊大人……樱一定会保护好您。”

“嗯……嗯……”

樱握了雏菊的手一下，马上又松开，四下张望。

窗外很暗，看样子连外面整夜不灭的路灯都熄了。夏离宫距离其他的别墅区很远，通向大路的小路上设置了等间隔的路灯。路灯熄灭，说明停电的很可能不只是夏离宫，而是周边的一整片区域。

樱从上衣口袋中掏出便携终端，查看信号，发现画面上显示信号中断。

“刚才的地鸣……您觉得像是自然发生的吗？”

“补充，神通力，的，灵脉……好像，和，平时，一样，应该，不是……如果，发生，地震，不管，多么，细弱，的，灵脉，都会，躁动，起来。这里，的，灵脉，这么，粗壮，却一点儿，变化，都没有，这，不对劲……”

“原来如此……”

——既然雏菊大人这样说，那么巨响想必不是天灾，而是人祸。

“明白了，我会提高警戒等级。”

“好，的……”

二人离开房间，打算先去找和樱一起跑上来的菖蒲。来到走廊里，樱马上便发现和夏之代行者房间所在方位相反的另一边，有什么东西正在蠢动。

——是动物?

小动物们会在夏离宫中走来走去。

樱开始以为那是动物，可是听到对方的呼吸声后便发现那是“人”。

而且是男人的呼吸声。

“所有人员准备迎击！贼人来了!!”

樱吼了起来。之所以吼，是为了通知夏离宫中的人们。她的吼声刚落，楼下和另一个地方马上传来其他人的惊叫和枪声。闯入者们不再潜伏，开始了攻击。走廊里那个蠢动的影子也冲了过来，而樱的眼睛还没有适应黑暗的环境，也不知道对方有没有武器，有什么样的武器。

“可恶！”

然而，她无论如何也要保护好雏菊。

樱想方设法分辨冲过来的黑影与自己之间的距离，首先挥出刀鞘，然后使了一招中段踢击。幸运的是，这一脚命中了敌人，樱也掌握了自己和敌人的距离。

——好硬，贼人是全副武装。

她毫不畏惧，连续用刀鞘和踢击展开攻势，黑暗中不断响起刀刃与刀鞘碰撞的声音。男人则用匕首灵巧地隔挡着樱的攻击，而且每一招都挡得干净利落，樱判断袭击者很可能装备了暗视装置。身高和体重明显是敌人占了上风，樱的攻击都被对方挡下，没法造成伤害，而敌人迟早会习惯樱的攻击方式，到那时候，她毫无疑问会落下风。

——只能攻击他的头部。

为了让敌人失去战斗能力，樱扭转身体踢向敌人面门，敌人好像正等着一样抓住了她的脚。樱的一只脚被攥定，身体失去了平衡。她能听到自己的骨头发出可怕的声音，敌人握力太大，好像会把她的骨头攥碎。她觉得紧接着匕首就会刺进她的腿。

——我怎么能输！

疼痛让樱忍不住呻吟了一声，但她还是趁一只脚被敌人攥定，铆足力气挥起另一只脚踢向敌人的面门。杂要般的动作让敌人不禁松开手，樱像被扔出去一样摔在地上，不过她手中依然握着刀柄。刀毕竟是利器，只要出鞘就会夺走别人的生命，所以她一直故意没有拔刀出鞘。哪怕是为了护卫四季代行者，她也不愿意轻易夺走别人的生命，而且有规定禁止护卫官轻易拔刀。

——杀掉他。

然而，樱现在顾不得考虑那么多。雏菊就在她的身后，不管敌人是什么组织的什么人，这一点也不会改变。

——杀掉他。

雏菊因为信任她，随她踏上了呈现春天的旅途，她不能让贼人靠近雏菊半步。

——在你被他杀掉前先杀掉他！

刚才落地时，刀已经被震得脱了鞘，樱已经看到刀身的寒光。刀身的颜色与樱花一样，纹章也是樱花图案，它在黑暗中引诱着樱，像是在催促樱横下心。

——杀啊！

她几乎是下意识地挥出了刀。

“啊……啊啊，啊啊啊啊啊啊啊！”

——命中了！

刀锋切断肉的触感通过刀柄传到她的手上。男人的惨叫声音极大，樱甚至觉得刺耳。樱的刀没有砍断男人的腿，只是刺进肉中，她把刀向外一拔，男人又惨叫起来。暖烘烘的鲜血溅到她的脸和手上，而且很快便凉了下来。

“要是不想死……就别过来！”

樱一边感受别人生命的流逝，一边大吼。

那是她发自心底的话。

“不想死……你就别过来啊……”

随后，樱没有遇到多大的麻烦，便让敌人失去了战斗能力。

男人仰面朝天倒在地上，手按着腿上的伤口。樱用刀背在男人额头上砸了又砸，直到男人昏了过去。

“呼哧……呼哧……”

樱喘着粗气，确认敌人已经彻底失去战斗能力后，连脸上被溅到的血都忘了擦就转过头去问道：

“雏菊大人！您没事吧！”

“樱！”

雏菊喊着侍从的名字，跑向侍从。就在这时，樱听到另外一个脚步声。

樱汗涔涔的手再次握紧刀，只听那个脚步声停了下来。

“我是夏乡负责管理夏离宫的青山！”

樱听到女性的声音，赶忙收回正准备挥刀的手。

刚到夏离宫时，樱就记住了管理员的名字和相貌、声音，这会儿她乱糟糟的头脑中想起了这位说话者的身份。

“春之代行者大人，侍从大人！两位没事吧！”

她似乎是来确认春神主仆是否平安无事。樱的眼睛总算适应了黑暗，看清了来者。

“我打昏了一名贼人！不过可能还有其他贼人！”

“一楼没有敌人！外面正在交战！我来保护二位，贼人已经绑起来了吗？”

“还没有！”

“我到两位那边去！我身上带着枪，但我会举起双手走近，证明我不是串通贼人的内奸，可以吗？”

夏离宫管理员一手举着便携终端，用终端的亮光照着脚下，走向樱这边。这时，樱才想起来还没有确认除了她们之外最有可能受到袭击的人是否平安。刚才战斗的时候她没有注意到，但现在琉璃房间的方向有许多条狗正在狂吠。

“菖蒲大人！琉璃大人！两位没事吧！”

樱没有动地方，只是向琉璃房间的方向喊话。她很快便得到了答话。

“我是菖蒲！我们两个都没事！没能过去救援，真是非常抱歉！琉璃的房间里出现了一名贼人，不过我们已经处理掉了！”

虽然樱看不见夏之代行者主仆现在的样子，但听到菖蒲报平安，樱也松了口气。

“太好了。动物们都跑了过去，它们应该会发挥作用……”

“它们有战斗能力吗？我只看到娇小可爱的小型犬……”

“只要琉璃大人下令，小狗小猫也好，鸟儿也好，哪怕是虫子都能具备咬死成年人的攻击力。夏之代行者除了能呈现夏天之外，还有‘生命使役’的能力……只要成为琉璃大人的眷属，生命就会拥有巨大的力量。”

想象着小狗变成恶兽的样子，樱觉得脊背一凉。

难怪夏乡会允许夏之代行者养这么多小动物。

“我明白了，看来不用担心……我们这边也没有危险了，我砍伤了贼人的腿，他动不了。请到夏之代行者大人的房间去看看吧。”

“遵命。”

樱四下张望，看到手持便携终端的夏离宫工作人员们慌慌张张地在起居室中走来走去，似乎在确认是否已经安全。过了一会儿，门厅的大门打开，来者是在夏离宫外负责放哨的四季厅春季部门职员，像刚才青山那样报上了自己的名字。

一楼的夏离宫工作人员们马上围了上去，开始确认来者的身份。樱则仔细观察着人们的一举一动。

“樱……樱！”

雏菊叫了两声樱的名字，樱才回过神来。

“啊，在。”

“樱……”

雏菊的声音中带着不安。

“雏菊大人，不用担心。”

“不是，樱，血……”

直到这时，樱才注意到自己的额头和下巴正在滴血。

“没事，这应该是敌人的血溅……”

樱还没说完，雏菊直接用和服的袖子替樱擦了起来。

“雏菊大人。”

樱本想提醒雏菊“那可是价值上百万的衣料”，可是注意到雏菊在发抖，又把话咽了回去。

主人是出于关心为她擦血，她不想辜负主人的好意。而现在最担惊受怕的其实是她的主人，她不想再给主人泼冷水。

“没受，伤吧？”

“应该没有，现在肾上腺素的效果还在，我也说不好。”

“肾上……肾上腺，素？”

“肾上腺素是一种会令神经兴奋的激素，它发挥效果的时候，就算受了伤，人也不会觉得很疼。啊，先不说了，现在我精神就在兴奋状态，连语言都组织不好。”

“樱……樱。”

雏菊紧紧地抱住樱，然后用像是挤出来的声音说道：

“樱，不能，受伤……”

这番话让樱的胸口一紧，她用空着的一只手轻轻搂住雏菊的后背。

“不要紧，雏菊大人。”

雏菊摇了摇头，表示她说的不是那个意思。

“就算，不要紧，也，不行。不能，受伤。樱，在，发抖，呢。”

看来雏菊并不是担心自己的处境。对她来说，樱的生命受到威胁更让她提心吊胆。樱理解了雏菊的意思之后，硬逼着自己笑了笑。

“没错，樱在发抖。不过，雏菊大人，您应该看到了吧，樱已经和十年前不一样了……为了再会之后能保护好您，和您分开的那段时间，樱向各种各样的人求教，坚持锻炼。那段时间虽然艰苦，但现在已经发挥了效果。”

“嗯……可，是……”

雏菊好像还是不依不饶。樱见状，用更加坚定的声调说道：

“请您现在不要说樱是女孩子……不要说您和樱是朋友。”

主人的温柔会给樱活下去的力量。然而，这个时候她希望主人能先把温柔收起来。

“樱现在更希望您夸奖樱的战果，这样樱的努力才算有回报。”

樱是为了雏菊活着的“刀”，是她的护卫官。

十年前，她没能保护好主人，现在总算得到保护主人的机会。

她不想把这个机会让给任何人。

她愿意给这位春神献出一切，哪怕其中包括她的青春和生命，她也会毫不犹豫。

“雏菊大人……请您命令樱‘保护好’您。”

保护主人正是护卫官的愿望。

“战斗可能还会持续下去，请赐给樱战斗下去的力量。”

如果不能保护主人，那么护卫官就失去了价值。这就是姬鹰樱这位姑娘的自豪之处。

听到樱的这番话，雏菊沉默了。

“雏菊其实不想让樱做这样的事”“要是雏菊夸奖了樱，樱恐怕会做更冒险的事”——雏菊默默地表达着类似的担心。

“樱……”

很快，雏菊便改变了想法。

这是一位一心为她而生的护卫官，这是一个只为她活着的“生命”，她觉得自己作为主人，现在有义务满足其愿望。因此，雏菊给出了她的奖赏。

“谢，谢……樱，好，厉害，啊……保护，好，雏菊，吧……”

尽管雏菊颤抖着，她还是说出了这样一句话。

她其实不愿意自己宝贵的朋友舍命保护自己。

说完之后，雏菊潸然泪下。

“非常感谢您的褒奖。”

樱把呜咽起来的雏菊抱得更紧了。

就在这时，一直在户外放哨的四季厅春季部门职员拿着手电筒来到了室内。主仆二人以前见过这位职员，没有像青山上来时那样紧张了。樱指示来者把倒在地上的贼人绑了起来。

“姬鹰大人，有件事要向您报告。”

四季厅春季部门的职员小声说道。

“此人是外面战斗的漏网之鱼。非常抱歉……我们没能除掉的贼人闯进了夏离宫中，结果搞成这样……”

“已经过去了的事，再说也没用。有死伤者吗？”

“这边没有伤亡，我们和冬乡的护卫已经处理完毕。”

雏菊一直低头抱着樱，听到“冬”字抬起了头。

“冬乡……为什么……”

樱也惊得忍不住问出了声。

——是冻蝶。

樱的脑海中浮现出她曾经追逐过的高大背影，突然觉得心刺痛了一下。

“我们也是刚刚得知他们也在这里。看来他们是应冬神主仆……寒椿狼星大人和寒月冻蝶大人的要求，打算暗中保护两位。我们已经确认过他们的身份了。”

就算不听这段解释，樱也能轻易想到冬乡的人是谁派来的。春之代行者是为了保护冬神主仆而遭到绑架，他们一定很想暗中保护春之代行者，所以冬神主仆才从护卫人员中分出人手，让他们悄悄追随春神主仆呈现春天的旅行。

“啧……”

——这是觉得我没法保护好雏菊大人吗？还是说他们以为这样就算赎罪？

樱的心里就像打翻了五味瓶，但她还是努力控制住自己的情绪。她担心的事已经发生了，在这种情况下能利用的东西都应该用上。

“我明白了……能用的资源我都要用，让冬乡的人继续护卫我们和夏神主仆吧。”

“遵命。”

“我想尽可能了解一下新闻和情报，便携终端能用吗？”

“没有信号，其他人的终端也一样，所有信号都断了。姬鹰大人，请您和雏菊大人一起先在起居室休息片刻。我们随时可以撤退，在确认安全之前，请和大家一起留在宽敞的地方。”

樱点了点头，带着雏菊走向起居室。

小狗、小猫和兔子像是注意到雏菊在不安，纷纷向她聚了过来。看着雏菊轻柔地抚摸每一只小动物，樱的心情稍微平静了一点儿，只是紧张还难以消除。过了一会儿，菖蒲举着露营灯，从二楼走了下来。

她是一位标准的大和美女，在露营灯的灯光下看起来像极了传统恐怖故事中的鬼魂。

她一言不发地观察着起居室中的每一个人，确认周围的情况。

这位拥有一头漆黑亮泽的头发的少女从黑暗中现身之后，目光不管撞上谁，都会马上冷冷地移开视线。灯光下的她显得有些不高兴。

她什么都没有说，只是默默地观察在场者，小动物们则像正等着她一样，聚到了她的脚下。

或许是因为她一言不发就能让小动物围住，还展现出一副仿佛不食人间烟火的样子，让樱觉得有点不对劲。不过，樱还没来得及开口问，答案便主动现了身。

本以为是菖蒲的那名少女背后，出现了一位面孔和前者一模一样，只是服装不同的另一个姑娘。

雏菊和樱倒吸了一口凉气。

“琉璃，我不是说让你别走在前面吗？”

“菖蒲，你好烦人。”

两个戴着眼镜的清秀美女长得一模一样，她们对彼此说话的样子足以让见者大惑不解。

“夏之，代行者，大，人？”

听到雏菊的话，樱终于明白是怎么回事。

樱一直听菖蒲把夏之代行者称为“妹妹”，所以形成了先入为主的印象。

确实，世上还有这样一种姐妹。

双胞胎中穿着连衣裙的那个“菖蒲”开口了。

“鸟儿们告诉我，发生了大规模的爆炸。”

夏神像是在预言一样，轻声低语道。

没过多久，人们便用夏离宫管理员拿来的应急收音机得到了外界的情报。距离夏离宫相当远的电站发生了爆炸，爆炸的原因尚不明确，还有人在爆炸中受伤。收音机中说电站只是部分受损，但人们视野所及之处一片黑暗，供电恐怕没法在短时间内恢复。

“好像连红绿灯都断电了。我们需要决定……是离开这里，还是守在这里等待天亮。”

听到樱的这句话，菖蒲点了点头，向琉璃问道：

“琉璃，周围情况如何？”

琉璃没有吭声，把脸扭到一边。

“琉璃！这种时候就不要使性子了，回答我啊！”

平时和和气气的菖蒲，面孔眼见着染上了怒色。

“我才没使性子呢！”

“你就是在使性子！已经使了三个月！”

“谁让你……”

琉璃的肩膀颤抖起来，用仿佛硬挤出来一样的声音说道：

“谁让你不告诉我……”

“你在说什么？”

菖蒲的反问好像进一步触怒了琉璃，琉璃含着眼泪大声吼道：

“你有了男朋友却不告诉我！”

琉璃就像受了世上最大的委屈，激动地挥手，声嘶力竭地喊着。

在场的其他人都像被弹弓射出的纸球打中的鸽子，睁大眼睛愣在原地。

贼人好像认准这天会停电一样发动了袭击，在这么危急的情况下，这位少女说出的话居然是“你有了男朋友却不告诉我”。

"现在是……说这种事的时候吗？"

听到樱说出自己的疑惑，菖蒲羞得用双手捂住了脸。

"对我来说可是个大问题！你突然跟我说要结婚，我当然会生气！"

"琉璃！"

"姐姐可是我的侍从！话说你平时都是什么时候和男朋友见面的？为什么瞒着我！我们是双胞胎，你怎么能对我保密！我有什么事可都告诉你了！"

"当然是因为告诉了琉璃，琉璃一定会捣乱啊！好了，别再说了，现在不是说那种事的时候！"

"现在不说什么时候说啊！"

"当然是除了现在之外的时候！"

姐妹俩越吵越凶，樱的目光一会儿看向菖蒲，一会儿看向琉璃。雏菊好像想设法阻止争端，张开双臂站在两姐妹中间。

"不能，吵架。大家，要，好好，相处。"

——雏菊大人果然厉害。

主人的举动让樱心醉神迷。

受到比自己更年幼的春神规劝，琉璃这才显得有些难为情。

"对不起，真是见笑了……琉璃，现在春之代行者大人主仆可是在夏离宫做客！这是该发挥你的能力的时候，让动物们看看外面是什么情况！如果你不肯帮忙，我们没法保护两位客人！"

琉璃被菖蒲用力拍了肩膀一下，于是抱着胳膊，怏怏不乐地说道：

"不会马上有其他贼人发动袭击……不过，半径一百米内有一小时前停下的小轿车，最好不要放松警惕。这是住在附近的鸟儿们告诉我的，它们还说，现在公路上不断发生车祸，最好不要出去。"

"这，也，能，听懂，吗？"

雏菊惊讶地问道。只见琉璃稍稍举高手，起居室中的鸟儿便飞到琉璃身旁。

"它们都会说话，都是我的朋友，会把它们看到的事情告诉我。"

琉璃这样说道，身体散发着夏日新绿的芬芳。

“我们一靠近停在附近的小轿车，那车就逃掉了。如果有其他外人闯入，我们都会处理，请大家在里面休息吧。”

“拜托了……”

和四季厅春季部门的职员在门厅说了几句话之后，樱关好门，上了锁。

——看来我自己一个人还是没法保护好雏菊大人啊。

樱轻轻叹了口气，心里还是寻思着，要是自己一个人就能保护好主人该多好。

人们最终决定留在夏离宫中而不是离开去避难。有人指出，现在发生了大规模停电，在这样一个交通事故连续发生的夜里，乘小轿车离开太危险。

国家安全机构得到消息之后，派来护卫守在夏离宫周围。就算要撤离，也要等到天亮之后，以免受到贼人的夜袭。幸运的是，除了提防闯入者的袭击之外，大家需要担心的只是没有灯光和暖气。眼下没有迫在眉睫的生命危险，算是不幸中的万幸吧。

“仓房里应该还有蜡烛和应急灯，我去拿来吧。”

“我去做点夜宵吧，还好有现成的米饭……”

“给姬鹰大人一条湿毛巾，至少让她擦一下脸……”

菖蒲和夏离宫中的工作人员正在忙前忙后。而来做客的雏菊和樱，只能在起居室里和动物们待在一起。二人提出想帮忙，可是她们能帮忙的事实在太少，不熟悉内情的人乱走也不是上策，于是她们只好乖乖听话留在了起居室内。

樱偷偷端详着那位同样默默待在起居室中的少女。

——我在厨房遇到的，毫无疑问是这位。

她开始整理杂乱的思绪。来到车站迎接雏菊和她的，是身穿洋装的清秀美女菖蒲。可是，在厨房与她聊天的，是穿着连衣裙的菖蒲。

“琉璃大人。”

听到樱和她搭话，琉璃一惊，抬起了头。

"在，姬鹰大人！有什么事吗？"

琉璃精神十足地回答道，樱仔细打量了琉璃几秒。琉璃有一头绢布一样的黑色长发，而且戴着眼镜，在这两点上她和菖蒲一模一样。不过，在其他方面，她们并不相同。她身材苗条，穿着吊带连衣裙，像一位大小姐。洁白的布料上有蕾丝、小花、淡绿色的蝴蝶结，这些装饰品把连衣裙点缀得颇具夏之代行者的风范。她的头发只有一部分扎了起来，别着可爱的发卡。可能是夏之代行者天生耐寒吧，穿得如此清凉，琉璃却好像一点儿都不觉得冷。菖蒲把毛衫递给她吩咐她穿上，她也没有听话，只是把毛衫披在肩头。

——不会错的，这种一看就偏"阳"的感觉……

可能是为有人向自己搭话感到高兴，琉璃脸上带着微笑。樱对她说道：

"在厨房见到您的时候……您装成了菖蒲大人吧……"

琉璃默不作声。

"那是您吧？"

在樱的注视下，琉璃脸上的微笑眼见着没了精神。

"对不起，我没打算骗姬鹰大人，我只是想看看春神的侍从是一个什么样的人……"

可以说，她所有的伪装都在这一刻剥掉了。

现在樱眼前这位像使性子一样噘着嘴的少女，才是夏之代行者叶樱琉璃真正的形象。

"那应该……不算是乔装吧，只是模仿菖蒲大人？"

琉璃若无其事地点了点头。

"我很擅长模仿菖蒲，想独自一人到外面去的时候经常装成菖蒲，这就是所谓的熟能生巧。"

"这种事不应该熟能生巧才对吧？"

"嘿嘿嘿。"听到樱指出问题，琉璃笑了。看来她是一位相当优秀的演员。

"我要是不这样做，怎么出去玩啊？代行者不管干什么都有人监视，可我这花样年华，总会想去逛逛街吧……”

尽管确实有值得同情的地方，樱还是为这位并非自己主人的代行者感到头疼。

——还好我的主人是雏菊大人。

樱觉得菖蒲的辛苦可想而知。

“这是在……说，什么？”

雏菊在樱的身后，怯生生地搭话。

“在说我装成菖蒲骗了姬鹰大人的事。春之代行者大人，我刚才已经道歉了，请原谅我吧。”

雏菊脸上露出了不是很理解的表情。樱也带着不是很理解的表情点了点头。

“我很好奇春神的侍从是什么样的人……可是，我正闷在房间里不肯出去，觉得为这点事出去太亏了，于是我装成了菖蒲。如果姬鹰大人是个不招人喜欢的人，我本打算冒充菖蒲捣乱的……”

“咦？”

樱正打算抗议，没想到雏菊抢在她前面开了口。

“樱，是，好，孩子！”

雏菊用仿佛向全世界宣告一样的语气说出这句话，不光是琉璃，连樱也吃了一惊。

“雏……雏菊大人……樱是雏菊大人专用的好孩子……对外人并没有多好……不过，您能这样说，樱还是很高兴。”

“不会，我也觉得姬鹰大人是一位很好的侍从。真让人羡慕……您是春之代行者大人的骑士啊。”

樱受到主人的夸奖，又受到夏之代行者的称赞，顿时有点不知该如何是好，脸一下子红了，心里庆幸还好现在没电。只是她虽然难为情，但没有听漏琉璃的话音带上了几分沮丧。看来这对误会了彼此的姐妹吵架之后还没有和好，琉璃虽然在和雏菊主仆说话，目光却随着菖蒲移动。

——夏之代行者大人毫无疑问很喜欢菖蒲大人。

而琉璃的感情沉重得令菖蒲无法承受。

琉璃不断释放感情，她的姐姐却没法接受，她为此感到生气。她的感情当然十分自私，可是考虑到她的身世，樱没法轻易定论是对是错。

——对代行者来说，侍从就是自己休戚与共，不可分割的一部分。

无以取代的人在人生半途没了踪影，哪怕不是这位夏之代行者，换成任何人恐怕都会闹个天翻地覆。

——只是，我们不应该多插手此事。

夏之代行者主仆是亲姐妹的关系，让事情变得更加复杂了。再加上，现在说这个也不合时宜。

樱正在思考该怎么做才好的时候，只见雏菊像是横下一条心一样开了口：

“夏之代行者大人……雏菊，可以，说几句，话吗？”

“好的，反正也没有别的事可做……”

“到了明天，雏菊和樱，就会离开，这里。”

“啊，是的……您要到帝州去呈现春天。再说了，这里发生了这样的事情……”

琉璃好像觉得很遗憾一样说道。

“真讨厌……我们也会被夏乡叫回……又要过上被夏乡的人数落的日子……我一点儿都不想回到那样的故乡去……”

看来不管是哪一位代行者，都对自己的“故乡”怀有复杂的感情。琉璃失望地垂下了头，这时雏菊继续说了下去：

“夏之代行者大人，回到，夏，乡，之后，还要，独自，一人，闷，在，房间，里，吗？”

“我也不知道……”

“夏之代行者大人，不打算，和，菖蒲，大人，和好吗？”

雏菊提问时的样子实在太认真，琉璃也没法插科打诨。

或许是思来想去不知道该怎么回答才好，琉璃过了好一会儿都没有吭声。正当琉璃打算扭开脸逃避这个话题时，雏菊嘴快地说了下去：

“雏菊，以前，也，有，一段时间，闷在，房间，里，不，出去。”

雏菊就像请求琉璃继续听她说下去一样，紧接着补充道：

“樱每天，都会，来敲，雏菊的，门，就像，菖蒲，小姐，那样……”

听到雏菊突然提到自己的名字，樱赶紧坐正。

——雏菊大人这是想说什么？

雏菊是个不擅长表达自己的孩子，她主动提出要和琉璃说话，一定是有什么非常想告诉琉璃的事。樱心怀与刚才战斗时截然不同的另一种紧张感，听着两位代行者之间的对话。

“那个……这个，我听姬鹰大人提到过……”

“雏菊和，夏之代行者，大人，都是，代行者，不过，也是，人……遇到了，难以，承受的事，就会想，逃避。”

“我确实想逃避……”

“可是，逃避，与，拒绝，是，不同的，如果，把，拒绝，当成了，逃避，就会，发生，糟糕的事。”

雏菊说这话的样子就像在预言。

“雏菊，自己，有过，亲身经历，不放心，就这样，留下，夏之代行者，大人。”

她就像是能预见未来的贤者，正在用预言劝告在命运的漩涡中挣扎的年轻人。

——雏菊大人……

樱总算听明白了主人打算说什么。

——您要亲口说出那件事吗？

她听明白了，也更担心了。

——您亲口说出那件事，相当于自己伤害自己。

昏暗的房间中，几根蜡烛照亮了樱眼中的两位少女。

雏菊一脸认真。琉璃则皱着眉头，显得有些不高兴，大概是觉得自己这是受到了批评。如果是平时的雏菊，看到对方脸上露出这样的表情，恐怕不会继续把话说下去。

然而，今天的花叶雏菊与平时不同。

“雏菊，就是，那样，伤害，了，樱，然后，受到了，惨痛的，惩罚。

突然，有一天，樱不来，敲门，了，雏菊，吓了，一跳。雏菊，觉得，樱，不再，对，雏菊，抱希望，了。”

雏菊说了一句听起来空空冷冷的话。她的话音仿佛来自一片冰冷的雪原，也仿佛来自一间空空如也的屋子。安静的房间中突然响起这样的话音，在场的人们自然停下自己的动作，将注意力转移到雏菊的话上。

菖蒲也是其中之一。她刚才还在和另外几个人一起忙里忙外，现在也面带诧异的表情拿着手电筒站定不动了。

“雏菊大人，那不能怪您……”

樱插了一句，但雏菊没有在意，还是像单独和琉璃一个人说话一般，继续说了下去：

“雏菊，回来，之后，不想，做，春之代行者，的工作。雏菊，讨厌，这个，世界。夏之代行者，大人，有没有，过，这种，感觉？雏菊，那时，不明白，自己，为什么，要把，春天，带给，这样的，世界……今天，又，遭到了，袭击，这个，世界，真让人，讨厌……”

雏菊的这段自问自答，不管是问题还是回答，都是四季代行者的禁句。

司掌四季之力的诸神不该说出这样的话。

“嗯……我也讨厌……这样的生活。”

“确实，啊……”

然而，这些话也只有这两个人有资格说出口。

她们的生活、时间、未来都要因为把季节带到各地而消耗掉。她们为此而生，责任重大，人们也不会允许她们逃避自己的职责。

“雏菊，自己……受到，贼人，的，袭击，春乡，没有……救，雏菊……被，故乡，抛弃，曾经，让，雏菊，非常，伤心，雏菊，一直，在拒绝，就像，在报复，他们，一样，一直，不肯，呈现春天。”

雏菊品尝过对四季代行者来说最大的不幸，她说出的这番话，显得分量十足。

“那是当然的……换成我，我也会那样做。”

琉璃点了点头表示赞同，没想到雏菊摇了摇头。

“可是，啊，雏菊，那样做，是不对的，呼唤春天是，雏菊的，义务。”

雏菊磕磕巴巴地，全力以赴组织着语言。

“这个世界，有，种植，稻米的人，有，耕地的人，有，养育，花卉的人……以及，研究，昆虫、动物，的人，还有，靠，观光业，谋生，的人。在春天，太阳、大地、天空，许多事物，都会，变得不同。不光是人，需要季节，动物的，安稳生活，大地的，休养生息，也都，需要季节……雏菊以前……是个，罪人。”

她责备着自己，细数自己曾经有什么样的过失。

“雏菊，是，个，坏，孩子。可是，唯独，樱……没有，抛弃，任性的，雏菊。雏菊，以前，被，绑架，的，时候……也，只有，樱，一直，在找，雏菊。再会，的，时候，樱已经，变得，狼狈不堪，一看，就知道，她，为了，找，雏菊，吃了，多少，苦。是，雏菊，夺走了，樱，的，人生，雏菊，也，开始，觉得……应该，试着，相信，樱。”

“因为姬鹰小姐……是一位对代行者忠心耿耿的好侍从嘛。”

“嗯，可是，雏菊，不好。”

琉璃不知道该怎样接茬才好了。

“雏菊，执拗了，太长，时间……一直，在拒绝。雏菊，糟蹋了，樱的，努力。因为，雏菊，不肯，呈现，春天，樱，被，春乡，赶了，出去。”

“雏菊大人……”

樱呼唤着雏菊，想确认雏菊的神色。雏菊看向樱，微笑了一下，然后握住樱的手继续说了起来。两个人的手握在一起就是一种沟通。

“全部，怪，雏菊。结果，春乡，认为，是樱，无法胜任，侍从。”

雏菊拉住樱的手是在示意樱不要阻止她说下去，樱只好捏着一把汗继续听雏菊讲话。

“无法胜任，的，明明，是，雏菊，过错，却被，春乡，算在了，樱的，身上。春乡，的，人，说，会为，雏菊，安排，新的，侍从……雏菊，这才明白，自己太，愚蠢了。”

雏菊觉得她的这段亲身经历对现在的琉璃来说是最具有警示意味

的。雏菊不是个话多的姑娘，内向是她性格的一部分。这样一位少女说了这么多，都是为了谁？

“这个，世界，真正在乎雏菊的人，很少。雏菊，却，故意，为难，这样的，一个人，真是，太，愚蠢，了。”

雏菊是为了执拗地拒绝姐姐的琉璃才说这么多。

所以，总以自己为中心来思考问题的琉璃很少像这样安静地听别人说话。

“那时的，雏菊，太傻了。樱，要因为，愚蠢的，雏菊，被赶走了。那时，雏菊，觉得，非常痛苦，非常难受，雏菊，哭了起来。”

仿佛在回忆着过去的事情，雏菊一度垂下了视线。

“那是，一个，寒冷的，冬天，冷得，好像，连眼泪，都会冻住。”

“后来……春之代行者大人是怎样做的？”

听到琉璃像说悄悄话一样小声询问，雏菊柔弱无力地微笑了一下，说道：

“雏菊……哪怕，讨厌，世界，不相信，任何人……也，相信，樱……雏菊觉得，樱，一定，在，什么地方，等着，雏菊。”

雏菊就像一位讲述故事的吟游诗人，说起这段往事。

“所以，虽然，春乡的人，都，拦着，雏菊，但雏菊，还是，不顾，他们的，阻拦，去找，樱。雏菊，拼命地，呼唤着，春天。有人，拉着，雏菊的，脚，雏菊用，梅树，把，他们，关了，起来。有人，想搂住，雏菊的，身体，雏菊，用花瓣，形成，暴风雪，迷了，他们的，眼睛……那时，雏菊，可以说是，不管不顾。雏菊，心里，只想着，去找，樱，就这样，冲出了春乡……”

她编织出的每一句话，都会给所有在场者脑海中的图景添上一笔。

人们脑海中出现了一位狼狈不堪的少女春神，恸哭着寻找她无以取代的侍从。少女神一直拒绝为了人们使用能唤来奇迹的神力，现在却用在追寻一位少女上。

“不过，啊，就这样……”

那时，她已经喘不上气来了吧。长期的封闭式生活，让她的心脏和双腿无法承受突然的剧烈运动。

即便如此，她还是选择了奔跑。因为她明白，如果这个时候还不奔跑，那么她会后悔一辈子。

“雏菊，跑出，春乡，跑下，长，长的，石阶，听到，那里的，门后，传来了，一个，声音……”

接下来的故事，也是樱的故事。

“那是一个，女孩子，哭泣的声音。”

听着雏菊的讲述，樱在脑海中回想起过去的情景。

在十九年的人生中，那件事给她留下了最强烈的印象，她可以随时鲜活地回想起来。

“啊，雏菊的，樱，正在哭，雏菊，得想办法，让樱的，眼泪，停下来。”

——那时，我的眼泪多么咸涩。

“想到这里，雏菊就觉得其他的，事情都，无关紧要，了。”

——那时，我怀中的春神多么瘦小。

“于是，只有，雏菊，毫不犹豫地，跑向，樱，的路上，铺满了，春天。”

——那个冬日有多美，我随时可以回想起来。

春乡的人硬生生把樱赶出春乡，是在一个酷寒的日子里。

当时，春之代行者依然没有行使她的神通力，大和的冬天已经持续了很久很久。

隐藏在山林中的春乡也不例外，仿佛会令一切冻结的寒冷笼罩着整个地区。

通往春乡的唯一一扇门已经上了门闩，纹丝不动。

春乡的人随意地收拾了樱的东西，粗暴地扔出大门。樱自己也被十几个人架着丢到了大门外，像遭到弃养的猫狗一样。那些人冷冰冰的面孔，深深地烙印在了她的脑海中。

“雏菊，大人……”

樱的眼泪不住地流下。春乡是在她刚刚看到希望的时候就把她赶了出来。

樱花了很长的时间，总算赢得了雏菊的信任。

她本以为接下来可以报答主人的救命之恩。

“雏，菊，大人……”

没想到，她留在主人身边的资格遭到了剥夺。

“来人啊，请把门打开吧……把门打开……”

她一直在砸门，已经把手砸得渗出了血，血甚至染红了门，滴到了地上。

就算是这样，她还是没法停止砸门。

“雏菊大人……”

——您在那个魔窟里，谁能保护您啊。

春乡的人们只考虑特权和私欲，还有眼下的利益，在他们眼中只有“春之代行者雏菊”，没有一个人把她当成“遭到绑架后回到故乡的花叶雏菊”来看待。

——要是雏菊大人发现我不在了，她一定会哭的。

“开门啊，开门啊……开门啊……”

——雏菊大人又爱哭，又怯懦。

“开门啊……开门啊……”

——即便如此，雏菊大人比谁都要温柔。

“求求你们了……我什么都不要。”

——然而，雏菊大人现在崩溃了。

“我只想陪在雏菊大人身边……开门啊……”

——雏菊大人不会再变回原来的样子了。

“雏菊大人……”

——雏菊大人和以前不一样了，不过……

“求求你们……开门啊……”

——不管雏菊大人变成什么样，依然是我的春神。

樱像小孩子一样，哭哑了嗓子。她的手也冻僵了，渐渐没了痛感。春乡的大门没有任何要打开的迹象，可就算是这样，她还是留在门前不停地哭喊着。

她不记得自己哭喊了多久。突然，冬天的寒空中出现了乌鸦，乌鸦仿佛有什么事想告诉樱，大声鸣叫着，在樱的头顶不断盘旋。

乌鸦飞走之后，狐狸又从树丛中蹿了过去，樱这才发现周围正在发生异变。

“雏菊大人！”

她嗅到了春天的气息，感到气温突然转暖。

悬在大门上方的一丛丛冰凌融化出的水像雨点一样滴了下来。

“雏菊大人……雏菊大人！”

见状，她赶忙继续砸门。

“我在这里！”

她必须向主人证明她就在这里。

“雏菊大人！樱在这里！雏菊大人！”

樱知道春天已经来了，她看到雪花中夹杂着樱花花瓣，她听到木屐踏在石阶上发出清脆的声音，她明白春神正沿着长长的石阶向下跑。

她的春神在唱歌，一边哭泣，一边唱歌。

笼寒月夜雾漫漫，

藏剑锋烟帘幽幽，

绿柳红花掩思愁。

紫藤染山野，菜花黄满眸。

我恋君，叹花开不长久。

春随冬，如月永在人后。

"雏菊大人！"

从使上全身力气发出最后一声高喊开始，直到门闩最终被打开，樱觉得那段时间就像永远不会结束一样如此漫长。

大门打开之后，樱看到唯独春神奔向侍从的那条路迎来了春天，忍不住流着眼泪笑了起来。

——您这不是能呈现出春天吗?

这位春神一直拒绝呈现春天，现在却只是为了追赶她的侍从，把春天召唤到了这里。

"雏菊大人……"

——没错，您一直是这样。

这位少女神总是为了帮助别人毫不犹豫地使用她的力量。

只要是为了她心爱的人，她就能让花朵绽放。

"樱，别，抛弃，雏菊。"

樱心爱的春神头发七零八散，簪子歪歪斜斜，和樱一样哭成了泪人。

或许是因为平时不常跑动，这位春神现在气喘吁吁，她一定是到了很多地方去找过樱。

随后，她像小孩子一样，号啕大哭着扑到樱的身上。

"别抛弃，雏菊，要是，没有了，樱，雏菊，就，再也，站不起来了。"

雏菊紧紧地抱着樱，仿佛已经没有其他办法来表达情绪了。樱的手正在流血，她不知道该不该伸手去抱住她的春神。不过，她很快便打消了迟疑。她觉得哪怕会把这位神弄得浑身是血也不能辜负春神，于是伸手紧紧抱住雏菊。抱在一起后，雏菊和樱终于能喘上气了。这个世界对她们来说，太令人窒息了。

"雏菊，现在，已经，站，不，起来，了。"

她们如果不能陪在彼此身边，都无法坚持下去。

"我也是，没有雏菊大人，那我活下去……也没有意义。"

对她们来说，陪在彼此身边就是对抗这个残酷世界的唯一手段。

"留在，雏菊，身边吧……雏菊，什么都，愿意做。"

"请让我留在您的身边吧，我什么都愿意做。我还没来得及为您做些什么呢……”

这就是她们对攻击者的抵抗。

从那时候开始，雏菊和樱就如影随形。

“雏菊，会，保护，好，樱，的。”

“不，我来保护您……就像您保护九岁的我那样……”

“樱……这个，世界，很，可怕……雏菊，不知道该，怎样做，才好……可是，就算可怕……也得，活下去……雏菊还得，继续活下去……才行……该怎么办，才好……樱……雏菊，现在，只知道……应该，和樱，在一起。”

“雏菊大人……”

“雏菊，还，活着，该，怎么办，才好……帮帮雏菊……除了，樱，不会，有人，帮助，雏菊……拜托了……好，可怕……活着，好可怕……”

“樱会保护好您。樱绝对不会让那些可怕的东西伤害雏菊大人……”

那是一段不管到什么时候，樱都不会忘记的冬日回忆。

“自从，发生了……那样的，事，雏菊……便，明白，了。”

在大停电的夜晚，春神轻声细语向比她更年长的夏神讲述着自己的故事。

看着雏菊，樱觉得视野模糊了。

——笨蛋，哭什么。

在与荠相遇的那时候，她也差一点儿哭出来。她这才发现，自己其实非常爱哭。

她希望自己变得坚强，可是只要和这位春神在一起，她无论如何都会变回普通的少女。

——再怎么哭，也不会有其他人来保护我们，同样无法改变过去。

她和春神之间发生的那些事不断在她心里打转，刺激着她的泪腺。

“自从，雏菊，想通之后……和樱变得，更要好了。哪怕……没，办法，马上和好……对，夏之代行者大人来说……这个世界，最喜欢的，女孩子……就，是姐姐……”

最后的这段话，雏菊说得最轻柔。

“为难她……可，不，行……”

琉璃的目光已经不在雏菊身上了，她低着头，落下大颗的泪珠，轻轻点着头。不住地点了许多次头之后，她用衣袖抹了抹脸。

“这个，世界，有时候，真的就，再也，见不到了……”

所以，为了不后悔，要善待自己喜欢的人。雏菊最后轻声细语地传达了这样的意思。

这一天，所有人都把被褥拿到起居室挤在一起睡，而琉璃宛若年幼的孩子，蜷缩着睡在菖蒲身旁。

大停电之后的第二天早晨，春之代行者一行人即将离开夏离宫。

供电虽然还没有恢复，不过相关部门已经派人用手势指挥交通了。雏菊主仆和四季厅的职员都认为应该尽快离开这个地区。夏离宫的人们也将在午后转移到其他地区。雏菊和樱早晨准备离开的时候，猫、狗、鸟儿、兔子，各种各样的动物都来到门厅送行。当然，夏之代行者姐妹也来了。

“雏菊大人，在‘四季会议’之前我们没机会再见面了，请把便携终端的联络方式告诉我。”

双胞胎中的妹妹琉璃握住雏菊的手，不断左右晃着，说了这样一句话。一晚过后，琉璃和雏菊开始用名字称呼彼此了。

“琉璃，大人，雏菊，不会，用，便携，终端。”

雏菊被琉璃摇得左右晃动，但还是在摇晃中回答了她的问题。

“咦？难不成这是来自侍从大人的经济虐待？雏菊大人没有便携终端吗？”

琉璃瞪着樱，目光中带着难以置信的意思。

“怎么会呢！当然不是。是我的主人不擅长打字写邮件之类的东西……现在还在练习……雏菊大人有自己的便携终端。”

“啊，那就先请樱大人把号码告诉我吧，然后再由樱大人把雏菊大人的号码告诉我好了。”

“好的。”

雏菊呆呆地看着二人像朋友一样对话。

——对啊，樱和琉璃大人，年龄，只差了，一岁。

樱并不显得有多开心，雏菊却为自己的侍从有了朋友而高兴起来。

菖蒲或许也有和雏菊相同的想法，二人微笑着，目光相遇了。这对姐妹是双胞胎，都是十八岁，相貌也一样，可是不知为什么，菖蒲显得比琉璃年长。

“花叶大人……祝您一路顺风。再见面就是‘四季会议’了。我的任期到今年年底，所以‘四季会议’时我还在任，希望到时候还能看到您健康的样子。”

雏菊仿佛在模仿菖蒲柔和的笑容，也轻柔地微笑起来。

“好的，请，菖蒲，小姐，和，琉璃，大人，也，保重。”

二人柔声细气地微笑着交谈，这时琉璃和樱已经交换完联系方式，视线从便携终端上移开，抬起头来。

“好了。我很少用表情包之类的东西，请不要见怪。”

“为什么？你没有吗？那我送你一些表情包吧。”

“不，我不需要。等等，我不需要，请不要发了。”

“这样就行了，等雏菊大人熟练运用便携终端后一定要联系我啊。”

雏菊好像不觉得自己能熟练运用便携终端，歪着头问道：

“雏菊，能，行吗……雏菊，有好多，方面，都，停在了，六岁……”

“很容易的，您绝对能行。”

“正在，用，小学，的，课本，学习，平假名，和汉字，的，人，也能，学会吗？”

“这和学历无关，应该说代行者都没有学历。樱大人，你一定要教雏菊大人学会用便携终端啊。希望雏菊大人也来玩我正在玩的游戏！我们来联网对战吧！”

“是吗……啊，雏菊，会玩，游戏！雏菊，很擅长，按，按钮！”

“真的？”

“雏菊大人很擅长需要掌握节奏的音乐类游戏，回头我会告诉您雏菊大人在玩什么样的游戏。”

“差不多到时间了。”琉璃还想再和雏菊多说一会儿话，可是四季厅春季部门的职员提醒了一声。

经过昨天的袭击，雏菊和樱都决定老老实实地接受他们的护送，直到抵达安全的住处。冬季部门的人也准备好驱车出发了。

“对了……雏菊大人，帝州之后就是虾缘了吧？冬乡就在虾缘……雏菊大人会与冬之代行者大人见面吗？”

琉璃不想放过最后的机会，开门见山问了起来。她伪装成菖蒲时听樱说出了不少内情。

她一定很好奇雏菊会做出什么样的决定。

“那个……可是，狼星，大人，没有……联系，雏菊……雏菊，觉得，就算，要见面……恐怕，也要，等到，‘四季会议’，了……”

“什么！雏菊大人十年前对他有救命之恩，他连一封信都没有写给雏菊大人吗？”

雏菊沉默了。樱似乎想到了什么，不过也没有开口。

“真差劲。”

“不……不是……”

“那就是不讲礼貌。那个人总是冷若冰霜，让人害怕，反正我对他没有好印象。”

“怎么，会呢……”

“不光是十年前的事情，冬乡后来不也停止搜寻了吗……只找了五年就……”

樱一直默默听着，听到这里脸色变了。

“琉璃大人，请不要再说了……”

樱喜欢听别人说狼星的坏话，可是不希望会令雏菊伤心的话题继续下去。

“冬乡，只是，不再，大规模，搜寻，其实，一直，在找，雏菊。雏菊，回来，之后，听，国家，治安，机构的职员，提到，过……雏菊，不怨，他们……”

“是吗……这么说来，雏菊大人不讨厌冬之代行者大人啊。”

“嗯……”

像是想看出些什么端倪一样，琉璃凝视着雏菊。

“莫非……雏菊大人其实想见冬之代行者大人？”

“那……那个……”

雏菊犹豫起来。她用和服袖子遮住嘴唇，垂下眼睛，睫毛不住颤抖着。

“这个……”

这位宛若春之精灵般的姑娘显得左右为难。

代行者之间加深感情没有丝毫问题，不过如果发展到恋情，那么麻烦就来了。这样的感情不光会影响代行者执行公务，冬乡和春乡双方都必然会插手干涉。哪怕目前还什么都没有发生，这一点也可想而知。

找一个无关痛痒的对象谈恋爱则会容易得多，双方的日子也能过得更安宁。

雏菊现在已经作为春之代行者回到工作岗位上了，她如果表达出自己对冬之代行者的好感，就会一石激起千层浪。

最重要的是，谁都不会为这样的恋情感到高兴。这段感情早已伤痕累累。

雏菊也明白，为了身边的人，为了自己，还是抛下这段感情为好。可是……

“是的……想，见。”

她用仿佛是在祈求原谅的声音，微弱地说道。

她的感情，看来并不仅仅是“另一个雏菊”千疮百孔的恋慕。

“想见……非常，想见……”

雏菊把心中的切切思慕之情说了出来，显得十分苦楚。

“因为……‘我’，一直，想见……”

年幼的雏菊曾经喜欢过一个男孩子。如果说就是这份思恋支撑了她十年，别人恐怕会说她愚蠢，可是不管别人说得多么难听，“花叶雏菊”恐怕还是希望这份思恋能开花结果。思恋斩不断，浇不灭。

“樱大人……来一下。”

“啊，好的，怎么了？”

“这可是大问题……这么做真的好吗？让这么可爱的少女……见那个不干不脆的男人……”

“不干不脆……您说的是狼星吗？”

“是啊。就是寒椿狼星，阴湿冰雪男。”

琉璃眼中的狼星总是阴郁寡言，就像阴雨连绵的梅雨季节，于是给他取了这么一个外号。

“确实有问题……只不过……冬之代行者本人……起码应该心怀诚意打来电话或者亲自来访，如果只有礼仪性的联络，我还是不希望雏菊大人与他相见。”

听到这话，雏菊的表情变得像做错了事的小狗一样。菖蒲看不下去，插了一嘴：

“花叶大人……请允许我这个局外人插句嘴。我觉得冬之代行者大人恐怕是不知道该如何向您开口。”

“菖蒲，小姐……”

“春神归来的通知来得很突然。再加上您归来后马上踏上了呈现春天的旅途，我觉得冬之代行者大人恐怕是不想妨碍您的行程，如今还在等待时机。如果换成了我……应该也会先发电报，然后等待合适的见面时机。”

雏菊抱着一线希望看向樱。只见樱十分不情愿地回答道：“我没有告诉您，确实收到了信。可是信不是那家伙自己写的，只是些问候的套话。”

听到这番话，雏菊的脸上露出了喜色。菖蒲保持着温柔的语气，进一步劝解道：

“冬之代行者大人主仆不可能对两位毫不在乎，派出护卫来到夏离宫就是证据。代行者在正常情况下是不会派自己的护卫去保护其他代行者的，特别是冬神，受到贼人袭击的次数最多……冬之代行者大人一定是逼迫冬乡同意，说服了护卫们，否则他们不可能来到这里。”

菖蒲为狼星说的这几句话都是一矢中的，雏菊听了像重新稳住阵脚一样不断地点头附和。琉璃脸上明显露出了不同意的表情，最终还是不情愿地说道：

“明白了。既然雏菊大人不觉得有问题，那我也不好说什么……要是他做了什么让雏菊大人不开心的事，可要告诉我啊。樱大人也是，要是有什么难事，夏天方面一定会帮两位，我以代行者的名义保证。”

看来这才是琉璃想说的话。雏菊眉毛一弯，微笑起来。樱深深地鞠躬，行了一礼。

二人上车之后，琉璃还隔着车窗继续说道：

“我会让鸟儿们在周围放哨，直到车开出山去，请放心吧。”

“非，常，感谢。”

“还有，只要两位不嫌弃，下次我可以为两位派一只我面试过的看门狗过去，就是要花些饭钱。为两位派一只非常厉害的杜宾犬，如何？”

“请让我们再商量一下。”

“还有，还有！”

这样下去不管等多久，春神主仆也没法出发，菖蒲从背后架着琉璃把她拉开了。

“对不起，我会拉住琉璃，两位快走吧。”

“我不！我还想和雏菊大人说话！”

菖蒲似乎也练过武，不管琉璃怎么挣扎，菖蒲都纹丝不动，用眼神示意樱“快走”。樱苦笑着点了点头。

“再见，啦！”

雏菊已经挥起了手，琉璃这才放弃挣扎，垂下了头。

“再见……我们‘四季会议’见吧！”

“嗯！再见，啦！”

雏菊和琉璃相互道了不知道多少次“再见”。

二人依依惜别，直到从夏离宫再也看不到雏菊的车。

客人的车已经不见踪影，姐妹二人还是默默地站在那里，没有离开的打算。

菖蒲早就松开琉璃，琉璃却径自抱住了菖蒲。

琉璃把手臂伸到菖蒲背后紧紧抱住她，仿佛想排解伤别之情。对这位夏之代行者来说，与“春”的邂逅让她同时体会到了严厉和温柔，对她来说一定意义非凡。

“我好不容易才交到了一个朋友，她不会表面上尊敬我，实际上疏远我……”

琉璃说着，把菖蒲抱得更紧了。

“你不是最讨厌姐姐吗？”

菖蒲像是故意为难琉璃，说了这样一句话。

“吵架时说的话……不算数的。”

琉璃用饱含不满意的声音回答道。

“是吗？可我说希望你祝福我的时候很认真。”

琉璃不说话了。

“我也想祝福琉璃婚姻美满。”

说到这里，菖蒲才把手臂伸向琉璃的背后。

她就像抚摸孩子的母亲一样，像安慰哭泣的婴儿的母亲一样，用娴熟的手法拍着琉璃的后背。她一定像这样拍过许多次了。她们有一张相同的面孔，性别也相同，可是她的妹妹被命运选中成了夏之代行者。为了支撑妹妹，菖蒲一直奉献着自己的一切。

“你听我说，你需要我，我很高兴，我一直觉得支撑琉璃就像我的使命……”

琉璃仿佛在抗议一样，低声说道：

“那你起码再稍微……”

“可是啊，不能这样下去。”

琉璃沉默了片刻后，问道：

“姐姐吗？”

“我拿得起放得下，倒是没什么。”

“那我为什么不能这样下去啊……”

菖蒲正打算像往常一样向琉璃解释为什么不能这样下去，不经意间，想起说话时语调温柔如春日暖阳的春神。

“我能感觉到琉璃变得越来越孤独。”

菖蒲没有像夏天的骄阳般呵斥琉璃。

“在你成长的过程中，我没法慰藉的孤独会越来越多。”

她选择了描述事实的语言，其中倾注了她的心愿。

“你作为代行者承担着各种压力，一定很辛苦吧……”

“是很辛苦……”

“我知道，琉璃本不想成为夏之代行者。我不光知道琉璃本不想成为夏之代行者，还看到琉璃一直在努力尽到夏之代行者的职责。可是我觉得……琉璃的孤独不是我能慰藉的，只有受到家人之外的其他人认同，琉璃才不会觉得那么孤独。很多人都要经历这样的孤独，只是琉璃的孤独比别人更强烈。”

菖蒲指出的这一点，正是琉璃昨晚刚刚体会过的。有些东西无法从家人当中获得，只能到与自己走着不同人生路的人身边寻找。

“我觉得那应该就是人们口中的……得到别人的认可。”

一个人到底是什么样的人，一个人到底该做什么样的人。

有时候，人要从其他视角审视自己，才能在人生之路上继续迈进。

起码菖蒲认为是这样的。她是从别处获得了双胞胎之间无法产生的感情后，才明白这个道理。琉璃喃喃说道：

“你跟我说这么难懂的事，我理解不了。”

“骗人，你能理解的。琉璃只是装作不懂，其实不是个笨女孩子。”

琉璃不再反驳，是因为明白菖蒲没有说错。

“今后不要再装不懂了，你只要肯努力，就能做到自立。”

“我和姐姐不一样……就算能做到自立，我也还是孩子。就算我有喜欢的人，我也还不想结什么婚……我更想要的是朋友……更想……”

菖蒲发现，衬衫的肩膀处不知什么时候已经湿了一片。

“我更想永远和姐姐在一起……我根本不在乎有没有夏天，只是姐姐说喜欢看夏天的花……我才按姐姐说的做……”

琉璃的眼泪像断了线的珠子一样往下掉。

“我可没有为了世界做事的雄心壮志，只是因为姐姐说想看到夏天……我才……”

“琉璃，对不起……”

“我一直是这样，只有听到姐姐这样说，我才打得起精神工作……”

“琉璃，琉璃。”

“你交男朋友也没关系，结婚，也没关系……留在我身边吧……”

“琉璃……对不起啊。”

“我希望能一直听到你说想看到夏天……明年也好，后年也好，哪怕成了老奶奶……”

琉璃轻声说出的最后几个字，深深刺痛了菖蒲的心。

——我一直在重复那些话，像哄不肯听话的小孩子一样。

“给我看看夏天吧。”

“琉璃，给我看看夏天。”

“我喜欢琉璃带给我的夏天。”

菖蒲无数次像这样，用这些魔法般的话鼓舞琉璃。说这样的话对这对姐妹来说就像一种仪式，如果没有这种仪式，琉璃作为“现人神”就没法发挥作用。

——啊啊，四季之神啊。

诸神肯定是选错了，至少菖蒲觉得是这样。

——为什么选中了我妹妹呢？她不适合承担这样的使命。

“姐姐，我不……如果不是为了姐姐，我不想做这个神……”

——这个孩子爱撒娇，没有责任感，凡事总把自己放在第一位。

“为什么要改变呢？你一直是只属于我的姐姐啊。”

——琉璃只是个喜欢“姐姐”的孩子而已。

“我愿意努力工作，可是……”

——琉璃如果没有被选中，她一定能活得更自由自在。

“可那是因为……有姐姐在……”

被选为神的女孩子是特别的。

“要是姐姐不在了……”

这样的女孩子特别可怜，需要保护她的人。

“那我努力工作，也没有意义。”

菖蒲一直迁就琉璃，可能也是把这个举动当成了自己的赎罪。

她曾经想过，自己和妹妹长得一模一样，却没有被选为神，真是太好了。

当时，夏乡中任何人都有可能成为下一位夏神，结果被选中的是她的妹妹。

毫无疑问，如果没有被选为神，琉璃一定会拥有完全不同的未来。

——她很擅长唱歌，或许会加入夏乡的乐团。

——她或许会有痴迷一生的爱好。

——她喜欢和别人说话，有许多工作都能让她发挥长项。

然而，世界没有给琉璃拒绝的权利。

琉璃没有自由的未来，而菖蒲结婚并告别侍从的工作之后，会有更为广阔的天空。

——对不起啊，琉璃。

当然，选择了“成为侍从”这条路，菖蒲也受过许多委屈。

甚至可以说，她把青春献给了琉璃。不过，她只需要再忍一小段时间，再忍一小段时间，她将不再是夏神的侍从，她将得到解放，不用再委曲求全。属于她自己的人生就要开始了。

“琉璃。”

总算要解放了，她应该为此感到高兴，就算夏神是她的家人，她也不必客气。

——可是，好奇怪啊。

“夏乡已经决定了，今年就是我在任的最后一年。从明年开始，不用再把夏天送给我了，你要变得坚强。”

——现在自由正在向我走来，为什么我觉得心里这么乱呢？

“你说……如果不是你该多好啊。”

——我一直想离开这位夏神。

“我要是能代替你，该多好。”

——我并不喜欢这个妹妹。

“你如果不是神，该多好。”

——我其实讨厌这个妹妹。

“你如果不是神，我说不定……”

——可是，我爱我的妹妹。

“我说不定能做一个更温柔的姐姐……”

从菖蒲的一只眼睛中，泪珠滚滚而落。这串泪珠中，没有任何虚情假意。

“琉璃，对不起啊。要是姐姐能代替你做这个神就好了……”

哪怕有人在世界的一角哭泣，季节还是会继续流转。

候鸟已经离开了环抱夏离宫的群山。

呈现春天的仪式结束之后，一座座山上依然挂着雪茬的樱花树，皆已绽放出樱花。

第四章 秋之代行者 祝月抚子

烂漫春色之中，年幼的秋神正在玩耍。

她的年龄看起来只有七八岁。

她天生有一张天使一样的脸蛋儿，白玉一样的皮肤，胡桃色的鬈发，还有一双仿佛由世上最为纯正的蓝色浓缩而成的勿忘草色眼睛。

她身穿带有花朵图案的金丝雀色和服，带银杏饰物的黄褐色和服披风，头顶的老式贝雷帽上搭配着蝴蝶结等不少有趣的饰物。一身秋色中点缀着几抹蓝色，大概是在呼应她那双颜色稀奇的眼睛。单从一身精挑细选的饰品就看得出，她身边的人对她的爱有多深，不管是谁看到这位秋神，恐怕都会用“可爱”来形容她。她这会儿正在玩过家家，假装到野外吃饭，就是所谓的野餐。

这里是创紫，秋乡的疗养所——秋离宫就在这里。

玻璃天花板、雪白的墙壁、木板地，组成了雅致的日光暖房。

外面天气晴朗，按理说很适合外出，这位秋神却偏偏在房间里打开了野餐篮，其中一定有什么缘由。这个日光暖房隐隐约约给人一种感觉，好像是大人们可怜她没法外出，想给她在看得到外面的地方体会春光的机会。

一个正值爱玩年纪的孩子被关在室内，说得上有些可怜，不过她本人看起来倒是玩得很开心。想来她很擅于在有限的自由中从自己的世界里发现乐趣。

穿上外出用的服装是为了感受气氛，野餐垫上放着背包，还随意丢着玩具、布娃娃。一看这状态就知道她已经全部玩过一通后玩腻了。

现在她正专心致志地画画。她用枫叶一样的小手握着蜡笔，不断画着樱花花瓣。她像在写生一样看看日光暖房外飘舞的樱花花瓣，不时画上几笔。大和迎来了十年来的第一个春天，这位秋神也是第一次看到春天的孩子之一。“一片、两片。”她用稚嫩的声音数花瓣的样子让看到的人忍不住会心一笑。一位看起来像是守着孩子的女性则在一边的木桌旁备茶，面带笑容看着秋神可爱的样子。在温暖宜人的季节中，眼前这一幕真实应景。

“龙胆，龙胆。”

年幼的女孩子好像突然想起了什么事一样，转向身后，叫起一个人的名字。

一片祥和的日光暖房不远处，有一片与阳光无缘的阴影。一个男人正佩戴着和式刀站在阴影中，好像他也是阴影的一部分。

男人年龄大概刚过二十岁，有着褐色的皮肤，一张英气逼人的面孔，炯炯有神的三白眼。他梳成偏分的头发是秋天的黄菊色，与他晒黑的皮肤相得益彰。他身材挺拔，穿着灰色的衬衫和黑色的马甲，系着榛子色的领巾，脚下一双皮鞋擦得锃亮，称得上是威风凛凛。

男人对自己的自信一看便知，而他的容貌也说明他有自信的资本。

“怎么了，抚子？”

男人乍一看显得有些轻佻浮躁，话音却显得极其沉稳。听回响在日光暖房中的温柔话音就知道，他对抚子一定相当溺爱。

“那就是大家说的樱花吧？”

“没错，那就是樱花……写成汉字就是……”

被称为“龙胆”的男人走近抚子，把本子翻到新的一页，用蜡笔写下文字。

“就是这样一个字。它是春天开放的花，抚子应该是第一次见到吧，是不是很美？”

“嗯，太好看了……对了，我的名字……抚子是秋天的花吧？”

“是的，龙胆也是秋天的花。”

“春天的代行者大人的名字是……”

“春之代行者大人叫雏菊。”

“她的名字也是花啊！”

“与四季代行者有血缘关系的人，名字大多取自与相应季节有关的词，其中很多都会用花名。”

“可是，夏天的代行者大人名字就不是花呀。冬天的代行者大人也和花无关。”

龙胆不知道主人到底想说什么，面无表情地等着主人说出主旨。

“真有意思！我第一次遇到和我一样的人！”

“您觉得很开心吗？”

“是啊！”

片刻之后，看起来像是板着脸的龙胆露出了淡淡的微笑。

“那真是太好了。”

端详着龙胆一脸慈爱的神情，抚子像是出了神，过了一会儿才报以满面的笑容。随后，她向龙胆伸出双手，龙胆什么都没有说，同样伸出手，把抚子抱了起来。

二人亲近的样子看起来就像一对年龄差巨大的兄妹。

“龙胆，龙胆。”

“怎么了，抚子？”

听到龙胆在耳边叫自己的名字，抚子的脸蛋染上了蔷薇色，微笑着说道：

“龙胆是抚子的王子殿下。”

“大和的王权时代在很久以前就告终了。”

抚子本来心情很好，听到龙胆冷静说出的答案，她好像被扫了兴，噘起了嘴。

龙胆大概是故意那样说的吧，小小的主人的反应正中他的下怀，把他逗得笑出了声。

“不是的，抚子是说龙胆很英俊。”

“我英俊？”

“是啊，龙胆可是抚子的王子殿下嘛。”

“如果可以选一个，我更愿意做骑士，公主殿下。”

“抚子是公主殿下？”

“当然。我的秋神对我来说，是最宝贝的公主殿下。”

这句话似乎让抚子很受用，她向龙胆贴得更紧了，甚至还在他脸

上吻了一下。

就这样，秋神主仆又扮了一会儿骑士和公主。

“阿左美大人，警卫部请您过去。”

就在这时，在一旁守卫孩子的那名女性开了腔。仔细一看，她的耳朵里塞着一只微型听筒。

“龙胆……要走了吗？”

“对不起，抚子，我很快就回来。”

“一秒也不要忘了我啊。”

“我会的，我每秒只会想着您。这里的天花板是防弹玻璃，而且始终有人在监视。我离开之后，警卫部的护卫会暂时代替我保护您，请您继续享受午后的时光。”

“龙胆的那份点心我会留下。苹果派！”

“非常感谢，抚子。”

“这边请交给我吧，阿左美大人。来吧，抚子大人，茶点已经准备好了。”

龙胆转身背向抚子，刚才的笑容立马消失，他小声说道：

“通知警卫部，我现在离开‘小仙子’，这就到那边去。”

龙胆向装在胸前口袋上的小型麦克风简短地报告了一句，回头看了看抚子，然后离开了房间。

秋离宫乍一看是近代建筑风格的开放式构造，其实内部并非如此。

日光暖房完全由防弹玻璃构成，走出连接日光暖房的房间，接下来就是混凝土墙壁构成的走廊。

秋离宫每隔几米就有一台监视摄像机，所有监视摄像机拍下的图像都会传到地下被秋离宫的人们称为警卫部的房间中接受审查。

龙胆离开抚子所在的房间，走进地下的警卫部，迎接他的是一位身材娇小、穿着白大褂的女人。女人的年纪比龙胆略长，接近三十岁，头发被染成亮丽的金色，扎成马尾辫。她在白大褂下面穿了一件红色的连衣裙，一双红色的鞋，就连她的眼镜镜框都是红色。此人喜欢什么颜色显而易见。

“啊，你来了。‘四季会议’的警卫计划已经做好了，你看过之后就可以提交。期限很快就到，你现在就看吧。”

“明白了。”

“还有，阿左美，‘小仙子’今天情况如何？”

听到白大褂女人的提问，龙胆叹了口气，回答道：

“没问题……带她到日光暖房之后，她的脸色就变好了。”

“太好了太好了，我一直在担心呢。”

“她有时候虽然会使性子，不过只要让她晒晒太阳，吃点她喜欢的点心，她的心情就会好转。喂……长月，不要在这里吃咖喱饭，气味会留在我的衣服上。”

比起在日光暖房的时候，龙胆就像变了一个人。

被他称为长月的女人似乎对他的变化并不感到意外，只是面带笑容回答：“这不是咖喱饭，是咖喱乌冬面。”

他在主人面前会变得像猫一样乖巧，一到主人看不到的地方就尽显疲态，对人态度恶劣。阿左美龙胆就是这样一个男人，他就是秋之代行者祝月抚子的侍从。

秋之代行者的护卫方式与其他代行者有些不同，负责警卫的人员不多，预算都花在了监控和卫星定位上。“小仙子”就是护卫对象的代号。长月是龙胆的同事之一，她随手打开旁边的空气净化器，说道：

“最近一直没能带‘小仙子’去散步嘛，那么小的孩子，连太阳都没法好好晒晒……真是可怜。要不是出了电站爆炸事件……没有夏离宫遇袭的事……现在说不定能带她出去赏赏花什么的……”

龙胆点了点头，表示同意。长月说的是不久前发生在衣世的大停电，而夏离宫就建在衣世境内名为矢贺的地方上。四季厅已经通知了秋神身边的人，春之代行者一行人在夏离宫小住期间，遭到了贼人的袭击。

“如果制造爆炸引起停电的也是贼人，那么很可能是对‘四季会议’的威吓，表示‘我们始终盯着你们’……这对春天应该是个不错的教训吧。长月，你听说了吗？”

“啊，是那件事吧？春之代行者大人和她的侍从拒绝在众人环视之下举行仪式。”

“是啊……让人不知道说什么才好。”

“确实啊……”

“那个春神的侍从真是蠢。”

“四季厅的春季部门真是蠢。”

二人同时表达起对同行的鄙夷，可是他们鄙夷的对象不一样。

龙胆和长月盯着彼此的脸，好像想说：“你不是开玩笑吧？”

龙胆沉默了一会儿。

长月也沉默了一会儿。

先开腔的是龙胆。

“喂，再怎么想，蠢的也是那个侍从啊？她没能控制好代行者。”

龙胆一屁股坐在旁边的工作椅上，借着坐下的势头一转，面对长月挽起手臂，说道：

“代行者应该受到管理，他们不是人，而是国家的重要文化遗产。侍从应该想办法让代行者唯命是从。”

“你说代行者不是人？”

“没错。”

“代行者是重要文化遗产？”

“没错。”

“奇怪奇怪，龙胆那么娇惯‘小仙子’，居然会说出这种话？”

听到长月一脸坏笑说出这话，龙胆脸上露出了苦相。

“抚子她……虽然有时候会任性，但是不会过火。再说了，她的身体容易受心情的影响，神通力的精度也会随着心情和健康状况大幅波动。为了让她能在最好的状态下完成工作，让她保持好心情是理所当然的。古籍不也要避免受潮和日晒吗？这也是同一个道理。想妥善管理就需要养护，这就是侍从的工作。我可是巧妙地把代行者控制在了掌心之中。”

“啧啧啧。”长月轻快地砸了几下舌头。

“这就是关键啊。研究表明，代行者的情绪变化会对神通力产生影响。也就是说，代行者不愿意做的事……比如让他们像歌星一样在大庭广众之下唱歌跳舞——在负责养护的侍从看来简直是再糟糕不过的想法。更不要说春之代行者可是被绑架了十年刚刚回来的受害者。”

听到长月用他的理论来反驳他，龙胆没有再说什么，而是扬起眉毛。长月坐在工作椅上，保持一定节奏摇着她的马尾辫，像唱歌一样说道：

“这几位代行者大人啊，不管干什么都是要看心情的。”

长月似乎聊到这个领域就会喋喋不休，越说越起劲。

“这样说或许有些不好听，实际上他们就是会受到感情的极大影响。刚成为代行者也好，年老体衰也好，也不管神通力使用得是否熟练，只要情绪激动起来，就能做出惊天动地的事。过去的四季代行者中，冬之代行者就曾经为了保护冬乡制造出冰城据守乡内，最后制造出冰巨人击退贼人。这不过是一百年前的事，真是可怕啊……”

龙胆似乎没有听说过这样的故事，显得十分吃惊。

“冬之代行者在四季代行者中也算是最擅长战斗的，所以这类的逸闻格外多……其他季节的代行者在历史上也留下了不少传说级的逸闻。要说最近的，现任春之代行者大人就是个好例子。她在刚刚上任还没有完成‘四季降临’的状态下，制造出巨大的樱花树，保护了自己的侍从和冬之代行者主仆，你不觉得这正是她一心想‘保护’别人才制造出的奇迹吗？”

或许是被说得无法反驳，龙胆有些不满，怏怏地回答道：

“是啊……确实有胆量。”

“傻瓜，这哪里是有胆量就能办到的事。春之代行者大人是叫……花叶雏菊吧？她的力量在历代春之代行者中恐怕也算是出类拔萃的。而且当时她只有六岁，和我们的小仙子年龄相仿，真是太厉害了。”

这段话让龙胆来了火。

“不要拿抚子和别人作比较……”

他觉得他服侍的代行者被比下去就和他也受到了贬低一样。

然而，长月不以为意，笑着继续说了下去：

“不是不是，我不是想拿小仙子来作比较，说她不如人家，只是想感叹春之代行者大人在六岁时就有那么惊人的力量。代行者的能力也受经验的影响，所以年龄越大就会变得越强，我想表达的是不知道她的力量现在已经变得多强。力量强大，同时意味着有失控的危险，恐怕就是因为这一点，春之代行者大人的侍从才坚决拒绝在大庭广众之下举行仪式吧。”

长月说了这么多，总算回到她最初的论点。

龙胆脸上没有表现出来，不过心里明白了长月为什么会那样说，默默想着“原来如此”。龙胆推测春之代行者的侍从是为了讨好代行者，才不顾安保上的风险，悄悄举行仪式。长月则推测春之代行者的侍从是为了让仪式成功，排除了会影响代行者情绪的因素，保证她在最好的状态下挑战十年来的第一次呈现春天。两种推测到底哪个才对，不见到那位侍从本人问一下，谁也说不好。

“春之代行者雏菊大人……官方资料上没有写她是如何逃出被拘禁的地方，不过我听说……”

长月凑到二人的膝盖近得能碰到一起的地方，小声耳语道：

“她是彻底摧毁了贼人的秘密基地才逃出来的，厉害吧？”

听到这话，龙胆惊得愣住了。

“吓到了吧，吓到了吧？对吧，厉害吧？我听说时也吓了一跳。”

龙胆还在愣神。

“喂，你想什么呢？”

过了好一会儿，龙胆才困惑地沉吟道：

“既然春之代行者有这么大的本事，她为什么不早点逃出来？”

长月惊得张大了嘴。

紧接着，她抬起穿着红鞋的脚朝龙胆的工作椅一踹，只见龙胆像漩涡中的落叶一样滑向墙边。

“喂！”

“你这个人，是不是对遭到强暴的受害者，你也会问‘你为什么不抵抗’？”

哪怕是龙胆也不想被扣上这顶帽子。

“那怎么可能啊！”

“唉，算了，我不想和你说话了。”

“喂，长月。”

“哇，离我远点，一点儿都不会为别人着想的人渣。”

“不是，我没说错啊。如果是普通人我当然不会那样想，可是代行者有四季的神通力啊。我觉得如果用上那力量，应该什么时候都能逃出来才对吧？”

“我觉得你……最好还是多读读书，培养一下同理心吧。还有，我可以借给你一本书，你学习一下特定环境下的人类心理。她被绑架的时候才六岁，要是贼人对她说‘你不老实我们还会袭击冬乡’，她当然会听话。”

龙胆还想再为自己辩解几句，不过还是闭上了嘴。

——归根结底还是他们太松懈了，我们可不会犯那样的错误。

想归想，他也明白这话最好还是不说出口。

“好了，不说了不说了，开始工作吧。你快点看好，要是有问题得尽快通知相关人员……毕竟这是绝对不能取消的仪式。”

“是啊，我这就看。”

龙胆说着，坐在警卫部的电脑前，看起长月打开的文件。

文件上写了“四季会议”的概要，包括对“四季会议”的介绍。

“四季会议”是一种历史悠久的祈祷仪式，四季代行者每年都会聚在一起，向四季献上祈祷。

传说缺了“四季会议”，季节的力量将无法继承，哪个国度不再举行“四季会议”，四季的恩惠就会断绝。

——这也太假了吧。

龙胆一边看，一边想。

——春之代行者不在的那段时间，“四季会议”还不是照常举行？这样看来，今年秋之代行者不去应该也没什么问题吧？

他在心里给从神统治的时代传承至今的仪式挑起了刺。

他的想法不无道理，因为这十年间花叶雏菊没法参加“四季会议”，而四季代行者的超凡神力并没有消失，只是生态系统变化的报告在逐年增加。

少了春天之后，季节的流转无法保持应有的状态，每年都会发生某种作物绝收的现象。

这十年里确实出现了失常的迹象。如果说这是因为春之代行者缺席“四季会议”，那么今年到现场看看会有什么变化也无妨。读完计划书之后，龙胆在确认完毕的方框里打了勾。

“看完了。”

龙胆对正在做其他工作的长月说了一声。刚才长月还对龙胆表现出了不快，这会儿已经恢复了常态。

“好的，好的。没别的事了，你可以回去了。”

“好……话说回来，往年可没有安排过这么多护卫啊……”

“春夏都遇袭了，我们也有必要把警卫强化到这个水平。”

“我倒不是有意见……不过，真有这个必要吗？就算真的出了什么事，还有我们呢……”

“不能大意，虽说秋之代行者很少受到贼人的袭击……可是谁也没法保证没有贼人盯着我们。好了，回去陪小仙子吧，只要你不在，她用不了一会儿就会闹起来。”

龙胆还想再和成年人多说一会儿话，而不是回去陪小孩子，可是长月已经下了逐客令，他也只好站了起来。龙胆瞥了监视器一眼，看到日光暖房中的抚子正乖乖地画着画。

龙胆一边为又要回去带孩子感到厌烦，一边沿台阶从地下回到一楼。走着走着，他打起了哈欠。

——她接下来该随家庭教师学习了啊。

现在是春天，和煦的阳光照耀着大地，蛰伏雪下的生物们现身的季节到了。秋之代行者要等夏之代行者呈现夏天之后才会忙碌起来。

在秋之代行者负责的季节到来之前，每天的生活难免会显得单调。

——学习完吃晚饭，然后洗澡，然后……

要说平淡，确实没什么意思，可这正是应该珍视的日常生活。

平淡的日常生活代表着和平，人们往往会在生活变得面目全非之后才意识到这一点。

——我能挤出多少自由时间呢?

阿左美龙胆并不是什么规行矩步的侍从，和其他侍从比起来，他对代行者也没有多么深的感情，只是一个把代行者侍从当成工作来做的人。

——好麻烦，唉，好麻烦。

然而，就算是这样，他也不会希望日常生活遭到破坏。

“咦？”

上到一楼，龙胆发现一楼走廊的窗外有什么东西正在飞近，而当他叫出声的时候，一切都变了。

龙胆刚刚看清那东西的形状，它便命中了秋离宫。在大和，人们叫它诱导飞行物，也就是广义上的导弹——它破坏了午后平和的时光。

随着秋离宫爆炸，龙胆的身体被冲击波拍在墙上，紧接着滚落到地下室。

他可以说是幸运的。

他刚掉进地下室，防火闸门便启动，封闭了地下的入口。很快，被代行者们称为“贼人”的一群人便一拥而入冲进了秋离宫的一楼。贼人们不由分说地破坏沿途警卫系统的监视设备，被他们撞见的人都惨遭毒手。

所以龙胆是幸运的，贼人们头也不回地从地下室的防火闸门前走过，他的生命没有受到威胁。而更幸运的是这期间他昏了过去，不必目睹秋离宫的惨状。

导弹命中秋离宫之后，防弹玻璃承受不住巨大的冲击力，变成了一阵阵雨点冰雹砸向日光暖房。秋之代行者祝月抚子惊得动弹不得，只能任防弹玻璃雨打在她的身上。当时守着孩子的女性工作人员和护卫不走运，被倒塌的墙壁压住，很快便昏死过去。

贼人发现抚子的时候，还以为她是一具浑身是血的尸体。

她就像一个被血染红的小小的洋娃娃。

全副武装的贼人们凑近她，其中一个大块头男人想看她是否还有脉搏，摸了摸她的手。

只见那个大块头贼人马上像触了电一样痉挛起来。

所有人都看到抚子的身体带上了淡淡的光。她早就昏了过去，是代行者的力量在自动生效。

秋之代行者的特殊能力是“生命腐败”，这种力量会让树木和大地凋零，帮助世界换上秋装，以便迎接冬天的到来。不过，这时它在抚子身上发挥的并不是这种作用。

“啊……啊啊，啊……啊……啊啊，啊啊啊啊啊！”

抚子的手反握住大块头男人的手不再放开，男人不停发出惨叫。

她在吸收贼人的生命力，使其流入自己体内。

这正是秋之代行者具备的特殊力量。抚子已经昏了过去，可是抚子的身体失血过多，感觉到了死亡的威胁，求生本能自动激活了代行者的特殊力量。

对生的渴望充满了抚子全身，吸收着贼人的生命力。她的身体开始了颠覆现代医学常识的急速自我治疗，伤口眼见着愈合起来。

啪嗒、啪嗒，抚子的身体不断地把玻璃碎片认定为“异物”，从伤口排出。

面对难以置信——说得难听一点儿就是令人毛骨悚然——的一幕，全副武装的贼人们也望而生畏。抚子好像吸够了，放开贼人的手，那名生命已经凋零的男人慢慢昏倒在地上。男人看起来需要治疗，可是谁也不知道在这样的状态下治疗能不能起作用。

男人的皮肤变得又干又皱，舌头耷拉在嘴边，七窍流血，看起来就像替抚子承受了玻璃碎片的穿身之痛。

“带走她吧……”

全副武装的人中有一人开了口。是个女人的声音。

“御前……我们可是打算杀她才……”

贼人中个头最高的一个上前一步，开了口。

“你说得对，我们没打算带走她。可是……你看……”

被称为御前的女贼人单膝跪在抚子身前。

“她居然还这么小……简直……就像那姑娘……对吧，美上？”

听到这话，被称为美上的贼人好像有些惊讶。

“你还想被自己养的狗再咬一次吗？御前，一次就够了。四季代行者不是我们能当成棋子的东西。”

“现在还说不准吧？再说了，你看她会治疗……只要好好培养，说不定能让她成为一个会给人们治疗的孩子……这样一来，就能挽救更多的生命，理解我们的人也一定会变得更多！人们会明白，错的是四季厅！”

“御前，可是……”

“我要把她带走。”

看起来像是贼人首领的女人没有理会美上的劝告，把手伸向抚子。抚子似乎已经吸够了生命力，没有再让“生命腐败”的神迹发生在抱起她的女人身上。小小的身体软绵绵地躺在女人的臂弯中，重复着细弱的呼吸。

“撤退吧。”

完成突袭之后，贼人们和来时一样，又像一阵风般离去了。

秋离宫中的幸存者只剩下被关在地下的人们，地下的另一道紧急逃生门也因为系统错误锁死，直到一天之后，他们才被救出地下。

不幸中的万幸是无处不在的灭火喷头正常发挥了作用，秋离宫这才没有燃起大火。

然而，即使如此，秋离宫也被毁得面目全非。烦扰龙胆的那个孩子总在秋离宫中跑来跑去，现在秋离宫成了半座废墟。

他以前经常在走廊中追逐那个小小的背影，现在走廊中到处都是遇害者留下的血污。

他以前总是在卧室中握着那只小小的手哄她睡觉，现在卧室已经被瓦砾掩埋。

她以前总是在日光暖房中用稚嫩的眼睛热烈地凝视着他，现在那个地方只剩下一摊触目惊心的血迹，就像一片焦痕。

"阿左美……小仙子……抚子她……"

长月和龙胆一起获救，看到那摊血迹，她忍不住哭了起来。

龙胆当然大受打击，不过他心中更觉得难以置信。

他一直觉得不可能发生这样的事情。

"不可能……"

阿左美龙胆成为秋之代行者的侍从刚刚一年，这对主仆都还是新手。龙胆的年龄比抚子大了一轮还要多，之所以选他做代行者的侍从，是因为他是秋乡中武艺最高强的人。

"你想，监视摄像机什么都没有拍到，而且……"

龙胆出生在秋乡的名门世家，祖上就是代行者的侍从，许多代父祖都承担过代行者侍从的工作。

"怎么可能，什么征兆都没有……"

第一年，他出色地完成了护卫官的工作。

虽然会在背地里发发牢骚，但其实他把祝月抚子看得很重要。他之所以在她面前表现成另一个自己，也是这种心情的体现，因为真实的他不喜欢小孩子。

"怎么会这样……"

不过，他扮演好了侍从，为抚子扮演了一个好侍从。他的努力没有白费，抚子现在不管什么时候都把"龙胆、龙胆"挂在嘴边，与他很亲近。龙胆本以为她会一直这样叫下去，本以为就算有什么危险，凭他的本事也能化险为夷，他有这份自信。可是，实际上又如何呢？

"抚子……"

他连战斗的机会都没捞到，一切都在他昏迷期间结束了。

“抚子。”

唯一留下的，只有她小小的身体在地上留下的一小片血迹。

“抚子。”

他身边已经什么都不剩了。

“龙胆……要走了吗？”

“对不起，抚子，我很快就回来。”

“一秒也不要忘了我啊。”

他身边已经什么都不剩了。

一切都不复存在。能接受他赎罪的人，能慰藉他的人不在了，什么都不剩了。

龙胆现在只觉得，身处这样一片景象中的自己，一无所能。

——我一无所能。

——我一无所能。

——我一无所能。

即便如此，他的眼睛、鼻子、嘴巴都在正常发挥作用，甚至连心脏都在正常跳动，感知着外部世界，而世界也在这场惨剧发生后正常运转着。

——太没道理了。

为什么世界还在运行？明明发生了这么残酷的事情。

“抚子。”

龙胆的仙子，不会再回答他的呼唤。

第五章

狼星与雏菊

那是一个特别的日子。

五岁时成为春之代行者的雏菊大人，要在冬乡举行第一次“呈现春天”的仪式。

为了迎接那个日子，雏菊大人一直在学习和训练。

雏菊大人年仅六岁，言谈举止却已经具备了春之代行者的风范，冬乡的人们一定也对雏菊大人心怀敬意。

以往只有与我在一起时，她才会表现得像一个六岁的孩子，可是自从为了“四季降临”居留冬乡，这一点发生了变化。

与同为代行者的■■■■大人和他的侍从■■大人在一起的时间，对雏菊大人来说似乎有了特殊的意义。

那不是一件好事，就是这种变化促使雏菊大人决定牺牲自己。

袭击发生时，雏菊大人穿着她很喜欢的一套和服。红底上绣着大朵的菊花，在银装素裹的冬乡，雏菊大人穿着这套和服显得格外好看。

后来，银装素裹的冬乡被鲜血染得通红，我已经想不起来到底是什么时间发生的事情了。

我觉得应该是刚过正午的时候。

几声脆响之后，我听到了尖叫声。是的，后来我才知道那是枪声。紧接着又是砰砰几声脆响，然后几名暴徒便接连闯进我们当时所在的房间。■■大人和我为了保护■■大人与雏菊大人，边打边撤，逃出了冬乡。逃走的时候，■■大人腹部中弹，我也被击中了。■■大人为了保护雏菊大人倾尽全力，可是我们已经被逼到了绝路，追兵也已经到了我们附近。

然后，是的，然后春天来了。

雏菊大人为了保护我们，把一切都染成了春天的颜色。

黎明十年　案情笔录　“姬鹰樱”

柔和的春光笼罩着冬离宫。

从北地虾缘的中心城市札宫乘车约三小时，可以到达一个名叫不知火的地方。一到夏天，大片的薰衣草盛开，这里会化为一座郁郁葱葱的花城。此地有一座原木小屋式的建筑，它就是冬之代行者的离宫。

这座冬离宫隐藏在不知火的深山中，有着在树木环绕之下才最好看的外观。冬离宫的设计参考了国外的建筑，大小应该有普通原木小屋的三倍。历代冬之代行者都十分喜欢冬离宫，现任冬之代行者也住在这里。

平时总穿着黑色和服的寒椿狼星，正注视着他的侍从寒月冻蝶拿着便携终端说话的样子。

古色古香的暖炉前有一张长长的布沙发，狼星坐在沙发上，静静地听着冻蝶和对方说话。

“我明白了……感谢你的报告。”

侍从冻蝶对答如流，声音却有些生硬。

现在，整个虾缘正从冬天渐渐变成春天。

也就是说，春之代行者主仆如今来到了被冬之代行者当成根据地的土地上。

虾缘幅员辽阔，春之代行者需要东奔西走才能完成任务。久违的春天让各地区媒体欢天喜地，他们像报道樱花前线的推移一样报道着春之代行者的动向。

狼星横下一条心，打算向春神主仆提出会谈，借这个机会谢罪。他本来决定就算遭到拒绝，也要在这片大地上看着雏菊呈现春天。

“是吗……雏菊大人哭了啊……她一定觉得很难过吧……”

然而，实际情况浇灭了狼星的一线希望。

夏离宫遇袭之后，秋离宫又受到了大规模破坏，秋之代行者遭到绑架。贼人接连不断的袭击让四季厅和代行者周边进入了紧急状态。

不光护卫比平时更严密，代行者的行程也被压缩到了最短，目前的情况实在不允许冬春二神会面。雏菊和樱也将在呈现完春天之后马上回到春乡所在的帝州。

“拜托你们继续护卫，首要优先雏菊大人和樱。没错，优先她们二人的意愿，不用管四季厅的春季部门。有你们护卫她们真是太好了……”

冻蝶一手拿着便携终端，和他说话的是暗中保护春神主仆的冬乡精锐护卫。

其实夏离宫遇袭时，春方已经发现了冬方的这次秘密行动，不过经过四季厅春季部门职员的挽留，冬乡精锐已将执行任务的方式从暗中保护改成同行护卫。

冻蝶询问的当然是春神主仆目前的情况。

“这样看来，几天内就会结束啊。有什么需要的东西尽管走经费，包括她们需要的东西……”

冻蝶的话音有气无力，听得出秋离宫发生的事件令他十分难过。

——我只能祈祷她们平安呈现完春天。

如果雏菊的精神状态波动过大，她会无法呈现春天，不过目前媒体当成樱花前线来报道的春神前线每天都会推进到新的地方。

本来虾缘面积这么大的岛，代行者应该花费几周时间，一边休息一边呈现季节。看来雏菊是马不停蹄、日夜兼程地不断到各处呈现春天。

狼星觉得好像能听到她在说：“我才不会向你们屈服。”

——都到了这种时候，我依然只能在远处看着啊。

狼星听说夏离宫遇袭的时候，雏菊主仆已经到了帝州。

狼星和冻蝶提出亲自去护卫春神主仆，可是冬乡的人、四季厅冬季部门的职员和国家治安机构都在全力劝阻，认为目前没有掌握贼人的动向，轻举妄动不合时宜。

毕竟，狼星主仆一旦行动起来，与他们有关联的所有职员都要行动起来。

各机构正焦头烂额地增强代行者的护卫，工作人员们肯定不希望最容易遇袭的一批人此时轻举妄动。这也是没办法的事情，倒不是工作人员害怕担责任，单纯是因为这是作为重要人物的护卫在紧急情况下能选择的最合理的方式。

雏菊身边险象环生，而他现在动弹不得。没法直接护卫春神，狼星已是如芒在背，紧接着秋之代行者又遭到绑架。

袭击加上绑架，肯定会令雏菊联想到十年前的悲剧，她现在不可能处之泰然，一定是在恐惧中呈现着春天。

——我能为她做点什么吗?

这几天，他一直想着雏菊和樱。

想到她们以什么样的心情呼唤春天，狼星就寝食难安。

——如果我真的是无所不能的神该有多好。

狼星现在做的事就是乖乖待在冬离宫，仅此而已。

身边的人都劝他等过了紧张时期再去见春神，他只好在冬离宫闷闷度日。

“她们的行程如何了？”

狼星等冻蝶结束便携终端的通话，向冻蝶问道。

“她们突然改变了计划……正以异乎寻常的速度赶工。”

冻蝶揉着眉间的皱纹回答道，岔开双脚一屁股坐在狼星身旁。平时冻蝶总是注意让自己彬彬有礼，到这会儿似乎也没了那个心气。

“她们已经离开札宫，现在好像到了箱岛的港口。听说从赶路到完成仪式，一共花了八个小时……毕竟虾缘太大了。还听说她们打算在完成箱岛的仪式之后，也就是今天，就动身离开虾缘。不知道她们有没有睡够觉啊……虽然还很年轻，但毕竟是女孩子……希望她们别累坏了身子……”

大和列岛中，虾缘的面积最大。

帝州虽然也不小，不过只要坐上列车，在主要城市之间移动只要一小时左右。而在虾缘，农村人驱车三小时进城是很普遍的事情。从冬神主仆所在的不知火到那个名叫箱岛的地方去，需要花上五个小时。实际情况是就算春神主仆遇到意外，他们也没办法马上赶到。

“我想应该是国家治安机构提出的要求吧。让她们尽快完成呈现春天的仪式，转移到容易保护的地方……”

“恐怕是的……”

冻蝶虽然没有说出口，但是狼星看得出他把“担心”二字写在了脸上，狼星非常理解冻蝶的心情。

——看来这家伙也是如坐针毡啊。

冻蝶从来没有显现过这么严重的精神疲劳，他现在的状态反倒让狼星更能沉得住气，而这种变化同时也让狼星心里很难受。

冻蝶和狼星一样为春神主仆的归来欣喜，祈祷她们能在新的旅途中一帆风顺。如果可能，冻蝶也想得到她们的原谅，为持续多年的噩梦画上休止符。

然而，他们的一线希望现在越来越渺茫，不能不说命运实在太喜欢捉弄人。

二人在点着暖炉的起居室中默不作声地待了一会儿，四季厅派遣来的冬季部门职员石原走了进来。

“两位吃过午饭了吗？”

二人默默地摇了摇头。

“我理解两位的心情，不过饭还是要好好吃才行。保证冬之代行者大人的健康也是我工作的一部分，我为两位叫个外卖吧。”

“那么石原吃了吗？”

“没有吃……”

石原等人一直严阵以待保护狼星，心劳在她的身体上也有表现。“既然这样，咱们叫容易消化的乌冬面吃吧。”最后，冻蝶这样说道，开始用便携终端寻找附近能送外卖的饭店。

狼星在睡觉前往往会服用安眠药，或许是因为心劳过度，这天夜里他躺到床上马上就睡着了。

在这个春夜，狼星做了一个梦。

梦中出现的，仿佛是他过去曾经看到过的景象。

梦中的冬乡，竟然是个大晴天。

雪国居民看惯了阴沉的天空中落下的雪花，这天却迎来了久违的蓝天。

虽然没有下雪，但是刺骨的严寒笼罩着冬乡。梦中的狼星呆望着晴朗的天空，在侍从冻蝶的催促下吃完早饭，不情愿地离开房间去迎接即将到来的春之代行者。严寒之中，冬乡的迎宾队伍早已等在了大门之外。

梦中的冻蝶拉着狼星的手向前走着。人们或许认为狼星还是小孩子，都是对他略表敬意，然后继续闲谈。

“说这话似乎有点不合适，不过前任去世的时期倒是很合适。”

“前任完成所有呈现仪式之后才死，让她得到了一年的修行时间，真是太好了。”

“是啊，这样春天就不至于出现空档期了。”

“不过……那个传闻是真的吗？”

“不知道，不管怎么说，希望她能比前任活得久一点儿。”

人群中到处升腾着烟一样的白气。

——他们又把我们说得像工具一样。

他不耐烦地咂了一下舌头。冻蝶见状，像是在鼓励他一样，把他的手攥得更紧了。

——他们没有一点儿悼念去世的代行者的意思吗？

上一任春之代行者把春天带到整个大和之后，才像完成了使命一样离开人世。下一任春之代行者已经依照惯例完成了一年的修行，接下来将在冬乡与狼星共度一个月左右的时间。“完成所有呈现仪式之后才死，真是太好了。”人们的这句议论就是在庆幸四季可以顺畅地流转下去，因为四季只要少了一个，大和民众的生活，还有各种各样的活动都会受到影响。狼星也明白人们为什么这样议论，可是他不愿意对这些人表示理解。

——听说孩子还很小，上一任春之代行者肯定很放心不下吧。

上一任春之代行者和狼星并不怎么亲近，可是他对同胞的哀悼之情比在场的所有大人都要真切。

——雪柳大人真是太可怜了。

去世的上一任春之代行者年仅三十五六岁，是一位非常美丽的女人，正应了佳人薄命那句话。

听到讣告的时候，狼星就心想，或许就是因为她美得像梦幻泡影，才说走就走了吧。紧接着，狼星便听到了新的春之代行者就任的消息，他接下来要和这位新任的春之现人神见面，作为季节之祖与她共同生活一个月，这就是效仿神话的祭神仪式“四季降临”。

这一活动同时有着促进四季代行者交流的作用，说是祭神仪式，其实没有多大排场，只要今天把春之代行者迎接进冬乡，接下来的一个月只是多了一个外人在冬乡生活而已。

——听说下一任春之代行者岁数和我差不多。

狼星环顾周围保护着他的冬乡的人们。这些人多是壮年男性，而且个个凶神恶煞不怒自威，当时十九岁的冻蝶在里面只能算是小辈儿。

“冻蝶。”

狼星轻轻叫了冻蝶一声，冻蝶赶忙弯腰把耳朵凑了过来。

“我问你……春之代行者几岁了？”

“狼星……你没有仔细听介绍吗？春之代行者大人现年六岁。”

“这么小的孩子。”

“你也不大啊。”

听到冻蝶这话，狼星不高兴了。他五岁时起便作为冬之代行者东奔西走，对现年十岁的狼星来说，六岁的四季代行者相当于过去的自己，而他已经把自己当成了大人。

“还是第一次有和你年龄相仿的孩子来冬乡吧？希望你们能好好相处啊。”

冻蝶笑着对狼星说了这样一句话，可是狼星没法笑着回答。

“春之代行者不是个女孩子吗？”

"是啊。"

"我能和她好好相处吗……"

冬乡的大多数家族都是阳盛阴衰，狼星也习惯了在比自己年长的男性中生活，有点抗拒自己的生活中突然出现一个异物。

"狼星，你听好，春之代行者大人也不是自愿来的。你要做的不是想能不能好好相处，而是要做到和她好好相处。你要好好对待她。"

"为什么……她不愿意来，别来不就行了。"

"这可是祭神仪式……她怎么可能有权拒绝啊。而且她和你不一样，相当于突然被丢到一个和自己的故乡完全不同的地方。冬天是四季之祖，所以你没有经历过'四季降临'，不过你应该站在对方的角度想想。让你在不认识的人家里住一个月，你肯定不愿意去吧。"

"确实……只是想想，我都觉得宁肯死也不想去。"

被冻蝶说了几句，狼星有点不高兴，不过冻蝶打的比方很容易理解，所以他坦率地表示赞同。

"再说了，她说不定会成为你一辈子的朋友。"

冻蝶接下来说出的这句话，让狼星听得有些糊涂。

"为什么……我活了这么久还从来没有交到过朋友。"

狼星想说的是他一直没有朋友，现在也不想要。狼星一口咬定没有朋友，他自己虽然不会觉得难过，冻蝶却觉得有点受伤。

"我不是你的朋友啊……"

"你想想……你是我的监护人，我的侍从……反而更像是我的哥哥才对吧……"

"也对……要说是哥哥还是朋友，我还是更像哥哥。正因为是这样……你是代行者……能站在你的角度分担你的痛苦和悲伤的，在这个国家包括你在内只有四个人。"

"一个都没有也没事啊，以前不也没有吗？"

"好吧……我当然不是要逼你交朋友，不过你也不要总是板着脸，对客人不礼貌。"

"我天生就是这样。我生下来你就见过，应该知道吧？"

不管冻蝶说什么，狼星都要顶几句嘴，冻蝶似乎是觉得必须教训他一下，伸手捏住他的鼻子。狼星毫不犹豫地一脚踢在冻蝶的小腿上。冻蝶又揪住了狼星的脸蛋，狼星紧接着把戴棉手套的拳头打在了冻蝶的腰眼上。冬神主仆正像以往一样通过肢体语言交流，冬乡门外传来了小轿车停下的声音。紧接着，冬乡大门的门闩被卸掉了。

“春之代行者花叶雏菊大人，以及侍从姬鹰樱大人驾到。”

负责迎接的人用夸张的声调喊出迎宾词，冬乡的门这才打开。神奇的是，不管哪一位春之代行者身上都会散发芬芳的花香，大门一开，香气马上传进了冬乡。狼星看过第一眼，马上倒吸了一口凉气。

——这就是，新的春神。

或许应该说她具有能让人的五感都产生反应的神性。狼星虽然见过其他代行者，但哪怕是他，都被她令人敬畏的气场震慑住了。带着神秘气场的应该是那名现年六岁的姑娘，结果冬乡门外站着两个姑娘，都带有那种神秘气场。二人发色不同，恰似黑曜石和琥珀。

两个姑娘都称得上楚楚动人，但直觉告诉狼星，春天的化身是那位一头琥珀色头发的姑娘。这位姑娘好像也不用听人介绍就看出了狼星是冬之代行者。不知为什么，梦中的她面孔一团漆黑，狼星看不到。

只不过，狼星直到现在还记得，当时的自己在她的凝视下是什么样的感觉。

“冬之代行者大人，能见到您，真是不胜荣幸……”

狼星在这时，第一次体会到了什么叫心醉。她确实像仙子一样惹人怜爱，可是令狼星心醉的不只是这一点。

——这是我的春神。

面对上一位春之代行者的时候，他没有这样的感觉，可是看着静静站在雪中的这个小姑娘，他却觉得她是从脚尖到头顶都属于他的春神。或许说这是与生俱来的直觉更合适，不管跟谁提起这种感觉，别人恐怕都会告诉他这就是一见钟情，可是当时的狼星的感觉与一见钟情大不相同。

——我一直在等她。

他觉得这是命运的安排。他觉得自己从降生于世开始，一直在等这个姑娘出现在自己面前。

“我是来自春乡的代行者雏菊，接下来一个月将在冬乡叨扰。我和侍从樱在很多事上还做得不够好，要请您多多关照。”

雏菊的一番客套话听起来就像刚进门的新娘子。

狼星凝视着雏菊一动不动。两个姑娘人生地不熟，还以为自己做错了什么，脸上带着不安的神情面面相觑，真是可怜。

“狼星，回礼啊，狼星。”

冻蝶叫了好几次狼星的名字，狼星这才回过神来，开口回了礼。

狼星记得当时花叶雏菊向他微笑过，但是梦中的他还是看不到雏菊的脸。

不知道什么时候，梦中的她已经变成樱花花瓣消失了。

情景突然一变，他到了冬乡的道场，发现还是看不到雏菊的脸。

梦中的狼星正在生成冰剑。自古以来，冬之代行者一直以生成与贼人战斗用的冰制武器作为初步的神通力训练方式。春神主仆应该是来参观冬之代行者如何训练吧。

樱和冻蝶握着竹剑，正打算对练。

“把寒月流的剑术传授给春乡的人没问题吗……”

“收外乡人为徒果然会违反规定？”

“不是，没有这样的规定。我倒是欢迎有上进心的徒弟……我只是不知道教了你会不会激怒春乡的人……那个……寒月流是相当凶狠的杀人剑术，我不知道该不该教给你这样的女孩子……”

冻蝶犹豫不决，与之相反，樱的眼睛里没有一丝犹豫。

“我学剑术是为了保护雏菊大人，春乡的大人们怎么会生气呢？再说了，因为是女人就不该学某种剑术的想法太落后于时代了。不过，我也不希望冻蝶大人因为我遭人白眼……偷偷教我，不行吗？就当是我偷看学会好了，不会给冻蝶大人添麻烦。”

“不是……这个……我是想正式收你为徒，可是该不该教给你这个春乡的人呢……”

“冻蝶大人，您又说回一开始去了。”

两个人刚刚结成师徒，徒弟却好像压了师父一头。

樱好学不倦，恳求冻蝶带她练剑，冻蝶又是个热心肠的人，喜欢帮助别人，樱对他来说是个十分中意的徒弟。而雏菊则乖乖地看着二人练剑的样子，显得百无聊赖，狼星总忍不住把目光投向她。有时雏菊也会看狼星这边，二人的视线撞在一起，狼星就会心里莫名一虚，把脸转开。

“狼星，你倒是陪陪雏菊大人啊。”

冻蝶眼尖，他挥着竹刀，提醒狼星。他们是主，她们是宾，冻蝶说的本来就是狼星应该做的。

然而，狼星连应该和女孩子说些什么才好都不知道，忍不住皱了皱眉头。实在没办法，他只好凑到端端正正坐在道场木地板上的雏菊那边，问道：

“你冷不冷……”

狼星从小生活在虾缘，现在的气温对他来说与平时无异，但室外已经到了冰点以下，雏菊看起来似乎很冷。

也许是觉得不该让主人费心，雏菊摇了摇头。狼星挠了挠头发，从道场的木地板上捡起自己丢在一边的和式披风，递给雏菊。

“给。”

“啊……”

雏菊没有马上接下披风，狼星好像非得让雏菊接过去不可一样，把攥着披风的拳头向前伸了伸。

“你要把披风借给女孩子，起码先把土掸一掸！”

“烦死人了！”听到身后传来冻蝶的提醒，狼星想也不想便顶了一句嘴。

“接着，快穿上，冻蝶又要烦人了。”

“好……好的，非常抱歉。”

雏菊说着，赶忙把披风接过去穿在身上。这件披风对她来说显得有些大，正好能把她的身体整个裹起来。

“你个子真小啊。”

“啊，对不起。”

“道什么歉啊？你是春之代行者，自己动手让自己暖和一点儿不就行了吗？”

“老师告诉我，除了训练之外不能那样做……”

“那你现在训练不就行了吗？”

“您……您说得对……可是只让这里变成春天有点难……而且还不到呈现春天的日子，恐怕……”

“是吗？春之代行者干不了细活啊。”

“对不起……”

狼星本想告诉雏菊不用道歉，想到一说出来有可能引得她再道一次歉，于是没把这话说出口。

“对了，你用不着乖乖地看他们练剑，多没劲啊，要不要到别的地方去看看？”

“我想看樱怎么练剑……只要不妨碍大家……”

“妨碍倒是不妨碍……”

二人的对话到这里就结束了。狼星好像尽到了自己的义务一样，正打算掉头走开，可是冻蝶和樱用目光开始了无声的谴责。

“冻蝶大人，我身为侍从，对这样的事可不能当没看到……就算是狼星大人……”

“等等，樱，可以请你多给狼星一些时间吗？这还是他第一次和年龄相仿的女孩子说话……确实很丢人……请原谅他吧……”

——一群没礼貌的家伙。

两个侍从早已熟络起来，两位主人不能一直这样下去。

这个道理即便是幼小的狼星也明白。更何况冻蝶一直交代他要温柔，要友善，狼星没了辙，只好重新转向雏菊。

雏菊惊得哆嗦了一下。她被吓到了。狼星觉得自己可能是不应该一直站着跟她说话，想到这里，他坐在了雏菊旁边。可坐是坐下了，狼星还是不知道该聊什么才好。他本来就不是个能说会道的人，而刚才已经说过了天气的话题。

正当狼星承受不住重压，想干脆说冻蝶的坏话时……

"狼星大人。"

雏菊先开了口。她紧紧地攥着和服的袖口，显得怯生生的。紧接着，她好像又鼓起一股勇气，继续说了下去：

"请问……冬之代行者大人能做出任何东西吗？"

紧张让雏菊的声音显得很不自然，她的脸都红了。

狼星一开始没听懂雏菊是在问什么，琢磨片刻才想明白她问的是用冰制造剑的事。雏菊是第一次看到用冰制造的剑，肯定是觉得非常稀奇，想到这里，狼星得意地说道：

"我还能马上做出剑、弓、长枪来。"

"能做出花和星星吗？"

"什么？"

意料之外的问题让狼星愣住了。他从来没有想过用冰制造花，不对，整个冬乡也没人这样想过。进行这项训练的时候，从来没有人考虑过还可以用冰制造武器之外的东西。

"我倒是没有做过……你想要吗？"

"不……不是。对不起……我说了一些傻话，请原谅。"

雏菊赶忙使劲低头道歉，沉默又一次降临在他们之间。

——这样岂不是显得好像我冷待了她？

冻蝶和樱又把目光直勾勾地投向他和雏菊这边。考虑到这边的状态，也难怪他们会觉得不满意。

再说了，别人问他能不能，他也不愿意回答不能。他倒不是想维护冬之代行者的名誉，只是想证明寒椿狼星的本事。狼星轻轻拽了拽雏菊的和服，雏菊怯生生地看向狼星，她正在为鼓起勇气却说错了话而后悔。狼星好像非常自信一样说道：

“我能，你等一下。”

说是这样说，狼星其实没能马上做出来。他试了很多次，好不容易才做出一朵冰花。做好之后，狼星把冰花递给雏菊。向少女献花这样的行为让他觉得有点难为情，不过同时也觉得很骄傲。雏菊小心翼翼地接过了那朵歪歪扭扭的花。

“这算是木瓜花。院子里就有木瓜树，每年都会开花。其他的花……我见得很少，你就收下这朵吧。”

听到狼星说的这话，雏菊赞叹道：

“好冰……真好看……”

雏菊好像非常开心，拿着冰花去给正在练剑的樱看，然后像得到了新玩具而兴奋起来的孩子一样又跑了回来，自己也小心翼翼地用起了春神的神通力。

“春之代行者也会一点点……细活儿。”

雏菊从放在和服袖子中的布袋里掏出花种攥在手心，只见一朵花在她的手心中发芽、绽放起来。

“这种花，叫雏菊。”

雏菊有点难为情地说道：

“我的名字和这种花一样……您要是不嫌弃，请收下吧……您要是不需要……”

那是一朵真正的鲜花，而且是春之代行者在他面前催开的花，狼星兴奋地说道：

“好厉害，好厉害！”

“哪……哪里，没有狼星大人厉害。”

“怎么会，还是鲜花更厉害……原来如此，这就是春神的神通力啊。我只能把东西冻起来，做不来这样的事。”

雏菊沉默了。

“怎么了？”

“上一任代行者……上一任春之代行者……没有给您展示过这样的

神通力吗……”

“是啊，我们在会议上倒是会说话，但是不会展现神通力给彼此看。毕竟除了我之外，其他代行者都是成年人。”

“是这样啊……”

“所以你是第一个展现神通力给我看的代行者。谢谢你啊，雏菊。”

狼星直到这会儿才第一次叫出雏菊的名字。他还记得，当时雏菊微笑了起来。

“不客气，狼星大人。”

然而，在梦中，雏菊还没有笑，便化为樱花花瓣消失了。

梦中的情景不断变化。

“四季降临”的一个月中，狼星和雏菊一起度过的日子不断出现在他的梦中，然后消失掉。

他用雪给雏菊做小兔子。他和雏菊在冻蝶的陪伴下一起去玩雪橇。他在练剑的时候和樱比试。那都是些普普通通的日子，对其他与他同龄的孩子来说，或许是理所当然的，对狼星来说却显得格外珍贵。当时，秋之代行者和夏之代行者不是现在的秋神和夏神，而是另外两位老者。

不同季节的代行者之间本就没有多么深入的交流，代沟更是拉远了狼星和其他代行者之间的距离。对他来说，雏菊是第一位与他同龄的现人神。

“我本来……还以为狼星大人很可怕。”

那时候，雏菊轻声说了这样一句话。这时，他们已经养成了习惯，二人一起玩，冻蝶和樱守在后面。虾缘毕竟是严寒的北地，孩子们只是到外面散散步，呼吸呼吸新鲜空气。

他们每天都要到冬乡周围的森林里散步，发现工整规致的树枝就带回冬乡。

“我可怕吗？倒是有人说……我的眼神有点凶巴巴的……”

“不……不会。那只是我猜的，狼星大人其实很和善。冬乡中的人都很和善……”

“怎么可能，讨人厌的家伙也有啊。”

“可是，冻蝶哥哥也很和善……”

雏菊说着，扭头看向身后。只见樱和冻蝶闲聊到一半停了下来，向她摆了摆手。两位侍从对自己的主人都有些保护过头，不管主人做什么，他们都会马上给出反应。雏菊也轻轻向两位侍从摆了摆手。冬神和春神见面前无论如何都想象不到，他们现在能相处得如此融洽。

“那家伙只对你们和善，他对我管得可多了。”

冻蝶可能是习惯了调皮又爱顶嘴的狼星，雏菊和樱这样的女孩子让他感到很新鲜，对待她们就像哥哥对待心爱的妹妹一样。

——当然，我也能理解。

他侧眼看着雏菊。虽然在梦里看不到她的面孔，但只是看着，他就觉得心里暖洋洋的，脸上自然会露出笑容。

——或许，我其实是个俗人。

狼星从来没有想象过自己会变成现在这样，不过他确实十分喜欢雏菊。

本来遥远的距离现在已经拉近，雏菊习惯了走在他旁边与他聊天，这让他万分高兴。

“春乡的人很刻薄吗？”

狼星只是顺着雏菊的话题说，没想到雏菊听到这话，脸上的笑容僵住了。狼星觉得有点诧异，发现自己问的或许是雏菊不想提及的事。

“莫非……他们做了什么你不愿意说的事？”

狼星忍不住攥起雏菊的手。

“不……不是……”

保护欲在狼星心中油然而生。

“他们要是欺负你，你就告诉我，我去找春乡的人说。”

“真的不用。”

雏菊另一只手紧紧攥着和服的袖子，说道：

“只是，我是……情妇……生的孩子……所以……第一个对我好的人，就是樱……所以……我觉得这里……特别……”

后来，狼星异常后悔自己当时不是个俗人。

“情妇是什么？”

“您……您没必要知道……”

话音刚落，雏菊又变成花瓣消失了。

梦中的情景还在变幻。刚才那段对话不久之后的情景出现在了梦中。冻蝶和樱正在厨房里给蔬菜削皮，狼星则在门外走廊中偷看。

“果然……我一开始就觉得雏菊大人的面容与上一代春之代行者大人有些相似。”

厨房中的二人似乎在聊些让人伤心的话题。

“听说以前从未出现过这样的事，母女两代都是……”

“因为血统纯正吗？”

“我也不知道……所以，请两位尽量别在雏菊大人面前提起春乡和上一代春之代行者大人……如果是雏菊大人自己说起来倒还好，说明她把两位当成自己人了……”

“是这样啊……我明白了。”

狼星只是来拿冰箱里的果汁给雏菊喝。

可是，他就像被定在了厨房门外，无论如何都没法向里迈步。

“没想到……已经过世的上一任春之代行者大人，居然是雏菊大人的母亲……”

狼星没法向里迈步，他只觉得心里咯噔一声。

“为什么不是同一个姓……是有什么隐情吗？我记得上一任春之代行者大人的名字是雪柳红梅……”

“雏菊大人的名字本来也是雪柳雏菊，自从春乡发现雏菊大人是新一任代行者，就让雏菊大人改了姓。花叶家是春乡的名门，长老也是花叶家的人，同时是雏菊大人的祖母。花叶家现在的当家早已结婚生子……可是红梅大人和这位当家……开始了一段……令人无法赞许的恋情……怀上了雏菊大人……”

狼星觉得脑子好像被渐渐冻住，然后听到了冰块裂掉的声音。

——我真是……

他觉得自己像站在暴风雪中，连心都冻上了。

——雏菊本来想和我说非常重要的事，我却没能让她说出来。

到了这会儿，狼星总算明白了所谓的“情妇”指的是什么。

他现在也明白了为什么问雏菊春乡的事，她总是支支吾吾。他明白了为什么他和冻蝶只是表现得和平时一样，她却说他们“和善”。他现在全明白了。

“没想到雏菊大人被当成私生子来对待……”

狼星感到头晕目眩。

雏菊经过一年的修行，六岁就成了代行者来到冬乡，这样算来，她应该是五岁没了母亲。

“是这样的……不过，红梅大人在生下雏菊大人之前就是代行者，因为她的身份，春乡的人都对她敬而远之……”

上一任春神是她的母亲，这个母亲生下的私生女就是她，而雏菊又不知道为什么，继承了母亲的代行者神通力。代行者神通力的继承与血缘远近无关，只能说明这次换代的时候，最合适的就是当时五岁的雏菊。

“是啊……她毕竟代表着整个春乡，肯定不会有人公开批判她……”

“是的，人们在背地里议论，说红梅大人是代行者中的污点之类的话。花叶家当家的夫人气得暴跳如雷……对红梅大人挖空心思地展开了报复……”

“没有人责怪雏菊大人的父亲吗……”

“有的，可是在这样的事情上，人们不知为什么往往会谴责女人而不是男人……

“听说红梅大人为了避免连累雏菊大人和她一起遭到报复，很少回到家里。所以……红梅大人临终时……雏菊大人甚至没能见她最后一面……遗书倒是有，不过主要是请求花叶家的当家关照雏菊大人。就这样，雏菊大人的姓从雪柳变成了花叶。”

“等等……既然有遗书，也就是说……”

这位母亲一定没有料到后面的事情。

“是的……听说红梅大人是自尽而亡的。”

她一定以为自尽就能一了百了，没有料到事情会发展成现在这个样子。

她一定没有料到自己的女儿居然会成为代行者。

“红梅大人去世之后，是谁在……照顾雏菊大人……”

“是一家和雪柳家、花叶家都算远亲的人……那两家都不方便派出人来……”

“原来如此，樱就是这样到了雏菊大人身边啊。”

“啊，不是，我是到人家院子里去偷桃子，认识了雏菊大人。能遇到纯属凑巧，后来我才知道那是雏菊大人。”

冻蝶沉默了。

“请不要生气……”

“我不会生气。”

说完，冻蝶和樱便聊起了别的，可是狼星始终没法走出刚才的话题。

——那现在的雏菊呢？

被母亲丢下的女儿还在被人戳脊梁骨。如果她没有成为春之代行者，说不定能慢慢被人们遗忘，过上普普通通的日子。她一定会到听不到人们非议母亲的地方，像一个普普通通的姑娘一样生活。

然而，老天是残酷的，命运没有对这个失去了母亲的姑娘留情。

——她现在恐怕和她的母亲一样吧？

因为她是春之代行者，人们才对她表现出一定的尊重，可那只是表面上的尊重，就像冬乡的大人们其实只把狼星当成工具。因此，她对狼星提出的问题支支吾吾的。她没法堵住别人的嘴，而人又本性难移。

她母亲的丑闻在春乡中无人不知，而她和她的母亲一样是继承了神通力的非同寻常的代行者，哪怕是狼星这个外乡人也知道她一定受到了孤立和排斥。

——为什么？

他想找个人来问一问。

他知道谁也不会告诉他为什么，可他还是想问一问。面对不合理的事情，人总会问为什么。

——神啊，为什么？

他得不到答案，于是手拿还空着的杯子转身打算往回走。

转过身去，他发现雏菊就在自己身后。

“雏菊。”

狼星看到一滴泪珠落在地板上。他伸出了手，只见雏菊向后退了一步。但狼星还是向前走了一步，攥住雏菊的手腕，想赶紧把她带到别处去。

可以是任何地方，只要她能哭个痛快，只要那里只有他和她两个人。

他不知道世上有没有那样一个地方，可他就是想去。

狼星像逃命一样拉着雏菊跑，回过神来，发现雏菊已经化为樱花花瓣消失了。

梦中的场景又是一转，就像被雪片一样的樱花花瓣漂白了一样。

看来狼星的梦渐近高潮，新的场景不在室内，而是户外。

狼星在冬乡周围的森林中拼命跑着，他的噩梦总要在这个场景过后才会结束。这就是十年前那场可怕的悲剧。

狼星气喘吁吁地跑在银白色的森林中，他回过头去，看到冻蝶抱着雏菊跑在后面，樱紧随其后。而樱的身后，透过树木的缝隙间能看到追赶者们的身影。狼星一次又一次抬起颤抖的手生成冰墙阻拦追赶者，重复许多次之后，他感到头晕目眩，连呼吸都让他觉得很难受。

呼哧呼哧。

呼哧呼哧。

呼哧呼哧。

呼哧呼哧。

“狼星！”

他喘不上气，难受得好像血要从喉咙中冒出来，双腿也像灌了铅一样迈不开步子。他一次次想到停下脚步。

“狼星！加油啊！跑起来！”

冻蝶向他大声吼道。

“狼星大人！”

雏菊带着哭腔叫着他的名字。狼星也想哭，他脑海中有一个声音在嘶吼，在问事情为什么会搞成这样。

“包抄，包抄，拦住去路！冬之代行者是个少年！杀了那个少年！”

听到这话，狼星明白了贼人们想杀的是他。

现在，包括狼星在内的四个人正拼命跑着，试图摆脱闯入冬乡的贼人的追杀。

——他们是以杀死冬之代行者为目的的根除派吗？

贼人口口声声喊着杀他，想必不是企图利用冬之代行者的神通力的那一派人。这些贼人属于过激派，他们把特定季节的代行者当成“弊害”，想除之而后快。

贼人没有提到雏菊，可能是贼人方面没能掌握充足的情报，还不知道新任春之代行者是一个年幼的姑娘。雏菊要与狼星一起完成“四季降临”的仪式之后，才会作为春之代行者介绍给世人。

也就是说，雏菊很可能不是贼人的目标，狼星觉得不该和她一起逃跑。贼人突然鸣枪闯入室内，情急之下，狼星和冻蝶为了保护雏菊把她也带了出来。

——都怪我。

狼星环顾梦中的每一个人。冻蝶保护着孩子们，他一边跑，身体一边滴血。血把雪染红的样子让狼星觉得很是诡异。被狼星当成哥哥尊敬的冻蝶，他是为了保护狼星与贼人交战才负了伤。雪阻挡着四人的脚步，寒冷令狼星的喉咙像要裂开一样疼，可是这雪和这寒冷都是狼星唤来的。雏菊之所以哭泣，也是因为狼星遇袭牵连了她。

“危险！”

紧接着，樱为了保护狼星替他中了一枪，这当然也怪狼星。

“请保护好雏菊大人！”

一切都怪狼星。

“走啊！快走！”

一切都是因为他。没错，所有问题都能归结到狼星身上，真令人感到神奇。

“樱！”

一切都是狼星引起的，因为他是被冬季之神选中的男孩子。

这种猫捉老鼠的游戏一直在上演，狼星的上一任冬之代行者也好，上上任冬之代行者也好，继续向过去追溯也是一样。在文明还没有如今这样发达的时代，人们甚至会说病人无法熬过严冬都是因为冬之代行者。在四季代行者中，冬之代行者也是人们格外憎恶的一个。

人们不觉得冬之代行者是为世界带来了奇迹，反而把他们当成灾祸。狼星听说过，历史上的冬之代行者有被石头砸死的，有被箭射死的。四季代行者中，冬之代行者换代最频繁，因为贼人们把他们当成了眼中钉。

哪怕在当代，偏远地带的人还是会因为大雪封山造成生活不便之类的问题而厌恶冬之代行者。甚至有些贼人只是因为自古以来的习惯袭击冬之代行者。人不会轻易变成和平主义者，思想不会发生变化，仇恨会世代传承。

——可是，那能怪我吗？

应该说错在“冬天”，而不在“寒椿狼星”。

——可是，现在这样的情况确实是我的错。

“寒椿狼星”是“冬之代行者”，所以才会出现现在这样的情况。

——如果我死了，问题是不是能解决？

他觉得最起码贼人或许能心满意足地撤退。狼星认为自己必须尽快做出决定。

那个决断不该由一个十岁的少年来下，可是现在能做这个决定的只有他。

神为爱把工作交给了人，而代神呈现季节的人却总为爱不知所措，真是充满讽刺意味。

——我能做什么？

狼星向自己提问，他内心的另一个自己给出了明确的回答。

——吸引贼人的注意力，要不然就让他们如愿以偿。

狼星继续问内心的另一个自己，要怎样做才能让他们如愿以偿。他又一次很快得到了答案。

——死给他们看看。

除此之外，他想不到其他的办法。

这个无情的结论和他周围的空气一样冰冷。

——我先帮其他人求饶再死，贼人们或许会放过雏菊他们。

唯一能依靠的冻蝶身负重伤，除了冻蝶之外的三个人都还是孩子，迟早有谁会落入贼人手中。狼星觉得这个人应该是自己，他已经做好了认命的准备，不希望落入贼人手中的是其他人。

——不能让雏菊和樱被贼人抓住。

他不能带她们一起上路。

除了发过誓要为他拼命的冻蝶之外，他不能带其他人一起进棺材。

——只有我死这一条路可走。

他觉得既然有救雏菊和樱的可能性，就应该试一试，贼人肯定不准备在冬乡久留。

——只有死路一条。

他觉得既然明白，就要当机立断。

狼星看了看冻蝶，看了看樱，然后看了看雏菊。他还是看不到梦中雏菊的脸，不过他知道雏菊正在哭。

雏菊的眼泪像断了线的珠子一下往下落，恐惧和寒冷让她不住地发抖。

——雏菊。

他的心情无法用语言来表达，只觉得想保护好她。

这个姑娘总是成为牺牲品，而且每一次她本人不管如何努力都无法改变结局。

——不论如何，我也要救雏菊。

他知道雏菊总是在不安中瑟瑟发抖。

——我想保护她。

他没法欺骗自己，认为心中的感情只是纯粹的同情。

他一开始本以为是，因为他觉得她的身世和遭遇很可怜，刺激着他的保护欲。可是，单纯的同情没法让他下定决心付出自己的生命。

——雏菊。

雏菊和他一起在冬天玩耍，她是他的第一个朋友。

——雏菊。

他能和她分担只有他们这样的现人神才能理解的烦恼，她的痛苦也成了他的痛苦。

她一笑，平时很少露出笑容的他也会笑起来。他觉得很开心，这个冬天恐怕是狼星短短的人生中最快乐的一段时间。

——雏菊、雏菊。

如果在人生中，他只能救一个人……

——雏菊，我想保护你。

他想选择这位少女。

——我想保护你。

这时，狼星已经爱上了雏菊。

不是因为他是冬之代行者，而是作为寒椿狼星，他爱上了花叶雏菊。

“冻蝶！保护好樱！”

梦中的狼星像当时一样，生成了那时的他能生成的最大的冰墙。

背后紧追不舍的贼人惊呼起来。生成冰墙的狼星身后是樱，樱的身后是抱着雏菊的冻蝶，狼星必须生成高而坚固的冰墙才能保护所有人，这需要非常高超的技术。

就在这时，冻蝶怀中的雏菊挣脱了他的手，向樱跑了过去。

冻蝶的反应迟了一步，他忍着伤口的剧痛，咬紧牙关追了上去。

“雏菊大人！我抱着樱跑。非常抱歉……您能自己跑吗？”

“能！”

看到冻蝶和雏菊商量好了，狼星在紧张之余稍微松了口气。

——这样就行了，这样就能赢得很多时间。

贼人依然不停地向冰墙开枪，迟早会把冰墙击碎。

——集中精神，保持住冰墙的强度。

他的手虽然在瑟瑟发抖，但神通力形成的蓝光还是从他的指尖射出，释放着冷气形成了冰。狼星早就练熟了这一招，就算在恐慌中也能用得出来。

——我得生成瞬间就能解决问题的东西。

他以前制造过许多剑，那都是用来战斗的剑，剑身很长。

他现在不需要那样的剑。他需要的是一把小巧的、能用两手握住、一下子刺穿心脏的剑。太短了不行，长度不足以到达心脏，他需要一把趁手、能高高举起、便于挥下的剑。

——我必须做出一把能痛快地杀掉自己的剑。

“狼星，你在做什么！快走！那不是你这样的孩子能用冰剑战胜的敌人！”

冻蝶看着狼星喊了起来，他以为狼星是打算与敌人肉搏。

冻蝶本打算告诉狼星现在逃跑才是上策，可是他看到狼星的表情，发现自己好像搞错了什么。

狼星脸上带着不自然的笑容。狼星自己也知道自己笑得不好，很难看，但他脸上还是带着那拙劣的笑容，说道：

“冻蝶，这是主命，继续向前跑。”

他作为主人向侍从下达了命令。

“狼星？”

冻蝶以为自己听错了，忍不住反问了一句。

“你应该明白我说的是什么意思吧？”

狼星一锤定音。

“等一下！”

冻蝶明白狼星在说什么，只是他拒绝理解，因为狼星在让他做出取舍。

单靠这个十九岁的青年，没办法同时保护三个孩子。

“两个女孩子，你应该能保护她们跑掉吧？”

冻蝶知道应该舍弃的是他们这边的人。

牺牲替换起来更方便的人，世界才更容易恢复平衡。

“狼星，等等！”

而应该牺牲的，是冻蝶悉心培养的这位年仅十岁的少年。

他的主人很清楚这一点。

“我会在最后试着刮起暴风雪，只是说不定没法把血迹隐藏起来。不过拜托了，请你一定要带着她们逃掉，我会试着求他们放过你们。我能做的只有这些了。”

“不要说蠢话了！快点过来，我们趁现在赶紧逃！”

这时的狼星浑身颤抖，表情看起来是一个吓坏了的孩子，行为却像一个君王。

“不要让我重复，冻蝶。这是主命。带上雏菊和樱逃。我不会逃，我要死在这里。只要我一死，那些家伙就会心满意足。”

听狼星说出这话，冻蝶大吼起来，雏菊也叫了起来。

“狼星！”

“不行！”

雏菊的喊声更像是惊叫，仿佛能把世界撕裂。

“不行！绝对不行！”

雏菊的脸一直像有一层雾气，直到这时狼星总算看清了她的模样。

——雏菊。

雾气散去之后，露出的正是春天化身的面孔。

她看起来那么惹人怜爱，让人觉得捧着怕摔了，含着怕化了。

“狼星大人。”

与此同时，她又像路旁的野花一样坚毅。雏菊那双世所罕见的黄水晶般的眼睛中放射出了光芒。

“不要放弃！您不能死，我们一起逃，都要活下去！”

雏菊用机器出了故障一样的声音说道。

紧接着，雏菊碰了碰受伤倒地的樱一下。轻轻地、悄悄地碰了一下。

“樱，别担心，我们一定能活下去……”

冻蝶和樱都愣住了。

冻蝶不明白这位春之代行者有什么根据能说出这样的话。

“雏菊，你……”

就在这时，子弹从狼星耳旁飞了过去。冰墙已经被打穿了，碎冰像镜子碎片一样从背后袭向狼星。他必须重新集中注意力生成冰墙。

——难道不能多坚持一下吗！

狼星觉得自己应该马上自尽，可是他们三个人还没有逃走，他还没能说服他们，这时雏菊又像变了个人，像被逼疯了一样说道：

“冻蝶哥哥，樱就拜托您了！”

狼星希望雏菊和冻蝶待在一起，雏菊却向他跑了过来。

狼星多想把雏菊吼回去，可是他不得不忍住，专心生成冰墙。他首先要保护她不被子弹击中。他的时间不多，而且他必须生成一个又高又宽，能把他们四人围在中间的巨大“凹”字。他不能让贼人发现这一点，如果贼人绕过了冰墙，那么他的努力就白费了。

雏菊冲到狼星身边，刹不住车撞进他的怀里。狼星腾出一只手抱住她，她这才没有摔倒。

他脑海中的一角觉得有点奇怪，他明明马上就要死了，这会儿却把女孩子抱在了怀里。

狼星拼命拦着试图击穿冰墙的子弹，雏菊在他的臂弯里用尽全身力气说道：

“谁都不能死！狼星大人也好，冻蝶哥哥也好，樱也好，还有冬乡的人也是，谁都不能死，绝对不能死！”

她现在的神情看起来反倒更像是马上就要死去。

“雏菊，你别管我！这事和你没关系！”

“有关系！”

“没关系！”

“有关系！狼星大人对我来说……对我来说是很重要的人！”

狼星吃了一惊。

“狼星大人不是说过，还会陪我玩吗？上次狼星大人是这样说的！”

“对不起……恐怕不行了……你和下一任冬之代行者好好相处吧。”

狼星故意冷冰冰地说出这句话。即便如此，雏菊仍然不肯放弃。

“请不要说得那么容易……我只能和狼星大人……非得狼星大人不可……再说了……死了之后会是什么样，狼星大人应该不知道吧？”

“什么？”

——她在说什么？

“我知道……”

狼星觉得莫名其妙。

眼泪像断了线的珍珠，从雏菊那双满月般的大眼睛中落了下来，她用尽全身力气诉说着。

她问一个正打算死的人知不知道死后是什么样，多么奇怪啊。

“狼星大人……我的母亲大人和狼星大人一样，打算通过死来解决问题……”

——啊啊，别说了。

“母亲大人做了违背常理的事，被大家当成了眼中钉。”

我不想听。

“人们一次又一次说母亲大人是多余的人，人们也是这样说我的。”

——我已经下定决心，别再说了。

“母亲大人想解决这个问题，她觉得别人既然觉得她多余，那她自杀就行了。她希望自己死了之后，女儿的日子能好过一点儿……”

——不要来动摇我的决心。

“可是，结果春乡的人还是像原来一样讨厌我！让伤害人的人如愿以偿，只有死掉的人心里才能得到安慰！”

——我已经决定了，我已经下定决心了。

“伤害他人的人会在狼星大人死后放声大笑！会说狼星大人死得活该！会说这个傻瓜居然自己死了！这些我都知道！”

——拜托你了，别再说了。

“我都……知道……因为我见过许多这样的人！”

母亲自杀后丢下了雏菊，而雏菊的日子一点儿都没有变得好过，反而要承受失去至亲的痛苦。她说出的这番话深深地刺痛了狼星。

狼星现在正打算再给雏菊同样的痛苦。

“可是，我要保护你们，不让贼人伤害你们，只有这一个办法！”

“还有其他的办法！”

“没有！我们所有人都迟早会被抓住！”

“有的！我们逃吧！哪怕没法战斗，哪怕丢脸……我们也要逃！因为……狼星大人……”

——我已经决定死了。

“狼星大人……”

——我已经决定了，不要动摇我的决心。

“狼星大人其实不想现在死在这里吧?!”

雏菊黄水晶般的眼睛，雏菊的声音，雏菊的整个人都在动摇狼星的决心。

她在这么关键的时候说出了这样的话，她那天真无邪的话像一把利剑。

——你为什么要说这样的话?

他想说那只是假象，想说他愿意什么时候死就什么时候死，他有无数的话想说。

——快点说出来。

“除了死……我还能怎么办……”

决心动摇了，让他十分火大。他的眼泪也流了下来，比起雏菊有过之而无不及。

他觉得呼吸渐渐困难，眼泪也忍不住了。

——没错，我不想死。

他想保护的女孩子说出了他的真实想法，说得他甚至想哭。

“可我除了死还能有什么办法啊!!”

狼星像使起性子一样大声吼了出来。

——我不想死，我只是没有办法，不是想死。

“我也不想死！可是我更不愿意让你们死！”

——要是能有别的办法，我当然想继续活下去。

“我没办法看着你们死在我面前！与其大家一起死，不如我一个人死啊！”

——可是，我想不到其他的办法。

狼星最希望自己做到的就是救雏菊。

就在这时，狼星听到背后的冰墙传来了裂缝的声音。

冰墙就要撑不住了，只要它倒下去，所有人都会被子弹打成蜂窝。

——雏菊!

他脸上露出了畏惧的表情，把雏菊抱得更紧了。

他一心想保护好雏菊，没想到雏菊从他怀中挣脱了。

雏菊的动作看似是在抗拒狼星，她挣脱后便粗暴地攥住了他的手臂，用上全身力气把自己和狼星的位置换了过来，紧接着双手把狼星推了出去。

狼星一个趔趄，摔倒在柔软的雪地上。现在换成了雏菊背靠马上就要碎裂的冰墙这道最后的壁垒。他不知道雏菊到底想干什么，觉得雏菊可能是生气了，要不然就是吓疯了。

他呆呆地看着雏菊。

“狼星大人，既然是这样，大家一起逃吧……这不是我们输了。大家一起……逃吧，逃吧，逃吧。”

伴随着冰墙碎裂的声音，雏菊从和服的袖子里掏出布袋，攥了一把种子。她的目光像箭一样射向了狼星。

“忍辱负重，等待战机。”

那时的雏菊，或许真的成了春神。

狼星眼中的她一点儿都不像一个六岁的女孩子。

“忍辱负重，等待战机。”她竟能在如此危急的情况下说出这样的话劝阻狼星。

她的意思是，狼星应该等待能赢得战斗的机会。

就在这时，雏菊脚下突然长出一棵棵树木，投下了巨大的树影。

站在树下的雏菊，毫无疑问不应该被称为少女，而应该称其为少女神。

树影很快吞没了狼星等人，得到了超常力量的植物们承载着春之代行者的决心疯长起来，枝条从所有在场者的脸和身体旁刺了过去。

如果说雏菊是在自如操纵植物，那么那些植物的长势疯狂得就像对人发起了攻击。

“雏……菊……”

她的植物居然能化为吞没一切的怪物。

她明明没有歌唱和舞蹈，只是表露了自己的感情。

雏菊现在的状态只能说是失控。

疯狂生长的树木像蛇一样沿着地面围绕狼星等人蜿蜒伸长，仿佛把他们关进了笼子。树木的枝条、叶片眼见着填满了笼内和笼外之间的缝隙，不一会儿，枝条上长出了花蕾，花蕾开成了花朵。通过神的力量呈现出的一棵棵樱花树形成了一座樱花树城堡，只把雏菊想保护的人们封在了里面。

狼星没能马上理解到底发生了什么。

——我为什么被关了起来？

狼星看向身后，发现樱正流着血，迷迷糊糊地哭喊着。

冻蝶看明白了雏菊想干什么，他开始折断附近的枝条试图冲出去，可那些枝条马上重新长了出来。

狼星他们三人满眼都是美丽的樱花粉色，看来外面的人不管用什么样的重型武器，也没法在短时间内攻陷这座绿叶和樱花形成的要塞。

而里面的人呢？里面的人看不到凶险的景象，只能看到漂亮得令人赞叹的樱花。

这是代行者花叶雏菊一心想着保护另外三人生成的春之要塞，而雏菊本人不在这座要塞之中。生成要塞的人在要塞之外，里面的人只闻其声不见其人。

“求求你们……请不要杀樱，不要杀狼星大人……”

雏菊的声音听起来十分痛苦。

“请不要再向冻蝶哥哥开枪了。”

雏菊在眨眼间唤来了奇迹。

这样使用神通力，给身体带来的负担是极大的。狼星觉得雏菊现在一定连气都喘不上来。

——等着我，雏菊。

狼星默默地挥起依然攥在手中的冰制小刀。

这一挥，让他脸上的泪水飞散开去。

“呜……呜！”

外面传来的声音让他焦急，他挥起小刀一下又一下不断劈砍在樱花树上。

他的眼泪也不断随之飞散。

——等着我，你等着我。

然而，不管他怎么削，削过的地方只会长出新的枝条，开出新的花朵。被关进樱花树城堡里，可以说没人能伤害狼星等三人。如果雏菊倒下，汹涌的神通力形成的要塞也会马上崩溃，但雏菊一定不会允许那样的事发生。

——我不要，我不要，你等着我。

雏菊正全力以赴尝试用她稚拙的语言说服贼人：

闹出这么大的乱子，国家治安机构很快就会赶来。

你们必须赶快撤退，把成功袭击冬乡当成胜利就收手吧。

如果你们决定马上撤退，我可以做人质确保你们撤退成功。

我愿意跟你们走，不会抵抗。你们应该很清楚，就算杀掉这个冬之代行者，下一任冬之代行者马上就会诞生。

你们这次袭击已经很成功了，这次事件一定会被记录在史册中。

你们最好适可而止，如果你们被国家治安机构逮捕，那将意味着袭击失败，你们做的事将失去所有意义。

现在撤退，还有你们所有人全身而退的办法，就是用我当人质。

所以，请你们不要再伤害别人了。

“雏菊大人！不行！不行！不行！不行啊！”

樱在樱树笼里嘶吼。雏菊好像听到了她的喊声，鼓励道：

“樱，大家都不会有事的。别担心，我会保护大家。”

雏菊明明就在她的身边，可是她看不到她的主人。

“不行，不行！我来做人质！我来！”

她看不到她的主人，雏菊明明就在她的身边。

“对不起……樱做不了人质。樱，等我走了之后你要努力呼救……冬乡活下来的人们一定会来找你们……”

“不行啊！雏菊大人，雏菊大人！”

她明明能听到主人的声音，却无法触及她的主人。

“您没有必要跟他们走！不要这样！雏菊大人！不用管我们，您快逃吧！”

眼泪模糊了狼星的视野。

泪珠不断落下，比樱花花瓣飘落的速度要快得多。他手中的冰制小刀掉到地上，变成雪晶消失了。他觉得手脚都用不上力气，不断涌上心头的悲伤和绝望夺走了他所有的力量。

——为什么？

他对世界的疑问在这时浮现在了他的脑海中。

——怎么会这样？

他在质问命运。他已经不知道这样问过多少次了。

他不知道为什么会发生这样的事情。

他不明白自己为什么能给别人带来这样的厄运。

不，就算明白，他也不愿意表示理解。

“冻蝶哥哥……我……已经一点儿力气都没有了……没办法做得更多了……”

他降生于世后开始了呼吸，学会了走路。

“樱就拜托您了，拜托了。”

人们给了他使命，他一直为使命活到现在。

“你们一定要……一定要活下去啊。”

他在还很小的时候便被人们放到铺好的轨道上，人们不给他拒绝的权利。

他一直努力到现在，可是厄运还是毫不留情地降临在他的人生中。

——怎么会这样？

他在心中翻来覆去地提问没有意义，只能说明他的伤感、想的这些问题无法帮助他解决眼下的问题。然而，面对目不暇接的一连串变化，当时九岁的狼星无能为力，只能任眼泪像雨点一样往下掉。

“雏菊……”

他觉得这些樱花很碍事，这些树也很碍事。

“雏……菊……我……”

他喜欢她培植的花，现在却想把它们全部冻起来。

“别去啊，求求你。”

狼星扑在保护着他的樱花树上哭了起来。

“雏菊，别去啊。你不能走……我喜欢你啊。”

狼星扑在樱花树上，哭了起来。

——为什么？

那个没有答案的问题，依然毫无意义地在他脑海中打转。

狼星希望自己的心脏和泪腺都能马上停止工作，他觉得不胜其烦。

“我喜欢你……”

他现在需要比眼泪更能派上用场的东西。

“就像冬季之神爱上了春季之神一样，我也喜欢你……”

他想要的是能改变一切的奇迹。

“所以你别走啊。我不要你救我，不要你救我。”

有没有什么好办法呢？力挽狂澜的好办法。

——神啊。

狼星在心中呼唤着那个至高无上的名字。

——神啊。

可是，什么都没有发生。

——神啊。

狼星是现人神，他该向哪一位神祈祷呢？

——谁能帮帮我？

他该向冬季之神祈祷吗？可是，正是这位神对狼星的恩宠让他面临眼下的困境。

——谁能帮帮我？

没有人帮助狼星。

——谁能帮帮我？求求你们，求求你们了。

没有人听冬之代行者的祈祷。

“狼星大人……”

听到初恋女孩叫他的名字，狼星把眼泪咽了下去。好咸啊。

“你等一下。你能听到吧？求你了……我刚才不是说了……我喜欢你吗……”

“我真的好开心……狼星大人……”

狼星能从雏菊的声音中听得出她有多么开心。

“求你了，你别走……”

这让狼星觉得心碎，他甚至觉得还不如干脆就这样死了。

“狼星大人。”

"你等一下，不要走。"

"狼星大人……这个冬天，我过得很开心，谢谢您陪我一起玩。"

他不明白为什么会搞成这样。

"雏菊，你听我说，我刚才是打算自尽，我死了应该就能解决问题。"

他不明白自己到底做错了什么。

"谢谢您送冰花给我。"

"你等等，我这就死。"

他不明白错到底在谁。

"谢谢您一直对我那么好，狼星大人。"

"我这就死，马上就死。只要我死了，你就不用跟他们走了。"

他做错的，说不定就是他降生到了这个世界上。

"我一定也不会有事的，狼星大人……"

——要是非得受这样的罪……

"狼星大人，到时候继续陪我玩，好吗？"

——我还不如没有来过这个世界。

"能不能等一下，我和他们谈谈……"

没有人听狼星的祈祷，可他还是祈祷起来。

"你告诉他们……我这就让他们看着我……我……我怎么死……"

他向这位少女春神祈祷起来。

"拜托你了，雏菊，对不起……都怪我做了蠢事。"

除了雏菊之外，他不知道该向谁祈祷才好。现在能听他祈祷的，只有雏菊。

"我要是能更早下决心……求求你，你不要走，谁也不知道他们会做什么，谁也不知道他们会对你做什么。"

是她像在惩罚他一样保护着他，也是她通过远离他来爱他。

"我不要，我不要……我不要你走啊，雏菊……我不是说了吗……"

他和心爱的女孩子被樱花树隔在两边，他能对她说的话并不多。

他想尽可能多地把他的心意告诉她。

"我不是说了我喜欢你吗……我喜欢你啊。"

他告诉雏菊他喜欢她，不想让她走，像说祷词一样。

“狼星大人……”

说到这里，雏菊的声音被打断了，一名男性贼人在对她说话。

贼人似乎想好了撤退的方法，同意了雏菊提出的条件。

远处响起了警笛，国家治安机构已经出动了。狼星听到踩雪的声音越来越远，雏菊就要被带走了。

“狼星大人，狼星大人！我一定会答复您！”

雏菊就要被贼人们带走了，狼星却依然听得清清楚楚。

“所以，狼星大人……”

狼星的梦总是忠实地到达与过去相同的结局。

不断重复的噩梦从未有过变化。

狼星已经不知道多少次做这个噩梦，仿佛是对他的惩罚。

“请您不要死，好好活下去好吗？”

那个女孩子每次都会在他的这个梦中，用让他撕心裂肺的温柔保护着他。

做完梦之后，剩下的永远是一个一无所能的他。

“喊……”

狼星被摇醒了，他默默地确认着现实。

他伸出手摸了摸脸。

他的手已经不再是九岁时那双小手，脸也成了大人的面孔。

只是，他满脸的眼泪依然和小时候一样。

“狼星，怎么了，又做噩梦了吗？”

冻蝶依然在狼星的床旁，看来就是冻蝶从噩梦中唤醒了他。冻蝶大概是通过监视摄像机看到狼星在做噩梦，跑来唤醒了他。

十年间，冻蝶一直是这样做的。

他一直背负着没能保护好孩子们的罪恶感，像赎罪一样切削着他的人生。十年前他十九岁，而现年二十九岁的他依然保护着狼星，就像受到诅咒一样。

冻蝶对狼星的关怀有时令狼星感到厌烦，有时还会伤害到他。

“冻蝶……”

狼星现在已经二十岁了。长大后他才明白，十九岁的冻蝶是背着多么沉重的担子活到了现在。在黑夜中，床头唯一一盏灯照亮的冻蝶在狼星看来倒像是灯本身，一直用柔和的光照着狼星漆黑的人生。

“别担心，狼星，现在春天已经回来了。”

因为有冻蝶在，狼星才能鼓起勇气。

——结束这样的日子吧。

直到这一刻，狼星终于可以这么思考了。

现在可以说，他的一切都已经到了极限。

眼下的状况、过去、未来、被眼泪打湿的脸、颤抖的手、不得不服用的药、总是被谁按得抬不起头的日子。这一切都让狼星感到厌烦，他讨厌这人生。

——见鬼去吧。

现状是糟糕透顶的，命运是残酷的。

未来是绝望的，过去是他想丢弃的。

他觉得作为冬神活着的这个人生，没有一点儿可取之处。

到底怪谁呢？他已经厌倦了像找错一样寻找罪魁祸首。

求死之心已经不知道多少次咬破他的肚子，控制了他从头顶到脚趾尖的整个身体。他觉得自己或许死掉更好，他随时有那么一点儿求死之心，可是……

——现在还不是我死的时候。

他不想输给自己的求死之心。

他迟早有一天会死，他不知道那会是什么时候。

唯独死是最平等的。他可能会被贼人杀死，可能会病死，不过现在看来，他自尽的可能性比较大。

——就算我可能会自尽，现在也还不是我死的时候。我现在还没有完成该做的事情。

现在，狼星还活着。

——春天已经回来了，我怎么能干等着。

他认为自己的生命是别人救下的，他应该用这生命做好事，他想活得无愧于自己的恩人。

现在他的恩人回来了，他想让恩人看到他活得光明磊落。

——我要站起来。

他的初恋女孩曾经对他说过："忍辱负重，等待战机。"

——我忍得够久了，现在战机来了。

那个女孩救了他的命，不是为了让他失败，是为了让他活下去赢得胜利。

他觉得时机到了，他要挑战命运，他想复仇。

他要对折磨他们的一切竖起中指，清清楚楚地吼出他一直想说的话："谢谢你们做的好事，现在轮到我们了。"

"冻蝶，要是我打算做一件傻事，你会跟我一起做吗？"

狼星说得模棱两可，让人听不明白他到底打算做什么，到底想让冻蝶怎么做。但是，狼星的侍从听到这句话并不感到困惑，也没有犹豫，而是不动声色地点了点头。

"只要是你想做的事，我都愿意做。"

冻蝶或许也在等着这一刻，等着主人站起来的这一刻。

"那么，我们从什么开始做起？"冻蝶好像理所当然一样问起来。狼星希望不管做什么事，都有这个男人陪着他，哪怕是进棺材。

第二天，狼星联系了春之代行者护卫官姬鹰樱。

狼星是通过冬乡的护卫拨通了樱的便携终端，这还是他五年来第一次和她说话。

"樱，能听到吗？"

狼星已经许多年没有听过樱的声音了，不过他们曾经一起生活，然后各奔东西。

分开之后，狼星始终记挂着樱，他听得出她显得有些惊讶。

"狼星……"

樱骂狼星是叛徒的事，狼星依然记忆犹新。他们最后一次见面是在冬乡长老决定停止大规模搜寻的时候。樱那时哭着指责狼星和冻蝶背叛了她们主仆，不光冻蝶，狼星也把她当时的样子深深烙印在了脑海中。冻蝶和狼星当时说他们会继续向冬乡的长老抗议，希望樱能等一等，可是第二天，樱便失踪了。

"干什么……"

狼星觉得樱肯和他通话已经称得上是奇迹。

"对不起，没有走正式程序就突然联系你。我本来想找个谢罪的机会见面谈，可是现在的情况下想找这样的机会太难了，我只好用了这样的方式。"

紧张让狼星把手中的便携终端攥得越来越紧。

"雏菊也在旁边吧？"

他一直想听她们的声音。

樱一言不发。

"我明白，你肯定不会允许我以这样的方式和她说话。如果你也不想和我说话，那就只听我说好了，给我一点儿时间。"

狼星想为冬乡没能支持樱到最后道歉。

"你们肯定听说秋之代行者遭到绑架的事了吧？事情搞成这样，真是太遗憾了……我和秋之代行者在'四季降临'的时候一起生活过一个月，她只是一个任性的……其实还很小的孩子。她很怕寂寞，走到哪里都把侍从的名字挂在嘴边。"

当时的狼星不想放弃搜寻，虽然冬乡缩小了搜寻的规模，但是他个人没有放弃，依然坚持着搜寻。

"我听说这件事让雏菊觉得很难过……"

在这么大的世界上踏遍每个角落寻找一个姑娘，无异于大海捞针。

狼星很理解樱的失望，理解她不顾他们的劝说离开了冬乡。

“我也觉得她很可怜……说实话，我本来没打算做什么，因为雏菊被绑架的时候，上一代秋之代行者和夏之代行者什么都没有做。”

可是，如果他有资格……

“他们做得没错……我也没有义务为其他代行者做什么。”

如果他有资格……

“是啊。而且，四季厅应该也告诉你们老实待着了吧？我们只是棋子，棋子应该由棋手来操纵，不能擅自行事。这次秋之代行者遭绑架的事令人感到非常遗憾，可是我们能做的只有把它当成一件不幸来认识……这对我们来说是最轻松的……可是……”

如果他有资格……

“我……在那时候，希望人们能来帮我们。”

他想现在站起来。

“我希望全世界都能来帮我们，祈祷人们都来救雏菊。”

不管气馁过多少次，他还是想站起来。

他不想认输，他明白现在绝对不应该默不作声。

“我心里一直在想：她是为了我才被绑架的。她是我喜欢的女孩子，让我付出什么我都愿意，请救救她。现在秋天那边的人一定也是这样想的。我觉得束手旁观，相当于对过去的我们自己见死不救。你不觉得吗？”

樱还是一言不发。

“我明白你不可能马上赞同这种想法……”

“我问你……”

“怎么了？”

“你现在还喜欢雏菊大人吗？”

樱提出的问题让狼星有点意外，不过他还是坦率地回答：

“喜欢。”

狼星回答得毫不犹豫。

电话对面的人沉默了很久。狼星耐心地等了下去，直到樱重新开口：

“雏菊大人被绑架后已经变了，你心目中的那个雏菊大人已经不在世上了，你敢说你还是喜欢雏菊大人吗？”

樱的这番话像是在考验狼星。

“敢。”

然而，狼星还是毫不犹豫地回答。

“我喜欢的是活在花叶雏菊的人生路上的女孩，就算她的外貌和其他什么方面变了也没关系，我喜欢她。”

“雏菊大人已经变得和以前完全不同了，说话的方式和给人的印象都变了。”

“没关系。”

“真的是完全不同，你一定会大吃一惊。”

“是吗？没问题。”

“你明明还没有见过雏菊大人……你根本没有听明白……我说的到底是怎么回事……”

“你会这样想也是当然的……可是我对雏菊的感情始终没变，这也是事实。”

樱又不说话了。

或许是认可了狼星的说法，也可能是不打算和他争辩下去，樱转而问道：“你打算去救秋之代行者吗？”

“我想救她。我刚才……说十年前他们没有救雏菊，可是这和秋之代行者……和抚子无关，在这一点上现任夏之代行者也一样。如果把责任算在十年前还没有就任的人头上……那岂不是和贼人的所作所为没有区别？我虽然是冬之代行者，但我首先是寒椿狼星。我作为狼星，想去救七岁的抚子……你呢……你和雏菊……怎么看？从个人角度说也好，作为代行者的护卫官也好，我想听听你的看法。”

“我没有个人角度的意见，我已经把自己完全献给了雏菊大人。我的看法……只有一个。”

说完开场白之后，樱又沉默了一会儿。

她似乎是在犹豫要不要告诉狼星。

在沉默中，狼星听到便携终端另一边传来少女微弱的话音。

——雏菊？

他已经十年没有听过她的声音了，而她现在就在便携终端的另外一边说话。

——这是她的声音，我想听她的声音。

樱似乎在用极其温柔的话音哄雏菊睡觉，然后从雏菊身边走开了。

“雏菊在说什么？”

狼星紧张地用不自然的声调问了一句，只听樱回答：“我已经从雏菊大人身边走开了。”

樱说雏菊累得睡着了，听到通话的声音醒了过来，而樱现在已经到了房间外面。狼星迫不及待地问道：

“你告诉她我们在说什么了吗？”

“没有，我怎么可能会说。告诉雏菊大人我是在和你通话，会扰乱雏菊大人的心绪。”

狼星沉默了。

“关于你刚才的问题……秋天的事我也想权当不知道，可惜没那么容易……这就是我的看法……雏菊大人现在处在非常不稳定的状态，都是因为贼人一系列的袭击……包括秋之代行者的这件事。雏菊大人已经很疲劳了，可总是睡不踏实，睡一小会儿就会像刚才那样醒过来。所以，雏菊大人的健康状态也不好……再加上……”

樱说到最后犹豫了一下。

“雏菊大人总是一边哭一边说，抚子大人太可怜了。”

狼星这时才发现，樱说话带着鼻音。

她说话好像一直带着鼻音，他本来觉得可能是因为疲劳，现在才发现那是哭过之后的声音。

——樱……

在没法睡安稳觉的情况下，守在被绑架十年后总算回来了的主人身旁，这个姑娘会觉得多么不安呢？她们身边没有靠得住的成年人。

虽说是这样，樱却一句都没有提到自己，只说了雏菊的情况。她不说寻找雏菊的那些年她过着多么艰辛的生活，受过多少委屈，也不说她现在心里多么没底。其实她才是最想哭的那个人，但她不会说出来。

“雏菊大人说秋之代行者现在肯定正在哭，说想告诉她不用担心。这件事明明和雏菊大人没关系，雏菊大人却一边说，一边哭。”

樱是一个有骨气的姑娘，只要是为了朋友，为了她的春神，她可以压抑自己的感情，无所不为。

现在，这样一个姑娘几乎崩溃了。

“今天雏菊大人又是哭累了才睡着……雏菊大人这难过的样子我实在看不下去，实在太可怜了……我本以为雏菊大人总算能重新振作起来了……可这样子简直和十年前一样，虽然换了个角度，但是雏菊大人看到的还是同一件事……我必须清除一切折磨雏菊大人的事物，有人让雏菊大人哭泣，我就要除掉他们，有人伤害雏菊大人，我就要赶走他们。让我的主人伤心落泪，就相当于亵渎四季之神。作为雏菊大人的侍从……还有朋友，我不能容忍这样的事情发生。所以……我愿意设法帮助秋之代行者，毕竟时间拖得越久，搜寻就会变得越困难。”

“我完全同意……”

“你们打算行动吗？”

“没错，我们要行动。我们冬乡……不，我和冻蝶决定出力协助搜寻秋之代行者。四季厅和冬乡肯定会反对，不过我们已经决定了。”

“你的意思是让我们也行动起来？”

“不，我虽然问了你们的意见，但不是想让你们也行动起来。我只是想告诉你我们的打算，希望你们继续留在安全的地方。我们行动起来就行了……所以，希望你们能把心放下……”

“笨蛋，光是冬天方面行动能有什么用。”

狼星沉默了。

“狼星，你总是掌握不好时机，而且在大多事上你都会把自己搞得很被动。你实在太迟钝，让人不敢相信你身边有那个冻蝶跟着。”

樱这话说得相当不客气，狼星却无言以对。

“更何况，你的性格也相当古怪。你阴郁，总是一副像在参加葬礼的样子。就凭你，我无论如何不愿意承认你有资格爱慕我的主人。”

“喂，有必要说得这么难听吗？”

“不仅如此，你还把我当成了容易受伤害的小姑娘，这一点很让人来气。”

樱的声音变得和刚才有点不一样了。

“我可是……”

她的声音显得有些冰冷和沙哑。

“我可是雏菊大人的侍从，吃了亏怎么可能忍气吞声。”

然而，她说的每个字都充满了力量。

“你做事总是迟了一步，我们春天已经决定要行动起来。我们还联系了夏之代行者叶樱琉璃大人，她已经答应帮助我们，春夏要联合营救秋之代行者。”

听到意料之外的名字，狼星吃了一惊。他每年都会在“四季会议”上见到叶樱琉璃一次，二人算是相识，只是几乎没有更进一步的来往。

“春夏联合……叶樱姐妹不是总在吵架吗？你们说服了那对吵闹的姐妹？”

“我觉得你对她们的认识有问题，不过你说对了。”

“你们是做了什么交易……不对，签订了什么协议吗？”

“都没有，要是一定要说有什么……就是友情协定。哼哼。”

樱得意地笑了一声，狼星更糊涂了。

“友情？从时间来说，你们不是前段时间刚刚认识吗！”

狼星的话音显得有些粗声粗气，话中多少带着些妒意。

对狼星来说，直到现在他还只有雏菊和樱两个朋友。

“我们都是女孩，只要熟悉了，就会很团结。当然，这也是雏菊大人的为人使然。在这方面你就不行，琉璃大人也用不干不脆来评价你这个冬之代行者。”

“你们怎么能在背后说我的坏话……”

“琉璃大人不是在说你的坏话，这是事实。就因为不干不脆，总一个人埋头想事情，你才总错过时机。你还在思来想去的时候，我已经行动起来了。”

你要是早点告诉我多好——狼星在心里思考道，默默地听着樱继续往下说。

“再说了……”

听着听着，狼星觉得自己兴奋了起来。

严峻的现状没有让这个姑娘认命，这个认知竟然会让他觉得心里一下子有了底。

“营救秋之代行者的这一战……或许是洗雪十年前那场屈辱的好机会。我当时只有九岁，可是现在十九岁了，战斗的能力比那时更强，学会了能用来和贼人周旋的武艺。雏菊大人虽然憔悴，不过也有战斗的意愿。”

狼星被樱花树形成的笼子关在中间的那天，这位少女曾经和他一起哭泣，而她现在正打算向敌人发起挑战。正是这一点给了狼星勇气。

“既然是这样，现在正是复仇的时候。”

春神的护卫官姬鹰樱绝对不会逃避命运。

“我们会在完成虾缘的呈现春天工作之后秘密前往帝州。”

她纯粹而强韧的意志称得上执拗。

“狼星……不用我再强调你应该也知道，我讨厌你们。就是因为你们，雏菊大人才被绑架。冬乡决定停止大规模搜寻的时候，你们也没能让冬乡改变决定，这也是我恨你们的原因之一。可是，我被春乡赶出来的时候是你们收留了我，是你们教我如何战斗，让我作为护卫官变得更强，在这些方面我依然感谢你们……这些是我的财产，也是现在我保护雏菊大人的基础。所以……我虽然不愿意，却还是要给你一个挽回的机会。这是一次洗雪十年前污名的机会，搜寻需要采取人海战术，有多少人帮忙都不嫌多。所以，就由我来说出这话好了。”

狼星觉得就是这时，就是这一刻……

“冬之代行者大人，我们已经忍得够久了，现在难道不正是我们该战斗的时候吗？”

他觉得，这是他灰色的十年中，颜色最绚丽的一刻。

“我们一起战斗吧。”

他觉得自己的人生道路变得清晰了，一直遮蔽他视野的黑暗也被驱散了。

“我们要组成春夏秋冬共同战线，营救遭到绑架的秋神。”

他能有今天，也是因为他们都撑过十年前那场悲剧活了下来。

十年，写成文字很短，置身其中的人却会觉得那是永无止境的一段岁月。他们一起熬过了那段漫长而痛苦的时间。

在雏菊挺身而出赢得的这段时间里，他们都有了成长。

他们已经不再是当时只能任人鱼肉的弱者。

“狼星。”

听到身旁的冻蝶突然叫了自己的名字，狼星举着便携终端转向他。

冻蝶向狼星深深地点了点头，他的眼睛在对狼星说：“上吧。”这个慎重的男人这会儿好像发烧烧糊涂了一样用渴望战斗的目光凝视着狼星，狼星被他盯得打了个颤。

冻蝶是不管生病时还是健康时都支撑着狼星的侍从。

狼星一边在心里感谢身边有他，一边向他点了点头，回答道：

“春神的护卫官姬鹰樱阁下，感谢你抛开旧怨，向我提出联手。你说得没错，我们已经忍得够久了，一起扬起战旗吧。我们冬天将全力以赴与春天合作……樱，请你和雏菊一起等着我们吧。”

就这样，冬神主仆向着帝州的中心帝都出发了。

这一年，大和发生了撼动四季的袭击，消息通过四季厅传遍了每个角落。

秋之代行者祝月抚子的失踪称得上是春之代行者花叶雏菊绑架事件的重演。

如果有哪位四季代行者去世了，将会有新的代行者诞生，这就是季节的神通力传承的方式。

不同季节的代行者继承的神印各不相同。

春神的神印是樱花。

夏神的神印是百合花。

秋神的神印是菊花。

冬神的神印是牡丹花。

被神通力选中的人身体上会出现被称为“神痣”的圣印，这样一来被选成新代行者的人就无法否认自己是神通力的继承者。

这就是新代行者诞生的第一个信号。紧接着，呼唤声会出现在被神选中的人所在的地方。这种被称为四季之声的声音，会像下诅咒一样呼唤新代行者的名字。随后，不管新代行者是否愿意，都会自然地展现出呈现四季的力量。只是，抚子失踪后已经过去了三天，任何一种信号都没有出现。也就是说，抚子还活着，只是去向不明。国家治安机构和四季厅全部出动开始了搜寻，却找不到贼人的蛛丝马迹。

帝州的中心是帝都，管理大和四季的独立机构四季厅总部就在帝都的商业区。搜寻会议已经连续在四季厅总部开了好几天，当时在事件现场负责警卫的长月和龙胆也来到搜寻总部所在的四季厅参与搜寻。事件发生后整整过了一周，搜寻总部没有取得任何进展。就在这时，两名来访者的出现改变了局面。笼罩在疲劳、焦躁、不安等气氛中的搜寻总部迎来了春神主仆，她们在虾缘呈现过春天后没有回到春乡，而是直接赶到帝州。

在这时，她们第一次与注定要复仇和再生的命运面对面。

“我叫姬鹰樱，四季代行者的护卫官。而这位是花叶雏菊大人，大和的春之代行者。”

曾经被所有人抛弃的这两个姑娘，现在变得比谁都要更坚强。

“雏菊，是，花叶，雏菊。”

她们大大方方地报上了自己的名字。

后记

敬启，最近可好？您是在什么样的季节读到这篇后记呢？

春天有樱花，夏天有向日葵，秋天有红叶，冬天有菊花。

您身边有能让您感受季节变化的事物吗？不知道您身边的花是不是正在开放呢？

不管您身在何处，季节都会伴您左右，希望这部作品也是如此。我就是怀着这样的愿望，写下了这篇后记。您看到的时候，我眼前的季节想必已经过去了。

想到这一点，我就会感到有些神奇。我为您奉上的这部作品，就像夜空中的星星一样，是它很久很久以前放射的残光。

在这部作品中，我一直在描写将来恐怕会慢慢离我们远去的四季。

比起我年幼的时候，如今四季的形象正在变得越来越模糊。我十岁时经历过的春天、十五岁时经历过的冬天恐怕再也不会有了。我写这部作品，首先是想把我印象中的季节保存下来，哪怕只是保存在故事中。

不过，故事的主题永远和人创作故事时心中的主题一致。

我的主题就是为“坚持活下去”的人们喝彩。

我写这部小说的时候，怀着创作刺绣作品的心情，希望能奉上一部好作品，为您的世界送上些许阳光雨露。

起初，这部作品的创作并不顺利。我有大概三年一直在摸着石头过河，思考该如何让雏菊这样一个女孩子展翅飞向大世界，怎样让四季代行者这一世界观为您所接受。

我不知道这样写是不是真的能触动您，您在读过这部作品之后会不会感到难过。我自己反反复复地读了太多次，读到后来已是分不清到底什么才好什么不好，只是徒增烦恼。我虽然想为您奉上一部好作品，可我自己并不是一个非常有才华的人。

我可以说是志大才疏，但还是舍不得丢掉梦想，于是每天都挣扎着写下去。我连您身在何处、正在做什么都不知道，却在为不知何时才会读到这本书的您把语言编织成文章。人生苦短，我还能编织多少个故事呢？

这部作品真的能充当其中之一吗？我一直在思考这样的问题，可惜始终得不到答案。

尽管写得痛苦，我最后还是把这部作品写了出来。

我现在稍微松了口气，不管以什么样的形式，能把这部作品呈现在您的面前，真是太好了。

我要感谢书店、出版社、责任编辑老师，还有在各种相关过程中把这部作品带给您的各位老师。

感谢用绚丽的插图为本作品增色的Suoh老师。我请求Suoh老师画插图的时候本来没有抱希望，没想到Suoh老师竟然答应了我的委托，当时我的喜悦是没法用语言来描述的。真的非常感谢。

谢谢现在正在阅读本作品的您，为了能为您奉上后面的故事，我会继续努力。

我们在下卷再会吧。

春夏秋冬代行者

春之舞

下

しゅんかしゅうとう だいこうしゃ

[日]晓佳奈 著
刘晨 译

序章　春之代行者　雪柳红梅　005
第一章　春之代行者　雪柳雏菊　013
第二章　春之护卫官　姬鹰樱　029
第三章　春夏秋冬　059
终章　春之舞　319
后记　343

秋

登场人物介绍

之代行者护卫官

可左美龙胆

秋之代行者的侍从，自以为看得
，能做到只把护卫官当成工作，可
眼中的他并非如此。他对抚子的保
得上溺爱，只是他并不自知。

夏之代行者护卫官

叶樱菖蒲

琉璃的姐姐和侍从，正计划借结婚的机会告别护卫官的职务。她从小过着迁就琉璃的生活，不过内心其实希望琉璃幸福。

夏之代行者

叶樱琉璃

夏之代行者，拥有“生命使役”的能力。她性格开朗，在姐姐面前总是使小性子。正反对菖蒲辞去护卫官一事。

春夏秋冬代行者

春之舞

下

[日] 晓佳奈 著

刘晨 译

新星出版社 NEW STAR PRESS

原作名：春夏秋冬代行者 春の舞 下；作者：暁 佳奈；绘者：スオウ
SHUNKASHUTO DAIKOSHA HARU NO MAI GE

Edited by 电击文库
First published in Japan in 2021 by KADOKAWA CORPORATION, Tokyo.
Simplified Chinese translation rights arranged with KADOKAWA CORPORATION, Tokyo.

著作版权合同登记号：01-2023-4716

图书在版编目（CIP）数据

春之舞. 下 / (日) 晓佳奈著 ; 刘晨译. -- 北京 :新星出版社, 2023.11
（春夏秋冬代行者）
ISBN 978-7-5133-5338-0

Ⅰ. ①春… Ⅱ. ①晓… ②刘… Ⅲ. ①长篇小说 – 日本 – 现代 Ⅳ. ①I313.45

中国国家版本馆CIP数据核字(2023)第191945号

春夏秋冬代行者 春之舞（上下）
［日］晓 佳奈 著；刘晨 译

责任编辑 李文彧 **特约编辑** 易林子
装帧设计 杨 玮 **责任印制** 李珊珊

出 版 人 马汝军
出版发行 新星出版社
（北京市西城区车公庄大街丙 3 号楼 100044）
网 址 www.newstarpress.com
法律顾问 北京市岳成律师事务所
印 刷 广州市新怡印务股份有限公司
开 本 890mm × 1240mm 1/32
印 张 20.625
字 数 600千字
版 次 2023年11月第1版 2023年11月第1次印刷
书 号 ISBN 978-7-5133-5338-0
定 价 98.00元（全两册）

本书为引进版图书，为最大限度保留原作特色，尊重作者写作习惯，酌情保留了部分外来词汇。特此说明。

大和有这样四位现人神。

给春天铺上樱花色绒毯的是春神。

给夏天带来碧绿色海洋的是夏神。

给秋天编织金黄色幕帘的是秋神。

给冬天制作银白色摇篮的是冬神。

他们不会管对方是贫富贵贱，不会管对方是有功还是有过，不会管对方是英雄还是罪人。

他们会向万物送上四季的宠爱。

他们拥有神赐予的神力，肩负着神赋予的使命。

他们被人们称为四季代行者。

这就是司掌春夏秋冬的现人神在人们当中的称呼。

“您准备好了吗，雏菊大人？”

现在，一位少女神心怀使命感，正打算挺身而出。

她的姓是花叶，名是雏菊，四季之神赐予她的季节是“春天”。

她为了迎战绑架她、让她忍受多年屈辱的“贼人”，救出和她一样遭到绑架的另一位代行者，与她的侍从一起走进管理四季的独立机构四季厅。

雏菊站在厚重的栎木门前调整呼吸，粉红色的嘴唇中呼出一口气。

“或许会出现用目光或者语言冒犯您的无礼之徒，还请您做好心理准备。”

侍从樱在雏菊耳边轻声说了这样一句话。只有樱是这位少女神的自己人，也是少女神最爱的人。

只要打开眼前这扇门，她们将无法回头。她们本可以不闻不问，可是她们自己决定来到这里。

她们明白，即将迎来的战斗会让她们伤痕累累，即便如此，这位主人和这位侍从还是选择了冒险。

因为，她们认定此时此刻战机已经到来。

“不要紧。”

雏菊伸出手轻轻握住了侍从的手。

“樱，会保护，雏菊，对不，对？”

少女神的骑士以春花为名，听到主人的这句话，胸中的热血沸腾起来。

明明不久之前，她才和主人进行过类似的对话，现在却觉得自己一直在期盼这句话。

自己的春神这样问时该如何回答，樱早有答案。

“是的，樱会保护您。”

在这个世界上，这对主仆能依靠的只有彼此。

“有朝一日，樱要为了保护您而死掉。”

没有人站在她们一边，她们能相信的人很少。

“这样，樱才能死得其所。”

两位少女想通过保护别人实现她们的复仇，对这个不讲理的世界进行复仇。

“那可，不行。樱要，和雏菊，两个人，一起，活下去。”

“是……”

“雏菊，也会，保护，樱，一起，活下去，吧。活下，去吧，樱。”

“是，雏菊大人，谨遵您的吩咐……那么，我们走吧。”

栎木门随着吱呀声打开了一条缝，室内射出的光晃得雏菊闭上了眼睛。

雏菊觉得闭上眼睛之后，其他感官变得愈发敏锐，她感受到了自己制造的奇迹带来的恩惠。

哪怕在建筑当中，她也能感觉到，外面阳光灿烂，暖风熏熏，落樱如雪。

对这位少女春神来说，春天是最好的季节。

“我们玩捉迷藏吧，雏菊！”

这时，雏菊的脑海中响起一个声音。

“妈妈说藏好了之前，你可不能来找妈妈啊。”

那是她很久以前就已经失去的那个人的声音。

“等很久很久以后，你觉得困得不得了……”

花叶雏菊的故事，起点在很久很久以前。

“困得没法一直睁着眼睛的时候……”

那时的春之代行者还是雏菊的母亲雪柳红梅。

“妈妈就会来告诉你，妈妈藏好了！”

——母亲大人。

她以为自己早就忘了母亲说话是什么样的声音，这会儿为什么又想起来了呢？

——母亲大人，就快，来迎接，雏菊，了吗？

超自然的力量控制着四季代行者的迭代。

神通力会自然而然地由替换时最合适的人继承，继承者的身体上会出现神痣。

代行者神通力的继承与血缘远近无关，上一任代行者的近亲中出现下一任继承者的事例极其罕见。这种不同寻常的继承发生时，往往会被人们视为凶兆而不是吉兆，因为人们会觉得这一切都受到神那双不可见的手控制。

代行者花叶雏菊的故事打从开始就曲曲折折，她继承自母亲的一切都类似于诅咒，蕴含着执拗，却又极其纯净。

人们往往把这种感情称为爱，不过有些时候，它也会表现得像带刺的蔷薇。

如果有人把别人拥入带刺的爱中，还认为自己得到了幸福，那么此人的刺迟早会成为杀人的凶器。

序章

春之代行者 雪柳红梅

红镜般的夕阳快要落下去了。

阵风呼啸而过，雪片般乱舞的樱花花瓣在他面前形成了一片花云。

“红梅，你能看到吗？”

听到空灵的话音，看到他招手，我走到他的身旁。从这处小丘望出去，美景如画，能把春乡尽收眼底，非常适合幽会。眼前的景物已经全部染上夕阳的橘红色。

“马上就要入夜了，忠于职守的黄昏射手总能给我莫大的鼓舞。”

我没想到他也需要别人的鼓舞，于是问他此话怎讲，只听他笑道：

“白天来过之后，黑夜一定会来，没有永远的白天或黑夜。黄昏射手让我敢于相信一切都有尽头，我憎恶的人有朝一日也会死掉。”

我本来盼着听到一些有诗意的话，不想他还是一如往常，满不在乎地说出了这样的话。他属于春天，性情却更像冬天，不认为哪怕是撒谎也不该说出这样的话。

——我倒是听说春容易倾心于冬。

所以我才喜欢他吗？眼前这个男人几乎从未给过我温情，或许正因为如此，难得的温情才会让我开心得想哭。

“这个春乡里我想除掉的家伙太多了。”

“春月大人……”

“不过，我会忍辱负重，等待战机……特别是长老，长老的命想必很硬，只是迟早有一天都会死。”

他的这番话像在劝说自己，至少我觉得就是这样。

——真可怜。

他走在别人强加于他的人生路上，承受着他无法容忍的事。

在承受的过程中，憎恶淤积在他心中。他无从发泄，一直受其折磨，时不时会像突然想起来一样说几句狠毒的话。他周而复始地重复这个过程，但不是在谁面前都会表现出来。

护卫官远远地看着我们这边。

护卫官看着我们嘴唇的动作，一定知道我们说了什么，我开始担心他说的话会传出去。要是传到春乡中他的反对派耳朵里，肯定会变成打击他的材料。

——看来他很信任我。

推测到这一点之后，一阵暖流涌上我的心头。春乡的人都对我恭恭敬敬，可那只是表象，其实我只是一个为别人活着的零件。在不得不为别人活着的过程中，我的身体和心灵都冷到了极点。

所以，这样的感觉会让我激动得发抖。他信任我，以至于把我的护卫官也当成了可信的人，说明我成功构筑起了和他之间的关系。肯定是的，应该是这样的。

他会在傍晚约我来散步，肯定不会觉得和我在一起令他不快。

——我心里像燃起了一把烈火。

我虽然不会表现出来，可是心里的火确实熊熊燃烧起来。我记得十几岁时与他相识，过了这么多年月，我们总算建立起现在这种程度的关系。他有点像一头不会向任何人示好的野兽，得到他的信任，令我产生了无法从别人身上获得的快慰感。

我觉得就像摸到了一头不羁猛兽的鬃毛。

“您总说这样的话，怕是会让人伤心的。”

听我随口劝了这一句，他不屑地哼了一声。

“别人伤不伤心和我有什么关系，我没有必要在乎。”

“长老可是……您的母亲啊。”

“那又如何？血缘关系只是与生俱来的附属品，有什么必要当成宝贝？对我来说，家人本就多余。”

就算看到他说出这番话时恶狠狠的样子，我也没办法讨厌他。

我虽然口口声声劝他与人为善，但我自己其实似乎并不明白什么是与人为善，怎样才算是与人为善。所以我一直以来，似乎只是在模仿从图画书、电影等情操教育中学到的，被人们称为“爱”的东西，依葫芦画瓢试着让自己身边的人感到满意。

然而，喜欢上他之后，我才有点明白，人们口中的“恋爱”到底是什么。

——爱和恋也是愚昧的一种啊。

人在歧途上走得越远，越没办法放下那个心上人。

哪怕那个心上人是不该倾心的人，爱火一样会熊熊燃烧。

“最后……您还是把自己圈在家里啊。做了花叶家的当家，事事都会变得不自由。”

“不过相应的，我能得到权力，付出一些代价没关系。”

作为掌权者，他决绝的回答称得上是满分。

也许对世界来说，必须要有一定数量像他这样的人。

我绝对无法做到。我能做的只是像机器人一样，按部就班地呼唤奇迹。

明年也好，后年也好，大后年也一样，永远一样，我会把绚丽多彩的季节带给大和。

哪怕我自己一无所获，也要不断奉献下去，因为这就是我的使命。

“您想要能给您力量的武器，对吗，春月大人？”

他摸了摸我的头，好像在称赞我猜中了他的心事。我多想把那只手拉下来放在脸颊上，最终还是拼命忍住了。我曾经以为自己会和他结婚，但他现在成了当家，此事似乎有变。

他大概是来告诉我，他有了新的未婚妻，只是走了这么久，他一直没有说出口。

留给我们的时间越来越少，就像夕阳下的世界，被夜晚压迫得所剩无几。

他还不知道，长老早就把这件事说给我听，我也表示了理解。

长老没有强迫我放弃婚约。我们虽然喜欢彼此，但又都有致命的问题，不适合组建家庭，最好还是分开。

我们始终像是两个孩子，懵懵懂懂地活在梦境中，可是一个家庭不能有两个这样的人。

“等待战机……一直等着不会觉得难熬吗？”

“我有精神支柱……”

能说出“喜欢您”的我已经所剩无几。

会受到您束缚的我也一样。

“您让您的兄弟落马，成了花叶家的当家，有朝一日还会成为春乡的长老，成为掌权者，然后……”

“没有然后，在我这一代做完这些事回头再看，会发现人生已经所剩无几。”

“希望您能为春乡指明一条正路……”

“那些老头子老婆子和四季厅走得近过了头。还要等很长时间那些家伙才会死光，走下历史舞台，到那时候我才能大显身手。咱们都要好好活下去，我要让你看看我管理下的春乡。”

“好的。”

“说是这么说，会先死掉的恐怕是我啊。”

我不想听他说出这种让人伤心的话。

他口中的这件伤心事恐怕有朝一日真的会发生。毕竟我比他年轻，除非我得什么大病，肯定会活得很久，可惜我并不想活这么久。

说实话，我已经很累了。

“先死的说不定是我。”

我不得不做春神，这样的每一天都让我很累。

我不得不作为别人活着的工具，这样的人生让我很累。

我只有受到利用才能证明自己的价值，这样的自己让我很累。

我已经很累了。

“别说这种让人伤心的话……”

我在心里重重地叹了口气。

他就是这一点让我放不下。

他平时绝不展现出温存的一面，最关键的时候却总会把这样的话说给我听。

“我可不想看着你死掉，你还是让我先死吧。”

就是他的这一点给了我活到现在的力量。

“我也一样，我不想看着您死掉，我更想让您看着我死。”

今后我再也得不到这样的力量了。

“你的岁数比我小……不要乱争啊。”

我无法再从您身上得到任何东西了。

在我的人生中，再也不会出现像您这样耀眼的光芒。

哪怕无法靠近也好，我本想一直看着您。

“哪怕我中途去世，你也要继续播撒春天……可你怕是会来追我，这一点最让人担心啊。”

到最后，我还是没能忍住，从头上拉下他的手，放在我的脸上。

这也是我最后一次感受您的温暖了。拜托您了，原谅我这一次吧。

“好的……春月大人。”

夕阳眼看就要落尽，美好的时光总是转瞬即逝。

黄昏这个词总是让人伤感。他将远离我的生活，我将失去他。

而我能做的事很有限，只是把这段感情当成宝贝永远埋在心里。

“春月大人，太阳马上就要落山了。”

因为我虽然是春神，却尝到了情的滋味。

“是啊。”

“您要说就说吧，说要和我分手，我不会死的。”

因为我尝到了情的滋味。

“红梅……”

“我，不会死的。”

我想心里念着您死去。

第一章 春之代行者 雪柳雛菊

渡船游弋在漂着樱花的水面上。

淡粉色的花瓣聚成一簇又一簇，随着波浪起起伏伏。

渡船就从一簇簇樱花花瓣间滑过，花瓣被渡船推开之后，又随着风晃到岸边聚在一起，形成一片片樱花绒毯。让人忍不住打起瞌睡的和煦阳光、刚刚染上春色的树木、鸟儿们的啼鸣，彼此之间调和得完美无缺，形成了充盈着无上幸福的春日。

如云的樱花一眼望不到边，如果不知道这到底是什么地方，想必有不少人会以为自己误入了一场春梦，或者是其他什么有别于现世的幻境。美不胜收的景色让渡船上的乘客们如痴如醉，忍不住赞叹起来。

船上有两名乘客，二人都是女性。其中一位像是再现“镜花水月”的美人儿，仿佛没了春天，她也会跟着消失。她穿着一身素雅的和服，一头伽罗色的头发梳成发髻，点缀着一根梅花发簪，若隐若现的后颈雪白娇艳。她看上去既像是二十来岁又像是三十来岁，脸庞却像一位清纯的少女，仿佛只是年龄变大了，少女还是少女。

船上的另一位乘客，是一个四五岁的小姑娘，想来应该是成年女人的亲生女儿。她的模样活脱脱是一个下了凡的小仙女，如果说她的母亲是再现“镜花水月”的美人儿，那么她就是“楚楚可怜”的化身。二人的脸型并不相像，头发和眼仁儿的颜色却很相似。母亲的头发是伽罗色，女儿则是琥珀色；母亲的眼睛像黄色的风信子石，女儿的眼睛则像黄水晶。把二人摆在一起，一眼就看得出是一对母女。

樱花如云的风景，对船夫来说只是司空见惯的景象。

第一次来到这里的游客看着春景如痴如醉、流连忘返，对他来说也只是寻常事情。山水不是他的山水，樱花也不是他的樱花，可是他热爱他的工作，他热爱这山水，所以得意扬扬地眯起了眼睛。小船客向水面伸出手碰着花瓣玩，缓缓抬起头向船夫说道：

“这是母亲大人的春天。”

她怯生生地向船夫炫耀着，听声音就知道这个小姑娘很聪明。

“我知道，雏菊大人。”

“我的母亲大人，是春之代行者大人……了不起吧？”

“是的，春乡的人都尊敬您的母亲大人，您的母亲大人可是我们春乡的骄傲。”

船夫倒不是在说假话，可这位母亲听到，还是像突然被针刺了一样，脸上露出了忍耐痛苦的神情。被船夫呼作雏菊的小姑娘不知道母亲的心事，她高兴得撒起欢来，继续说了下去：

“母亲大人啊，去了虾缘。”

“是这样啊。”

“然后啊，马上就回来啦，这还是第一次呢。”

“是吗是吗。”

“这还是我第一次和母亲大人一起过春天，我要把它当成纪念品留起来。”

小姑娘从水中捏起一片格外标致的花瓣举给船夫看。那是河里不计其数的花瓣中的一片，小姑娘却把它当作宝石一样珍贵的物品。对这个小姑娘——对雏菊来说，它或许就是比什么都美的宝贝。

小孩子觉得自己发现了好东西，往往会马上想到与别人分享。他们刚刚开始认识世界，大人们不屑一顾的事物，在他们眼中也会熠熠生辉。在这时的雏菊眼中，母亲带来的春天的象征就是“好东西”。

“这个，我要晾干做成干花。”

看着被水打湿的樱花花瓣在阳光下闪闪发光，船夫脸上露出了微笑。日复一日守着户外这个岗位的他是一位喜欢孩子的绅士，如果不是要握桨，他一定会伸出手摸摸雏菊的头。这是一个平和的春日午后，可惜恬静的时光没有持续多久。

一直沉默不语的母亲这时总算开了口：

“雏菊……把花瓣放回去……”

听到母亲的话，雏菊脸上的笑容失去了光芒。

“可是，母亲大人带来的樱花，好看。”

“我们接下来要见的那位大人讨厌会做这种事的孩子……”

这位母亲不是在责备孩子，更像是在祈祷，是在请求孩子。

“可是……”

“拜托了，雏菊，妈妈希望那位大人……能喜欢雏菊。”

听到这话，雏菊只好无可奈何地把手中的花瓣放回水面。樱花花瓣离开她的小手，没过多久便变回了花瓣筏子的一部分。看到孩子听了自己的话，母亲似乎松了一口气，说道：

“谢谢你，雏菊，我们复习最后一次。”

“好的，母亲大人……”

“自我介绍一下……能说好吗？”

“好的。我的名字是雪柳雏菊，来自曙。我是雪柳红梅的女儿，今年五岁。”

或许是母亲让她练习了许多次，小姑娘的这番话说得很流利。母亲红梅夸奖她说得很好，只见雏菊高兴得在船上站了起来，扑进了母亲怀里。

“划船的时候可不能站起来啊。”船夫和善地提醒雏菊，雏菊笑嘻嘻地道起了歉。红梅却为自己女儿的拥抱吃了一惊，然后也伸出手抱住雏菊。因为以往很少抚摸或者拥抱女儿，所以她的动作显得有些僵硬。或许是抱住女儿之后心有所感，她紧接着便把女儿紧紧拥入怀中，脸上露出了柔和的微笑。

雏菊那时还不知道，这是母亲给她的最后一个拥抱。

船夫目送着红梅和雏菊踏上了新天地。

母女二人一直在大和国帝州一个被人们称为“曙”的地方，过着与世无争的生活。

话虽如此，其实在一年中，这位母亲能和女儿一起度过的时间还不到半年。考虑这位母亲工作的性质，这也是没有办法的事情。

雪柳红梅这个如梦幻泡影般的美人儿，正是大和的现人神——四季代行者中现役的“春神”。

为了国家，为了民众，每年从年初起她都会有好几个月出门在外。从龙宫到虾缘，千里迢迢一路北上，把樱花前线推到全国各地，这就是她的使命。

呈现完自己负责的季节之后，代行者还有其他的工作。四季厅的调查员会到各地勘察，看有没有季节没有覆盖到的地方。只要调查员发现异常，四季厅会马上通知代行者，代行者就要重新举行呈现季节的仪式。除此之外，到了夏季，还会举行四季代行者齐聚一堂的“四季会议”。代行者在会议时要表演舞蹈，需要在舞蹈老师的指导下练习一段日子。

直到夏末秋初，春之代行者才能迎来消停的日子，随后便会进入假期，只是新年一到，又要开始忙碌。

这就是春之代行者的一年，她只能把孩子托付给别人来养育。不过提到繁忙，现代人大多数都很忙，四季厅的职员的工作时间远比代行者们要长。红梅之所以和自己的亲生女儿保持距离，首先是因为四季代行者容易受到暴力的威胁。

四季代行者不光要完成平常的工作，还会成为暗杀和阴谋的目标。

其次，雪柳红梅的女儿是一个私生女，这也是个问题。

花叶家是控制着春乡的几个名门之一，而这个女儿的父亲就是花叶家现在的当家，花叶春月。

红梅和春月是在父母的引荐下开始相恋。四乡中的人们都是四季代行者的后裔，他们为了延续代行者的血统，往往通过相亲结婚或者为了家族的利益结婚。春月本是花叶家当家第三任妻子结婚时带来的孩子，他在成长过程中，地位一直处于所有异母兄弟中最低的水平。十岁之前，他一直像用人一样在花叶家生活，后来才因为脑子灵光开始崭露头角。他成为花叶家当家候选人之一时认识了红梅。起初，春月对红梅的印象是“居然还有这样懵懵懂懂的女人”，红梅对春月的印象是“居然还有这么不讲礼貌的人”。恐怕正是因为二人截然不同，所以彼此才产生了强烈的吸引力。二人虽然都没有说出口，可是不知什么时候，他们已经相爱了。如果命运稍有变化，他们想必会像其他相爱的情侣一样结婚，顺利地组建家庭，倾注全部的爱养育儿女。只是现在看来，这已经成了痴人说梦。

春月与他正式的结婚对象是在亲戚的葬礼上认识的。

那位姑娘生在春乡的名门之一，成长在深闺之中，是一位被父母当成掌上明珠、不谙世事的大小姐，可这位大小姐偏偏一眼看中了身穿丧服的春月。这位年轻姑娘打听清楚之后，请人想方设法打通门路，带着优厚的条件向花叶家提亲。

春月与成了代行者的姑娘结婚，可以让花叶家的地位更稳固，花叶家当初选择红梅，是看重她能为春月镀金。然而，雪柳家本身在春乡和四季厅一向没有多大的影响力，经济实力也不算殷实，出于这两方面的考虑，花叶家为春月定下了其他的新娘。家里有代行者虽然让人脸上有光，可这件事没法带给花叶家足以参与春乡权力斗争的实力，更重要的是血缘关系也没法保证下一任代行者出现在花叶家。所以代行者只是花瓶，与其选择只能拥有一代的荣耀，还不如选择与能惠及几代人的名门联姻，更有利于为掌握权力打下基础。

红梅和春月傍晚到那处小丘讨论这个问题，从夕阳落山一直谈到了朝阳升起，最终红梅决定退出。不管让谁来评价花叶春月，都少不了加上“为达目的不择手段”几个字，红梅和春月身边的人乃至春月自己都认为，哪怕是在没有感情基础，只是为了达到政治目的婚姻中，他也能尽到自己的职责。

想归想，就是因为他没能做到，才有了雏菊。

这次结婚让春月得到了当家的宝座，他的婚姻却早早出现了裂痕。

夫妻二人性格不合，对彼此的好感差距过大，这些问题慢慢侵蚀着他的婚姻生活。

后来也有人开始给红梅说媒，春月无法装作视而不见，想方设法暗中阻挠。二人说好分手后已经很久没有见过面了，当红梅得知自己相亲总不顺利的原因之后，跑去质问春月，结果二人大吵一架。按理说这一来二去二人本该不欢而散，没想到二人就此开始了一次又一次的幽会，很快便深陷其中无法自拔。

这个想把一切握到手中的男人只有一件事没能做好，他因为心上人毁掉了自己构筑起的形象。春月发现红梅已经怀孕时，公开了他们之间有悖常理的恋情。

结果，这场三角恋差一点儿以流血事件收场。春月的妻子手持菜刀，追着红梅和刚刚出生的雏菊砍杀，最后闹得只能由国家治安机构进入春乡平息事态。春乡的人们都以“极其丑恶”来评价这一连串的闹剧。

一系列闹剧中，最可怜的就是春月的妻子为他生下的无辜男孩，以及同样没有丝毫罪过的雏菊。不过，这个男孩有一位有名有分的母亲，而且能得到人们的同情，处境比起雏菊多少好上一些。

支持春月妻子的派阀，开始对红梅母女实施阴损的欺凌，而且不知不觉间成了常态。尽管很少有人公开责难这对母女，但是暗中使坏足以让人痛不欲生。

心爱的女人和亲生女儿差一点儿死在菜刀之下，出事之后，春月把母女二人藏到了春乡之外。后来，红梅再也没有回到春乡，和雏菊的外婆一起抚养孩子，但是这位外婆前段时间去世了，所以母女二人才回到这里。

“可是，我真的能去吗？外婆也说……我不能去春乡……”

雏菊向母亲提出了天真无邪的问题，而这个问题像针一样刺痛了红梅的心。

因为红梅吩咐雏菊遵守的，对一个孩子来说太过苛刻了。

“你不能到春乡去。”

“你不能任性。”

“你的言行必须让所有人满意。”

幼小的雏菊承受着这么多诅咒，可是长到这么大，她还是天真无邪，成了一个关心母亲的女儿。只要见到这个女儿，红梅就会感到内疚，于是她总会多少下意识地远离雏菊。雏菊却没有受到影响，一如既往敬爱她的母亲，这也让她的母亲感到困惑。雏菊之所以能形成这样的性格，恐怕完全托了抚养她的外婆的福。

——她对我明明很严厉。

这位外婆对外孙女就像菩萨一样慈祥，可惜她已经不在人世了。

“有一位大人会保护你，雏菊，你什么都不用担心……”

红梅过于繁忙，她需要一个能托付孩子的地方。

向她伸出援手的是花叶春月，春月一直向红梅提供经济支援，可是没有给雏菊正式的名分。他现在正打算朝这个方向行动起来，雏菊在外婆去世后的迁居就是给她名分的第一步。红梅在小船上咳了几声之后，觉得嘴里充满了血的味道。

——就算没法得偿所愿，我也要把能做的事都做好。

红梅一边把带血的唾液咽下，一边这样想道。

“请您当心……保重身体。”

“能见到您真是太好了，您也要保重身体，健康长寿啊……”

船夫和红梅似乎是旧识，二人握了握手，依依不舍地向彼此告别。

母女二人已经到了面积相当大的春乡境内，过了河之后，二人需要徒步前行。

红梅拉着雏菊的手向前走，雏菊迈着小步子，眼睛忙着四处打量。

母女二人沿着称不上路的山路走了一段之后，到了一处山林中的开阔地。只见两个身穿冷色调和服的人站在那里，其中一人是一名壮年男性，另一人是一名老妪。壮年男人先看到了母女二人，向着雏菊这边走了过来。

男人看到二人的样子，似乎想说什么，但又不知说什么才好。

“母亲大人，这是谁？”

红梅微笑着，手搭在雏菊的后背上，将她向前推了推。

“雏菊……说说看，你不是练习了吗？”

雏菊抬头看了看母亲，点了点头。

“我的名字是雪柳雏菊，来自曙。我是雪柳红梅的女儿，今年五岁。”

说完，雏菊鞠了个标准的躬。成年人看到她这样子，想必不管是谁都会称赞她有礼貌，没想到那个男人笑也不笑一下，也不开口称赞，只是露出了五味杂陈的表情。

“我叫花叶春月……”

看到男人的表情，雏菊感到自己并不受这个人的欢迎。雏菊这时已经成长为一个能敏锐感知别人情绪的孩子，她马上放弃与这个男人继续交流，只低头看着自己脚上的鞋子，盼着这次会面能尽快结束。

“红梅，你终于来了。”

等待二人的男人春月看起来四十岁左右，从鼻子到脸颊有一道不知被什么划出来的伤口。他目光如炬，脸型也有男人气概，加上这道伤口更显得不怒自威。他身上的和服或许是薰了香，走近后母女便嗅到了白檀的香气。

“身体怎么样？”

“今天还好……”

“只是今天好怎么行……你要是早点来，我也能在各方面……”

“我害怕春乡……您会把我也藏起来吧？”

这对成年男女在无法形容的气氛中继续对话。

“我没有打算藏你，不过我会为你准备一个能静养的地方，你尽量好好休养休养吧。”

“好的，雏菊就拜托您了。”

红梅深深地鞠躬行了一礼，只见男人抬起一只手挡在眼睛上，苦楚地说道：

“别这样。不要行礼，我不想看到。是我求你们来的。”

“虽说是这样，但今后就要一直请您关照了……”

“她……照顾她的人我已经安排好了。”

"非常感谢，春月大人。"

"我说过一百次了，这不光是你一个人的问题。"

"好的……对不起……您的伤也是……"

"你没有受伤就好。"

"那位大人现在在什么地方？"

"在医院……"

"她后来……受伤了？"

"精神创伤……所以有很多手续还没有推进……"

"那您为什么把我叫来……我还以为……"

"我迟早会和她分开。是她自己闹着要和我结婚，现在又搞成这个样子……我正在说服她的父母。结婚之前我就明确说过很多次，那只是一种合约。"

"我没办法……做得那么冷酷……既然您还没有和夫人分开，那这事还是……"

"冷酷就冷酷，只要理解我的人能理解就足够……我可不许你走。再说你明白吗，你现在可是……"

说到这里，春月没能继续说下去。雏菊一直老老实实在一旁听两个大人说话，这会儿她张开双臂挡在了红梅和春月之间，黄水晶般的眼睛泪汪汪地瞪着春月。

"不要欺负母亲大人。"

她大概是以为大人吵了起来吧。她能感受到二人之间紧张的气氛，但是年纪太小，没法理解男女之间的情事。春月呆呆地看着雏菊。

红梅也惊讶得张大了嘴，紧接着嘴唇便弯成了一条弧线。笑过之后，红梅摸了摸女儿的头。她很少这样做，雏菊被摸得吃了一惊，然后开心地笑了起来。

"雏菊，不用担心……妈妈没有受欺负，谢谢你。"

"真的？"

"是的，是真的。还有，这位大人……就是会保护我们的人，请你不要觉得他可怕……他是，父亲大人。"

雏菊没能马上理解红梅这句话的意思。

“我的？”

雏菊看看红梅，又看看春月。春月承受不住雏菊投来的视线，移开了视线。

“母亲大人……这个人是我的……父亲大人？”

看到雏菊怯生生的样子，红梅苦笑着回答道：

“是的，没错，不过……”

红梅摇了摇头。她觉得把大人们造成的各种问题解释给雏菊听不合适。

“没什么……妈妈不在了之后，他会在这个世上保护你……”

雏菊愣住了，眨起了眼睛。

“母亲大人又要去呈现春天吗？现在已经是春天了啊？”

“其实妈妈的身体不是很好，要去治疗。就算妈妈不在了也不要紧，和以往相比没有多大的变化，对不对？”

“好不容易……好不容易，现在在一起了啊？”

“妈妈一直都不在啊。你其实是外婆抚养长大的。最好还是不要和妈妈在一起。”

“怎么会呢？”

“会的……因为妈妈是一个坏女人，和妈妈在一起，别人也会说雏菊的坏话……”

红梅平静地对雏菊说道。然而，旁边听着这对母女说话的春月，表情就像吃了黄连一样。

“只要能和母亲大人在一起，别人说坏话我也不怕。”

“妈妈不愿意。别人说妈妈倒没什么，但是他们说雏菊……妈妈就觉得非常非常难过……”

“我也是……要是别人说母亲大人的坏话，我也会难过……”

“对不起啊，雏菊。今后肯定会发生许多事，让你觉得比起在曙的时候更难过。可是……请你忍辱负重……你一定会有比妈妈更幸福的人生。”

“哪怕不幸福也没关系，我要和母亲大人在一起。”

“雏菊……等你长大成人，就离开春乡。等长大了，你会比还是孩子时更自由。在长大之前，你要忍耐，不管别人对你说什么，你也要忍辱负重，等待战机。你一定能在今后迎来怒放的时期……”

“忍辱负重，等待战机？”

这一句是很久以前，春月在落日下对红梅说的话。现在，它经红梅的口，说给了雏菊听。

“是的，哪怕有时感到痛苦，你也要坚持着活下去……你可以为了活下去而逃避，因为逃避不是失败。总之你要活下去，等到能战斗的日子来临……你要在心里，藏一把刀……”

“我不想战斗。”

“是啊……可是人总有不得不战斗的时候。妈妈希望能保护好你，不让任何人伤害你……只是，这是你的人生……”

随后，红梅好像依依不舍一样摸了摸雏菊的头。

“活下去这件事，只有你自己能为自己做到，雏菊。”

“时间差不多了……先把小姐带走吧。”

这时，一直等候在旁边的老妪终于开了口。老妪明显是想让雏菊放松警惕，她脸上带着假惺惺的笑容，抓住雏菊的手臂。

“我……我不！”

被老妪枯枝般的手一摸，雏菊吃了一惊，扭起了身体。

“母亲大人。”

雏菊被拽得离母亲远了一步。

“雏菊，你要乖啊。”

雏菊被硬生生地拽着，离母亲越来越远。

“母亲大人，您现在就要离开我了吗？我还要自己一个人留在家里吗？我要乖到什么时候？”

“你要一直乖下去……”

雏菊双脚撑地，另一只手伸向母亲，结果她的母亲只是站在那里，指尖都没动一下。

“我会乖的，会乖乖的，那我……下一次满月能见到母亲大人吗？”

红梅没有回答。

“那么，到了夏天呢？”

红梅没有回答。

“秋天呢？到了秋天呢？”

红梅还是没有回答。

“冬天……”

大颗的泪珠开始在雏菊那暖阳一样的眼睛中打转。

“到了冬天呢，能见到您吗？母亲大人！”

听到雏菊与哭喊无异的声音，红梅这才回答道：

“还要过很久，雏菊！妈妈会在很久很久之后等着你！”

红梅的话音带着哭腔，眼泪掉了下来。

“很……很久以后，是什么时候？”

“就是很久，很久以后！”

红梅作势要跑向雏菊，春月张开双臂拦住了她。

“等我到了六岁呢？”

“还要很久，很久以后！”

红梅踮起脚，隔着春月的肩膀，也向雏菊喊道。雏菊挣扎得太凶，老妪不得不把她抱了起来。即便如此，雏菊还是挣扎着，想再看她的母亲一眼。

“等……等我长大了……等我长大了呢？”

“还要很久……很久以后！我们玩捉迷藏吧，雏菊！妈妈说藏好了之前，你可不能来找妈妈啊。等很久很久以后，你觉得困得不得了，困得没法一直睁着眼睛的时候，妈妈就会来告诉你，妈妈藏好了！”

“我不……我不！”

雏菊忍不住号啕大哭起来，老妪抱着她一路小跑走远了。

“母亲大人，求求您，不要丢下我，求求您，我会乖的……”

雏菊又哭又叫，她的喊声在山间回响着，久久不散。

山中的动物们不知道发生了什么，远远地看着这位新来的居民。

雏菊的故事总是从泪水开始。或许能用“这就是她的命”一言以蔽之，可是这时她的泪水实在太苦涩了。

“我会乖的，不要丢下我……”

雏菊微弱的祈求声消失在了山间。
没有人答应她的祈求。
春风萧萧，盖过了她的声音，就像她从未开口说过话。
那风从山间呼啸而过，好像要把二人之间的伤别之情一起吹散。

不要丢下我。
不要丢下我。
不要丢下我。

那时，少女还不是春神，她的愿望到最后也没能成真。

母女分别之后，一个月过去了。

人们在花叶家其中一个别庄中，发现雪柳红梅已经去世了。

雪柳红梅在几年前就已经患上重病，直到这时才开始与情夫进行宛若度蜜月似的疗养。花叶春月第一个发现红梅死了，人们起初怀疑是他杀害了她，可是后来人们又发现了红梅的遗书。再结合遗体被发现时的状态，人们才断定红梅是自杀身亡。

没人知道是疾病让红梅放弃了活下去的念头，还是她与春月的关系令她厌倦了人生。

红梅的女儿雏菊被她丢在了人世，被春月安置在春乡中自己名义下的宅邸里。红梅刚刚去世，雏菊便被剧痛折磨得尖叫起来。

雏菊的后颈突然浮现出荨麻疹一样的红斑，那块红斑像有生命一样移动着，在雏菊的皮肤上画出花朵图案。人们把它称为圣痕或者神痣。第一个发现它的，是同住在这座宅邸中伺候雏菊的仆人。就在仆人去叫人的时候，雏菊的神通力已经觉醒了。

仆人回来再次看到雏菊，整座宅邸已经开满了春花。雏菊倒在地上，像说梦话一样嘟囔着“有人在叫我的名字，好可怕”，没有一个人愿意靠近她。

春之代行者的神通力离开母亲之后来到女儿身上，以前从未出现过这样的继承方式。

这并非红梅有意为之，选出四季代行者的是超自然的力量，人的意愿无法左右。

然而，春之代行者的女儿继承了她的职责，人们都觉得这是红梅的遗愿。

雏菊成了下一任代行者，此事瞬间传遍整个春乡，激起了千层浪。

雏菊身上出现代行者的神痣之后，疼痛还没有消退便被拽到母亲的葬礼上。雏菊还发着烧，精神恍恍惚惚，当时发生了什么她基本上都不记得了。

不过，她还记得——也只记得——父亲对她说了一句话。这位父亲只是在葬礼刚开始时跟她打了个照面，后来再也没有和她相见过。

他说：“你受到了诅咒，她等于是你杀死的。”

被人送回那座宅邸后，雏菊在冷冰冰的被子下翻来覆去想着父亲对她说的话。

——你受到了诅咒，你受到了诅咒，你受到了诅咒。

雏菊哭了，如果母亲的死是因为自己，她不知道到底该怎样赎罪。

就这样，新的春之代行者在大和诞生了。

第二章 春之护卫官 姬鹰樱

夏天来到了春乡。

这是雪柳红梅去世后，代行者送来的第一个季节。

夏之代行者为帝州带来夏天，送走了春天。春乡中栽种的桃树花瓣落尽，长出了果实，香甜的气息弥漫了整个春乡。

春乡中的人们并不会把桃子卖出去，他们只是想维持传统景观，代代在春乡中栽种桃树。他们喜爱桃树，把桃树当成自然给予的恩惠。

在这个季节拥有如此景色的春乡，正称得上是世外桃源。

往年，春乡每个月中都会举行祭祀仪式，庆祝季节的变化，可是这一年，因为代行者逝世，春乡服丧，人们听不到节日里热闹的音乐声，也喝不到举杯相庆的美酒，让这个夏天显得有些冷清。

新一代的春之代行者已经诞生，为了呈现春天，每天都在春乡中进行学习和训练。

成为新任代行者的姑娘本就被藏在避人耳目的地方，而且很少与人打交道，见过其真面目的人极少。

成年人都知道这个姑娘为什么会受到这样的对待，因为他们哪怕捂上耳朵也听得到风言风语。可是，大人们害怕丑闻毒害了小辈，于是春乡的孩子们基本上没有得到相关的情报。那么，孩子们会怎样说呢？他们想象力丰富，把这位新任代行者传得越来越邪乎，越来越像鬼怪故事中的人物。

“她是不是有三张嘴、四只眼，相貌与恶鬼无异？”

“我可是听别人说，她身上长着蜥蜴尾巴。”

“听说她有一双魔眼，凝视着谁就会吸走谁的生命。”

这些不足为奇，只是孩子们当中流行的无凭无据的传闻。

渐渐地，不光春之代行者本身，连她居住的宅邸都成了孩子们的玩处。

他们说，春之代行者居住的宅邸中有“巨蛇”，它的粮食是婴儿。

他们说，春之代行者居住的宅邸中有“金桃”，卖掉它能换来一辈子都花不完的钱。

他们说，春之代行者居住的宅邸中有“推进时间的镜子”，谁被它照到就会马上衰老死亡。

这样的鬼怪故事和传闻流行起来之后，孩子们便把这座宅邸当成了比试胆量的好地方，开始了各种恶作剧。没过多久，花叶春月建起的这座宅邸的院墙便满是孩子们的涂鸦。

这一天，又一个孩子在院墙外现了身。

孩子默默凝视着这座院墙满是涂鸦的宅邸。那是一位少女，一头黑发有着黑曜石般的光泽。

她的名字叫姬鹰樱。

她将来会成为骑士，她的公主就是这座宅邸里的“笼中鸟”，但当时她还只是个孩子。这位未来的代行者护卫官在这时还只是一名学生。

在这片春之代行者的后裔们聚居的土地上，有一所同样是春之代行者的后裔们设立的初等学校，樱就是这所学校的二年级学生。

这所学校确实发挥着教育机构的作用，不过在校学生全是春乡的子弟。

春之代行者居住在可怕宅邸之中，那则传闻早就传遍了整个学校，她来也是想看个究竟。

其他孩子或是出于猎奇心理，或是受到无知残忍又喜欢恶作剧的童心驱动。她则完全不同，她是怀着明确的目标而来的。

——搞到金桃之后要卖到什么地方呢？真的会有人来买它吗？

没错，她正在谋划一次盗窃。

当时，距离“家庭”从樱的世界中消失，大概过了一个月。

当然，樱不是从石头缝里蹦出来的，她有父母。

一对男女沉迷赌博、负债累累破产后，把年幼的樱丢下，逃出了春乡。这对男女就是樱的父母。

四季代行者的后裔基本上都会在四乡中，或者是在与四季厅有关的小世界中终其一生。因此，有许多人都会试图逃出“四季代行者后裔”这个憋屈的小世界。樱的父母在这方面的倾向就很强。

这样的人往往会在灯红酒绿中自甘堕落。他们在春乡外迷上了赌博，多方举债，而债主不是合法的金融机构。

事情越闹越大，没过多久二人便丢开最后的脸面，选择抛弃女儿逃离故乡。

樱从小就发现自己的父母和家庭环境好像多少有些异常，父母消失之后，她的猜测变成了确信。

樱遭到抛弃后，虽然不至于替父母背上债务，但她失去了家，失去了所有财产。

樱的姓氏是“姬鹰”，而姬鹰家族是春乡中出过很多代行者护卫官的大家族。可是，樱这一家人相当于整个家族的耻辱，没有亲戚愿意收留她，她最终成了无依无靠的孤儿，进了春乡中的慈善机构。

姬鹰家的嫡系当家也告诉樱，她的父母迟早会被找到，但不会允许他们再踏足春乡。樱能依靠的成年人一个都没有。

——这种不走正道的父母，还不如不生孩子。

当时的樱可以说怨恨所有成年人。

特别是她的父母，她甚至怨恨他们把她带到了这个世上。就是这一连串事件，导致她现在企图闯入这座宅邸。她想看看传闻到底是真是假，运气好就偷一些值钱的东西。身无分文被丢到社会上，她想摆脱眼下的窘境。可以说是她无从发泄的怒火失控了，才导致她做出这种没有计划性、走一步看一步的行为。

在慈善机构能吃饱饭，樱也知道感恩，只是她在那里的生活无论如何都称不上舒心。在学校，她也受到同学孤立，心里始终阴云密布。

当时的樱就处在这样的状态下，当然，这不能成为她的免罪符。

“金桃”明显是好事者捕风捉影，换成平时的樱，根本不会产生相信这种谣言的想法。她必然会一笑置之，不屑地说：“简直蠢透了。”

然而，那时候她在精神上已经被逼到了极限，以至于决定相信无凭无据的传闻，溜进别人家去偷东西。她确实想要钱，可实际上并不是为了钱。

她还是个孩子，就算有钱也无法改变自己的处境。在大和，不论做什么，基本都会需要拿出证据证明自己的身份和年龄。一个孩子就算再有钱，也需要提供庇护的年长者，樱也很清楚这一点。本该为她提供庇护的人抛弃了她，让她现在失去了她本该有的权利，这令她悲伤。大人们认定她没有享受庇护和权利的价值，这令她懊恼。她现在对这一切感到气愤，可又无从宣泄。她想靠自己改变这一切，但身为孩子她又不可能做到。

她希望找到改变现状的某些契机，于是行动了起来。

——从正面玄关肯定进不去。

樱佯装散步走来走去，观察这座宅邸之后，决定爬上路边的树翻墙进去。凡是需要活动身体的事情，樱都能做得很好。她像猴子一样灵活地沿着树干向上爬，很快便站到了围墙顶上。她没有听到人声，觉得宅邸中可能没人。

这是学校放学后到吃晚饭之前的一段时间，天空在夕阳下开始微微发红。黄昏将至，每家每户将会渐渐亮起灯火。与春天不同的风吹拂着樱的脸颊。

夕阳会把夏季的绿色也完全染成橙色。

樱默默凝视着天空，美丽的橙红色让她看得入了迷。

人们都说用季节的画笔涂改世界的是四季代行者，而为世界带来昼夜变化的是“黎明射手”和“黄昏射手”。生在春乡的樱与普通人相比已经算是世外之人，而“黎明射手”和“黄昏射手”当然更是如此。

今天和往常一样，某个人在世界的某个角落完成了自己的职责，他带来的结果就是樱现在看到的景象。想到这里，樱便觉得季节和昼夜，对人们来说都是不可或缺的。

尽管这个春乡局促、冷酷，像一座监狱，樱不想在这里生活一辈子。

——好美。

然而，樱不得不承认，春乡受到大自然和上天的恩惠染上颜色的样子，真的非常美。

世界这么美，而我在做什么呢？想到这里，樱不禁悲从中来。

仿佛理所当然、所有人都能无条件分享的平淡无奇的事物，往往都要依靠其背后不为人知的努力才得以实现。

这些人正在默默地完成自己的职责，而我在做什么呢？夕阳让樱注意到了这一点。

——我到底在做什么啊？

夕阳橙红色的光芒把樱拥入怀中，这时樱的精神正处在极端状态，所以夕阳带给她的感触格外深刻。

春乡中的人们像往常一样生活着，而被排挤在外的樱现在和整个春乡一样，被夕阳染成了橙红色。

樱站在围墙顶看着下方的宅邸，这座宅邸中住着另一个同样受到排挤的人，她就是在传闻中被说成了妖魔鬼怪的春之代行者。

樱也不知道这位春之代行者的年龄，不过她知道刚刚诞生的代行者往往很年轻，所以年龄与她应该相差不多，最小应该也有五岁，最大应该不过十五六岁。

大部分代行者的寿命都很极端，要么英年早逝，要么龟龄鹤算。

不管走了哪个极端，他们大部分的人生都要受到故乡的束缚。

代行者无法拒绝自己的使命。樱长大成人后或许能比现在过得更痛快，可是现人神们在整个人生中几乎没有自由。

樱倒不是觉得自己在相比之下还算幸运，只是推己及人，想到这里也有一个人活得和她一样不自在就产生了共鸣。

——看看那棵桃树就走吧。

这会儿她已经彻底没了偷东西的心气，只剩下对传闻真伪的好奇。她能看到院子那边有桃树，只是没有传说中那么大。

春乡中，所有居民都可以随意摘食桃树上长出的桃子，而这个院子中的桃树看起来与其他桃树并无二致。樱觉得或许其中有一个桃子是黄金做成的。

樱沿着围墙蹑手蹑脚地走到院子旁，跳了下去。近距离观察后，她还是看不出这些桃树有什么特别之处。其实这座宅邸是前年到去年之间才开始施工，而以前从来没有过传闻说这里有“金桃”。

——看来传闻终归只是传闻。

她觉得有些遗憾，不过并没有多么失望。

她甚至庆幸自己在看到美景之后幡然醒悟，没有偷盗。

她虽然闯进了别人的宅邸中，但只是看了看庭院里的桃树。她现在只要什么都别做，掉头离开就行了。

——回去吧。

她其实不是想做什么坏事，也不是想伤害别人。她只是希望找到能帮助她摆脱窘境的东西。

——在我的人生中不会有那种东西。

看着傍晚温吞吞的风吹拂下的桃树，她这样想着。

——我不会遇到能帮我改变命运的事物。

不过，她觉得这样或许也挺好。

或许还是遇不到这样的事物，人才能度过平静的人生。

樱想要的不是风风光光的人生。

她只想在成长的过程中得到被其他孩子当成理所当然的亲情。

她不想承认自己如此没有价值，以至于受到这样的对待。

“谁？”

如果当时她没有看着晚霞出神，没有遇到那位少女，或许能走上一条平静的人生之路。

“你是新来的……用人吗？”

那或许会是更安宁、充满温情的人生。

“莫非……来偷东西的？”

她或许不必体验到类似恋慕，而用爱一个字又不足以概括的感情。

“如果你是来偷东西的人……我的东西里，只要是你能拿走的，就给你吧……”

她会过上没有暴力、复仇，有恋情、友情，体温正常且头脑冷静的人生。

“那些桃子还硬着呢，你最好不要拿。要不然就再等几天……”

在那样的人生中，别人对她说“住手”，她或许就会听从劝阻。

“等它变软……变得好吃了，我再告诉你吧……对了，你是谁？”

她或许会有那样的人生。

然而，樱偏偏遇上了她，遇上了命中注定要遇上的那个女孩子。

“我……我是……”

那一天，姬鹰樱与雪柳雏菊的人生第一次产生了交集。

她们一个是小偷，一个是囚笼中的春神。受到全世界冷遇的两个少女，她们的故事就这样开始了。

樱私闯民宅却没有被问罪，反而与雏菊发展出朋友关系，完全是因为雏菊太孤独了。

自从母亲去世之后，雏菊的每一天都花在了春之代行者的学习和训练上。

她和其他孩子完全不同，每天醒来就要开始学习和训练。人们会为她准备好三餐，可是从来没有人问她想吃什么，不喜欢吃什么。只要时间一到，电灯就会不由分说地灭掉，她除了睡觉之外没有其他选择。她日复一日地在受到全面看管的环境下生活，就像人们圈养的牲畜。

对这样的雏菊来说，陌生的同龄女孩子突然出现在院子中不是飞来横祸，而是孤寂的日子中突然刮起的一阵清风。雏菊觉得这是个好兆头，就像在伸手不见五指的黑夜中发现了最亮的星。

——她说不定愿意做我的朋友。

急切的愿望让雏菊告诉樱，如果想要桃子，她可以在桃子变软后通知樱。

这位比樱年幼的女孩子没有指责樱，而是友善地和樱说起了话，意外的待遇让樱惊得愣住了。不仅如此，这位女孩子还那么可爱，让人端详起来就会不知不觉忘了时间，樱彻底乱了阵脚。

樱前言不搭后语地把她闯进这座宅邸的来龙去脉全部说了出来。说着说着，或许是自己都觉得自己可怜，她哭了。她攒了太多心里话没地方可说。

“父母把我丢下跑掉了。”

“我不想留在慈善机构里了。我讨厌连换衣服的空间都不留出来的地方。”

“我本以为是朋友的那些人，可能是听大人们说了我家的事情，现在都离我老远。”

“我好寂寞啊，每天都好寂寞。我要是能生在一个正常的家庭里该有多好。”

“不知道将来等着我的是什么，我好害怕。”

“我也很寂寞，我的母亲大人死了。”

“父亲大人说，母亲大人是因为我才死的。”

“我不想做什么春之代行者。我也不明白他们强逼我学习的到底是什么。”

“我为什么不能出去？我就那么让人难为情吗？”

“我想回外婆的家里去，可是回不去了。”

二人说出了揣在心里的不安。她们越说，越是同情彼此的身世。少女们不停地说着，直到在宅邸中工作的用人进来看雏菊的情况。

“我回头再来！”

“真的？你还会来？”

樱的运气不错，藏得及时，没有被用人发现。如果被发现偷偷溜进了代行者的家里，大人们一定会严厉惩罚她。这一天，两位少女约好改日再见，告别了彼此。

樱离开之后，雏菊心里一直在打鼓，觉得她“或许不会再来了”。

没想到第二天学校放学后，樱为了表示歉意，摘了野花送给雏菊。

她们之间，正在形成独特的纽带。

从那时起，二人之间的距离在短时间内消失了。

樱只要一放学，或者是到了休息日，肯定会来看雏菊。

自从父亲接管雏菊，直到不久之前，雏菊每天只能见到家庭教师和祖母之类的人，一直过着与社会隔绝的生活。因此，她从樱那里学到了很多东西。

孩子们之间正在流行什么、依靠口口相传留下来的地方儿歌，这一类的知识自然不用说。只要雏菊想知道什么事，比如上一任春之代行者的墓在什么地方，樱就会充当她的谍报员，查清后告诉她。一直以来，雏菊连自己母亲的墓在什么方向都不知道，樱为她做的这件事让她高兴得流出了眼泪。当时二人还不是主仆关系，樱却十分自然地对雏菊表露着毫无保留的敬爱。

时间过得越来越久，二人对彼此的了解越来越多，她们在一起便不再是为了消除自己心中的寂寞。只是陪在彼此身旁为彼此付出关爱，她们就感到幸福。

然而，这段蜜月般的时间没有持续太久。

姬鹰家族的人在雏菊的宅邸中帮忙做事，终于有一天发现了樱。樱因此受到了严厉的责罚。

大人们说雏菊是大和唯一一位春之代行者，樱不该随便靠近这样的贵人。

樱马上被禁止进入雏菊居住的宅邸。

樱被人们当成孤儿，被送入春乡出资的慈善机构中过着寄人篱下的生活，大人们禁止做什么她只能服从，否则她没法活下去。

学校也命令樱在家自学一个月，她只能蜷成一团从早哭到晚。

樱本以为时间会冷酷地流逝，没想到她的烦恼早早地得到了解决。

“不让我见姬鹰樱，我就不工作。”

雏菊一直像寄养在别人家的猫一样是个“乖孩子”，这次却闷在房间里拒绝学习和训练。她向看管她生活和训练的人提出了条件，只有正式准许樱访问这座宅邸，她才会重新开始训练。雏菊公然与大人们为敌，告诉大人们不答应条件她就不会开始训练，她不开始训练春天就不会来，春天不来发愁的是大人们。

看管雏菊生活和训练的大人们一开始并不重视，觉得她虽说是现人神，但还只是个孩子，认为闷在房间里拒绝一切只是她生气时表达愤怒的方式。

“说这种话的孩子没有晚饭吃。”

“我不吃。”

大人们觉得只要饿她一顿，她应该会主动哭着来请求原谅。

没想到等来等去，雏菊一点儿示弱的意思都没有。

“我们会和长老商量一下这件事……请您吃饭吧。”

“除非樱来到我面前亲口告诉我得到了许可，否则我不会吃饭。”

用人拿着托盘想把食物送到雏菊的房间里，结果被她关在了门外。

几个用人打算一起上阵，硬把食物塞进雏菊的嘴里，结果雏菊用樱花树塞满整个房间，在她自己和大人们之间生成了栅栏。用人们这才慌了神，开始担心雏菊会饿死。

其实雏菊自己召唤出结着樱桃的樱花树，早就大口大口吃了个饱，只是大人们都不知道。最后，姬鹰家族的当家带来了樱，低头请求雏菊：“请您吃饭吧。”

听说雏菊只是因为想见她就闹出了这么大的乱子，樱万分吃惊，同时不可能不觉得开心。她从这时开始愈发为雏菊倾倒。

之后，事情的进展便很快了。

经过这次绝食事件，樱得到了雏菊“学友”的地位。

二人没法再单独相会，总是有称得上是监视者的大人在场，但她们现在可以光明正大地见面。哪怕有人监视，对她们来说也是一次巨大的胜利，二人都非常开心。虽说活动范围受限，不过有限的范围足够两个孩子开心地玩她们的游戏。

大人们本来只把樱当成了雏菊的附属物，认为她只会给他们添麻烦，可是后来，他们对樱的看法渐渐发生了变化。自从樱开始到雏菊的住处做客，雏菊作为代行者，呈现季节的能力突飞猛进。雏菊担心训练做得不够好，大人们会把问题归结到她的朋友身上，就是这个想法刺激了雏菊的进步。代行者的力量源自心灵，雏菊为了樱变得更强大了。

鉴于这一事实，大人们不得不考虑改变对待樱的方式。

樱本来就出自护卫官辈出的姬鹰一门。生在这个家族，对樱的人生来说，可以称得上是没有一点儿好处。可也正是因为有着姬鹰家族的血统，樱才早早收到了护卫官的任命状。大人们没有问樱的意愿，直接向她下了命令。当时也没有其他合适的护卫官人选，雏菊封闭着心灵，春乡中也没有其他人能守在她身边关爱她，让她正常发挥春之代行者的作用。她的继母、同父异母的兄弟，甚至包括她的亲生父亲，没有一个愿意来到她的住处。适合担任护卫官的只有樱，不过对樱来说，这正是她求之不得的地位。

自从就任代行者护卫官，樱便从初等学校退学，住到花叶家的宅邸开始她的工作，两位少女相处的时间变得更长了。樱本想离开这个故乡，可是得到使命之后，她已经彻底打消了这个念头。

她本是春乡中不受欢迎的人，在慈善机构中也受到冷遇，是雏菊的一句话让她的生活水平有了翻天覆地的变化。这是樱不再想离开春乡的原因之一。

最重要的是，樱感受到了别人对她的需要。

双亲丢下了樱，抛弃了樱，可雏菊亲近樱，好像只有樱才是她能依靠的人。这样的雏菊对樱来说就是心头肉、掌上珠，保护好雏菊、让雏菊开心，就能让樱自己也感到幸福。照顾雏菊、在她开口前抢先准备好她想要的东西，种种经验都给樱带来了乐趣。

樱觉得，只要能看到雏菊的笑脸，她就无所不能。她想保护好这个比她还要年幼的少女，成为这位少女的刀和盾，为她抵抗那些出口伤人的大人们。

可以说，这些事想必是樱希望有人能为她做的。

她们需要彼此，这件事就像慈雨一样，滋润着樱曾经孤独的心田。

那时的樱还只是个孩子，从没有好好想过将来的事，可是樱的一片丹心在经历过各种大风大浪之后依然忠贞不渝，可见她和雏菊的缘分是命中注定的。

那时，樱无论如何都想不到，她心目中最宝贵的女孩子，会离开她那么多年。

“雏菊大人，别走啊啊啊啊啊啊！您别去，别去啊，不要丢下我，别去，别去，啊，别去啊！求求您了，我不怕死！别走，别走，雏菊大人！雏菊大人！雏菊大人啊啊啊啊啊啊啊啊啊啊！狼星大人，帮帮我吧！让我出去！雏菊大人要被带走了，雏菊大人要被带走了，雏菊大人……别去，别去，别去，别去，别去，求求您了，别去啊，不要丢下我啊，雏菊大人，他们会杀了您，他们会杀了您啊，雏菊大人，您不能走，别去啊，求求您了，别去。带我一起去！带我一起去！我也去，我也和您一起去……求求你们，你们想要什么我都给，让我去偷去抢都行……求求你们，别把雏菊大人带走啊，别把雏菊大人带走啊，别把雏菊大人带走啊，等一下……等一下，等一下，等一下，雏菊大人，您不能走啊啊啊啊啊！雏菊大人，雏菊大人，雏菊大人，求求您了，您回来啊！别走啊！雏菊大人，雏菊大人雏菊大人，您不要保护我！应该由我来，由我来保护您，让我来，让我来保护您啊。别走，别走，别走，不要啊，不要啊，不要走啊啊啊啊啊啊啊啊啊啊啊！您……真的走了……我听不到脚步声了……冻蝶大人……冻，蝶，大人……啊啊……狼星大人，冻蝶大人他，他没了，呼吸……怎么会，为什么会这样……狼星大人，必须按住伤口，请帮帮我！他在流血，在流血，在流血，在流血，在流血，在流血，在流血啊，您的衣服，请您把衣服脱下来帮冻蝶大人勒住伤口，要不然，冻蝶大人，雏菊大人，啊啊，我该怎么办才好……不用管我！这点小伤死不了！请快救冻蝶大人……快，快送冻蝶大人去医院，啊啊，还得快点去追雏菊大人，必须快点去追雏菊大人啊。国……国家治安机构，对了，警笛，警笛……警笛正在响，他们应该就在附近。狼星大人，请继续呼救，我们两个人一起喊，他们说不定会发现我们，冻蝶大人，您一定没事，我一定会救您。我一定会，一定会救您。您可不能死，雏菊大人她，雏菊大人她可是牺牲自己救了我们啊！您不要死……求您了……不要死……救命啊，救救我们啊！来人啊啊啊啊啊啊！有人吗！来人啊啊啊啊啊啊！救命啊啊啊啊啊啊啊！我们在这里，在这里！这里有伤员！来人啊，来人啊，快来人啊啊啊啊啊啊！喂——救命啊啊啊啊啊啊啊啊！救救我们啊啊啊啊啊啊啊啊！拜托了，有谁注意到……喂——喂——有人吗——这里！我们在这里！春之……春之代行者她，啊啊，冬之代行者和护卫官在这里！护卫官没有呼吸了！请从外面摸它一下，只要不打算伤害我们，它一定会打开的！雏菊大人一定会这样使用神通力！啊啊……对，对，是的，我们这就把他抬出去。狼星大人……好的，我们一起用力把冻蝶大人抬起来吧。预备，起！胳膊……请抓紧胳膊！冻蝶大人的腹部中弹了！我？不用管我！冻蝶大人就交给他了，我得去追啊！我的春神……我的……我的朋友被绑架了……为了保护我们被绑架了……啊啊，为什么，为什么会搞成这样，求求你们，救救雏菊大人，救救雏菊大人，雏菊大人……”

全完了。

——我本以为能永远这样下去。

全完了。

——哪怕再孤独，只要两个人在一起，就能活下去。

全完了。

——我本以为能永远陪着雏菊大人。

全完了。

——只要我们在一起，不管到什么地方都不要紧。

全完了。

——雏菊大人，您现在在什么地方？

全完了。

——您寂寞吗？您难过吗？

全完了。

——我们不是约好要永远在一起吗？

全完了。

——您怎么自己一个人走了呢？

那一天，全完了。

雏菊大人，请您不要丢下我。求求您，请您回来吧。

就算雏菊大人不在了，日子还会照常继续。哪怕我不想继续，心脏还是会继续跳动。

第一年，我始终相信，相信一定能找到雏菊大人。说不定明天就能找到，也可能是后天。

“雏菊大人。”

第二年，狼星大人又一次尝试了上吊。冻蝶大人像照顾生活无法自理的人一样，从早到晚陪在狼星大人的身边照顾他。我是一个自私的人，心里只觉得狼星大人不快点好起来，我们就没法开始搜寻雏菊大人。

“雏菊大人，雏菊大人。”

“雏菊大人，雏菊大人，雏菊大人。”

第三年，冻蝶大人发现我经常躲在壁橱里偷偷哭。

冻蝶大人一心只考虑别人，我觉得他可怜，告诉他，他其实也可以哭。听到这句话，冻蝶大人马上呜咽起来。我抱着冻蝶大人的头，觉得大家都很累了。

“雏，菊，大人。”

“雏……”

“雏菊大人。”

第四年，找不到雏菊大人的日子过了一天又一天。就在一分一秒逝去的时候，雏菊大人说不定正在承受折磨。想到这一点，我就觉得心如刀绞，肝肠寸断。我虽然不怎么照镜子，不过我知道我的白头发多了不少。狼星大人说："雏菊回来的时候，看到你漂漂亮亮的，她才会更开心。"可是我决定雏菊大人一天不回来，我一天不把这头发染黑，希望这样做能让雏菊大人尽早回来。

"雏菊大人……"

"雏菊大人！"

"雏菊，大人……"

"雏菊大人……"

第五年，我遭到了背叛。为什么，为什么，为什么，为什么？我明明那么相信他们。狼星和冻蝶都是叛徒，他们为什么不让冬乡改变决定？雏菊大人被绑架明明都怪"冬天"，没钱也好缺人也好都是借口，还有什么比雏菊大人的生命更重要吗？雏菊大人对他们来说难道已经无关紧要了吗？难道他们要随着时间的流逝把雏菊大人忘掉吗？他们能这么轻易地割舍掉雏菊大人吗？

为什么，为什么，为什么，为什么，为什么，为什么，为什么，为什么？我明明那么喜欢他们，现在却只想杀了他们。

"雏菊。"

"冻蝶……"

"雏菊，大人，雏菊。"

"狼星。"

"雏菊大人。"

第六年，我本想靠卖身赚钱，可惜我似乎不适合做接客和赔笑的工作。

店里的人告诉我，只要穿上漂亮衣服坐到男人旁边就行，但那个男人只是摸了我的腿，我便挥起了拳头。我要寻找雏菊大人，可是没有足够的钱。冻蝶为我申请的存折不知为什么每个月都会收到一笔钱，只是我不想用。我能想象到，只要用了，他们就能找到我。有时会有人跟踪我，那些人可能也是他们派来的。我恐吓了几次寻人的私家侦探，告诉他们有工夫找我，不如去找雏菊大人。希望"冬天"不要再来招惹我，我不想再想起他们。

"雏菊大人……雏菊大人……雏菊大人。"

"雏菊大人。"

"雏……菊……大人……"

"雏菊，雏菊，大人。"

"雏菊大人……雏……"

"雏菊大人，雏菊大人，雏菊大人，雏菊大人，雏菊大人，雏菊大人……"

第七年，有时候我搞不清楚自己是不是真的活着。

有时候我觉得，自己在自己身后不远处看着自己，这种时候，我会觉得非常害怕。我或许该去医院，可是我没钱付医疗费。我现在有了几个落脚之处，不再为临时居所发愁了。我有时会帮助别人，有时会打人，就这样渐渐认识了一些人，帮助我的人也多了起来。有人希望我能住下，但我没法点头。

我要是住下，谁去救雏菊大人啊？

大家恐怕已经忘了雏菊大人，唯独我没有忘记雏菊大人，我绝对、绝对、绝对不会忘记。

“雏菊大人。”

我绝对不会忘记您。

“雏菊，大人。”

我一定会继续寻找您，您一定也在等着我。

“雏菊大人，雏菊大人。”

雏菊大人，您还记得我吗？

“雏菊大人，雏菊大人，雏菊大人。”

您有一把守护您的刀。

“雏，菊，大，人。”

我活在没有您的世界上，可是我还在找您。

“雏菊大人……”

我没有忘记您，雏菊大人。

“雏菊大人。”

第八年，您回来了。

然而，您说您不是她，不是我认识的那个雏菊大人。

新的您说，她已经死去，不会再回来，过于痛苦的遭遇让她承受不住，所以她死了。遭到绑架期间，第八年，贼人的，首领让她，和部下，生，生孩，生，孩，生，孩子，孩，子，生孩子，生孩子。贼人知道，代行者会，产生在，有血缘关系的，特定人群中，如果他们，有许多，继承了，雏菊大人，血统的孩子，是的，许多继承了，雏菊大人血统的，孩子，说不定能，建成，新的四季之乡。贼人，说她，已经，来了，月经，能生，孩子，所以说，说，说，说说说说说，说，说，说让她为他们生些，生些孩，生些孩子。她当然，她当然，抵抗，抵抗，过了，过了，过，了。而且，而，且，而且，那时，她，想起，了我，向我，呼救，她哭啊，哭啊，她，求，救。狼星，狼星，狼星，狼星对她，说过，喜欢她，喜欢她，她绝对不能，不能，不能，不能，不能，不能，不能，不能让这样的，这样的事情发生。不能，不能，不能，不能。啊啊，雏菊大人，雏菊大人，所以您，所以您……开始了战斗。于是，您就，啊啊……您就，我，心爱的那个您，我认识的，那个您，成了我的朋友的那个您，您就……就……就……就……就……就……就……就……

您就这样死了啊，雏菊大人。

您一直在遵从母亲大人的叮嘱，忍辱负重，等待战机，坚持活了下来。

啊啊，您是多么了不起。您是多么伟大。可是，您无法承受的事还是发生了。

就这样，新的您诞生了，代替您进行了战斗，对吧？

您一定非常害怕，一定满心恐惧，我好想抱紧那时的您。

雏菊大人，雏菊大人，雏菊大人，您不用担心，我来保护您，保护您的心灵，保护您的身体。

我会保护您，不让任何想折磨您的人伤害您，请您相信我，雏菊大人。

我一直在寻找您，我真的一直在寻找您。您问我为什么？

您不是对我说过吗？等桃子变软了就告诉我。

那时，您的温柔拯救过我。您没有斥责我，而是原谅了我，就是与您的相遇，把我变成了一个好人。

我是罪人的孩子，我是个小偷，我是没人需要的累赘。

然而，您那时把我当成了朋友，对不对？

有这个理由就足够了，雏菊大人。

第九年，治疗您成了我的工作。

夏天，您不管做什么都流着眼泪。

您没法正常吃饭，您说不想吃东西，总把碗碟打翻。但是，您每次发泄完后都会哭着道歉。雏菊大人，那时的您支离破碎。所有人都捅了您一刀，以至于您的身体和心灵都支离破碎，无法表现出完整的形态。您被伤害得太深，以至于没法正常“做人”。不过您不用担心，还有我呢，我不会丢下您。对了，我们吃桃子吧。

您从来不离开房间，一定还没有发现吧？夏天已经到了。

您还记得刚认识我那时吗？是的，不知道那个院子里的桃子变软了没有。

如果桃子还硬，我们就等它变软吧，雏菊大人。我愿意陪您一直等下去。

秋天，您不管做什么都怒气冲冲。

我明白，您一定很痛苦。我想让您最痛苦的应该不是故乡抛弃了您，而是您的父亲大人抛弃了您。请您不要再生气了，我来做您的家人，家人一定要有血缘关系吗？

只要是为了您，我什么都愿意做，我可以做您的刀，您的朋友，您的姐妹。

不用担心，雏菊大人，时间会解决一切问题。

您看，多么美的秋天。这是新的秋之代行者带来的秋天，听说她的年纪还很小。

她带来的秋天好美啊，真是太美了，我们明年还一起赏秋景吧，雏菊大人。

冬天，您不管做什么都少不了我。

在那个连睫毛都会结冰的天寒地冻的日子，您跑出来找我这个再次被赶出故乡的人。

我没法忘记那天的景色，没法忘记那天您跑下来找我时，木屐踏在石阶上发出的清脆声音。

雏菊大人，和那时相比，您已经恢复了很多。

您已经非常努力了。那时，您甚至差一点儿丧失人性。

可是，您活了下来。

您很了不起，真的很了不起。

您那时哭了不知道多少次，我也和您一起哭。

收拾您打翻的碗碟让我很难过。

看您伤害自己让我很难过。

您每次说想死，我都会在心里默默流泪，因为我希望您活下去。

可是，您活了下来。

您说没有人夸奖您？

我愿意夸奖您。

我愿意代您的母亲大人夸奖您。

我愿意代您的父亲大人夸奖您。

我愿意无数次夸奖您，我愿意无数次拥抱您。

既然您下定决心怀抱着已逝的自己活下去，那么我也效仿您好了。

已逝的您也好，现在的您也好，对我来说都是您。

雏菊大人，只要能和您一起度过，哪怕是冬天也会变得令人愉快。

哪怕这个世界完全被雪掩埋我也不在乎，只要还能听到您的声音。

您说我这是盲目相信？这是过度的自我牺牲？您说我令您觉得可怕吗？

我是那么柔弱，只有攀附着您，才能让自己直立起来。从小时候起，我一直是这样。

我会虚张声势，其实一切都让我感到恐惧。

我讨厌这样的人生，可是，只要和您在一起，我就能坚强起来。

我其实只是一个爱哭又任性的姑娘，但是能为了您变得坚强。

您会让我变得更好。

我本来是一个毫无价值的人，您会让我变好。

只要是为了您，我愿意赌上我的一切，迎战这个世界。

雏菊大人，雏菊大人，我们都是柔弱的人啊，不过，我们二人加在一起会不会好一些呢？

我来保护您，您把春天呈现给我。

这样应该就没问题了，我们一起走吧。来，请您握住我的手。

如果您走不动了，我来背着您。如果您口渴了又没有水喝，我可以把眼泪献给您。

求您了，拉住我的手吧，我不想继续这样下去，我们走吧。

我们要告诉这个世界您是谁，您是什么样的。

您想，难道不应该这样吗？

我们不能继续这样下去了。我们因为柔弱，一直在受到伤害。

请您为这个世界催开樱花，送去春天吧。

我们要告诉那些冷眼旁观的人，告诉那些横行霸道的人。

我们要告诉伤害我们的所有人。

非常遗憾，收起你们的嘲笑，我们会粉碎你们挥起的拳头。
站到一边老老实实地看着，我们不是弱者。

告诉他们："我们活下来了，气死你们。"

就这样，雏菊和樱两位少女的命运与各种事物交错在一起，回到了现在。

——让春天绽放吧，把春天带给所有人。

不管是那些祈祷明天照常到来的人。
还是那些希望明天不会到来的人。

——让樱花花瓣飞舞吧。只有季节是平等的，请您把您的季节平等地送给所有人，不管是罪人，还是善人。

"我叫姬鹰樱，四季代行者的护卫官。而这位是花叶雏菊大人，大和的春之代行者。"

——把曼妙的季节带给所有人吧，这就是您对世界的复仇。

"雏菊，是，花叶，雏菊。"

前方，是只有下定决心的人才能踏上的战场。

我们流过的眼泪，已经为我们完成了净化的仪式。来吧，来吧，春夏秋冬的共同战线即将开启。

第三章 春夏秋冬

帝都位于帝州，是大和国的首都，而四季厅就在这个国家首都内。

四季厅的大楼乍一看只是大城市中心常见的高层大厦，不过只要走进去，谁都能认出这里是四季厅。

正门大厅中吊着以花朵为原型的特制水晶吊灯，有线扬声器在整座大楼中不间断地播放雀鸟啼鸣和潺潺流水等自然界中的声音，帮助人们放松精神。这里随处可见从古至今各位艺术家创作的四季诸神的雕塑和绘画，表现着对来访者的欢迎。

紧急成立的秋之代行者搜寻总部，就设在四季厅大楼的第十九层。

这次重要人物遭到绑架之后，负责国家安全的国家治安机构马上成立了指挥总部，而四季厅也成立了自己的搜寻总部，目前两个机构正合作展开搜寻。

现在，四季厅的搜寻总部陷入了慌乱之中。

因为不期而至的访客，工作人员们被打了个措手不及。

搜寻总部中响起了如水果糖般甘甜、如玻璃球般剔透的话音。

“雏菊，是，花叶，雏菊。”

花叶雏菊，大和国唯一的春之代行者突然来到四季厅。

几十名调查员正在房间中开会，这位花儿一样楚楚可怜的少女神突然现了身。

她有一头琥珀色的头发，像落满花瓣的水面一样泛着波纹，头上别着令人联想到新娘的洁白发饰。

少女神穿着点缀着现代与异国装饰品的和服与褶裙。她一走进来，芬芳的花香就钻进了调查员们的鼻腔，紧张的搜寻总部顿时充满了春天的气息。

“雏菊，得到，消息，之后，觉得，或许能，帮上，什么忙，于是，来到了，这里。”

她说起话来断断续续的，就像语言本身裂了缝。可能是因为紧张，她的表情也有些僵硬。

打完招呼之后，春之代行者双腿一软，险些瘫倒在地上，只见她的侍从像骑士一样扶着她的腰撑起她的身子。

她的护卫官是一位俊俏的丽人，一头黑发束在脑后，同样是相当惹眼的美人儿。

她有一双和猫眼一样大的眼睛，正谨慎地观察着周围的人——不对，或许应该称之为威吓。她的站姿多少有些冬之代行者侍从寒月冻蝶的影子。

所有人都屏息注目，心里想着：这就是被绑架了十年的少女春神和复职的侍从啊。

调查员们都愣着不知如何是好，第一个开口的是秋乡警卫部的女性职员长月。

“春……春之代行者大人，还有护卫官大人！”

长月刚刚喝完一杯咖啡，一直呆呆地握着空纸杯。看到春神主仆，她一把捏扁了手中的纸杯，从工作椅上站了起来，挣扎着迈起不听使唤的双腿，跑到雏菊面前。

“初……初次见面！我叫，不对，我的名字是长月礼子，本来在秋乡的警卫部……负责管理抚子大人的警卫系统，职位是管理官。”

不知是好久没有洗过澡了，还是没有其他衣服可换，长月的白大褂皱皱巴巴的。

她手忙脚乱地拢了拢头发，向雏菊主仆鞠了个躬。

“长月，小姐，初次，见面。这一次……祸从，天降，长月，小姐，一定，受到了，非常，大的，打击……”

雏菊放低声音，用关切的语气说着安慰长月的话。成年人之间说出这样的套话并不奇怪，可这位姑娘曾经有过和现在蒙难的秋之代行者祝月抚子同样的遭遇。

这位姑娘在这么紧迫的时刻送来激励，要为搜寻提供帮助。光是这一点就足以令长月百感交集。

“谢……谢谢您……那个，我是……”

秋离宫受到导弹袭击是几天前刚刚发生的事。不光秋乡，各方面相关人员纷纷指责秋离宫警卫系统不堪一击。长月一定承受了非常大的心理压力，忍不住掉下了眼泪。

“真的，非常，感谢……两位……赶来……我心里踏实了不少……春之代行者大人……”

“请不，要哭……雏菊，会，帮忙的。”

雏菊把手轻轻搭在了长月的手上，仿佛想温暖她凉透的心。

“秋之代行者大人的护卫官在吗？如果可以，我们想和他谈谈。”

一边，樱四下张望寻找她提到的人。她明明还是个年轻姑娘，说起话来却显得很老成。

另一边，阿左美龙胆没能马上回话。听到春之代行者的侍从喊自己的名字，他愣住了。

不对，他是惊讶得连呼吸都忘了。

——她们为什么来了？

两个姑娘比龙胆年轻得多。

——她们有什么目的？

失去主人之前，他还在嘲笑春神主仆愚蠢，现在这两个人特意跑到了搜寻总部。

——为什么？

龙胆始终没有反应，长月哭着喊起他的名字。

“阿左美！阿左美！你倒是过来啊！”

听到长月哭着喊他过去，龙胆只好按下心中的疑惑走到了春神主仆面前，尽可能一躬到底，向二人行了个礼。

“初次见面，我是秋之代行者祝月抚子的……护卫官，名叫阿左美龙胆……”

看到龙胆深鞠一躬，雏菊轻声对他说道：“请把，头抬起，来。”

龙胆听命抬起了头，仔细端详起这名少女。他心想：确实，她真的是标准的春之代行者。他觉得雏菊人如其名，这位春之代行者就像一位花仙子。

——春之代行者居然是一个这么小的姑娘啊。

可能是龙胆个头比较高，相比之下雏菊显得格外纤瘦。不过，他觉得就算放在同龄人中，她应该也算比较娇小。

她刚走进房间的时候，龙胆其实觉得她很高大。

他觉得那时，大概是现人神超越常人认知的气场震慑住了他。

与他同为护卫官的樱，个头虽然比起雏菊高一些，在龙胆眼中却还是很纤瘦。龙胆听说这位护卫官年龄二十上下，可还是觉得她的面孔带着些稚气。

在龙胆眼中，樱怎么看都像一个学生，只是她腰际佩着和式刀站在主人身旁的样子威风凛凛，怎么看都是一位标准的女剑士。

——这两位就是十年前遭遇贼人袭击，今年刚刚重新开始工作的春神主仆。

龙胆的脑海中浮现出抚子那小小的背影。

这对主仆在抚子的那个年纪上，也曾经遭遇过和她一样的不幸。见到她们本人之后，龙胆觉得事实摆在了他的面前。

现在把遭遇同样不幸的换成他们自己，他才感觉到那简直是无边的苦难。

抚子被绑架刚刚过了一周。接下来的十年，龙胆有可能要一直在无法为大和带来秋天的罪恶感，以及没有保护好代行者的悔恨中承受煎熬。

——我要失去抚子十年……

只是想一想，他就已经感到害怕，也觉得自己太没出息。绝望的打击本已令他感到浑身使不上力气，想象这样的日子还要持续十年，他的恐惧感更是受到了进一步的煽动。

如果抚子那么长时间都回不来，他觉得自己恐怕会放弃，但只是想到放弃，他就觉得难过得好像脖子被勒住了一样。没有出路，这是一个死循环，痛苦会永远持续下去。

——抚子……

人们常说护卫官是把一生献给四季代行者的工作，不过龙胆本不打算陷得那么深。他本打算只要体力允许，就把这份工作一直做下去，同时培养继任者，等年龄差不多了就退休。龙胆觉得这份风光的工作很适合武艺出众的自己，本来只打算和代行者保持工作关系，不打算把代行者当成家人来看待。

——抚子……

他本不打算这样。

他本不打算交出他的心。

“龙胆。”

少女秋神的声音始终回响在他的脑海中。

——还给我，把我的抚子还给我。

他抱起抚子时，她会用完全信任的目光看着他，柔软的头发会拂得他鼻子痒痒。

她不管做什么都会呼唤他，这让他感到麻烦，他一直盼着她尽早长大成人，好让他得到解放。

——她可是我的。

可是现在，他却想念那个年幼的孩子，觉得她对他付出的善意就像飘向大地的落叶。

——她可是我的秋神。

后悔一直在他的脑子里打转：她明明那么怕寂寞，我为什么没能保护好她？

——她可是我的秋神，现在为什么不在我这里？

在那些平和的日子中，他想都没有想过会发生这种事。

如果他的秋神被绑架了，她实际上会有什么样的遭遇？他无法想象绝望会让她的整个世界变得多么黑暗。不久之前，听说一位年幼的姑娘独自一人击败贼人逃出生天时，他还不以为意，觉得荒唐无稽，哪怕他知道她拥有神力。现在他才明白，那位姑娘一定是被逼到了绝境，才会禽困覆车。

——我太蠢了，连这一点都想不到。

置身事外的人动动嘴当然轻松。

龙胆也曾经是其中的一个人，他也曾经指手画脚地说过这样做多好，那样做多好。

现在，他一句都说不出来了。

——没有想到，我说过的话原来是那么残忍。

龙胆保持着茫然自失的状态，呆立在春神主仆面前。

雏菊和樱也向龙胆打了招呼，说了一番安慰的话。龙胆硬邦邦地回答道：

“非常感谢……两位远道而来一定很疲劳……这里没有合适的待客室，请到别的房间坐下休息一下。”

雏菊、樱与其他调查员见过面后，决定和龙胆、长月一起，四人去其他房间说话。他们的议题是“贼人对代行者的绑架”。

“我们想了解一下秋离宫遇袭时的情况，最好能与我们分享所有的记录。”

“两位就算看了……也解决不了问题……”

龙胆只是简单说了这样一句，倒是长月马上为春神主仆准备好了资料。她把触控平板终端交给春神主仆，终端上已经显示出了从遭到破坏的监视摄像机中修复的影像记录。

“请，问，可以……让，雏菊，一个人，看，一会儿，吗？”

雏菊这话说得像是在乞求，三人当然表示了同意。

——看能令人想起绑架事件的东西，她肯定会觉得难受。

他始终不明白，雏菊为什么不惜联想起伤心往事，也要为寻找抚子出力。

这是一个开放式的房间，在走廊能透过玻璃窗看到房间中的情形，雏菊以外的三人决定只是在走廊里回避一下。樱、龙胆、长月，三人依次横向站开，聊了起来。

“阿左美大人，长月小姐，有一件不太好开口的事，可以请两位听我说说吗？”

樱征求二人的意见之后，龙胆和长月都有点迟疑地点了点头。

“冒昧来访，非常抱歉。我们没有事先通知，想必两位一定吃了一惊。其实我们没有与四季厅和春乡商量过此事，是身为代行者和侍从的我们独自决定的。”

“什么？此……此话怎讲？”

长月惊叫了起来。

“就是字面意思。雏菊大人在虾缘呈现完春天后，我们没有回到帝州的春乡或者春离宫，而是自作主张来到了这里。”

“什……什么？”

长月又惊叫了一声。樱好像觉得很好玩一样，看着她说道：

“我们还是通知过四季厅和春乡的：春之代行者及其护卫官已经完成工作，接下来将自由行动。我们也是迫不得已，四季厅春季部门和春乡……在所有季节的相关组织中最墨守成规，就像从神统治的时代活到今天的化石。如果等他们点头，恐怕明年才能为帮助搜寻秋之代行者大人做好准备。两位不必担心我们的警卫问题，一路上的护卫会继续跟随我们。”

“为什么两位……不惜为我们冒险？”

龙胆低声问道。

“看来阿左美大人……从一开始就对我们的行动心怀疑问啊。”

龙胆容易让人望而生畏，不过樱丝毫不怯懦，看着他的眼睛这样说道。

“虽然都是司掌季节的代行者，不过这一代的‘春’和‘秋’还没有过交集，我不明白两位有什么必要为我们冒险。”

“阿左美，两位大人可是特意远道赶来帮我们的啊！”

“我说的是事实。即便我当上护卫官还没多久也知道，十年前，秋天方面没有参加春之代行者的搜寻。我无论如何都想不通两位现在为什么来到这里。”

龙胆说话的方式越来越接近平时的他。

这说明，现在的他变得非常情绪化，恐怕已经失去了伪装的能力。

“您认为我们另有目的吗？”

“没错，你们想要什么还是早说吧。要钱吗？还是有其他的条件？”

“阿左美！”

“很不巧，秋天方面没有春天那么多的预算，如果想要钱，我们不一定能满足你们的要求。”

开口之后，龙胆便停不下来了。

“自从贼人用导弹轰开秋离宫，现在秋天方面的警卫部门已经名誉扫地，成了笑柄，我们拿不出什么像样的东西……”

龙胆心中什么滋味都有，又完全不是滋味。

他身处安全区域时，曾经不把他眼前的这位姑娘放在眼里，她却在他们遇到困难时现了身。现在发生的，都是自负的龙胆无法容忍的事情。

“如果两位有什么目的，希望能尽早明确地告诉我……我这样说……不是为了拒绝两位的帮助……”

他没能保护好抚子。

他现在明白了，自己不借助众人的力量只会一无所能。

他现在知道了，只要代行者出了什么问题，侍从马上就会被推到风口浪尖。

这一切对他来说，都是难以接受的现实。

“我想请求两位帮帮我们，哪怕这是病急乱投医……”

面对比他年少、他曾经不放在眼里的春之代行者的侍从，龙胆的话就像用苦楚的声音挤出来似的。

“只要有人肯帮忙救抚子……救我的秋神，就算要我这个侍从的器官，我也愿意交出来。如果你们想要的回报需要提前准备好，那还是先告诉我吧……”

听到这番毫不客气的话，樱眨了好几下眼睛。她大概是没想到龙胆会说出这样的话吧。

长月忐忑不安地等着樱的回答。

过了一会儿，樱微微一笑。

“阿左美大人。”笑过之后，她用铿锵有力的话音说道，“您作为侍从能有这样的决心，真令人佩服，我很喜欢。”

这应该是樱的真心话，证据就是樱脸上的笑容。她很少对雏菊之外的人露出笑容。

只不过，樱露出笑容并不是出于友善。

——这个男人作为合作伙伴来说还不错。

一番品评之后，樱对她要拉入伙的这个人感到满意，这才是她露出笑容的原因。她凝视着龙胆，轻声说道：

“没错……我们有目的。”

她回答了龙胆提出的问题，他本人听到答案却是一愣。见状，樱脸上的笑意变得更浓了。

“不过，我们的目的和阿左美大人想象的不是一回事，和权力、利益无关，也不单纯是出于同情，我们有许多其他目的。只是，可以坦白地告诉您……我们不会要求秋天方面为这次援助付出代价。我们加入这条战线，是想为十年前的事报仇。要说有谁需要付出代价，想必应该是贼人。”

樱提到了“战线”二字，听到她的话，龙胆睁大了眼睛。

——这是一场战争吗？

龙胆刚见面时，就觉得这个十几岁的姑娘像是另有打算，他看不透她到底想干什么。这会儿他终于明白了，刚才为什么会有那样的感觉。

——十年前的事对这两个人来说是一场战争，而且这场战争还没有结束吗？

龙胆现在被逼到了和十年前的樱一样的绝境，他马上理解了樱用短短的一句话概括的目的。

她蒙受过同样的屈辱，承受过同样的绝望带来的煎熬，要说该向谁报这些仇，目标当然会是实施绑架的罪犯们。

虽然花叶雏菊现在回来了，可是她们失去的十年不会回来。

尽管她们没有表现出来，但是这十年一定给她们留下了无数无法愈合的伤口。

这位春神的护卫官面对年长者毫不怯懦，她复仇的欲望一定倍于常人。

在她们的心目中，她们与贼人的战斗还没有分出胜负。

她们失去的十年成了留在心中的遗恨，于是她们在发现有复仇的良机后，马上展开了行动。

当然，她们说想救秋神应该不是假的，只是并非她们唯一的目的。如果一定要给她们的行动定义，她们将来成功救出了秋神，就算是为过去的自己打了一场成功的复仇之战。

“那么……我还是把各种情况简要说给您听一听好了，毕竟坦率地告诉您，反而更容易赢得您的信任……阿左美大人，我理解您的疑心，不过您刚才那一番话可不要对夏天方面说，那边来帮忙完全出于善意。是我们跟夏天方面开了口，如果您怀疑琉璃大人的善意，她一定不会善罢甘休，而且会让我们颜面尽失，希望您能手下留情。对了……您想对冬天方面说这番话倒是没关系，我一点儿都不在意有人说他们的坏话。”

龙胆和长月全神贯注地听着樱的这一番话，听到一半脑海中冒出了疑问。

“咦，姬鹰大人，请问……”

“等等，先让我问清楚……您刚才提到了夏天和冬天？”

“没错，加入这条共同战线的不光是春天方面，冬夏也会来。”

长月似乎控制不住激动的心情，下意识地拍了拍龙胆的胳膊。

不光春天方面，冬、夏也要参加秋神的搜寻，这可是前所未有的奇事。

“您……骗人吧？”

“您也希望我说的是真的吧？找人当然要用人海战术。”

樱不解地歪头，这样说道。看到身高比他矮的樱抬头凝视着他的双眼，龙胆的心跳突然快了起来，她那双让人心猿意马的眼睛看得他乱了阵脚。

“说是这么说……”

“如果十年前四季也能组成联合阵线，人们说不定不用失去春天。”

“可是，我们秋天方面和其他季节没有多么深入的交流……”

“今后多交流就是了，冬天方面倒是无关紧要。”

“可是，春天和其他季节没有义务帮秋天……”

“我！说！了！我们这样做不只是为了你们。”

樱朝雏菊瞥了一眼，确认她的状况，然后重新转向龙胆，手叉在腰上，皱起眉头说道：

“说到这个份上还不明白吗？听我说，阿左美大人，这可是紧要关头！要想达到目的，您就得横下心接受现实，用好眼前的所有资源！刚才您也说了，祝月抚子大人是您的秋神。您是秋神的侍从、护卫官、奴才，是为抚子大人活着的人！您要想把您失去的秋神夺回来，必须做大家的领头人。我能做的只是帮你们把人叫来，要怎样用这些人还要看你们秋天方面！您这样当断不断，主导权会被您疑心的那种盯着权力和利益的人握在手里！有些人不做实事，只会笼络人心，为了掌握权力要手段改变别人的印象，谁说得准这搜寻总部里没有这号人。您想让那样的家伙抢走本该属于您的职责吗？您以为到那时候还能救回抚子大人吗？只有真正想救抚子大人的人，才能采取最合理的办法！请您振作起来！”

龙胆无话可说，他沉默了。

——她说的都在点子上，真是逆耳忠言。

樱在经历龙胆现在的处境的时候，她只有九岁。

那时她只能任大人们摆布，成了激流中一片身不由己的落叶，结果春乡三个月就停止了搜寻。她说出的这番话足以令人信服。

她脸上的表情和声音都带着十足的气势，让人没法只把她当成一个不懂事的小姑娘。

“阿左美大人！您不想救您的秋神吗?!”

“我……我想！”

樱鼓舞龙胆，就像一个热血教练在鼓舞自己的弟子。

“既然如此，您起码要横下一条心利用我们！您不是说为了换回您的秋神，愿意交出您的器官吗?!”

“是……是啊。”

“那就拿出魄力来！这可是为了您的秋神！”

——怎么会有这样的小姑娘?

他见到她还不到一个小时，已经开始觉得自己不是她的对手。

“我明白了……我知道了！我会拿出魄力来！一定会把我的抚子救回来！”

好不容易听到龙胆说出了有志气的话，樱这才满意地长出了一口气。交道打得越久，龙胆越不明白该如何对待樱，长月看着樱的眼睛中却带上了尊敬的光芒。

“姬鹰大人！我……我真的……太激动了！哪怕阿左美半途而废，我也一定会把小仙子……不对，把抚子救出来！”

“喂，长月，我不会半途而废。”

“就是要有这个志气，长月小姐。绝对不能让别有用心的人掌握第一线的指挥权。阿左美大人，第一线需要的是这样的人，长月小姐的热情能提升人们的士气。”

“要说救抚子的热情，我也不输给别人……”

龙胆正打算反驳，这时雏菊从房门中探出了头。

“你们，在……吵架，吗？”

看来雏菊把樱对龙胆的鼓舞当成了吵架，她的脸上带着显而易见的担忧神情。

“怎么会呢？大家当然不会吵架。”

樱马上换了一副表情，带上了只会对雏菊露出的笑容。

“樱不会和大家吵架，只是在讨论今后的指挥系统的问题时激动了一点儿而已。雏菊大人，您看了监视摄像机的记录，有什么发现吗？”

樱切换神色的速度让龙胆吃了一惊。

“是这样……雏菊，看到了，那个人。”

然而，雏菊说完这句话之后，樱脸上的笑容马上消失了。

“真的吗……”

樱严肃地问过之后，雏菊点了点头。

“嗯，不会，错的。脸，虽然遮住了，但是，从身材，看得，出来。”

雏菊说道，好像承受着某种痛苦一样，凑到樱的身边。或许她是在看过影像记录后想起了过去的事，觉得很难受。

樱搂住雏菊的腰，十分自然地安慰着她。

“是这样啊……雏菊大人，您能在搜寻总部的人们面前……为大家说明吗？”

“嗯……雏菊会，试试。雏菊，就是，为了这个……来的……现在，说吗？可能，会，有些长。”

“不能让您说那么多次……我们先把人召集起来。”

秋天方面的两个人听着主仆二人的对话，脑海中又出现了疑问符。樱察觉到自己和主人进入了二人世界，赶忙放开雏菊，面对龙胆和长月重新站好。

“抱歉，我只顾着和雏菊大人说话……我们现在知道了，这次袭击贼人的头目是国内受到通缉的著名活动家。”

“真的吗?!”

“是的，雏菊大人在遭到绑架期间和此人有过接触，我也可以把春冬方面的调查记录找出来，不过最新资料还是请国家治安机构提供为好。有哪位能联系他们吗？”

“我来！”

“那好，长月小姐，拜托你了。此人是国内最大的贼人组织‘华岁’的首领……人们习惯把这个女人称为‘御前’。她不仅参与了对四季代行者发动的恐袭，还作为环保人士积极露面，从这方面应该也能查到她的一些底细。”

“‘华岁’的首领……‘御前’……明白了，我虽然了解得不多，但也知道有这样一个人。阿左美，我会去搜集资料，你就把情报分享给调查员们。”

“明白了……花叶大人，非常感谢您提供的宝贵情报。那个……您的恩情我有朝一日一定会报答……今后还请您继续助我们一臂之力。”

龙胆深深低头行礼，腰弯到一半突然顿住了。

雏菊抬起双手，像接球一样扶住龙胆的头，然后轻柔地抬起了他的头。龙胆不知道怎么回事，抬起头一看，视线正好和代表春天的仙子撞在一起。

“怎么了……花叶，大人？”

龙胆慌得连声音都走了调。

眼睛明明清净如水，这位少女却有着令人沉溺的神秘气质。被她触碰到，看着她的眼睛，就算龙胆习惯与神相处，也不免慌了神。

“请，不要，低头。”

雏菊不知道龙胆心里有多狼狈，为他整理好甩乱的头发。

雏菊的年龄比龙胆小得多，她的动作却像母亲在抚摸儿子的头发。

“龙胆，大人，找，抚子，大人，找得，这么，努力，请抬起，头来。”

只要见过平时的龙胆，看到他现在憔悴的样子，不管是谁都会惊得目瞪口呆。

他本来是一个最适合用英俊潇洒来形容的男人，可是现在的他连续熬夜，又没能好好洗澡，脸色很是难看。他眼睛下挂着黑眼袋，洋装下的衬衫已经不知有多少天没有换过，平时总是力臻完美的人现在邋遢得走了样。雏菊正值妙龄，却向如此邋遢的龙胆伸出手，毫不犹豫地抚摸他。

“阿左美大人……一定很，痛苦吧？”

她仿佛在替代龙胆，低声说出他想说的话。

“一定，非常，痛苦吧？”

龙胆惊得张着嘴愣住了。

雏菊继续抚摸惊讶的龙胆，温柔得就像在安抚受伤的野兽。

“雏菊，也很，痛苦。”

她如此关心龙胆，恐怕也是为了自己的护卫官姬鹰樱。哪怕当时的雏菊抗拒整个世界，与樱重逢时，看到樱的样子还是受到了极大的冲击。

当时的樱，就像曾经锋芒逼人的宝剑锈成了废铁。

樱让雏菊认识到了，她不在的这段时间，她的侍从有多么愁苦。而现在，她在龙胆身上看到了樱当时的影子，于是决定帮他一把。

“雏菊，说不定，就是，为了，这个，才回来，了。”

雏菊的声音带着决绝般的感情。不管是动作还是语言，她展现的一切都迸射着使命感，而不是不管不顾的正义感。

那是“十年前遭到绑架的女孩子”的使命感，她的出发点是不让悲剧重演。

“雏菊，觉得，就是，这样……雏菊，本来，是，没人要的，孩子，就算，回不，来，也，很快，会有，代替，雏菊的，人，诞生。不是，非得，雏菊，不可……”

樱悲切地凝视着雏菊。

樱知道雏菊以前是这样看待自己，可是在雏菊重新站起来之后再听她说这样的话，不管把自己当成雏菊的友人还是侍从，樱都觉得心里越来越不是滋味。不过，雏菊本人却没有樱心目中的悲壮感。

“代行者，只是，工具。不管，内在，是，什么样，的，对人们，来说，都，无所谓……”

雏菊一改平时的怯懦胆小，凝视着龙胆的眼睛。

“雏菊，有一段，时间，觉得，雏菊，还是，早些，死掉，为好。”

撑着龙胆的那双手又小又柔弱，但是那双手上有无私地保护他人力量。

“大家，更希望，看到，那样的，结果。”

为了保护他人，她不惜说出伤害自己的话。

宁可伤害自己，她也要把想告诉龙胆的话说出来。

她其实经常想到死。

“可是，雏菊，活，了，下来。”

今时今日，龙胆眼前的这个姑娘是“活下来”的坚强践行者。

尽管想过死，她还是坚强地活了下来，所以她现在想帮助身在悲伤深渊中的人。她不是想得到什么，只是希望别人活得好。

“雏菊，能，活着，真是，太好了。”

现在的花叶雏菊有着希望别人好好活着的愿望，她通过指尖的温度、目光中的热忱，通过她释放的一切表达着她的愿望。哪怕是曾经对她有偏见的龙胆，也感受到了她的心愿。

“雏菊，活着，能做的，除了，呈现，春天，还有，其他的，事情。哪怕，是，大家，不指望的，雏菊，也有，能帮助，别人的，时候……”

她不是来享受优越感的，也不是来游山玩水。樱虽然强调复仇，但实际上她们的行动更像是无私的奉献，最起码龙胆在听过雏菊的这番话之后就有这样的感觉。

“既然，是这样，雏菊，就要，行动起来。这是，雏菊，应该做的，请不要，低头……现在，最，难过的，是，龙胆，大人。希望……龙胆，大人……多多，依靠我们……”

现在的龙胆怀疑一切，对一切感到绝望。

“不用，报恩。要是，抚子，大人，能，回来，雏菊，也觉得，高兴……是真，的……真的……仅此，而已……”

他却在雏菊身上感受到温暖，就像积雪融化的春天。

“花叶大人……非常感谢。”

龙胆不禁流出了眼泪。

“大家，一起，把，抚子，大人，接回来，吧。”

龙胆心里正想着大男子汉怎么能哭，这时雏菊抬起指尖擦掉了他的眼泪，顺便用指尖整理好了他耷拉下来的一缕头发。

“阿左美，大人，侍从，是，代行者的，光明……抚子，大人一定，等着，您……请您，一定，不要，灰心……啊……”

“好的……我会铭记在心里。”

这个姑娘释放出的如水一样清澈的善意刺痛了龙胆的心。

“雏菊大人，差不多了……”

就在樱嫉妒龙胆的待遇，想要拿开雏菊的手时，一名调查员来到四人身旁。来者看到龙胆掉眼泪的样子吃了一惊，说道：

“各……各位，抱歉打断各位说话。刚才一楼来访者接待处打来电话，说是夏之代行者大人来了，马上就到搜寻总部……”

调查员一边说，心里一边犯嘀咕。不管是谁，看到几个人相视而泣都会不知如何是好。长月也不管脸上的妆会不会花，赶紧伸手抹了几下眼泪，说道：

“刚才我已经听说了，做好迎接的准备吧！得到冬神主仆到达的消息了吗？”

“长月小姐，冬天方面已经联络了我，说是与冬乡闹出了一些问题，到达时间会晚于预定时间，不过他们说一定会来。”

听到樱的话，长月点了点头。

“那好，春之代行者大人给了我们贼人首领的情报，最好能马上共享，情报共享会议先以冬天方面缺席的形式召开吧。能不能借用四季厅的大会议室？”

调查员说了一声“好的”便走开了。

人们开始忙碌起来，停顿的时间仿佛又重新流动了。

“阿左美，我来准备资料和共享情报。代行者大人一行应该会从一楼大厅搭乘升降机上来，拜托你去乘降口等着迎接吧！”

“明……明白了。”

龙胆用皱巴巴的洋装袖子抹掉又流下来的眼泪。

“我去迎接夏之代行者大人，两位要去吗？”

“夏神一行来了，我当然要去迎接……如果是冬天方面的人我就不去了。”

“那个，姬鹰大人总是……在表达对冬天方面的厌恶……您讨厌冬天吗？”

“没错，我讨厌。我已经形成习惯了，改不过来，请当成耳旁风吧。好了，我们去迎接夏之代行者大人。”

看到雏菊和樱，琉璃和菖蒲脸上露出笑容，跑了过来。

就这样，春、夏、秋会合了，四季只有冬还缺席。

针对秋之代行者祝月抚子的搜寻工作，“四季之乡”“国家治安机构”“四季厅”三方组织正为了同一个目的而行动。

众所周知，“四季之乡”是代行者的后裔们聚居在一起形成的组织，历任代行者都出自四乡。

“国家治安机构”是大和国行使警察权的行政组织。

“四季厅”负责与国家运营有关的工作，但不是行政组织。

过去有人提出过方案，要把四季厅改名为祭事厅，转为国营机构，结果出现了各种问题，发生了围绕利益和权力的各种事件，枝节横生，最终四季厅保持了独立机构的状态。

大和国希望季节顺畅的循环能带给国民圆满的生活，从不吝惜对四季厅的援助。四季厅也乐于接受国家的援助，和四乡合作，把四季呈现给国家。

这就是国家治安机构、四季厅和四乡的关系。

四季厅虽然是管理四个季节的组织，但是春夏秋冬四个部门的业务是分开的。

负责不同季节的职员薪资高低不一，冬季部门工资水平格外高，然后是春季部门，夏秋两个部门水平相当。分配到哪个季节下对职员的仕途也有影响。不同季节部门之间的不平等，主要是由各季节在神话中的力量关系造成的。到了现代，不平等也让不同季节部门的职员身处同一个组织却容易形成敌对关系。职员们甚至把每年举行的预算会议称为“战争”。

一个组织分成了四个小组织，它们相互之间关系并不怎么好，这样说或许更容易理解。

四个部门因为负责的季节不同，繁忙期也各不相同。

所有职员的职位中都写着其负责的相应季节，比如“四季厅某某部某某科，冬季部门”。负责制定四季代行者一年呈现季节的计划、调整呈现季节的日程的，就是四季厅祭事部秘书科，这个科还要负责运营“四季会议”等每年的例行活动。

助力四季厅所有职员完成工作的，是四季厅总务部人事科。负责管理设备等工作的，是四季厅总务部调度科。参与保护代行者的，是四季厅保全部警卫科。

这次秋离宫遇袭事件之后，成立起搜寻总部的，就是四季厅保全部情报科的秋季部门。

这个科平时主要做辅助工作，比如为提高四季厅职员的工作效率而进行系统开发，为在护卫代行者第一线工作的警卫科职员提供情报。而在发生紧急情况，如代行者遭遇贼人袭击的时候，警卫科要和国家治安机构合作解决问题。国家治安机构与四季厅之间没有高下之分，是两个完全独立而对等的组织。

四季厅在实际工作中和国营机构没有太大区别，之所以固守目前的定位，很大程度是依据四季领域的权威意见决定的。哪怕对方是政府，四季厅也不愿意居人之下。

在民众面前，在国家高层面前，保持高高在上、司掌奥秘的姿态，这就是四季厅和与四季厅合作的四乡的真实想法。

因为保持这种特殊的姿态，四季厅和国家治安机构的合作有时并不顺利。

最典型的例子，就是十年前四季厅保全部警卫科春季部门在第三个月收到的停止搜寻的通知。人们认为停止的原因是搜寻总部资金困难，人手不足，其实还有另一种传闻。

遭到绑架的春之代行者是春乡长老的孙女，其父是下一任长老候选人，其母是自杀身亡的上一任春之代行者。上一任春之代行者雪柳红梅用丑闻让春乡颜面尽失，而她的女儿雏菊又被四季选成了代行者。

春乡以此为耻，决定趁机快刀乱麻，寄希望于一个清清白白的代行者能在下一任诞生。

这只是传闻，不过人们都觉得春乡和四季厅的春季部门真的“干得出来”。外人也都觉得哪怕遭到绑架的是春乡长老的血亲，他们也能狠心见死不救。

四季厅保全部情报科的春季部门把春之代行者遭到绑架的责任扣在冬乡和国家治安机构头上，对搜寻工作完全甩手不管。后来，冬乡和四季厅保全部情报科的冬季部门，背着导致绑架事件发生的黑锅，接替春天方面成立了搜寻总部，国家治安机构也继续进行对春之代行者的搜寻。在五年前，他们搜寻的规模由大转小，可是持续的搜寻始终没能取得成果，最终春之代行者花叶雏菊只身从贼人的基地中成功逃生。这就是整个事件的来龙去脉。

现在，警卫科的职员大部分都在秋离宫周围走访调查。

留在四季厅的只有做文书工作的情报科职员，还有被秋乡临时派遣来的龙胆和长月。现在春神主仆两位少女也加入了搜寻队伍之中。

她们来到四季厅之后，调查员们心里仿佛燃起了一团火。

他们直到现在还没有看到夺回秋神的希望，搜寻工作停滞不前，就在这时，四季代行者现身了。

计划这次联合战线的，是遭到绑架十年后回归的受害者花叶雏菊及其侍从，这一点也格外令人心潮澎湃。感到振奋的人们纷纷来到四季厅的大会议室。

会议室中挤满了人，中央设置了增强现实投影屏幕。

“这两位是来自夏乡的夏之代行者叶樱琉璃大人，以及代行者护卫官叶樱菖蒲大人。”

这里的人都知道叶樱琉璃是夏之代行者，叶樱菖蒲是代行者护卫官，不过很多调查员没有亲眼看到过她们，于是长月主持会议，为与会人员进行了介绍。龙胆站在她的身旁，精神面貌有了变化，平时那个精神抖擞的他已经回来了，长月觉得或许是樱的鼓舞在发挥作用。

“最后，我有一句话要说。这两位是来自春乡的春之代行者花叶雏菊大人，以及代行者护卫官姬鹰樱大人，就是这两位大人为我们建立起了这次的四季协作体制。非常感谢各位为了搜寻我们秋乡的代行者祝月抚子齐聚一堂。”

“各位调查员应该早就认识我们，不过我还是为大家介绍一下，我是秋乡的代行者护卫官阿左美龙胆，旁边这位是警卫部的管理官长月礼子……介绍就到这里，我们进入正题。这次贼人在袭击之后还没有宣布对袭击负责，也没有联络政府进行交涉。贼人在袭击时身穿遮掩全身的战斗服，导致这次的搜寻极其困难。以上就是目前的情况，我来和大家分享花叶大人提供的情报。”

介绍完毕之后，龙胆开始操作面前的投影屏幕，打开了刚刚拿到手的影像资料。会议室中的桌椅已经移开了，所有人都看着投影在空中的增强现实图像。

“此人应该就是本次袭击的主犯之一，她是改革派贼人组织‘华岁’的首领，名叫观铃·亨德森，人们往往把她称为‘御前’。”

投影屏幕中出现了一张接一张的照片，照片的主角都是一名留着长长的黑色鬈发的女人。有的照片上她戴着大墨镜，迈着潇洒的步子；有的照片上她身着战斗服，手中托枪；有的照片上她似乎正在登上私人飞机。这些照片都是偷拍的。

如果这些照片都拍摄于近年，那么这个女人的年龄应该是三十出头。不管从哪张照片上都看得出，她有着标致得不输给模特的好身材。

“此人的父亲是‘华岁’的上一任首领，她继承了父亲的衣钵，带领组织继续活动。御前在继承‘华岁’之前走母亲的门路做贩卖武器的生意，看样子她在现在的活动中充分利用起了以前的门路。”

在大和国内，人们只要能找到门路，就能从非法市场中搞到枪械。可是买家必须有门路和良好的信誉，才有可能把轰炸秋离宫用的导弹弄到手。

这个名叫观铃的女人，其父亲是过激派贼人组织的领导，母亲是武器贩子，可以说她的条件得天独厚。

龙胆他们可以说是棋逢对手，甚至可以说是遇到了他们能想象的最可怕的对手。

“此人近年来一直作为环保人士出现，除了四季厅和国家治安机构，盯上她的主要是海上国防队。此人与十年前花叶大人的绑架案也有关系。花叶大人……”

听到龙胆喊自己的名字，雏菊点了点头。

“如果您有关于御前或者‘华岁’中其他人物的情报，请您一定要告诉我们……”

在场者的目光都转向了雏菊。

雏菊的神情显得有些紧张，不过她马上横下心开口道：

“雏菊……对，‘华岁’，的人，不是，很，了解。那里的，人，总是，在变，更迭，很，频繁……”

“您是说他们各自为政……一盘散沙？可是我看他们来去如风，如果不够团结恐怕做不到……”

雏菊仔细听完龙胆的追问之后，点了点头。

“他们，非常，团结，不过，和，大家，现在的，齐心协力，又，不一样……”

或许是不习惯在大庭广众之下说话，雏菊说出每个字都要花很长时间，但她还是全力以赴说了下去。

“观铃小姐……那个，雏菊，一直……称‘御前’，小姐为，观铃，小姐……观铃，小姐……非常……聪明，不过……她，也，是个……非常……可怕，的人……她，生起，气来，空气，好像，都会，跟着，颤抖起来……她，还会，动粗，把部下，当成，工具，所以，只有，能忍受的，人，才会，留下。”

紧接着，大会议室中的一名搜查员开了口，替雏菊补充说明。

“十年前的绑架事件发生时，‘华岁’方面主动与政府展开交涉，她在当时似乎已经担任了首领。”

搜查员说着，看了看雏菊和樱。樱向发言者点了点头，表示他的情报没有错。

“四季厅也一直在查此人，却始终查不到她学生时代的情报，可见她公开的很可能是假名字。现在的‘华岁’……在贼人组织当中也算得上是最激进的过激派，不过，十年前这个组织的名号还没有如今这么响亮。‘华岁’之所以能成功袭击冬乡，也是因为有观铃·亨德森到第一线指挥战斗。后来我们经过调查，发现观铃在成为首领后进行了大规模的组织改革。十年过去了，她还是‘华岁’的首领，可见她的父亲为什么偏偏选女儿继承了他的位置。”

发言者说完之后，会议室中响起了议论声。

“那……那个……雏菊，可以，再说，一点，吗？”

雏菊怯生生地抬起了手，会议室里马上静了下来。

“雏菊，认为……抚子大人，的，生命……应该，不会，马上……受到威胁。”

“是真的吗！”

龙胆的叫声中透着喜色。

“是的，那个……可是，这也，不能，完全，说是一件好事……”

“此话怎讲？”

“因为，观铃，小姐的，目的，恐怕是，把，抚子大人……养成，属于，她的，孩子。”

“……什么？”

“就是把，抚子大人……当成，自己的，孩子，来，疼爱。这就是，观铃，小姐，的，目的……至少，雏菊，那时，是，这样的。”

听到这句话，大会议室中所有人都觉得后脊蹿过一阵寒气。

——花叶雏菊为什么被绑架了那么长时间，却没有被杀掉，而是活了下来？

人们提到雏菊，一定会想到这个问题。

“华岁”与政府的交涉决裂时，雏菊没有被马上杀掉，人们猜测过许多原因。

贼人会不会对她施加残忍的虐待?

贼人会不会利用春神的神通力做坏事?

贼人会不会把春之代行者幽禁到死?

就像这样，怎么猜的人都有。

当然，正确答案早就有了，只是知道的人很少。雏菊早就把答案告诉了国家治安机构。

可是，让雏菊自己说出答案，实在太残酷了。

正因为如此，想到她马上会说出的“真相”，人们都感到不寒而栗。

“雏菊，听说，抚子，大人，还，很，年幼，应该，是，七岁，吧?她，‘年纪正合适’，雏菊，觉得，观铃，小姐，已经，把，她，当成了，自己，的，孩子。”

雏菊淡淡地说道，话音中没有悲伤和怜悯。

她尽可能冷静地说出她曾经经历的痛苦。所有听者中显得最困惑的是龙胆。

“您是说抚子……秋之代行者被贼人当成了女儿吗?!”

龙胆的额头渗出了冷汗。

“是的。这次，秋离宫，受到了，袭击。这样的，袭击，有，可能，让，代行者，死掉，对，不对? ”

“是的……”

“可是，抚子，大人，被，绑架，了。”

“这是因为……”

“袭击，发生后，抚子，大人，还，活着，还有，气。抚子，大人，是一个，娇小的，女孩子。观铃小姐，曾经，失去了，自己的，孩子。她，曾经，说过，她，那时，非常，非常，难过。她说，从未，经历过，那么，难过的，事情……还说，比起，那样的，悲伤，其他的，事，根本，算不了，什么。所以，看到，抚子大人，观铃，小姐，一定是，想到了，自己的，孩子。”

雏菊垂下眼睛，用苦楚的声音轻声说道：

“想到了，‘想要她’……”

听到雏菊柔和但又带着凉意的话音，龙胆起了一身鸡皮疙瘩。

——想要她？

龙胆知道他怒火的矛头不该指向雏菊，可是无从发泄的不快感确实涌上了他的心头。

——她想要一个与她非亲非故的孩子？她竟敢想要这个国家的现人神？

龙胆无论如何都无法理解。

“否定四季代行者价值的贼人，其女头目想把代行者养成自己的女儿？就算她再怎么霸道，内部也会有人反对吧？”

“‘华岁’，是，改革派。阿左美大人，说得，没错，确实有，很多人，质疑，观铃，小姐，对待，雏菊的，方式……但是，当时，人们，都，欢迎，雏菊本身。就是，因为，雏菊，有，‘生命促进’，的，能力，才，得到，人们的，欢迎。秋神，的，能力……应该是，‘生命腐败’，对吧？”

“是的，秋神的能力会让一切走向腐败，就像树木会失去代表生机的绿色。除此之外……秋神还能吸收生命力本身，这种能力可以用来救人也可以用来杀人。抚子大人还不擅长使用神通力……不过，当时身负濒死的重伤，她似乎发动了能力，吸收别人的生命力治疗了自己。监视摄像机没能录下声音，但拍下了当时的情形。下一任代行者直到现在还没有诞生，这就是最好的证据。雏菊大人应该也看过我说的这段影像了吧？”

“看过了。所以，雏菊，才，这样，想：观铃，小姐，大概，就是，看到，了，当时的，情形，才，绑架了，抚子，大人。观铃，小姐，说过，那时，她也是，看到，雏菊，召唤的，樱花树，受到了，震撼，才，把，雏菊，带回去。当时，观铃，小姐，认为，雏菊，能，派上，用场，所以，没有，马上杀，雏菊。只要，听话，使用，能力，就会，受到，善待……”

“使用什么能力？”

雏菊沉默了。犹豫了一会儿之后，她横下心开了口：

"雏菊，一直，在，培育，CANNABIS。"

——CANNABIS是什么？

长月回答了他的疑问："CANNABIS是大麻的学名。"

大麻是一种成瘾性植物，在大和属于违禁品。很多人因为服用大麻导致了精神甚至健康状况的崩溃，所以大和法律禁止人们生产和贩卖大麻相关的物品。有一部分大麻会用于医疗，不过国营医疗机构会自行生产，贼人生产大麻当然是违法的。

"也就是说，那些贼人竟敢让春之代行者栽培大麻？"

"是的。雏菊，能，培育，出，不同，寻常的，大麻，据说，能，卖，很多的，钱。因为，有，副……服，那个……附加加……"

"是附加价值吧，雏菊大人？"

得到樱的支援，雏菊点了点头。

"是的，有，附加价值，带来了，很多的，资金。就算，观铃，小姐，提出，会，引起，质疑的，事，大家，也会，睁一只眼，闭，一只眼，因为，能，赚，很多，钱。雏菊，觉得，抚子，大人，也会以，某种，方式，受到，利用……"

"他们怎么能这样做……当时您才六岁啊！"

看到龙胆瞪着眼大喊起来，雏菊吓得向后退去。

"啊，不是，对不起，我绝对不是在对春之代行者大人发火。"

"阿左美，大人，生，气了？"

"没有，没有……对不起，对不起啊……吓到您了？"

龙胆把力气使错了地方，吓坏了比他小得多的姑娘。樱看不下去了，开口道：

"好了……为了雏菊大人的名誉我要说清楚：雏菊大人本身没有罪过，就像阿左美大人刚才说的，雏菊大人是受到贼人的强迫。不管怎么说，雏菊大人也不是罪人，不会受到惩罚……请大家不要产生误解。那么，我们继续说下去吧。没问题吧，阿左美大人？"

"是啊……贼人中的女首领把四季代行者……当成自己的孩子来养……还当成工具来利用。这样的行为只能用丧心病狂来形容，不过我们必须明白这一事实，才能继续说下去啊……”

“是的……对，观铃，小姐，来说，这，并，不是，一件，不正常，的，事情……”

龙胆实在无法理解那样的思维方式。

抚子身陷丧心病狂的贼人当中，这一点就无法得到龙胆的容忍。

“那个，阿左美，大人。现在，可以，认为，抚子，大人，暂时没有，生命危险。”

“您是说……他们不会马上杀害抚子？”

“是的。只要，抚子，大人，乖乖，听，观铃小姐，的，话……”

龙胆用手捂着嘴，思考起来。他没有把握主人会像当年的雏菊那样认清形势乖乖听话。长月或许是看出了龙胆的心思，安慰道：

“阿左美，不用担心，抚子大人会老实听话的，因为她一定认为你会去救她，她可是把你当成了白马王子。”

“只能祈祷真的是这样……花叶大人，您被绑架之后，在国内频繁转移过吗？现在抚子在什么地方，您能推测到吗？”

“应该是，在，国内。”

“为什么？”

“雏菊，被，绑架，后，‘华岁’，与，政府的，交涉，并不，顺利。继续，活动，一段，时间，之后，观铃，小姐，把，‘华岁’，暂时，交给了，一位，名叫，‘美上’的，先生，随后，去了，海外……可是，她，很，快，失去耐心，回到了，大和。雏菊，觉得，观铃，小姐，应该不会去海外……那个，美上，先生的，名字，是，‘美丽’，的，‘美’，加，‘上’。”

长月开始操作触控平板终端寻找相关资料。她打开的是秋离宫遇袭时监视摄像机拍下的影像。雏菊用手指着其中一名狐眼男人，说道：

“美上，先生，就是，这个人。他，总是，弓着，背，有些，瘦削。”

雏菊只看身材就认出了那个名叫美上的人，龙胆不打算质疑这一点，但还是说道：

“真亏您只看身材就能认出来啊。”

“因为，在，雏菊，之前，的，人生，中，基本，一直，和他，在，一起。这样，的，一个人，就算他，走在，很远的，地方，应该，也能，认出来，吧？”

龙胆不知该说什么，只好点头。

雏菊说得没错，一起生活过很长时间的人，就算隔着老远的距离，人们也能认得出来。

——这个人可是绑架犯啊。

雏菊说出的虽然是常理，但对象不是亲人，而是一个罪犯。这一点让龙胆觉得很别扭，可他也没法指出来。

“美上，先生……好像，把，观铃，小姐……看得，很重要。”

根据雏菊的记忆，她和观铃一起在海外的时间大概是一两年。

与资料对照就会发现，“华岁”在那段时间里的活动比较低调，没有制造什么值得一提的事件，说明与观铃相比，美上算是慎重派。首领不在的时期便偃旗息鼓，或许是因为美上不是一个觊觎首领宝座的野心家。而从观铃一贯的作风来看，她也不是会让部下得到机会造反的人，可见他们之间早就形成了信任关系。

“要说，观铃，小姐，为什么，去，海外，那是，因为，她，的，母亲大人……去世了……有，许多，事情，需要，交接。后来，观铃，小姐，一直和，海外，的，武器商人，争地盘，最终，失去了，耐性，把，相关，工作，交给，她的，妹妹，自己，回到了，大和。再后来，观铃，小姐说，还是，大和最好，也一直，在，国内，东奔西走。她说，这辈子，再也，不想，出国。雏菊，认为，她，应该，在，国内。”

“我有个问题，哪位知道请回答我。”

这次举起手来的是琉璃。

“大家觉得袭击夏离宫的贼人也是‘华岁’吗？”

樱回答了她的问题。

“这个可能性很高，袭击电站的恐怕也是‘华岁’。我认为他们这样做，肯定是为了袭击夏离宫。其实冬乡遇袭时，附近的电站也有一部分也遭到了破坏，只是当时没有受到人们的重视。那次电站袭击发生在白天，主要的影响也只是便携终端没有信号。冬乡就是因此无法呼救，导致国家治安机构没能及时发现袭击事件发生。”

樱的脸上没有表现出情感，但是她的声调并不显得风平浪静。在场的人们都听得出，她现在说的这件事，对她来说是一段痛苦的回忆。

“不幸中的万幸是，冬乡一停电，附近的国家治安机构马上派来了警卫，后来也是国家治安机构的警卫用对讲机叫来了急救车……如果没有雏菊大人与贼人交涉，贼人也不会那么快撤离，他们一定还会攻击赶来的警卫。如果是这样，伤员们一定无法得到及时的治疗……”

雏菊听到这番话，悄悄露出了一丝开心的笑容。

“这么说来，我们应该把近期这一系列事件当成是彼此关联的行动啊。这样看来……”

琉璃穿着连衣裙，打扮得像个清秀的大小姐，不过她挽起双臂，毫不客气地说道：

“分明是有自己人出卖我们，有内奸啊。”

琉璃的这句话像是挥出了一把放射寒光的剑，整个房间马上变得鸦雀无声，龙胆和长月也都紧紧地抿着嘴。谁也搞不清楚这个所谓的内奸是不是自己的身边人。

“是啊，恐怕是有的。”

樱满不在乎地点了点头。

——十年前的事件也一样，没法否定有人给贼人做内应的可能性。

樱一直想着，有朝一日要把那些内奸揪出来。

“不过，现在最重要的不是找内奸，而是营救抚子大人。”

“我同意。只要把抚子大人救出来，真相有可能随之水落石出。我们现在还在审问夏离宫遇袭时活捉的贼人们。”

菖蒲尽可能保持冷静，说了这样一句话。

听到她的话，樱想到了被她砍伤的那名贼人。那名贼人应该受了重伤，但是樱没有杀死他。听过菖蒲的意见之后，樱又一次认识到没有贸然下杀手果然没错。

“我认为……被俘的贼人应该会出卖几个内奸。”

菖蒲说着，环视周围的人，展现出她的演技。

谁也不知道这大会议室里有没有内奸。如果真的有，菖蒲这样做或许能使其不敢轻举妄动，甚至直接令其露出马脚。樱在心里赞叹一番之后，继续说道：

“琉璃大人，我拜托您来之前到秋离宫调查，请问有什么收获吗？”

“嗯，我问了住在附近的鸟和动物，它们说只看到贼人去了创紫空港，后面就不清楚了。啊，对了，可能有人还不知道，我有‘生命使役’的能力，可以驱使鸟兽和虫子，而且能和它们说话，很适合追踪，不过目标如果上了飞机，它们就没法追踪了。”

“关于夏离宫遇袭时停在附近的那辆车，后来有查出什么吗？我记得当时您说附近停着一辆可疑的车。”

“樱大人的记忆力真好啊。那辆车也是，它们只追到空港就不知道行踪了。如果真的是贼人的车，说明他们要去的地方不在衣世也不在创紫。如果基地就在附近，没必要搭乘飞机……贼人很可能去了虾缘或者帝州。当然，也有可能是暂时去海外避风头……”

绑架犯依然没有主动联络，人们都觉得有必要重新制定搜寻方法，确定搜寻范围。

大会议室中的讨论继续了下去。

此时此刻，遭到绑架的秋之代行者祝月抚子依然睡得昏昏沉沉。

抚子不像传统的大和美少女，更像是有一些西洋血统的混血儿，她睡觉的样子就和洋娃娃一样。别人已经把她浑身的血清洗干净，还给她换上了孩子穿的和式浴衣。这个居住空间拥有干净整洁的环境，自然称不上恶劣，可是也称不上舒适。

她好不容易睁开惺忪睡眼的时候，发现身边没有一个人，房间里没有一点儿声音。

抚子默默地环顾四周。光秃秃的混凝土墙壁、输血用的器具，她能看到的只有这些。

她很快便发现，这里明显和她居住的秋离宫不一样。抚子做的第一件事，便是呼唤她心目中这个世界最疼爱她的男人。

“龙胆……”

她发出了沙哑的声音。

“龙……龙胆。”

她接连呼唤着，可是听不到回答。

随后她呼唤了照顾她的女性，然后挨个呼唤她记得住名字的警卫人员。

没有人回答她。抚子感到了恐惧。

——没人在吗？

秋乡警卫部通过二十四小时的监视保护着她。

根据以往的经验，只要她呼唤某人的名字，六十秒之内一定会得到某种回应。通常是警卫部人员通过房间里的扩音器回应她的呼唤，然后很快便有人赶来。哪怕她叫人只是因为做了可怕的梦，甚至只是因为肚子有点饿，人们都会真诚地听她诉说。

抚子的父母都是秋乡出身的四季厅精英职员。

父母发现抚子被选为代行者有了神通力之后，便把抚子交给了秋乡来养育。从那之后，抚子和父母便只在生日和其他的节日、纪念日才有交流。

抚子本人对此并没有多大的不满，是因为秋乡的大人们代替父母，把抚子的生活管理得井井有条。没人回应说明什么呢？

——我记得听到了哗啦一声，窗户碎了。

她最后看到的是雨点般的玻璃碎片。之后又发生了什么，她现在满脑子想的都是这个。

“呜……呜呜……”

恐惧让抚子悄声呜咽起来。她想从床上起身，这才发现自己的肚子上有一条带子，她被固定住了。她用力挣扎，可是那带子纹丝不动。想到自己是被人抓了起来，她的恐惧又加了码。

“呜呜，呜呜……呜……龙胆……龙胆！”

抚子哭着，再一次环顾四周，想向身边的人求助。她在天花板的一角发现了一台秋离宫中也有的监视摄像机，于是把头转向监视摄像机，对着它说道：

“救……救救我……”

她反复说了很多次求助的话，然而她的处境还是没有变化。

安静的房间中只有她自己的衣服和束具摩擦发出的声音，唯一颜色鲜艳的东西就是挂在点滴架子上的输血袋中的血。

“救救我……救救我。”

结果一小时后，这个房间才迎来了来访者。

房间中没有钟表，抚子觉得像过了三五个小时。在她哭得脸上留下了泪痕时，一男一女总算出现在了她的面前。

“御前，我们马上就要出门了，请在三分钟内结束对话。”

弓着背，显得有些阴郁的男人这样说道。

“这么性急……”

回答他的是一个美艳的黑发女人。女人为了让抚子放下心来，向她露出微笑。与女人相反，哪怕目光与抚子撞到一起时，男人脸上依然保持着严峻的表情。

“你叫祝月抚子……对吧？”

听到女人开口，抚子吓得身体一抖。

“不用害怕……我看看，空调之类的没问题吧？”

“咦……”

“冷不冷？会不会太热？”

抚子觉得眼前这位女性乍一看像一位温和的成年人。

“哎呀……血不是已经输完了吗？是谁负责响应监视摄像机？”

然而，抚子总觉得这个人有些不对劲，她的动作就像在演舞台剧。她的表情和举止都显得有些夸张，声调的抑扬也像是在对应某个剧中特定的人物。

“我回头会说他们的，御前。”

“拜托了啊，美上。对不起啊，小抚子，等一下会有人来帮你拔针。

你是不是想去厕所了呢……对了，你应该更想先吃点东西吧？真是的，我现在就要出门了，得先安排好照顾这孩子的人……”

抚子觉得这个女人不可信，但同时也觉得，她应该比旁边这名板着脸的男人更有人情味。于是，她鼓起勇气开口道：

“这是……哪里？”

抚子忍着心中的恐惧，问出了她最好奇的问题。只见女人脸上露出了柔和的笑容，那副样子想必就是所谓的笑容可掬。

“我不能说这里是什么地方……对不起啊。位置情报是保密事项，不过你可以把这里当成你的家……”

“你是谁？”

“我叫观铃·亨德森，是这座基地……不对，是这个家的妈妈。我在这里是最大的，要是有什么问题就来跟我说吧。”

“你是妈妈吗？”

“是的，我也是你的妈妈，从今天开始就是了。不过，一开始你肯定不习惯，上一个孩子也总把我当成外人，叫我‘观铃小姐’……你要是能叫我‘妈妈’，我会很高兴的。”

“可……可是……你不是我的妈妈。”

“我是你的妈妈。我说是你的妈妈，就是你的妈妈。”

“咦……”

抚子听糊涂了。抚子记得自己有母亲，而这个女人又不是她记忆中的母亲，所以抚子觉得，把这个女人称为“母亲”是不对的。想到这里，抚子怯生生地开了口：

“不……不对吧……”

为了不伤害对方，抚子否定得很委婉。

“哎呀，我没说错啊。你听好，你已经成了我的孩子。既然成了我的孩子，你就必须接受我这个妈妈才行。”

“我……我不……为什么？”

听到抚子说出“我不”二字，观铃的嘴唇颤了一下。抚子的本能告诉她，眼前这个女人要发火了。

“你问为什么……因为我已经决定了。”

“你决定是什么样……就必须是什么样吗？”

“是啊。我虽然不是你那样的神，但我在这里就是神。”

抚子沉默了。她发现，不管和这个女人说什么都没用。抚子在感到困惑的同时，也渐渐看清了自己现在的处境。

她想起了那些突然落向她的玻璃碎片，想起了身体像被切碎了一样的疼痛，想起了大人们的叫喊声，想起了巨大的倒塌声。

记忆的碎片终于在她脑海中复原了。

抚子虽然还是个孩子，但是很聪明，别人教过她的事她会记住。

——龙胆和我说过。

她想起了第一次见到阿左美龙胆时发生的事。

抚子和龙胆第一次见面，是在秋乡最重要的建筑，即神社的正殿里。

那是夏天中一个特别热的日子。

龙胆身穿洋装，滴滴答答淌着汗水，单膝跪在宽敞的和式房间中。

当时的抚子个头比现在略矮一些，不明白自己是在做什么。周围的人告诉她，龙胆是会保护她一辈子的人，她还眨巴着眼睛，不明白到底是什么意思。

一生献身于抚子，保护好抚子。这就是当时龙胆的誓词。

“为什么要保护我？”

当时抚子是这样问的。龙胆一直低着头，听到她的问话才把头抬了起来。看到他英俊的面孔，抚子觉得心跳快了起来。

“因为有很多人想伤害您，不过……如果一定要说他们是谁……”

龙胆当时是这样说的。

“就是代行者的天敌‘贼人’……我会这样回答，我的秋神。”

当时龙胆告诉过她，她的敌人是一些被称为“贼人”的不法之徒。

龙胆当时还说，如果她与贼人发生了接触，不管他们说出什么样的甜言蜜语，也不能相信他们。

——这个人不是好人。

抚子虽然和大部分同龄孩子一样不谙世事，不过她会把自己绝对信任的人当成判断他人价值的基准。

而她绝对信任的人就是阿左美龙胆。

——他们是龙胆说的坏人，我不能听他们的话。

“小抚子，来叫声妈妈？会叫吗？”

抚子把头向旁边一扭，回答道：

“你不是我的妈妈，可能是贼人，我不会叫！”

这是她能做到的最大的抵抗。她觉得如果龙胆在场，说不定会夸奖她“说得好”。

然而，在这样的情况下，可以说抚子选错了她该说的话。

“哎呀，哎呀……”

观铃的话音中明显带上了怒气。

“我确实是贼人，不过我也是抚子的救命恩人，抚子要对救命恩人说这样的话吗？”

“龙……龙胆呢？秋离宫里的人们呢？”

“小抚子，在我说话的时候，不要问其他的事情。知道吗，我可是你的救命恩人。你本来命悬一线，是我救了你。你觉得对我说话，可以这么没礼貌吗？”

“龙胆呢？龙胆在哪里！”

“不要总是说你自己！听我说！”

被观铃吼了一声，抚子的喉咙中发出了不成声的尖叫。她感到害怕，恐惧让她的头脑发麻。

抚子试着把求助的视线投向被称为美上的男人。

然而，美上只是叹了口气。

他好像很不耐烦，转过身用后背对着抚子。

“来吧，对我表达感谢。”

观铃的声调变得比一开始严厉得多，她向抚子下达了命令。

就算是这样，抚子还是不想说。

“是……是你，把我从龙胆身边带走了吗？”

“小抚子，表达感谢。”

“跟你说，把我送回龙胆那里去吧……他一定很担心，龙胆总是为我担心。他不愿意去他看不到我的地方，所以连捉迷藏都不肯陪我玩。他就是这么……”

“小抚子……我说的是让你表达感谢，你应该说谢谢。”

观铃抡起胳膊狠狠地抽了抚子一个耳光。抚子仰卧在床上，根本无法躲避。观铃的耳光一次还不算完，来来回回一直打了下去。

“呜……呜呜，呜呜，啊啊啊啊，啊啊，啊呜……”

“早知要哭，当初你就不应该顶嘴。明白了吗？你必须听我的话，你现在已经是我的东西了，是我的孩子了。孩子就要听父母的话，对不对？”

“呜啊啊啊啊！啊啊啊啊，呜啊啊啊啊啊！”

“吵死人了！不许哭了！”

观铃继续抽打抚子的面颊，血沿着抚子的嘴角流了下来。

“别哭了，不许哭。再哭我还抽你。哭啊，看我抽你，哭啊，哭啊。”

抚子不出声了。她虽然还在呜咽，但是为了避免继续挨打，紧紧咬住了自己的嘴唇。

“唉……果然不像那孩子，从一开始就那么听话……”

“还不结束你的教育吗，御前？”

“还没完……喂，看来你比那孩子愚蠢，那么我可不会对你手下留情。你今后要忘记自己的名字，脱胎换骨成为我的孩子。别担心，你只要听我的话，就不会过上糟糕的日子。知道吗，你已经被抛弃了，你身受重伤，可是没有人救你，是我碰巧在场，把你救了回来。被抛弃是不是令你很难过？抛弃你的人们可不觉得难过。他们现在说不定觉得没了你轻松了很多。这也是没办法的事情，毕竟你是个有点任性的孩子，又不会看别人的脸色。不会有人来救你的。知道吗，自从你身受重伤，到现在已经过去了很多天，在这期间没有一个人来救你。他们不需要你，你是个没人要的孩子，你平时没有发现吗？你是不是一直只管自己任性地活着？那当然会惹人嫌弃。没错没错，你是个没人要的孩子。不过嘛……我和他们不一样。哪怕是受到别人抛弃没人要的孩子，我也会好好抚养。你可要对我心怀感激才行啊。你想，你可是个孩子啊，要是我也抛弃了你，你要怎么活下去？你吃什么？你在什么地方睡觉？你现在身体还很难受吧？只要听我的话，你就能活得好好的。明白了吗，现在愿意听妈妈的话了吧？说啊，愿意听了吧？愿意听了吧？”

面对观铃连珠炮一样的语言攻势，抚子只能不断点头，瑟瑟发抖。

“呜呜，啊，呜，呜呜……”

旁边的美上一直用怜悯的目光看着观铃，看着她像下诅咒一样对抚子灌注孤独和恐惧。

——龙胆。

抚子没有出声，只是一边流眼泪，一边在心里呼唤着那个人的名字。

——龙胆。

平时她口中的那个名字，总是带着一丝甜腻的恋慕，这时成了她仅剩的一线光明。

——龙胆。

她现在的处境和十年前遭到绑架的花叶雏菊完全相同。为了在绝望中活下去，她只好不断咀嚼能带给她力量的感情，以免把它忘掉。抚子祈祷那个曾经发誓保护她一辈子的男人能把她救出去。她现在成了笼中鸟，能做的只有这两件事。

——龙胆，你一定会来救我吧。

抚子盲目地相信着他。龙胆虽然伪装自己，但是一直满怀慈爱陪伴着抚子，所以抚子身在绝望之中还能保持对龙胆的信任。

龙胆的秋神闭上眼睛，屏蔽了周围的一切，就像等着王子殿下的睡美人一样。

雏菊等人在四季厅集合后的第二天。

人们猜测的绑架犯，即贼人组织“华岁”联络了四季厅。

以救出人质为目的的交涉总算开始了。“华岁”提出的条件首先是巨额的赎金。

“华岁”提出的第二个条件是修改限制四季代行者的四季条例，要求四季代行者为国民和国家广泛使用其力量。随后，他们还提出释放他们遭到逮捕的同伙。最后，他们甚至提出，如果代行者对贼人的攻击防卫过当，必须基于大和国的刑法严厉惩处代行者。

四季厅只同意支付赎金，拒绝了贼人的其他要求。

“华岁”表示，如果四季厅不在改变四季代行者制度方面让步，他们不会考虑释放人质。就这样，贼人中断了通话，拒绝进一步交涉。人们感觉到对方的耐性比十年前绑架春之代行者时变弱了，再这样下去，恐怕又有一个季节将在大和消失，担忧开始在相关人员中蔓延。

贼人来电时四季厅成功探测到了对方的位置，与四季厅合作的国家治安机构马上出动，可是没能发现贼人，只在附近找到了贼人丢下的便携终端。国家治安机构从便携终端上提取到几人的指纹，但没能在指纹库中发现相应的样本。

贼人联络四季厅后又过了一天。

上午十点左右，四季厅的大楼中，人们忙得不可开交。

搜寻总部中不断有人进进出出。

交涉失败后过了一夜，搜寻总部一边等待“华岁”再次联络，一边寻找其基地，继续调查他们从秋离宫逃走的路线。

夏之代行者琉璃和侍从菖蒲，带着搜寻总部的调查员还有秋之代行者的侍从龙胆外出了。他们从昨天开始，一直在那通电话探测到的位置寻找线索。

“明白了……”

春之代行者雏菊及其侍从樱则在四季厅待命。

樱正在四季厅内的搜寻总部门前的走廊里通话，雏菊站在一旁显得心神不宁，似乎很好奇樱在和谁打电话。通话结束后，雏菊问道：

“樱，是，谁？”

“咦？”

“樱，刚才，在和，谁，打电话？”

“是冬乡的人打来的电话。听说经过狼星他们的斡旋，春、夏、秋方面会调拨正式的人员和预算给我们。”

“斡，旋？”

“因为我们现在是独断专行来营救秋之代行者，只抢到了暂时的支援，比如护卫、经费之类的，都不是正式的规模。”

“又，是，抢到，的吗！”

雏菊惊叫了一声。

“是的，又是抢到的。不过，这次应该说是有政治目的……或者说是有意为之。只要我们行动起来，在我们周围负责护卫和杂务的四季厅职员也必须跟着动起来……没有上级的命令他们不能轻举妄动，可现在秋之代行者被绑架了，他们又不能放着不顾劝阻的代行者不管。毕竟四季厅和四乡都是以支援代行者为目的的组织，如果放弃支援正在发挥作用的代行者，相当于本末倒置。所以，他们不得已为我们提供了支援，这就是我们开始行动后的状态。”

“这么，听来，怎么，好像，是，雏菊和，樱，做得，不对？”

“从局部来看我们或许做得不对，但是从大局来看，我们也没有什么不对。”

樱听不明白樱在说什么，脑海中浮现出了问号。

“这样做可以把那些只想混日子保住自己地位的家伙踢醒，让搜寻工作的状况得到好转。”

“踢……踢醒？”

“是的。我们和夏神主仆这次独断专行，首先相当于向四季厅和四乡提出‘为什么不联合起来营救秋之代行者’的问题。不仅如此，这次联合阵线名义上的发起人还是雏菊大人。人们都知道十年前的事件，而当时被绑架的雏菊大人现在开始了人道介入，他们实在没脸装聋作哑，其中最尴尬的应该就是春乡。那些家伙搜寻三个月就抛弃了雏菊大人，这件事直到现在还被人们当成笑柄。在这种情况下起到催化剂作用的就是狼星他们，我请他们充当中间人，向四季厅和四乡的高层提出了会谈，说服他们设法避免相同的悲剧重演。您不觉得冬天方面有愧于过去的事件，想为其他季节出力很正常，很无可非议吗？再说了，出面的人是狼星和冻蝶，他们不开口说话都能给人相当强的震慑力。他们去向各乡高层低头求情之后，我们总算得到了正式提出各种要求的权利。”

一口气说完这番话，樱脸上带上了只属于雏菊的甜美笑容。

“四季合作营救秋之代行者，已经成了所有人的共同目标，我们现在可以放开手脚行动了。调查员增加，资金也增多了。雏菊大人，我们要不要换一家更高级的旅馆？”

雏菊还是没有完全听明白，不过听出樱做了像历史剧里的贪官一样的事，她惊讶地说道：

“樱，为什么，有，时候，会，想到，很坏的，点子，呢……樱，明明，是个，很好的，孩子……”

雏菊说这话时的表情算得上是茫然，樱则带着有恶作剧意味的笑容，说道：

“雏菊大人……樱说过不少次了，樱只有和雏菊大人在一起时才是好孩子。其实，哪怕是我，本来也不好意思把最麻烦的事甩给冬天方面来做……是狼星说想承担这个职责，所以就交给他好了。那个男人只要是为了雏菊大人什么都肯做，您让他啃泥他恐怕都做得出来。”

“那……那怎么行……”

“您说得对。不过，这是他自己想做的，我们就借着他的罪恶感让他多做些事好了。

雏菊也说不好这样做合适不合适，但最起码樱没有与冬天方面断了联络，这一点让雏菊放下了心。

“樱，没有，和，冻蝶，哥哥，说话，吗？”

在雏菊睡着觉的时候，樱把一切都安排好了，结果雏菊连狼星的声音都没能听到。

“和我通了话的只有狼星……”

而樱也没有和冻蝶说上话。

雏菊和樱都没能和自己必须面对的人好好谈过。

“是这样……”

“按照那家伙的性格，如果他们有谈话的打算，一定更愿意安排好恰当的场所，再和我们面对面谈……我预测……他们应该会提出一起吃饭，毕竟快到午饭时间了。”

“雏菊，愿意，一起吃饭……狼星大人，他们，应该，就要，来了，对吧？”

“是的，按照计划，他们应该快要到了。看来我们来得太早了，会合后要开搜寻会议，我们先喝杯茶如何？”

“要是，待在，一楼，大堂的，咖啡，区，狼星大人，来了，是不是，马上，就，能，看到？”

“应该能看到吧，不过您没有必要去迎接他们。”

雏菊看起来很想到一楼大堂去等着，樱无可奈何地耸了耸肩。

“如果雏菊大人想去迎接他们，那我们就去好了。只是有一点要先说清楚，樱没办法对他们表现得友善。”

应该说这已经是樱能做出的最大让步了。雏菊点了点头，然后好像突然想起来一样，开始整理自己的头发。

“樱，雏菊的……头发，乱，不乱？”

“啊……您的头发一如既往，和国宝一样有光泽感。”

“和服呢？有，没有，什么，不对劲，的？”

“这身和服简直太适合您了，让您楚楚可怜得就像天女下凡。”

让樱确认过自己的样子没问题后，雏菊这才稍微冷静下来。她好像要说服自己一样，点着头说道：

“雏菊，并不是雏菊……应该，不会，有，问题，吧？”

雏菊为什么要这样问，只要不是非常迟钝的人都能想到。

“如果他胆敢无礼……表现得认为您有问题……樱会当场砍死他。”

“那可，不行。”

“那就揍他……”

“这也，不，行。”

“那我岂不是什么都不能做吗？”

“樱，可以，监护，雏菊，和，狼星，大人？就算，狼星，大人，无法，接纳，现在的，雏菊……雏菊，觉得，也是，理所，当然，的。”

樱沉默了。

“不过，希望，狼星，大人，能，和，雏菊，要好，起来……”

——雏菊大人。

樱始终想不通。

现在的花叶雏菊认为以前的自己已经死了，那她又为什么那么想见狼星呢？

她说现在的她不是以前的雏菊，那又有什么必要固执于以前的情和爱呢？

“希望，就算，雏菊，不是，‘我’的，替代品……”

然而，她总是在看雪，反复呼唤狼星的名字，担心他会不喜欢她。

“狼星，大人，也，能和，雏菊，要好，起来……”

这就是雏菊心中那一丝或许变了模样和形态，却依然纯净恬淡的恋慕。

在她不见天日的悲惨监禁生活中，恐怕就是“我”的一丝恋慕支撑着她。

她相信有朝一日还能见到他，就靠这一线希望活了下来。

“雏菊，觉得，这，一定……”

花叶雏菊遭到绑架后，一直把那一丝恋慕当成宝贝藏在心里，这一丝恋慕直到现在依然是鲜活的。

“对于，把，‘我’……还给，大家，一事……有，帮助……”

不管本人怎么强调过去的雏菊已经“死了”，她毫无疑问还活在过去的延长线上。现在的雏菊心怀已死的雏菊的恋慕活着。

“雏菊，其实，一直，想，把‘我’，还给，大家。”

——雏菊大人，您为什么要这样说啊？

雏菊说这话时十分平静，樱却像要哭出来一样凝视着她。

“雏菊，想，把‘我’，还给，‘我’想，保护的，三个人……只是，做不到。”

只不过，雏菊并没有打算硬要让这一丝恋慕开花结果。

“雏菊，已经，死了，能为，自己做的，事，很少。没有，什么，东西，能给，曾经说过，喜欢，已死的，雏菊的，人。”

——您为什么总能为别人战斗呢？

雏菊正打算重新开始。

——我只要和您在一起，就会觉得……

雏菊不是想逃避过去，也没有因为过去而不知所措，只是想对过去有个交代。

——我就会觉得自己非常浅薄。

“可是……雏菊，能，感觉到。雏菊，不是，又，和，樱，要好，起来了……吗……所以，雏菊，和，狼星大人，他们……一定，也能，和，樱，一样……就算，不是，相爱，只要，能，要好，起来……”

——我总是只考虑自己。

樱倒吸了一口凉气，她觉得胸口像针扎一样疼。

她早就决定了，不管是悲痛还是欢乐，只要是这位春神给她的，她都欣然接受，可心里还是觉得难受。

“大家，从，十年前，开始，一直很痛苦，要是，雏菊，真的，能，重新，和，狼星，大人，变得，要好，起来……大家，的，想法，或许，能，改变……雏菊，就，变了……顺利，告别了，已死的那个孩子……然后，又能，继续，向前走了……大家，一定，也是，这样……就算，大家，没法，变得，像，十年前，一样，也没关系……也能，告慰，现在，樱心里的，苦……”

所有与十年前的事件有关联的人，都为了求得某人的原谅，一门心思活到了现在。

哪怕雏菊现在回来了，他们的痛苦和悲伤也不会消失。

人们身边没有发生什么大的变化。已经发生的悲剧、已经留下的伤痕，都是不会改变的事实。但是……

“好吗，樱……”

人们可以把雏菊的归来当成新的出发点。

这称得上是一种告慰，是对在“那段时间”中经受过折磨的所有人的告慰。

“能不能再……努力一下？”

雏菊明明已经心死过一次，却说出了这样的话。

谁才是最悲伤的人？悲伤的程度无法比较，不过樱了解雏菊经历了什么，这也让樱的心被“现在的雏菊”说出的这番话刺得格外疼。

——雏菊大人。

在樱眼中，雏菊周围像是有一圈模模糊糊的光晕，其实只是因为樱眼中噙着一汪泪水，模糊了樱的视野，樱却觉得雏菊本身化成了光。

——雏菊大人。

这位主人曾经告诉龙胆，侍从是代行者的光明，现在樱想把这话原封还给雏菊。

——雏菊大人。

樱一直心怀嫉妒，不明白雏菊为什么唯独不多看看为雏菊付出最多的自己。

在那段时间里，雏菊应该是在思考吧，思考新的自己能为身边的人做什么。

而现在雏菊还在努力，不是为了雏菊自己。

——我的雏菊大人。

“雏菊想，和樱……今后一直，一起，活下去……”

而是为了依然受到罪恶感和仇恨折磨的朋友们努力。

樱、狼星、冻蝶，他们三个人都和雏菊有着相同的过去，为了这些人，雏菊正打算付出无偿的爱。她打算通过自己的努力，消除她的归来带给人们的冲击。

“雏菊，希望，樱，能，看着，雏菊，做，这些事……有朝一日，要是，樱，认为，‘没关系’……认为，雏菊，做的事，‘没关系’的时候，如果，能将，这份想法，告诉，雏菊……到，时候……樱，肯定会，变得，不再，像，现在，这么，痛苦。雏菊，明白……其实，是樱，教给雏菊的……是真的，雏菊能像，现在这样想，多亏了，樱……现在……轮到雏菊，来保护，樱的心，了……要是樱，有一天，觉得，累了，厌烦了，不想，继续仇恨……到那时候……为了，到时候，雏菊，能，向樱，张开双臂，雏菊，现在，就要，铺好，这样，一条，路……”

雏菊已经决定要活下去。既然要活下去，为了对她来说最重要的人，她就要活得更好。

这就是雏菊的愿望。她现在已经振作起来了，已经可以为别人着想了。

雏菊已经说得很明白了，她能有今天多亏了樱。

“如果我真的觉得累了……您真的会对我……张开双臂吗……”

“会的，雏菊会，一直，对樱，张开双臂。”

“我明白了……”

樱这会儿已经不太想否定了。

她依然心怀仇恨，现状也没有改变，不过，雏菊为她指明了一条路。

雏菊告诉她，如果不想再仇恨别人，就走那条路吧。

哪怕是依然心怀仇恨的樱，也明白那条路会带给她多么难能可贵的解脱。

而雏菊也说了，樱不用马上选择这条路，她会一直在那边等着樱，就像樱曾经耐心地等待雏菊的心解冻一样。

“看来樱在您的身边，对您是有帮助的啊……”

樱曾经像是自己选择杀死自己、自己勒紧自己的绞索，而现在，那种痛苦的感觉已经消失了。

“当然，有，帮助，了……要，是没有，樱，现在，雏菊，肯定，不会，在，这里……樱，应该，最，明白，这一点，吧……”

樱沉默了。

“要，雏菊，说，一千次，雏菊，离不开，樱，吗？”

雏菊曾经担心自己没法完成呈现春天的工作，当时樱对雏菊说的话现在从雏菊口中说了出来。樱忍不住笑了。

“我还要侍奉您一辈子呢，您还是分批说给我听吧。”

听到樱坦率的回答，雏菊显得很开心。

“那么……没办法……我们去等冬神主仆到来吧。我们可能要等得有些久，趁着大堂的咖啡厅人还不多，快点去占个位置吧。”

“好的，走吧，走吧，我们，去和，冬神，见面，吧。”

樱苦笑着按下了升降机的按钮。就在她按下按钮的同时，“那件事”发生了。它发生得实在太巧，以至于樱误以为自己就是起因。

樱按下按钮的同时，警铃声响彻整个四季厅。

哔哔哔哔哔！哔哔哔哔哔！哔哔哔哔哔！哔哔哔哔哔！

刺耳的声音从四面八方传来。

“怎么了？”

樱看看自己的手指，看看按钮，又看看周围。

她以为自己按下的按钮触发了警铃，顿时紧张了起来，可是仔细想想根本不可能。

随着一阵又一阵呼啸的警铃声，广播也响了起来，告诉四季厅中的人们发生了火灾。

“发生火灾，发生火灾，请尽快避难。”

广播中的声音机械地不断重复这句话。

大楼里已经开始了新一天的工作，有人从大楼中走出，也有人走进大楼。正门有警卫员负责安保，没有识别卡的人需要接受简单的物品检查，不过想混进大楼并不难。只要认识内部的人，警卫员确认有预约，来访者不管是谁都能进入大楼。因此人们马上想到，这场火灾可能并不是意外事故。

而这样的情况也唤醒了樱的记忆。

“雏菊大人……”

樱把雏菊拉到身边，搂住她的腰，另一只手搭在刀柄上四下观察。

“着火了！我们下到一楼逃出去！”

“用升降机吗？”

“火灾时还是不坐升降机为好！走楼梯下去吧！”

“代行者大人，护卫官大人！请到第一层的大堂去吧！”

调查员们一手拿着随身物品和重要资料，开始撤离。广播虽然说是发生了火灾，可是人们不知道到底是哪一层起了火，而雏菊等人所在的楼层是二十层高的四季厅大楼中的第十九层，第二十层是展望台兼空中花园，眼下没有对外开放。如果着火的是第二十层，他们现在应该已经嗅到了烟味，可想而知，着火的是十九层以下。

“樱，不走吗？”

樱默默带着雏菊走近窗口向外看去，她想先看看外面的情况。

四季厅大楼外有一处宽敞的停车场，这会儿停在那里的车看起来比昨天要多。到达第一层的人们已经开始从正门离开大楼。樱看到几辆车里走出了身着私营安保服务公司制服的人们。那是一家主打商务楼警卫系统的公司，大概是发现警铃响起后赶了过来。

——来得也太快了吧？

樱觉得这些人怎么看都像一直在停车场等着警铃响起。

“春之代行者大人、侍从大人！请快一点儿！我们走疏散楼梯到第一层去吧！”

长月慌慌张张地跑了过来，她没有和龙胆一起外出，而是留在总部做联络员。

“好的……”

樱一边回答，一边不断移动视线观察周围的情况。雏菊看到樱的样子，没有独自先动起来，而是默默留在樱的身旁，脸上带着紧张的神情等着侍从做决定。

“快！这边！”

长月率先走向疏散楼梯。樱盯着长月的背影，注意到本该跟着自己和雏菊的冬乡护卫，还有四季厅春季部门的护卫没有一个人现身。樱拜托他们护卫时保持一定的距离，但他们总会留在樱能看到的地方，现在却不知什么时候不见了人影，没有一个人跑来保护她们。

——不对，不是没人来。

应该是发生了某种情况，导致他们没法赶来保护她们。

——莫非他们已经被处理掉了？

想到这里，樱起了一身鸡皮疙瘩。

她觉得就像有人在暗处，一步一步移动棋盘上的棋子，包围了她们。

樱的心脏跳得越来越快。

——不对。

她觉得四季厅很有可能已经受到了攻击。

——我可不能人云亦云。

她觉得必须果断采取紧急情况下应该有的行动。

樱曾经失去过最宝贵的人。

所以这一次，樱无论如何也要保护好她。

“长月小姐！”

樱观察着周围，喊了起来。

“请快点到这边来！我们要沿着疏散楼梯一层一层向下走，没有问题吧?!”

“好的，这倒是没问题，不过我可以问个问题吗？”

听到这话，长月才看向樱和雏菊。

看到樱把刀拔出了刀鞘，长月瞪大了眼睛。已经在避难行动中落于人后的四季厅职员们发出了惊叫声，恐怕是觉得樱发了疯吧。

然而，其中有三个人和长月一样，没有发出惊叫，只是默默地看着樱。

——一、二、三，算上她就是四个。

“长月小姐。”

樱动了动搭在雏菊腰际的手指。咚咚咚咚，樱用食指碰了雏菊几下，提醒她保持警惕。雏菊的身体马上颤了一下，樱发现雏菊有一只脚向后撤了一步，摆出逃跑的架势。这是她们二人早就做好的预案。

为了保护雏菊，樱需要战斗。而为了让樱放开手脚战斗，她要守护的雏菊就得躲开。如果雏菊不这样做，就有可能在战斗中受伤。

“你怎么穿得这么厚实？”

——我的流派是寒月流，战斗起来大开大合。

樱曾经拜寒月冻蝶为师学习剑术。寒月流是一种结合格斗术与剑术的武术，人们常说寒月流的传人战斗起来就像在跳舞。他们会用类似舞剑和竞技斗剑的轻灵动作发动攻击，用比较现代的说法就是像杂耍一样的剑法。要想把剑舞起来就需要比较宽敞的空间。

樱开始确认自己的战斗空间，说明在她心中，战斗已经拉开了帷幕。

“你穿着防弹背心，能请你告诉我为什么吗？”

樱的这句话成了导火索。

长月脸上亲切的秋乡职员的表情马上消失了。

“雏菊大人！请离远一点儿！”

樱飞快地向前迈出一步，转动上身踢出旋风脚。她的脚挥出一圈、两圈，拉近距离之后，果断挥刀砍了下去。长月的衣服被砍出了一条大口子，但没有流血。

——这家伙果然有备而来！

亲眼看到长月衣服下的防弹服，樱忍不住咂了咂舌头。长月的运气不错，樱连她的皮都没有砍破，只是来势汹汹的一刀力道十足，砍得长月呼吸困难，让她按着胸口倒在了地上。

“躺下吧！”

樱只要认定对方是敌人，下手就会毫不留情，或许应该说是她作为护卫官的长处吧。

樱又冲着倒在地上的长月踢了一脚，踢得她滚到走廊墙角。长月又尖叫了一声。

刚才站定的三个男人向着樱这边跑了过来，手里都握着或许是藏在洋装里的武器。其中二人拿着警棍，一人拿着手枪，拿手枪的那个男人明显是个使枪新手。

——这家伙没有向人开过枪。

看那个男人弯着腰单手持枪的样子，樱认定他就是第一个目标。

樱用刀背挡住挥向她的警棍，顺势把发动攻击的男人让到身后。

紧接着，她又轻盈地躲过另一个男人挥来的警棍，靠近了单手持枪的男人。

那个男人还没来得及胡乱射击，樱就已经用刀背敲掉了他的手枪。

樱继续借奔跑的惯性，空出一只手来攥起拳头，狠狠一拳打得强壮的成年男人双脚离地。单手持枪的男人嘴里溅出唾液惨叫了一声，樱一脚把掉在地上的手枪踢到他们拿不到的地方。

——还有两个！

她听到从背后扑向她的人发出的脚步声，把刀收回鞘中。

她没有表现出一点儿回头的意思，右脚向前踏出一步，左脚划出圆弧落在地上。左脚刚落地，她就一百八十度转体高高地抬起右脚，在空中团身一翻，铆足力气反身踢出左脚。

“呜哇！”

男人举着警棍扑过来，樱这一脚正中他的下巴。男人被高高地踢起，看起来就像直奔月亮而去。

一系列动作让人觉得樱就像脑后长了眼睛，不回头也能看到敌人的动作。她回过身去的时候，正好看到男人瘫倒在地昏了过去。

——最后一个！

下巴被击中的男人昏了过去，手中的警棍朝地面摔去。

樱伸脚把刚从地上反弹起来的警棍高高踢起，单手接住向最后一个男人扔去。男人为了躲避飞来的警棍露出了破绽，樱趁机冲过去，拔刀从他左肩锁骨直劈向右侧腹。男人惨叫一声倒在地上，他没有长月那么走运，不光防弹服被樱劈开，还溅起一阵薄薄的血雾。

“只划开这么一道小口子有什么好叫的！”

刚被划开口子的腹部又被樱踩了一脚，男人的疼痛增了一倍。

“雏菊大人！”

樱回过头去，跑向看呆了的雏菊。

“请用荆条把长月和另外三个男人捆起来！”

樱说着，从洋装口袋掏出一个装着种子的小袋子，像投棒球一样精准地投向雏菊，正好落在雏菊白嫩细滑的手中。雏菊按樱吩咐，攥起一把种子，用春之代行者的力量让荆条生长起来。荆条像一条条又细又长的蛇，沿着地板爬向倒在地上的男人，完全覆盖了他们的身体，把他们缠了个严严实实。

还没来得及沿着疏散楼梯向下逃的搜寻总部的职员们一直看着樱战斗，看着看着便觉得眼睛跟不上樱的动作，紧接着又目睹雏菊展现神秘的力量，一个一个都看得目瞪口呆。

“雏菊大人，我们在确保安全的同时离开这里……”

就在这时，人们听到轰隆一声巨响，四季厅大楼随之微微晃了晃。

——爆炸？也发生在下面的楼层吗？

尽管响声很快被警铃遮了过去，不过毫无疑问就是爆炸的声音。紧接着又有几声爆炸声响了起来，四季厅仿佛已经成了战场。樱觉得如果向下面的楼层走，说不定会被战斗波及。

——可恶！中了圈套！变成瓮中之鳖了！

“谁还想尝尝寒月流剑术的滋味，上前来！要是没有就赶快关上疏散楼梯的门！贼人想把雏菊大人引过去！那里一定有埋伏！”

调查员们赶忙关上了通往疏散楼梯的门。四季厅派出去充当代行者护卫的职员个个武艺出众，可是现在在场的调查员都是文员。

其中也有一些练过格斗术的人，只是面对恐怖分子引起的紧急情况时没有一个人能随机应变，因此所有人都自然而然地开始听从樱的指挥。看到正长月趴在地上向远处爬，樱跑过去又是一脚，然后揪起她的手臂用力一拧。

“哎呀！”

“逃什么逃，你就是内奸吧……”

“啊……”

长月的喉咙里发出了不成声的尖叫。

“警卫部的人是贼人的间谍，难怪秋离宫会被炸烂……阿左美大人看到你这个样子一定会很难过的……真亏你下得了手，把自己一直在照顾的小姑娘伤得体无完肤……今天给贼人做内应的还是你吗？你把我们的动向泄露出去了？居然袭击四季厅，简直骇人听闻！别以为你能活着走出这里，该死的家伙！”

樱拧长月手臂的力气用得更大了，长月惨叫起来。

“樱！”

雏菊看不下去，喊了樱一声。樱这才醒过神来，发现自己做了错事。哪怕在紧急情况下，她也不该在敬爱的主人面前做出这样的事情。

“啊啊！春之代行者大人！误……误会！我不是！”

“误会？你刚才明明想对雏菊大人下手！”

“误会啊！我只是想保护春之代行者大人，带您到安全的地方去！”

长月看向雏菊那边，脸上露出了恍惚的神情。

“啊啊，春之代行者大人……这个世界需要您啊，我怎么会做危害您的事呢？您能回来真是太好了，怎么能让‘华岁’那些家伙夺走您的春天呢？我们快逃吧……希望您带给大和永远的春天……”

长月说着，痴态毕露，向雏菊那边扭动身体想凑过去。雏菊和樱见状，都吓得后脊一凉，赶紧向后退了一步。

“樱……樱，长月，小姐，不对劲，啊……”

“雏菊大人请不要再看她了，脏了您的眼睛。”

樱用刀指着长月，长月停在刀前，脸上依然带着微笑。

“姬鹰大人，请放心吧，我们对春之代行者大人真的没有敌意。”

“那我问你，你为什么像早就猜到要出事一样，想带我们离开？”

“我说了，是为了保护春之代行者大人。我们有随时提防‘华岁’的动作。自从他们和四季厅的交涉失败后，我一直担心会发生这样的事情，早就做好了准备。两位碰巧来到这一层，这是我没有料到的，不过也可以说是我命中注定要保护两位。只要是需要我做的，我什么都愿意做。”

“为什么？你们肯定也是要害代行者的贼人啊。”

长月同样用充满崇敬之情的眼神看向樱，说道：

“您错了，我们是春神的信徒‘彼岸西’，以春神至上为宗旨。”

听到这话，樱糊涂了。

——到底是怎么回事？

她甚至想抱起头来大吼一声。

四季厅突然遭遇袭击，她们现在不能轻举妄动。

在这种情况下，她本就不知道谁能相信谁不能相信，现在又冒出来一个她从来没有听说过的组织。

“我们绝对不会伤害春之代行者大人。其他季节应该在不久的将来退出历史舞台……不，从个人角度来说，我希望能救出秋神……可我又必须顾全大局……”

“你是想说，你们和普通的贼人不一样吗？”

“是的，刚才真是失礼了……我们本打算独自把雏菊大人单独带到安全的地方去……可您是一位忠臣，想把雏菊大人和您分开恐怕不可能。那么我们愿意帮助您，因为我们是雏菊大人真正的信徒，我们的目的就是保护雏菊大人。请您把我们当成棋子来使用，直到平安离开这里。”

——我可不想要你这种瘆人的棋子。

樱在心里咒骂了一句，嘴上还是冷静地说道：

“如果是可以随便当成弃子来用的棋子……那我欢迎。”

她们现在的情况十分危急，而且被孤立在了远离地面的空中楼阁之中。

樱觉得只要是能利用的东西，她必须全利用上。为了保护好紧紧趴在她后背上瑟瑟发抖的雏菊，她必须利用一切，哪怕是突然现身自称信徒的可疑组织。

“你说你是春神的信徒，那就把你拥有的情报全说出来。我代表春神命令你。说吧，长月，‘彼岸西’是什么东西？”

这里没有能保护樱的人，所以樱保持毫无表情的面孔冷冷地向长月低声问道。

同一时刻。

帝州，一辆漆黑的高级轿车正跌跌撞撞地疾驰在帝都的首都高速公路上，勉强保持平衡避免侧翻。而后面有许多辆车正全速行驶，追赶这辆漆黑的高级轿车。

这辆漆黑的高级轿车上有哪些乘客呢？

“杀不杀，冻蝶？”

“不要胡说八道了！旁边就是普通老百姓的车！”

“俗话说先下手为强啊。”

“你听好，狼星……你该做的就是乖乖等着我保护你！”

冬神主仆在隐藏于帝州某地的春乡结束了会谈，正赶往四季厅。

雏菊和樱结束讨论，决定到大堂去迎接他们的时候，二人已经身陷危机之中。

——为什么偏偏发生在这种时候！

狼星打算探头向窗外看，冻蝶硬生生把他的头按到窗弦之下，同时在心中喊了起来。

他们正要去为过去的各种事做个交代，可是现在的情况不允许冻蝶再考虑那么多。他已经被迫把首要任务切换成保护狼星，撤离到安全地带，谁也说不好今天还能不能见到春神主仆。

当年还十分幼小的两位少女的身影浮现在他的脑海中，那是他一直想见的两个人。

“可恶！”

冻蝶一反常态，咒骂起来。

他没有拿起刀，而是掏出藏在洋装里面的手枪。佩刀是护卫官的义务，不过每一位护卫官战斗方式都不一样，有人用刀，有人不用。刀只是护卫官们的第一武器，不代表护卫官没有能力使用其他的武器。冻蝶会使用很多种武器，枪械也是其中的一类。

——车体虽然晃得厉害，但驾驶员也是冬乡人，而且是高手。

冻蝶觉得就算他在后排开始枪战，驾驶员应该也能临危不乱。

“你要开枪？别打偏啊。”

和眼下的危机情况不同，狼星说话的语调意外显得十分平静。

“闭上嘴伏低身体！”

“要不要我帮你？你不是不怎么擅长射击吗？”

“狼星……你莫非觉得挺好玩？”

冻蝶说这话时已经带上了火气，狼星嘴角却露出了笑意。狼星不管做什么都显得多少有些优雅，就连眼下非常坏的坏笑，看起来也不显得下作。当然，这也是占了英俊的便宜。

“我怎么可能觉得好玩呢？”

狼星笑着，声音却冷冰冰的。

“我可是想尽快见到雏菊和樱。”

他的呼吸都带上了凉气，可见他只是表面上故作从容。

“那些家伙在这时候来捣乱了，一定要问我现在的心情，那就是我非常生气，想尽快把他们解决掉……这是真的。”

——这小子太会装了。

看来狼星不是觉得眼下的状况有趣，只是气得到临界点，反而冷静了下来，甚至觉得好笑。

冻蝶从小看着狼星长大，他推测这才是狼星现在真正的心理状态。

“所以我才问你杀不杀啊。冻蝶，我虽然没有下令，可是你不快点解决掉他们，我就要下手了。只要用冰把他们冻起来，放着不管都能要了他们的命。”

冻蝶重重地叹了口气，使劲弹了狼星一个脑崩儿。

“好疼！”

这一下好像弹醒了狼星，他喊疼的样子已经变得和平时一样了。

“狼星，你是代行者，不要再说这样的话。清除障碍是我的工作。”

“抱歉啊……人们总是把我的命看得和纸气球一样轻，所以我自然而然就会把别人的命看轻。因为我是神，没有人权。”

“你还在说这种话……要控制好情绪。”

“我还想说你呢，烦死人了……我要是没有控制，现在这一带已经变成溜冰场了。民众说不定喜闻乐见，要不要试试？”

“不要。别再说了，交给我吧。”

冻蝶告诉驾驶员和副驾驶席的石原，他准备开始迎击贼人，随后他摘掉墨镜，打开车窗探出身体。看到冻蝶举枪瞄准追在后面的车，贼人们也行动起来。其中有些车卑鄙地躲到了普通民众车辆的后方。

“要打就打左前那辆，就算翻倒我也能帮你善后，把它冻住。”

狼星从另外一边的车窗伸出手去，这样对冻蝶说道。

——这种时候倒是很靠得住。

冻蝶调整呼吸，盯着没有躲藏而是继续穷追不舍的那辆车，瞄准了它的轮胎。

瞄准之后，冻蝶毫不犹豫地射出了子弹。虽然狼星说冻蝶并不擅长射击，不过只要看结果就知道，狼星进行比较的基准是冻蝶的第一武器——刀。子弹命中了轮胎，那辆车辆无法保持平衡，失去了继续追赶的能力。

“我给它送些凉气吧。”

与此同时，狼星冻结了高速公路的一部分，失控的轿车就像受到诱导，沿着结冰的路面滑了出去，撞到路边突然窜出的冰柱停了下来。

“你啊……这样善后太过火了吧？”

“我说我会善后，没说我会手下留情……”

狼星正打算继续说狠话，冻蝶突然粗暴地抱住他，狼星只好把后半句话咽了回去。枪声响起，其他车辆里的贼人开枪反击了。

“狼星，你没事吧！”

“就是差点被你压死。”

幸运的是，子弹没有击中狼星他们的车。

唯一的问题就是，被冻蝶这样高大的男人压在两排座席之间狭窄的空间中，狼星感到十分憋屈。

“狼星大人！冻蝶大人！两位没有受伤吧?!”

冻蝶听到前排副驾驶席传来石原的声音。其他四季厅职员和冬乡的护卫充当诱饵，在冻蝶和狼星进入首都高速之前走了其他的路，这一招声东击西尽管成功分散了一部分敌人，可是狼星他们的车还是和贼人的几辆车开始了追车大戏。

“我们这边没事！驾驶席和副驾驶席都没问题吗？”

“我们没有受伤！驾驶员说为了甩掉敌人，我们需要进一步提高车速，抓住什么地方都好，请抓紧了！”

狼星他们的轿车一会儿偏左一会儿偏右，驾驶员展示着精湛的驾驶技术，让车飞驰在首都高速上。

“枪声好像停下了。冻蝶让开，好重。”

“你先别抬头，他们马上还会开枪……如果阿左美的情报没错，敌人应该是‘华岁’，他们恐怕什么枪械都有。我们也和这个组织交战过几次，他们不但善于隐藏，而且从来不露马脚……我们甚至不知道他们到底在想什么。”

听到冻蝶的这番话，狼星竖起眉毛，怒道：

“他们的首领居然打算绑架代行者，将她养成自己的孩子，这样的家伙，你怎么可能猜得到他们的心理！”

“狼星……”

“真让人想吐……我还是觉得哪怕是为了秋之代行者，也不能放过他们。”

狼星恶狠狠地说着。

雏菊等人已经把召开的会议内容发给了狼星他们。

负责担任联络员的，是秋之代行者的护卫官阿左美龙胆。

狼星认识此人，只是没有深入与他打过交道。樱说她自作主张把狼星的个人便携终端号码给了龙胆的时候，狼星还忍不住皱了皱眉头。

狼星对龙胆的印象是“假模假式注重外表的人”，说难听点就是“小白脸”。正是龙胆对待抚子的方式给狼星留下了这样的印象。狼星觉得龙胆不光笑脸假惺惺的，不管做什么都要把代行者抱起来走路，对她百依百顺，乍一看像是一位忠于职守的侍从，仔细观察就会发现他一直藏着本性。

狼星察觉到这个龙胆和他身边那些表面上扮演合格成年人的虚伪家伙没有什么区别。“四季降临”时，狼星和秋之代行者主仆一起度过了一个月，不过狼星一直闷在房间里，虽然和抚子有过交流，和龙胆却没有打过多少交道。

他们最多是相互打个招呼，而狼星经常看到龙胆躲在不起眼的地方抽烟。直到“四季降临”结束，狼星对龙胆的不良印象也没有改变。

“寒椿大人……全是我的错。”

然而，听到龙胆在终端里的声音，狼星对他的印象一下子全变了。

“要是那时候我能保护好抚子就好了。”

——是这样啊。

“要是那时候我没有离开房间就好了。”

——看来那是我的偏见。

“要是那时候……”

狼星已经很久没有和龙胆说过话了，而龙胆现在的腔调和狼星熟悉的那位护卫官一样。

只有悔恨中的人才会用这样的腔调说话。

——原来他把代行者看得很重要啊。

这时，龙胆已经扔掉隐藏本性的面具，真正的龙胆像所有同龄人一样困惑。

龙胆还年轻，还是一个不习惯困难和失败的青年，他碰壁之后不知该如何是好，他的伤口正在流血，可是他不想认输，所以他抛开脸面打来了这通电话。狼星联想到的不光是冻蝶，他仿佛还看到了十年前坠入绝望深渊中的自己。

“要是……我能……替她受伤该多好……”

——我也不知道对自己说过多少次这样的话。

“阿左美阁下。”

“真是对不起大家，要是我……”

“阿左美阁下，不用再说了。这样的话说出来对身体不好，为已经发生的事后悔只会伤身。”

狼星回过神来，发现自己已经说出了关心龙胆的话。

“可是……我……”

“阿左美阁下，你一直在说你自己，可是秋天方面的警卫应该和我们一样，也是团队编制吧？就算有错也不会是某一个人的错。”

“再怎么说，我也是护卫官。”

“虽说你是护卫官，但说白了也只是个平凡人，总有力不从心的事。”

龙胆沉默了。

“我用词不当，抱歉。不过，道理应该没错。这次没做到的事，下一次挽回就是。这一点放在我身上也同样适用……你听好，冬天方面提供帮助是我和冻蝶的意思，你不用过意不去。”

“好的……”

“虽然先行动起来的是樱，但我也一直在考虑营救秋之代行者。结果就是组成了春夏秋冬共同战线。阿左美阁下似乎是为此过意不去，只是没有这个必要。我们有我们的目的，我们是想在营救秋之代行者的同时给贼人一点儿颜色看看。”

“我倒是知道这一点，姫鹰大人说过了。现在的我十分理解几位的这种心情。一想到要失去抚子十年……我就……”

狼星听到终端对面传来龙胆重重的叹息。

“我就觉得像是要疯了。”

龙胆的声调显得十分苦楚，狼星开始打心底为他的精神状态感到担忧。

狼星最清楚，如果心理压力超过极限，人的精神便很难恢复到正常状态。

“那个……你还好吧？”

狼星试着让声调变得比刚开始通话时柔和一些。

“还要劳烦您为我担心……真的非常抱歉。”

“不是，我不是在说套话。我是过来人，明白失去宝贵的人有多么痛苦……再加上抚子，那个……她还那么小。”

“是的，抚子还……很小，还只是个很小的孩子……”

“她虽说也是四季代行者的一员，不过尚且年幼，我也很担心。”

“我也是失去她之后才体会到这种心情，看来我的秋神对我来说真的很重要……”

“你一直没有发现啊。”

“以前我一直没有发现……”

“在外人眼里，你对她可是相当娇惯，简直像在蜜上撒砂糖。”

“我没打算娇惯抚子……算了，我的同事也对我说过类似的话，或许确实是事实……唉，我真是太愚蠢了……现在才明白，对我来说抚子才是最重要的……”

听到龙胆若无其事地说出这段肉麻的台词，狼星明白了。

——原来如此，这小子和冻蝶有相似之处。

想到外人眼中冻蝶对他或许也是这样，狼星便觉得脸上烫了起来。

代行者和侍从不管在形成主从关系之前是否相识，成为主从之后不知为什么都很容易变得相互依赖。主人和侍从会自然而然地对彼此产生各种形式的爱。冻蝶会像理所当然一样，把“宝贵”“重要”之类的词说出口，表达对狼星的感情，所以狼星早就麻木了，可是听别人口中说出这类的话，还是觉得难为情。狼星觉得有点丢人，决定今后在人前多注意一些。不过，就算狼星注意，恐怕也无济于事。

“抚子……”

“阿左美阁下，我说过了，不要过度后悔。”

狼星觉得他与龙胆之间的谈话越来越像在为龙胆解决人生问题。

“你现在应该考虑的只有救出秋之代行者，不要过于自责，那会蒙蔽你的眼睛，让你无法冷静地做决定。我们会尽心尽力帮助你，明白了吗？我们要让这次合作成功，让所有人都觉得没有白费力气。”

"好的……对不起。不光请您来帮忙，还麻烦您说了这么多为我着想的话……说起来惹您笑话，花叶大人已经安慰了我一番。我会打起精神来的。"

"春之代行者……她还好吗？"

"是的，花叶大人每顿饭都有按时吃，只是委屈了花叶大人用盒饭凑合……"

"是吗，那就好。雏菊她……要是喜好没变，应该是喜欢喝橙汁的。"

狼星也能感觉到，便携终端另一边的龙胆不再像刚才那么僵硬了。

"明白了。我会准备好橙汁，只要是为了花叶大人。"

听到这个回答，狼星明白了龙胆对雏菊相当尊敬。雏菊身边多了这样的人，狼星心里松了口气，又觉得五味杂陈。龙胆拥有柔和的嗓音，应该很受女性欢迎，从相貌来说也是个有魅力的男人。

——我不在她身边的时候，她会不会对别人有了新的感情呢？

还没见面，狼星就先担心起了雏菊的恋爱问题。他曾经告诉过他为雏菊安排的冬乡护卫，要是发现她身边长出了害虫一定要驱除，可这条害虫如果是龙胆，护卫们也无可奈何。

"阿左美阁下……"

"请讲，寒椿大人。"

"冒昧问你一个问题……你有恋人吗？"

"什么？没有啊。"

龙胆的腔调中带着一丝困惑，想必是不明白狼星为什么问这样的问题。

"是这样，你是单身啊。四季厅里想必也有很多年轻的男性职员吧，这样的人做起事来比起拖家带口的人更自由。我本来不愿意说这样的话，可是春神主仆和夏神主仆都到了四季厅，那可是四个姑娘，希望你能在她们身边做好护卫，不要因为大家都是年轻人就失了礼数。"

狼星绕了个大弯子提醒龙胆，可惜龙胆似乎没听明白狼星的意思。

"就算应该和诸位大人深入交流，在这样的情况下大家也不会做一起出去喝酒之类的事，毕竟并不是所有人都已成年。"

看来龙胆以为狼星说的是喝酒的事。

“寒椿大人，要是此事能圆满解决，请您和我一起去喝一杯吧。”

“好……好啊。”

龙胆话锋一转，邀请狼星和他一起去喝酒。

“如果您有什么需要帮助的事情尽管跟我开口，我发誓一定会尽我所能报答您的恩情。”

“不是，我承受不起这么重的话。”

“您的恩情我一定会报答。”

“还是很重。”

“请您不要这样说。”

狼星觉得樱没看错，作为护卫官来说，这个龙胆“还不错”。

狼星本以为他是个小白脸，没想到他本性正派忠厚，虽有轻浮的外表，却是一条硬汉。

龙胆虽然也表现出了软弱的一面，可是考虑到眼下的情况，他没有自暴自弃恐怕已经可以算是坚强了。

狼星把思绪从回想与龙胆的对话中拉回到现实，向冻蝶问道：

“你怎么知道他们是‘华岁’，也有可能是根除派的人吧？”

轿车左冲右突，冻蝶和狼星一边注意不咬到舌头，一边继续对话。

“如果只有某一个代行者遭到了袭击，我可能也会这样想。可是夏离宫和秋离宫都遇袭了，而现在又轮到你这个冬之代行者。想来他们不是根除派而是改革派，袭击的目的是威胁政府才对吧？如果不是改革派，真的有这样的根除派……那恐怕就是最可怕的否定所有季节的反社会狂人集团了。”

“明白了……冻蝶，给我子弹，我来加上冰冻守护，一鼓作气干掉他们。”

听到这话，冻蝶迟疑了一下，还是把枪递给了狼星。狼星把子弹从弹仓中取出，为子弹施加守护。与此同时，轿车还在左右摇晃。这样的情况下人很难注意到周围细微的变化，但是冻蝶紧贴着狼星，还是发现了问题。

“狼星，你的便携终端响了。”

“帮我拿出来，直接掏就行，我现在做不了别的事。”

狼星正仰着头嘟嘟囔囔小声吟唱四季歌，把神通力灌注到子弹中，他的手都腾不出来了。

冻蝶只好把手伸向狼星的和服腰带，把挤在和服与腰带之间的便携终端救了出来。冻蝶猜测可能是搜寻有了进展，龙胆打电话来报告，可是他错了。

“这是樱打来的……”

他看到终端的屏幕上显示着“姬鹰樱”。

狼星一边把子弹重新装回弹仓中，一边冷冷地说：“接啊。”

“我接了她会不高兴的。”

冻蝶皱起眉头。他想和樱说话，又不敢和樱说话，两种心情在他心里打成了一团。

“就算是我接，那家伙也没有好气。以前她叫我总带上‘大人’，现在却是直呼名字，而且一点儿都不客气……不过，我倒是觉得这样挺好，就像同龄朋友一样。”

冻蝶默不作声。

“她说你的时候也是直呼名字，看来你降级了。”

“无所谓，我虽然年纪比她大，但是职务都一样。”

“你们俩……以前明明那么要好。”

“都怪我……”

“都怪我。”

“不怪你。”

“就怪我。别废话了，破釜沉舟吧，就算不成功，后面还有我给你兜着，我会告诉她你是怎么拼命地找雏菊，告诉她你多么担心她们。”

冻蝶又沉默了。

“冻蝶，这是主命，你来接电话。我还要继续吟唱，不要再和我说话了。”

冻蝶还在迟疑，便携终端的来电铃声停了。冻蝶慌忙拨了回去，握着便携终端的手汗涔涔的，比受到贼人袭击还要紧张。

嘟噜噜噜、嘟噜噜噜，呼叫铃声响了两次，第三次响起之前，对面的人响应了呼叫。

“狼星……大，人？”

冻蝶倒吸了一口凉气。银铃般断断续续的声音在他耳边响起。他一开始没能分辨出说话者，可是想起事先从狼星那里听到的消息，他便猜到了说话者是谁。

“我是冬之代行者的护卫官，寒月冻蝶。听这声音……您是雏菊大人吧……”

狼星停止吟唱，张着嘴巴抬起头来。狼星仰头躺在前后排座位之间，冻蝶低头伏在他的上方，这一抬头，狼星的头自然撞上了冻蝶的下巴。

“呜……”

冻蝶轻轻呻吟了一声，狼星则疼得出不了声。狼星用额头撞了冻蝶的下巴，却是狼星疼得更厉害，可见冻蝶的身体有多结实。

“怎……怎么了？刚才，雏菊，好像，听到，咚，的，一声？”

“没……没事，我们这里比较窄。”

“冻蝶，哥，哥？樱……樱，冻蝶，哥，哥，接了，电话。咦……请……请冻蝶，哥哥，等等？要挂断吗？怎……怎么办啊……啊，哥，哥，樱正在，和别人打电话……”

看来首先打来电话的是樱，冻蝶没有接电话，于是她去处理其他便携终端的电话了。而冻蝶回拨的电话则由雏菊接了起来。

“请您不要挂。您是雏菊大人……没错吧？”

“是……是的，是雏菊。冻蝶，哥，哥，您的，身体，不要紧，吧？”

“如果您说的是刚才那一下，请您不用担心。”

“不是。”雏菊马上否定了冻蝶的话。

“您是说……”

“不是，现在，是，以前……您，不是，中了，子弹，吗？伤，已经，好了，吗？那时候，您保护了，雏菊……”

冻蝶倒吸了一口凉气。

“非常，感谢，您，救了，雏菊。”

听明白雏菊说的是冬乡遇袭时的事，冻蝶惊得张开嘴愣住了。

“雏菊，一直想，向您道谢。”

——为什么？

她心目中的冻蝶，还停留在当时中枪受伤的状态。

冻蝶明白雏菊应该知道他还活着，尽管如此，她还是在为他十年前受的伤担心，这让冻蝶无法掩饰他的惊讶。

——您说的第一句话不应该是这个吧？

他觉得雏菊还有更该说的话。

——您应该质问我，为什么没有去救您？

——您应该质问我，为什么没能从始至终为樱提供保护？

——您应该对我说，您的人生就是因为我们才被毁了。

只要雏菊想，她应该有无数的苦水要吐才对。

“现在，已经，不，要紧，了？已经，不疼，了吗？”

然而，雏菊没有说那些话。

——您应该有无数其他该说的话吧？

十年前，冻蝶曾经在鬼门关走过一遭，是雏菊救了他。

雏菊当时选择了防御。如果她使用神通力对贼人方面发动攻击，雏菊本身或许能避免受害，可是其他人不一定都能活下来。

——为什么？

当时贼人方面人多势众，如果雏菊当时的攻击不能将贼人全歼，漏网之鱼说不定会为了报复杀死冻蝶他们当中的某个人。冻蝶自己很清楚，正是春神的樱花树保护了他，使他得到进入医院接受治疗的机会，他才得以保住一命。

“是的，已经好了……”

——您为什么说这个？

冻蝶本以为雏菊会说其他的事，不过要问他觉得雏菊会说什么，他也猜不到。

“现在……”

他本以为自己会跪在地上，额头抵着地面，接受劈头盖脸的咒骂。

他本以为自己会默默垂着头迎接拳打脚踢。

这才是他设想过的向雏菊主仆谢罪、与雏菊主仆对话时的情景。

“冻蝶，哥，哥？”

出乎意料的是，事实与他的想象完全不同。

——请给我惩罚。

雏菊不光没有发火，甚至还在为十年前没能保护好她的青年担忧。

——我明明应该受到惩罚。

他的心脏疼得开始呼救，他想干脆把它摘出来。

他是那么痛苦，那么悲伤，那么难过。

甚至与原谅不原谅无关。

“还，疼吗？”

雏菊一直把当年的他放在自己心里的一角。

她一直在担心他的安危，她还活在十年前的那一天。

她受到监禁，一直过着暗无天日的日子，可她始终惦记着他。

“现在我……已经没事了……”

她现在还是像十年前一样，关心着他。

“我已经不疼了……”

她还把他称为冻蝶哥哥。

冻蝶觉得眼睛一热。

当年听到雏菊尊称自己为“哥哥”，冻蝶便猜到她是想在他身上寻求些什么。得知雏菊有一位同父异母的兄长之后，冻蝶明白自己无法替代雏菊的兄长，但还是希望自己可以像兄长一样疼爱她。

他们失去了这位少女许多年，而她现在还像当年那样称呼他，让他心如刀绞。

“我没事了……我已经不疼了，雏菊大人。”

同时，冻蝶也为此感到高兴，即便他觉得自己实在没资格。

——您明明应该给我惩罚。

冻蝶急急忙忙戴好被狼星撞歪的墨镜，因为他的视野已经被眼泪模糊了。

“我应该向您道谢……十年前……是您救了……我的命……非常感谢您……”

“冻蝶……哥，哥……”

“我实在没脸说出‘求您原谅我，没能保护好您’这一罪过的话……我会用一辈子来赎罪……您有什么需要我做的吗？您的身体还好吗？”

“哥，哥。”

“我没有资格听您这样称呼我……”

“请不，要……这样，说……”

“不，这是真的，雏菊大人……”

冻蝶一边苦楚地叹气，一边说道。

——冻蝶。

狼星看着冻蝶的样子，目瞪口呆。这个男人平时总是紧绷着弦，不在别人面前表现出脆弱的一面，现在他却轻易地摘掉了面具。

——他们俩上一次说话还是十年前。

狼星能听到便携终端中漏出的一丝雏菊的声音。虽然听不清楚她说了什么，不过能听到一点点她宛如金平糖一样甜美、剔透的声音。

——她活着。

狼星把吟唱忘到了九霄云外，闭上了嘴。他突然觉得难受，这才发现自己一直忘了呼吸，开始急促地吸气。不知道为什么，他生怕便携终端另一边的雏菊听到他的呼吸声，于是用手捂住了嘴。

——雏菊还活着。

直到这时，他总算确定了雏菊真的活着。

狼星像遭遇了某种神秘现象一样，身体动弹不得，喜怒哀乐的漩涡在他心里翻腾。

“请，不要，这样，说……”

雏菊第二次说出这句话的时候，声音显得非常悲伤。

“要是，这样，说，雏菊，也，没有，那个，资格……可是，现在，雏菊，没法，解释，明白……冻蝶，哥哥，听说，雏菊，的事，了吗？”

“是的……听别人……说了一部分。”

“雏菊，不是，以前的，雏菊。有，另一个人，在，身体，里。雏菊，是，替代，品。不过，也有，和，以前，一样，的，地方……”

听到雏菊说出像谜语一样的话，冻蝶不知道该怎样回答她才好。

“如果，已经，死了的，那个孩子，在，这里，也会像，雏菊，一样，叫您冻蝶哥哥。所以……请，不要，这样，说……”

“死了……”

“雏菊，已经死了，现在的，雏菊，不是她。”

“我没能马上理解，对不起，这是所谓的多重人格吗？”

“雏菊，也不，知道。医生，说过，好几种，有，可能的，病名。”

听雏菊说出“病名”二字，冻蝶觉得脑袋就像挨了一闷棍。其实一点儿都不奇怪，站在现代医学的角度，雏菊现在的状态想必会有相应的名称。

“现在，在，这里，的，就是，一个，那样的，雏菊。冻蝶，哥哥……那，个……本，打算，见面，之后……当面，说的……”

“请……请等一下，雏菊大人，狼星在旁边呢，我这就让他接电话！”

“不知道，还能不能，说出口……所以要，现在说……”

雏菊的情绪似乎有些激动，她没有听到冻蝶的话。

冻蝶赶忙把便携终端贴在狼星耳旁。

狼星还没来得及拒绝，声音就已经传到了他的耳中。

“雏菊，没能把，十年前的雏菊，活着，还给大家，对不起……”

这时，狼星终于在雏菊回来后，第一次听到了雏菊的话音。

自从得知接起电话的是雏菊后，狼星怕雏菊听到他的声音，一直用手捂着嘴。可是便携终端贴在他脸上，想不让雏菊听到他的声音也难。

“雏……”

狼星的嘴唇和手都在发抖。不管什么样的严寒都无法冻结冬神，可只是听到自己心爱的少女的声音，他便不住地颤抖起来。

“雏菊……”

狼星想叫雏菊的名字，硬生生地挤出了声音。紧接着，他便听到便携终端另一边传来爆炸声。爆炸声连续响了好几次，紧随其后的是尖叫声。

“雏菊？”

狼星听到好几个人在尖叫，其中也有雏菊的叫声。

“嘟、嘟、嘟。”电话断了，只留下了电话切断后冰冷的提示音。

“狼星，我怎么听到了奇怪的声音，雏菊大人那边出什么事了吗？”

狼星说不出话了。

“樱把电话接过去了吗？喂，狼星。”

冻蝶看了看他按在狼星脸上的便携终端，发现通话已经结束，重新拨过去又无法接通。

“雏菊……在尖叫……”

狼星自言自语一样嘟囔道。

紧接着发生了什么，连冻蝶也不清楚。

“她在尖叫。”

狼星说着，身体浮了起来。

不是开玩笑也不是幻觉。

狼星的身体确实浮了起来。

事情只发生在几秒间，在冻蝶看来却像慢动作一样迟缓。浮起来的不光是他和狼星的身体，还有枪、子弹，一切都浮游在空中。

他听到前排座席传来了石原的尖叫声。

紧接着，他又听到撞击引起的一声巨响。

他没有系安全带，身体撞上了车顶。

咔嚓！冻蝶听到了不知是什么东西被撞碎的声音。

哪怕有人告诉他车外面有个巨人，刚抓起轿车扔在地上，他现在说不定也会信。

冻蝶发出了痛苦的呻吟声。撞击声巨大，实际上传到车内的冲击并不大，可是事出突然，他的身体撞得生疼，嘴唇和额头都撞出了血。

冻蝶首先确认狼星是否安全。

狼星还活着，呼吸也没有问题。

似乎是冻蝶下意识地抱住狼星，保护了他。毕竟狼星出生之后一直是冻蝶保护他，保护狼星的动作对冻蝶来说已经成了习惯。狼星看起来似乎有些虚弱，只是双眼放射着凶光，嘴也像会喷火的龙一样，唇间向外飘着凉气。

——莫不是这家伙干的？

他扭头看向侧面，这才发现他们身旁长出了一根巨大的冰柱。

——唉，狼星啊。

路面长出的冰柱从后排座位下方贯穿了轿车，顶得他们刚才的座席走了形。如果不是他们躲在两排座席之间，恐怕已经被穿透了。

那根冰柱宛若狼星总想伤害自己的欲望的化身。

虽然不会死，但他总是把自己伤害到濒死程度。

“狼星！”

狼星的反应很迟钝。大概是神通力用得太猛，他现在神情恍惚。

冻蝶撑起了身体。

“驾驶席那边！没事吧！”

“我……我……没事。幸亏有气囊……可是我动弹不得！”

“等一下，我这就帮你出来！狼星！现在可不是愣神的时候！快醒过来！”

冻蝶拍了拍狼星的脸好几下，狼星双眼的焦点这才转到了冻蝶的脸上。

“冻蝶……”

“总而言之我们先从车里出去，你真是做了件不得了的好事……”

冻蝶费了九牛二虎之力才从车里钻了出去。

出去才发现车外更加“不得了”，他惊得说不出话了。

外面有一座冰山。巨大的冰横在路上，与春之代行者呈现的春景格格不入，明显是狼星干出的好事。那座冰山隔断了上下行的所有车道，让首都高速公路变得彻底无法通行了。

——这小子发动了攻击？

如果一定要给这个招数取名，大概可以称为冰的千针地狱吧。一直对狼星他们穷追不舍的几辆追踪者的轿车被许多根冰柱刺穿，挂在空中动弹不得。狼星的冰柱都巧妙地避开了前后座席，可是刺成这样，里面的人恐怕很难毫发无伤。冻蝶猜测只是狼星的感情突然爆发，所以误伤了自己的车，他应该不是故意的。

——搞出这么一个烂摊子。

起初，周围一片寂静，不久之后汽车们纷纷开始鸣笛。

跑在前方的轿车和摩托车纷纷折回来看到底发生了什么。冬之代行者用神力制造奇迹，毁掉了首都的交通命脉。对民众们来说，这件事严重扰乱了他们的日常生活。

“冻蝶大人！”

石原突然喊了起来。冻蝶注意到危险，冲向狼星抱住他伏在地上。同一时刻，枪声响了。贼人们的轿车虽然被冰柱刺穿，但他们还是从冰山中向狼星这边射来了子弹。

话虽如此，贼人们的射击不像是攻击，更像是威吓或者在恐慌中胡乱开枪，子弹都偏离狼星他们很远。只是周围停着很多民众的车辆，冻蝶觉得还是有必要解除贼人的武装。

“真是些烦人的家伙啊……”

狼星在冻蝶怀里把手举向空中。

一把又长又宽的冰刃眨眼间出现在狼星的手中。狼星握住刀，推开冻蝶站了起来，跑向贼人的车辆，像扔标枪一样把刀扔了出去。

狼星投出去的冰制太刀刺中了开枪的人乘坐的轿车，从外部生成冰把轿车完全封闭起来。那辆轿车随着噼里啪啦的声音，被冻成了一个冰坨。

周围顿时又一次变得鸦雀无声。在场者纷纷有了认识：神奇魔法般的现象是谁引起的，此人在这个国家被人们称为什么。

“他是冬之代行者……”

有人这样嘟囔了一句。

四季代行者对民众来说是遥不可及的人，是活在童话故事一样的世界中的现人神。

四季轮流登场，民众们便享受相应的季节，基本上不会想到季节背后代行者的劳作。

这也难怪，人们在学校虽然会学习世界上为什么有春夏秋冬，但是基本都没有机会亲眼看见代行者如何为世界带来季节。

狼星用起神通力来不管不顾的，但实际上四季代行者不能轻易让民众看到他们使用神秘力量的样子。被民众看到就意味着会受到瞩目，而并不是所有人都对四季代行者心怀善意，其中也有恶意。

不光代行者的神秘力量应该保持隐秘性，代行者本身也是一样。

这样做有益于保护他们。

狼星不知是不明白这一点，还是明知故犯。

他总是采取无益于风险管理的行动。

或许是因为比起其他人，他的求死之心更强。

冻蝶一直有教导他，不能随意使用四季的力量。

上一次在山道事故现场救人时，冻蝶也是不得已才允许狼星使用神通力。

如果总出这样的事，他们在冬乡和四季厅也会变得被动。最终，人生之路越走越窄的只会是狼星自己。

——这个傻子不光召唤出冰山，还用冰刃刺穿了贼人。

要是心脏不好的人遭遇了这一幕，恐怕已经休克了。

冻蝶脸上带着怒火走到狼星身旁。

“狼星，做好准备别咬了舌头。”

冻蝶警告之后，没有给狼星反应的时间，一拳揍在他的头上。

狼星听到哐的一声响，眼前冒出了金星。他失去重心倒向前方，赶紧伸出腿才没摔在地上。他转过脸想进行抗议，可是看到冻蝶的怒容，他的冲劲儿一下子被镇住了。打了这么多年的交道，狼星一看就知道大事不妙，有点理亏地说道：

“那个……你没给我做准备的时间，我咬到嘴里的肉了……”

“你这个混账！做了这样的事一定会受到追究！你就那么想炫耀你的力量吗?!”

“不是……我没打算搞得这么夸张，下意识就……”

“你以为别人会相信这样的借口吗！”

冻蝶又攥起拳头走向狼星，狼星赶忙向前伸出手掌示意冻蝶等一下。冻蝶还真就停了下来。

“冻蝶，你听我说。你不是已经揍了我一拳吗？气应该消了吧？”

“没有，我还得再揍一拳。毕竟你还要去见雏菊大人，我可以不打你的脸。”

“等下，等下，等下。这么危急的情况下内讧可不好，再说你的拳头打人太疼，接下来我还要战斗，最好不要消耗体力。”

“你说的倒是都有道理，可是实际上只是不想挨揍吧……那你就简洁地说说做出这种‘好事’的目的和动机！”

“你是我妈吗？”狼星本想这样顶嘴，可能是想到一说出来肯定又要马上挨拳头，又把话咽了回去。

“我明白了。首要目的是到四季厅大楼去救春之代行者主仆，我听到电话里传来尖叫声和枪声。你从便携终端听到的就是这些声音，我们必须马上赶去现场救援。”

冻蝶大吃一惊。

“动机是我喜欢的女孩和我的朋友现在都面临危险，这就不用我解释了吧？”

旁人看来可能会觉得狼星的言行荒唐无稽，可在熟悉他的人看来，他的言行始终如一。

“冬春两方面同时受到了贼人袭击？”

“恐怕是的。可能是贼人精心计划的袭击。冻蝶，拜托了，跟我来吧，她们在等我们。”

冻蝶沉默了。他的这段沉默显得有些漫长。

狼星透过冻蝶的墨镜看着他的眼睛。

——他不是在考虑拒绝我的要求啊。

狼星会向冻蝶下令，但是很少对他说“拜托了”。狼星知道，只要说出“拜托了”，冻蝶绝对无法拒绝，再说这次狼星拜托冻蝶的事，也是冻蝶自己的愿望。

“狼星……”

过了一会儿，冻蝶终于开口了。

“你怎么不早说。”

冻蝶一边扶正墨镜，一边说道：

“要等其他护卫一起去四季厅，恐怕要花上一个小时，可是情况紧急，只能我们两个人先去，你明白吗？”

只要遇上和春神主仆有关的事，冻蝶绝对无法踩刹车，他就是这样的一个人。

“当然了。所以我才把那些贼人冻起来，可能会冻伤，但是不至于死掉，把他们丢在那里就行了。”

“我们得向国家治安机构请求救援才行，你做的这些事太过火了，你明白吧？”

“我明白，我明白！就算是情况紧急也太过火了。我是听雏菊……在尖叫……”

狼星说着，皱起了眉头，可能是心里着急吧。

“总而言之，回头再处理这里的事！这车……已经不行了。冻蝶，你把石原他们救出来，我去问问周围的人，看谁能把车借给我们。”

狼星说着，独自走上前去，开始朝看热闹的人们搭话。

——狼星，你的短处虽然没有改进，但你终归是长大成人了啊。

自己要守护的主人，现在成长为一名自立的青年，能与他同舟共济，这让冻蝶觉得心里十分有底。要是在十年前，冻蝶实在想象不出狼星会这么做。

——最让我心里有底的，就是我可以和你各司其职。

冻蝶走到车附近去救石原和驾驶员。他用刀割开气囊和安全带之后，石原和驾驶员总算脱困了。

“这是怎么回事?!”

听到面无血色的石原问出这话，冻蝶耸了耸肩。他自己还想问呢。

驾驶员虽然也平安无事，不过看到冰山后瘫坐在了公路上，嘟嘟囔囔地自言自语：“看来我们的神非常生气。”这也是只有冬乡的人才会说出口的感想。

狼星本人则压住怒火，正和附近的一辆轻型货车的驾驶员说话。冰山生成之后，这位青年驾驶员便停了车，下来看热闹。

“我出三百万，怎么样？”

狼星伸手指着轻型货车货斗上装载的摩托车，这样对青年说道。

看来，他似乎是打算买下这辆摩托车代替轿车。

“什……什么？”

青年的脑子还被刚才狼星投出冰刃的情景占据着，狼星突然跑过来要买他车上的摩托车，让他有些反应不过来。

“我是说买摩托车，这辆摩托车……应该马上就能骑吧。”

“啊，是的！我本来就想卖掉……打算最后把它拉到林间路上去跑一跑。那个，没错，马上就能骑。对……对了，我想问个冒昧的问题，您真的是冬神吗？”

“我是冬之代行者。虽然我觉得自己是人，不过现人神这个定义应该是最合理的答案吧。也就是说，你帮我就相当于帮神。”

“真的假的？”

“是真的。卖给我吧，能积德。”

狼星把脸凑到青年旁边，说道。青年看着他，脸红了。狼星标致的容貌对男女都有魅力。

“三百万……这么多钱都能买新车了，您真的要买这辆旧车吗？我打算卖给二手车行才拉来的……”

“我想要马上能用，而且是磨合好了的车。”

“那个，我想想。对啊……有了这笔钱我就能还助学贷款了……”

“助学贷款……你是工读生？”

“啊，不是，我已经毕业工作了，只是贷款还没有还完……您……您真的会付钱给我吗？”

看到青年动了心，狼星马上趁热打铁。

“给你三百五十万，能马上通过电子银行汇到你的账户上。”

青年沉默了片刻，然后面带下定决心的表情，点了点头。

“我愿意卖……”

狼星伸出一只手，与青年握了握手。

“你很明智，还记得银行账号吗？”

狼星把生意谈成了。

“啊，有的，在二手车行要办手续，我记下来了……”

二人从说第一句话开始还不到十分钟，已经构筑起了融洽的关系。

“冬神大人……不对，代行者大人，这是一辆越野摩托车，您开过吗？等等，您有驾照吗？冬之代行者大人也要上驾校吗？”

青年似乎不再像一开始那么紧张，有点兴奋地向狼星问起了问题。

狼星保持着冬神的风范，冷淡地回答道：

“怎么可能，负责驾驶的当然不会是我。我的侍从会骑，没有问题……好了，民众，感谢你的帮助，支付也完成了，把摩托车从货台上放下来吧。这里很危险，请你尽快开车离开。我多汇了一点儿，你今天就用这钱吃点好的，愿四季之神保佑你。”

狼星不住嘴地催青年把摩托车准备好，紧接着便打发了他。

“好了……冻蝶，过来！你应该有大排量摩托车的驾照吧？”

狼星在接触那位青年的过程中虽表现得十分傲慢，却不会令人不快。冻蝶惊讶地说道：

“你以为你是神吗？”

冻蝶说这话是指狼星不该那么傲慢，没想到狼星好像觉得很奇怪，回答道：

“我就是神啊？我可是四季代行者。”

冻蝶被反驳得没话说了。

“对了，首都高速是不是不能骑着摩托车载人？”

冻蝶再次叹了口气，回答道：

“现在算是四季条例第六条中规定的特殊情况，所以在贼人受到控制，确保我们的自身安全之前，我们采取的措施可以不受法规制约。就算在高速公路上骑摩托车载人也不会受到法律追究。”

“那就好。我要是继续触犯大和的法律，给我善后的石原恐怕要哭出来了。”

“我也要哭出来了……狼星，尽管你是神，也要对民众表现出更多的尊重。”

“我对谁都是这样，不会因为对方的身份改变我的态度。再说了，教我言谈举止保持傲岸不群的不就是你吗？是你让我表现得有季节中地位最高的‘冬’的风范。”

狼星确实不会对不同的人采取不同的态度，不过在这件事上，他也不该把这一点拿出来当理说。

“你已经二十岁了还是这样，可见有问题的不是我的教育方式，而是你的为人吧？”

“这样是哪样啊？这话怎么听着那么不顺耳？我可是你的主人啊。”

“算了，继续跟你说下去天都要黑了……石原女士，我们刚才说的你应该都听到——”

冻蝶向一直被晾在一旁的驾驶员和石原搭起了话，结果看到了出乎意料的情景，一时语塞。

“非常抱歉……”

他们听到了一句莫名其妙的谢罪。

不知道这句话里隐藏着什么样的感情，它就这样消失在了空气中。

“石原？”

狼星忍不住发出了干巴巴的笑声。

他无法相信眼前的情景，用笑声表达对现实的怀疑，可是石原没有说“这只是玩笑”。

石原正用枪指着驾驶员。

四季厅冬季部门的职员，为什么用枪口指着冬乡派遣的驾驶员？

在这种情况下，只能有一种可能性。

“狼星大人，冻蝶大人，我不能让两位离去。”

春日，晴朗天空下的首都高速，路面被冰覆盖着。

光是眼前的景象就已经足够令人感到诡异，再加上一直尽职尽责的人突然实施敌对行为，眼前的这一幕就更是显得莫名其妙。

最起码对狼星和冻蝶来说这是难以接受的，而且难以置信。

“请不要去，去了会死的。”

石原用悲痛的声音说出了她的祈求。

我们把时间稍微往回倒。

龙胆和琉璃、菖蒲带着国家治安机构的人员和四季厅保全部警卫科的职员，一起来到帝州一处名叫凰女的地方。

绑架秋之代行者祝月抚子的“华岁”打来电话的位置与此地完全无关。不过，琉璃一直在使用她的神秘能力“生命使役”，召集和驱使当地的动物，搜寻打过电话后逃走的贼人。琉璃一直在让狗追踪贼人扔掉的便携终端上的气味，向鸟、虫子，还有老鼠和猫打听消息。

而贼人的线索最终就消失在了凰女。

“我说啊……”

琉璃粗暴地打开盒装草莓牛奶的包装，把吸管插了进去。

“要是打完电话之后贼人直接跑回老巢倒还好……否则我们纯粹是白费力气。”

可能是因为不断使用神通力过于疲劳，琉璃的眼睛一直盯着一处，一动不动。

“就算找不到贼人的老巢，只要能抓到那个贼人，应该也能通过拷问逼贼人招供……”

因为疲劳，龙胆的面相也显得有些凶恶，他一边打开不知道是今天第几瓶的能量饮料，一边回答道。

“不好说吧，毕竟在夏离宫被抓到的贼人也还没有招供。”

菖蒲可能是因为睡眠不足，她揉了揉惺忪的眼睛，喝了一口含咖啡因的饮料。

“唉……”

三人同时叹了口气。他们从“华岁”联系四季厅时起便开始了行动，彻夜追踪打电话的贼人，这会儿正在便利店的停车场小憩。

为了活动僵硬的身体，三人都走出轿车，到车外拉伸了一下。

琉璃和菖蒲本想找家旅店泡泡温泉好好休息休息，可是考虑到抚子现在的处境，她们没法提出这样的要求。

——不过我们没有后退，应该是一直在前进。

龙胆一边喝干营养饮料，一边思考。夏神主仆就在旁边，她们脸上也带着倦容，但一直在坚持帮忙追踪贼人。龙胆向她们投去了感谢的视线。

夏之代行者能用神秘力量追踪贼人，自然给了龙胆极大的帮助，而夏神主仆只是待在他的身旁，就让他觉得心里很有底，能让他明确感到自己不是在孤军奋战。雏菊和樱在四季厅等着他们回去，狼星和冻蝶也答应提供帮助，所有四季代行者主仆对他都有恩，而且那是他无法报答的恩情。

——抚子，你一定要坚持住。

龙胆在心中对一定在等着他的秋神祈盼道。

有很多人在为了你而行动。

“国家治安机构正在周边走访，我们暂时待命。琉璃大人、菖蒲大人，请到车里休息一下，如何？”

“我们睡得挺久了，而且我们不用驾驶。龙胆大人，你和四季厅的职员们轮班开车，想必很累了，你更应该睡一会儿才对吧？如果有需要，我会叫醒你。”

“非常感谢您的关心。我现在太亢奋了，恐怕睡不着……”

考虑到抚子的处境，龙胆当然难以成眠，而且随着时间的推移，对贼人的怒火在他胸中越烧越旺，这也让他无论如何都合不上眼。龙胆把原因说出来之后，琉璃深深地点了点头。

“确实啊！这次的事当然让人生气，不过那些贼人一年到头都让人不愉快，好想把那些贼人臭揍一顿。对吧，龙胆大人？”

“琉璃，你说话要注意措辞。”

“我也有同感，好想把那些贼人臭揍一顿。”

“阿左美大人怎么也和她一样……”

“菖蒲在装乖女孩！”

“我没有装啊……我说的是你的措辞。身为四季代行者说这样的话恐怕不好……不过，我的心情倒是和大家一样。”

三人像年龄相近的朋友一样聊着天。

刚见面打招呼时，龙胆和夏之代行者主仆还显得很拘谨，但长时间乘车的痛苦让三人成了同病相怜的难友，而现在他们共同的敌人就是贼人，这也让他们变得更加团结。

琉璃喝完草莓牛奶，单手把纸盒狠狠攥扁，说道：

“话说回来，那些贼人一直在为他们自己抗议，他们怎么不想想，我们也有无数的遭遇想抗议呢！”

龙胆不住地点头。

“请您说出来吧，琉璃大人。”

“这就说！”

“琉璃……阿左美大人……”

“首先是根除派！他们讨厌某个季节，无法容忍那个季节，所以要杀掉代行者！好吧，过去确实有冬天来了就熬不过年关的病人，大雪封山对住在山地的人们来说也确实生死攸关，可现在都什么年代了？为什么要把几百年前的陈年旧恨延续到现在？对大自然抱怨有什么用啊？他们这不是相当于在对山说‘这山好气人’吗？山还觉得他们气人呢！我们凭什么要受到这样的对待？根除派也经常找夏天方面的麻烦，可是他们是冷是热我管得着吗！我可是司掌自然的现人神！应该是他们来顺应自然规律！”

“你太激动了……琉璃。”

“当然会激动！世界上肯定会有各种各样的思想，但我觉得把自己的意见强加于人是绝对不行的！不喜欢可以敬而远之，只是大家总要共存啊！”

“道理上确实是这样，可是他们不认可这样的道理，所以他们才是‘贼人’啊。”

“我更无法理解改革派的做法，怎么看我都觉得他们是一群闲人，一群举着正义的大棒正当化暴力破坏行为的蠢货。他们想让四季代行者为世人服务，觉得四季代行者应该为世人服务，那他们倒是先行动起来为世人服务啊。只会抗议、使用暴力，不会做一点儿有建设性的事……他们的脑子有问题，莫非还以为自己从事的是慈善事业？”

琉璃的怒气传染给了其他两个人，三人越说越起劲。

“就是啊！他们怎么完全不问我们的想法？还想把我们当成武器？他们先上前线去啊！让我们在发生灾害时去救灾？要是我们对大地造成了更糟糕的影响谁负责？代行者用神通力干涉自然灾害自古以来都是明令禁止的，他们怎么可能不知道！”

“他们不承认代行者有人权，只把代行者当成工具……很多人都这样指责他们，可是他们只当不知道，甚至还搬出‘位高责任重’来当成借口……其实完全不把诸神放在眼里。”

“菖蒲大人说得没错。他们不理解，如果歪曲超出常人认知的规律会发生多么可怕的事。如果真的这样做了，四季诸神发起怒来会是什么样子？他们没有充足的想象力。”

“古代文献上不是有记载吗？人们在大战中利用四季代行者，结果国土成了寸草不生的沙漠。对了，普通民众能阅览的资料上是不是没有这些记载？”

“教科书上写着呢。”

“龙胆大人对下界的事很了解啊。”

“我的身世比较特殊，上过民间的学校。”

听到龙胆不经意间泄露的个人情报，琉璃来劲了。

“是吗！你上过普通的学校啊？”

“到了什么级别的学校？上大学了吗？”

菖蒲好像也对这一点感兴趣，也跟着问了起来。

“大学也上了。结果就算上了，还是要从事和四季有关的工作……”

“唉。”琉璃和菖蒲一起叹了口气，向龙胆投去同情的目光。

在这个自由意志时代，他们却走在志愿、行动，甚至婚姻都要受到限制的人生路上。如果普通人听了他们的故事，一定会为这种封闭感到离奇。

四季代行者是神的代理人制度，自远古传承至今，为了这个制度牺牲的不仅是代行者，支撑他们的所有亲族多少都会受到闭塞世界的束缚。就像孩子无法选择父母，生为代行者的亲族，就无法自己选择人生道路。

“可是你想，抚子大人多可爱，这不是挺好吗？”

“是啊，想成为祝月大人贴身护卫官的人一定非常多。”

然而，对他们来说，这样的人生非常普遍。他们生在现代，却走在落后于时代的人生路上，而与此同时，他们使用现代工具，与普通人打交道，价值观也会随之更新。年轻人时刻感受着自己和同龄普通人之间在自由上的不平等，很多人都会为此绝望。

大部分人会选择妥协，因为不妥协没法活下去。

“是的……您说得对。其实我本想拿到更高的学位，最终还是放弃了。我的父母也很高兴……成为护卫官是一件荣幸的事。”

活在闭塞世界中的好处就是有最起码的生活保障，生在四乡的人只要不做太蠢的事，都能依靠故乡的支援活下去。如果有人鼓吹对故乡的不满，受到故乡的制裁，那也不会只是当事人自己的事，而是会被当成其整个“家族”的问题。

安安静静、忍辱负重地活下去反而比较轻松。

“虽然如此，我却……”

龙胆也是在妥协后开始了他的护卫官生活和工作，在抚子面前扮演了不同的自己。可是，他在不知不觉间成了真正的“护卫官”，这到底是一件好事还是一件坏事，只能由他本人如何看待来决定。

“抚子……”

三人重新认识到他们提到的人物并不在场，而且是遭到绑架才不在场，气氛变得有些伤感。菖蒲觉得自己说错了话，显得有些狼狈，琉璃则使劲拍着龙胆的后背，说道：

“打起精神来啊！而且，四乡的人不是从四乡的学校毕业，这很稀罕啊。真让人羡慕，真让人羡慕啊。”

“其实也没有什么好羡慕的……只是我父母负责与国外四季组织合作的工作，经常调动而已。我在普通学校读书也是经过了秋乡的批准，不光大和，国外也有类似的例子。只是……我长期跟着父母调动，到许多国家生活过，其中也有民众对四季之神的信仰比大和更虔诚的国家，可是贼人一样横冲直撞。看来问题的关键不在于民众对四季是否了解，还是要看每个人的伦理观……也有些人似乎把四季当成了通过暴力发泄不满的目标。”

“伦理观确实很重要。大家都明白季节是神赐予的恩惠，有些人却会对四季代行者做明显会遭天谴的事。还有人时常不承认四季代行者的人权！人们都依靠自然的施舍才能活着，他们却丝毫不知道敬畏，简直莫名其妙！指望自然的恩惠还高高在上，简直莫名其妙！”

“请您继续说下去。听着琉璃大人的抱怨，我觉得心情都变得好了很多……”

“简直莫名其妙！简直莫名其妙！白痴！都是白痴！”

“阿左美大人，请不要给琉璃煽风点火。”

三人当中最年长的是龙胆，菖蒲却不知不觉间变成了给琉璃和龙胆降温的人。不过有龙胆在，倒也不完全是坏事。菖蒲和琉璃二人独处难免会吵起架来，有第三个人在，她们的对话才推进得更顺畅。龙胆的在场让这对姐妹相处得更融洽，可能就是因为有他在，这对姐妹离开四季厅之后还没有吵过架。

“啊，谁的便携终端响了？有铃声。”

听到琉璃的话，菖蒲和龙胆都把手伸进自己洋装的口袋里。有来电的是龙胆的便携终端，屏幕上显示着“搜寻总部”。

“是搜寻总部的固定终端打来的，我接一下。”

他把便携终端贴在耳边，听到的首先是东西相撞发出的哐哐声。龙胆心里嘀咕着怎么回事，皱起了眉头。

“阿左美大人，现在方便说话吗？能听到我的声音吗？”

打来电话的是樱，哪怕是在嘈杂的环境下，樱那通透的声音还是显得很清晰。

“是姬鹰大人啊，我能听到，您那边怎么样了？”

“情况紧急，我有些情报想请您分享给夏神主仆。您的周围有其他人吗？”

“我们现在在便利店的停车场，正和追踪小组一起待命。”

“那么，请几位先一起消化情报，然后再转告他们吧。”

龙胆不明白樱为什么舍近求远，因为只要把便携终端切换到免提模式，在场的所有人都能听到樱的声音。可是樱紧张的声调、电话中响个不停的碰撞声、嘈杂的人声，这些让龙胆没有把他的疑问说出来。

“现在四季厅大楼正在受到攻击，我们不知道敌人来自什么组织，也不知道他们有什么目的，战斗正在下方楼层进行，我们据守在大楼高层。”

“什么？”

“我是说四季厅正在受到攻击……”

“不是！我听到了！两位没事吧？您和花叶大人没有受伤吧？”

龙胆突然喊了起来，把旁边的琉璃和菖蒲吓得一激灵。

龙胆赶忙用动作向二人表达歉意。

“龙胆大人，我听不到，请蹲下。”

琉璃和菖蒲好奇到底发生了什么，自然贴到了龙胆旁边。被美少女双胞胎夹在中间，龙胆觉得有点不自在，不过还是把腰弯了下来，好让她们二人也能听到便携终端中的声音。或许是和抚子一起生活了很久，龙胆已经习惯了温柔地对待女性。

“我们目前没事。来到这里的敌人不多，我们已经处理掉了，现在正在据守阵地。”

听到樱报平安，龙胆这才稍微松了口气，不过他心中的不安马上又涌现出来，因为他听得出樱是在故作冷静。

“楼梯已经封锁，职员们正在用各种东西堵住升降机的门，以免贼人一拥而入。”

龙胆心想：难怪能听到各种东西碰撞的声音。

“国家治安机构派来增援了吗？”

“目前尚不明确。我们已经报了警，国家治安机构迟早会来，不过我们有可能撑不到他们赶到。”

“明白了，我们这就回去。”

“不，不用回来。”

樱想也不想便拒绝了。

“等你们回来一切都已经结束了。这是一场等待救援的持久战。不是我们死，就是他们死，反正不论如何，你们就算赶回来也来不及。希望你们还是做只有你们能做的工作吧。哪怕我们有什么万一，只要你们掌握了能用来对付‘华岁’的有力情报，就算局面被动说不定也能反败为胜。”

“那您岂不是会有危险！”

“我要做的只是尽到护卫官的职责。阿左美大人，请您只考虑秋神，我挂断电话后也只会考虑雏菊大人。您听好，请保持冷静，我之所以联系你们，是想告诉你们不管什么时候听到这边的消息也不要回来，还有就是要提醒你们。阿左美大人，四季内部有许多叛徒。因为您好像认为并非如此，所以我才告诉您。”

“什么？您在说什么……”

“长月……其实是卧底。”

龙胆的头脑发生了短暂的短路，他没有反应过来樱在说什么。

几秒之后，龙胆大脑的处理能力恢复了正常，以往和长月一起度过的那些日子开始在他脑海中闪过。长月和龙胆基本是在同一时期接替了他们的前任，她的年龄比龙胆大，不过性格随和，擅长掌控局面。

“长月所属的组织是一个叫‘彼岸西’的根除派团体。”

龙胆对长月的第一印象是一个打扮花哨话还多的女人。她很快便和负责秋离宫警卫的工作人员打成了一片，就像水渗进了土壤中。

“这个组织和以铲除某一季节为目标的根除派有些不同，他们崇拜春之代行者，认为其他季节应该消失，说白了就是春神的狂热信徒。她之所以在秋之代行者身边卧底，是为了等围绕雏菊……只崇拜春之代行者的世界成形，再铲除秋之代行者。”

长月作为同事来说人品很好，龙胆甚至可以给她一朵小红花。如果非得说她有什么不好的地方，那就是习惯在办公的地方吃气味浓重的食物。龙胆甚至敢一口咬定，不管哪个人是卧底，长月也不可能是卧底，至少在龙胆心目中是这样。

“她说十年前，与‘华岁’合谋的就是‘彼岸西’的前身组织。那个组织现在已经解散，不过剩下的成员组成了‘彼岸西’，一直活动到了现在。”

“长月居然是卧底……难以置信，如果这是真的，她就是你们复仇的对象吗？”

“这个嘛，当时的组织已经解散，他们已经结成了思想完全不同的新组织，我也有点儿拿不准。‘彼岸西’前身组织中的人本来都是冬季根除派，但是十年前，看到雏菊大人挺身而出，保护其他季节代行者，他们大受感动，不再进行根除派的活动，转为春季至上主义组织……”

“什么？”

“好吧，我明白，您是想说思想不可能那么容易转变，对吧……不过，看到当时的雏菊大人的表现后转变思想，对我来说……倒是可以理解……”

龙胆沉默了。

“雏菊大人独自一人拦在贼人面前，召唤出樱花树……保护了我们，像是想唤醒恶人的良知一样，请求他们不要杀我们……当时的雏菊大人真的像是天神下凡……”

“四季代行者本来就是现人神啊……”

“说是这么说……”

说到这里，樱顿了顿，然后像是边说边斟词酌句一样，继续说了下去。

“当然，四季代行者本就是现人神，不过……阿左美大人，如果这世上真的有所谓的奇迹，而有人看到了奇迹，看到唤来奇迹的庄严神圣的人物……在历史上，民众往往把这样的人物称为圣人或圣女，民众中也会产生这类人物的崇拜者。怎么说呢，当时的情景会让人觉得：宗教或许就起源于这样的情景。我自己也是，在那天重新认识到了雏菊大人是神。在那之前……我总觉得雏菊大人与我的区别并不大。阿左美大人当时不在场，或许很难理解我当时的感觉……”

是不是有吹捧的嫌疑？龙胆产生了这样的念头。但是，当雏菊的面孔浮现在他脑海中，他马上认为樱的话或许有一定的道理。

代行者总有某种令人着迷的魅力，只是春夏秋冬的魅力各不相同。

冬之代行者寒椿狼星就像他的名字天狼星一样，孤独忧郁，却有着让人死心塌地的领袖魅力。龙胆听说保护他的精锐像军队一样纪律严明。

夏之代行者叶樱琉璃天真烂漫，她的友爱精神比谁都强，而且讲义气，与此同时还具有冷静地分析大局的能力。龙胆听说照顾她的人们都把她当成妹妹一样疼爱。

——抚子的魅力，我最清楚不过了。

而春之代行者花叶雏菊乍一看只是一个柔弱胆怯，同时努力生活的少女。她还只是一个喜欢橙汁、说话磕磕巴巴的孩子，这些只要和她聊上几句就看得出来。可是，即便如此……

——她本身就是温暖他人的春天。

他也知道这样说起不到说明的作用，但他只能这样说。雏菊会温暖别人，而她面对的人越是冷酷和强硬，她的效果或许会越显著。

就像春天的阳光照亮万物，融化冬日的严寒，带来暖洋洋的世界一样。

她的样子会让其他人为她着迷。

——那位代行者总在设法保护他人的心。

她不是坚强的女孩子，但是也不甘于柔弱。她看起来需要别人保护，本人却总想站到保护别人的位置，让人忍不住想对她说：不要勉强。

——难怪姬鹰大人会对花叶大人如此死心塌地，我作为一个普通人可以理解。

龙胆也是受雏菊的春日暖阳照耀过的人之一。

他回想起来就会感到脸上发烫，但还是反复回味过雏菊安慰他时感受到的温柔。正是雏菊的安慰滋润了龙胆当时干涸的心田。

雏菊自己的身世和遭遇都那么惹人同情，她关心的却是别人，让龙胆特别感动。

如果站在一个接触过花叶雏菊这个现人神的普通人的角度上，想象一下：

当年六岁的雏菊比起今天神威有过之而无不及，她为了保护身边的人，召唤出樱花树，哭着恳求“请不要杀任何人”。

——看到她的那个样子，或许真的会有贼人为之动容。

大概就是这样的她令人着迷吧，她或许是太美了，也或许是太有魔力了。

不管在好的方面，还是在坏的方面，春天就是一个令人意乱神迷的季节。

龙胆在心里向抚子解释这不是花心。发现龙胆一直沉默不语，樱觉得他似乎还是没法理解，不再强求，继续说了下去：

“十年前，‘华岁’和他们因为对待雏菊大人的方式发生分歧，完全达成目的之前便分道扬镳。应该说他们的人基本上被‘华岁’杀光了。长月说当时活下来的人对抢走雏菊大人的‘华岁’怀恨在心，也开始搜寻雏菊大人的踪迹……他们制定了长期计划，打算有朝一日在春之代行者回归之后，把雏菊大人当成只属于他们的神来顶礼膜拜。我们主仆二人不知道这样的家伙潜伏在四季厅，居然自己送上了门，于是他们现出了原形……阿左美大人，您不知道长月是内奸也是没办法的事，大概十年前就已经种下了祸种。”

“十年前？”

“是的，长月当时还是学生，在大学加入的课外活动团体其实受到了‘彼岸西’思想的影响，后来同一团体的毕业生回来访问，于是她在深入接触的过程中成了‘彼岸西’的一员……”

这是宗教组织和诈骗团伙常用的伎俩。龙胆竟然产生了错觉，感到自己就站在一张织好的蛛网中。

“长月没有产生丝毫疑心便上了勾，搭上了她清清白白的人生，按照‘彼岸西’干部的吩咐成功进入了四季厅，然后被派遣到了秋乡……成了您熟知的那个长月。”

“这个世上本就没有……我熟知的长月啊……”

不久之前，龙胆还和长月一起废寝忘食地为夺回抚子忘我工作，那些日子难道都是假的吗？龙胆曾经看到长月在秋离宫发现抚子留下的血迹之后落泪，现在他觉得那说不定也是在演戏。

龙胆以往感受到的，本以为是和长月之间的友情，正像烟云一样悄无声息地消散。

——莫非全是假的？

长月制定警卫计划的时候比龙胆还要细致，她在工作中总是一丝不苟。

她平时总是驻扎在地下的警卫部，所以抚子很少与她打交道，可是她总是亲切地把抚子称为“小仙子”，看起来不像是装出来的。

——莫非长月和抚子生活在一起的时候，真的总是想着有朝一日要杀掉她？

他觉得后脊窜过一阵寒气。

秋离宫遇袭后，龙胆已经深刻认识到自己以往的认识多么浅薄，现在证据又一次毫不客气地摆在了他的面前。

——我要怎么告诉抚子才好啊。

龙胆不敢想象，他的秋神在得知这件事后，会有多么伤心。

樱并不知道龙胆的心情，继续说了下去。

“长月不是四季代行者的后裔，只是普通的精英人才。作为能进入四季厅工作的人才，她是在什么时间点受到贼人的思想污染，今后想必会受到进一步调查。在这件事上，四季厅的人事部门恐怕会受到严厉的追究，搞不好还会发现更大的问题……”

这时，好像有人向樱搭话，她说到一半停了下来。龙胆听到雏菊惊慌的声音，似乎是其他便携终端也有来电。

“对不起，我没有教过雏菊大人按呼叫等待按钮……是冬天方面打来的电话。我本打算联络冬天方面，可是一直打不通，等这边说完，我就与他们共享情报……如果时间足够。”

龙胆设法整理好乱成一团的情绪，回答道：

“我会调整好情绪，请继续说吧。”

“好的。话说回来，我刚才说的都是长月告诉我的。当然，我没有为她说话的打算，我也没有拷打她。她说的话尽管不能全盘相信，只是她的思想似乎也在接触秋之代行者大人的过程中发生了变化，她说她本来是打算保护秋离宫的。‘华岁’的资金主要来源于违禁药品和武器生意，她一直在通过这条线索追踪‘华岁’的动向……她听说武器商圈子里发生了一宗大买卖，一直提防着大规模恐袭的发生。‘彼岸西’的前身组织十年前因为袭击冬乡，曾经得到过‘华岁’提供的武器，她想必是对比当时的情况得出了结论。她提醒过组织高层可能会发生大规模恐袭……‘彼岸西’毕竟是只有十年历史的小规模组织，没有‘华岁’那样的武装力量。她说‘彼岸西’是主要以情报战见长的组织，所以无从插手，只能静观其变，后来没过多久便发生了夏离宫袭击事件，而长月自己也被秋离宫袭击事件殃及……”

"她不知道秋离宫会遭到袭击吗……"

"她应该预测到了，可她的身份毕竟是间谍，没法离开秋离宫，而且不知道'华岁'会在什么时候发动袭击。她说她今天同样是受到殃及，这次正好雏菊大人就在附近，他们打算在袭击中趁乱把雏菊大人带到他们的老巢去。我把他们都打趴下了，现在只好听我们的话。"

龙胆沉默了。

"阿左美大人？"

龙胆觉得如果长月说的是真的，那么她可能只是一个受到贼人洗脑的受害者。

然而，就算是这样，长期以来她一直在秋离宫欺骗龙胆和抚子的事实也不会改变。下次再见面的时候，龙胆恐怕必须把她当成敌人来看待才行。

"在，我没事，长月已经被控制起来了吗？"

"没有，她说他们愿意为保护雏菊大人出力，我可以把他们当成棋子来使唤。我正让他们在升降机前设置屏障。"

"把他们捆起来会不会更好一点儿？"

"我回头会把他们捆起来，只不过现在正缺人手。现在四季厅的警卫正在低楼层和不明武装组织战斗，如果贼人冲了上来，我打算把长月他们当成人盾或者诱饵用。走疏散楼梯逃走也是个办法……只是低楼层正在发生战斗，走楼梯实在太危险，撞上贼人无处可逃，我们只好选择据守。这一层还有很多人没有战斗能力，我们决定等待国家治安机构的救援，就用长月他们当肉盾。"

樱把话说得相当难听，不过龙胆觉得像她那样分得一清二楚，把代行者之外的一切都当成工具来利用，心情或许也会轻松一点儿。只是龙胆还没有从得知长月是内奸后受到的冲击中缓过神来，恐怕没法马上学会樱的做法。

"总而言之，您的意思是要我当心叛徒。'华岁'很可能计划实施大规模恐袭，我要提高警惕，对吧？"

"没错，阿左美大人，就算我们今天死了，您也不能放弃搜寻。"

“请不要说这样的话……”

“不，我要说。不管别人怎么说，您也绝对不能放弃抚子大人。唯独您不能放弃。您听好，侍从是……代行者的光明。请不要忘了雏菊大人的话。”

“我保证……绝对不会放弃抚子。”

“能听到这话我就放心了。”樱只有说最后这一句话时恢复了年轻姑娘的腔调。

“喂……喂！还是回去救援吧，现在也不晚！”

琉璃一直在听二人对话，现在焦急地插起了嘴。正好在这时，便携终端发出奇怪的声音，通话断了。

“咦……怎么回事？”

琉璃拽了拽龙胆的衣服，他赶忙重新回拨，呼叫提示音响了起来。

等了好久，樱也没有接电话。

“最后……她好像叫了一声吧？”

“是的，我好像还听到了爆炸声，还有枪声。”

“雏菊大人和樱大人……真的受到了贼人袭击啊……喂，我们真的不回去吗？”

龙胆没法马上回答琉璃的问题。从他们现在的位置赶回去来不及救援，樱也说让他们不要回去。

不光来不及救援，恐怕只会增加新的牺牲者。

——是不是应该分成两个小组？哪怕来不及，是不是也该派援军回去呢？

他们正面临着选择，是该在感情驱使下行动，还是该看清大局呢？

“阿左美大人，我们怎么办？”

“龙胆大人，你怎么说？当然要去救援吧？”

龙胆背后流出了冷汗。

与此同时，在四季厅第十九层据守的春神主仆正身处险境之中。

下面的楼层又传来了爆炸声。

听到与日常生活格格不入的声音，樱甚至觉得头昏眼花。

——莫非低楼层的战斗分出了胜负?

她透过窗户向下看去，只见大楼正门大厅的位置正冒着滚滚黑烟。警铃依然在发出刺耳的声音。

留在她们主仆身边的是几十名四季厅调查员，他们得知长月是内奸后惊慌失措，然后又被爆炸吓得没了魂。樱已经命人封锁了疏散楼梯，但升降机还在运转。她看到大楼外有许多身穿工作服的人，如果这些人都是她猜测中的贼人，那留给他们的时间已经不多了。

升降机前沉重的办公家具堆得越来越多，如果贼人带来了爆炸物，不管堆多少都会马上被炸开，什么意义都没有。

“枪……枪声是不是越来越近了?!”

调查员话音刚落，人们便听到了砰砰两声枪响。现在警铃还没有停下，枪声不是很清晰，不过那毫无疑问就是枪声。

雏菊发出了细细的尖叫声，樱也差一点儿尖叫起来。现在的情况和她们在冬乡遭遇袭击时很相似。

“国家治安机构后来有消息吗?!”

樱大声问周围的人，四季厅职员之一回答道：

“没有！”

“你确定联系过他们了吗？”

“联……联系过了！乱子闹得这么大，就算我们没有，其他人肯定也已经联系过国家治安机构了。”

——确实，不管是看热闹的人，还是逃出大楼的职员们，肯定有人会报警。

自从发现有长月这个卧底之后，樱现在变得什么都不敢相信，也不知道谁才值得相信。她担心四季厅打出去的电话会遭到监听，担心国家治安机构里也有贼人的卧底，她甚至拿不准周围的这些四季厅职员到底是不是自己人。

樱静不下心来，敲了自己胸口几下。

"樱，电话……打到一半，断了……"

雏菊面无血色，把便携终端还给樱。樱现在顾不上回拨，接过便携终端后直接把它揣进怀里。樱手中的固定终端同样又有电话打了进来，她一样顾不上接，于是挂断之后把固定终端放回原处。

"冻蝶，哥哥，接了电话。"

"是吗……虽然不知道那两个家伙在什么地方，不过与其等他们，还不如盼着国家治安机构来救援。雏菊大人，这是一场守城战，我们必须坚持到外部救援到来。"

"嗯，要不要，用荆条，把，屏障，缠起来？"

"那就麻烦您了，如果下面的战斗结束，应该会有武装组织来到这一层。"

"嗯……明，白了。"

雏菊脸上依然带着恐惧，但是动作非常麻利。她从装了花种的小袋子中选出种子，用神秘的力量催生植物，进一步固定了升降机前的屏障。

"姬鹰大人。"

长月奉樱的命令搭好了屏障，气喘吁吁地向樱搭腔。樱放倒的那些"彼岸西"的男性成员，也齐刷刷地向她敬了一个礼。

他们都惨败在了樱的手下，而且还受了轻伤，不是在流血就是出现了瘀青，可是每个人看着樱的眼神中都带着敬仰的光芒。

——真恶心。

她不觉得和这些人实现了有效沟通，结果却得到了这样的一群士兵，他们愿意做出不求回报的献身。不知道是什么打动了他们，他们对樱十分友好。

"说到国家治安机构……您最好不要抱太大的期望。"

"为什么？"

"'华岁'近几年出手阔绰，四处撒钱收买了不少走狗，其中恐怕有国家治安机构的人。消防直到现在还没有来，您不觉得奇怪吗？这里到消防基地其实很近，我觉得消防恐怕是受人施压，或者是遭遇了破坏。”

——岂不是只能任人宰割！

樱差点吼了出来，但想到长月终归只是在猜测，这才把话咽了回去。

“还有，对不起，我其实是想说……一直有人在敲疏散楼梯的门，不去打开吗？”

樱看了一眼锁死的应急疏散门。

“是你们那些脑子有问题的同伙吧？你本来不就打算引雏菊大人去走疏散楼梯吗？我不打算开门，贼人也有可能沿着楼梯上来，到时候还得请你的同伙们挡子弹呢。”

听到樱的这番话，长月好像呆住了，用恍惚的目光凝视着她说道：

“姬鹰大人……您好冷酷，看得我心动不已。”

看来长月有点嗜虐倾向。

“闭嘴，不要以你的喜好为尺度来评判我，逼得我不得不对你友善，我可不想那样做。”

“不必，请您保持冷酷……”

“你闭嘴，太可怕了。我说话虽然毫不客气，但是没有你想的那种取向……”

“您真可爱，姬鹰大人……那个，言归正传，我们只有在场的这几个人。很不巧，‘彼岸西’是一个小规模组织……我们向世人宣扬花叶大人伟大之处的传教活动还没有大规模展开……幸运的是今年花叶大人已经回归，我们打算趁这个机会增加信徒。”

“不需要，不要增加。”

樱觉得很奇怪，如果不是他们的人，还会是什么人在敲门呢？

“这只是我的猜测，如果还有其他人赶到这个楼层……会不会是那些守在花叶大人身边，却身在福中不知福的护卫呢？”

——不是四季厅的职员就是冬乡的人，要不然就是两边都有？

如果是他们，那就是可靠的增援。樱犹豫了一下，就在这时，警铃停了下来。吵闹的声音消失后，其他声音变得清晰了。

通往疏散楼梯的防火门传来连续不断的敲门声，里面的人总算听清了门外的人说话的声音。

“请打开门！春之代行者大人！护卫官阁下！两位在吗！”

樱听出那是冬乡派来的两位男性护卫之一的声音。

樱赶忙来到防火门前，其他人则举着折叠椅和灭火器之类的东西站在了门前。

“要打开吗？”

守在门前的四季厅职员这样问樱。尽管樱还没有完全想好，但还是马上拔出了刀，决定来者不善就动武。

“请把门打开。”

听樱发了话，门旁的职员用有些颤抖的声音说道：“这就开门！解除武装再进来！”

职员小心翼翼地打开门锁，护卫们走了进来，来者只有二人。

“啊啊，太好了，两位都没事啊！”

“非常抱歉没能守在两位身边，我们遭到奇袭被囚禁起来，好不容易才脱身……”

二人似乎已经经历了战斗，脸上带着伤口和瘀青。

放二人进来之后，人们重新给防火门上了锁。樱看来者没有攻击的意思，先把刀收回鞘中，说道：

“开枪的是你们？敌人是‘华岁’吗？”

听到樱的问题，两名冬乡的护卫好像有点不好开口，看了看彼此才说道：

“不是……是四季厅的护卫，都是四季厅保全部警卫科春季部门的家伙……”

“我们已经处理了那些家伙，不过可能还会有其他叛徒，不能轻举妄动。”

向下走是闯鬼门关，留在这里是坐以待毙，也就是说他们无路可走。

“护卫官阁下……”

冬乡护卫的声音中带着对樱的担心，樱设法接受了身边尽是叛徒的现实。她劝自己：既然已经知道了有长月这个间谍，四季厅里有其他的内奸也不奇怪。只是她没想到冬乡护卫报告的内奸就在她们身边，而且是春季部门内部的人。樱和雏菊一起到龙宫呈现春天之后，春季部门的护卫一直像监视她们一样跟在她们身边。当初樱不愿意让他们靠近只是出于心情问题，现在想来，她倒觉得自己真是做对了。

“他们是什么时候攻击了你们？”

冬乡护卫说是在警铃响起之前，他们受到四季厅警卫科那些家伙的突然袭击，被捆起来后拉到十八楼挨了一顿臭揍。警卫科的人员不是固定的，樱记得今天是五人，也就是说他们处理掉五个敌人来到了这里。

唯独这会儿，樱觉得需要感谢冻蝶派来了冬乡护卫中的精锐。

“我简单说一下我这边得到的情报。”

樱简短地把“彼岸西”的事告诉了两个冬乡护卫。

“是不是应该把他们囚禁起来？”

听说他们是卧底，而且是雏菊的信徒，冬乡的两名护卫愁眉苦脸地向樱提出了建议。樱料到了他们会这样说，点了点头说道：

“我想过了，现在能用上的棋子最好都用上，而且他们手里现在没有武器。”

“两位可以相信我们。”

“不要插嘴，长月。”

“我还是觉得，应该铲除后患。”

冬乡的护卫坚持他们的观点，樱也开始怀疑自己的决定到底是否正确。

在这种情况下恐怕没人能做出完全正确的决定，樱肩负的责任实在太大了。

——可恶。

她感到自己越来越紧张，心脏始终跳得很快。

这时，不知道为什么，冻蝶的背影浮现在了樱的脑海中。

“樱。”

樱想起他的声音，那位青年当时是唯一一个想保护樱的人。

——停下停下，不要再想了。

不安的时候，难过的时候，她总会忽然想起他的背影。

——不要再想了，不要再想了。

冻蝶对樱的人生的影响太大了。

冻蝶传授她武艺，她被春乡赶出来时是他收留了她。他们不是亲人却很亲近，不是友人却很友爱，二人一起度过了失去雏菊后支撑狼星的五年岁月。

——不要再想了，想他会让我变得脆弱。

更重要的是，他是保护樱的男人。他收留了樱，对樱很好，很温柔。

——我要更坚强，更勇敢。

冻蝶是个不管对谁都保持绅士风度的青年，所以他待人友善只是常态，没有什么特别之处，只是樱身边比她年长的青年中，并没有冻蝶这样的人。

是樱一厢情愿喜欢上了他。当时的她对冻蝶产生了好感，好感又不知什么时候变成了恋慕。

“樱……对雏菊大人的搜寻……”

后来，她对冻蝶的恋慕在眨眼间消散了。冬乡要缩小搜寻规模，实质上相当于放弃对雏菊的营救。冻蝶对她说出这话时的情形，樱现在已经没法鲜明地回想起来了。

当时她头脑一片空白，回过神来的时候，她对冻蝶爱意的分量，已经全部加码在了对他的恨意上。

——不要胡思乱想，现在要以职务为重。

她做了个深呼吸，硬把内心的烦躁压了下去。

——忘掉冻蝶，忘掉冻蝶，忘掉冻蝶。

她要赶走自己总想追上的那个背影。

——我现在已经很强大了，我很强大。

她曾经对他说“如果难过也可以哭”，那时的他涕泪俱下——她要赶走脑海中的这张脸。

——我足够强大，我可以战斗。

她要赶走他那双总能令她感受到慈爱的眼睛。

——我不是什么都自己一个人干，不要什么都自己扛着，有其他人给我当棋子，我要用好棋子。

她要赶走那一声声甜腻得让她听了会浑身发麻的“樱”，赶走他的声音。

——我可是有必须守护好的雏菊大人。

樱赶走了脑海中关于冻蝶的一切。

“樱。”

听到呼唤声，樱回过头去。

雏菊催生好了荆条，气喘吁吁地看着樱，似乎在问樱：“接下来要做什么？”

雏菊的样子只能用柔弱来形容，却意外显得非常可靠。

“尽管，告诉，雏菊，雏菊，帮忙做。”

比起十年前，樱的少女神现在已经长大了，而且想和她一起战斗。

“雏菊大人……”

——您总是一次又一次地拯救我。

樱抛开她的思恋，把精神集中到眼前对她来说最重要的女孩子身上。樱伸出手把雏菊拉到身旁，亲昵得就像对待自己最宝贵的人。雏菊也什么都没有说，搂住樱不放，贴在樱的身上。

“樱真是个幸运儿，有这么好的主人。”

“雏菊，才是，幸运，儿，雏菊，有樱，啊。”

雏菊说着，像是想吸走樱的不安一样，紧紧地抱了抱樱。樱觉得自己慌乱状态下的头脑稍微冷静了一些。

——我要保护好雏菊大人。

雏菊的身体紧贴着樱，樱感受着雏菊的体温、心跳，又进行了一次深呼吸。

“没事吧？”

雏菊发现了异常，向她的侍从询问道。樱马上回答：

“是的，雏菊大人，没有问题。请放心，樱一定会保护好您。”

坚决地说完这句话之后，樱已经恢复成平时那个凛若冰霜的她了。

“我有一个迎击计划，能把非战斗人员的风险减到最小。”

所有人都仔细听樱说了起来。

此时此刻，樱的心上人寒月冻蝶正面临新的敌人。

“请不要去，去了会死的。”

石原用枪指着狼星的护卫小组中的驾驶员，这样说道。

“石原女士……请你冷静一点儿。”

——我太大意了。

在冻蝶眼中，石原是一个在人格上没有丝毫问题的人。她会认真听别人说话，努力工作，而且擅长为别人着想。自从开始接受石原的心理治疗，狼星的精神也渐渐稳定了下来。

——全毁了。

冻蝶的脑海中，闪过了目前为止狼星的一次次自杀未遂，还有他让狼星喝下各种药的一幕一幕画面。

狼星自从失去雏菊之后，形成了自残的习惯。

冻蝶曾经问过狼星为什么那样做，狼星当时吐露了他的心声：“雏菊现在可能正在受苦，我不受苦怎么行？”

——全毁了，全毁了，治疗都白费了。

心理疾病很难治愈，往往会反复发作。就算伤口不再出血，已经结了痂，乍一看不会再有问题，可只要本人还在挠，伤口就永远不会愈合。这就是冻蝶对狼星的问题的理解。现在他们面前的这个女人恐怕是贼人，相信她、让她担任护卫是冻蝶的失误。同伴中冒出内奸，冻蝶十分担心主人对此能承受到什么程度。

他们花了那么多时间接受治疗，现在不光打了水漂，反而会导致狼星的心理问题进一步恶化。

——看来只能把她除掉了。

他的声音变得比平时冷了五摄氏度，墨镜后的眼睛中射出的也不再是平时柔和的视线，而是成了盯着猎物的目光。

“我们谈谈吧。”

冻蝶决定除掉石原。

——那么，要怎么做呢？

樱也能做到翻脸不认人，不过冻蝶的切换远比樱机械，心情的波动也更微弱。

——我和她距离很近，只要分散她的注意力，应该没问题。

冻蝶表面上装作和平时一样，心里却像理所当然一样开始思考如何除掉石原。

他的行为没有冷酷不冷酷的概念，他只是在静静地思考，心情就和人们做加减法时一样。

——射击训练时，她的枪法还不错，我可不能草率行事。

自从冻蝶成为狼星的护卫官，一直保护着最容易受到贼人袭击的四季代行者。在他身边已经发生了许多次“曾经信任的人其实是贼人的内应”这样的事。

就算不是贼人的内应或间谍，也还有很多人想方设法讨好狼星为自己牟利，因为冬季是四季之首，而狼星是其代行者。冻蝶在冬乡内外见识了太多人类这种生物的丑恶一面，他除掉了多少危害狼星的人，用双手的手指都数不过来。

——我们必须马上赶到樱和雏菊大人身边去。

冻蝶翻脸不认人的速度不由与生俱来的性格决定，而是在以往的人生中培养出来的。

不管是什么样的人，冻蝶都能融洽相处，他是一个友善而仁义的好人。

这就是他在别人眼中的性格，而这一点确实是他的本性，绝对不是他在伪装。

——早知道我就捡些子弹了。

不过，这样的性格只是他的一面。在另一面，他是一个为了保护主人不择手段的人。

“你是不是有什么难处？如果不嫌弃，请说给我听听吧。”

他是个纯粹的护卫官。

护卫官不需要感情，感情会妨碍工作，所以他在工作时必须把以往的感情化为灰烬，让自己变成机器。

——动手吧。

哪怕他要做的，是把曾经亲近的同事从这个世界上消除掉。

“石原……冻蝶说得对，拜托了，你别冲动，冷静一下。把枪放下吧……拜托了。”

狼星看起来倒是拼命克制着内心的慌乱。他或许明白，如果无法保持冷静，或许将没法去救雏菊。石原在狼星身边也负责心理治疗的工作，她的背叛恐怕让狼星非常难过，想必心里已经乱成了一团，但还是拼命控制着情绪。

“石原女士，狼星说得对，请你别冲动。”

——别以为你伤害了我的冬神还能活下去。

冻蝶把怒火藏在内心，附和着狼星。

“我没有冲动……我很冷静。不对，我并不冷静……”

石原看看冻蝶，又看看狼星，这样说道。她的嘴唇在发抖，视线游移不定，她自己也能感觉到自己的慌乱。

“总而言之，请不要去。去了相当于送死。”

她明显很害怕。

“石原，如果你不说原因，就算是忠告我们也没法听从。能请你告诉我们为什么吗？”

听到狼星这句话，石原咬了咬嘴唇，似乎有什么顾虑。

狼星觉得石原的背叛或许是被逼无奈。

“石原，你是不是有什么难处？”

狼星马上把赌注押在了他的直觉上。

“你呼吸急促，表情也显得很痛苦，是不是有人威胁你？我看你像是不得已而为之。”

“我……”

“还有，你为什么说我们等于去送死？石原，你要是有什么难处就告诉我吧，尽可能快一些。时间不多了，我必须尽快去救我的春神，哪怕去了会死，我也必须去。”

“那怎么行！”

“石原，你现在用枪口指着我的同乡。做了这件事，一定会受到某种程度的处分，现在打算送死的是你。你不觉得冻蝶挥刀和我射出冰块会比你扣下扳机更快吗？如果你想试，那就试试吧。我身边的护卫早就写好了遗书，想必早就做好了牺牲的准备。可是你要知道，看现在的情况，今天要死的是你，我不会眼睁睁看着部下被人害死，一定会毫不犹豫地杀掉你。你要是死了，你现在的烦恼和心事可就永远不会有人听了，你确定吗？”

“我……”

——好厉害。

冻蝶默默听着狼星说话，这样思考道。

狼星的这番话说得有缓有急，时而劝解，时而威逼。说这番话时，他的声调比较平和，这也增强了内容的效果。冻蝶听得出狼星是在为石原着想，这番话是在悄悄告诉石原，他作为冬之代行者不能原谅她的所作所为，不过如果她现在收手，他可以睁一眼闭一眼。

——这小子真是擅长诱导别人。

只要观察石原的状态，就能看出她的背叛行为不是出于自愿，也看得出她对自己正在做的事有迟疑。

若狼星一方指一条能走通的路给她，想必她就会动摇。

冻蝶虽然还是没有把刀放开，但已经决定把说服石原的工作交给狼星。

“我们打交道的时间还不长，可你对我有很大的帮助。我说的是真的，你是我接触过的最好的心理治疗师，所以我也想帮你。你现在正在做的事不是你想做的吧？是谁命令你这样做的？”

“我父母……”

听到出乎意料的回答，狼星和冻蝶都眨了眨眼睛。

“是你父母让你这样做的吗？”

石原点了点头。沉默片刻之后，她又开了口。

“我的……父亲、母亲，都是‘华岁’的高层。”

“父母都是贼人……你和‘华岁’的御前一样啊。原来如此……你不能逃吗？”

石原的脸上眼见着没了血色。

“要是逃，说不定……会被杀掉……我曾经尝试过许多次……可是每次逃出去都会被逼着回到家里。我的一个哥哥，受到‘华岁’干部的制裁死掉了……那个组织的人，对亲人也不会手下留情……”

——听起来不像是在撒谎。

狼星这样想。他发现受到血统束缚的不光是四季代行者。

世上有很多人天生无法获得良好的家庭环境，其中有这样一位生在贼人家庭中的女人一点儿都不奇怪。

“狼星大人，我说不让您去……不光是因为父母的命令。‘华岁’的攻击部队……”

“攻击部队怎么了？”

“他们已经开始行动了……打算实施爆破整个四季厅大楼的计划。”

更严重的问题突然摆在了狼星面前。他能在首都高速公路上生成一片冰柱山，但是如果大楼遭到爆破他也只能干瞪眼。顿时，他觉得后脊突然冒出了冷汗。

“你说的是真的吗？”

“在这样的情况下骗您没有意义。四季厅和国家治安机构都拒绝了‘华岁’提出的条件，首领御前大人为此大发雷霆。御前大人认为绑架代行者无法迫使四季厅和国家治安机构接受条件，那就应该攻击机构本身……不过，我觉得狼星大人应该不用担心雏菊大人的生命安全……御前大人很喜欢雏菊大人，恐怕会在爆破前带走她。带走雏菊大人之后，估计御前大人会毫不犹豫地炸掉大楼。您现在去可能已经来不及了，搞不好还会被爆炸殃及……我说的是真的，这个忠告就是我能给您的最后的帮助。”

“帮助？”

“是的。追踪者都是‘华岁’的人，您用冰围困他们，我才能跟您说实话。按计划，狼星大人和冻蝶大人会被伏兵除掉。不过，护卫兵分两路也分散了敌人，所以您才能逃到这里。您好不容易脱险，不能到四季厅去。”

狼星他们被贼人的车追了很久才逃到了这里，石原也在同一辆车上，如果贼人打算在路上除掉他们，肯定明白石原同样无法逃过一劫。

“如果你的情报都没错，石原……你被当成了弃子吗？”

石原无言了。

“那些家伙开枪的时候可没有一点儿在乎你生死的意思。你父母派你出来的时候是怎么说的？”

“让我做好自裁的准备……”

“是这样啊，难怪你想从那个家里逃走……”

可以推测，现在狼星和冻蝶能保住命，说不定就是因为石原没有按父母的命令执行她的阻挠任务。石原肯定是觉得她好不容易救下了狼星和冻蝶，如果他们跑到四季厅去送死，她的努力就会化为泡影。

“谢谢你保护我，可我想做的不是躲避危险。就算只救出雏菊也没有意义，她的护卫官也是我的朋友，我也没法对四季厅的职员们见死不救。”

“救下所有人是不可能的……正因为如此，我才选择了两位。”

石原的声音在发抖。

“我不想按父母说的……对两位见死不救。这是我仅剩的一点良心……狼星大人，冻蝶大人，我一直欺骗两位，真的非常抱歉。两位对我……比起父母……要好得多……多得多……”

石原说着，放下了枪。

“所以，我想救两位。两位不能特地跑去送死……最好趁此机会离开帝都。我可以告诉两位一条路线，一定能让两位成功逃脱。作为交换……请两位放过我吧……”

石原让手中的枪落在地上，彻底解除了武装。

一直被枪口指着的驾驶员眼疾手快，马上把石原的手拧到她的背后。石原没有反抗，束手就擒。

“原来如此……你也想趁乱逃跑，所以才这样做啊？”

石原脸色苍白，点了点头。看来她因为良心不安而救了狼星和冻蝶是事实，想摆脱间谍这个角色也是事实。

想到这里，狼星觉得她可能本来就没有打算开枪，他看了看冻蝶。

冻蝶向狼星点了点头，示意他按自己的想法做。

“石原，我们做个交易吧。”

石原被驾驶员按倒在路面上，狼星蹲下去看着她的脸说道。

“我没有什么能做交易的东西……”

“你只要把你知道的与‘华岁’有关的情报和盘托出，我可以保证你的安全。”

“我……我会被杀掉的！‘华岁’一定会追杀叛徒！”

“我不会让你被杀掉，如果有必要甚至可以送你去海外。你恐怕需要藏一段时间，不过只要等几年，想必就能过上自由的日子，我也会为你准备好钱。刚才你说让我放过你，你有周全的逃跑计划吗？我看你救我们倒更像是临时起意。”

石原沉默了。

“我不是在责怪你。你下了非常大的决心来救我们，对吧？”

“是……是的。”

“谢谢你，石原。我向四季诸神发誓，一定会救你。站到这边来，石原。你不会后悔的，我发誓一定会让你的忠诚得到回报。”

冻蝶没有看狼星这时的面孔。

然而，只要看到石原恍惚的神情就能猜到，这时的狼星一定非常美。

——这小子真的好擅长驱使别人。

冬神主仆在危急之中得到了一张强有力的牌。

石原的问题得到暂时解决之后，狼星马上联系了秋之代行者的护卫官阿左美龙胆。

“阿左美阁下，抱歉突然联系你。”

无巧不成书，这时龙胆刚刚和樱通完话。

“寒椿大人？”

“是的，情况紧急，我想和你们共享一下情报。”

“琉璃大人，请……请等一下。”

狼星听到旁边好像传来了琉璃的喊声。

“你正在开车吗？”

“不是，我没有开车……是琉璃大人……我明白，我明白……寒椿大人，对不起，我们这边也出了问题，正在讨论该怎么办，正好有件事要向您报告。”

狼星本以为自己的情报会把对方吓一跳，没想到自己也被对方的情报吓了一跳。

秋天方面出现了内奸，春神主仆正在四季厅据守。樱已经做好了战死的准备，可还是坚定地告诉龙胆让他去找抚子。狼星开始消化这错综复杂的情报，而且它还带着他并不想品尝的苦味。

——看来“华岁”对我们恨之入骨。

“阿左美阁下，樱说得没错。各位请直接到‘华岁’的总部去，我已经把位置发到你的便携终端上了。等一系列的恐怖袭击结束，贼人挪了窝，想再找到就太难了。”

“可是……”

“我们这边出现的内应说，‘华岁’为了杀我们和爆破四季厅，差不多全员出动。说起来颇具讽刺意味，他们的总部虽然肯定有守卫，不过眼下肯定人手不够，现在可以说是机会难得，去吧。”

“那花叶大人她们……”

“不用担心，我去救她们。”

狼星刚刚坚定地说完这话，便听到旁边的冻蝶叫他的名字。冻蝶正跨上摩托车向他招手，看来已经做好了出发的准备。

狼星现在必须赶到即将遭到爆破的四季厅大楼去。

“我要走了，祝你们好运。”

就在这时，龙胆那边传来了沙沙的声音。

“阿左美阁下？”

“等等，听我说完再挂！”

“琉璃！”

看来是便携终端换到了别人手中。听到又高又尖的叫声，狼星皱起了眉头。

——是夏之代行者叶樱琉璃啊。

“夏之代行者阁下，非常感谢你的帮助，请继续为秋天方面……”

“真是的，不要再说套话了！”

“是你叫住我，结果连听我打招呼的耐心都没有吗？”

琉璃让狼星不要搞虚礼，于是狼星按琉璃的意思恢复了平时说话的腔调。在当代代行者当中，狼星和琉璃认识彼此的时间算是最长的。

“叶樱姐妹中的妹妹，到底有什么事？说得简短一些，我在赶时间。”

“阴湿冰雪男……你还问我有什么事？”

他们之间的关系不算很融洽。

代行者和代行者，护卫官和护卫官之间说话往往会带上敬称。

这两个人却故意去掉敬称，狼星把琉璃称为“叶樱姐妹中的妹妹”，琉璃则把“阴湿冰雪男”当成对狼星的称呼，由此可见一斑。

造成二人关系不融洽的因素有许多。

琉璃曾经为了完成“四季降临”的仪式到过冬乡。她想和狼星交朋友，主动和他搭过许多次话，可是基本被他当成耳边风。当时，狼星身边的人们千方百计穿针引线，希望他将琉璃当作雏菊的替身，导致狼星坚决拒绝琉璃靠近。

更不巧的是，琉璃训练“生命使役”技能时，动物撞折了院子里承载着狼星与雏菊回忆的木瓜树。狼星震怒，更是把琉璃当成空气对待。

这就是琉璃评价狼星“那个人总是冷若冰霜，让人害怕，反正我对他没有好印象”的缘由。

“因为雏菊大人很想见冰雪男啊。我倒是不喜欢你，当然不希望雏菊大人见你……”

“喂，不要再那样称呼我。”

“你不也好像在分类一样称呼我吗？只因为我们是双胞胎就叫我‘叶樱姐妹中的妹妹’？”

狼星沉默了。

“不说这个，还是说雏菊大人吧。”

“怎么了？”

“雏菊大人好像非常记挂冰雪男。”

“啊？”

“我觉得你应该有戏。”

“什么？”

“你还问我？我听樱大人说了，你……不是向雏菊大人表白之后还没有得到答复吗？你可能不打算再表白一次了，不过我觉得雏菊大人恐怕记挂了你十年……”

——什么？

“她的话里话外都有这个意思。那个，我其实……快要结婚了。其实只是夏乡为我安排的对象，不过我现在已经喜欢上他……”

——这家伙说什么呢？

“我……我是说，我的恋爱经验比和梅雨季节一样阴湿的冰雪男丰富，虽说只是和未婚夫谈过恋爱……所……所以！我的建议可是很权威的！等你顺利救出雏菊大人……”

琉璃用从未有过的温柔腔调，对狼星悄声说道：

“你重新对雏菊大人表白一次吧……”

听到这话，狼星的脸像吹了严冬的寒风一样瞬间变得通红。

“你……你这人……”

狼星没想到这么多人都知道他对雏菊的心思，而且还有这样一个意想不到的人物一直默默关注着他的恋情，因此狼星羞得就像全身都着了火一样。

琉璃可不知道狼星现在的心情，连珠炮似的说了下去：

“听说雏菊大人现在的人格和以前不一样了，可是我只认识现在的雏菊大人，不明白到底有什么不一样……对了，听说她喜欢的东西没有变化。啊，还有，龙胆大人按你的吩咐，为雏菊大人准备好了橙汁。雏菊大人听说之后，喝得可高兴了。她的喜好没有变，你不觉得它证明了她以前的人格还在吗？你可得加把劲啊！你和我一样，现在都要到危险的地方去，冰雪男可别死了啊！你就当成是去表白吧！你不是喜欢了雏菊大人十年吗？所以你才守身如玉，和别的女孩子都不亲近吧？菖蒲说了，冰雪男要是不解决关于初恋的心理问题，恐怕没办法和我做朋友。”

“不需要你来跟我说这些话！”

狼星头脑一热，直接挂断了电话。

之后，他才回过神来，用双手捂住了脸。

“啊！”

他仰头向天空低吼了一声。冬乡的驾驶员正把石原捆起来，要把她押送到冬乡去，二人好像都吃了一惊，呆呆地看着狼星。

“没事，不要想了，不要想了……”

狼星嘟囔着跑向冻蝶。

“怎么了，狼星……出什么事了？”

“没什么！”

冻蝶看起来不满意狼星的回答，可他满脑子都是如何营救春神主仆，也就没有追问。

“我已经看过了，摩托车没问题，戴上头盔。”

“不，你戴上就行了，我还要用神通力，不能挡住视野。”

"真的要做吗？"

"当然要做。用这个办法，至少能缩短一半前往四季厅的路程。放心吧，我会帮你稳住摩托车，不让它滑倒。"

冻蝶沉默了。

"人命关天，快走吧。"

狼星攥紧扇子举向天空。

他开始集中精神，准备接下来要做的事。

——雏菊。

准备好之后，狼星唇间冒出了寒气。

狼星朝四季厅所在的方向展开扇子，只见首都高速旁边开出一条冰路，冰路跨过城里的道路，向路旁高层大楼的楼顶延伸。帝都上空出现一段段冰路，向前越伸越长。

"当空漫舞银花矛，挑碎昴宿白雪飘。"

冰桥好像在强调自己，在春天樱花花瓣飞舞的风景中画出属于它自己的弧，冰魔法一样的奇迹降临了帝都各处。

"披上寒椿之衣，唱起二十四节气。"

代表大和国的冬之代行者挥着扇子，向神献上了舞术仪式。

他就像一个魔法师，用冰刃划开了粉红色的樱花绚烂的世界。

这就是四季之祖的风采。

"冬季在低语，催人静思死亡。"

狼星的冻结神通力已经比幼年时纯熟得多。

"死亡最平等，正如季节一样。"

他全神贯注，把脑海中描绘的景象呈现在现实世界，那副样子只能用神妙来形容。

当代四季代行者中，狼星在位的年数最长，这是他神通力纯熟的原因之一。

"众人听冬天低语，等死亡来到身旁。"

不过，最大的原因还是雏菊，狼星训练的方法就是思念他的初恋姑娘。少女春神曾经求他生成冰花，他已经练习过无数次，尽可能把冰花做得更美更精致。

“所有生命都一样，与四季死亡相傍。”

狼星一心想取悦于他思念的姑娘，就是这个念头促使他把神通力练得越来越纯熟。

“愿汝等莫怕死亡来访。”

如今，他在使用冬神的神通力方面很有自信。

“愿吾气息带给汝等痛快的死亡。”

他能活到现在，就是因为想着有朝一日要再给他的心上人献上一朵冰花。

唯独这一天，没人能阻止他使用冬神的力量。

——雏菊，你等着我。

狼星抛开一切杂念，一心为他心爱的春神架起冰桥。

“冻蝶大人……能保护狼星大人的只有您，请您安全驾驶……”

看着骑在摩托车上的二人，驾驶员脸上满是不放心的表情。刚才枪口还指在他的头上，现在他看起来就像已经忘记了刚才的事，不得不说冬乡的护卫果然胆识过人。

石原已经被驾驶员绑在一边，她乖乖地垂着头嘟囔：“请注意安全。”

驾驶员和石原要离开首都高速，与分头行动的冬乡护卫队会合。随后，护卫队将会赶往四季厅，就算狼星和冻蝶没能及时阻止爆破，护卫队也要去寻找他们的尸体。

冻蝶看了看石原，他对石原虽然还有恨意，不过没有石原，他们

也无法得到这样的进展。

他朝石原竖了一下拇指。想必没有机会再见到石原了。

“上坡和下滑时都由我来操作，冻蝶只管相信我往前开就好。”

狼星把精神集中到眼前的冰桥上。雪国的邮递员在冬天也会骑摩托车，不过他们的摩托车更轻巧灵便，所以才能骑在冰雪上。

这是一辆越野摩托车，要使它在溜冰场一样的冰桥上行驶却不滑倒，狼星只能把柔软的雪铺在冰面上，特意生成一条车辙。

“这不是神智正常的人能做到的……”

冻蝶一边戴头盔，一边说道。听到他的抱怨，狼星笑道：

“你傻吧，冻蝶。神智正常有什么用，发起狂来吧。”

冬之代行者满不在乎地说了一句不符合身份的话。

“你这话问题很多，不过我现在不说了。这是主命，对吧？”

“没错。至今为止，我已经生成了几万朵冰花，保证一辆摩托车不滑倒不算什么。再说了，冻蝶……我们的生活……”

狼星用拳头敲了敲冻蝶的肩膀，脸上依然带着笑容。

“自从雏菊和樱不在了之后，我们的生活早就失控了。”

冻蝶没有说话，而是让摩托车的引擎发出强有力的驱动声代替他回答。

空中冰桥架在一座座大厦之间，行驶在它上面，滑倒就意味着死亡，不过二人还是决定抄这条近路赶到四季厅去。

狼星和冻蝶打算做的事可以算是胡作非为，因为他们会扰乱帝都居民平静的日常生活。冻蝶平时绝对不会允许狼星做出这样的事，这次之所以同意，一是因为有防止爆炸恐袭的名分，二是为了营救春神主仆。

“我数到三，你就把油门开到最大。车开过去后，我就解除神通力。这条路前后都只有这一辆摩托车，直通四季厅大楼。”

被困在首都高速公路上的人们看着狼星主仆，都显得兴奋异常。

“一。”

他们恐怕没有机会再看到这样的情景。

“二。”

看热闹的人们不知道冬神主仆去向何方、去做什么，但还是随着狼星的下一声倒数欢呼起来。

“三！”

冬神主仆的摩托车沿着破坏了樱花春景的冰桥开了上去。

场景一变，这里是四季厅大楼的第一层。

令身在高楼层的人们忧心忡忡的战斗，总算分出了胜负。

警铃声中，身着私营安保服务公司制服的人们与四季厅的警卫展开了战斗，最终以四季厅方面的胜利告终，而且双方都没有出现死者。这是因为国家治安机构拉响警笛赶到了四季厅。雏菊和樱在第十九层听到的最后一声爆炸，便是国家治安机构的人员赶到后投出的声光弹发出的声音。声光弹虽然不是杀伤性武器，但是能发出闪光和巨响，让着弹点周围的人暂时失去战斗能力。

远远看到问题似乎即将得到解决，撤到大楼外的四季厅职员们纷纷鼓起掌来。

未能及时避难的人们纷纷走出大楼，已经受到控制的破坏分子们也被押了出来。

国家治安机构迅速解决了事件现场的问题，让人忍不住称赞专业警察组织就是不一样。

“上面还有没落网的贼人吗？”

赶到现场的国家治安机构人员，向终于能喘口气的四季厅的警卫询问道。

“刚才到处都在战斗，我也说不好……只能现在去看看才知道……”

“不，说不定还会有刚才那样的来历不明的组织发动袭击，请把大楼正门完全封锁，同时把伤者送上救护车，我们会逐层搜寻。”

四季厅的警卫听到指示，带着使命感点了点头。十几名国家治安机构人员把一楼交给四季厅的警卫，兵分两路从楼梯和升降机向上进发。警铃响起时，身在四季厅大楼中下层的人们已经争先恐后地赶向第一层，撤离大楼。

只是，每一层都剩下了几名无辜的普通四季厅职员，他们不是被吓得动弹不得，就是在恐慌的人群中被挤得受了伤。看到沿着楼梯走上来的国家治安机构人员，一名脚腕扭伤、动弹不得的老年女性职员马上向他们求助："请帮帮我。"

然而，不知道为什么，他们并没有理会需要救助的人。

"那个，帮帮我！请帮帮我！我的脚受伤了！"

动弹不得的女性职员不想放弃，反复向他们的背影喊了好几次，可是没有一个人回头。

女性职员惊得说不出话来。

随后，她越想越伤心，大颗的眼泪掉了下来。不过，这时受到他们的冷遇，其实称得上是她的幸运。

她求助的这些人都是冒充国家治安机构的敌人，贼人组织"华岁"的成员。

"不用除掉她吗？"

"她动不了，反正等下会被炸死。"

"华岁"的人们一边向上走，一边进行不把人命当回事的对话。

为了这天袭击四季厅，"华岁"做了精心准备。最开始那一批身穿安保公司制服打算闯进四季厅大楼的可疑人物，就是他们诡计的一环。

我们来梳理一下四季厅大楼发生的袭击事件吧。

首先，在没有发生火灾的情况下，"华岁"收买的内应按响了四季厅大楼中的警铃。大楼中的四季厅职员、为四季厅提供服务的外部人员、与四季厅做生意的人员，所有人听到突然响起的刺耳警铃后都陷入了恐慌。人们不明白到底发生了什么，都没了主意。

除非受过专门的训练，否则很难在发生意外时采取正确的行动。

人的头脑一旦被恐惧占据，视野就会变得狭窄，看不到正确的选项。

即便如此，面对这次的紧急情况，四季厅大楼里的警卫们还是按照应急预案展开了行动。

这样的意外发生时，他们的首要任务是引导人们避难。

警卫们招呼着四季厅的职员和来到四季厅的其他人员，引导人们陆续从正门离开了大楼。按响警铃的内应也混在避难的人群中逃了个无影无踪。

就在这时，出现了一群想逆行进入大楼的人。

他们就是身着私营安保公司制服的人们。他们的制服属于一家主营警铃系统等商务楼警备系统的大公司，可是这些人来得快过了头。

提供警卫服务和安保系统的公司，大多会和客户签订二十四小时三百六十五天全年无休的合同，只要系统发现异常，安保公司的人员就要马上赶到现场。

这些公司提供的服务也是多种多样。

发生异常情况时在指定区域内拉响警报就是其中之一。哪怕是夜间完全封闭的房间内空调吹落一页文件，安保系统也能发现异常，拉响警报提醒人们有人闯入。合同往往会规定只要发生异常，哪怕只是一张纸触发警报，安保服务公司也要赶到现场。

这次办公楼响起警铃，就属于安保服务公司必须紧急出动赶到现场的案例。

了解这种以防止犯罪为目的的警卫服务公司的人都知道，他们的“紧急出动”往往会在警铃响起几十分钟后才能实现，如果人手不足，可能还要更久。可是这一次，警铃刚刚响起，这批人便出现在了四季厅的大楼前。

就和樱在大楼第十九层看到的一样，他们事先在停车场等待，当然很快就会出现在大楼前。四季厅大楼的警卫们也起了疑心。

他们的怀疑是正确的，这些人就是“华岁”的炮灰。

这就是“华岁”的首领观铃设下的圈套之一。

让警卫对这些人产生疑心也是观铃圈套的一环。四季厅的警卫当然不知情，还告诉这些人等他们联络安保服务公司，确认是否真的有紧急出动指令。

“不好意思，可以等我们联系合作公司，询问是不是真的有出动指令吗？”

“就是警铃响了我们才来啊，请让我们进去。”

“不行，请稍等一下！请不要随便入内！”

这些人到底是合作公司派来的比较粗鲁的员工，还是想要闯进大楼的可疑分子，四季厅的警卫还没来得及问清，两者便展开了群殴。想闯进大楼的这群人最后把自制炸弹扔进了第一层的大厅。

“呀啊啊啊啊！”

这就是雏菊和樱听到的第一声爆炸。

正随着警卫们的指引，打算到大楼外避难的人们尖叫起来，陷入了进一步的恐慌之中，开始四散奔逃，一楼大厅乱得一发不可收拾。

想要闯进大楼的这些人明显不是私营安保公司的员工，毫无疑问是可疑分子，是持有爆炸物的罪犯。为了阻止这群来历不明的人闯进大楼，四季厅的警卫们不得不和他们展开了战斗。

然后回到这场战斗分出胜负的那一刻。

幸运的是，虽然有人受了不同程度的伤，但是没有出现死者。

这一切都是事先安排好的，目的就是让晚一步赶到的自称“国家治安机构”的人们，也就是“华岁”的成员们顺利进入四季厅。

国家治安机构是大和的警察组织，其工作人员在一场大乱之后现身，没有人会怀疑他们。所有人只觉得救星总算到了，其他的事交给他们就好。

这会儿，四季厅大楼里还没有一个人发现这些人是冒牌货。

“华岁”冒充国家治安机构工作人员，坐上了升降机，他们静静地看着指示盘上越来越大的数字。

其中有一人比其他成员矮了一头，她就是“华岁”的首领观铃。

“不知道雏菊现在好不好啊……”

她低声沉吟了一句。她的心腹美上就站在旁边，用不带感情的声音回答道：

“一定很好，所以才组织起了所谓的春夏秋冬共同战线吧。”

“对啊……”

美上这句话有揶揄的意思，观铃却不知为什么面露喜色。

“小抚子还等着呢，好想快点把雏菊带回家去，让她们做姐妹啊。这次有了两个女孩子，说不定会有一个愿意在我身边生育四季代行者的后裔。”

观铃轻快地说出了一句不人道的话。

除了美上之外，其他在场的“华岁”成员对观铃的一番话没有表示。要是有人做出什么反应触怒了观铃，马上会受到制裁。

是凶是吉全看观铃的心情，不同的日子、不同的时间，观铃的心情都会不一样，对同一件事的反应截然不同，因而难以捉摸。只有擅长揣摩其心思的人才能成为她的心腹。

“华岁”的人都明白，什么都不说才最保险。

敢在观铃面前开口的只有称得上是她左膀右臂的美上。

“御前……你还没有放弃？你不是已经失败了吗？”

美上的话里带着刺。

“怎么能说是失败呢？”

“当时那人只是把她逼到墙角就差点被杀掉。”

“没错，她不是个会输给男人的女孩子。她可是我抚养长大的，当然是个强大的女孩子。”

观铃有些自豪地说起雏菊造反时的事。

——分明是你指使男人侵犯她。

话到了嘴边，美上一转念，觉得还是把话说得更委婉一些观铃才容易接受。他一边组织语言，一边说道：

“御前……我也赞成绑架四季代行者，也还想请她给我们种大麻。可是……繁殖计划不是上策……”

“你反对让她给我们生孩子？”

“我反对。”

“美上……你喜欢雏菊那样的女孩子？”

“不是，我想说的是……”

美上皱起了眉头。

“你让她做什么事，她基本都会听话……”

“是啊，她是个好孩子。”

“我想，如果你没有动那个念头，她应该还在我们手里。”

观铃沉默了。

“你激怒了她。那恐怕是她最不能接受的事……”

“你是说我应该对她更好一点儿？我已经尽我所能善待她了……和她配对的人我也不是随便选出来的啊？”

“不是，我指的不是这个……我是说你不该试探她的底线。你不觉得适当喂食，让那个姑娘多活几年对我们才最有利吗？那时大麻卖得很好，一切顺风顺水，是你把一切搞砸了，亲手毁掉了你自己的功绩。我们虽然控制了那个姑娘，但是那个姑娘说到底和人不一样。如果你想养，就得注意驯养方式，不能让她咬你。当时你相当于在逼那个姑娘张口咬你。只要用冬乡来威胁……那个姑娘当时明明什么都肯为我们做……”

观铃不说话了。她虽然有些不服气，但是美上说的这些话中，有些确实戳中了她的痛处。

“我也是前思后想之后才决定的……对雏菊也好，对‘华岁’也好，那应该是对双方最好的办法……我没有打算试探那孩子的底线……”

“她的精神崩溃了。在那样的状态下还能回去做代行者的工作简直难以置信。”

观铃陷入思考，沉默了。随后，她自言自语地嘟囔道：

“不过……这样说来，现在的雏菊是崩溃之后的她啊……”

“应该是的，让她崩溃的就是你。”

美上明明是在指责观铃，她却开心地微笑说道：

“呵呵呵，那不就和我一样了，正好做我的女儿。”

美上听得想叹气。

——怎么会得出这样的结论?

这个美貌女人的所作所为完全以自我为中心，没有理解、宽容他人的概念。

“看来那孩子确实是特别的，我好想快点见到她。”

用一种纯粹的培养方式——不改变年幼孩子特有的残酷性，就这样将其养大，最终会形成这样的成年人。

观铃的人格就是这样的。

——莫不是新型的自我伤害方式?

美上一边想，一边从旁观察观铃那随着年龄增长显得愈发妖娆的侧脸。

——那样做最痛苦的明明是你自己。

美上始终陪在这个女人身边，看着她如何变成这样一个怪物。

美上刚认识观铃的时候，她还只是一个少女。

当时，观铃陪同父亲参加贼人组织之间的聚会。

“华岁”上一代的头目是一位涉猎广泛的实业家，明面上经营着许多公司，背地里作为贼人活动。上一代头目最擅长的就是收留离家出走的少年，留在身边做小厮，美上也是这些少年中的一个。

美上很尊敬上一代头目，只要是头目的吩咐，不管什么他都会照办。见面之前，美上一直悄悄盼着这一天，想看看恩人的女儿会是一个什么样的姑娘。

——看来我没法和她要好起来。

美上还记得自己当时的感想。

因为上一代头目把美上介绍给观铃的时候，她不光不正眼看美上，美上向她做自我介绍，她甚至没有搭理。可能是因为她的面庞和身体带着成熟女性的风韵，美上当时还以为她已经成年了。上一代头目说他把观铃送进了某地的特殊教育机构，目前刚刚回到家里，已经定下将来要随她的母亲做武器商人。

“你喜欢武器吗？”

“不喜欢。”

二人的第一次交谈就这样结束了。

当天的宴会持续了很久，观铃中途不知什么时候离了席。

美上再一次见到她，她正把一个人的头按进鲤鱼池里。那个人是参加宴会的另一个组织的干部。

“喂，你过来。”

当时美上正打算去厕所，看到这一幕惊得没了尿意。

院子里丢着一个打碎的啤酒瓶。

看来观铃就是用它把对方打昏了。

不光打昏，观铃还用领带把他的双手捆了起来，那架势明显是不打算留活口。

“过来帮忙，说你呢。”

即便是早就弄脏了手的美上，也觉得观铃掐着壮硕男人的脖子往水里按的样子，显得非常粗暴和富有冲击力。在料理店雅致的大和庭院一角，有一个人正要以这样的方式死去——美上脑海中居然产生了诡异的想法，感慨这世上还有如此奇妙的杀人现场。

发了一会儿呆之后，美上慌忙走了过去。他这才发现观铃的衣服乱了，嘴角也破了，还流着血。

“这人说我勾引他。”

观铃看着被淹得无力抵抗的男人，像在给自己找借口一样，说道：

“他说我穿这么短的裙子就是在勾引男人。”

观铃的一字一句都满含着怒气。

“他说就算对我下手也不会有人指责他……这样的男人……我已经不知道碰上过多少回了。简直……简直莫名其妙……为什么？”

她的话中还带着能把怒气化为杀意的冲动。

“简直莫名其妙。不过，我还是应该好好和他谈谈，对不对？我也应该站在这个人的角度为他考虑一下，对不对？所以啊，我试了试。”

她的声音中还带着能让她把杀意化为行动的怨气。

“这个人，长得和虫子一样。长成这样，会被别人从这个世界上除掉也是没办法的事，你不觉得吗？”

她的腔调中带着悲伤，还有对这个世界的疑问：为什么这个世界的构造这么不讲理？

“你说对不对？我这样做是对的吧？所以我这样做了，我成功了。”

她还说出了一直思考这个疑问有多么困难。

“我是一报还一报。可是，太奇怪了……”

观铃的心里已经积蓄了太多这样的情绪，多得要爆出来。

“我用啤酒瓶揍这个人的时候，他一脸惊讶。他为什么觉得自己不会成为暴力的目标呢……”

无巧不成书，美上正好见证了观铃无法继续忍受人生的压迫而爆发的那一幕。

“莫非他以为凭他的地位不会有遭遇暴力的危险？等等，莫非真的是这样……就算真的是这样，他就有资格伤害我吗？我没错……喂，帮帮我。”

观铃的话听起来就像恳切的祈祷。

她的双腿在发抖，眼里也满含泪水。对美上来说，这个男人想要非礼美上恩人的女儿，美上本就没有给他留命的意思。观铃向美上征求同意的行为本就是多余的，不过美上还是决定等她把这段话说完。

观铃说完之后，美上趁着她在不安的驱动下再说话之前表明了他的立场。

“我明白了，我来帮你。”

闻言，观铃面带极其惊讶的表情，看着美上说道：

“你真的肯帮我吗？”

“是的。”

“真的是真的？”

“真的是真的。”

"为什么？"

"你的父亲大人很照顾我。"

"你是说……因为你是我父亲的部下，所以我杀人你也要帮我？"

"是你说要我帮忙啊……"

"可是……"

"而且现在只有动手一条路。这人快没气了，给他来个痛快的吧。"

观铃不说话了。

"大小姐，不下手吗？你不是没有别的办法才这样做的吗？"

"你这人，你这人……真是个怪人。"

美上觉得观铃才是怪人。他提出帮忙不是为了得到感谢，不过他永远不会忘记当时观铃凝视他的目光。

"谢谢你来帮我……你就是英雄……"

美上明明要做伤天害理的事情，却成了观铃的救世主。

一对年轻男女一起做的事，不是一起出去玩，一起看星星，而是一起死按着一名壮汉的脖颈。

后来的主角就成了美上。美上向观铃的父亲报告事情的来龙去脉，还让观铃的父亲答应不承认观铃有过失，不对那名无礼之徒所在的贼人组织谢罪，而是指责那个组织没有管好手下的人。

宴会结束后，美上把死者交给其所在的组织带了回去。

参与杀人的美上也没有受到处罚，只是他满是冷汗的后背始终又湿又凉。按说处理尸体之后，观铃不必再与美上打交道，可是她不知道为什么，始终跟在美上身旁。美上无可奈何，只好安慰道：

"太好了，你的父亲大人没有发火。"

"父亲本就不喜欢那个组织，能找借口杀掉他们的干部，父亲一定觉得很开心吧……以前我遇到同样的事，他只会怪我不检点。你看到了吧？他多会见风使舵……不知道他会不会脸红。"

美上不知道该怎么回答才好。

“我……算了，不说我了……说你吧，你叫什么名字？”

“我叫美上，你的父亲大人也这样称呼我。第一次见面时……我向你做过自我介绍。”

“那时我对你不感兴趣。”

美上沉默了。

“不过，我现在对你很感兴趣。美上，我记住了。美上是正义的守护使者……不对，是我的守护使者啊。”

从那时起，观铃就对美上格外亲近。

过了一段时间，观铃听从父母的建议做了武器商人，后来嫁给了一个名声不好的男人。

美上劝阻过观铃，说她没必要嫁给那样的人。当时观铃一副难过的表情，轻声说道：

“我并不喜欢他，可是，我想尽可能……逃得离家远一点儿。想逃出家门，只能嫁给与我的父母有来往的人……我只要结了婚，他们就满意了。过上一年我就和他离婚，到时候你来接我啊，美上……”

在这之前，观铃每次把美上叫去不是聊些无关紧要的闲话，就是让他除掉她觉得碍事的人。美上一直觉得她是个棘手的女人，可是她突然一走，不再使唤他，他还真觉得有点空落落的。

结果没过多久，观铃便联络了美上。

“你来，帮帮我。”

观铃站在门厅等着美上，脸上青一块紫一块，胸部以下的衣服彻底染成了鲜红色。

美上马上便猜到发生了什么。观铃哭个不停，连话都说不清楚。

“宝宝她，■■■■她……”

她只是不断地重复这句话。早就劝你别嫁给他——话到嘴边，美上又说不出口了。

"美上，你来，帮帮我。把■■■■和那个人，处理掉……"

——总是这样。

她每次说出这话的时候，总会有碰过她的人从她的人生中退场。

唯一没有退场的，只有从没碰过她一根指头的美上。

"你会帮我吧，美上？"

观铃绝对不让美上碰她。

"美上，我能依靠的只有美上。"

美上也不想变得和其他男人一样，不想像他们一样在伤害她之后退场。

"好的，大小姐。"

最后，美上几乎完成了所有的善后工作。

那时，观铃拜托美上处理的，是观铃的丈夫和从观铃腹中流产的胎儿的尸体。

把尸体处理得一干二净后过了几天，美上被观铃的父亲叫了过去。

美上本以为头目打算惩罚他，做好了手指或手臂被砍掉的心理准备，没想到等着他的是慰劳的话，还有给他的通知。上一代头目说要让观铃担任新的头目，让他当观铃的左膀右臂。

上一代头目或许是觉得，这个女儿不管放在什么地方都会制造出尸体，只有这一个地方能让她容身。而如果要给她安排一个搭档，那只能是美上。

美上和观铃单独相处的时候，她显得很开心。观铃拽着美上的袖子，说道：

"你来帮帮我，美上。"

美上也不知道为什么，只要这个女人对他开了口，他就没法拒绝。

那天，那时候，观铃在夜色下的大和庭院中向美上求助。她哭了，她挨了打。

可能是因为美上不管到什么时候都无法忘记当时的情景。

美上离家出走之后再也没有回过家，观铃对他来说高不可攀。

他曾经觉得观铃闪闪发光，是一个看似无忧无虑，被父母当成掌上明珠的大小姐。

实际上观铃有观铃的苦海，而且是无法轻易走出的苦海。

她无药可救，看不到希望。或许本来有希望，但是现在才来解决，为时已晚。

人们只能像事不关己一样随口谈论："要是有谁能早点为她指点迷津就好了。"

没人对她说可以逃离那片苦海，没人告诉她苦海之外还有更大的世界。

因为，这个世界总是需要牺牲品。

不知什么时候，总想摆脱父母的观铃，变得像父母一样控制他人。

"美上，我现在明白了，这个世界、这个社会上荒谬的事太多了。为什么会这样呢？世界上有那么多掌握着力量的人，他们却不到需要帮助的人身边去。看来不是所有人都和美上一样是英雄啊。所以，我想过了，美上，我们只能自己改变世界，要改变世界就要改变它的根本构造。要改变世界的根本构造，我必须成为一个了不起的人，不能继续做总会被别人压上一头的软弱女人，要做一个战无不胜的女人。我觉得是时候了，因为我再也没有什么可失去的东西了。他们都抛弃了我，我要做给他们看看，让'华岁'成为一个了不起的组织，改变这个国家运营的方式。美上，跟你说，我要做一个帮助弱者的人，一定要做，因为我经历过痛苦。"

经受过苦难之后，人往往会分化为两类。

一类是因为经历过苦难，成了抚慰他人苦难的人。

另一类是因为经历过苦难，成了给予他人苦难的人。

“为了改变世界，我们先杀神吧，美上。要想改变世界，那些四季代行者应该是不错的猎物，杀掉一个还会有另一个诞生。我们就反复杀下去，威胁政府吧，逼他们推行能让社会变好的政策。为了所有的人，为了弱者们……真是令人心驰神往啊，美上，我们一起去杀神吧。”

世界上两种人都有，到底哪一种人更好，那就是仁者见仁，智者见智了。

“美上，帮帮我啊。我要说服那孩子，我的世界需要那孩子。”

美上听着不知道是人生中第几次的“帮帮我啊”，打量着观铃。

比起十几年前，现在的观铃活得有滋有味，如鱼得水。

观铃很有做恐怖分子的天分。

她的脑子缺了很多根弦，要多残酷都能做到。

而且她天生就有做领袖的资质。

自从成为不法之徒后，她从不断受到伤害的人生中得到的经验便开始发光发热。

了解她的人甚至会想说，她说不定就是注定要走到这一步，才受了那些伤害。

这个世界不适合观铃生活。

她的家庭环境本就不好，她自己也对自己的痛楚不敏感。她一直在喊疼，却还是留在折磨她的地方，所以用暴力说话的人们便把她当成了目标。不知不觉间，观铃也开始如法炮制别人对待她的方式，对攻击别人不再心中有愧。

她会不解地歪歪头，脸上的表情好像在说：“我都熬过来了。”

她在打人时会说：

“这有什么忍不了的。”

——如果这种家伙死光了，这个世界一定会变得更友善。

他只是单纯可怜观铃。他总是想，如果她的家庭环境更好一点儿，婚后生活更幸福一点儿，她本人更擅长在各种经历中总结经验教训，该有多好。

——如果我更勇敢一点儿该有多好。

然而，想再多的“如果”也没有意义。

美上能为观铃做的，只有陪在她的身边。

这是最困难、最危险的做法，他觉得自己恐怕命不久矣。

——无所谓了，毕竟人生只有一次。

他们马上就要到达最上面的楼层，如果运气不好，说不定有人会死掉。

地狱就在前面等着他们。

——和这个脑子有问题的女人一起发场疯死掉也不错。

“明白了，御前。”

美上是观铃真正的守护使者。

与此同时，负责营救秋之代行者的小组迎来了关键局面。

龙胆向国家治安机构、四季厅的人员分享了狼星提供的“华岁”基地的情报。

人们马上制定了营救秋之代行者祝月抚子的计划。

由于四季代行者的特异性，只要是与四季代行者相关的场合，人们往往会采取超越法规的措施。

在秋之代行者的护卫官龙胆的要求下，人们决定暂时抛开各种手续和许可证的问题，先派出营救部队。部队成员包括组成搜寻小组的龙胆等人和陪同的四季厅职员们，再加上响应求援加急赶到现场的国家治安机构特种部队“豪猪”。

前面已经提过很多次，国家治安机构是大和的警察组织。

维持大和的安全和秩序的行政机构，这就是国家治安机构。

国家治安机构的业务种类繁多，其中包括通过各城市和乡村的分所维护相应区域的治安，检举罪犯。

而这个庞大组织中的武装部队就是“豪猪”。

“豪猪”在大和各地都有驻地，分配到这支特种部队中的人员，都是国家治安机构的精锐。

这支部队的任务可以说就是迎击恐怖分子。

国外也有类似的部队，称呼各不相同，比如特遣部队、反恐部队、特殊任务部队、机动部队……

他们往往会在事件发生后出动，平时除非有犯罪分子劫持人质，他们的工作只是警卫支援，不过这次不一样。

因为四季厅一直和国家治安机构保持着情报共享，而且“豪猪”的驻地距离凰女很近，再加上高层跳过手续命令他们马上出动，接到命令一小时后，他们已经到了指定地点。这样一来，龙胆他们在冲进“华岁”的基地前便获得了支援。

人们在凰女集结，准备和贼人一战。这个营救小组，由以下人员组成——

秋之代行者的护卫官阿左美龙胆，夏之代行者叶樱琉璃，夏之代行者的护卫官叶樱菖蒲。

四名奉命保护夏之代行者的四季厅保全部警卫科的夏季部门职员。

四名奉命营救秋之代行者的四季厅保全部警卫科的秋季部门职员。

八名一直和四季厅共同搜寻秋之代行者的国家治安机构人员。

最后是国家治安机构“豪猪”的二十名特种兵。

营救小组已经就位。

龙胆他们不断收到四季厅大楼遇袭的新情报，一直为那边捏把汗，不过他们马上也将踏入属于他们的战场。

龙胆他们现在所在的凰女，从地形来说是一处冲积扇。

从上空俯瞰就会发现，凰女山山麓是一片扇形的土地。

凰女起初只是冲积扇上形成的一个小村，直到现代才发展成可以称得上是都市的较大城市。冲积扇旁的山中有许多废弃的神社，大多在与附近其他神社合并后遭到遗弃，无人继承，不过其中也有山崩路毁后不得不废弃的。

龙胆他们的目的地就是这些废弃神社之一。

据说那座废弃神社附近，有一座未经许可建起的建筑物。

石原的秘密情报显示，这座建筑就是“华岁”目前的基地，也是他们囚禁祝月抚子的地方。这里是深山，而且是废弃神社附近，当地居民很少靠近这里，把基地建在这种地方，只能说贼人相当狡猾。

龙胆他们在去目的地的路上也遇到了困难。

轿车在盘山公路上开到一半便遇到无法通行的地点，人们只能下车，沿着坡度很大的山地向上攀登。

琉璃他们听说追踪到了“华岁”打电话的位置，马上像子弹一样从四季厅冲了出来，没来得及换上适合走山路的服装。琉璃还穿着连衣裙，菖蒲和平时一样穿着一身洋装。

她们的鞋子是为了搭配衣服而选择的。尽管不是出于本意，可还是得说她们的这身打扮对登山不够重视。

“我们不该穿这样的衣服……”

“毕竟我们没想到还要登山。”

尤其是琉璃和菖蒲二人，她们攀登得格外辛苦。

按说得到贼人基地的位置情报后，她们不必继续同行。

琉璃同行的主要目的是追踪敌人，不该参与特种部队主导的奇袭。琉璃和菖蒲二人之所以没有撤离，是因为她们主动请缨。

“两位请抓住我的衣服或者手臂，山坡很陡，这样会轻松一点儿。”

龙胆向气喘吁吁的两位姑娘伸出了两只手臂。在现在的两个姑娘眼中，他那结实的手臂显得非常可靠。

“咦？那不就是拉着我们走吗？龙胆大人会很辛苦啊？”

“没关系，两位女士就像羽毛一样轻。”

“您真绅士……阿左美大人……您和我的未婚夫大不相同……”

“菖蒲大人的未婚夫，是一位什么样的男性呢……”

“怎么说呢，比龙胆大人要轻浮多了。”

“确实没法否定……”

“我不轻浮啊。”

“顺便说一下我的未婚夫，他又聪明又温柔，是个很成熟的男人……他可好了，嘿嘿。可是菖蒲说他不可信。”

“温柔是温柔，但感觉那个人会是灾难片中在最后关头背叛主人公的那种人……”

“我现在很想见见这位未婚夫了，举行婚礼时请通知我。”

琉璃和菖蒲坚称就算是为了龙胆也要确保抚子平安无事，还要帮忙把她救出来，否则她们无法放心。再加上夏之代行者也有受到贼人袭击的风险，一起行动反而更安全。如果大部队不带上夏之代行者主仆，她们只能找地方待命，或者随同少数护卫返回四季厅，很可能会在大部队行动时受到攻击。龙胆在这一点上看法也一样。

听过那么多背叛的事例之后，秋之代行者的护卫官和夏之代行者主仆脑子里满是对同行者的怀疑。既然来到这一步，他们已经是命运共同体，于是向彼此表示愿意维持春夏秋冬共同战线，直到救出秋神。

那座废弃神社看上去已经化为了废墟。

想到此处曾经供奉神灵，曾经有人来此参拜，见者说不定会为它现在破败的样子而伤怀。走到废弃的神社前，龙胆率领的突袭部队先站定了。

琉璃让她带来的野狗和野鸟在周围侦察一番，几分钟后它们便返回，报告了基地的准确位置。废弃神社背后的森林中隐藏着一座钢筋混凝土建筑，只要看一眼就会认为它是某种设施，因为它太大，不像是住宅。

它是二层高的板式建筑，建筑四周有一圈围墙，入口的牌子上写着“凰女林业股份公司”。

名字中带地名的公司很常见，可是不管龙胆他们用便携终端在搜索引擎上怎么搜索，也找不到这个公司的名字。

“我在税务厅的法人一览里搜过了，只要是在大和国有业务的公司一定会在这里登记。”

其中还是菖蒲的做法最合理，她先搜索了国家机关的网站，足见她的冷静。

“根本没有什么‘凰女林业股份公司’，绝对有问题。”

“我们所在的凰女山森林归现任市长的家族所有，本地豪绅怎么会在这种地方开一家没有注册的公司。我看不会错了。既然是没有注册的公司，国家治安机构就有权调查，先请‘豪猪’的队员们进行接触，哪怕里面的人不让进也可以硬闯。琉璃大人，菖蒲大人，两位到这里就行了，请原地待命吧。”

“可是，要是大家不占上风，我可以派动物支援。”

“不行，不能让两位冒更大的险。琉璃大人，菖蒲大人……真的非常感谢两位跟我来到这里。我希望两位能和抚子一起到安全的地方去，拜托两位，请一定不要做冒险的事。”

龙胆说这番话时，表情非常严肃，尽管好胜的琉璃不太情愿，也只好暂且服从他的安排。

突袭小组在贼人的基地前商讨好战术，即将开始与贼人接触。

首先像龙胆刚才说的那样，国家治安机构的“豪猪”队员翻墙入内，按响了建筑物的门铃。第一次按门铃没人应门，队员反复按了很多次门铃，同时不断敲门向里喊话：“我们是国家治安机构的人，请开门。”最终，建筑里总算出来了一个人。

一名满脸横肉的男人气冲冲地探出了头。

“喂，你们怎么擅闯别人家的院子？”

男人没有穿工作服也没有穿洋装，打扮得像是夜里在繁华街闲逛的无赖汉，怎么看都不是工作日下午会从号称公司的建筑里走出的人。虽说如此，国家治安机构的人也不能马上硬往里冲，首先要和这个男人进行和平的对话。

“豪猪”的队员熟练地说起了套话。

“我们是国家治安机构的人，这家公司有各种违法行为的嫌疑，我们是来调查的。公司的代表在吗？”

“什么？现在不在。”

男人说话毫不客气。队员满不在乎，继续说了下去：

“我们可以进去看看吗？”

“开什么玩笑，你们要私闯民宅吗！再说……对啊，搜查令！没有搜查令吗！你们想进去首先要拿出搜查令来啊！”

“我们这次来这里调查，是因为发现了针对四季代行者的恐怖主义行为。就算没有逮捕令我们也可以逮捕本案相关人员，没有搜查令也可以行使搜查权。原则上确实需要手续，不过这种情况例外，您不知道吗？”

听到这话，男人的脸色马上变了，他突然左顾右盼不再说话。队员则继续问了下去：

“这座建筑拿到建设批准了吗？这是违法建筑。”

“什么？”

“您说这是民宅，可是外面的牌子上写的是公司啊。这是一家林业公司吗？”

“是啊。”

“可以让我们看看从业许可吗？”

“什么从业许可？”

“从事林业的公司应该有国家颁发的从业许可吧。”

男人不说话了。

“如果没有从业许可，请您首先搞清楚您所住的是一座违法建筑，单凭这一点我们就可以把您带回国家治安机构。”

“豪猪”的队员在正门和那个男人说话的时候，不断有凶神恶煞的男人来到门厅，开始推推搡搡。

龙胆等人听从“豪猪”队长的安排，还在院门外待命，其他“豪猪”队员也在等队长发出开始行动的信号。

“哇，那个男的居然开始比划拳头了，他是不是傻子？光是按住国家治安机构的人的肩膀就有理由被捕了。”

他们攥着一把汗，看着里面的人变得越来越粗暴。

“开始了啊……”

“啊，已经打起来了！怎么办？让狗去咬他们？”

“琉璃大人，我说过请您待命。该去的是我，两位的工作是在安全的地方等待。等我成功救出抚子，还要请两位参加防卫才行。”

“看样子恐怕难免一战，阿左美大人要到那里面去吗？”

“我要进去，但要等‘豪猪’的队长阁下发出‘开始行动’信号。”

现场的气氛一触即发。

“豪猪”队员要求男人配合调查，男人却动了手，这时已经具备开始行动的条件。正门的攻防进一步白热化。

除了首先出来应门的满脸横肉的男人之外，建筑里又有其他男人不断来到正门。“豪猪”也有几名队员进入正门大厅阻止对方动粗，可是这样做无济于事。

“我们得到了开火许可！再动手我们可开枪了！”

“吓唬谁呢！再不出去要你们的命！”

双方都瞪着彼此寸步不让。

“去死吧！”

不知是谁说了这样一句，紧接着一名“豪猪”的队员便被人揪住胸口推倒在地。从建筑里出来的男人们都拿着枪支。

“豪猪”的队长深深地吸了口气，吼道：

“冲——”

队长下达了开始行动的命令。一直在待命的“豪猪”队员们、国家治安机构的其他人员，还有为了救出秋之代行者一起赶来的四季厅保全部警卫科的职员们一起冲进围墙之内，对妨碍执法的男人们展开了反击。

“我去了！”

龙胆也穿上借来的防弹背心，像表决心一样对琉璃和菖蒲说了这样一句话，然后冲了出去。

“去吧！”

双胞胎姐妹同时这样说道，目送龙胆跑了出去。

琉璃看着他的背影，忍不住担心地说道：

“真……真去了……”

琉璃和菖蒲要藏在围墙外的树下待命。

四季厅派给她们的护卫就是保全部警卫科的职员们，现在他们也加入了突袭部队，能保护二人的只有琉璃驯服的野狗们。

她们只能躲在大树后面，悄悄探出头看着里面的人们打成一团。

除了第一批与建筑里的人接触的“豪猪”队员，所有人都穿着反恐行动用的单兵装备。

这套单兵装备包括露眼面罩、防弹战斗服，外面套着防弹背心，再加上军用靴和军用手套，配着枪支和竖长的防弹盾牌。

普通人恐怕一生也不会有机会看到一群穿着这种装备的人，对方看到他们却没有一点儿畏惧的意思。看来对方虽然单兵作战能力比不上特种部队的成员，但早就习惯了打打杀杀。国家治安机构方面投入了特种部队，还是无法马上解决问题。观战的二人手里自然捏了一把汗。

“加油啊！龙胆大人！”

“真让人担心，不会有事吧？我倒是听说他很擅长格斗技……”

“实在不行还有我给你撑腰呢！上啊！龙胆大人！啊，好厉害！揍他！揍他！啊，咦？”

琉璃说着说着没声了。

“哎呀？”

菖蒲也不禁捂住嘴，说不出话了。

因为她们看到了让人哑口无言的情景。

“咦，那真的是龙胆大人？”

龙胆已经丢开刚才对女士温文尔雅的绅士面貌，用近身格斗术接二连三地放倒凶神恶煞的男人。眼前的情景足以让两个年轻姑娘看得目瞪口呆。

夏神主仆一脸惊讶，眨巴着眼睛看了看彼此。

那个年龄比她们稍大、待人友善、说话和气的青年刚刚离开她们身边，马上换了一张完全不同的面孔，扎进一群敌人中开始一手撕一手扔。此情此景，也难怪她们会感到困惑。

“别碍事。”

龙胆说着，单手挡住扑上来的敌人，顺势一背，把敌人摔在地上。

龙胆举重若轻，好像他摔的不是成年男人，而是年幼的孩子。

然而，那些男人被龙胆扔到地上，都是痉挛几下之后便不再动弹。“豪猪”的队员们马上把倒在地上的敌人拽进用防弹盾牌组成的阵地内。

“护卫官阁下！当心中弹！请到里面来！”

“不用，这样就好。我继续打，你们收拾，我们就这样前进。过一会儿就能打到门口，我也没有傻到自己一个人冲进去的地步。”

首先敲门交涉的几个人已经成功进入建筑内部。

只是外面的人不知道里面的人是否平安无事，“华岁”的贼人们很擅长使用枪支，先进去的人有可能落了下风。龙胆他们后续部队是得到队长的命令才冲进围墙内，这会儿还没能到达门前，依然处在交战状态。“豪猪”的队员似乎还有话想说，可是敌方又冲了过来，龙胆已经跑过去应战了。

“别碍事。”

龙胆战斗的方式极其简洁。

他的动作行云流水，和组合了杂耍般的动作与剑术的寒月流正相反。不管对手做什么动作他也不会优先攻击，而是会先选择躲避或者防御。

他会像水一样轻柔地抵消向他作用的力，敌人回过神来就会发现已经被他勒住脖子，或者已经被他扔了出去。

龙胆身上佩了刀，可是他没有拔刀，而是赤手空拳迎战所有敌人。

他接二连三地把敌人扔出去，只要稍微练过大和柔术及大和合气道的人就能看出，只有高手才有他这样的身手。不懂行的人看到了，恐怕会觉得龙胆是在操纵重力，因为他的动作轻得就像用了魔法。他与每个敌人的战斗都会在眨眼间结束，不懂行的人根本看不清他脚下复杂的步法。

——敌人并不强，但是数量很多。

龙胆看到大门了。

不断有贼人从建筑物中跑到门外，让人不禁想问这建筑里到底藏着多少人。这座建筑只有两层，看样子一定建有地下设施，否则解释不通。

——贼人恐怕会把抚子当成人质，我必须尽快处理完这些家伙进到里面。

现在他要做的，首先是赢下这场乱斗。

他赶在持枪者开枪前打掉他们手中的枪械，想要和他近身格斗的人也都被他放倒在地上。他不断重复着这个过程，削减敌人的战斗力。

“别碍事！”

龙胆的脑子里只剩下了抚子。

琉璃和菖蒲看着龙胆的样子，兴奋得拉起了彼此的手。

“好……好有男子汉气概……”

双胞胎异口同声地说道。

“琉璃，阿左美大人好厉害！”

“是……是啊……好棒……好强……好厉害……人和人……简直没法比较……”

琉璃视线前方的龙胆，毫无疑问可以用“强大”来形容。

“那是怎么回事？龙胆大人的动作那么小……可是他碰到的人怎么都飞了出去？莫非用了气功之类的功夫？”

“我猜……阿左美大人用的，恐怕是海外有名的杀人格斗术。”

“什么格斗术？”

“准确地说是能克制持枪者的近身格斗术……不过非常难学，所以很少有人会用。我曾经也想学那种格斗术……”

菖蒲对学习杀人格斗术倒是不避讳。琉璃却明显露出了抗拒的表情，或许是因为她觉得战斗不是她该做的事情。

“好可怕！根本不是同一级别……感觉人类不该学这个啊。”

“所以人们才叫它杀人格斗术。听说他在海外生活过一段时间，可能就是那时候学会的……人们都说他武艺高强，看来是真的啊。”

菖蒲的眼睛开始放出崇拜的光芒。

“如果一切问题都能顺利解决，不知道能不能去找他教教我！”

“别去！菖蒲会练出一身肌肉的！”

“不会，那是一种以核心力量为重心的格斗术，应该不会练出浑身肌肉。”

“菖蒲不用那么敬业地做护卫官！哇，快看！被他打倒在地上的人都一动不动，太可怕了……这么狠，龙胆大人，这么狠……对我们分明那么温柔……怎么办啊，我刚才对他说话那么不客气……等下是不是道个歉为好？”

“你要是疏远他，他恐怕会伤心的。他其实是个心地善良的人。”

“可是你看，他那么轻松就令那些大汉后背朝下狠狠摔在了地上……哇，哇哇哇，下手好狠！龙胆大人下手好狠！你看那男人的身体，就像撞在板子上的毽球一样弹出去了！龙胆大人好可怕！好棒！又棒又可怕！我还是跟他道个歉吧！”

“他都不显得疲劳，确实很厉害。人们都说精神疲劳容易反映在身体上，看来他的身体真的非常好。”

菖蒲正在赞叹龙胆的好身体，一只小鸟飞到二人的头顶。琉璃伸出手，只见小鸟像发现了栖木一样轻轻落了上去。还有一条不知什么时候跑开的狗，这时也喘着粗气跑了回来。

“菖蒲，这两个孩子说有事要报告。”

狗吠了起来，似乎在对琉璃说什么。

琉璃默默地听着狗和鸟的话。

这种时候，菖蒲总是注意不发出杂音，静静地守在一旁。不一会儿，狗和小鸟都不再叫，小鸟从琉璃的手上飞起，好像在带路一样低空向前飞去。

“琉璃，它们说什么？”

琉璃没有马上回话。

“琉璃？”

"可能不妙了，现在还不能确定，我去看看。"

琉璃不再观看乱斗，追着小鸟跑了起来。

"等……等等，琉璃？"

菖蒲和野狗们也慌忙追了上去。琉璃毫不犹疑地在山上的林木中向前走，最终到了建筑后方围墙外的一个地方。两名"豪猪"队员站在那里左看右看，似乎在等什么。过了一会儿，围墙里面传来一个男人的声音：

"就在这里面！快点带走！"

"手轻点啊。"

"豪猪"队员好像正等着一样回答起来。

"不会吧……那两个人……是在和贼人说话？"

菖蒲呆看着眼前的一幕，琉璃听到这话，默默点了点头。

"可能是叛徒。不过小狗说了，他们本来就不在'豪猪'的成员中，它以前没有闻过他们的气味。会不会是贼人穿了他们的战斗服？"

"嗯……等等？那岂不是意味着贼人方面知道我们的行动计划？"

"恐怕是的。看来一直和我们在一起的人中有告密的内奸。不知道是四季厅的职员……还是国家治安机构的人……不管来自哪个组织，这个人肯定会趁乱逃掉。总之，我们的行动小组里也有叛徒。"

菖蒲把手搭在腰际的短刀上。

"可恶的家伙。"

菖蒲很少出口骂人，看来她真的非常生气。

"确实可恶。看来四季厅和国家治安机构都需要能大刀阔斧清理门户的人才……"

围墙里面的人递出一个长期旅行用的大号行李箱，尺码看起来能装得下年幼的孩子。琉璃和菖蒲看了看彼此。

"琉璃，那人说'就在这里面'，你听到了吗……"

"十有八九是抚子大人。绝对是，我的直觉是这样说的。"

"你确定？"

"确定。"

“明白了，我相信你。不知道她……是不是活着……”

“对啊……那里面装的也可能是尸体……小狗说了，有微弱的血腥气味……”

琉璃说这话时咬着嘴唇，心中怀着无从宣泄的担忧和愤怒。

琉璃和菖蒲两姐妹虽然与抚子没有多么深入来往，但二人还记得抚子第一次来和她们打招呼时的事。她们最深刻的印象就是，抚子真的是个很娇小的女孩子。

抚子明明处在该被身边的人当成心肝宝贝的年龄，现在却被人塞进行李箱里，琉璃只是想到这一点就觉得难以承受。

“菖蒲，把我们借来追踪的抚子大人的衣服碎片拿出来。”

菖蒲从洋装口袋里掏出一个透明的袋子，里面装着一块和服布片。这块布片是龙胆从被炸毁的秋离宫中挖出来的。

“喂，你来一下。一身黑毛长得挺可爱的那个。”

琉璃对像护卫一样跟着她们的野狗之一开了腔。它是一条大型犬，眼睛滴溜溜直转，显得很聪明。琉璃把手放在它的头上，它马上开心地呼噜起来。

“好孩子，好孩子……到龙胆大人那里去吧。”

琉璃拿着透明袋子在狗鼻子前摇了几下，然后递到它的嘴边。黑狗按照琉璃的意思叼住那个袋子。“知道哪个是龙胆大人吗……没错，就是和我们一起走山路，还摸了你好几次的那个人。就是他，哪怕是硬拽，你也要把他拽来。这是我们为了找抚子大人，从他那里借来的和服布片，你只要拿给他，他应该就能明白你的意思……好了，去吧！”

琉璃话音刚落，黑狗便沿着她们的来路跑了回去。

“琉璃……我来干掉他们，你在这里等一下。”

“知道了，看你有危险我会支援的。”

琉璃和菖蒲向彼此点了点头。身穿“豪猪”战斗服的男人们和两名贼人一起，粗暴地抬着行李箱走向远处。

“我上了。”

菖蒲轻声说完之后，忽然没了踪影。

说是这么说，其实她不是没了踪影，只是步伐太快而已。她穿着洋装裙子、带跟的鞋子，打扮得并不适合奔跑，步伐却快得仿佛没有这些不利因素一样。

不仅如此，她奔跑时几乎没有发出声音，所以两个男人一直没有发现她，直到她像女忍者一样出现在他们背后拔刀相向。

“谁?!”

“啊啊，啊，啊，哇啊啊啊啊！”

菖蒲的偷袭做得十分坚决。

她的妹妹，司掌夏天的少女现人神已经驱使动物嗅到了抚子的气味，她不觉得有必要问男人们行李箱里装了什么。

自从成为琉璃的护卫官后，菖蒲一直保护着琉璃。

菖蒲不让琉璃受到任何伤害。菖蒲不允许心怀邪念的大人们向妹妹伸出魔手，不允许被这位天真烂漫的现人神迷住的男人们向妹妹投去非分的目光，甚至不允许孤独和悲伤侵蚀妹妹的精神。

帮助代行者远离不干净的东西，守护代行者的心灵就是护卫官的工作。

菖蒲一直守在妹妹身边，关注着她。

菖蒲对妹妹的“生命使役”能力的效果、可信度、弱点了如指掌。她的双胞胎妹妹称得上是她自己的分身，这个妹妹在她眼中是一个极其任性的姑娘。

——琉璃的直觉不会有错。

琉璃有野生动物一样敏锐的直觉，这样的直觉在代行者中恐怕是夏之代行者特有的。

再加上琉璃驱使的动物也嗅到了抚子的气味，不管行李箱里装的是抚子的尸体还是身体的一部分，总之里面肯定装了和抚子有关的某样东西。

——所以，我要砍掉这条手臂。

她瞄准抬行李箱的一个男人的手臂，用力挥刀。

随着血雾飞散，惨叫声也响彻天空。鲜血溅到了菖蒲的眼镜上。

“呀啊啊啊啊啊！啊啊啊啊！啊啊啊啊！”

菖蒲的视野变模糊了，可她顾不上擦眼镜，只是甩掉了刀上的鲜血和脂肪。

她好像什么都没有发生一样，泰然自若地向另一个男人说道：

“了不起，你看到同伴被砍伤也没有放开行李箱。里面是不是装了非常重要的东西？请慢慢放在地上。”

这一天，吹着徐徐微风。

春意盎然的山林里，在徐徐春风轻柔地吹拂下，一个黑发美貌女人挥着满是鲜血的刀，看起来非常诡异。

“你无权拒绝。”

她不再是那个低调温和的菖蒲。

“你也没有未来。你们真干得出来啊。”

她是夏之代行者的护卫官，叶樱菖蒲。

“恬不知耻的贼人……”

她是为了保护妹妹而变得强大的“姐姐”。

“把行李箱交出来，我要看看里面装了什么。”

菖蒲用刀尖指着贼人。

她瞪着拿行李箱的男人，估算着和他之间的距离。

男人同样瞪着她，在犹豫要不要放下行李箱。菖蒲早就做好了打算，不管他怎样做都会向他挥刀。

“姐姐！”

突然，琉璃的尖叫声打乱了菖蒲的步调。

几个男人从建筑那边翻过围墙，正逼近琉璃。贼人发现了这边的战斗。

意外的是，琉璃没有看那些男人，而是指着菖蒲的身后。

菖蒲回过头去，只见十几个男人手拿警棍、匕首和手枪，正从废弃的神社方向走过来。他们看来是要到违法建筑门前去助阵，说明他们本来就在距离此处非常近的地方。

——看来贼人的基地不仅仅是这座违法建筑。

菖蒲他们路过的废弃神社恐怕也被贼人当成了基地来使用。那座废弃神社的样子不像有人住，所以谁都没有进去看里面的情况。

——怎么办？

一前一后是两条命运的岔路。

她要么优先收拾掉从废弃神社赶来的贼人，打开憋闷的行李箱救出抚子，要么对抚子见死不救，赶去救自己的主人。

两个选项摆在她的面前。

——我该怎么办！

留给菖蒲做决定的时间越来越少。

"听主命！"

就在这时，琉璃喊了一声，打消了菖蒲的迟疑。

"保护好秋神！我可以自卫！所以不用担心！菖蒲不用过来，继续战斗！"

琉璃尖利的叫声传进菖蒲的耳中。

琉璃还用了她很少用的词。

她说这是主命，让菖蒲服从主人的命令。

——琉璃……

刚才琉璃还被吓得狼狈地喊起了"姐姐"，现在已经为了救别人下定了决心。

"我再说一遍！这是主命！菖蒲，保护抚子大人！"

菖蒲用力咬了咬嘴唇。

琉璃说出这话，菖蒲能做的就只剩一件事。

"遵命！"

她大声回答，告诉琉璃可以放心把这边交给她来处理。

菖蒲在回答的同时冲向拿行李箱的男人，一刀剜进他的肚子。

山中响起了男人痛苦的吼声。菖蒲伸出手去想抢过行李箱，谁知男人用上浑身力气把行李箱推了出去。哐当哐当，行李箱响了几声落到了稍远一点儿的地方。菖蒲见状，额头上青筋暴起，大怒道：

"怎么能这样推！里面有人啊！"

菖蒲只是看着行李箱，发现行李箱里没有动静，也就没有过去碰它。菖蒲也想快点把里面的人放出来，可是现在待在行李箱里反倒更安全。

“飘，飘，飘，花朵摇，草光飘，夏正茂。”

因为，司掌夏季的现人神马上要把此地化为战场。

“情，情，情，爱飘零，天哭情，焰火升，卖萤灯。”

琉璃的四季歌有些独特。其他代行者都是把歌声献给天空或大地，她的歌声却是唱给向步步逼近的贼人们露出尖牙的一条条野狗。

“来，来，来，水蚕开，蜻蜓来，等秋来。”

她以神的名义轻声吟唱出的每句话都拥有力量，像是一种诅咒，把生命化为傀儡，甚至连其习性都会随之改变。

琉璃身旁的野狗们像狼一样拉长声音嚎叫起来。

“坐成排，等秋来。”

随着野狗们的嚎叫，藏在山林中的其他野狗纷纷现了身。

“上！保护好我！”

琉璃命令她手下的野狗们扑向步步逼近的男人们。这些野狗基本上都是脸型可爱的小型犬和中型犬，可是在琉璃神通力的作用下，野狗们的样子彻底变了。

它们龇牙咧嘴，喉咙中不断发出低吼，在大地上奔跑时的跳跃能力变得像猫一样强。

化身小怪物的野狗们一起扑了上去，按住打算攻击琉璃的人们，撕咬起来。

"住手啊，住手啊住手啊住手啊啊啊啊啊啊啊！"

男人们被咬得皮开肉绽，流着血发出惨叫，陷入了恐慌之中。

野狗们放倒一个男人才把目标转向下一个，采取着确保各个击破的战术。被狗咬得昏倒在地的人们虽然没有死，但是会短暂地体验死亡的恐惧。世上恐怕没有比被一群恶狗撕咬更可怕的经历了。

"上！下一个！"

琉璃小跑着逃离逐渐逼近的男人们，同时不断下令。

琉璃没有强度超人的身体，也没有像菖蒲和龙胆那样经过钻研和磨炼掌握格斗术和剑术。她只是一个普通的女孩子。

不过，琉璃只要唱起四季歌，下达命令，生命就会为她欢喜，为她着迷，马上成为她的奴仆。

只要琉璃身边有野兽们，她就没有弱点，她的敌人甚至没办法碰到她。想靠近她的敌人都会马上被她忠诚的奴仆们咬破喉咙。

然而，终归是敌众我寡，琉璃和菖蒲各居一处，都被围在了各自战场的核心。就算单兵作战的能力再强，面对不断有增援到达战场的敌人，她们迟早会耗尽体力。

她们真的很需要增援，琉璃和菖蒲同时祈祷起来。

——谁来帮帮我们。

而她们心中想到的，都是同一个人。

"两位！"

听到奔跑的脚步声和喊声，琉璃和菖蒲面露喜色。

脚步声的主人刚刚现身，便跑过琉璃身旁，给了正在和野狗们格斗的一名贼人一脚飞踹。

"我来迟了！"

夸张的一脚正中贼人面门，琉璃见状惊得张大了嘴。开场以一脚飞踹为战斗拉开帷幕的是阿左美龙胆，而他正是她们想要的援军，他就是在这种情况下她们可以信任、绝对不会背叛她们的那个成年男人。那时琉璃灵机一动，命令野狗之一去给龙胆领路，看来她的计策获得了成功。龙胆可能是战斗到一半赶了过来，也可能是那边的战斗已经

结束了，总之他是马上做出赶来的决定。他那张英俊的脸已经脏得花掉了，而且不断喘着粗气。

“龙胆大人！”

就算琉璃真心爱着她的未婚夫，这会儿也不禁怦然心动。

“我先处理这些家伙！保护您！”

这话说完，龙胆便使出被菖蒲称为杀人格斗术的无声武术，扎进野狗当中开始清理敌人。

打到一半，他总算拿出了武器。龙胆挥刀扫向敌人使其不敢上前，紧接着便拳脚并用把敌人放倒在地上。

琉璃看了看菖蒲那边的战况。敌人数量众多，菖蒲处于下风，就连行李箱也被敌人抢走了。一名看起来格外壮硕的男人正毫不费力地举着行李箱向远处跑去。

“龙胆大人，这边不要紧！快追那个大块头！”

“可是……”

“抚子大人就在那个行李箱里！不能让他们抢走！不要说了，快去！这边有我的动物就够了！”

“抱歉！”

龙胆不再管琉璃身边剩下的几个贼人，脱离战场，向着菖蒲的方向跑去。

菖蒲正交替使用从敌人手中夺下的手枪和短刀，准确地攻击敌人，削减敌人的战斗力。菖蒲看也不看便向龙胆喊道：

“阿左美大人！请快去追行李箱！”

“对不住了！”

龙胆在赔礼道歉的同时跑过菖蒲身旁，挥刀砍向两三个男人为菖蒲助阵，然后继续向前跑去。看到他一系列流畅的动作，菖蒲脸上忍不住露出了笑容。

夏之代行者主仆让龙胆追赶大块头男人，那人已经拿着行李箱跑向下方的废弃神社。龙胆奔跑的速度虽然比不上菖蒲，但也称得上像子弹一样快。

大块头男人抱着行李箱，跑不了多快，很快便被龙胆追上了。好像是察觉到龙胆追了上来，大块头男人居然赶在龙胆抢走行李箱前，把它囫囵扔向山路侧面。

“可恶！”

行李箱向着意料之外的方向飞了出去，龙胆赶忙变向追赶。行李箱摔在山坡上，顺着草丛向下滑，沿着山崩形成的一道不算太高的陡坡摔了下去。哐当、哐当、哐当，行李箱翻滚着撞在岩石上，发出令人揪心的声音。这几下撞击让行李箱到了承受极限，牢固的锁终于损坏，行李箱里有什么东西被甩了出来。

“抚……”

龙胆的话没能说到最后。

行李箱里被甩出来的正是龙胆在找的祝月抚子。龙胆因为没能保护好秋之代行者自责得要发疯，而她现在就在这里。

龙胆说不出话了。

因为抚子的样子和他记忆中完全不同。

——抚子……

她可爱的小脸上满是瘀青和划痕。

龙胆隔得老远都能看出，她从和服中露出的手脚上有被殴打过的痕迹，很明显曾经有人多次对她拳脚相向，而且她看起来似乎已经昏了过去。

——抚子！

龙胆甚至不知道她还有没有呼吸。他必须快点过去，抱起她，呼唤她，可是这里离她太远了。

——竟敢这样对待我的抚子。

就在龙胆的心完全被绝望和怒火占据的时候，他感到头部挨了重重一击。

有人从身后打了龙胆。

龙胆失去平衡，从陡坡上摔了下去。

就像刚才抚子在行李箱中落下去时一样，龙胆的身体撞在突出的岩石上，然后像皮球一样弹起来，撞上下一处凸起，最终摔在陡坡底部。龙胆虽然做出了缓冲动作，但是他能感觉到有好几处骨头受到了损伤，有的骨头或许摔断了。他想马上去看看抚子是生是死，可是听到沿着陡坡跑来的脚步声，他赶忙站了起来。

“去死吧！”

很明显，不处理掉敌人，他没法赶到他的公主身边。

龙胆心怀明确的杀意，与大块头男人对峙起来。

这里暂时先把时间倒回去。冬神主仆把“华岁”基地的情报共享给夏秋方面后，这时正在空中飞驰。

“提速！冻蝶！”

“嘁……”

“你驾驶的速度竟然还没有我构筑和解除术式的速度快！你到底在干什么！”

冻蝶顾不上开口说话。在冬乡生活的时候，他确实在冬季驾驶过摩托车，但是从来没有在他主人生成的冰桥上跑过。

而且这些冰桥架在一座座大厦的楼顶之间，两边没有护栏，一旦翻倒，连人带车都会从高空摔到地上。如果只有冻蝶一个人，他倒是不会害怕，可是他身后还坐着他的主人，正是他的主人想到这种疯狂的赶路方式并命令他实施。

“速度再快一点儿！”

冻蝶是为了避免滑倒，保证狼星的生命安全才放慢速度，狼星却不买账。冻蝶在头盔下咂了砸舌头。

——那我可不管了！

冻蝶开始操作加速装置，速度计马上动了起来，数字眼看着越变越大。狼星既然催冻蝶加速，他就必须做好辅助驾驶的工作。在行驶中的摩托车上没法起舞，唱歌也会咬到舌头，他只能不断默默生成脑海中描绘的冰桥。

生成的同时，狼星还不断消除证据，把身后的冰桥化为雪沫。他从小就在练习制作冰花和冰剑，练就的技术这会儿派上了用场。只要狼星精神不够集中，他们主仆马上就会从高空落下。

计划赶不上变化，狼星的便携终端就是在这种时候来了电话。

——谁啊？

狼星单手取出和服腰带中的便携终端，费了好大力气才看清画面。

他看到画面上显示着“姬鹰樱”的名字。先前的电话也显示来自樱的便携终端，可是打电话的却是雏菊，因此这个电话可能也是雏菊打来的。想到这里，狼星急了眼，敲了敲冻蝶的头盔。

“停下！停下！”

头盔下的冻蝶感到莫名其妙，不过还是马上开始操作制动装置。

巧的是他们正好停在帝都办公大楼密集的区域附近，再向前行驶一段就能看到四季厅的大楼。狼星和冻蝶就停在两座很受年轻人欢迎的商业大楼之间的冰桥正中央，人们在主仆身下遥远的步行街上来来往往，却没有人发现司掌冬季的现人神不计后果的鲁莽行径。

“是樱！樱打来电话了！”

冻蝶缓缓驾驶着摩托车。

“快点接！我们转移到下一座大楼的楼顶去。”

幸运的是，他们抵达的楼顶没有任何人。

附近只有一块口红的广告牌，上面画着一位面带笑容的著名外国演员。狼星紧张地把便携终端贴在耳边。

“抱歉现在才接……我是狼星，是雏菊……不对，是樱吗？”

狼星用颤抖的声音报上自己的名字，但没能马上得到回话。终端另一端的人似乎也因为不知谁会接电话而捏了把汗。狼星听到对面的人发出吐气声，像是松了口气。

“狼星，是我。”

打来电话的就是姬鹰樱。

“是樱，冻蝶。”

冻蝶摘掉头盔露出脸，向狼星点了点头，看着他和樱通话。

“樱，你和雏菊没事吧？”

“我还活着，雏菊大人也没事，不过有人在袭击四季厅大楼。”

“秋天方面告诉我们了！我们也得到了情报！那是‘华岁’的攻击部队！你们要是还在大楼里就马上逃出去！”

狼星听到樱倒吸了一口凉气。

“逃不了了，我们错过了时机。你们不要来，这里很危险，我们也告诉了秋天方面这一点。你们不要靠近四季厅大楼，只带上可信的人藏起来，我们准备迎击敌人了。”

樱打这个电话是想提醒狼星他们躲到安全的地方。

这里按时间整理一下事件的先后顺序。

四季厅大楼遇袭，雏菊和樱据守高层，首先联络了冬神主仆。

没想到冻蝶思前想后，没有及时接起电话，樱只好先给龙胆打电话。

雏菊和冻蝶通过便携终端说话的时候，樱通过固定终端把长月是间谍的事告诉了龙胆。随着四季厅大楼第一层的战斗中响起爆炸声，雏菊和冻蝶之间，还有樱和龙胆之间的通话同时断了。

突如其来的爆炸声后电话突然断线，这让狼星乱了阵脚。他勃然大怒，在首都高速公路上生成了冰山，彻底封住了一直对他穷追不舍的贼人。随后他联络龙胆，分享了从石原那里得到的“华岁”基地的情报。

现在，春神主仆正打算据守第十九层迎击贼人，冬神主仆则驾着摩托车，沿着奇迹般的冰桥，抄近路向四季厅高速行驶。

而“华岁”的头目御前，此时扮成了国家治安机构的人员，正大摇大摆地走进四季厅的大楼。

“你们要开战?!为什么不逃！”

狼星这话说得有点责备的意思，樱听了马上反驳：

“我们这边也出了好多岔子啊！”

樱那边确实出了很多岔子，可是没有时间细说，只能好像突然发起火来一样喊了一声。

“别……别发火啊，我只是担心……”

“闭嘴！我们已经很努力了！不要指手画脚！不要管我们了，总之你们俩一定要平安无事！这也是雏菊大人的愿望，不要到我们这来！”

樱说雏菊也在担心他和冻蝶，这让狼星心里十分不是滋味。

“我都说让你别发火了……”

——我们得快点到她们那去。

“不好意思，我们现在已经到了四季厅大楼附近，马上就能赶到。我和……我和冻蝶这就过去，你们等着我们！你们在第几层，告诉我这个就行了！”

“现在在第十九层……不过战斗开始后，只有我和雏菊大人两个人会到第二十层去。第二十层是个空中花园，我们打算在那里展开迎击战。狼星，该说的我说完了，我要挂了。”

“等下等下等下！什么迎击战啊！”

“迎击战就是迎击战！”

“不行不行，你们要设法离开。我这边的一个护卫是‘华岁’的间谍，而且已经招供了。‘华岁’的计划是在大楼里安装爆炸物，不知道爆炸会是多大的规模，你们不要轻举妄动！”

“爆炸？”

“没错，我们已经通过帝都周边的基地向国家治安机构的‘豪猪’求援了，‘豪猪’会派反恐炸弹处理小组过去，不过我也不知道来不来得及。还有，‘华岁’的头目好像到四季厅去抓雏菊了，他们穿着国家治安机构的制服混进了大楼里，看到国家治安机构的人不要相信！附近的国家治安机构、消防、急救都没法马上过去救援，‘华岁’不光做了破坏工作，还撒了大把的钱，真正的救援要很久之后才会到。哈！真是好笑啊！这也叫国防组织吗！”

“喂，你说的，你说的爆炸……会有多大的规模！”

“我说了我不知道，但比起受到爆炸波及的可能性，雏菊被绑架的可能性好像更高，‘华岁’的御前好像非常想得到她。所以，就算发生爆炸，应该也是在他们完成对你们的袭击成功撤退之后，目前不会马上爆炸。如果你们现在没事就只考虑逃跑，不要战斗！”

樱没有马上回话。

眼下的情况已经足够复杂，现在又加上爆炸物这个新的令人担心的因素，她甚至还得到了贼人想再次绑架雏菊的可靠情报。

“喂！我一口气全说完了，你听明白了吗？‘华岁’和炸弹要来了！政府的救援还要很久才会来！所以我们现在就得去！你们能逃就快逃，别管我们来不来！”

“我明白了！可是……可恶！真是个晦气的日子！”

焦躁和恐惧控制了樱的心，她觉得自己就像热锅上的蚂蚁。

“樱，樱？喂，你冷静下来！”

“闭嘴……闭嘴……我很冷静！”

“狼星，怎么了？”

“不是，樱她……”

“她没事吧？”

狼星不说话了。

——她现在当然不能说没事。

这时，狼星采取了非常自然的行动。

“冻蝶……”

他把便携终端递给了冻蝶。

“你来鼓励她一下，我觉得她现在需要你。”

狼星曾经亲眼见证樱和冻蝶成了一对跨越年龄限制的好友，一对相敬相爱的师徒。所以，他认定现在慌乱的樱需要的是冻蝶。

冻蝶只是短暂地犹豫了一下，马上对便携终端开了口：

“樱。”

这是五年来樱第一次听到冻蝶的话音。

樱什么都没有说，冻蝶只听到了像是倒吸一口凉气的声音。

“樱……我是冻蝶。你能听到吗？你没事吧？没有受伤吧？”

冻蝶用及时雨般柔和的声音对樱说道。

“你们再坚持一下，我们正在往那边赶。”

冻蝶这番话没法解决什么问题。

“樱……”

可是，狼星能感觉到，冻蝶最关心的是樱的安危。

狼星不知道樱对冻蝶来说是一个什么样的人。

不过，他知道冻蝶毫无疑问把樱看得很重要，就像樱把雏菊看作世上最重要的女孩子一样。

“怎么了？”

对冻蝶来说，姬鹰樱是他最愿意放在心上的女孩子。

“樱……你哭了吗？”

冻蝶愿意守着樱，帮助樱，如果可能，他希望能永远这样。

如果冻蝶只是想满足自己的保护欲，他一定没法做到一心挂在樱身上。

像在念祷辞一样，冻蝶在虔诚地祈求樱能平安无事。

“请你不要哭。没有比你哭更让我难过的事了。”

这个人的心里装着她。

哪怕那不是男女之间的情爱，对现在的樱来说也是最好的特效药。

冻蝶听到吸鼻子的闷响从便携终端里传了出来。

“我没有哭！”

说是这样说，可樱明显流着眼泪，声音也显得很没底气。

樱一定不希望冻蝶听出她现在的状态，可惜她没能掩饰好。

“撒谎……你好久没有和我说过话了啊。”

樱小声顶了一句：“闭嘴。”

“樱，你还恨我吗……”

樱陷入了沉默。

“我想你一定有很多话要对我说，我都愿意听，你想揍我也没关系。所以，我要见到你活着。我知道你们现在处境困难，拜托了，请再坚持一会儿，我们这就去……”

冻蝶明白她恐怕不会再相信他说的话了。

他早就做好了心理准备，不怕她恨他，也不怕她不原谅他。

他知道等着他的恐怕是拒绝，就算是这样，他还是想说给她听。

“樱，不要想着自己一个人解决，你也许不信任我，但是我真的站在你的一边。”

对冻蝶来说，那天从他身边跑掉的少女始终在他心中。

他从来没有忘记她。冻蝶能做到为了自己的目的不断清理人际关系，但是对樱，他没有这样做，也做不到。

樱跑掉后，冻蝶也发现了在他心里她有多么重要。他在这五年里，不管做什么都会想：樱现在不知道过得好不好？

“我永远站在你这边，不会变。”

所以，他说的都是真心话。

“我要保护你，也要保护雏菊大人，保护狼星。这次我一定会保护好你们。我马上就来，你别哭，等着我……别哭，樱。”

樱还是没有说话。

没人知道樱这时脸上有什么样的表情。

“你……马上就来吗？”

冻蝶听到樱的话音有很重的鼻音，他忍不住追问道：

“嗯？”

“你真的……马上就来吗？”

樱的话音显得有些稚嫩，仿佛她只是一个普通的少女。听到她这样的话音，冻蝶顿时胸口一热。

那个声音和很久很久以前，樱用“冻蝶大人”来称呼他时一样。

在“四季降临”那快乐的一个月中也好，在失去雏菊之后只有悲伤和痛苦的年月中也罢，始终支撑着冻蝶的是樱。冻蝶觉得过去的时光在眨眼间流过了他的脑海。

“没错……我们马上就去……”

“是真的吗……”

“相信我吧，我一定会去，我要去救你。”

“知道了……我等着你……快点来……冻蝶。”

樱说完这话便挂断了电话。

她说得很冷淡，一点儿都不可爱。

“狼星……”

然而，冻蝶有这句话就足够了。

“我们全速赶过去，你要选最短的路径，冒些风险也没关系。樱和雏菊大人在等着我们。”

冻蝶心中涌出了从未有过的旺盛斗志。

“是……是啊……我明白。”

狼星听到冻蝶的话，马上抱住他的腰，在摩托车上坐好了。

——太好了，看来让冻蝶和樱说话是选对了。

他集中精神，重新开始生成冰桥。

——话说回来，这家伙到底是怎么看樱的？

在生成冰桥的同时，他心里又嘀咕起来。

狼星看透了樱的心思。他毕竟和她一起生活了很久，而且樱不擅长掩饰自己的心思，没能看透她的恐怕只有冻蝶。

在狼星看来，冻蝶对樱的感情纯粹是师父对徒弟的疼爱。他觉得冻蝶的这种感情现在依然在延续，就像哥哥疼爱、保护妹妹一样。

可是，樱跑掉之后，冻蝶变了。

冻蝶看起来似乎是承受不了那次分离，他的心里萌生出难以定性的思恋。

狼星也一直记挂着樱，可他记挂的温度和质量都和冻蝶的不一样。

而在没能见面的这段时间里，樱变了。敬爱冻蝶，以“冻蝶大人”称呼他的那个姑娘如今已经不见了踪影。

狼星觉得樱现在的相貌体型，肯定也已经与几年前大不相同，他没法想象他们和她的关系将会何去何从。

——说不定还有希望。

狼星事不关己地想着。

——有希望倒是好事，可是这家伙真的会动男女之情吗？

他的脑海中紧接着浮现出另一个疑问。

冻蝶基本上没有私生活。自从冬乡遭遇袭击，他就像被妄念附身了一样，过上了以狼星为中心的生活。在那之前，冻蝶有时还会请假到城里去逛逛街，在那之后几乎再也没有去过。他一直围着狼星转，压根没有谈恋爱的环境。

——简直把我当成了恋人。

虽然有自夸的嫌疑，不过狼星也觉得自己的护卫官是个优秀的男人。因为工作性质，建立家庭对冻蝶来说有些困难，但是想找共度良宵的伴侣应该不费吹灰之力。如果可能，狼星也希望冻蝶能过上幸福的生活。

狼星也知道这可能只是他一厢情愿，他觉得反正是希望冻蝶过上幸福的生活，那最好让樱的心愿也能成真。

“冻蝶。”

“干什么……快点动手。”

“我已经动手了，你看这称得上艺术品的冰桥……不对，我要说的不是这个。我跟你说啊，等一切顺利结束……我给你放假，你带樱出去玩玩吧。”

“别说了……”

“为什么？这又不是坏事……”

“不是，人们把说这种话叫‘立flag’。别说了。”

“啊……是这个意思。好，我知道了。”

“知道就好。”

一定要把所有人救出来，送到安全的地方。冻蝶相当于狼星、雏菊、樱的大哥，现在他的头脑中只有这一个念头。因此，面对冻蝶描绘的最好的结局，狼星的这番话不过是杂音。冻蝶没有重新戴上头盔，而是把头盔换成了墨镜。

“她们在什么地方？”

“说是在四季厅大楼的第十九层，还说会到第二十层去。我们也到第二十层去吧。”

“明白了。我要全速向前冲了，你可别掉下去。如果掉下去了，我会一个人去四季厅的。”

“先把我捞上来啊。”

“我的主人会自己爬上来。闭上嘴吧，当心咬到舌头。”

狼星倒不是没有重视冻蝶的警告，只是冻蝶说的全速向前冲比狼星想象的快了一倍，他们刚刚重新出发，狼星便咬了舌头。

同一时刻，雏菊正看着刚打完电话的樱。

说得更准确一点儿，樱打电话到一半便哭了起来，于是雏菊一边抚摸樱的后背，一边凝视樱的侧脸。

——樱，已经到了，极限。

危机之中，樱为了保护所有人而奋斗。雏菊对樱满心敬佩，她觉得一个十九岁的姑娘，能带领周围的人做到这一步非常不容易，也觉得自己把一切都交给樱来做，没有尽到主人的责任。

“樱，不用再，撑着了，雏菊，来保护，大家。”

雏菊是想让樱放下担子，樱却像遭到解雇一样大受打击。

“那那那那怎么行！”

樱吸溜着鼻涕，拼命地说着。

“可是，樱……在，哭……”

“这是汗水！是冷汗！”

——绝对，不是。

不过，雏菊觉得，继续否定或许相当于在贬低樱，她耐心地等待樱继续说下去。樱用袖子把眼泪使劲一抹，重新开了口：

“雏菊大人，您应该听到我们说的话……大事不好了。”

“嗯……简直，像，世界，末日，一样，啊。”

“请不要说这样的话……”

“不是说……观铃小姐，和，炸弹，要来，了吗……”

“是的……”

“尽是，坏事……简直像，世界，末日，一样。”

这句话包含着各种含义。

樱觉得雏菊说这句话，似乎代表着雏菊做好了死的准备，又觉得这句话似乎代表观铃这个女人对雏菊来说与“世界末日”同义，还觉得或许两方面的含义都有。雏菊的目光带上了绝望的色彩。

不光是樱，雏菊的精神也进入了危险状态。

——观铃，小姐，要，来了。

对雏菊来说，这个名叫观铃的女人和她一起度过了她人生中大部分的时间，也是用扭曲的爱把她抚养长大的另一个母亲。

——雏菊，要是，再死一次，会，变成，什么样，呢?

观铃还是杀人凶手，她杀死了以前的雏菊。

就是她杀死了“上一个”雏菊。

她在精神上把“上一个”雏菊逼得走投无路，以至于新的雏菊诞生了。

——观铃小姐，想，把雏菊，带回去，做，什么，呢?

雏菊料到观铃随时有可能再次尝试与她接触，可是真的到了这个时刻，各种往事还是淹没了她。观铃对她做的那些事，她对观铃做的那些事，一切记忆都伴随着痛楚回来了。

——观铃小姐，不会，讲故事，只，会，战斗。

雏菊对观铃的了解不深，她知道观铃会怎样做，但是完全不理解观铃想干什么。

她想做雏菊的母亲，同时不断地试探雏菊的底线。

她喜爱雏菊，说雏菊是她的女儿，可她又冷酷地命令雏菊和素不相识的男人生孩子。

观铃的言行总是相悖。言行完全一致的人固然少见，可是相互抵触到观铃的程度，她说的一切都会令人不敢相信。这也让观铃这个人的形象变得模糊不清，使别人甚至无法靠近她。

因为害怕触怒观铃，雏菊在那时总是如履薄冰。

——雏菊，要是，再被绑架，还要，种，大麻，吗?

雏菊在观铃身边过的是被暴力和恐惧控制的畸形生活。

——莫非，要，侵占，雏菊的，身体？

那是一个独裁者建立起的，如同受到宗教统治的世界。在那里，观铃就是神，其他人只能做信徒，谁都没有资格忤逆她，忤逆者一定会受到惩罚。

——雏菊，一定，承受，不住，下一次，了。

极度的恐惧让雏菊的眼睛也含满了泪水。她不想回忆，可是一切都会自然而然地浮现在她的脑海之中。

那八年，她是和观铃一起度过的。

雏菊被带离狼星他们身边没过多久，便在观铃那里看到了死人的场面。

“华岁”与现在已经改头换面的“彼岸西”前身组织共同实施了恐怖袭击，虽然没能杀死冬之代行者，但是攻陷了固若金汤的冬乡，而且成功绑架了当时碰巧在场的春之代行者。这次的恐怖袭击可以说是大获全胜。

琉璃和菖蒲，还有龙胆在吐苦水时说过，这些贼人各有各的理念，而且会采取暴力手段实施抗议活动。

那时长月还没有加入，“彼岸西”是“根除派”过激组织之一，它当时的活动目的还是消除冬天这个季节。古代贫穷小村的一名居民反抗冬之代行者，结果家人因此丧命，其子孙继承了杀亲之仇和敌视冬之代行者的行为。只要能杀掉冬之代行者，他们不在乎过程和结果。

“华岁”和“彼岸西”不一样。

它是观铃的父亲从其父手中继承的组织，尽管会实施恐怖行动，但是没有称得上理念的理念，只会提出笼统的要求，比如抗议政府对四季代行者的利用不够灵活有效。这或许是对“华岁”最贴切的描述。他们把反政府活动本身看得比目的更重要，毕竟举着正义的大旗挥舞拳头的感觉是甜美的。观铃的父亲毕竟是在经营多家公司的同时兼任贼人的头目，他从父亲手中继承的贼人组织在他的这一代没有多大的作为，可是头目换成观铃之后，“华岁”有了飞跃。

经过这次恐袭，“彼岸西”完成了沉重打击冬乡的成就。

“华岁”则得到了一棵摇钱树，能在与政府的交涉中占据上风。

然而，“华岁”和“彼岸西”很快因如何处理雏菊而发生了冲突。

只说结果，就是“华岁”奉观铃的命令杀掉了许多名“彼岸西”的成员。

两个贼人组织成功实施了惊天恐怖袭击，两者的合作却在“华岁”蛮不讲理的背叛和屠杀后画上了句号。

雏菊亲眼看到那些向她伸出手想求她帮助的大人们变得像烂水果一样。“彼岸西”的人们因为想要雏菊，与“华岁”发生争执，结果遭到了屠杀。

“这一切可要怪你。”

雏菊还记得观铃抬起尸体的手，面带笑容挥着玩的样子。

到达“华岁”的基地后，雏菊得到了自己的房间。八年里，雏菊基本上被监禁在这个房间中。

她每天会有几小时到其他房间去栽培大麻。起初，观铃每天都让雏菊工作很长的时间，可是雏菊日渐衰弱，差一点儿没了命，观铃这才缩短了她的劳动时间。当时雏菊不知道自己栽培的是什么东西，只是遵从命令一直在劳动。哪怕她嗓子哑了，过度使用神通力发起了烧，雏菊的“义务”也没有一天得到免除，而观铃也每天都会在她面前露个面。

观铃有时会和雏菊一起吃饭。她喜欢买衣服和布娃娃给雏菊，不过从来不考虑雏菊本人的喜好。她把她的好恶强加于雏菊，告诉雏菊她说好的才是好的。

观铃不管做什么都会要求雏菊感激不尽，她对雏菊的爱始终是有偿的。

她把雏菊当成女儿，就像在按照她的规则玩过家家。

只要雏菊按照观铃的规则演得好，观铃也能扮演一个好母亲。可是只要雏菊有一点儿令她不如意，她就会变回可怕的统治者，惩罚和呵斥雏菊，而且经常动手打人。

“你知道做错了什么吗？”

雏菊最怕观铃这样发火。

如果雏菊说不出观铃想要的答案，观铃的心情就会越来越糟糕，又会动手打雏菊。

那时的雏菊只是一个不想挨打的孩子，但恐惧让她的头脑无法正常运转，这样一来，等着她的又是暴力和呵斥。结果脑子愈发麻木，于是她又挨打又挨骂，导致她的脑子更加死机。

监禁生活会让她的头脑无法运转。

头脑无法运转会导致她的头脑出现异常。

头脑出现异常，她就会想要正常的头脑。

她想要正常的头脑，出现异常的头脑就会被丢下。

出现异常的头脑被丢下，剩下的那个就会变得肿大。

一个肿大起来，另一个就会像营养被夺走了一样越来越小。

变得越来越小的那一个，迟早会消失掉。

迟早会消失掉，就意味着死。

对现在的雏菊来说，死是起点。

从这个层面来说，毫无疑问就是观铃生出了雏菊。

雏菊确实是在啼哭声中诞生的，她在啼哭的同时诅咒着这个世界。

“■■■■。”

那是一个冷冰冰、静悄悄的鸟笼。

雏菊被关在那里面过了许多年。

"■■■■。"

观铃会用另一个名字称呼被她绑架的雏菊。

■■■■是她过世的孩子的名字。她应该是想通过夺走雏菊的人生和名字，让雏菊成为真正的奴隶吧。她得逞了，雏菊的人格渐渐走了形。

"我是雏菊……"

第一年，雏菊心怀希望，觉得一定会有人来救她。

"我是，雏菊……"

第二年，她的记忆还很清楚，她还能想起自己敬爱的那些人。

"我，是雏菊……"

第三年，她开始心怀疑问。难不成有着另一个名字的自己才是真正的自己，而她过去的记忆是错误的？毕竟她等了这么久，还是没有人来救她。

"我，是，雏菊……"

第四年，她变得没法像以前那样说话。她拿不准自己到底是谁，没法自信地开口。她开始怀疑真的有她这样一个人吗？外面真的有一个世界吗？自己是不是真正的自己？

"雏菊是，雏菊……"

第五年，她感到自己的人格正在分裂，恐惧让她不断地重复自己的名字……

“雏菊，是，雏菊……”

第六年，她害怕受到惩罚，什么都不敢做了。

那些人不断告诉她，没有人在找她。这些话让她的精神开始崩溃。

“雏……雏菊，不，是，■■■■。”

第七年，因为那些人还让她活着，所以她才活着。她不再感到喜悦，也不觉得悲伤。

她甚至不再想外面那个世界。不过，她还是希望外面真的有那个世界。

“不，要……”

第八年到了。第八年终于到了。

观铃向雏菊提了一个建议。那不能算是建议，应该说是命令。

“跟你说啊，我要让■■■■制造家人。”

雏菊一开始不明白观铃说的是什么意思，不明白“制造家人”指的是什么。雏菊只会栽培花草，她没有学过如何制造人。

“呵呵，你这话说得真好笑，不是的，是用其他方法来制造。对啊……我没有给你上过一次生理卫生课，这要怪我，请原谅妈妈。”

——你不是我的妈妈。

不知道是第几次的否定浮现在雏菊的脑海中。

可是，把这话说出口相当于以身犯险，雏菊为了保护自己绝对不会说这样的话。如果她说出口，等着她的不知道会是什么样的惩罚。

“你这么可爱，我本来想过……让美上和你一起制造孩子。美上肯定是合格的嘛，我觉得一定能很疼爱你和美上的孩子。可是，到了要跟美上提的时候，我还是不愿意……觉得美上是我的，不想给你……对不起啊。”

雏菊愤愤地想着：我才不要。

观铃说的这个名叫美上的男人，对观铃来说或许是世上最好的男人，但对雏菊来说只是一个冷漠的成年人。他或许是个精明强干的男人，做事无懈可击，只是他从不表现出一丝年长者对年幼者该有的慈爱，他养育雏菊更像是在驯养牲畜。

美上乍看是一个正常人，可他不管做什么，出发点都是观铃，从这一点上来说，他和观铃一样不正常。

美上貌似通情达理，其实不是一个可信的成年人。

“我接下来要实施一个计划，任务当然不会只交给你一个人来承担，过不了多久，我还会去绑架其他的族人，到那时候你就可以稍微自由一点儿了。”

雏菊希望观铃释放她。她已经不知道被关在这里多久了，她希望观铃放了她。

“美上，美上，你进来。”

美上和另外几个人走进雏菊的房间。

“药拿来了吗？”

“真的要动手吗……”

“我问你有没有把药拿来。”

“拿是拿来了，可要是注射了这种东西，好不容易搞到手的摇钱树可能会毁掉啊。”

“我也被注射过，不也没事吗？”

“你是多大年纪注射的？你知道年龄和体型不同，药物的耐受量也不同吗？”

雏菊听不懂大人们说的话。

雏菊平时只能接触到很小的世界，她的词汇量与知识水平无法与这些成年人抗衡，因为观铃始终迫使雏菊保持低龄儿童的精神状态。

“御前……她……这么娇小……真的能生孩子吗？”

和美上一起走进房间的另一个人不住地打量着雏菊，这样说道。那人没有看她的眼睛，倒像用视线把她从头顶到脚尖来回舔了几遍，吓得雏菊连连后退。

雏菊以前没有见过这个人，可能是刚刚加入组织的新人。观铃总是虐待手下，所以这里的人员更迭很频繁。

“她前段时间来月经了，所以没问题。”

“怎么就没问题了……怎么看都有问题才对吧？”

“美上为什么总是反对我要做的事？”

“风险太大了。你听好，只要正常驯养，想要多少钱都能赚到，为什么要冒险给她增加负担……”

“我和别人不一样。我让雏菊栽培大麻是为了让大家明白她有用，真正的目的是改变这个社会。我可不像美上那样，只认准了赚钱。政府不肯与我们交涉，那岂不是应该从长计议，实施长期计划吗？我们这些年成功收买了许多四季厅和四乡的人，现在是时候放眼未来，开始下一个阶段的计划了。”

“能在四季厅和四乡收买内应全凭金钱的力量，撒出去那么多钱，当然会有很多人变节。你知道那些钱是哪里来的吗？不就是靠她吗？那些钱就是从这棵摇钱树上来的，如果这棵树枯死了，我们只能缩小活动规模。如果没能成功，你还要再去求你的父亲大人吗”

“美上……这话说得过头了。”

听出大人们之间的对话渐渐有了火药味，雏菊心中的不祥预感越来越强。尽管不知道等着她的是什么事，她还是希望这件事能尽早结束。如果这件事会带给她疼痛和恐惧，那么她只希望它能尽早结束。

“那个……你叫■■■■，对吧？”

雏菊不认识的男人抓住她的手臂，她颤抖起来。

“别怕，没事，你只要躺一会儿就好了。”

雏菊不知道这个男人在说什么，她感到非常不安。

“你打针会有过敏之类的问题吗……”

雏菊不知道他在说什么。

“恐怕没人跟你讲过……我来简单地说明一下。接下来你会……呃，你明白结婚是什么意思吗？”

——谁结婚？和谁结婚？

“结婚之后就会怀上孩子，这样说你明白吗？图画书上应该会有这样的故事吧？”

——我倒是明白这点，只是为什么要对我说？

“那位御前小姐想用你建立新的四季之乡。四季代行者只会从其亲族中诞生，御前小姐是想建起一支新的势力……御前小姐已经笼络了许多协助者，做好了准备工作。我其实也是四季代行者的亲族，平时在四季厅工作。在这八年里，御前小姐已经打好了搞垮四季厅的基础。这是一个非常耗时间的计划，我本来觉得很难实现……其实我本来觉得在四季厅内部收买内应都很难，可是观铃小姐已经成功了，她说不定真的能完成计划。”

——你为什么不救我？

“说实话……我觉得四季代行者的亲族制度和四乡全被毁掉才好，太令人窒息了。”

——救救我，求求你救救我。

“所以，你还是逆来顺受吧。”

那人小声说完之后，轻而易举地把雏菊的身体抱了起来。

本能告诉雏菊，她必须逃开。这次和她以前遭受的暴力完全不同，有什么非常恐怖的事等着她。雏菊扭动着身体，硬生生挣脱了男人的手，躲到远处。

男人脸上带着为难的表情又走到雏菊身旁。

“不用担心，真的。”

雏菊正流着眼泪发抖，这话让她心里燃起了怒火。

——从来就没有能安心的时刻。

在这里的生活，没有一刻是雏菊不用担心的。

雏菊被男人追得东逃西窜，最终被逼到了房间的墙角。

雏菊和男人的样子让大人们看不下去了。

“喂，你不要这样欺负■■■■。”

“不是，我不是在欺负她……我是觉得她挺可怜的，想告诉她不用害怕……”

“■■■■，你要是不喜欢这个人，可以换成其他的，我带了好几个人来。不过我先告诉你，你可不能说都不喜欢。这些人可是我花了好大力气，综合考虑学历、容貌，为你精挑细选出来的。”

雏菊流着泪摇头，表示她的拒绝。

“不要任性。”

观铃只是轻轻责备了一句，像是在责备挑食的孩子。

对她来说，雏菊做的事或许本就和挑食没有区别。

与她无关，她不会受到伤害，无足轻重。观铃有效地保护着自己。

观铃的心中也有伤口，她通过把雏菊当成女儿，把雏菊称为■■■■，保护自己的伤口。

观铃过着牺牲别人的生活，借以保护自己的心。

只要她自己不会受到伤害，其他人受到什么样的伤害都无关紧要。

“你为什么那么不愿意呢？■■■■应该也想要恋人吧？我就是要给你一个恋人啊……”

——恋人？

“她现在还喜欢冬之代行者吧？就是为了保护那个小鬼卖了自己。”

——结婚？

“对啊，是有这么回事。”

——难道不是应该和自己喜欢的人结婚吗？

雏菊的脑海中朦朦胧胧浮现出八年前她保护的那些人的面孔。

她能依靠的，只剩下那些朦胧的面孔了。

“■■■■……”

她像祈祷一样，向很久没有见过的那些人求助。

她这样祈祷过几亿次，可惜没有一次得到回应。

“雏菊。”

她很久没有听过别人叫这个名字了，惊得一个激灵。这位女王特意说出春之代行者的名字时，一定是对她有什么要求。

“你要听话。”

这位女王会提出雏菊无法违抗的条件，使她屈服。

“否则我会把你想保护的人全部杀光。”

观铃连现在不知道是不是还活着的人都不放过，连雏菊记忆中的最后一线光明都要夺走。

“不，要，不，要，不要，不要。”

雏菊拼命摇头，祈求观铃不要做唯一一件雏菊无法接受的事情。

她是为了什么，为了什么承受着这样的生活？她是为了他们。

他们给雏菊短短的人生带来了转瞬即逝的光芒，雏菊就是为了他们一直活在这牢笼中。

她想保护他们。

“那么，你应该能忍下来，对吧？差不多就开始吧。把她按住，给她注射，美上。”

美上叹了口气，露骨地表现着他的不乐意，可是他还是会按观铃说的做。美上哪里知道该如何对待孩子，他走到雏菊身旁，把她的手臂拧到了背后。

“疼，好疼，好疼。”

剧痛折磨着雏菊的身体。

“你把她的腿按住，先把她放倒在地上。”

“啊，她在踢个不停。”

“她能有多大力气，按住她。”

说要和雏菊结婚的男人粗暴地压在她的身上，拍打她的身体。

——好可怕，好可怕，好可怕，好可怕，好可怕，好可怕。

“樱，樱！樱——”

最需要帮助的时候，她想到的不是神，而是以前唯一一位朋友。

“狼星大，人，狼星大人，狼星，大人，狼星，大人。”

浮现在她脑海中的，还有她始终喜欢的那位初恋少年的面孔。她本以为自己早就忘记了他的面孔。

“谁能，救救我，谁能，救救我，谁能，救救我，救救我，救救我，救救我，救救我。”

——没有人会救我。

这才是真相。

没人会救她。

这个世上没有救星。

此时此刻，说不定有几千、几亿的人像雏菊一样祈祷着。

然而，这些人都不会迎来救星。

奇迹不会发生，他们没有救星，没有，他们什么都没有。

——既然是这样……

雏菊的人生不会有希望。

——那就不用……

她的人生没有希望。

——不用再忍辱负重了……

因为她不会迎来救星。

——母亲大人。

雏菊活到了现在。她一直努力地活着，只是现在已经到了极限，她觉得自己应该不用再努力了吧。

“那可，不，行！”

就在这时，雏菊听到一个声音。

这是雏菊养在心中的另一个自己。这个孩子一直看着现在的雏菊，一直在心中鼓励雏菊，不断告诉雏菊不要认输。

——对不起，我好像不行了。

雏菊对养在心中的另一个小小的自己说道。这个孩子还是告诉雏菊要坚持，可是雏菊已经坚持不下去了。

“不能死。”

——我已经不行了。

“不能，这么，轻易，放弃。”

——我已经坚持不了了。

“还，没有，答复，狼星大人，呢。”

——反正见不到了，就算我活着，又有什么意义。

“加油，啊，战斗吧，雏菊，也会，出力的。”

——我怕，我怕，我没法战斗。

“你能，战斗。你，曾经，让，那么多，花，盛开，过。”

——可是，我没有对人用过。

“战斗，吧，拜托，了，不要，死。”

——我想死。

“不要，死，不要，丢下，雏菊。”

——对不起，对不起啊。

“要，违背，母亲大人，的，嘱托，吗？”

——母亲大人在呼唤我。

“母亲大人，没有，呼唤，啊，拜托，了，战斗，吧，和，大人们，战斗。”

——我没法战斗。

“真的，要，放弃，吗？”

——嗯，我已经累了。

“只要，活，下去，今后，可能，会，有，好事，发生，啊？”

——我坚持不到那个时候了。

“真的，要，这样，吗？会，死，啊。”

——嗯，就这样吧。

“狼星大人，怎么，办？”

——拜托你了。

“雏菊，不是我，不一样，啊。”

——拜托你了。

“不要，放手，不要，丢掉，自己，你还行，还能坚持下去啊。”

——我坚持不下去了。

“你要死吗？”

——嗯，我已经不想再活下去了。

雏菊说完，另一个雏菊好像放弃了，不再说话。

“好吧……”

雏菊本打算选择自尽，没想到在那之前，那个女孩子出来帮助她了。到了最后一刻，救星总算现身了，雏菊松了一口气。变成不是自己的自己，同样意味着以往的雏菊的死，但总好过一头撞在墙上，好过咬断舌头，好过把自己用藤蔓吊在天花板上。这样的死更温和，是仅限于精神层面的死。这是雏菊能得到的，最大限度的救赎。

“不用再坚持了。”

这时，雏菊仿佛听到了红梅的话音。

——母亲大人，来接我吧。

保护了冬乡的花叶雏菊缓缓地死去了，没有一个人见证她的死亡，为她送行。

雏菊的身体松弛下来，随后她像本就没有抵抗过一样，彻底不动了。

“她怎么……突然不挣扎了？”

男人好像觉得很奇怪，嘟囔起来。观铃叹了口气，咂了下舌头，好像想表达她已经累了。

美上注意到似乎出了什么问题，仔细观察起雏菊。

雏菊睁着眼，但是她的眼睛里什么都没有，空洞无物。

美上把手伸到雏菊的鼻子前探了探，发现她有呼吸，就是看起来就像没有了灵魂。

“这孩子……是不是坏掉了？”

“啊？什么叫坏掉了？”

“不是，就是说……这孩子的精神是不是坏掉了……她看起来，就像失去了所有的情感……”

“是吗……既然老实了，那不就挺好吗？”

“御前……她要是没法种大麻了怎么办啊？”

“回头给她脸上泼点凉水就好了。正好，都不需要打药了。”

“御前。”

“我说啊，这点小事有什么好大惊小怪的？这世上更痛苦的事多着呢。她可是神啊，为了服务人，这点苦都受不了吗？小孩子真是麻烦，虽然也有可爱的时候，可是绝大多数时候都很麻烦。既然是神，就算是孩子也该对人有求必应啊。”

“御前，御前。”

“人可比他们这些神辛苦多了。四季代行者明明什么苦都不用吃，一直养尊处优……就算这样的生活稍微走点样又怎么了？没有人，哪来的神？神就应该老老实实服从人才对……真希望她能演好这个神，完成她该做的事。我一直是这样做的！这难道不说明其他人也该像我一样做吗！好好做事啊！”

“不是！御前……大小姐！这家伙的身体……”

美上的话说到一半就断了。

他看到了非常、非常难以置信的景象。雏菊的颈部开出了花。

准确地说，是雏菊的神痣发生了异常。

四季代行者继承神通力的时候，身上会出现花朵形状的瘢痕。

春神身上会出现樱花，夏神身上会出现百合花，秋神身上会出现菊花，冬神身上会出现牡丹花。

神痣像精心绘制的刺青一样美丽，刚出现时会让代行者感到灼热和疼痛，一段时间后便会变得与正常的皮肤一样。

“开花了！”

雏菊的四季代行者印记在颈部后侧，她的后颈处开着樱花。

现在，那个印记像泼开的墨一样向雏菊全身蔓延。遍布少女全身的樱花刻印开始长出树枝，萌发花蕾，绽放花朵，染上颜色，放射光芒。

包裹这个少女全身的神威开始告诉周围的人她是谁。

“你们，为，什，么，杀，了，雏菊？”

神痣的花朵遍布全身，意味着四季代行者的神通力释放到了最大限度，不过在场者没有一个人明白。

“为，什么？”

重新获得了情感的少女哭着，眼泪顺着她的脸颊流了下来。

那个姑娘忍受了长期的折磨，用尽了力气，勇敢地战斗之后，刚刚死去了。

她死去之后，新的自我在她留下的身体中产生，开始默默爆发。

大人们听到少女突然说出他们听不懂的话，都觉得这孩子让人不寒而栗，开始面面相觑。他们的基地位于大和某地山林中的一处建筑，这时整座建筑开始发出吱吱呀呀的声音。此地地形开阔，每逢春天周围都会遍开樱花，是一处赏樱的好地方。

“你们……为，什，么，杀，了，雏菊！”

新的雏菊叫喊起来的时候，反季节的樱花已经从周围环抱住整座建筑。

是的，整座建筑被樱花树抱在怀中。

怪物一样的枝杈刺穿建筑的墙壁，不由分说地刺穿现场所有人。

这座基地是一座地面三层外加地下部分的豪宅，樱花树的枝杈不分动物和静物，刺穿了它们遇到的一切。

厨房的冰箱在疯狂生长的一棵棵樱花树推挤下砸扁了厨师。

观铃专用的驾驶员正在地下停车场检修轿车，他的手被樱花的枝杈刺穿，紧接着整个人便被钉死在了车上。护卫正在床上打盹，樱花树的枝干顶起床铺，顶穿天花板，连床带人一起抛到建筑外。地下植物园中精心栽培的大麻被粉红色的花瓣淹没了。

细细的枝条刺穿了说要和雏菊结婚的那个男人的眼球，枝条刺破的位置开出了花朵。

美上眼疾手快护住了观铃，可是他们二人同时被一根枝条刺穿了腹部。

建筑中所有人得到了平等的对待，枝条刺穿肢体的声音响个不停。

那些枝条戳穿一个人，刺透另一个人，戳穿一个人，刺透另一个人，戳穿一个人，刺透另一个人。

少女叫喊着，开始攻击把她关进鸟笼的人，开始攻击她现在所处的世界。

大人们也在尖叫着。少女明白这是在做坏事，可她控制不住自己。

“你们，为，什，么，杀，了，雏菊……”

回过神来，少女发现自己离开了鸟笼，外面的世界被银色的雪覆盖着，非常冷。

“大家……在，哪里？”

少女赤着脚，每走一步都会留下血红的脚印。

“雏菊……想，回，去。”

少女开始下山，虽然没有人在寻找她，可她还是想回去。

“冻蝶，哥，哥……”

她想回去，回到已经死掉的上一个自己曾经受到保护的地方。

“樱。”

皮囊中的她已是面目全非，她不知道人们是不是还会欢迎她。

“狼星，大，人。”

她不知道是身体决定灵魂还是灵魂决定身体，不知道杀死自我算不算是罪过。

“大家，在哪儿？”

在多变的世界里，她对很多东西都一无所知，唯有一件事情例外。

“雏菊，就在，这，里。”

在封闭她的世界之外，确实有另一个世界。

并不是雏菊的头脑发了狂。啊啊，太好了。

——啊啊，太好了。咱们回去吧，雏菊这就带你回去。

然后，被毁得面目全非的少女雏菊，在和她的侍从重逢后，又一次身陷危机之中。

“我们能做的事情有限，所以还是按原计划行动。”

樱握住雏菊的手。雏菊像被暴徒碰到了一样，惊得身体一颤。

“雏菊大人？”

“嗯……嗯。”

雏菊虚弱地点了点头。

“等所有人员就位，我们需要依靠雏菊大人的力量。非常抱歉……樱作为侍从能力不足……”

“怎么，会，呢。”

雏菊身上全是冷汗，她其实想马上开始尖叫，马上开始哭泣，可她掩饰住了。

“樱，需要，雏菊，做，什么，就，告诉，雏菊。”

她不愿意害她的护卫官伤心。

“雏菊，和，樱，一起，战斗。”

她那时以为早就没有人在寻找她，可是她错了。

樱抛弃了自己的人生，始终没有放弃寻找雏菊。而春乡把被毁掉的雏菊交给她，命令她把雏菊治好的时候，她也在雏菊的拒绝中坚持了下来。

“只要是，为了，樱，梅花、蔷薇、山茶花，让什么花，开放，都，可以，尽管，告诉，雏菊。”

是樱帮她站了起来，一直把她当成宝贝，守着她，爱着她。

“樱，想，怎么，用，雏菊，都，可以。”

她现在是花叶雏菊的替代品，可是樱依然爱着她。

“雏菊，最喜欢，的，就是，樱。”

这不是因为樱喜欢听才说出的咒语，是雏菊的真心话。

她现在不是孤身一人。她最好的朋友，她的护卫官就在她的身旁。

“只要，能，保护好，樱，雏菊，什么，都，愿意，做。”

所以，她不会哭。雏菊想着，回握住了樱的手。

“雏菊大人……”

樱忍不住又落下了眼泪。

“对不起，啊，樱，肯定，很害怕，吧？不过，一起加油吧……”

樱赶忙抬手，想把眼泪抹掉，雏菊先伸出手贴在樱的脸颊上。

“虽然害怕，但樱会坚持……雏菊大人肯定也害怕吧？”

“嗯……雏菊，也害怕。可是，啊……雏菊，和，樱，要保护，其他的人。”

“您说得对。”

雏菊这句话说完，樱的眼泪马上止住了。

“雏菊大人……”

“嗯？”

樱有点难为情地看着歪着头的雏菊，说道：

“那个……樱刚才就想说，樱也是……樱最喜欢雏菊大人。”

“嘿，嘿……嗯……雏菊，知道。”

二人处境危急，唯独这时享受了片刻的温情。

她们听到身后传来话音，是冬乡的护卫在报告准备已经完成。樱和雏菊看了看彼此的脸，点了点头。二人开始向事先商量好的位置转移，同时开始了最后的对话。

“樱，狼星，大人，他们，要来了？”

“是的，要来了。”

“太，冒险了……”

“是的，他们非要来。他们还说……让我们等着。”

“他们，应该，逃远，一点儿……”

“是啊……话虽如此……换成是我，我也会来。”

“可是……”

"就算您变了，也无法改变樱的决心。"

"是吗……"

"是的。"

"冻蝶，哥，哥，也，要来，吗？"

樱发现雏菊盯着自己说出这话，她把视线移开了。

"樱，也，变了，可是，冻蝶，哥，哥，选择，过来。情况，一样，啊。"

"没有人是不变的……我觉得狼星和冻蝶一定也有变化。比起我住在冬乡的时候，他们的个子应该也长得更高了。"

"高个，子的……狼星大人……怎么办啊，雏菊，心，跳得，快，起来了。"

"不用快起来，为了那种人……太浪费心跳了，请您把心率降下来。"

"可是，就是，跳得快。樱……咱们，要，活着，见到，狼星，大人，和，冻蝶，哥，哥，啊。"

听到这话，樱重重地点了点头。

"是，雏菊大人，我们一起活下去吧。"

樱没有再说"保护着您死掉"。

这里再次变换一下时间轴。

阿左美龙胆已经把推自己滚下陡坡的男人砍倒在地。

这还是龙胆第一次杀人。

"呼哧，呼哧……"

龙胆一直在习武，但他习武只是为了以防万一。

他学习格斗术和剑术，目的也只是让敌人丧失攻击能力。他也有能杀死敌人的招数，可是这些招数只有他自己有生命危险时才能用。哪怕有保护四季代行者时才生效的各种超法规措施，也不能随心所欲。

"呼哧……啊……呼哧……"

刚才他不下杀手的话，死的就是他，他只好横下心，结果真的杀死了这个男人。

从法律角度来说他应该算是正当防卫，可是杀了人之后，他才第一次产生了疑问：生命的分量真的能用法律来衡量吗？

“啊……呼……呜……”

龙胆觉得反胃，他乱了阵脚。

秋之代行者受到攻击的次数本来就比其他代行者少，去年龙胆上任之后，直到秋离宫遇袭才第一次遭遇危险。他早就做好了心理准备，知道迟早会迎来这样的考验。

龙胆上任时听过说明，知道没有一位四季代行者的护卫官能在任期中不杀一人，所以他认为自己已经做好了准备。

鲜血和脂肪让龙胆的手又湿又黏。

他立刻把手中的刀收回鞘中，跌跌撞撞地向着行李箱跑了过去。

“我杀了人。”这一事实在他脑海中像敲钟一样响个不停。

即便如此，现在对他来说，最重要的不是自己的心情。

“抚子。”

他要先看看他的秋神是否一息尚存。

“抚子。”

龙胆跪倒在行李箱前，用颤抖的双手抱起抚子的身体。

呼吸、脉搏、心跳，龙胆一项一项仔细检查。

“抚子……”

她还活着，尽管呼吸微弱，但是确实在呼吸。

“抚子！”

龙胆绷紧的弦突然松了下来，他流着眼泪把抚子紧紧抱在了怀里。

抚子面部和身体的伤口并不深，似乎没有骨折之类的重伤，只是因为有内出血才显得触目惊心。

“抚子，抚子，是我，是龙胆……抚子，醒醒啊……”

龙胆只顾着呼唤抚子，顾不上想起自己平时怎样和抚子说话。

分离的这段时间，他多么想听到她说话的声音。他希望抚子能醒过来，希望她能再用小小的嘴巴喊他的名字。

"抚子。"

——第一次见面的时候，抚子的纯真让我吃了一惊。

"抚子。"

——她全然不知人生中会有什么样的不幸等着她。

"抚子。"

——当时我就感到必须保护好她。

"抚子……"

——在忙碌的工作中，我有时会忘记自己的初衷。可是……

"抚子，抚子。"

——对我来说，你永远是那么可爱。

"抚子……求求你，你醒醒吧……"

他一直伪装自己，以便得到这个善良又可怜的小小人儿的爱。

——我一直想变得配得上你。

他一直想让自己变成伪装的样子，以便对这个小小人儿保持诚实。

哪怕那样的他并不真实，只是像伪善者在装模作样。

他还是希望自己能变成那样。

——我竟然忘了。

他可以为她化身骑士，甚至王子。

"嗯……"

龙胆不知道呼唤多少次之后，抚子口中发出嘟囔声，仿佛刚刚睡醒。

"抚子？"

"龙……胆？"

过了一会儿，抚子缓缓睁开眼睛。

抚子的眼睛就像水晶球一样闪闪发光。与众不同的眼睛中，倒映出她一直在盼望的骑士的身影。

"龙胆……"

随后，她的脸上露出了会心的微笑，好像她早就猜到了龙胆会来救她。

“抚子……认得出我吗？”

“认得出啊……”

“我是谁？能说出我的名字吗？手指有几根？”

“你是……我的龙胆……阿左美龙胆……”

“是啊，没错……然后呢？”

“你是我的王子殿下……我的……骑士……非常有男子汉气概……龙胆的手……那个……竖着三根手指呢……”

龙胆嘴唇颤抖着，也笑了起来。

“抚子！”

龙胆想弥补分离期间的丧失感，又不敢太用力，他拿捏着分寸，又一次抱住了抚子。

“跟你说……我做了关于龙胆的梦……”

“梦？”

“龙胆还记得……用银杏叶为我做了花束吗？”

“是啊，记得呢……”

“那还是第一次，有男孩子送我礼物……”

这位年幼的秋神是一位无比可爱的小女孩。听到她说出这话，龙胆总算有心情露出一丝微笑。

随后，他哽咽着嘟囔道：

“你想要多少都给你，每年都给你……抚子。”

“嗯……”

抚子还处在半梦半醒的状态，不过也渐渐明白了自己眼下的状况。

“抚子，抚子……”

她发现龙胆像拥抱心上人一样抱着她。

“龙……龙胆……那……那个……”

有能力认识现状之后，抚子的脸蛋马上染成了蔷薇色。

“抚子……我没能保护好你……对不起啊……让你伤成了这样……是那些可恶的贼人打了你吗？都怪我没能保护好你……让你受了这样

的罪……可爱的小脸成了这样……”

“龙胆，那个，那个。”

“今后我会用一辈子来补偿，服侍你到我死。我会见证你成人成婚，我就算老了也不会退休。我一定会弥补的，抚子……”

“听……听我说，龙胆……那个，你怎么好像，变了个人？”

听到抚子刚才这句话，龙胆才发现平时自己伪装出来，只给抚子看的那个“阿左美龙胆”不见了踪影。

“现在的龙胆……也好棒……”

抚子脸上带着少女一样的表情说着。龙胆赶忙掩饰道：

“失礼了，抚子……您没事真是太好了。”

“啊，我不，我要刚才的龙胆。”

“这个有点……”

“没关系，我早就知道龙胆在我面前会变得不一样……”

听到这话，龙胆惊得直眨眼睛。

“您早就发现了吗？”

“嗯，厨房的人，还有哄我睡觉的人……大家都说过。唯独在我面前……龙胆会变得特别温柔……”

龙胆说不出话了。

“龙胆在我面前不是从来不吸烟吗？他们说龙胆是为了我好才不吸烟，怕我的支气管呼哧呼哧。”

龙胆只能默默听着抚子继续往下说。

“还有呢，他们说龙胆跟别人说话的时候相当不客气。”

“抚子……”

“他们说，龙胆不想让我看到那个样子……因为不想被我讨厌。龙胆真是个小傻瓜，我怎么会讨厌龙胆呢？就算龙胆是个有点坏的人，我也……那个……绝对绝对喜欢龙胆……永远喜欢……”

听着抚子为了安慰他说出这样一番话，龙胆想表演的心气儿一下子泄了。

——他们早就揭了我的底。

龙胆察觉到自己一直以来做着多么傻的事，脸羞得一下子红了。抚子从来没见过龙胆的这个模样，抬起手用指尖戳了戳龙胆的脸蛋。

“龙胆……真可爱……”

抚子还只是个小孩子，却能发现年长男性的可爱之处。

“请不要这样说……抚子……”

“我说错了，龙胆，真好。啊，我刚才没发现，龙胆怎么受伤了……手上有血……没事吧？”

抚子看到的不是龙胆的血。

龙胆不知道该怎么说才好，他没法把自己刚才做的事表述出来。

“龙胆，怎么了？”

“我用这么脏的手摸了你，对不起……”

“怎么会呢。”抚子显得有些意外，“一点儿都不脏……跟你说，不管什么样的龙胆……对我来说……”

抚子身上到处都是观铃体罚她留下的瘀青，她忍着全身的疼痛用手搂着龙胆的脖子，抬起自己的上半身。

随后，她就像小鸟轻巧地落在枝头，轻轻地碰了龙胆一下。

“龙胆永远是迷人的王子殿下。”

话刚说完，抚子便用尽力气，放开了手。

“嘿嘿嘿。”抚子笑着，像在撒娇一样重新躺在龙胆怀中。在龙胆眼中，她是世界上最值得怜爱的人，是最无以取代的一线光明。

“抚子……”

龙胆抱着抚子，握起她的一只手。抚子不知道龙胆要做什么，抬头好奇地看着龙胆，只见他郑重其事地在抚子手背吻了一下。

“我的抚子……不管到什么时候，都是我的公主殿下。”

龙胆的笑容中透着他本性的温柔，与以往伪装出的温柔略有不同。

随后，他用这个世上恐怕只有她一个人会听到的甜甜声音说道：

“只要是为了你，让我做多少次王子殿下我都愿意……”

龙胆说着，又吻了抚子的手背一下。

“龙……龙胆……”

这次轮到抚子羞红了脸。

“怎么了，抚子？”

看着龙胆脸上柔和的微笑，抚子有点乱了阵脚。

“那么……我得……做个配得上龙胆的公主殿下才行……”

“你现在这样就好，这样的你就是我的公主殿下。”

龙胆甜蜜的耳语听得抚子神魂颠倒。

“呜……龙……龙胆……”

比以往更强烈的悸动让抚子觉得呼吸困难，她开始怀疑这会不会是梦。

“龙胆，我喜欢你。”

“我也是。”

“我真的喜欢你。”

“当然，我也是真的。”

“龙胆的喜欢，和我的喜欢……”

“抚子，你的身体肯定很难受，不过请你再忍一忍。不能一直在这种地方说话，我们先回去。我要开始移动了。”

然而，甜美的时光到此为止了。

“呜……好的，龙胆。”

一连串的危机还没有过去。

“其实我们从陡坡上掉了下来。我们可以从侧面绕回去，应该能找到不那么陡的地方。我要回去帮助夏神主仆才行。”

“夏神主仆？”

抚子惊讶地歪了歪头。

“是叶樱琉璃大人和菖蒲大人，除了夏神主仆之外，冬神主仆和春神主仆也为了救抚子来帮忙了。”

“是吗？哎呀，怎么办啊……我得道谢才行……”

“是的，我们先和夏神主仆会合，向她们道谢吧。”

“请长月小姐帮忙买些好吃的点心吧，长月小姐总能在网络上发现好吃的东西。”

龙胆的脑海里闪过了间谍的面孔，他沉默了。

“秋离宫的人们，大家都没事吧？”

龙胆没有回答，而是抱着抚子跑了起来，仿佛想尽快从男性贼人的尸体旁逃开一样。

让龙胆去救抚子之后，夏神主仆一直在战斗。

夏之代行者叶樱琉璃看向她的姐姐。

龙胆离开之前，把琉璃身边的敌人收拾了一大半，接下来琉璃只要命令野狗们扑上去撕咬就能脱险。但是，菖蒲陷入了苦战之中，因为从废弃神社方向赶来的贼人更多。

“不要再反抗了！”

琉璃好不容易让野狗们发起总攻，把袭击她的最后一个贼人咬得失去了战斗能力。

这些贼人恐怕永远不想养狗了。

——我得去救菖蒲。

琉璃赶忙向野狗们下达了命令：

“保护姐姐！去吧！”

琉璃手下的动物们马上响应主人的命令跑了起来。藏在山林里的野狗可以说是倾巢而出，虽然琉璃没有了狗的保护，不过她们现在只要除掉包围菖蒲的敌人就能脱险。

龙胆去追抢走行李箱的贼人，她们只要脱险，还能去给龙胆助阵。

“咬右边那个人！把左边那人的喉管咬断！”

动物们在四季歌的作用下成了琉璃的部下，它们都在按夏之代行者的命令行动。

琉璃只要告诉它们目标，它们就会制造出触目惊心的尸体，只是想下达具体的指令，她只能开口说出来。

“后面来了一个人！从菖蒲头上跳过去！用爪子挠他的脸！”

琉璃和菖蒲配合得很默契，贼人一个接一个地倒了下去。

菖蒲负责与敌人战斗，琉璃则躲在安全的地方，远远地提供支援。

姐妹二人的战斗方式发挥了很好的效果。琉璃开始支援菖蒲时，这场战斗的胜利已是她们的囊中之物。菖蒲身材娇小，却运用纯熟的剑术让贼人们壮硕的身体没有用武之地。战斗眼看着就要分出胜负。

“上啊！上啊！干掉他！”

她们姐妹二人总是这样配合，以前也曾经身陷险境，但每一次都活了下来。

所以，琉璃相信，这次肯定也没问题。

“绕到左边！照着他的腿……”

菖蒲的想法应该也和琉璃一样，她们是心有灵犀的双胞胎。

她们会让龙胆先去救抚子，也是因为她们相信一定能有惊无险地取得胜利。

“他的……腿……”

按理说，她们会万无一失。

“姐……姐姐……”

本来应该是这样才对。

——咦？

下一瞬间，琉璃便倒了下去。

她的嘴里冒出了血，让她没法呼吸。

她想呼吸，可是血逆流而上，从喉咙里冒了出来。

——怎么回事？

琉璃不知道发生了什么。随后，她感到后背很疼，就像背部被长矛刺中了一样。从未有过的剧痛蹿遍她的全身，让她的四肢颤抖起来。她想消除剧痛，可是片刻之后，让她更痛苦的变成了吐血导致的窒息。

——姐姐，救救我。

子弹击中了琉璃的背部。

她们现在位于“华岁”基地建筑的背后，围墙外的一处平地上。

“华岁”的基地是一座两层建筑，周围虽然有树木，但是贼人可以从二楼的窗户看到夏之代行者和护卫官战斗的情形。

贼人就是从二楼用狙击枪击中了琉璃。她没有听到枪声，是因为贼人用了消音狙击枪。琉璃趴倒在地，没有办法确认狙击者的位置，但她还是在昏过去之前动了动指尖。

“杀。”

她向树上的鸟儿们下令。鸟儿们马上振翅，变得像猛禽一样凶悍。

这些空中杀手想必能成功除掉敌人，可惜琉璃已经没法看到了。

——姐姐。

过去的一幕一幕开始在琉璃的脑海中飞速流转。

其中有她小时候很喜欢的那双小红鞋。

其中有夏乡的向日葵花田，她以前很喜欢在那里玩耍。

其中有一本封面很好看的图画书，她始终没有翻开，只是抚摸它的封面。

而这一幕幕中，必然有另一个女孩子。

那个女孩子明明和她是双胞胎，只因为首先呱呱坠地被大人抱了起来，便成了姐姐。

那个女孩子总是唠唠叨叨的，可是不管什么时候都值得依靠，满足琉璃各种任性的要求，琉璃最喜欢她……

——菖蒲。

每一幕中，姐姐都在发火，琉璃不禁心生疑问：我总是惹她发火吗？

琉璃觉得自己应该经常有把姐姐逗笑，没想到面带笑容的姐姐总也不登场，也许真的是她害姐姐担心和给姐姐添麻烦的次数更多吧。

——对不起啊。

她觉得很不公平，自己只是晚出生一步就成了妹妹，说不定妹妹的身份让她占了老大的便宜。

人们经常拿她来和优秀的姐姐作比较，让她受了不少委屈，可是她的姐姐只因为是姐姐就要受更多的委屈。

那天她哭着说不想做夏天的神，她的姐姐告诉她“姐姐在你身边呢”，主动请缨做了护卫官。

谁让当时被选中的是你——如果她的姐姐怀着这样的想法疏远她，她一定没办法活到这个年纪。

——姐姐。

她觉得要是早知道，她就不为难姐姐了。

——姐姐。

她觉得要是早知道，她就做个更乖的妹妹了。

——姐姐。

她喜欢姐姐喜欢得不得了，全世界她最喜欢的人就是姐姐，所以她束缚着姐姐。

她不想让姐姐去结什么婚，所以她为难姐姐。

她不想让姐姐辞去护卫官的职务，所以她为难姐姐。

因为她觉得只有姐姐是真正和她站在一边的人，要是连姐姐都没了，她该如何是好。

她不知道自己在姐姐离开后应该怎样活下去。

——不过，也好。

她已经喘不上气来了。

——这样一来，菖蒲的人生中就少了一个沉重的担子。

好难受。

——只要我死了，一切问题就都解决了。

没想到事情会搞成这样。

——对啊，说不定还是我死了更好。

来救秋之代行者到底是不是一个正确的决定呢？

——菖蒲，对不起啊。

不对，她不是作为神，而是作为一个人做了她该做的事，这一定是正确的。

——对不起啊，对不起啊。

要是说有什么错了，只能是一点。

——菖蒲。

那就是她自己太令人失望，只能落得与姐姐分别的下场。

——姐姐，对不起啊。

叶樱琉璃死了。

死因是失血和窒息。背部中枪之后，琉璃很快断了气。

叶樱菖蒲没能马上发现叶樱琉璃已经死亡。

她通过近身缠斗，好不容易除掉了一名难对付的贼人，一脚把他踢开之后，她转身看向妹妹。

她本以为妹妹藏在树后，不料看到妹妹不知为什么趴倒在地。

不仅如此，刚才还在帮菖蒲战斗的野狗们好像突然对这场战斗失去了兴趣，纷纷叫着跑远了。

——不会吧。

菖蒲的脸上一下子没了血色。

“琉璃！”

菖蒲背对敌人跑了起来，脑子里不断尖叫着“不会吧”。她快步跑到妹妹身旁，发现琉璃身体下已经形成了一摊血泊。围墙里的建筑那边，一名狙击手被鸟啄得从窗口掉了下去，只是现在菖蒲顾不上那边了。

菖蒲的耳朵里只剩下自己粗重的喘息声。

琉璃一动不动，也不说话。菖蒲的妹妹平时总是动不动就大喊大叫，这会儿却突然静了下来。

菖蒲正打算伸出手抬起琉璃的脸，感觉到身后传来杀气，马上伏低了身体。

她虽然放弃了刚才的战斗，可是敌人还在。菖蒲的身体下意识地动了起来，挥刀砍向冲过来的敌人。贼人被砍得溅出了血，血溅到了菖蒲和她的妹妹身上。

——啊，好脏。

她一片空白的头脑中只有这一个念头。

她有其他需要思考的问题，可是她的思维无法到达那个问题，因为她无法相信。

杀掉一个贼人之后，菖蒲才像想否定她看到的事实一样，呼唤起妹妹的名字。

“琉璃？”

她没有得到回答。

“不要和姐姐开吓人的玩笑……”

她没有得到回答。

“喂，琉璃。”

她没有得到回答。

“喂，你是在开玩笑吧？”

菖蒲一直低头看着默不作声的尸体，可是尸体没有变化。

“这不是真的吧？”

她摇摇晃晃地走近尸体，跪在地上，摇晃琉璃的身体。

她没有得到回答。

“琉璃，琉璃？”

这副皮囊已不再是琉璃，起到决定性作用的某种东西已经离开了这个身体。

“啊……啊啊……啊……啊。”

菖蒲反复摇着尸体，结果只是增加了染红地面的血液，尸体没有其他的变化。

——我没能保护好琉璃？

她连琉璃什么时候死了都不知道。

——我……可是……护卫官啊。

菖蒲觉得琉璃一定喊了“姐姐”，当时她肯定只顾着战斗，没有听到琉璃的呼唤。

“琉……璃……琉璃……”

菖蒲觉得，所谓的奇迹难道不应该在这种时候发生吗？

她这样想着，心里念着“神啊”，尝试祈祷，可是没有得到回音。

——神啊。

菖蒲又祈祷了一次。

——神啊。

菖蒲祈祷了一次又一次。

——神啊。

然而，什么都没有发生。

神已经死在了她的身边。

没错，神已经死在了她的身边。

与菖蒲距离最近的神，对菖蒲来说就是她的妹妹。

“琉璃。”

琉璃是大和唯一司掌夏天的现人神，是一条宝贵的生命，是绝对不能失去的人。

当然，这不是最重要的。

“琉璃……”

她还是菖蒲的另一半生命。她有着和菖蒲一样的面孔，一样的身高，甚至穿着和菖蒲同码的鞋。

这个妹妹和菖蒲像是一个模子刻出来的，就连她们的父母也会把她们两姐妹认错。

“这不是真的，琉璃，告诉我这不是真的。”

菖蒲让绝对不能死的人死了，这是无法饶恕的失误。

她在绝望的深渊中不断重复没有意义的呼唤。

“琉璃，你说话啊，琉璃，琉璃！”

当菖蒲开始理解这样做没有意义的时候，她的身体突然感到一阵剧痛。

——怎么……了？

回过神来，她发现自己也倒在了琉璃的尸体旁边，她不再是俯视，而是从侧面看着琉璃的尸体。

菖蒲的身体开始抽搐，全身像遭到雷击一样抖动了两三次。

——这是……怎么……回事？

她发现自己没法自如地活动身体。她神志清醒，身体却好像交给了别人。她觉得可能是战斗时太兴奋，没有发现自己已经受了伤。菖蒲挣扎着向琉璃伸出了手。

——琉璃。

她想再摸摸妹妹。琉璃的尸体还没有凉，不光有温度，而且没有变僵硬。菖蒲在脑海中做着没有意义的否定，她认为这不能叫尸体。

"琉……璃……"

菖蒲念叨着妹妹的名字哭了起来。

除此之外，她没有其他能做的事。

她的妹妹不知什么时候死了，她连保护妹妹的机会都没能得到。那时她只顾着对付眼前的敌人，因为自己像往常一样得到了妹妹的支援，所以认定妹妹平安无事。

"琉……璃……"

她觉得自己是护卫官，先死的一定是自己，就是她的成见让她掉以轻心。

她认定琉璃不会死在她前面。

"琉璃……琉……璃……"

她觉得就是她无凭无据的想法、愿望，害死了她的妹妹，就是她这个姐姐害死了她的妹妹。

"琉璃……琉……璃……琉璃……琉……璃……"

她害死了妹妹。人死不能复生。

"琉……璃……琉……"

菖蒲呼唤到一半被打断了。

"啊……"

有人一脚踢在菖蒲的背上，她疼得惨叫了一声。

是贼人的余党。

“浑蛋！”

男人像泄愤一样不断踢着菖蒲的后背，因为菖蒲让他们损失了很多人手。

踢够之后，男人把趴倒在地的菖蒲翻了过来，把她压在身下，用枪抵着她的胸口。为了施加威慑，男人故意用枪紧紧地抵着她的胸口转动。

——这下子没法逃了。

她被压得动弹不得。

——还有，我的脚也疼得不得了。

不久之前，她的脚部出现了剧烈的疼痛感。她觉得自己一开始倒地抽搐也是因为脚部受伤，疼痛的位置在脚腕处。

菖蒲觉得脚腕着了火一样，没错，就像着了火一样疼。

“菖蒲。”

手枪顶在胸口带来的不快感、脚腕的剧痛，两者一起折磨着菖蒲。就在这时，她的脑海中不知为什么响起了一个声音。

“菖蒲，菖蒲。”

菖蒲从来没有听过这个声音，也听不出是男人的声音还是女人的声音。

“菖蒲，菖蒲，菖蒲。”

——啊，这个声音是……

她知道这是什么现象。

“菖蒲，菖蒲，菖蒲，菖蒲。”

她看过这种现象的发生。那是很久很久以前，叶樱琉璃从人变成神时发生的现象。

——不会……吧？

“菖蒲，菖蒲，菖蒲，菖蒲，菖蒲。”

四季代行者一旦身亡，神通力会马上转移到其他人身上。

继承者会是那一时刻最适合的人。

选择下一任继承者的是超自然的力量，和子女继承父母的血统不是一码事。

因此，雪柳红梅的神通力转向当时的雪柳雏菊，也就是现在的花叶雏菊，给春乡带来了极大的冲击。

因为历史上从未出现过如此偶然，不，应该说是闻所未闻的换代。

——啊啊，这不是真的，神啊。

超自然的力量选中的继承者会听到呼唤声。这种被称为四季之声的声音，会像下诅咒一样呼唤新代行者的名字。紧接着，新代行者不管是否愿意，都会自然地展现出四季的力量。自古以来每一位代行者都是如此，琉璃也是如此。

——啊啊，我没有受伤。

“菖蒲，菖蒲，菖蒲，菖蒲，菖蒲，菖蒲。”

——我被选中了。神啊，因为我是琉璃的同胞姐姐吗？

“菖蒲，菖蒲，菖蒲，菖蒲，菖蒲，菖蒲，菖蒲。”

——你是不是搞错了？琉璃可是已经死了啊。

“菖蒲，菖蒲，菖蒲，菖蒲，菖蒲，菖蒲，菖蒲，菖蒲。”

——夏季之神，你是如此的愚蠢啊。

贼人没有发现，菖蒲其中一只脚腕上已经浮现出百合花神痣。

——我不配，我的双手早就弄脏了。

贼人自认为胜利在握，没有马上杀死菖蒲，而是打起她的脸。

——夏季之神，我和琉璃不一样。

菖蒲凝视着她就要杀死的男人。

——我不是琉璃那么善良的人。

眨眼间，绽放在菖蒲脚腕的百合花便开遍了菖蒲全身，她也在同时用出了“生命使役”的力量。她没有像琉璃那样发声下令，也没有用手指发信号。

她只是向整座山祈祷。

"杀掉这家伙。"

紧接着，跑远了的野狗们又跑了回来，用机器人一样不协调的动作咬向了贼人的脖子。

"呜……啊。"

贼人最后只说了这样一句话。这个男人打菖蒲时兴奋异常，本人却对疼痛似乎没有多强的承受能力，刚发现自己被咬到，他便休克断了气。

菖蒲愤怒地坐了起来。

她身边的野狗还在啃咬男人的尸体，鸟儿们聚到了树上。废弃神社方向似乎又来了人，正在开枪示威。

"哈……哈哈！哈哈哈，哈哈哈！"

菖蒲被逗得大声笑了起来。

在她眼中，那些想用枪来吓唬她的人显得十分好笑。

她觉得那些人对现在的她来说，就像婴儿一样弱小。

"啊哈，啊哈哈哈！啊哈，啊哈，啊哈哈哈！啊哈哈哈！"

子弹擦过菖蒲的脸颊，她这才调整好呼吸，小声说道：

"杀……"

野狗们跑了起来，鸟儿们在空中盘旋。

"飘，飘，飘，花朵摇，草光飘，夏正茂。"

野狗和鸟儿们成了和刚才有所不同的夏之代行者的爪牙，开始一个一个杀死妨碍她的人，杀死想危害她的人。

——四季歌，我能倒背如流。

她笑得又流出了眼泪。

"情，情，情，爱飘零，天哭情，焰火升，卖萤灯。"

——我一直和琉璃在一起，我们一直活在一起。

"来，来，来，水虿开，蜻蜓来，等秋来。"

——我甚至不需要练习。

没人目睹此刻出现在此处的异常情况，这在四季代行者的历史上，或许称得上是一个损失。

“坐成排，等秋来。”

因为刚刚诞生的夏之代行者叶樱菖蒲，正展现着刚诞生便可以自由自在操纵神通力的天才实力。

“死吧。”

菖蒲坐在地上，等着一切结束。

野狗们把那些人撕咬得体无完肤，鸟儿们在没有命令的情况下自动为他们开始了鸟葬。

菖蒲的心凉透了，她一点儿都不想为这些人办葬礼。

“琉璃。”

菖蒲向依然横在旁边的尸体说起了话：

“琉璃，琉璃……你听我说……姐姐，成了夏之代行者……”

她没有得到回答。

“琉璃，你是不是也觉得难以置信？”

她没有得到回答。

“莫非，这个夏之代行者……不是非得琉璃不可？因为我们是双胞胎，所以哪个都无所谓吗……”

叶樱菖蒲依然没有得到她最讨厌又最喜欢的妹妹的回答。

“既然是这样，死的是我该多好……”

她的眼泪大颗大颗落了下来。

她明显应该做些什么，可是她什么都做不了。她知道有人死的时候在场的人该怎么做，该怎样处理。她首先应该去叫别人来，可是她没法离开这个地方。

“哪个都无所谓，神好过分啊……”

她没法离开这里，她做不到。

菖蒲向着喉管被咬断后死掉的男人爬了过去，拿起男人的手枪。

“神明明知道，会搞成这样……真的好过分啊……”

菖蒲把枪口顶在了太阳穴上。

“琉璃，咱们到了地狱一起去抗议吧。”

菖蒲这样嘟囔着，正打算在扳机上用力。

“菖蒲大人！”

菖蒲听到了男人的喊声。

“叶……叶樱菖蒲大人！”

她还听到一个年幼女孩子的喊声。

菖蒲抹了一把如雨点一样落下的眼泪，开始寻找发出喊声的人。

她在远处发现了龙胆和他臂弯中的抚子。野狗们向二人跑了过去，可能是因为菖蒲没有继续战斗的意思，它们只是像在玩耍一样跑在龙胆身旁。

“呼！呼……菖蒲大人！”

菖蒲呆呆地看着全速跑过来的龙胆。

“阿左美大人……祝月大人，两位都没事啊……”

“托您的福。可您这是，在做什么……呼，呼……琉璃大人呢？”

龙胆放下抚子，单膝跪在菖蒲身前。

“琉璃她……”

菖蒲的眼泪一直没有断过，说出这句话之后，眼泪更是如泉水一样涌了出来。

“琉璃……琉璃……她……”

“菖蒲大人……”

龙胆和抚子看到像是断了气了一样一动不动的琉璃，都明白了菖蒲流泪不是因为挨了打，而是因为她的妹妹。

“阿左美大人……琉璃她……我妹妹她……死了……”

菖蒲用哭哑了的嗓子说出了这句话。

“为什么……”

龙胆只能说出这一句话，惊愕让他来不及同情和悲伤。

“是我……没能，保护好她……”

“不，您做得足够好了……”

"呜呜……啊啊啊……呜啊啊啊！啊啊啊啊啊啊！"

菖蒲的感情决了口，她扑在龙胆胸前死死地抱着他。

龙胆也抱住菖蒲，开始观察周围的情况，想让头脑冷静下来。

——琉璃大人确实已经去世了。

生前充满活力的琉璃已经从他们身边离开了。

不过，龙胆看得出来，距离琉璃死亡还没有过多久。

"龙胆，她还很温暖呢。"

令人惊讶的是，抚子居然毫不害怕，正摸着琉璃的身体。

她好像在找什么，反复摸来摸去。

"抚子。"

"龙胆，我……不知道能不能行……"

二人好像想到了一起，相互看了看对方。

"你愿意试试吗？"

——抚子还能再成功一次吗？

抚子曾经在秋离宫让自己起死回生。

龙胆在想抚子有没有可能让那样的奇迹发生在琉璃身上。

抚子的秋之代行者神通力是"生命腐败"，主要司掌生命的形态。

秋叶枯落在地上后会慢慢重新融入土壤，腐败后变成肥料再次孕育生命。

她的神通力有两种用法，可以令生命褪色，也可以治愈生命。

然而，抚子作为现人神还不够成熟，她能治好自己的伤只能说是危急之中超常发挥，恐怕不是随时都能做到。

"你有自信吗？"

"不知道，我要试试看才知道……可是，我需要能吸生命力的东西……我那时候做的事，那个可怕的女人抓走我的时候告诉了我。她希望我能随时做成那样的事……她给了我……好多老鼠……"

抚子解释观铃逼她做了什么。

观铃为了让抚子稳定发挥"生命腐败"的神通力，让她用老鼠来练习。

抚子说她尝试吸取活老鼠的生命力，然后把生命力注入死老鼠。

“然后啊，我成功了几次……可是，没有全部成功，所以挨了好多次打……”

听抚子说出可爱的小脸蛋上为什么伤痕累累，龙胆恨得咬牙切齿。

“观铃・亨德森，我咒你子孙十八代。”

“没……没事，龙胆已经救了我嘛。”

“抚子……要是能用我的命你就用吧。琉璃大人已经有了婚约，我们要把她还给她的未婚夫……哪怕需要我付出生命……”

“龙胆，可是啊……”

听到这里，菖蒲在龙胆的怀里倒吸一口凉气。

“阿左美大人？祝月大人？两位这是在说什么……”

菖蒲在悲伤的深渊中，开始慢慢理解二人正在商量什么事情了。

“菖蒲大人，我要试一试。那个……这座大山，有灵脉。”

抚子敲了敲脚下的大地。

“有灵脉，就能借助灵脉的力量吗？”

“嗯，要借山的力量……我正在寻找灵脉的源头……龙胆，你不是说除掉了好多贼人吗……现在还有贼人吧？”

“建筑正门那边应该还在混战。”

“大家的生命力真是旺盛……我试着从每个人身上……借一点点生命力。”

“那……那边还有国家治安机构和四季厅的职员，你能分清吗？”

“既然大家打成一团，那就从每个人身上都借一点儿好了。只是借生命力，不是借寿命，大家只会睡一小会儿。”

龙胆不说话了。

——对不住了，各位。

事关一个人的生死，龙胆现在不能阻止抚子。

“请……请问，琉璃还有救吗？”

菖蒲忐忑地盯着抚子，抚子紧张地点了点头。

“我会试一试，不用担心。”

“可……可是……琉璃已经死了啊……”

“生和死都是我的领域，能请您交给我来处理吗？”

菖蒲沉默了。她虽然没法真正理解抚子说的话，不过还是决定把琉璃交给抚子。

“拜托了……”

抚子又点了点头，张开手掌给菖蒲看，只见她的手心印着秋之代行者的菊花神痣。抚子把有神痣的手贴在大地上，另一只手伸向琉璃。

“琉璃大人的身体还很温暖……一定能成功。”

抚子集中精神，闭上了眼睛。

她的五感马上和山融为了一体。

抚子能感受到整座山的气息和生命：虫子振翅的声音、缓缓流淌的清溪、鸟儿振翅而起带落的花瓣……她开始对构成这座山的一切都了如指掌。

山中还有贼人建造当成基地来使用的可疑建筑，也有正在争斗的人们。特种部队“豪猪”队员们，还有国家治安机构、四季厅的职员们，他们正在与贼人们战斗。

——一、二、三、四。

数着数着，她就数乱了。

——总而言之，有好多人。

有多少个人都无所谓，只要知道人很多就行了。她要从那些精力旺盛的人身上抽取生命力，能掌握他们的位置就可以。

——请大家，都让我借一点儿生命力。

抚子张开柔软的小嘴唇，吸了一口气，山间响起了女童朗朗的歌声。

“秋夜满天闪星光，彗星划过星空亮。”

抚子的脑海中，浮现出可以称之为宇宙的“天空”。

“月亮不亮星星亮，龙田姬飞在夜空上。”

她在广阔的“天空”中心，其他人都在下面离她极远的地方。

“轻歌曼舞悠悠然，开开心心看星天。”

所以，抚子要做的只是选出她想要的东西，然后捡起来。

“吹着秋风跳着舞，舞着舞着到月宫。”

她现在已经明白了，只要这样做就能成功。

——只要龙胆在，我什么都能做成。

抚子现在回到了她心目中这个世上最安全的地方，所以她觉得自己一定能成功。只要有他的保护，她就有无限的自信做好秋神。

——琉璃大人也回来吧。

抚子在“天空”中看着刚才还在战斗的男人们一个接一个昏倒在地。她为琉璃祈祷着，同时把吸取到的“生命”导向触摸琉璃的那只手，注入名为叶樱琉璃的皮囊中。

——琉璃大人，回来吧。

子弹没能穿透琉璃，现在它在她的身体中扭动起来。

——回来吧，菖蒲大人正在为你流泪。

子弹慢慢从弹孔向外钻，不一会儿便从琉璃的背上冒了出来。看到鲜血淋漓的子弹，菖蒲倒吸了一口凉气。

她惊得说不出话来了。

菖蒲在龙胆的帮助下撑起身体，想尽可能近地旁观这场奇迹。她注意着不扰乱抚子的思绪，凑了过去。

“琉璃大人需要姐姐的呼唤。菖蒲大人，请呼唤琉璃大人的名字。”

抚子突然闭着眼睛低语。

她的这句话说得流利通畅，就像有其他人附身于她，龙胆听了大吃一惊。

菖蒲也吃了一惊，不过还是按照抚子的吩咐呼唤起来：

“琉璃！”

菖蒲话音刚落，琉璃的身体便开始抽搐，高高弹了起来。

“请再呼唤一次……”

“琉璃！琉璃！”

“再呼唤一次。”

“琉璃，琉璃！姐姐叫你呢！回到姐姐身边吧！”

琉璃的身体不断抽搐，甚至弹到了半空中。

看着琉璃的身体弹起，然后重新落到地上变得一动不动，菖蒲向琉璃的身体伸出了颤抖的手。

“琉璃，回到姐姐身边吧！”

随后，菖蒲轻轻推了推琉璃的身体。就在这时，抚子与山还有“天空”的联系似乎断了，她像从梦境中醒来一样抬起头，结果因为抬得太猛直接躺倒在地上。

“抚子！”

抚子倒下的样子就像布娃娃掉在地上，龙胆慌忙把她抱了起来。

“我起得太猛了……”

抚子轻声细语道，显得有些疲劳。

“没有撞到头吧？”

龙胆有些小题大做地不断揉着抚子的头。抚子开心地微笑道：

“我没事，不过，真的太好了啊。”

“嗯？”

“琉璃大人不是回来了吗？真的太好了啊。”

龙胆扭头看向琉璃。

菖蒲攥着琉璃的手，正在摸她的脉搏。

“她的脉搏，回来了……”

菖蒲呆呆地嘟囔道。

“琉……琉璃大人活过来了吗？”

“呼吸也有了！”

菖蒲的眼泪又涌了出来，渐渐模糊了她的视野，坐在周围的野狗们叫了一声。

她没法马上相信眼前的奇迹，像刚才龙胆为抚子做的一样，逐一确认琉璃的呼吸、脉搏、心跳。

——琉璃活着。

脉搏虽然微弱，但是琉璃活着。

“让……让我也看看。”

“她……她活着……阿左美大人……祝月大人……琉璃，活着……呜，啊，啊啊，啊……”

菖蒲扑倒在琉璃的身上，哭嚎起来。

“呜啊啊啊啊啊！啊啊……啊啊啊啊！啊啊啊啊啊啊啊啊！”

菖蒲哭得就像幼小的孩子，想让全世界听明白自己的心情。

“啊……啊啊啊啊啊……呜啊啊啊啊……”

龙胆不知道该和菖蒲说什么才好，反倒是跟着她一起哭了起来。

“菖蒲大人……太好了，真是太好了啊……”

“非常感谢，非常感谢……”

两个大人流着眼泪，抚子累得瘫在龙胆的怀里，显得很冷静。

“您……您听我说，菖蒲大人……琉璃大人虽然活着，但是失去的血没有恢复，不能给她的身体增加负担。”

“啊！”

菖蒲慌忙从琉璃身上爬了起来。

“现在只是借别人的生命力补充了琉璃大人的血……”

听到抚子的劝告，菖蒲带着满脸的眼泪问道：

“呜……呜呜……那……那么，我……我该怎么做……”

“菖蒲大人趴在琉璃大人身上哭，琉璃大人会觉得呼吸起来很费力。首先不要再趴了……”

“好……好的。”

“琉璃大人和菖蒲大人的波长很相似，菖蒲大人最好以不妨碍琉璃大人呼吸的姿势贴近她。这样菖蒲大人的生命力就会转到琉璃大人身上。让琉璃大人躺在菖蒲大人的膝盖上试试吧……”

菖蒲按照抚子说的调整好琉璃的位置，琉璃的呼吸明显比刚才更稳定了。

菖蒲的眼泪流得越来越厉害。

“祝月大人……非常感谢您，非常感谢您……”

“请不要这样说……应该由我来表达感谢……”

“怎么会呢，怎么会呢……真的非常感谢……非常感谢您……”

“能把琉璃大人救回来……真是太好了……两位来救我，真是太好了……对吧，龙胆？”

“是啊……”

“龙胆也哭了吗？稍等一下，抚子摸摸就不哭了。”

“不……不用……”

“那我就摸摸菖蒲大人，菖蒲大人，不哭不哭。”

“祝……祝月大人……呜啊，呜呜呜……呜呜呜……啊啊啊啊啊啊啊啊啊……”

“哭……哭得更凶了……”

“抚子，做得好……你真是做得太好了。”

得到龙胆的夸奖，抚子抬头看着他，脸上露出了心满意足的笑容。

就这样，敌我双方各有损失，秋之代行者的救援成功结束了。

在凰女发生的这一幕告终之后，我们把时间倒回去，讲述春冬双方在四季厅发生的故事。

在四季厅大楼的第十九层，即秋之代行者搜寻总部所在的这一层，有人正打算打开升降机的门。

人称御前的观铃不耐烦地嘟囔道：

“这门怎么不开……”

观铃已经在升降机里按了几次开门按钮。

然而，她只能听到升降机的门撞到什么东西发出的哐哐声，门就是不开。

“喂……这要怎么办才好？”

“这是他们在拖延时间吧。看来我们只能下到第十八层，再走疏散楼梯上来。”

“什么……要爬楼梯吗？”

观铃抱怨着，可也只好按美上说的办法做。一行人来到第十八层后，离开升降机走向疏散楼梯。

他们保护着观铃走到第十九层的疏散楼梯入口处。

防火门没有锁，他们轻轻一推，门便打开了。

“哇……”

一行人轻易进了第十九层。

“这是什么？”

意外的是，在第十九层看到的景象是他们没有想到的。

就连平时临危不乱的美上也惊得张大了嘴。

“怎么搞成这样了……”

从升降机门前的大厅到各个会议室，整个第十九层已经化为了一座丛林。

到处都是藤蔓和花草，人们甚至无法看到走廊前方是什么情况。

这样的地方就算突然跑出大象和狮子，人们也不会觉得奇怪，而这样的景观是有人故意制造的。

这里没有鸟儿的鸣叫声，可是人们都觉得远处随时可能传来鸟鸣。

这座丛林中没有丝毫自然界该有的声音。四季厅的安保系统正在慢慢自动复原，观铃他们只能听到有线音乐广播。

这时，有线广播中没有播出平时帮助人放松精神的自然界的声音，而是在播放经典音乐。

恐怕这首乐曲才是广播系统的默认音乐，平时播放的声音来自特意设定的其他频道。

一点一滴的异常积累起来，汇聚成巨大的异常。

这里有一片丛林，可是这里并不是室外。

人们头顶响着哀切的钢琴曲。

一行人都产生奇怪的感觉，以为自己不小心闯入了另一个世界。

“泄密了……”

听到美上的话，观铃问道：

“怎么讲？”

“可能是我们收买的人泄了密，要不然就是……我们收买的人中有的本来就是双重间谍，当然这个可能性比较小……春之代行者早就知道我们要来，否则她不会这样做。看这样子，这完全是那家伙……是春之代行者一个人做出来的。”

“你是说她做好了与我们战斗的准备？”

“当然。这一层完全化为了绿色的战场，而且没有一个人影，她想必是藏在了什么地方。相当于在说‘你们尽管来，我要杀了你们’。”

观铃不说话了。她曾经被雏菊搞得半死，没法轻易怀疑美上的猜测。她也觉得美上的推测有道理，不过有道理归有道理，她心里似乎有一道迈不过的坎儿，脸上露出了悲伤的表情。

“为什么……她和我一起过的那些日子应该不全是痛苦的……”

“御前……”

听到观铃说出这样一句以自我为中心的话而毫不难为情，就连美上都惊讶得不知道该说什么才好了。

“御前，你要明白。那姑娘对我和你，不对……是对我们所有人都恨之入骨。”

“可是……”

“你当然可以按你的想法疼爱她，我也不打算拦着你，只是精神正常的人没法从你的那种疼爱中感觉到爱。”

——在这个世界上，能理解你的恐怕只有我一个人。

“怎么会这样……”观铃还在为美上提出的事实伤心，美上已经开始向部下下达指示了。

“派人去侦察，不过先确认位置情报有没有共享。”

美上掏出手掌大的便携终端开始操作，一行八个人都用着相同型号的终端。

这种便携终端里安装了功能强大的追踪应用程序。

它能追踪发射位置情报的发信器的地点，还会在画面上显示出终端和目标之间的大致距离。位置情报每隔几十秒就会更新一次，他们可以随时追踪携带发信器的目标。

“她就在这里……”

“当然，情报可是从负责护卫春之代行者的四季厅职员手里买来的。我们可以追踪护卫官姬鹰樱的便携终端的位置，雏菊应该就在护卫官身边……毕竟事出突然，她在短时间内只能制造出这样一个玩捉迷藏的地方，对实施计划不会有多大的影响。就算有影响，只要把护卫官抓做人质，威胁那孩子不出来就杀掉护卫官，她也会听话的，不需要侦察。我想尽快见到她，如果她对我有什么误会，我要尽快解除她的误会才行……走吧。要是让她逃掉了，我们制定的这次计划就失去了意义，我得把那孩子带回去……”

“不行。”

“美上！”

“御前和我在这里等着，先派两个人去侦察。不要杀代行者，其他人随你们的便。”

听到美上不由分说地下了令，观铃噘起了嘴。

乘坐升降机来到第十九层的袭击小组，包括观铃、美上在内，一共有八人。

同时在其他楼层行动的炸弹设置小组也由八人构成。

美上先命令两名部下离开位于升降机前的大厅，到前面去探路。

走出四季厅第十九层升降机前的大厅，左右各有一条通往各会议室的走廊，中央是一条通往空中花园的楼梯。

天花板上垂下的藤蔓遮挡着视线，他们看不到楼梯上是什么样子。

即便如此，他们也能猜到，茂密的草木是从空中花园里长下来的。春之代行者只要有花草的种子，不管在什么样的情况下都能使其萌芽生长，只是光靠种子恐怕没法把整个第十九层化为丛林。

出去侦察的两名贼人决定，挨个打开会议室的门进去搜寻。

雏菊在最高层的空中花园让树木花草萌芽生长，伸长到第十九层，把所有房间都变得像迷宫一样。

没有战斗力的四季厅职员屏息躲藏在雏菊催生的草木中，两名侦察员举着枪走过了他们的身边，却没有发现他们。

小会议室、计算机室，检查完毕之后，他们开始向大会议室前进。

“应该是……这边吧……一个人影都没有……他们是不是已经逃掉了啊？”

侦察员之一有点不安地说着。

“不，这层应该还有人……”

“会不会是情报有错？内应是不是给了我们一个完全无关的人的位置情报……”

“向御前大人撒谎可拿不到钱，而且还会受到狠毒的报复。”

出卖情报的是曾经护卫雏菊的四季厅春季部门职员，警铃响起之前分开冬乡护卫和雏菊主仆的就是他们。

其实，这时已经出现了许多观铃计划外的情况。

按照计划，四季厅春季部门的内贼分开冬乡护卫和雏菊主仆之后，应该骗雏菊主仆留在第十九层。

现在买位置情报的“华岁”还以为那些春季部门的职员就在雏菊主仆附近。

而实际情况是，他们仗着人多势众攻击冬乡护卫，结果吃了败仗，躺在更靠下的楼层起不来了。长月等“彼岸西”的成员为了救雏菊展开行动，结果与樱他们发生了战斗，最终人们听到爆炸声后还是留在了第十九层。命运多么有趣，春季部门内贼没能完成的任务就这样完成了。

故事的舞台已经准备完毕，参演双方却毫不知情。

“要是咱俩找不到春之代行者……肯定有一个要受刑。”

“好可怕……她和我妈像极了，我妈就会那样打我。”

二人一边说话一边向前走，突然在大会议室中发现了一处视野开阔的地方，吃了一惊。

大会议室中有一片花田，五颜六色的花朵争奇斗艳，就像天堂一样。

这里的地板上本来铺着地毯，现在都被藤蔓和草木等覆盖了，虽然是室内却毫无违和感，让人们觉得自己真的在户外一样。

两名侦察员都忘了说话，看着花田入了迷。

这片花田正有着使人着迷的魔力。

"还有这样的能耐啊……那个春之代行者……"

"想到这花田也会被炸掉，我就觉得有点糟蹋东西啊。"

"啊，等下。终端发来了群信息，他们说要撤退了。"

"炸弹设置小组吗？"

"他们干得好快啊。咱们也加把劲吧……万一找不到代行者，咱们怕是要被杀掉。"

二人一边说话，一边仔细观察周围向前走。

"救……救命！请救救我们！"

突然，有人向他们喊了起来。侦察员发现有几个人被藤蔓捆着倒在地上，其中有男有女。他们用枪口指着地上的人们，问道：

"你们是什么人……"

戴着红框眼镜，把一头金发扎成马尾辫的女人回答道：

"我们是'彼岸西'的人，你们是'华岁'的人吧？"

"'彼岸西'？"

"你们不知道吗，就是十年前御前大人绑架春之代行者的时候顺便处理掉的根除派。"

"想起来了……"

"华岁"的两个人看着长月他们的眼神就像在说，没想到"彼岸西"能存活到现在。他们的目光让长月怒火中烧，不过她眼睛里还是满含泪水，展现出一个软弱女人的形象。

"我一直潜伏在秋离宫做间谍，真实身份暴露后被捆在了这里……拜托了，咱们都是与四季代行者作对的人，能不能救救我们？"

"华岁"的两个侦察员面面相觑，他们觉得这些人明显可疑。

谁都会觉得这明显是个不走心的陷阱。

"就算这些家伙真的是'彼岸西'的人，咱们也没必要救他们啊。"

"那怎么办？杀了他们？"

"不是说除了春之代行者之外其他人随便吗？"

两个侦察员没有上当。

"等下等下等下。我倒不是自夸，其实我身材相当不错，腹肌也有好几块，你们想不想看看？直接杀掉多可惜，顺便告诉你们，我的部下身材也都很好，男女都出类拔萃。"

不过，他们没有上当也没关系。不管他们相信不相信长月说的话，会不会因为怀疑长月而马上把长月他们杀掉，这一切都没关系。

"请不要杀我们，大家都是同行嘛，应该好好相处才对啊。"

因为长月他们的目的，就是让两个侦察员的视线固定在他们身上。

有人在稍远一点儿的地方盯着两个侦察员。

雏菊用藤蔓草木覆盖整个第十九层并不是为了让人们觉得自己误入丛林。比如天花板，现在藤蔓像帐幕一样遮蔽了天花板，运动能力足够强的人可以像蜘蛛一样沿着这些藤蔓四下移动。

"这栋楼马上就要被炸掉了，谁顾得上玩女人啊。杀掉这家伙吧，杀掉她春之代行者说不定就会出来了……"

"是啊，不然谁知道要找到什么时候。哇啊！"

侦察员们的对话到此结束了。

两名贼人同时遭到偷袭，他们还没搞明白发生了什么就昏了过去。

袭击者正是刚刚与雏菊主仆会合的两名冬乡护卫。他们组成游击小组，一直抓着覆盖天花板的藤蔓等待机会到来。趁着两名贼人注意力被分散，冬乡护卫像扑杀猎物的蜘蛛一样，从天而降勒住贼人的脖子，三下五除二使他们昏了过去。

"安全。"

"安全……两位可以出来了。"

樱和雏菊从茂密的大叶常绿灌木后露出了头。

冬乡护卫从天而降发动攻击。按照计划，如果这一下无法解决敌人，樱和雏菊还会从侧面追击。

“春之代行者大人，您觉得我演得怎么样？”

被藤蔓捆着的长月向雏菊微笑着说了这样一句话。雏菊从樱背后稍稍探出头来，像应付差事一样点了点头。雏菊连话都没有说，长月却认为自己受到了夸奖，开心得在地上打起滚来。

“不要滚了，老实待着，说话都小声点。”

“啊啊！姬鹰大人……”

长月被樱踩了一脚，神情变得愈发恍惚。

“他们果然派出了侦察员，看来用这些家伙当诱饵是个正确的决定。发现侦察员一直不回来，他们应该会再派一次……”

“是的，再来除掉就好，只是……”

冬乡的护卫从贼人的上衣里掏出他们的便携终端。

“爆破方面怎么办呢？”

“华岁”的私信群里写着爆炸物已经设置完毕的消息。这个群里只有参加了这次恐袭的人，上面还写着，炸弹设置小组已经下到低楼层，从窗户离开了大楼，在用来接御前他们逃走的车里待命，准备远程控制爆炸物。

“我们这边也应该分头行动。”

听到冬乡护卫的话，樱点了点头。

“我同意。起码应该确认爆炸物是不是安装在了能移动的东西上。狼星说已经向‘豪猪’的炸弹处理小组求援了，我们也应该派人去寻找炸弹的位置，在专家到达之前先掌握一些情报。还有……”

樱从自己的上衣中掏出便携终端给冬乡护卫看。

“看来问题出在我的便携终端上……没想到四季厅的职员监视着我的位置情报……我确实把便携终端借给过别人……我太大意了。”

“不，我们可以反过来利用这一点。请您把便携终端放在这里，和花叶大人一起向下逃吧。两位应该能沿着藤蔓从窗户逃下去吧？现在大楼里的敌人都在这一层，遭到外部狙击的可能性也比较小，两位可以借藤蔓向下移动几层，重新回到大楼里，然后再走疏散楼梯逃出去，没必要直接借藤蔓下到一楼。一直以来我们的情报不足，没法轻举妄动，不过现在是从大楼里逃出去的好机会。您看这样如何？我觉得这应该是最安全的路径。”

樱默默地思考起来。

雏菊拽了拽樱的上衣。

“要把，大家，都，丢下吗？”

“雏菊大人……”

“那可，不行……”

雏菊像小孩子使性子一样表示反对。冬乡的护卫苦谏道：

“春之代行者大人，如果我们的主人寒椿狼星在场，一定会优先保障您的安全。求求您了，快逃吧。”

“嗯，可是，可是啊，观铃，小姐，如果，找不到，雏菊，一定，会发火，恐怕……会，爆破，大楼……她，就是，这样，的人……不光，这层，有人……其他，楼层，可能也，还有，人……只要，雏菊，留在，这里……”

樱向雏菊摇了摇头。

“那样不行。您还想为了保护别人把您自己交出去吗？”

“不是，的，樱。雏菊，想说……只要，留下……最，起码，可以，争取，时间……雏菊，已经，不，是，以前的雏菊，了……”

雏菊口中竟然说出了好战的话。只不过，她的神情依然显得忐忑不安。

“雏菊，要，战斗……不会，再，把，自己，交，出去。因为，要，战斗。”

她很害怕，但是拼命鼓舞自己说出了这句话。

“那可不行，春之代行者大人！”

冬乡的护卫说得很强硬，表现出坚决反对的态度。

“最起码，要帮，这里的，职员们，逃掉……”

樱琢磨了一会儿，说道：

“雏菊大人……我们封锁了升降机出口，那个叫御前的浑蛋和她的护卫应该在疏散楼梯附近。要想帮职员们从那里逃出去，就得把御前和她的人引开……毕竟让没有接受过缓降训练的人借藤蔓逃生不现实。”

“可是，可是，这两个，躺在地上，的人，不是，说了吗，观铃，小姐的，目标，就是，雏菊……既然是这样，樱，还是，带着，便携终端，走吧。这样，观铃，小姐，他们，看到了，就，知道，雏菊和樱，走了……应该，不会，待在，那里，不动，吧。大家，应该，能，趁，这个机会，逃走，吧……”

“这个……”

雏菊的意思是她来做诱饵，把观铃和观铃的人引开。

“樱，不是，本来就，计划，用，藤蔓，到上面一层，去吗？上面，一层，是，最后的，堡垒，雏菊，和，樱，都，能，全力以赴……战斗。樱，计划，没，变，啊，继续按，计划，做，吧？”

樱沉默了，她十分明白雏菊的意思。

如果樱身边没有雏菊，她也会优先救助别人，因为强者有义务保护弱者，她并不觉得雏菊帮助非战斗人员逃走的想法不对。

只是，作为花叶雏菊的护卫官，她不能做这样的决定。

现在他们掌握了敌人的计划，已经有了平安逃脱的把握，哪怕只有她们二人，哪怕结果会导致其他人丧生，她也应该马上带着雏菊逃走。

“雏菊大人……”

“樱，好吗，雏菊……只任性，这一次……对不起，啊……”

雏菊凝视着樱的眼睛。

雏菊的眼睛宛若金黄色的宝石。现人神用黄水晶般的眼睛凝视着她最爱的侍从，低语道：

“樱，这是，雏菊，作为，春之代行者，的，主命。”

樱眨了眨如同猫眼一样的大眼睛。

“对不起……啊……不过，这件事，不行。雏菊，不，能让步。”

至今为止，雏菊从来没有说过这样的话。

对雏菊来说，樱是重要的朋友，她不愿意向樱下令，请樱做什么事情，她都会说“拜托”。因为不管樱多么敬爱她，雏菊还是希望能和樱保持对等的关系。

“樱……不能，波及，民众，这是，我们，的，战斗。”

尽管如此，她还是站在主人的立场上开了口。

“四季之神，把，力量，赐给，了，这个，身体。虽说，除了，呈现，季节，之外，不能，使用，神通力，但是，现，在，受到，攻击，的，是‘我’，不能，让，无辜，的，民众，受到，贼人，的，伤害。保护民众。这是，最高命令，没有，讨论的余地。”

紧接着，雏菊同样以现人神的身份向其他人开了口：

“雏菊，以，春之代行者，的，名义，要求，你们，提供帮助。”

那个楚楚可怜、弱不禁风，凡事都要依靠别人的姑娘不见了。

站在人们面前的，是大和唯一一位司掌春天的现人神。

她现在是无比尊贵的花叶雏菊。

这位姑娘死了一次，但为了被害死的自己，她又回来了。

“我们要，尽可能，多保护，一些，生命，为此，请大家，提供帮助。”

少女春神说着，鞠躬行了个礼。

“拜托，大家。雏菊，一个人，做不到……”

冬乡的护卫看呆了。

“拜，托，大家。”

长月他们像见证了奇迹一样，激动得流下了眼泪。

“拜托，大，家。”

听了这话，护卫官姬鹰樱说道：

“谨遵主命……”

樱已经下定了决心。

“怎么还不回来……”

观铃等得不耐烦，抱怨起来。

第一批侦察员出发几分钟后，无论怎么呼叫他们的便携终端，都没有得到回话。

于是，观铃又派出两名侦察员。那两个人离开之后，观铃、美上，还有另外两个人便一直在疏散楼梯附近的升降机大厅等待和戒备。

“她这是在打游击战啊……要不要把已经离开大楼的炸弹设置小组叫回来？”

听到美上的话，观铃叹了口气。

“我不想再管那么多了。一起进去吧，好不好？”

“不行……我不认为她能想到这样的主意，一定是其他人给她出谋划策。我们最好不要轻举妄动，视野不好，路也不好走，在这种情况下不管不顾地往前走，你觉得等着我们的会是什么？”

“不会是什么，实在不放心就边开枪边走好了。”

听到观铃脑子也不动张嘴就胡说的发言，美上惊得不知道怎么说才好了。

“防火系统没有失效……开枪会导致自动灭火装置启动。再说了，在不知道会击中什么东西的情况下开枪是个糟糕的主意，击中你一直说想要的■■■■岂不是坏了事？我反对，我还想回到靠她轻松赚钱的生活中去。”

观铃不说话了。

“怎么了？”

“不要说■■■■的名字。”

观铃冷冷地说道。

“不是御前想这样叫，逼着我们也这样叫吗？”

“我最近不是一直叫她雏菊吗……不知道为什么，我现在没法把她当成那孩子来看了……我觉得不能把■■■■和雏菊混为一谈……”

听到观铃给出她自己好像也拿不准的回答，美上显得有些吃惊。

“怎么啦？”

“没事……”

——仔细想来，确实是这样。

观铃把她死去的女儿的名字给了那个少女，结果差点被那个少女杀掉。

她虽然认准要抢回那个少女，可是事情发展到今天的地步，她也没法继续把那个少女当成女儿的替代品来看待。

那个少女实在太危险，观铃没法继续把宝贝女儿投射到那个少女身上。

那个柔弱、爱哭，只要稍微吓唬一下就会乖乖听话的少女已经不见了。

“你们，为，什，么，杀，了，雏菊……”

大人们一起下手杀死了那个少女，她已经不在这个世上了。

“莫非真的像美上说的那样……我不应该打让她生孩子的主意吗……”

观铃沉思着嘟囔起来。

这里是春之代行者的地盘，现在绿色包围着他们。观铃或许是踏入别人准备好的战场后心里没底，像在给自己找借口一样说道：

“可是，我当初也和自己不喜欢的男人结了婚，做了父亲大人的工具。那真是一次糟糕的婚姻，他踢我、打我……我的宝宝都被他打流产了……”

“我说了让你别去啊。”

只是回想那段往事似乎都让美上感到痛苦，他显得有些心烦意乱，说道：

“你应该早点叫我，只要叫了我，我早就把他杀掉了。”

“不要紧，那家伙现在已经不在这个世界上了。”

“是的。”

“是美上帮我处理了他。”

“对。”

“所以不要紧。”

“御前……”

观铃和美上已经彻底进入了只属于他们两个人的世界。

“华岁”的其他成员一直默不作声，也可以说他们身处丛林之中，不知道下一秒会发生什么，所以如履薄冰。

“要想让我不要紧，我需要美上，还有雏菊。”

美上沉默了。

“如果能让神服从我……”

观铃对美上露出了最棒的微笑，说道：

“这样一来，我就能重新变得比神更高等，不会轻易被别人踩在脚下。我不想再过被别人压着脑袋的生活了。拜托了，美上，为了我，把雏菊带回去吧。”

那是对自身的罪恶没有认识的、女童一样的微笑。

美上正犹豫是该回答“好的，御前”还是该回答“好的，大小姐”时，“华岁”所有人员都带在身上的便携终端画面上，同时出现了收到消息的通知。

那是一条没有文本的消息，只有一张照片。照片中是美上派出去之后迟迟不归的侦察员们，他们都被藤蔓捆了起来。

“她这是在挑衅啊……”

美上说着，头上的青筋鼓了起来。观铃似乎也意识到了事态的严重性，收起脸上的笑容，露出严肃的表情。

“等等，位置变了。”

听到观铃的话，美上追问道：

“啊？什么变了？”

“位置情报，刚才始终固定在一个地方，现在却动了起来，离我们越来越远……”

正如观铃所说，画面上发送位置情报的终端已经开始了移动。

“我可咽不下这口气。不要管那些被抓的家伙了，先把要跟我们玩游戏的人教训一顿。应该是春之代行者的护卫官吧？我记得她是个年轻的女人……折磨她一定非常非常有趣……”

观铃一行人认为，目标的位置到了第二十层的空中花园，他们也向着那里开始了移动。如果有能俯瞰全局的人看着他们的行动，恐怕会为他们捏一把汗。

雏菊他们对观铃一行人的举动了如指掌。

首先，雏菊和樱一组，在没有安全防护的情况下，沿着一根藤蔓从大会议室的窗口攀爬到了第二十层。

再说冬乡的职员、“彼岸西”的人，以及没有战斗力的四季厅秋季部门职员们，他们分散隐藏在茂密的草木中，看到观铃的人离开，这才开始向疏散楼梯移动。

冬乡的职员和在他们监视下的“彼岸西”开始合作搜寻炸弹。其他没有战斗能力的人则一边到各层搜寻还没来得及避难的人员，一边向底层转移。

他们的战斗力分散了，各自承担的工作也更重了。集结在春之代行者身边的所有人都要发挥自己的力量迎接这场战斗。

“你还好吗？我们这就到第一层去，一起走吧。”

无战斗力小组发现了“华岁”的成员们没有搭理的负伤女性，带上她一起走了。

“无战斗力小组”，看字面似乎有些丢人，其实他们都是怀着为人们送去四季的崇高理想加入了四季厅。虽然有些人没能顶住观铃的金钱攻势，忘记自己的初衷染指犯罪，但大部分四季厅职员都没有变节，依然把每天都能为别人做贡献当成自己的幸福。

“谢谢……谢谢……”

“不用谢，我们也是刚刚获救，先出去再说吧。”

雏菊说不愿意连累的就是他们。

“请交给我吧，我现在已是雏菊大人忠诚的走狗，绝对不会背叛。

我会爱着雏菊大人直到生命之火燃尽。”

“希望你不要总是耍嘴皮子，做些实事……”

“当然。伙计们，我们找！”

长月现在像回到了水里的鱼一样精神起来。她是在上大学时受到宗教蛊惑加入了“彼岸西”，看到雏菊舍己救人的样子，她感动得心潮澎湃，又一次认定自己加入的团体和坚持的理念没有错。

冬乡护卫不光要搜寻炸弹，还要监视“彼岸西”的人，长月的样子让他们有些不耐烦。不过，他们听樱传达了“冻蝶宣布马上就到”的消息后，也横下心决定设法熬过这个难关。冬乡的护卫们都对冻蝶非常信任，觉得只要他开了口，那一定不会有错。

雏菊和樱到了第二十层的空中花园。

这里像是一座植物园，种植四季花草本是为了感谢自然和四季诸神的恩惠，不过每年只有一定时期才对外开放。

今年，春之代行者在阔别十年后回归大和，空中花园里的春季花草们也像在表达自己的喜悦一样格外繁茂。

“雏菊，雏菊，你在哪儿？”

空中花园里响起了观铃的话音。

“妈妈来了，拜托了，不要攻击……”

观铃用故意挤出来的甜腻假嗓说着刺激雏菊良心的话，来到了第二十层。

“站住。”

包括观铃在内的四人现身后，迎接他们的首先是已经拔出刀握在手中的樱。

空中花园里的樱花正在怒放，樱站在不断飘落的粉色花瓣中，就像一名英姿飒爽的剑士。雏菊也站在樱身后不远处。

对两年前曾经被雏菊刺穿的人们来说，来到这处绿色的战场中，意味着处在随时可能受到攻击的状态下，而且他们不知攻击会来自何处。

樱虽然拔出刀拦在他们面前，其实她的作用只是通过近身战斗牵制敌人，就算摆脱了她的纠缠，雏菊也会利用这座花园中各种各样的花草阻止他们近前。

按说她们可以先下手为强，可是她们没有这样做，而是现身他们面前，要求他们站住。

“真的吗，你真的不攻击吗？”

听到观铃的问话，樱只是咂了一下舌头。

“这孩子好没礼貌……”

观铃说着，心里窃笑起来。

——是这样啊，我知道了。

她明白了雏菊她们是在拖延时间。

——优势在我们这边。

“呵……呵呵。”

观铃的脑瓜在其他事情上并不灵光，她却能马上看穿这种事。

“雏菊。”

观铃为她想要的姑娘献上最棒的笑容，呼唤着她的名字。

“观铃……小姐。”

雏菊两年前用樱花枝杈刺穿了观铃的肚子，现在的她成了比那时略显成熟、更有春神气质的少女。看着雏菊的样子，观铃是真的觉得很高兴。

“你长高了啊，雏菊。妈妈不喜欢你穿的这身衣服，不过你显得成熟了，妈妈觉得很高兴。”

樱为她选的和服受到了贬低，雏菊不高兴了。

观铃就是一个擅长通过小事伤别人心的人。雏菊很清楚，她的朋友是看着和服画册，不断问她喜欢什么样的颜色和图案，然后才为她定做了这身和服。

雏菊觉得和樱一起选和服很开心，她喜欢这身衣服，包括选衣服时留下的回忆。

“雏菊，最喜欢，现在的，这身，衣服，讨厌，以前穿的衣服。”

雏菊的嘴唇在发抖，但她还是把从未说过的话说出了口。

站在观铃身旁的美上虽然一言未发，脸上却露出了惊讶的表情。

同时，他的戒心也更强了。

——果然，这家伙变了。

当时，那个姑娘突然像变了个人，他还记得雏菊那时疯狂的模样，凄厉的嘶吼，凶狠的攻击。

美上重新提醒自己，她不再是他驯养的那个少女，不能小瞧了她。

——是不是应该先攻击护卫官？

位置情报应该就来自他眼前的这个姑娘，美上推测她恐怕就是谋划游击战的那个人。美上狠狠地瞪着樱，没想到她不但毫不胆怯，反而又咂了一下舌头。

“你就是御前的左膀右臂……你叫美上，对吧？我听雏菊大人说过你。看什么看，你不想活了？”

这位护卫官外貌是个英姿飒爽的美少女，说起话来却像街头混混。

“那是我要说的台词。你不想活了，臭婆娘。”

“我会先杀掉你。”

“不，我会先杀掉你。”

“先死的绝对是你。”

两个人斗起了狠。

“美上……别把她吓唬得过了头。要是把她吓得太厉害，轮到我的时候就没意思了。”

“好的，御前。”

听到二人之间的这番对话，樱愣了一下，紧接着不屑地哼了一声。

“你是‘御前’的走狗吗？伺候这么个脑子有问题的女人肯定很辛苦吧。”

“原话奉还……要说脑子有问题的女人，你的主子不也一样吗？”

“我的主人是四季代行者，这个国家最尊贵的现人神之一。十年的岁月过去了，我的主人又给大和的民众带来了奇迹般的春天，你这样的败类怎么有资格评论。”

“你身后的那个怪物逃走时把我们搞了个半死，你再怎么吹捧，也没法改变事实……”

樱脸上的笑容没有一点儿改变，她说道：

“怎么，居然没死人啊？雏菊大人真是太仁慈了。”

——我一定要杀掉这家伙。

美上基本是下意识地举起手枪扣下了扳机。

美上射击的速度之快称得上是偷袭，可是樱在他扣下扳机前已经动了起来。

“我说了我会先杀掉你！”

美上开枪没有命中樱，反而给了她近身攻击的机会。

“御前！”

美上推开观铃，同时勉强用手枪挡住了樱的刀。

另外两名贼人马上开始动手给美上助阵。

樱向后一撤，重新摆好架势。三个男人都拿着枪，而他们的身手明显比长月和她的手下好，同时对付这样三个人太吃亏了。

“樱！不能，杀人！”

雏菊喊了起来。听到主人的喊声，樱也喊道：

“这家伙伤害过雏菊大人啊！”

樱打开始就一心想杀掉美上和观铃，大概是因为她听雏菊说过，以前的雏菊为什么会死去。樱知道他们给了年幼的雏菊什么样的恐惧和悲伤。

对樱来说，她是好不容易迎来了能近距离一睹仇人真容的机会。

“就算是这样，也不行！”

“那好，我就让他们后悔来到这个世界上！”

樱回答了一句，尽管雏菊听不明白到底“好”在哪里。

雏菊虽然说不能动手，但是战士们都准备好了进行一场厮杀。

“小丫头……我这就杀了你。”

“大叔，我奉主命不杀你，不过就算手下留情也一定会把你打哭。”

双方像两只拳头撞在一起，一场三对一的战斗就这样拉开了序幕。

观铃泰然自若，好像这场战斗和她没关系一样。

“观铃，小姐！”

雏菊呼唤观铃是想让她阻止那场战斗，可观铃只是耸了耸肩，什么都没有做。

“我们都不要插手，好吗？”

“观铃……小姐。”

“怎么？你要用藤蔓勒死我？用梅枝刺死我？你应该不会吧。你现在还不会吧……你应该是想让我处理掉炸弹吧？是谁把我们的计划泄露了……好吧……”

雏菊没有作声。

“你们是想趁我们这样说话的时候解决掉炸弹？很遗憾，那炸弹不是想解决就能解决掉的东西。你看这个。”

观铃手中握着便携终端。

“炸弹还没有开始计时，解除和开始计时都需要我的认证，就算你们破坏掉这个便携终端也没用。也就是说，你必须好好待我，必须让我满意才行。如果你动粗，我会马上开始计时认证。你觉得我不会？从计时开始到爆炸有一段时间，所以你们只要全力逃应该能逃掉。不过，你们逃掉之后呢……大楼会倒塌……谁也不知道周边会变成什么样子。再说这栋大楼里可能还有人？好吧，这可如何是好？我倒是不在乎有人死，只要我们没事就行了，要怎样做就由雏菊来决定吧。那边的战斗好像挺有意思，就让他们继续打下去好了。我们来谈谈，好吗？”

雏菊看了看樱那边，樱正在战斗，她的目光短暂地与雏菊交汇在了一起。

二人都没有说话，只用目光交流似乎已经足够了。雏菊身上出了冷汗，但她还是相信樱能撑下去，点了点头。

“我想要的是你，希望你能回去，雏菊。这次我不会再让你生孩子了……你只要答应，我可以解除炸弹然后撤退。”

“观铃，小姐……”

“怎么了，雏菊？”

“观铃，小姐，为什么，认准，了，雏菊……”

观铃歪了歪头，好像没想到雏菊会这样问。

“为什么……因为你是我的女儿啊。”

“不要把，雏菊，当成，■■■■，雏菊不是她。”

观铃没有说话。

“把别人，当成，她，观铃小姐，的，问题，就能，解决吗？”

“我倒是没打算解决什么问题。我养育了你八年，真亏你能说出这样的话。”

观铃表现得越来越不耐烦。

悲伤渐渐显露在雏菊的脸上。

“是，啊……雏菊，和，观铃小姐，在一起，的，时间……比和，母亲大人，在一起，还要长。可是，雏菊，一点儿都，不理解，观铃，小姐。拜托了。”雏菊继续说道，“拜托了，请不要，再干涉，雏菊了……请不要，再，找雏菊，了……”

这是观铃第二次明确受到雏菊拒绝。

第一次，雏菊责问她“为什么杀了雏菊”。不过，那时雏菊做的事应该称为报复，更像是防卫，而且暴力性太强，无法构成对话，不应该称之为拒绝。

这一次，雏菊总算实现了和观铃的对话。

“请把，抚子大人，还给，大家，也请，不要再伤害，其他代行者，了。”

离奇的缘分把这两个人联系到了一起。

这个少女不是这个女人的女儿，女人伤害少女的同时爱着这个少女，最终还是不打算放过少女。

这个女人不是这个少女的母亲，少女终究没法痛下狠手，没能杀掉这个女人。

两个本不该相遇的人相遇了。

“雏菊……”

雏菊不知道。

她为了保护狼星他们召唤出樱花树时，观铃看到后情不自禁地流下了眼泪。

她发现除了美上之外，还有人会全力以赴救助别人。

一个出生到世间刚几年的孩子，竟然会为了保护别人哭喊着。

这个孩子那么纯净，那么明媚，让观铃产生了保护她的欲望。

她想让自己的人生中也有这样的光芒。

她希望自己的人生中也有人能放射这样的光芒。

可惜，观铃这个女人不管养什么花都会死。

花叶雏菊也是一样，观铃已经让她枯死过一次了。

现在还活着的雏菊，是雏菊自己嫁接后重新抽枝发芽长成的少女，不再是观铃养过的花。

雏菊也明白，自己不是以前的那个“自己”了。

心死一次就不会再复活，已死的心不会再回来。

灰心之后，人会分化成两类。

“观铃小姐，想呐喊，请不要，把，代行者，当成突破口。”

一类永远无法再心怀希望，另一类会变得更坚强重新站起来。

上一个雏菊没能做到“忍辱负重，等待战机”，可是现在的雏菊不一样。

“雏菊，这样的，代行者，死了，还会，出现，新的，再死，还会，再出现，新的，可，就算是这样……也不要，把代行者，当成，猎物。”

她现在有战斗的意愿。

“不要，再杀人了。”

她现在有保护他人的力量。

“观铃小姐，今天，又做好了，伤害，别人的，准备。”

她熬过了难关，有了经验。

“请不要，再做，可怕的，事了……哪怕，对，观铃小姐有，好处，也请，不要，再做了！”

她有了向伤害她的人们宣战的勇气。

“不要，做了。绝对，不要做了。雏菊，不会，允许，观铃小姐，继续这样做！”

雏菊说着，金色的眼睛中涌出一汪眼泪。她其实不想说这样的话。

她不是一个喜欢主动说重话、出口伤人的姑娘，哪怕对方是个罪犯，她也不愿意说出这样的话。

“雏菊，不允许，观铃，小姐，这样做。”

然而，她反复这样说道。

“雏菊绝对，不允许！不要，这样！”

逼雏菊说出这话的是观铃。

“呵……呵呵……呵呵，呼，啊哈！”

观铃忍不住笑了起来。雏菊面带怒火看着她。

“为，什么……笑？”

“雏菊说的话……就和小时候的我一样，把我逗笑了。”

面对人生中的各种场面时，观铃也曾经对想要加害于她的人这样喊过。

——为什么要这样做！

——为什么要这样做！

——为什么要这样做！

她从来没有得到过答案。承受恶意的一方会怀恨在心，可是施加恶意的一方不会对自己做的事留下多深的印象，他们只是为了短暂的快感而伤害别人。

“跟你说啊，就因为不管怎么叫，这个世界都没有变化，我才改变了立场。改变立场之后我就明白了，挥拳头比挨拳头愉快，所以大家都站到向别人挥拳头的一边。还是挥拳头的人更强，声音更大。只要大声吓唬别人，别人就会乖乖听话。不过跟你说啊，我是打算站在挥拳头的一方建立起一个更好的世界……你的力量也好，其他代行者的力量也好，都应该更好地利用，用来帮助有需要的人。这个世界上有很多人都需要帮助，你们为什么当没看见呢？

“你说这样的话就和小孩子撒泼一样。你的祈求一点儿温度都没有，没法打动我……再说了，你说不允许，可是你能做什么？再过一会儿，那边的战斗也就结束了。我觉得结束之后，你为了让那姑娘活下去，一定会听我的话。只要你还在乎别人的生命，就没有获胜的机会。不要再争辩了，听我的话吧，雏菊。你要回到我的身边，你永远属于我。”

听到这话，雏菊虽然依旧显得很紧张，但露出了浅浅的微笑。

“雏菊有，获胜的，机会。”

说这话的时候，雏菊的嘴唇在发抖。

“有，获胜的，机会。”

观铃不明白她为什么会说这样的话，莫非她认为樱会取胜？

观铃瞥了一眼美上那边的战况。三个男人直到现在还没能战胜一个小姑娘。樱显得有些狼狈，衣服凌乱，气喘吁吁，看起来只顾得上防御，无力还手。

——不要紧，没问题。

然而，雏菊不显得绝望。

——怎么回事？

雏菊的微笑在观铃看来显得很瘆人。

“你……笑什么？你在嘲笑我吗？”

看着雏菊的笑容，观铃不知为什么觉得后脊发凉。

“你要是敢嘲笑我，我可不允许！”

凉气一阵一阵窜过她的后脊背，她觉得整个身体的温度正在急剧下降。

“好像，开始，变，冷了，啊。”

雏菊嘟囔了一句。

“啊？”

“开始，变冷，了。”

观铃觉得这孩子在胡言乱语。现在是春天，就是这个春之代行者自己送来了春天，让整个国家渐渐回暖。观铃之所以觉得身体被寒气包裹，是因为看到了雏菊那瘆人的笑容。

“雏菊，一直，在等。”

观铃觉得这肯定不是气温真的变低了。

——不会吧？

这时，她发现自己呼出的气变白了。

——啊啊，不会吧？

气温突然下降，正如雏菊所说，开始变冷了。

——不会吧，莫非……

“雏菊，一直，在等，等了，很久。”

观铃的同伴们只顾着埋头战斗，没有发现气温的变化。

“美上！”

“雏菊大人！”

知道气温变化预兆着什么的只有樱和雏菊。除了她们，只有观铃也猜到了。

雏菊也喊了起来，响应着樱的呼唤。

“樱！”

雏菊和樱的行动早就计划好了。

第二十层遍布植物，雏菊却没有马上用它们发动攻击。

观铃也应该多思考一下。她猜测雏菊她们是想拖延时间，她确实猜对了这一点，可是雏菊她们拖延时间不是为了与她交涉，劝说她放弃引爆炸弹。考虑观铃的性格就知道，不管情况如何变化，她最后一定会引爆炸弹。哪怕成功控制住了她，提出条件和她讨价还价，她也很可能不说出解除炸弹的方法。

炸弹本来就应该交给炸弹处理小组。雏菊和樱对炸弹一无所知，这样想来，她们能做的只有准备好合适的环境，方便炸弹处理小组到达后马上着手处理炸弹。

那么，她们该怎样做呢？她们可以在专家到达之前拦住这些恐怖分子，最好把他们控制住。

她们也可以设法问出解除炸弹的方法，当然这需要有足够好的运气才能做到。

观铃喜欢吹嘘自己的优势，说不定会说漏嘴。于是，雏菊让观铃误以为她是不敢攻击才没有马上发动攻击。其实她没有先下手为强不是做不到，只是想让观铃麻痹大意。

樱显得格外好战，抢先为战斗拉开了帷幕，也只是在表演。

以三敌一，而且雏菊不会出手，看到这个情况，观铃认为他们会获胜也是理所当然的。雏菊明白观铃不一定会说出有用的情报，不过还是觉得只要有一点可能性就应该试一试，反正她们也要拖延时间等炸弹处理小组赶到。

雏菊的运气不错，开始对话没有多久，观铃就说出了解除炸弹的办法。

解除炸弹需要观铃通过操作便携终端来认证。既然是这样，她要找机会夺走便携终端，等炸弹处理小组到达后让他们决定如何使用。目前的情况是雏菊和樱设想过的可能性中最理想的一个。

她们接下来要做的就是找机会处理掉敌人，而在这一点上她们只能祈祷机会快来。

等观铃他们无论如何也想不到会出现的人们登场，那时就是把敌人一网打尽的好时机。

“美上！冬之代行者要来了！”

紧接着，他们来了。四季厅大楼第二十层空中花园的玻璃天幕突然被什么东西砸穿了。他像破坏春天绚丽色彩的魔术师一样，带着黑暗和冰冷，还有些许死亡的味道，劈开了这个美丽的红花绿草组成的空间。那匹铁马疾驰而来，它脚下的冰桥跨越了整个帝都，最后的落脚点就设在这座大楼的第二十层。所有人都抬头看向天花板，雏菊和樱也抬起了头。

“雏菊！”

"樱！"

她们看到冬之代行者和他的护卫官一边做荒唐乖张的事，一边喊她们的名字。

越野摩托车冲破玻璃天幕，伴着巨响和亮晶晶的玻璃碎片，正好落在了雏菊和樱之间。

按理说惯性会让摩托车飞出去造成严重的事故，狼星却用他冬神的神通力接住了摩托车。

观铃和她的同伴因为从天而降的冬之代行者惊得愣住了，现在正是个好机会。

"上！"

雏菊和樱同时喊了起来。她们早就分好了工，雏菊要控制住观铃，而樱要控制住其他三个人。喊出声的同时，雏菊向攥在手心里的荆条种子使用了神通力。荆条像闪电一样伸向观铃，捆住了她的身体，便携终端从她手中掉落到地上。雏菊赶忙冲过去接住便携终端，然后顺势摔到地上。

"你这家伙！是冬之代行者！"

观铃想伸手掏枪，可是雏菊的荆条让她的手没法自如活动。

狼星从摩托车上跳下来冲向雏菊这边，看到她的动作马上做出了反应。

"那又如何，你的头抬得太高了，狂妄之徒！"

狼星抬起一只手，让观铃头部正上方出现了一大块冰，向着她的头落了下去。

冰块正中观铃头部，她就像被神呵斥"头抬得太高"而震慑住了一样，双腿一折跪了下去。鲜红的血顺着她的脸滴了下来。

"不，行！不能，杀，人！"

雏菊倒在地上后还没来得及起身，立马向着狼星发出了惊叫一样的喊声。

狼星吃了一惊。

“没错！要是杀了我，就没法解除炸弹了！”

观铃头部流着血，可是依然盛气凌人。

狼星手中已经生成了又长又大的和式刀，听到雏菊发话，只好先分解了手中的刀。

狼星恨恨地瞪着观铃。观铃可能是觉得他那样子很有趣，高声大笑起来：

“哈哈！啊哈哈！气不气？我问你，恨不恨我？十年前抢走你的春神的人就是我。”

狼星心中又是一惊。

“可惜很遗憾，你没法继续报复了。你想，你要是继续伤害我，可能所有人都要死了啊！雏菊好心好意要保护大家，你该不会想让她的努力化为泡影吧？要不然怎么说？你想和我一起死？那我陪你死吧，好不好？哈哈哈！啊哈哈！”

“闭上嘴吧！”

“啊哈哈哈！啊哈哈哈！啊哈哈！”

狼星犹豫了一下，还是冲过去一掌打在观铃的脸上。观铃感到一阵凉气窜过全身，还没来得及叫出声，眼前便变得一片漆黑。

狼星默默看着倒在地上的观铃。

狼星以前只是想到有观铃这样一个人活在世上便会感到反胃。他还是第一次见到她、和她说话，却已经产生再也不想对她开口的想法。雏菊本就不会武术，抓住便携终端之后，蹭着地面滑了出去。她觉得身体一阵生疼，小心翼翼地拿着便携终端撑起身子。

“雏菊！”

听到身后处传来靠近自己的脚步声和呼唤声，雏菊惊得一个激灵。

“没事吧？”

她朝思暮想的人就在身后，可是她没法回过头去。

“我没能接住你，对不起啊……我这就把你扶起来，手可能要碰到你，对不起啊。”

雏菊一直很紧张，可是狼星拉着她的手腕帮她站起来时，一连串的动作都很温柔。她的各种感官开始接受她一直在惦念的这个人的各种信息。

他的手很大，身上散发着焚香的气味，穿着像丧服一样的和服。

“雏菊……我来帮你了……”

他的皮肤白皙，胸膛宽厚，脸庞英俊，一头漆黑的头发像乌鸦的羽毛一样，双目含愁又令人着魔。

“还认得出我吗……”

狼星相当于搂着雏菊，把她扶了起来，二人的脸距离非常近。

雏菊猛醒，赶忙抽身。她把便携终端抱在胸前，显得有些夸张地向后退去。

“雏菊……”

看到雏菊像是在拒绝的反应，狼星的脸上眼见着没了血色。如果雏菊能看到狼星的心情具现化，她会看到狼星的心裂成了两块。

“雏菊，别怕，我不是敌人！”

狼星向雏菊靠近了一步，只见雏菊也随之后退了一步。

二人之间形成了一条肉眼看不到的沟。

“这就结束了！”

这时，樱正盯着美上穷追猛打。

她跳到美上面前，撩起脚尖踢中他的面门。趁着美上头昏眼花时，樱粗暴地揪住他，把刀抵在了他的脖子上，牵制另外两名贼人。

“老实点！”

美上虽然短暂昏迷了一下，但是很快便挣扎起来，樱拼命按着他。

“樱！”

冻蝶从摩托车上跳下来之后，什么话都没有对狼星说，直接跑向樱。冻蝶拔刀砍向另外两名贼人，又抬起修长的腿放出回旋踢，击中了他们。

冻蝶宛若舞蹈般流畅的动作和樱一样，只是他的动作比樱更加大开大合，每一次攻击造成的伤害也更大。踢击命中敌人之后，冻蝶马上把刀挥向了贼人的脖子，樱赶忙出言阻拦：

“别杀！留个活口！”

冻蝶一惊，赶忙收刀，把刀鞘砸向其中一人的天灵盖，借着另外一名贼人扑来的势头揪住其手臂扭身一扔，那人便摔在地上昏了过去。两个男人眨眼间已经瘫倒在了地上。冻蝶的呼吸还平稳如常，只有樱喘着粗气。

“樱！”

冻蝶马上回过神来，冲到樱的身旁。从他抵达空中花园到这会儿只过了几十秒。

樱在按着美上的同时看着冻蝶的一系列动作。哪怕是平时总以骑士自居的她也吃了一惊，觉得冻蝶简直就像骑着白马赶来的骑士。

——等等，你别过来。

冻蝶离樱越来越近，她的呼吸也越来越急促。

这时樱已经消耗了相当多的体力，她在以一敌三的战斗中不能杀人，也不能被杀掉，只能狼狈地拖延时间。她开始担心自己是不是衣衫不整，头发凌乱。

“樱……你没事吧？你要把这家伙捆起来？我来吧。”

“好……好的……”

“你做得太好了。现在没事了。冬乡的护卫呢？能联络到他们吗？”

冻蝶想尽快解决问题，连珠炮一样问着问题。樱还没来得及开口，美上已经被冻蝶抢了过去。

“放手！放开我！大小姐！”

“我让这家伙闭上嘴，没问题吧？”

看到樱点了点头，冻蝶仗着自己人高马大，胳膊往美上的脖子上一勒，美上马上昏了过去。

“好了……”

冻蝶的一系列动作实在太快太流畅，樱甚至开始为冻蝶做过不知道多少次这样的事感到害怕。

——虽然有点马后炮，但这家伙要是成了我的敌人，那就太可怕了。

她回忆起来了，她的师父有着超一流杀手的素质，格斗术同样是超一流的。

“冻蝶，去看看雏菊大人。”

“不要紧，雏菊大人那边有狼星。”

多亏狼星及时赶到，雏菊那边也已经制服了观铃。

雏菊似乎正在和狼星说什么。樱想到雏菊身边去，又觉得现在去碍事不好，只好离得远远地看着雏菊。

“樱……”

听到冻蝶叫她的名字，樱把视线转了过去。

二人怔怔地凝视着彼此，就像时间停止了一样。

“你们肯定吓坏了吧……抱歉，我们要是能早点来就好了……不过，多亏你撑到现在，我们才能及时赶到。”

樱说不出话了。她觉得久别重逢的冻蝶显得格外耀眼。

“我们开始下一步行动，你还行吗？”

刚才通过终端听到的声音现在近在咫尺，这件事让她的体温越来越高，头脑一片空白。

冻蝶说了半天也没有得到回话，显得有些诧异。

“你怎么一直不说话……难不成伤到了什么地方？让我看一下吧。等等……”

说到这里，冻蝶总算注意到了。

“那个……”

比起记忆中的樱，他眼前的这个姑娘已经长大了很多。

“就是那个……怎么说呢……”

樱已经变成了一个俊美得让人不敢轻易搭话的大姑娘。

冻蝶也没办法继续说下去了。

——这是谁啊？

他的脑海中突然浮出这样一个疑问。

刚才他一直想着“这是樱”，连珠炮似的对她说话。凝视她的时候，他也想着“确实是樱”。可是，到了这会儿，他又觉得有点儿不自信了。

——她真的是樱吗？

少女在五年间的变化要比青年大得多。十九岁的姬鹰樱的变化之大，让冻蝶有些措手不及。樱看冻蝶不说话了，还以为自己现在的样子一定十分狼狈，心里慌了起来，同时再会的喜悦也在她心里渐渐涌了出来。

泪水开始在樱那猫眼一样大的眼睛里打转。

“干……干什么啊……你怎么……才来啊……还有，不要一口气说那么多事！”

樱绞尽脑汁只想出这样一句话。

——我真是蠢。

樱开始鄙视自己。不管是谁，只要听了她那哽咽的声音，都知道她是在虚张声势。

好不容易得到了坦率面对冻蝶的机会，结果她的第一句话就说得凶巴巴。

分道扬镳之前这个姑娘还对冻蝶说敬语，现在说起话来却一点儿都不客气。

樱的反差按说应该会让冻蝶感到困惑。

“抱歉……我慢慢说。”

然而，冻蝶只顾着盯着樱看，甚至忘了他们拼了命赶来帮她们，她在得到帮助后却一声谢谢都没有说。

“无所谓了！这家伙很重要，不要杀他，我们要用他威胁御前！冬乡的护卫到下边去找炸弹了！我们这就去会合！”

“知道了……我没有杀他。我问你……”

“干什么……”

“你真的是樱吗？”

“什么？”

樱忍不住傻兮兮地惊叫了一声。

冻蝶随手摘掉墨镜，凑到樱面前端详起来。

“干……干什么！”

“你是……是樱吧？”

他似乎还是不敢相信，越凑越近。

樱的心脏跳得已经快到了承受的极限。

为了保持距离，她在冻蝶的胸口推了一把。

“离远点！”

只见冻蝶脸上明显露出了伤心的神情。

“你……你，你！你不知道是不是我就来跟我说话了吗？”

樱羞得瑟瑟发抖，这样说道。

“那倒不是，气场很像我记忆中的樱，所以我觉得应该就是你……”

“万一你把别人当成我该怎么办啊！多难为情啊！”

“万一搞错人确实让人难为情，不过，我没搞错。”

冻蝶微笑起来，看样子像是发现自己没认错人而放下了心。

“好久不见了，樱……怎么说呢，你长大了啊。”

樱用上臂挡住越来越红的脸，大声吼道：

“不要说这样的话，你又不是我的亲戚！”

冻蝶被樱吼了之后还是显得很开心。

“也差不多吧。话说回来……真是有点难以置信啊……我只是变老了，没有其他长进，真让人难为情……”

“不用难以置信！我就是樱！不过不是你熟悉的那个樱……”

“是吗……”

“是啊！”

二人好像忘了脚下还躺着好几个人。能这样和樱说话似乎让冻蝶感到非常高兴，他脸上始终带着笑容。

“那么……我是不是应该改改称呼？叫你‘姬鹰小姐’怎么样……你现在长成了大姑娘，还叫你樱确实有点……”

“不用变！”

樱和冻蝶正准备开始一段与以往大不相同的关系。

两位护卫官有意不去打扰，现人神们的再会却并不顺利。

“雏菊……是我，是我，不是敌人……”

雏菊明白这一点。她之所以躲开，不光是因为离得太近，还因为狼星长大成人后的样子吓了她一跳。

“我是冬之代行者，寒椿狼星。我听说了，你的心……那个，心和以前不一样了，对吧？不过，听说你还有记忆，还记得吗？我送过你冰做的木瓜花啊。你和我一起……那个冬天一直在一起玩……因为你救了我……我才活到了二十岁……雏菊，我不是你的敌人，我来帮你了……我是来帮你的。请你别躲着我……求你了……”

雏菊也明白这一点。

冬季是季节之祖，地位最高，狼星也是雏菊认识的男孩子中最高贵的。

他是已经死掉的雏菊十年前喜欢上的男孩子。

那个少年长大成人，现在就在她的眼前。

——啊啊，是狼星大人。

和观铃对峙时，雏菊的眼泪就一直在掉，这会儿更是像断了线的珠子一样。

十年来，这个男孩子始终占据着她心房的一角。

——狼星大人，还活着。

她人生中喜欢上的第一个男孩子就站在那里。他那时曾经拼了命想救她，想用自己的生命救其他人。

现在已经消失掉的以前的雏菊，想保护的就是他。

——他活得好好的。

雏菊早就听说他还活着，也知道樱和他通了电话。

现在雏菊亲眼看到了他，肉眼所见带来的感动是雏菊没法用语言描述的。

——啊啊，他就在这里。

她觉得自己做了错事。

——这一刻，本该属于那个孩子才对。

雏菊觉得自己横刀夺爱，抢走了本该属于那个孩子的位置。

不过，与此同时，她作为花叶雏菊，也为与狼星的再会心潮起伏。她不知道这份感情到底属于谁，不知道是不是属于她，不知道是那个只剩余烬的孩子高兴得哭了起来，还是现在的她喜极而泣。不管这份感情属于谁，总之雏菊想着已经死去的自己，哭了起来。

——对不起，啊。

她本想让那个孩子与狼星再会。

——对不起啊，对不起，啊。

她本想让那个孩子活着回到狼星身边。

——没能救回，那个孩子，对不起，啊。

说过喜欢他的那个孩子不是她，她却作为雏菊站在这里。

——不过，真是太好了，狼星大人，活着，呢，是你保护了他。

狼星活了下来，长大成人了，让雏菊感到很高兴。她觉得可以把这个消息当成一束鲜花，用来告慰已死的自己。

“狼，星，大人。”

雏菊和狼星保持着距离，对他开了口。

“对不，起……”

她觉得自己必须道歉。

“雏菊，没法把，那个孩子，还给狼星大人，对不起……”

好不容易和他重逢，站在他面前的却是她这个替代品，这让雏菊感到十分难过。

“你为什么……要道歉啊……”

“是这样……以前的……雏菊……”

“是啊……我听说了。”

“已经死了，那个孩子……她，其实，喜欢，狼星，大人。”

听到对自己十年前的表白的答复，狼星愣住了。

“直到，最后，她，仍然，喜欢，狼星大人……对不起，啊，雏菊，没能，把她，还给，狼星，大人……狼星，大人，肯定，也，想，听她，亲口，说吧……对不起，啊……”

狼星早就听别人说过雏菊的人格已经变了，但是到这会儿他才有了切身体会。

——啊啊……

正在全力以赴对他说话的这个女孩子和狼星的初恋女孩一样，可是，她已经不是当年那个孩子了。

——她真的变了啊。

如果问狼星到底有什么不一样，怎么个不一样法，他也答不出来。

——可是，她真的变了。

狼星能感觉到这个雏菊和以前的雏菊不一样，也能感觉到这个雏菊在以前那个雏菊的延长线上。

“对不起，啊……替代品，雏菊，代替，她，回答，了，狼星，大人，对不起，啊……”

雏菊的眼泪像淅淅沥沥的雨水一样落下，狼星朝她走近了一步，又走近了一步。

这次雏菊没有再躲开，眼泪模糊了她的视野，她没法躲开。

“谢谢你转告我……”

“啊……”

狼星开始打量雏菊的脸，只见雏菊用手捂住脸，摇起了头。狼星没办法，只好抓住雏菊的和服袖子。他想拉住她。

“我的心从来没有变过，能听到答复真是太好了。看来我们是相互爱慕啊……”

“对不起，啊……对不起，啊……”

狼星摇了摇头。

“只是得到答复，我就觉得很欣慰了。”

“回来的，是雏菊，对不起……啊……呜……呜……呜呜……”

“请不要哭……你回来了……不，雏菊……雏菊回来了我也很高兴……是真的。”

“呜呜……呜，呜呜……可是，雏菊，不一样，了……”

“我知道，是不一样了。不过，哪怕只是雏菊一个人回来了，我也很高兴。”

“雏菊已经……不一样了啊？”

说到这里，雏菊总算放下了捂着脸的手。她眨着眼睛，不断掉着泪珠，向狼星问道。

“就算雏菊变得不一样了，我就不能为雏菊回归感到高兴吗？”

狼星眼前的这个雏菊就是从今年开始履行春之代行者职责的少女。

“是雏菊保护了我喜欢的女孩子。更不要说，我们……共享着她……我们有相同的回忆啊。雏菊为什么要道歉呢，难道我会拒绝雏菊吗？”

“可，是……”

“我绝对不会做那样的事情。”

这是新生的花叶雏菊有生以来第一次见到寒椿狼星。

“谢谢雏菊活着回来了……我始终喜欢她……可是喜欢她，不会阻碍我因为你的归来而感到高兴啊。”

雏菊觉得自己一定就是想听他说出这句话，才坚持走完了那段漫长的历程。

“谢谢雏菊活到了现在。”

雏菊一直在漫长的旅途中。

“雏菊……回来了，是好事？”

这会儿换成了雏菊攥住狼星和服的袖子。她想拉住他。

“回来了，是好事？”

她甚至想拉住这一刻，把它永远留在世界上。

“是啊，我很高兴，真是太好了……”

“大家……可是，大家……没有，等，雏菊回来，啊……”

“我一直在等，樱也在等，冻蝶也是。”

“哪怕，是，替代品，雏菊，吗？”

“刚才我说过了，雏菊能回来我很高兴。”

“真的……吗？”

十年来，这还是狼星头一次在点头时脸上有了平和的笑容。

“向冬季之神发誓，我没有撒谎……”

狼星说着，拉起雏菊的手。雏菊的手和他的不同，温暖如春。

“请不要怀疑我说的话，如果雏菊觉得心里没底，让我说多少次我都愿意。”

狼星不想让雏菊受冷，不过还是用出了神通力，因为他有一件东西无论如何都想送给雏菊。

一朵冰花眨眼间出现在狼星的手中，他轻轻地把冰花放在了雏菊的手里。

那是一朵木瓜花，就和狼星第一次给雏菊送冰花时一样。

“雏菊不管问多少次，都会得到相同的答案。雏菊能回来我很高兴，我一直想见雏菊。”

他们都不知道，人们都说木瓜花的花语是“忠贞不渝的爱”。

“我不会再让别人把雏菊夺走，我不会再让别人伤害雏菊。”

说出这句话的时候，狼星的眼泪也落了下来。

“雏菊是我的春天啊……”

“你到家了，雏菊。”

四季厅大楼恐怖袭击事件，就这样落幕了。

真正的国家治安机构职员和特种部队“豪猪”的炸弹处理小组后来赶到现场，记录了他们看到的详细情况。他们整理的记录中记载了一些略显不人道的行为，因此文件本身也被当成秘密文件保存了起来。

冬神主仆和春神主仆一起控制住了“华岁”的头目观铃·亨德森，她醒过来的时候发现自己已被绑得动弹不得，被人们抬到了第十八层的咖啡厅。

观铃之所以会醒过来，是因为咖啡厅中出售的矿泉水浇在了她的脸上。睁开双眼，她马上和春之代行者的护卫官姬鹰樱打了个照面。

“这还是我第一次直接和你说话啊……我是春之代行者的护卫官姬鹰樱，今后请记住我吧。”

“啊？”

观铃开始用生疼的脑袋思考事情怎么搞成了这样。

——对啊，一辆摩托车突然冲进了空中花园里。

回过神来的时候，她的面门已经挨了一下。观铃那张平时干干净净、漂漂亮亮的脸蛋，现在已经变得满是冻疮了。

“开门见山吧，我有很多事要问你。”

樱举起从观铃那里夺走的便携终端给她看，然后又给她看了冬乡护卫和长月他们找到的炸弹。炸弹安装在咖啡桌的背面。

“这东西怎么解除？幸运的是……不对，遗憾的是，炸弹处理小组还要过一段时间才能到这里。我们打算在等炸弹处理小组的时候把我们能做的事都做好。我的主人非常担心四季厅大楼遭到爆破，殃及大楼附近的民众。雏菊大人真是太善良了。别找了……你再也见不到雏菊大人了，她现在正在你看不到的地方休息。说炸弹的问题吧……你的便携终端，这上面有好几组数字啊……我本以为炸弹只有一个，看来还有好几个，而且每个炸弹都有自己的解除码……你醒之前，我们拷打过你们‘华岁’的其他人了，可是他们说解除码只有你一个人知道。这些解除码非得请你告诉我不可。炸弹处理小组解除一个炸弹倒还好说……解除这么多个会花掉太多的时间。不如你告诉我吧，我希望我的主人能开开心心享受与冬神的再会。"

"哈……哈哈……你是不是傻子啊，我怎么可能告诉你……"

"是这样吗？"

"当然了！不过……这样吧，你们只要放了我，为我们的同伴准备好撤退的途径，作为交换，这次我可以把解除码告诉你。这样你们能防止死人，我们也能回去……我们这次就不带雏菊回去了。"

观铃虽然倒在地上，说起话来却毫不示弱。听了她说的这番话，樱脸上露出了微笑。

"我本来就很讨厌你，可是现在更讨厌你以后，反而觉得你很了不起啊……"

看到樱那皮笑肉不笑的样子，观铃起了一身鸡皮疙瘩。

"和年长的人说话的时候，注意你的语气……"

"你也要注意和我说话时的语气，你宝贝的命现在攥在我手里。"

听到这话，观铃没明白樱指的是什么，一脸疑惑的神情。她的人生中没有什么宝贝，如果一定要说有，也就是"华岁"这个她的容身之所，还有那个辅佐她的男人。

观铃在被捆的状态下，费力地扭头向左右张望。

"你在找他？往这边看，往这边看。看到了吗？他就要死了。考虑你们……对雏菊大人的所作所为，这样死简直太便宜他了……你不觉得吗？"

樱扳着观铃的脸扭向一侧，观铃这才看到美上同样被捆着，昏迷不醒。

观铃惊叫了一声。

"哈哈！"

樱笑了。

要么让观铃他们麻痹大意，如果运气够好，就把解除炸弹的办法问出来。要么把观铃他们控制起来，等炸弹处理小组到达。

说白了，这样做是为了雏菊。

其实樱不问观铃解除炸弹的办法也没关系。

樱觉得就算问不出来，只要能让观铃他们无法反抗就行。

樱本打算把观铃的生命当成交涉的筹码，如果观铃肯听话，就让她把解除炸弹的办法说出来。

如果炸弹处理小组及时赶到自然是好的，如果他们迟迟不来，也可以在这段时间里折磨到观铃后悔来到这个世界上，这样观铃一定会招供。具体来说，樱觉得一根一根折断观铃的手指就是个好办法。

然而，樱的主人心慈手软，一定不会同意“把那些家伙打个半死问出解除炸弹的办法”，明显会要求樱用更温和的方式。

所以，樱首先要遵循雏菊的意愿行事，尽管樱自己并不十分情愿。

哪怕炸弹的问题能解决，樱还是想借机报仇。

樱觉得一定要报复观铃他们，而且是在把他们移交司法机构以前。就在樱下定决心的时候，他出现在了她的面前。

樱发现美上陪观铃一起来了。

樱从雏菊那里听说过，观铃十分看重美上。

雏菊还说过，观铃想让雏菊生孩子的时候，没舍得把美上配给她。

樱拿不准观铃会不会把美上带来，不过他还是出现在了她的面前。

“真是太走运了。”

看到美上的时候，樱马上产生了这样的想法。

她觉得把他攥在手里，用来威胁观铃，效果一定很好。

她有可能对观铃还以颜色了。

她开始思考成功控制观铃和美上之后如何整治他们。

很快，她便听到了恶魔的耳语。

“你应该早就知道该如何复仇吧？”

那就是那些年里，观铃一直对雏菊做的事情。

樱听主人说过，主人是为了避免樱和其他人再次受到“华岁”的袭击，一直忍受着监禁生活。

观铃一次又一次，反反复复利用他们来威胁雏菊。

你不听话，我就毁掉对你来说最重要的东西。

第一次听雏菊说出这件事时，怒火让樱颤抖起来，当时她就下定决心绝不饶观铃。

樱那时觉得，观铃那样残忍地利用人的心理，简直不是人。

然而，这一刻，她却感谢观铃提醒了她。

让人服从的最好办法，就是用其最看重的东西来要挟。

人最看重的东西往往是自己的生命。

除此之外，人还有可能最看重自己心爱的人。

自己心爱人的性命被别人捏在手里，随时有可能受到伤害，这种情况下人会怎样做呢?

“哈哈！”

所以，樱现在笑了。

值得庆幸的是，炸弹处理小组还要过很久才能到达，樱的复仇舞台已经准备好了，她做的事也称得上是顺理成章，而且她现在还有了优秀的帮手。

冬之代行者的护卫官寒月冻蝶把美上的半个身体移到了能鸟瞰整个帝都的大窗户外，只攥着美上的一只脚腕。冻蝶乍看像个绅士，其实是个为了主人什么事都做得出来的男人。

“干……干什么？喂！放开美上！”

冻蝶好像很为难一样笑了。

“我要是放开他会掉下去的……”

“这还用你说吗！里面，把他放到里面！”

整个咖啡厅里回响着观铃的怒吼声。樱被吵得脸上露出了夸张的表情。

“冻蝶……这个女人没有搞明白他们现在的处境。”

听到这话，冻蝶也点了点头。

“看起来是这样的，有必要让她稍微认识一下眼下的形势啊。再加点码好了。”

看到美上的身体一点一点向窗外滑，观铃叫得更厉害了：

“住手啊！住手啊住手啊住手啊住手啊！你们怎么能做这么过分的事情?!”

“是你让我放开他的。对吧，樱？”

“没错。你还说他怎么能做这么过分的事？十年前袭击冬乡的人在自己遇到这种事时竟然要求别人做正人君子吗？”

观铃张着嘴愣住了。冻蝶平静地对她说道：

“我还没来得及自我介绍。我是冬之代行者的护卫官，寒月冻蝶。我和樱一样，主人被你们折磨了十年。很多团体都想在你们受到正式审判之前把你们杀掉……这样说，你应该能明白人们和你们有什么样的深仇大恨吧？希望你能把解除码告诉我们，这样炸弹处理小组才能尽快完成工作，我们才能尽快带着你们离开这里，到安全的地方去。如果你不肯说……那我只好把对你来说很重要的这个人毁掉。”

“冻蝶可是个一不做二不休的人。”

“没错，我可是个一不做二不休的人。”

“这事和美上没关系！这事和美上没关系啊！”

“不对，他当然有，他可是你的左膀右臂。雏菊大人肯定也像你这样向你们求过情吧……可是你们没当回事……雏菊大人真是可怜……

我们应该为雏菊大人报仇。”

“在扔下去之前先把他弄醒吧，昏迷状态下死掉太没意思了。”

“对啊……可是，在这种状态下把他弄醒，他挣扎起来恐怕会掉下去吧？”

美上的身体一点点向窗外滑去。

——怎么会这样？

观铃觉得眼下的情况很奇怪，因为平时做这种事的都是她。

身处安全的位置发号施令，这样的状态对观铃来说才是理所当然的，所以她无法接受现在的反差。再说她根本没有想到堂堂四季代行者的护卫官，为了问出解除炸弹的办法和其他炸弹的设置点，居然会抓人质来威胁她。

“放下他放下他放下他放下他！怎么能这样！你们其实没打算杀他吧？难道你们想……想犯罪吗？”

听到这话，樱和冻蝶看了看彼此。

“为了主人，你连恶魔都能做，对不对，冻蝶？”

“你说得没错，樱。再说了，现在指责我不择手段已经于事无补……处死贼人这件事本身我已经不知道做过多少次了……”

“你为什么要求我们遵规守法？”

“对民众，我们当然遵规守法，可是对贼人我们没有这个义务。”

观铃背上冒出了冷汗。

“顺便告诉你，我把这家伙扔下去之后，下一个就轮到你。从同一个窗户落下去，你们会落在同一个地点。你就看着他摔成的那摊肉泥悔不当初吧，他死之后，我们下一步交涉的砝码就是你自己的命。”

观铃发现他们不是在吓唬人。

她还发现这两个人有点享受眼下的状况。

“观铃·亨德森，你再好好想想。你反正是要蹲监狱的，等着你的世界肯定不是你想要的世界。不过，你可以选择在那个世界里你喜欢的男人是生是死，你更愿意怎么选？哪怕你再也见不到他了，只是想到他还活着，你也会觉得心里有个安慰。我可是过来人，没有新的春之代行者诞生的八年，我就是这样熬过来的。”

“要是我们改变了主意，你就会失去一个选项。樱虽然说了让你选，可是我的胳膊已经酸了，而且我并不想让你选择，更想让你尝尝绝望的滋味。”

“不要胡闹，冻蝶。你做了需要善后的事，雏菊大人和狼星岂不是要继续等下去？”

“确实。为了让两位放心休息，我们必须尽快把炸弹的问题处理好……那我再坚持一会儿吧，尽管这样相当于加班。”

“这样的加班很好。这十年里，我一直盼着这样加班。”

“确实，那么我们玩得开心一点儿吧。”

“今天真是个适合复仇的好日子，我都想哼歌了。”

樱和冻蝶始终不动声色地聊着。

二人聊了很久，观铃才下定决心，最终把所有炸弹的设置点和解除码都说了出来。据说炸弹处理小组到达时，观铃还哭着向他们求救。

总而言之，四季厅大楼逃过了一劫。

雏菊、狼星被樱和冻蝶关在了别的地方，他们并不知道这两个人做了什么。

终章　春之舞

哗啦啦，哗啦啦。

沙啦，沙啦。

哗啦啦，哗啦啦。

接着又是沙啦沙啦声。

雏菊迷迷糊糊地觉得那是水声。

她明明不在海边和河边，为什么会有水声呢？

——樱，在，哪儿？

她眼前一片模糊，看不清楚东西。

她觉得自己好像睡了很久，可是还没有睡够，还想继续睡。

她还想不想睁开眼睛。

然而，她觉得必须看个清楚才行，于是撑起了身体。

她觉得晕晕乎乎的。

——啊，是这里。

这时，雏菊总算看清楚了。

——是，这个，地方，啊。

现在的雏菊看清楚了眼前的景象。

渡船游弋在漂着樱花的水面上。

淡粉色的花瓣聚成一簇又一簇，随着波浪起起伏伏。

渡船从一簇簇樱花花瓣间滑过。

花瓣被渡船推开之后，又随着风晃到岸边聚在一起，形成一片片樱花绒毯。

让人忍不住打起瞌睡的和煦阳光、刚刚染上春色的树木、鸟儿们的啼鸣，彼此之间调和得完美无缺，形成了充盈着无上幸福的春日。

——啊啊，等一下，是这里啊。

如云的樱花一眼望不到边，如果不知道这到底是什么地方，想必有不少人会以为自己误入了一场春梦，或者是其他什么有别于现世的幻境。

美不胜收的景色让渡船上的乘客们如痴如醉，忍不住赞叹起来。

——这是，以前的记忆。以前的雏菊的，记忆。

船上有两名乘客，二人都是女性。其中一位像是再现“镜花水月”的美人儿，仿佛没了春天，她也会随之消失。

——母，亲，大，人。

她穿着一身素雅的和服，一头伽罗色的头发梳成发髻，点缀着一根梅花发簪，若隐若现的后颈雪白娇艳。

——母亲，大人。

她看上去像是二十来岁又像是三十来岁，脸庞却像一位清纯的少女，仿佛只是年龄变大了，少女还是少女。

——母亲大人，还，活着。

船上的另一位乘客，是一个四五岁的小姑娘，想来应该是成年女人的亲生女儿。她的模样活脱脱是一个下了凡的小仙女，如果说她的母亲是再现“镜花水月”的美人儿，那么她就是“楚楚可怜”的化身。

——那个孩子也，还，活着。

二人的脸型并不相像，头发和眼仁儿的颜色却很相似。母亲的头发是伽罗色，女儿则是琥珀色；母亲的眼睛像黄色的风信子石，女儿的眼睛则像黄水晶。把二人摆在一起，一眼就看得出是一对母女。

樱花如云的风景，对船夫来说只是司空见惯的景象。

——啊啊，这是，梦？

这是一个让人分不清是真是幻的梦。

雏菊发现自己的身体是透明的，她明明在过去的母女身边，却碰不到她们。

她只能看着已经逝去的自己，看着已经逝去的母亲。

“这是母亲大人的春天。”

看着当时一无所知的自己，泪水从雏菊的眼睛中溢了出来。

“我的母亲大人，是春之代行者大人……了不起吧？”

——你知道吗，你也，会和，母亲大人，一样，成，为“春神”。

“好的。我的名字是雪柳雏菊，来自曙。我是雪柳红梅的女儿，今年五岁。”

——你的，姓，会变成，花叶。会，冠上，父亲大人的，花叶之姓。

雏菊拼命地和“那个孩子”说话，可是“那个孩子”没有反应。

依然幼小的“那个孩子”，还有仿佛镜花水月般随时会消失却依然温暖的母亲，两个人都令雏菊感到亲切。

与此同时，她们的样子也让雏菊感到很难过，景色之美更是让雏菊的难过多了几分。

“母亲大人……这个人是我的……父亲大人？”

——要是，这时候，那个孩子，能博得，父亲大人的，欢心，该有多好。

“没什么……妈妈不在了之后，他会在这个世上保护你……”

——那样，一家人，是不是，就能，生活在，一起了，呢？

时光无情地流逝，雏菊最后一次见到母亲时的情景出现了。

“妈妈一直都不在啊。你其实是外婆抚养长大的。最好还是不要和妈妈在一起。”

——母亲大人，请不要，说，这样的，话。

“会的……因为妈妈是一个坏女人，和妈妈在一起，别人也会说雏菊的坏话……”

——别人，说坏话，也，没关系。

“妈妈不愿意。别人说妈妈倒没什么，但是他们说雏菊……妈妈就觉得非常非常难过……”

——孤零零地，会，让人，更，难过。

“是的，哪怕有时感到痛苦，你也要坚持着活下去……”

——母亲大人，听，雏菊，说。

“你可以为了活下去而逃避，因为逃避不是失败。”

——那个孩子，一直，在坚持。

“总之你要活下去，等到能战斗的日子来临……你要在心里，藏一把刀……”

——那个孩子，一直，坚持，活着。

“活下去这件事，只有你自己能为自己做到，雏菊。”

——那个孩子，现在，在，母亲大人，那边，了吗？

雏菊掉着大颗的眼泪，看着梦中的母女。

雏菊看着“那个孩子”被迫离开母亲身边时撕心裂肺的样子。她拼命抵抗，伸着手想回到母亲身边，可是所有大人都在阻拦她。

就连她的母亲都不允许她回到自己的身边。

——那个孩子，再也，见不到，母亲，大人，了。

“我会乖的，会乖乖的，那我……下一次满月能见到母亲大人吗？”

——那个孩子，还，不知道，她再也，见不到，母亲大人，了。

“好啊，到妈妈这来吧。”

听到这里，雏菊流着眼泪屏住了呼吸。

“真的可以吗……母亲大人？”

“那个孩子”挣脱老妪的双手冲了出去，跌跌撞撞地跑向母亲身边。

雏菊一直在保护，可最终没能保住的“那个孩子”，描绘出了一个不同的未来。

——啊啊，不会吧。

“我可是一直非常乖、非常乖。”

她搂住红梅，带着满脸笑容说道。

“我一直很努力地活着呢。”

“是啊，妈妈知道，雏菊。妈妈都看到了。”

——雏菊，明白，这是梦，只是，一个，雏菊，想做，已久的，美梦。

“后面的事交给她没问题吧？我已经努力这么久了。”

梦里的母亲没有马上回答。

——雏菊，明白，这，不是，真，的。

“可以吗？雏菊。”

雏菊梦中的红梅不是在对“那个孩子”，而是在对她说话。

红梅目不转睛地凝视着正在掉眼泪的雏菊，“那个孩子”脸上也带着歉意，凝视着她。

“可以请雏菊自己一个人再努力一段时间吗？”

——哪怕这，不是，真的，也，没，关系。

“让你承担这么辛苦的使命真是对不起……雏菊，能请你再坚持一段时间吗？”

——哪怕，这不是，真的，也不会，改变，雏菊的，决心。

“嗯，雏菊，会，继续，坚持下去！”

这时，雏菊醒了过来。

从梦中醒来，雏菊发现自己脸上满是眼泪，不过对她来说，早上哭着醒来并不稀奇。

她人生中的大部分时间都在眼泪的陪伴下度过，不哭的时候反而稀少。

平时醒来时她总是——是的，没有一次例外——为了排遣孤独感自己抱紧自己，这样她才会觉得好过一点儿。

“嗯……”

这一天，她同样被紧紧抱着。

她的侍从和她睡在同一张床上，脸贴在她的肚子上，简直把她当成了抱枕。

看到樱把主人当成布娃娃抱在怀里的样子，雏菊脸上不禁露出了笑容。

“樱。”

这一笑，她眼睛里的眼泪又落了下来，不过这样的眼泪不会让人感到难过。

雏菊默默地看着房间里。她们住的旅馆房间有大大的窗户，朝阳从遮光窗帘的缝隙中照进室内，说明黎明射手尽到了职责。

——看来，今天，会是，一个，好，日子。

今天将会举行对雏菊来说、对所有四季代行者来说都十分重要的仪式。

“樱……”

“嗯……唔……”

“雏菊的，樱……”

“唔，唔……”

侍从依然在睡梦中，雏菊抚摸着她的头，像唱歌一样呼唤着她的名字。

“樱，天，亮啦。”

崭新的日子正等着她们去拉开序幕。

这年夏天，大和召开了十年来第一次全员到齐的“四季会议”。

在森严的戒备下，仪式在帝州帝都大和神社的正殿中举行。

参加仪式的只有极少的相关人员。四季代行者的护卫官们骄傲地看着自己的主人登上舞台。春夏秋冬代行者身穿各自的仪式礼服，在舞台上载歌载舞。

这是一个晴朗的日子，从早上开始举行的仪式持续到将近正午，迎来了结束的时刻。

最后，冬季身为四季之祖，其现人神寒椿狼星发出了合唱的号令：

“二十四节气歌，齐唱。”

春之代行者花叶雏菊走上前去。

“立春，雨水，惊蛰，春分，清明，谷雨。”

其他代行者跟在雏菊后面唱出了同一段歌词，后面几段歌词也是同样的流程。

夏之代行者叶樱菖蒲，还有奇迹般生还的叶樱琉璃走上前去，齐声唱道：

“立夏，小满，芒种，夏至，小暑，大暑。”

秋之代行者祝月抚子看了看她的护卫官，微笑着唱道：

“立秋，处暑，白露，秋分，寒露，霜降。”

寒椿狼星用他朗朗的歌声开始了最后一段的领唱。

“立冬，小雪，大雪，冬至，小寒，大寒。”

代行者们站成一排，向四季之神的神像鞠了一躬。

“四季齐聚于此。”

共计五名四季代行者顺利地把四季仍在人间流转的消息报告给四季之神，向四季之神献上了祈祷。

每次“四季会议”之后，大和神社内都会举行庆祝会议成功的宴会。

四季代行者们换掉了仪式礼服，与自己的护卫官们会合，在神社的走廊中一个接一个地走着。四个季节的现人神及其护卫官齐聚一堂，俊男美女放在一起看起来相当养眼。

“菖蒲看到了吗？我跳舞的时候错了一次……要是夏季之神大人生气了怎么办啊？”

“所以我昨天才说，稍微练习一下再睡觉啊。”

现在，叶樱琉璃和叶樱菖蒲成了历史上第一对双胞胎夏神，正在大显身手。

琉璃死了一次，作为当时最适合继承神通力的人，她的姐姐成了新的夏之代行者。可是秋之代行者用神通力救活了琉璃，而且琉璃活过来之后还拥有代行者的神通力。于是二人都成了夏神，导致她们与未婚夫的结婚计划发生了变化，不过那不是我们现在要说的故事。

“对不起……菖蒲大人……昨天我要是拦着抚子就好了……因为住在同一家酒店，她忍不住跑到两位的房间里……”

阿左美龙胆组建了新的护卫小组，每天护卫着他的秋之代行者。

他原来的同事长月，现在受到国家治安机构的拘留。四季厅高层有意把她培养成双重间谍，眼下这就是龙胆最头疼的问题。

“不要紧，我不是在责怪阿左美大人。毕竟我也，那个……和大家一起玩了纸牌。”

“怪我，怪我，都怪我……最先提出玩纸牌的就是我……没想到琉璃大人会玩得那么当真……结果熬到那么晚。”

秋离宫被炸坏了，秋之代行者祝月抚子现在生活在秋乡。春夏秋冬联合起来营救抚子之后，她和夏之代行者建立起了更加亲密的关系。

“小抚子，你这是胜利者的从容？我这个十战十败的人虽然没资格说话，但我还是要说我一定会努力练习，下一次绝对不会输给你。”

“那……那怎么行……琉璃大人，跟你说……我好像不管玩哪种纸牌游戏都非常厉害。玩琉璃大人能赢的游戏好吗？琉璃大人要是总输多可怜啊。玩什么好呢……你说呢，龙胆？”

抚子还是和以前一样粘着龙胆，不过交到年长的同性朋友，对她来说想必会有积极影响。她已经和琉璃商量好回头要领养一只小狗。

“我居然受到了小女孩的同情！她看我的目光中带着怜悯！我说！护卫官先生！你到底是怎么教的？这个小女孩怎么还在精神上对我落井下石啊。”

“对不起，琉璃大人……抚子没有恶意……其实昨天抚子偷偷对我说过，想让琉璃大人赢一次……对吧，抚子？”

“没事，就算让着这孩子，她也一样输，两位不用介意。”

“气死我啦！大家都想让着我，反而让我来气！”

两位夏之代行者和秋之代行者主仆聊得十分热闹，他们身后的春冬两位代行者的对话则显得文静得多。

冬之代行者寒椿狼星握着春之代行者花叶雏菊小小的手，搀扶着她前行。

他的眼睛无时无刻不放在雏菊身上，似乎不想看漏她的一举一动。

他宛若疼爱春季之神的冬季之神的化身。

“小雏。”

雏菊坚持表示以前的她和现在的她不是同一个人，为了照顾她的心情，狼星给她取了个爱称——“小雏”。因为他每次用“雏菊”来称呼她，她脸上都会露出过意不去的神情，他看在眼里，心里越来越难受。

“在，狼星，大人。”

只有狼星能用这个新的昵称来称呼她。听到他口中说出甜蜜的爱称，雏菊会觉得格外温暖。雏菊非常喜欢狼星把她称为“小雏”。

“当心脚下啊，走廊里比较滑。”

“好的。”

“那几个家伙好吵啊……”

“不过，琉璃大人，这么，活泼，太好了，啊。”

雏菊满心欢喜地小声说道。

“是啊，抚子也很精神。”

说是这么说，狼星其实没有看琉璃，也没有看抚子。

雏菊换上了崭新的和服，狼星目不转睛地盯着她华服盛装后耀眼的样子。她平时瀑布一样垂在背上的长发这会儿梳成了可爱的大麻花辫，随着她的步伐左右摇摆着。

狼星其实非常想摸摸雏菊的辫子，但还是拼命克制着自己，说道：

“小雏是第一次参加‘四季会议’后的宴会吧？不对，‘四季会议’本身也是第一次……”

“是的，狼星大人，还是，第一次。”

“宴会上的饭还挺好吃的，希望有小雏喜欢吃的东西……”

“和式……洋式……”

“是和式的，不要盼着有洋式料理了。这种仪式后的料理总是和式的。对了……我告诉他们准备好橙汁了，不用担心这一点，小雏。”

雏菊发现狼星把她当成了孩子，难为情地回答道：

“就算，没有，橙汁，雏菊，也，不要紧。”

“小雏不是喜欢橙汁吗？”

“喜……喜欢。”

“我想看小雏喝到喜欢喝的东西。”

这对年轻人的对话中充满了温情暖意，旁人看到他们的样子恐怕都会忍不住会心一笑。

“真下流……”

唯独春之代行者的护卫官姬鹰樱用格外挑剔的目光看着他们。狼星听到樱的这话，差一点儿踩到和服下摆摔倒。

“喂，樱，你刚才说什么？”

“下流。”

“什么？”

狼星和樱年龄相仿，二人的关系从十年前起就不知道算是要好还是交恶。

按说樱是春之代行者的护卫官，哪怕只是在形式上，她也应该表现出对冬之代行者的尊敬。可是樱没有那个打算，狼星也从不指出樱在这一点上的问题，所以二人总是发生冲突，而火种主要与雏菊有关。

“你刚才说的这句话过不了我的道德关！”

“你在说什么啊，你的道德关管得着我吗！”

“我的道德关可是很严格的！我觉得你刚才是故意诱导雏菊大人说出了‘喜欢’，这也过不了我的道德关。”

“不是，我没有那个意思啊。”

“真的吗？你敢向冬季之神发誓吗？”

“小雏？小雏也别误会了啊？”

“喂，你倒是发誓啊。”

“我一点儿都不下流。”

雏菊红着脸沉默了。

狼星和雏菊现在虽说只是朋友关系，但是谁都看得出来狼星明显对雏菊心怀爱慕之情。雏菊的精神年龄虽然还幼小，但也发现了狼星的心意。

即便狼星没有说出口，雏菊也能感受到他是想连同新的雏菊一起爱。而她当然不会拒绝他这兼容并包的爱，对他的好感也每天都会变得更加强烈。

狼星似乎也做好了打持久战的准备，没有急于重新构筑与雏菊之间的关系。

他现在只是在见面的时候不肯把离她最近的位置让给别人。

而樱作为雏菊的护卫官，当然会对此心怀不满。

“再说了……雏菊大人有我这个护卫官……轮得着你陪伴吗……你以为你是谁？”

“我不是征得了你的同意吗？”

“嘁……”

“不要对我咂舌头！你对我的态度怎么格外恶劣呢……”

“是吗？除了雏菊大人之外，其他人对我来说都不重要。”

“你对冻蝶那么温柔！我可是知道的！”

听到狼星提起，樱抬起头，看向一直在旁边默默听着年轻人聊天的冻蝶。

冻蝶特地弯下腰，好让自己的眼睛和樱的眼睛等高，说道：

“你对我一直很温柔吗？真是荣幸。”

这个男人直到现在还意识不到樱对他的爱意，总是毫不客气地挤压樱的个人空间。樱现在总是强迫自己不考虑她对冻蝶的感情。

“我没有打算对冻蝶温柔。只是冻蝶……不会像你那样死乞白赖，从‘四季会议’的一个月前就不断给我发邮件让我同意由你陪伴雏菊大人，所以我还没有必要不给他好脸色。冻蝶对我来说也不重要。”

二人的关系还没有完全缓和，不过比起刚刚再会时，他们现在的沟通已经变得更顺畅了。狼星想和雏菊联络，两个中间人当然不得不相互配合，不知不觉间，樱和冻蝶已经变得能像普通同事一样相处了。

“只是今天一天占了你的位置而已，就别计较了。提前告诉你不正说明我很重视你的意见吗？要是到了今天再提出来，你一定会拒绝，对不对？”

“这还用说吗？开什么玩笑。你做了那么多手脚，提出让我没法拒绝的条件，我除了答应还能怎样。”

“很好啊，这个决定很聪明。今天跟各种各样的人见面当然会很麻烦，不过其中有一些人认识一下是不会有损失的，我会介绍给你。樱，你要学会作为护卫官为人处世的诀窍。还有，我想推荐给小雏做护卫的人也会来，我来安排你们见面。这个条件不错吧？一切说到底都对小雏有好处。”

“你怎么管得那么多？你以为你是谁啊？”

“我是经验比你们丰富得多的四季代行者前辈大哥。”

“狼星，不要欺负樱。”

“我没有欺负她，我对她多温柔啊。”

“狼星，大，人，可，不能，对，樱，使坏。”

“我没有使坏啊。小雏，我只是说得有点不客气，没有使坏啊。”

“请多说说他，雏菊大人。”

四人相处得十分融洽，就像今年春天的一系列事件根本没有发生过一样。

大和神社庭院中举行的庆祝宴一开始很讲究礼法，但随着时间的推移，离开自己本来座位的人越来越多。有人在庭院里散起了步，有人凑到熟人的座位旁开始谈笑，本来庄重的宴会最终变得与寻常的宴会无异。

在这次“四季会议”开始前，四季厅正在进行称得上“大刀阔斧”的人事改革，有近半职员发生了更迭。

制造四季厅大楼爆破未遂事件的“华岁”成员进了监狱。然而，人们都听到了传闻，有其他贼人组织受到这次恐袭事件的鼓舞，正摩拳擦掌跃跃欲试。

背弃“华岁”转投狼星一方之后，石原现在受到国家治安机构的保护。

国家治安机构希望能利用她拥有的情报，尽量掌握其他贼人组织的动向，只是希望不大。

谁也不知道，参加庆祝宴会的这些人现在享受的和平能持续到什么时候。

从古代持续至今的捉迷藏还要继续下去。

四季代行者和贼人的战斗不会结束。

“雏菊大人，您的脸好红……”

“雏菊喝了，甜酒。”

雏菊觉得脸很烫，樱则受不了继续把雏菊留在狼星身边，二人决定稍微离开宴会会场一会儿，在庭院里散散步。

“我们到院子里散散步。”

樱向狼星和冻蝶打了声招呼，二人生怕对她们保护得不够周到，作势也要跟着站起来。

“不用起来，我们想两个人单独走走。”

“雏菊，可以，和，樱，一起，去，散散步，吗？”

可能是樱加上的一句“不要偷偷跟来”生了效，狼星他们十分不情愿地点了点头。

“别走得太远了啊……”

“琉璃大人和菖蒲大人马上要表演夏神的四季歌，她们准备好了我就去叫你们。”

雏菊和樱拉着手一起离了席。回过头去，只见冬神主仆好像还是不放心，始终看着她们这边。她们吃吃地笑着，走了起来。

大和神社的庭院建得像一座小巧的村落，极尽精雕细琢之能事。

院子里有小河，有桥梁，走上几步就能看到农地和花田。这里每年只有几个月才对普通民众开放。

来到漆成红色的木桥上，雏菊和樱停住了脚步。

“狼星真是太露骨了。”

“嗯？”

二人一起看着桥下的小河，聊了起来。小河中有鱼正顺流而下。

“他不是喜欢雏菊大人吗？而且都不打算掩饰。”

雏菊没作声。

“您打算答应他吗？”

“那个……”

雏菊显得有些难为情，又显得有些为难。樱觉得主人很可爱，同时也觉得心里有点空落落的。她能肯定，狼星迟早会向现在的雏菊表白。

这两个人总是相互吸引，仿佛命中注定。

谁也说不好这是因为他们是冬神和春神，还是因为他们是狼星和雏菊。

“我不欢迎……不过也不反对。”

樱也不再像以前那样强烈反对。

“我知道，他做了很大的努力。为了保护您，把他能做的事都做了。凭那家伙的能力……恐怕甚至能让您的父亲站到他的一边。”

雏菊没说话，但是樱说的这句话让她颤了一下。

面对这次一连串的事件，春乡依然无动于衷。雏菊和樱通过与其他代行者联手解决完问题后，他们还是保持沉默，始终不正视曾经抛弃春之代行者主仆的问题。不过，雏菊的父亲来过电话。

他在电话里只是询问了雏菊的身体是否安好，对于没有什么感情基础的父女而言已经算是很大的进步了。

“樱……”

雏菊叫了一声不太善于改变的樱。

“在，雏菊大人。”

雏菊支支吾吾地低语道：

“雏菊，喜欢，狼星，大人……”

“是吗……”

这还是雏菊第一次亲口承认她对狼星的感情。

“是这样啊……”

樱觉得自己并没有预期中那么难以接受，不过心中还是感到有些难过。

——我对雏菊大人的感情不是爱情。

虽然不是爱情，但是与爱情有相似之处。

雏菊是她在这个世界最爱的人，她不希望雏菊的心被别人夺走。

樱喜欢这位少女，敬爱这位司掌春天的现人神。

这一点应该永远不会改变。

毕竟在这十年里，这一点从来没有变过。

——我喜欢您。

樱有自信，就算爱的形式不同，她的爱也不会输给狼星。

——非常喜欢。

雏菊看着樱，对她说道：

“不过，不管……有多么喜欢的，男孩子。”

雏菊把自己的指尖和樱的指尖叠在一起，像要温暖樱的手一样把它握了起来。

她们不知道握过多少次对方的手。

如果雏菊今后还会主动握起女孩子的手，她握起的恐怕也还是樱的手。

雏菊带着从未有过的幸福笑容，说道：

“在，这个，世界，雏菊，最喜欢的，女孩子，当然是，樱。”

雏菊轻声告诉樱：这一点不会变，永远、永远不会变。

夏日的风穿过两位少女之间。

“雏菊大人……”

初夏就要过去了。

“陪雏菊，直到，最后的，也是，樱。”

盛夏过去就是秋天，秋天过去就是冬天。

“哪怕，成了，老奶奶，雏菊，也会，和现在，一样，喜欢，樱。”

就算雏菊另有心上人，一直在她身旁支撑她的也只有这个以春天的花为名的女孩子。

来年是这样，后年也是这样，几年之后还会是这样，几十年之后依然是这样。

哪怕她们都老得没法动了也不会变。

“雏菊，最喜欢樱。”

司掌春天的现人神献给这位侍从的爱永远不会变。

“最喜欢吗……”

“雏菊，最喜欢樱。一直到死……就算死了，肯定还是，喜欢。”

樱眼中的世界开始大幅摇晃，因为她的视野被眼泪模糊了。只要在这位春神面前，樱就会变成一个爱哭的女孩子。

“哪怕转世重生吗？”

她会变得比谁都更爱撒娇，更喜欢说自己的心里话。

“要是转世重生了，雏菊，希望，能做，樱培育的，花儿。”

“那怎么行呢……岂不是没法说话了。”

“可是，雏菊希望得到，樱的爱。”

那是因为雏菊爱着樱。

“我当然会爱您，不管您变成什么样子。”

能得到春神这样的爱，樱除此之外已经别无所求了。

“雏菊大人，有朝一日，樱会为了保护您……”

说到这里，樱停了下来。

她说不下去了。

她本来想说“为了保护您死掉”，可是没能说出口。

“不，我会永远保护您，和您一起活下去。”

听到这话，雏菊脸上又露出了开心的微笑。

“嗯，活，下去。”

“我们两个人在一起，就会变得很强大。”

“嗯。”

“明年也好，后年也好……我们继续一起为大和呈现春天吧。”

“嗯。”

“我们一定能活下去。”

“嗯，请，放心，吧。”

雏菊如同水果糖般甜美的外表此时略显妖艳，她说道：

“雏菊，要，和，樱，一起，出色地，完成，呈现，春天，的，使命。”

远处传来呼唤二人的声音，雏菊和樱手牵着手，再次迈出脚步。

起初，世上有了冬。

冬是整个世界唯一的季节，它耐不住寂寞，切削自己的生命，制造了另一个季节。

冬把那个季节称为春。

春把冬当成老师来敬爱，总是追在冬身后。

冬也不辜负春的敬爱，它教导和指引着春，两个季节相亲相敬，轮流来到世界上。

然而，没过多久，大地便有了怨言。

它嫌没有休息的机会。

动物们刚刚孕育爱情，便开始休眠。树木刚刚长满绿叶，便冻结凋零。

大地说与其这样，还不如永远只有忍寒受冻的冬天。

它说正因为尝到了春的滋味，冬的到来才更让它难以忍受。

大地说的话让冬万分伤怀，不过它还是满足大地的愿望，进一步切削自己的生命，制造了新的季节。它们就是夏和秋。

酷暑的夏天代表冬受到大地嫌弃后发出的叹息。

令生命缓缓走向死亡的秋天则可以给大地一段时间，好让它重新接纳冬天。

大地接受了新的变化，于是春夏秋冬四个季节便开始轮流登场。

四季追在彼此身后，环绕整个世界，给各地带来了季节的流转变化。

春追在冬的身后，后面跟着夏和秋。
冬回过头去就能看到春，可现在和只有两个季节时不同。

它们的蜜月已经结束。

冬爱着春。

就像动物们会成双成对一起生活一样，冬爱着春。

而春也像命中注定般以爱回报冬。

夏和秋注意到冬春对彼此心怀爱意，给它们提了一个建议。

让大地上的居民们代替四季履行职责。

四季把力量分给大地上的居民，让对方花一年时间环绕大地，将其称为四季代行者。

四季首先把任务交给了牛，可惜牛走得太慢，导致一整年只有冬天。

后来，四季又把任务交给了兔子，结果兔子走到一半被狼吃掉了。

鸟出色地完成了任务，没想到第二年就忘了自己的职责。

四季正发愁，不知如何是好，这时人来到了它们面前。

人提出由他们来做四季代行者。

他们希望得到五谷丰登、风调雨顺的大地。

春夏秋冬分别把自己的力量赐给了一部分人，冬再也不缺疼爱春的时间了。

就这样，四季代行者出现在了世界上。

至此，故事又一次拉开了序幕。

后记

敬启，最近可好？有没有觉得天气很冷？

故事结束之后，我在迟疑中给您寄了这样一封信，不知道这封信是否合格。

我以前也说过，希望能为您奉上一部好作品，或许有的读者曾经想象我将描绘一个仙境般明媚的世界。对不起，我所谓的好作品，指的是会让人有些伤感的作品。

我有时出门没有穿外套，觉得又冷又无助，绝望地落下眼泪的时候，看到同样因为没有外套而受寒的人就会想：

“是这样啊，还有别人也和我一样。”

不是说有别人和我一样我就满足了。我是说我会有跑向那个人的冲动，我想拿着毛毯跑向那个人，告诉他：“我也和你一样忍寒受冻，但我还在坚持。”总而言之，我希望能在别人承受苦难的时候送上一丝温暖。

因为，外面实在太冷，太严酷。

这个故事并非在某人的热切期望之中诞生，它是我的一封信，写给所有与弱势的自己一起努力生活的人。哪怕您的人生和活法受到残酷的否定，只要不放弃，有朝一日一定能在雪夜中，邂逅可以与您共享冷暖的人或作品。

然后，您迟早会迎来还想“再战斗一次”的日子。我希望能为您送上一份这样的希望。

哪怕有什么伤害了您，我还是希望您能坚强地生活下去，等待再战斗一次的机会。

我可以给您一条毛毯，不过也要为不能一直陪伴您而道歉。

因为在您的人生中，能始终陪伴您的，只有您自己。

您一定在想，对您来说，再战斗一次的机会是什么？我会在这里，在雪国为您加油助威。

您只是把这本书拿到了手中，我们只有这一点点缘分，但还是请允许我为您加油助威吧。

请您多多保重，希望您多接触好作品，不过也请您量力而行。

希望本作品能成为漫漫长夜中拥您入眠的一条毛毯。

我要说的就是这些，接下来要对各个领域的老师表示感谢。

我要感谢书店、出版社、责任编辑老师、装帧设计师老师，还有陪伴我把这个故事呈现给您的各位老师，非常感谢大家。

真心感谢能拥有如此华美的封面插图。感谢把雏菊他们呈现给各位读者的Suoh老师，真的非常感谢。就是Suoh老师，为拿到这本书的各位读者，带来了看到美轮美奂的插图时心动的那一刻。能和Suoh老师一起工作，真是非常荣幸。

最后感谢阅读本书的您，谢谢您此时此刻陪伴在我的身边。

愿您合上本书之后，也能在其他人的漫漫长夜中充当一条毛毯。

春夏秋冬代行者

外传

[日]晓佳奈 著
刘晨 译

目录

外传

~夜半之春~ 001

~水中花~ 037

~祭衣~ 065

※本作品是《春夏秋冬代行者　春之舞　上下》的外传。
请读过本篇之后再欣赏外传。

春夏秋冬代行者 外传

~夜半之春~

①

蝴蝶落在了花上。

准确地说，是冬之代行者护卫官寒月冻蝶，让宛若春天的少女倚靠在他的肩膀上。

两个人默默地坐在医院候诊室的长椅上。

春之代行者护卫官姬鹰樱面带毫不设防的表情睡着了，正发出平和的呼吸声。樱和冻蝶，二人依偎在一起的样子给人极其自然的感觉。

一个英俊得有些妩媚的二十几岁的男人，一个脸上还带着稚气的姑娘，很难说是般配的一对。但是，冻蝶陪在樱的身边，这个场面看起来竟然十分理所当然。这也是因为冻蝶凝视樱的目光中充满了慈爱，让人觉得他们两个人在一起才合理。

樱静静地睡着。

冻蝶默默地凝视着她。

就在这时，全身上下每个角落都被查了一遍的冬之代行者寒椿狼星走了过来。

走在旁边的，还有春之代行者花叶雏菊。黑衣护卫们护在他们的周围，可以说是戒备森严。雏菊和狼星看了看“合理”的樱和冻蝶，又看了看彼此。狼星对雏菊耳语了几句。狼星的突然贴近似乎让雏菊有些慌乱，不过她很快便吃吃地笑了起来。随后，雏菊跑了几步，来到落在花上的蝴蝶旁边。

“樱，睡着，了，吗？”

雏菊向冻蝶问道。

她的态度十分亲昵，让人听不出他们分隔了十年没能见面。

“雏菊大人……”

雏菊和十年前一样友善，让冻蝶有些不知所措。

也许应该说冻蝶会有这样的反应也是理所当然的。因为十年前没能保护好雏菊，冻蝶本以为她会因此记恨他。

“冻蝶，哥哥，的身边，最，安全。谢谢，您，保护，樱。”

冻蝶眼前的花叶雏菊，不是他熟悉的“她”。

然而，这个花叶雏菊毫无疑问在“她”的延长线上，这样说来，她也是“她”。

——雏菊大人真的是一句责怪我的话都不说。

冻蝶还不习惯雏菊断断续续的说话方式。但是，她话中的每一个音节都包含着她特有的温柔，会化为柔和的旋律回响在听者的耳中。

——您明明有资格惩罚我。

即便如此，雏菊还是坚持把他称为“冻蝶哥哥”。

冻蝶有种神奇的感觉，觉得他们跨越了那段充满悲伤的时光，回到了从前。

——我不能忘记我的罪过。

冻蝶明白，如果雏菊想恢复从前那样的关系，哪怕是为了狼星，他也应该让她如愿以偿。可是，他的回话还是显得有些生硬。冻蝶的性格就是这样，自责的念头不会这么容易就被冲淡。

“是的，我来的时候她已经睡着了，应该是等两位完成体检等困了吧。年轻的女孩子毫不设防地睡着了……虽说是在医院里，但我还是觉得有必要保护她，就坐在她旁边……”

“然后就成了这样吗？”

冻蝶对狼星做了一个食指竖在嘴唇前的手势，像是在提醒狼星“小声一点儿”，然后说道：

“刚开始我只是静静地看着她睡觉，后来她歪到了我这边……我可没有碰她。”

“樱，就算，睡着，了，只要，雏菊，之外的，人，靠近，她就会，醒过来。只要，在，不认识的，人，面前，樱，就会，变得，很紧张，可是，她，现在，睡得这么熟。”

“樱，一定是，下意识地，把，冻蝶，哥哥，当成了，依靠。”雏菊最后又补充了一句。

这句话让冻蝶心头一热。他觉得自己这辈子都没法对这位春神说一个“不”字。

“这家伙的警惕性很强。现在我们说着话，她还是没醒来，看来她真的很累了。让她睡一会儿吧。”

“对啊，是啊……”

冻蝶把他搭在樱腿上的洋装外套重新整理了一下。

要问这四个人为什么齐聚一堂，还得从头说起。

这一天，大和国的四季代行者们遭到过激派贼人组织“华岁”的袭击，同时身陷险境，经过一番齐心合力的迎击，总算闯过了鬼门关。

袭击事件本身已经得到了初步解决，随之而来的问题是如何保护代行者，以及为代行者及护卫官提供治疗。

春神主仆和冬神主仆在帝州帝都的四季厅大楼与贼人展开了战斗。

夏神主仆和秋神的护卫官先是去了帝州内的浪羽矢，这个地方距离他们的出发地帝都有一定的距离，开车要七个小时，搭乘公共交通工具也要五个小时。然后，他们又马不停蹄地辗转了其他几个地方，最终到了同样在帝州内的凰女。

后来，他们得到了来自冬天方面的情报，在凰女山中的“华岁”基地展开了战斗。

从帝都开车到凰女需要将近一个半小时，医疗直升机大约飞三十到四十分钟就能到。

事件得到初步解决之后，国家治安机构及四季厅面临着如何保护刚刚受到恐怖分子袭击的现人神们的问题。经过探讨，两个机构决定暂时统一管理所有四季代行者及其护卫官。

春冬方面率先解决了恐怖袭击事件，随后国家治安机构派遣的“豪猪”炸弹处理小组到达四季厅，进行了情报交换和后续问题的处理。这时候，夏秋方面的战斗刚刚开始。定下哪家医院负责接收春冬方面的伤员后，夏秋方面来电询问是否有医院收治伤员，于是国家治安机构和四季厅立即向凰女派遣了医疗直升机。

就这样，春夏秋冬两拨人虽然不是同时完成了战斗，但为了疗伤，都被强制送到了国家治安机构旗下的医院。

设立这家医院原本是为了给国家治安机构的工作人员提供保健及医疗服务，只是现在普通民众也会来这家医院。因此，四季代行者们遭遇袭击的那天，大和的普通民众当然也在这家医院就诊。当身着洋装的强壮男人们突然把整个医院保护起来的时候，民众曾经十分惊慌，不过现在医院已经恢复了往日的平静。规定的探望时间已经结束，现在医院中只有住院患者和职员。

“樱，呀，其实，一直，相信，冻蝶，哥哥，会，来。”

“是这样吗……”

“樱，今天，非常，努力。狼星大人？”

“嗯，雏菊，气温降下来了，要不要穿上我的披风？只是披在肩上也会……”

“不……不用了。狼星大人，会冷，的……”

“我是冬之代行者。”

“可是……”

“对了，还有……那个，我想你知道，我本身就很容易降低周围的温度……可是，我又想和你说话……你还是穿上好点……对不起，要不然我离你远一些？”

“咦，不，不要。”

“不……不让我离开吗？”

“是的，狼星大人，说得，对。好不容易，好不容易，能，说上，话了。”

“那……那你还是穿上吧。”

樱、冻蝶、狼星、雏菊，四人按照这个顺序坐在长椅上。

要说今天谁会因功受奖，他们四个人都该有一份，可雏菊最想聊的是她的护卫官今天有多棒。

听了雏菊的一番话，冻蝶为弟子的成长感到高兴的同时，想起了自己不能陪伴樱，让她受委屈的那五年。

雏菊还活着，正在对他们说话，狼星还没从这一点带给他的惊讶中回过神来，满脑子都是雏菊。至于她说的内容，都从左耳进右耳出了。

而樱则像电量耗尽一样呼呼大睡，偶尔会喃喃两声梦话，不时把头撞向冻蝶的肩膀上进行攻击。

正聊着天，秋之代行者护卫官阿左美龙胆和夏之代行者护卫官叶樱菖蒲来到他们身边。二人抱着好几个袋子。

“打扰了，虽说各位可能不需要，不过我还是买来了食品和饮料，有哪位要吗……啊，寒椿大人和花叶大人也检查完了吗？”

“检查结果怎么样了？还有护卫们，大家的伤势如何……”

与樱、冻蝶一样，龙胆、菖蒲二人一直在候诊室进进出出处理各种事情，比如带代行者做检查、见代行者的家人，等等。现在，他们怕大家肚子饿，又到医院外的快餐店买了吃的回来。自从事件发生以来，大家还什么都没有吃，而外面已经彻底入夜了。

探望时间已经结束了，他们却都没法离开医院，也是各有各的原因。

菖蒲为了陪伴琉璃，坚持今天要住在医院，但是由于警卫方面的问题，四季厅、夏乡，还有国家治安机构都不同意，没有给她许可。

抚子要住院观察，龙胆也和菖蒲一样，不打算离开主人，要求留在医院。

国家治安机构正在寻找能妥善保护重要人物的住宿地点，雏菊他们正在等消息。

“我们，不要紧。抚子大人，和，琉璃，大人，呢……”

“她们都要住院观察。我是护卫官，留下来护卫抚子倒是没有问题……只是菖蒲大人……”

春冬方面的四个人都听说了凰女山上发生的事情，都对龙胆说的情况表示理解。

经过这次事件，菖蒲现在成了不同寻常的人。

连她的人生计划恐怕都会受到这个变化影响，她和未婚夫定于夏末的婚礼说不定都会取消。她遭遇的变化就是如此重大。

夏秋方面的四个人晚一步到达医院，国家治安机构已经把他们的情况共享给了春冬方面。所有四季代行者和护卫官都已经了解了菖蒲面临的问题。

今天对于所有人来说都是漫长的一天，不过最需要心理疏导的或许是菖蒲。

“可是，我作为姐姐，想陪在琉璃身边……”

最为她身上发生的事情感到困惑的应该就是她自己，但是她显得十分坚强，言谈举止和以往一样，并没有表现得不知所措。

“我刚刚确认过了，由夏乡、秋乡、国家治安机构、四季厅共同保护留在医院的代行者。目前警戒等级提升到了最高级别，我认为菖蒲大人最好还是到附近的酒店休息……”

“我不去，刚刚发生了这样的事情……阿左美大人不是也想陪在代行者身边吗？”

“这倒是……”

“今天就算不洗澡也没关系，睡不着也无所谓，总之我就是要陪在琉璃身边。”

菖蒲有点生气了，现在的样子相对于平时成熟的她来说显得有些幼稚。

在场没有一个人否定她的主张，看到雏菊他们点头后，菖蒲露出了有些虚弱但是欣慰的笑容。

“两位特意买来的，那我就吃吧，正好也饿了。阿左美阁下，谢谢。”

“不，这不算什么……我们倒是买了不少，这里面有大家喜欢吃的东西吗？大家肯定不习惯吃快餐吧？”

“要是我受到袭击，会给店家添麻烦，所以我除了在冬乡和冬离宫，都是吃大家给我买来的东西，已经习惯了。”

“是这样吗？”

“毕竟护卫团队的人数也不少，我们基本上都是找个地方停车，请大家去买便当来吃。回到冬乡和冬离宫后，多少能吃得好一点儿……但是出门的时候，尽快搞来食物才是最优先的。我们必须避免停留在同一个地方太长时间，没法每次吃饭都仔细确认饭店是否安全，警卫系统是否完善。代行者不就是这样吗？”

龙胆有点吃惊。冬季是季节之祖，经费也比其他季节更多，他本来觉得狼星过着奢侈的生活。

“是啊……”

同时，龙胆觉得狼星比以前更亲近了。

“确实。因为抚子还年幼，我们这边总是尽可能多休息，偶尔也会吃这种东西。这样说来，寒椿大人不怎么在外面吃饭吗？”

“考虑到警卫问题……我没有必要就不去。有橙汁吗？给雏菊……”

“对了，花叶大人，这里有橙汁。”

“非常，感，谢……竟然，有，汉堡包！”

“您不喜欢汉堡包吗？如果是这样，您可以吃……”

“不是，的。雏菊，喜欢，汉堡包……所以……是，高兴……才，这样，说的……”

看到雏菊有点难为情地说出这句话，不光是打算把汉堡包递给她的龙胆，就连其他人看到她可爱的样子都胸口一紧。

雏菊发现自己说话的声音太大了，慌忙看向樱。

只见樱微微睁开了眼睛。

樱好像还在半梦半醒之中，搞不清楚眼下的情况。看到春夏秋冬阵营齐聚一堂，手里都拿着汉堡包和饮料的现况，她脸上满是疑问。她忍不住心想：这是什么聚会？

很快，樱便发现自己有半边身体格外暖和，还闻到了自己不会用的香水的气味。她把脸转向气味传来的那边，和近在咫尺的冻蝶的目光撞个正着。她的视线隔着冻蝶的太阳镜和他的视线交织在一起，冻蝶有点难为情地向她微笑起来。

“呀，啊……”

樱喊到一半，连忙用手捂住了嘴。

她羞得满脸通红，眼见着眼泪就要掉下来。

“樱，你好，没事吧？”

“冻……冻蝶……”

“要是吓到你，我道歉……我只是看你睡着了，所以坐在你旁边，想等情况有了进展就告诉你。”

“我……我一直，靠着你？”

“你没有多重。啊，外套还是搭在你腿上吧，我看你睡着的时候好像有点冷……”

樱带着绝望的表情，说道：

“也就是说，从……从眼下的情况来看……我放着雏菊大人不管，不小心睡着了？而且靠在冻蝶的肩膀上？”

“阿左美阁下……有茶吗？对对，谢谢。樱，不用在意。”

狼星从龙胆那里接过一瓶茶递给了冻蝶。

“你今天太拼，肯定是累着了。”

听到狼星安慰樱，大家都点起了头。

冻蝶把那瓶茶递给了樱。

“雏菊大人刚回来不久，没关系的。狼星说的没错，你一定很累了，还受了轻伤……今天不要硬撑着了。”

“雏……雏菊大人……对不起……我不是一个合格的护卫官……”

“樱，不要，在意。一直，是，樱，保护，雏菊。更何况，刚刚，有，狼星大人，陪着，雏菊。”

“还有冻蝶……不……不好意思……”

“没关系。阿左美和菖蒲大人给我们买了食物。你不是一直没吃没喝吗？先吃点东西吧。”

“姬鹰大人，大家在等待的时候多少都有些犯困……毕竟今天大家都太辛苦了。”

“菖蒲大人……”

“我听大家说姬鹰大人发挥了很大的作用，累也是当然的。您不要那么过意不去……啊，有照烧鸡排和芝士两种口味，您要哪种呢？”

“阿左美大人……”

“雏菊，记得，樱，应该，喜欢，照烧味的。阿左美大人，请给，樱，照烧味的。”

“好的，照烧，对吧？给，请趁热吃吧。”

“呜呜……”

樱脸上一阵红一阵白，羞得哼唧了半天。

②

“春冬两位护卫官大人，可以过来一下吗？”

大家开开心心地吃了一会儿饭，不远处的国家治安机构工作人员中，一名黑衣护卫向他们走来。

樱和冻蝶马上站了起来。

“冻蝶，给你外套。”

“不用给我，你披着吧。”

冻蝶不由分说地把外套披在樱的肩上，大步朝黑衣护卫那边走去。

——就是这种地方。

樱很喜欢冻蝶自然而然表现出的体贴，而且现在觉得更喜欢他了，不过同时也觉得“这家伙好肉麻”。

樱的心里一直装着冻蝶，但是爱恨交织，她没法坦率地接受冻蝶的体贴。只是她刚醒，身体确实很冷，于是决定继续借用冻蝶的外套。即便到了春天，晚上也免不了有些乍暖还寒。

“有什么进展吗？我们想让代行者早点休息……”

听到冻蝶的问话，那位护卫点了点头，说道：

“是的，接下来请诸位代行者大人和护卫官大人去‘帝都迎宾馆’。”

帝都迎宾馆是帝都内一所高级住宿设施，原本是为了给海外要人提供食宿而修建的，现在由民营公司接手，成了普通人也能住的酒店。

“顶层今晚没有预约，我们请酒店方提供了一整层楼。顶层套房有几个卧室，只是起居室和厨房要共用……虽然说有点挤，但今天能不能请诸位到那里凑合一下……”

樱和冻蝶看了看彼此。春天方面和冬天方面本来订好了住宿的地方，只是他们的情报已经被“华岁”掌握，正想着临时换到别的地方住宿。

他们本打算自己通宵放哨，只让代行者在临时找到的旅馆的小房间里休息，没想到能有这么好的待遇。他们当然喜欢警卫的同时有地方给他们休息。

“我们这边没关系，冬天方面呢？”

“只要春天方面不介意和我们共用一个外厅就行。”

“外厅是什么？”

“就是套房的起居室。”

“是这样啊……只要卧室分开就没问题。”

“如果不在同一层，有什么情况恐怕不能及时赶到，考虑到警卫的需要，这或许是现在能采取的最好的办法了。男人这么多，你们可能会觉得不方便，能请你们忍一忍吗？”

“我明白。谁也不知道‘华岁’的余党会做出什么事来……那个，不好意思，眼下可信的护卫只有冬乡派来的那两位……这话像是在承认自己能力不足，不太好说出口……不过……请帮帮我吧。”

樱居然好言好语请求他们帮忙，让冻蝶吃了一惊。

樱也和雏菊一样，再会之后没有埋怨过冻蝶和狼星。当然，也可能是因为她们一直没法放松下来，顾不上说那样的事。

“我其实更想说，希望你允许我们保护你们，樱。”

冻蝶说得很坚决。

樱沉默了，脸上露出复杂的表情，咬了咬嘴唇。

“我一定会保护好你们。我以冬神之名起誓，一定会保护好你……保护好雏菊大人，请你相信我吧。”

发现她也是保护的对象，樱为了掩饰自己的难为情，只能冷冷地这么说道：

“我无所谓。”

“你在我心中和雏菊大人一样，是最优先的。”

“那狼星呢？”

“狼星也是最优先的。”

樱觉得无话可说了，这个男人想保护的人也太多了吧。

“冻蝶，我不是需要保护的对象。”

樱为自己也是他想保护的对象感到高兴，同时也觉得被他小瞧了。

“我已经十九岁了，长大成人了。我不是小孩子，而且是护卫官。”

樱觉得自己对冻蝶来说恐怕还是小孩子。
冻蝶踌躇了片刻，结果还是不依不饶地说道：

“就算是这样，保护你也是我的使命。”
“……”
“你是大人也好，孩子也好……是什么职务，都无所谓。你对我来说很重要，所以我要这样做，仅此而已。”

喜悦和不甘让樱觉得胸口的火像是要被点着了。

——笨蛋，谁让你回答得这么认真了。

她告诉自己，冻蝶对她的体贴并不是特别的。
樱害怕如果不这样想，她会产生误会。
要是真误会了，痛苦的还会是她自己。

“那说白了，还不是……把……把我当孩子对待吗……”

她没能把真心话说出口，而是言不由衷，下意识地逞起了强。
冻蝶观察着樱的脸色，又说道：

“你不愿意吗？那我在你看不到的地方保护你……”

也许是想恳求樱吧，冻蝶不断地缩小他和樱之间的距离，脸贴得越来越近了。冻蝶在樱的眼前，用乞求的目光凝视着樱，看得樱承受不住了。

“知道了……我知道了！这也是为了雏菊大人的安全，那就请你保护我们吧！”

求求你了，别变红啊——樱向自己开始发烫的脸祈祷着，转向还在等待答复的护卫。

“见笑了。能请你帮我们转告国家治安机构的负责人吗？春之代行者和冬之代行者愿意接受护送，到‘帝都迎宾馆’去。”

听到樱的回答，护卫像是松了口气，点了点头。

“对了……”

这时，樱突然产生了一个疑问，向护卫问道：

“酒店方面居然会同意啊？在有其他客人住宿的情况下，这么多护卫守在酒店里，搞得气氛紧张，恐怕会影响酒店的口碑吧？”

“关于这一点，多亏了春乡协调。”

“什么？他们干了什么？”

“准确地说，是花叶家的长子发了话。帝都迎宾馆现在是白藤家的产业，主人想把酒店交给他的外孙花叶残雪大人继续经营维护下去，也就是说，他满足了外孙的愿望。残雪大人向他的祖父大人提出请求，于是帝都迎宾馆免费提供了一整层给诸位。”

樱沉默了。

冻蝶把目光转向樱，想看她到底是怎么了。

樱向黑衣护卫解释了一声，然后把冻蝶拉到医院的走廊里，小声地说起话来。

“这里面有情况。”

“跟我解释一下。”

“花叶是雏菊大人的父亲的姓，春乡长老也是花叶家的人，冻蝶也知道这个吧？”

“是啊。”

“帝州自古以来就是春乡守护的地方，所以不少春乡的家族现在拥有帝州主要企业、机关的地产或经营权，白藤家就是其中之一。寒椿家不也在虾缘有地产吗？就是这个道理。有的家族会直接经营企业，有的家族会把经营权委托给外部，不论什么形式，只要说他们是有祖上传下的产业的有钱人，就比较容易理解了吧？”

“我明白了……那么，这个白藤家和花叶家是什么关系呢？”

“白藤家是花叶家现任当家春月大人正房妻子的娘家。花叶残雪大人的外祖父就是白藤家当家的父亲……”

樱好像有点不愿意提起这些事，说话的声音很小。

“也就是说，花叶残雪大人就是雏菊大人同父异母的兄长。”

冻蝶眨了眨眼睛，开始整理乱糟糟的头绪。

总结一下就是，花叶家当家正房妻子的儿子利用自己的权力给情妇的女儿提供了保护。

“不得到花叶家现任当家的许可，残雪大人是没法做到这件事的。我认为，应该是残雪大人征得了花叶春月和母亲娘家白藤家的同意，才伸出了援助之手。他一定是得知事件发生后，一直关注事态的变化，想必非常担心雏菊大人的安危吧。”

“那个……白藤家应该把雏菊大人当成眼中钉吧……”

“白藤家是这样的。”

樱像是在犹豫。沉默了片刻之后，她把声音放得更低了。

“残雪大人……好像真的把雏菊大人当成‘妹妹’看待。”

冻蝶眨了眨眼睛。

“难以置信……”

“是啊，难以置信……雏菊大人在春乡治疗心理创伤的两年里，他也和我接触过，希望我能保护他的妹妹。”

“你和那位大人认识吗？”

“算是吧。”

“可是，那位大人的母亲大人……不是曾经想把雏菊大人和她的母亲大人……”

“没错，那个疯狂的女人跑到雏菊大人出生的医院，想把她们母女干掉。”

“……”

“残雪大人的父亲也放弃养育自己的孩子，残雪大人的父母都不正常。不对，应该说春乡本身就不正常……那是一个会让人变坏的地方。”

“樱。”

“拥有不正常的父母，孩子长大了就会把世界看得很透，比如我。”

“樱……”

“残雪大人本人似乎也对春乡和自己的父母有各种想法，不过从地位来说，他是最有可能成为下下任长老的人……”

“……”

“我倒是……能理解残雪大人。”

樱垂下眼睛，回想起自己的童年。

“残雪大人想必是从不正常的父母那里感受不到亲情……反而对没见过面的妹妹深感同情……因为她同样受到父母和成长环境的折磨，处境尴尬。毕竟生为白藤家和花叶家的子孙，注定要担负巨大的责任和使命。我推测……残雪大人是在严酷的成长环境中，觉得妹妹也许能和自己变得要好起来，想和妹妹走得更近。他也是一个很可怜的人……”

冻蝶脸上露出了复杂的表情。

“残雪大人还是第一次采取这样的行动……毕竟在他的立场上，他没法公开站出来保护雏菊大人……也许是因为这次成功组成春夏秋冬共同战线……他得到了提出意见和付诸行动的口实。冻蝶，我觉得也是多亏了你和狼星做的疏通工作。那个……谢……谢谢……谢谢你啊。”

“都是我们应该做的……既然那位大人是为了雏菊大人好才这样安排……我们也得表达感谢才行啊。”

“不，正式感谢反而会惹出风波，还是由我来转达吧。”

“是啊。”冻蝶回答之后，好像突然想起了什么，向樱问道：

“你准备和那位大人见面吗？”

“我在离开春乡之前和残雪大人交换了联系方式。”

“……”

“啊，这件事可别告诉雏菊大人。对雏菊大人来说，呈现春天本来就是一个非常敏感的问题。不仅如此，还连续发生了这么多突发状况……如果雏菊大人知道她的兄长在为她担心，心里恐怕会很混乱。残雪大人也说过，短期内不用告诉雏菊大人他关注着妹妹的事。等尘埃落定……我希望不声不响地安排他们兄妹见个面……如果他们两个人想走得更近，春乡恐怕会插手阻挠……“

“樱，你和他是朋友吗？”

“啊？朋友……好像不是朋友吧？毕竟身份不同……”

冻蝶好像不太放心，又问道：

“花叶残雪大人是一位什么样的人？”

“什么样的人……他虽然很文静，但并不怯懦。他在我面前也不会摆架子，给我的印象还不错，可以说是一个好青年。”

冻蝶不说话了。

“他的年龄……我记得应该和我差不多。模样看起来不太像他的父亲，白藤家的人普遍皮肤白，他应该是随了母亲，是一个长得很英俊的小哥。”

“你经常和他见面吗？”

“不经常见面，见的时候也是他突然跑来。那位大人神出鬼没……总是等旁人离开的时候，或者我独自一人的时候把我叫到隐蔽的地方，所以每次都会吓我一跳。我感觉不到他的气息，看来他是个武艺相当强的高手。”

“隐蔽的地方……”

“要是春乡里的人看到他和我在一起，肯定会有人想‘为什么’。我在春乡本来就不受待见，别人说什么我都不痛不痒，但是残雪大人和我不一样。万一那些喜欢嚼舌头的蠢货传出了残雪大人的流言蜚语，恐怕会影响他的声誉。再说了，我可是雏菊大人的护卫官，而残雪大人是雏菊大人的兄长……我们不当心一点儿，有可能会对他们兄妹今后相认造成不好的影响。所以，我们会在隐蔽的地方见面。“

“可是，只有你们两个人……”

“你可不要胡思乱想啊……在残雪大人眼中，我只是他和妹妹之间的桥梁，不多一分也不少一分。”

“……”

“怎么了，冻蝶？”

“不是……我现在只知道你的号码……还是别人告诉我的。”

“是吗……那么，要交换一下联络方式吗……”

听到冻蝶表示想交换联络方式，樱扭扭捏捏地拿出了便携终端。

就这样，时隔五年之后，冬春师徒二人之间的关系恢复到了相互联系的水平。

③

向夏秋道别后，雏菊一行人在护送下离开医院，来到帝都迎宾馆。

到达酒店听完避难路径的说明之后，他们终于得到了好好休息的时间。

“浴室也有好几个，雏菊大人。”

“好……好厉害。”

“迎宾饮料、水果、点心，舒适性也无可挑剔，很完美。”

“这……这对，雏菊，来说……太，奢侈了……”

和看到奢华的房间就激动不已的春神主仆不同，狼星在工作时虽然一切从简，不过回到冬乡就会变回富家子弟，因此他对酒店的套房并没有什么感觉。冻蝶不断招呼护卫进入套房中相当于起居室的外厅，安排着每个人负责的警卫位置。

"冻蝶，这是防弹的吗？"

"玻璃窗吗？我觉得不是。"

"我想也是啊……你们俩都不要靠近窗户。为雏菊她们安排最容易逃到走廊里的那间卧室吧。喂，那边结束了来确认一下这边的移动路线！雏菊、樱，你们睡这个房间可以吗？"

春神主仆你一句我一句聊得正欢，听到狼星呼唤，赶忙重新紧张了起来。

冻蝶恭恭敬敬地打开了主卧室的门。

"雏菊大人，您睡这边可以吗？这是主卧室，想必能睡得比较舒服。"

"大家，一起，在这里，睡觉，吗？"

"不，只有樱和雏菊大人。"

"我已经打了个盹，只会到房间里整理一下衣服就出来，请雏菊大人选自己喜欢的床吧。"

"咦……咦？"

"我在对门的房间里。雏菊，你一喊我就听得到，不用担心。"

"樱，外面有冬乡的人当警卫，你和雏菊大人一起好好休息一下吧。雏菊大人自己一个人睡恐怕也会睡不着。"

"可是……"

樱看了雏菊一眼。从面子上来说，她不想给冬乡的护卫增加负担，但看到雏菊心里没底的样子，她觉得还是应该接受冻蝶他们的好意。

"樱……一起睡，不行吗？"

最后，经过雏菊的请求，樱也决定留在主卧室里休息。

定好一系列事情之后，时间已经接近深夜。

从明天开始，国家治安机构将开始对当事人进行正式问询，所以到了这个时候，他们应该轮流洗澡睡觉才对。

护卫们开始催促最应该妥善保护的两名代行者洗澡和睡觉。雏菊对护卫们百依百顺，狼星虽然不情愿，但最终也按护卫们说的做了。

包括替换的衣服在内，二人的行李都存放在本来订好的酒店中，不过冬乡的护卫们亲自跑了一趟，取来他们的行李，所以他们不愁没有睡觉时穿的衣服。

无论护卫们如何催促，狼星还是不打算马上躺下，决定等雏菊洗完澡再说。他穿着浅墨色的浴衣和青灰色的和式披风，静静地坐在外厅的沙发上。过了一会儿，走廊里传来了雏菊和樱说话的声音。

“雏菊大人，您不要穿着睡衣到处走啊……”

“可是，雏菊，还，没有，对，大家，说晚，安呢……”

看到迈着小步子走到外厅的雏菊，狼星不禁倒吸了一口凉气。

“雏菊，能不能，等一下，再睡？”

他的初恋少女穿睡衣的样子实在太可爱了。

雏菊穿着一条与春之代行者非常般配的淡樱色丝绸睡衣，睡衣上的碎花图案极具少女风情。已经穿上了睡衣还要赖不肯睡觉，可见雏菊的精神年龄确实比实际年龄小。

“樱，还不能，和，雏菊，一起，回房间……对吧？”

“是的，樱还要和冬乡的护卫团队商量一些事情。”

“雏菊……不想，一个人，待在，房间里，啊……”

“雏菊大人……您说得对，我也觉得您还是在我们能看到的地方比较让人放心。既然是这样……”

雏菊露出像花开一样的灿烂笑容，又迈开小步子走到狼星身边。

“狼星，大人，雏菊，洗完，澡了。”
“啊，嗯。”
“可以，在您，旁边，坐下，吗？”
“请……请坐……”

护卫们看到春之代行者毫不设防的样子也显得有些惊讶，但是在狼星和冻蝶面前，没有人用非礼的目光看她。这也是因为他们都得到了通知，知道现在的雏菊处于怎样的精神状态。大家都表现得若无其事，唯独狼星没法做到处变不惊。

“雏菊睡觉时会穿洋式的睡衣啊。”
“雏菊，一直，穿的，那件，睡衣，现在，不能，穿了。”

雏菊在夏离宫就寝时穿的是一件和式睡衣，它是用被大和指定为非物质文化遗产的织染技术制作的珍品中的珍品。不巧的是，樱砍人时的血溅到它的上面，现在已经被妥善收藏起来。雏菊身上穿着的这件，是旅途中临时采购的睡衣。

“是这样啊。不过……那个，好可爱啊。”
“樱，帮雏菊，选的！”
“嗯，好可爱啊。”

雏菊和狼星有点难分难舍，后来虽然有一段沉默，但二人还是没有从外厅的沙发上站起来的意思，又一起度过了一段时间。每次狼星看向雏菊，她都会看着狼星的眼睛微笑。他们两个人都觉得再会之后，一直持续着梦境一样的时光。

——真的像做梦一样。

狼星凝视着雏菊，回忆着今天之前的那些日子。

十年来，他一直为了寻找身边这个少女而活着。在这个过程中，罪恶感很多次让他差一点儿抛弃生命。

——幸亏我没有放弃。

虽然想死的念头不会马上消失，但他现在能这样深刻思考了。

“狼星大人，明天，可以，一起，吃饭，吗？”

“嗯，一起吃吧。考虑到警卫的需要，我觉得可能要叫客房服务把饭送上来，可以吗？”

“只要能，一起吃，怎样吃，都行。”

“嗯……我也是。”

“樱，和，冻蝶，哥哥，也能，一起，吃吗？”

“四个人一起吃吧。我们好久没有一起吃饭了……我都等不及了。”

“是的。”

虽然只是约好了一起吃早饭，雏菊却高兴得双脚扑腾起来。她的一举一动，在狼星眼中都显得那么光彩夺目。

他在觉得雏菊“好可爱”的同时，十年间一直没法见到她的悲伤和悔恨也涌了出来，而且心里还有些没底。

“我不想睡觉啊……”

狼星嘟嘟囔囔地说道。

“为什么，不想睡呢？狼星大人，不是说，等不及，吃早饭，了吗？”

狼星看了看四周。护卫们似乎并不担心这里不够安全，他们正为了确认明天的护卫路线凑在一起进行讨论。樱和冻蝶看起来也都还不打算睡觉。

随后，狼星看向雏菊。

眼前的少女已经不是六岁的雏菊了。她长大了，活着回来了，正坐在他的身旁。

“一想到睡醒之后可能会发现这只是梦，我就觉得害怕。”

雏菊的内在虽然变了，但是坐在这里的她就是狼星喜欢上的第一个女孩子。

“雏菊不在了之后，我做了无数次噩梦。”

雏菊只是坐在他的身边，狼星就觉得像是奇迹一样。

“我偶尔有分不清现实和梦境的时候。精神上……容易变得不安定，所以吃了很多药。”

只要雏菊能回来，就算让狼星死，他也愿意。

他不知道想过多少次，只要能赎罪，他随时可以死。

“所以，我现在还是有点怀疑，眼前这一幕或许是我在脑海中按照愿望生成的幻觉……”

雏菊听得愣住了。

她应该也有一些精神上的负担，只是她的负担和狼星的又不一样。狼星有点为自己感到难为情，他一直故意暴露自己的软弱和问题，但在他喜欢的女孩子面前，他想逞强却又做不到。

“对不起……我居然这样想，简直像脑子有问题啊。”

狼星转开了脸，想掩饰他脸上的表情。他苦笑着，没法再看雏菊的眼睛。没想到，雏菊马上拽住狼星的和服，让他重新看向她。

“狼星，大人。”
“……”
“雏菊……不，是，那个，孩子。”
“嗯……”
“所以，不会，消失，掉。”
“……”
“回来的……是‘雏菊’……所以……”
“……”
“现在的，雏菊，让，狼星大人，难过？”
“没有那样的事！”
“……”

看到雏菊显得很难过，狼星觉得心被揪住了。
“对不起啊，我这样说太自私了，对不起。”
“不会……狼星，大人，真的，愿意，和雏菊，待在，一起……吗？”
“当然了！”
“那……那么……”

雏菊用宛如水果糖般甘甜的嗓音，对狼星低语道：

“今晚要不要，和雏菊，一起睡？”

这话一说出来，十分嘈杂的外厅马上安静了。

护卫们的注意力虽然放在会议上，但并不是没有听到两个代行者的谈话。

“啊……咦？”

狼星一下子乱了阵脚。他刚才还在为自己让刚刚归来的初恋少女感到悲伤而自责不已，现在初恋少女出人意料的话又让他狼狈不堪。

“要是，狼星大人，害怕，一个人，睡觉，那么，雏菊，就和，狼星大人，一起，睡吧。”

与慌乱的狼星正相反，雏菊则平静得很，让人觉得她就像一个安抚野兽的纯洁少女，她的话中也只有纯粹的慈爱。

她只是想哄害怕睡觉的狼星入睡罢了。

雏菊是个怕生的姑娘，不会对任何人都说这样的话。

狼星是以前的她爱慕的人，又为了保护现在的她不顾一切地赶来。正因为他是一个值得信赖的青年，雏菊才提出了这样的建议。

因为雏菊也会在不安的时候，让樱陪她一起睡觉。

“可……可是……”

然而，狼星的相思病在这十年里已经拖得病入膏肓，他没法让自己不胡思乱想。

“雏菊，也理解，那是，什么样的，感觉，也会，做，讨厌的，梦。有时候，会，觉得，心里，乱乱的。”

“雏……雏菊，我跟你说啊……”

“那样，的，时候……雏菊……就会，请，樱，陪雏菊，一起，睡。”

雏菊已经忘了狼星稍微靠近她一点儿都会让她心慌意乱。

心怀使命感的时候，雏菊就会变得只考虑如何保护别人。

现在，她的脑子里只有如何减轻狼星的不安。

雏菊脸上带着圣母的微笑，说道：

“要是想到，不管睡觉的，时候，还是醒着的，时候，雏菊，都在，狼星大人，身边，狼星大人的，不安，会减轻一点儿，吗？会不会，觉得，不害怕了，呢？”

“嗯，会是会……听我说啊……”

“那么，今天，在，狼星大人，睡着，之前，雏菊，会，一直，陪着，狼星大人。”

狼星突然大汗淋漓，脸也红了起来。他狼狈地又看了周围的人一眼，发现樱正用凶狠的眼神看着他，好像在说“你不想活了”。

“你不想活了？”

樱真的开口说了出来。

冻蝶的表情则好像在说“你怎么能让雏菊大人说出这种话”。

其他的护卫也好像在担心“冬之代行者大人莫非打算利用心理年龄幼小的女孩子的无知”。

“不……不是不是！我真的没有什么下流的想法！真的！”

狼星像申辩一样连连否认道。冻蝶开口了：

“雏菊大人，感谢您关心我的主人。不过，狼星虽然还有幼稚之处，但已经不是小孩子了。他是一个成年男性，说不定会利用您的好意……”

冻蝶面不改色心不跳地说出一句很伤人的话。

“我当然不会！”

狼星只能为自己正在陷入有口难辩的境地而惊慌失措。

只见樱大步走向他们这边，像抱小宝宝一样小心翼翼地抱起雏菊，一言不发地走向墙边。她已经警惕起来了。

“樱！你担心的事都不会发生，不要紧的！”

狼星的视线与樱相交，但是她很快便移开了视线。

“没有谁是值得我信赖、能让我托付雏菊大人的。我本以为你会成为这样一个人……看来我错了啊。”

樱故意露出失望的表情，说了这样一句话。这是一种新型的精神攻击手段。

“别说了别说了别说了！我是自己人啊！”

“樱，把雏菊，放下吧，多重，啊？”

“不行，现在没法保证您的安全……”

“樱！你说什么呢！你可得相信我啊！”

樱用冰冷的目光瞥了一眼脸一阵青一阵白的狼星，微笑着向雏菊说道：

“雏菊大人，樱也负责过看护狼星睡觉，您不用担心，那家伙有他经常吃的安眠药。雏菊大人睡下之后，我们会给狼星下药，早上起床的时候您再去叫醒他吧。这样一来，雏菊大人的好意也就不会被辜负了……您看怎么样？”

“是，这样，吗？可是……”

“樱明白，雏菊大人是为了狼星才那样说的，但是雏菊大人已经十六岁了……和外人一起睡觉有点……”

“对啊……雏菊，已经，不是，孩子了，啊……‘四季降临’的时候，还，记得吗……大家一起……在大厅里……”

“是啊，我们曾经把被褥铺在一起躺在被窝里聊天，可是现在雏菊大人已经成为一名妙龄淑女了……”

“这么说来……雏菊，和，樱，也，最好不要再一起，睡了吗？”

“不，这是两码事。”

“雏菊可以，和樱，一起睡吗？”

“可以和樱一起睡。”

虽然发生了小插曲，但在日期变更之前，春之代行者和冬之代行者都到各自的房间里睡下了。樱睡之前，冻蝶在走廊里向她打了声招呼：

“樱，晚安。”

时隔五年，再次听到冻蝶说的“晚安”，樱愣了一下。

樱本想说些挖苦冻蝶的话，但是她明白这个男人打算一整晚守在她和雏菊休息的房间外的走廊里，所以只是老实地回了一句：

“晚安，冻蝶。”

袭击事件发生后的夜晚，就这样过去了。

同在帝都内，距离春冬下榻的酒店有一定距离的医院中，菖蒲正看着琉璃纤细的脚腕。百合花神痣清清楚楚地印在琉璃的脚腕上。

现在只有菖蒲知道这意味着什么。

——我的婚约要怎么办呢?

菖蒲遭遇的前所未闻的怪事，明天可能就会传遍整个夏乡。这样一来，夏乡毫无疑问会大受震动。不难想象，菖蒲和琉璃已经定下的婚事也会受到影响。

菖蒲想着，心情越来越沉重。她摇了摇头，甩开心中的各种担忧。

她觉得今天还是先睡觉为好。

“让我挤一下吧……”

菖蒲硬挤到窄小的床上。她下定决心，就算成了现人神，也要作为护卫官保护好妹妹，然后睡着了。

“抚子，你实在是该睡觉了……你不困吗？”

秋神主仆同样留在了医院里，二人正躺在同一张病床上聊着天。

经过父母探望和处理完其他一些事情，抚子的睡意被搅得烟消云散。龙胆陪她躺着是为了哄她睡觉，可她那双眼睛还是睁得圆溜溜的。

“我要是睡着了，龙胆是不是就走了？”

“不会，我会在走廊里等着。”

“我希望龙胆留在我能看到的地方……”

“可是，要是关了灯……其实现在还没有关灯，也只是得到了护士的临时许可……”

“就这样一起睡吧。我和龙胆一起睡在这张床上也不显得挤。”

龙胆思考起来。抚子受到了严重的伤害，就算患上创伤后应激障碍也不奇怪。只要她提出要求，不管是什么，龙胆现在都愿意满足。只是，龙胆担心自己也会跟着睡着。

因为担心抚子的安危，龙胆一直夜不能寐。现在抚子那软软的身体和暖暖的体温，再加上他找回了自己的秋神后精神上的松弛，这些都会化为睡魔侵袭龙胆。

“要是和抚子在一起，我恐怕真的会睡着……我还得保护抚子……”

“不是还有其他人吗？”

“我想自己来保护抚子。”

“因为龙胆是我的王子殿下吗？”

“没错，我是抚子的王子殿下……”

龙胆说着，已经犯起了迷糊。抚子抚摸着龙胆的头，拽了几下毯子，搭在他的身上。

“抚子……”

“龙胆，晚安，谢谢你来救我。”

“抚子……”

“明天一起吃早饭吧。”

龙胆没了声音。

就这样，龙胆决定不再反抗，眼睛只闭三分钟。抚子满意地露出微笑，关掉灯，钻进被窝里，紧紧地挨着龙胆。保持这样的姿势，抚子就能听到他的呼吸声。龙胆的呼吸声、心跳声，他的一切对抚子来说就是最好的摇篮曲。

——龙胆就在我的身边。

对于抚子来说，这是一个久违的安眠之夜。

只要一定会保护她的王子在她身边，她就什么都不怕。

“龙胆，最喜欢你。”

抚子悄悄地碰了碰龙胆的鼻子和脸颊，终于有了睡意，闭上了眼睛。

在这个名为大和的国度，四季代行者们入睡了。

与此同时，生活在某个地方的黎明射手正在登山。

再过几个小时，这位司掌黎明的现人神就会向天空射出箭，划开夜晚的天幕。

四季代行者和普通人一样，也要靠别人的帮助才能活下去。

无论遇到什么样的困难和悲伤，黎明都会到来，夜幕同样会降临。

春天也是这样。

夏天也是这样。

秋天也是这样。

冬天同样也还会来。

遵循这个规律的，不光是继承了神的伟大力量的现人神们。

人们的努力和牺牲，还有祖祖辈辈积累起来的智慧，换来了如今村庄和城市生机勃勃的每一天。

有很多人为了给别人提供帮助而活着。为伤者提供治疗的医院也好，给予他们安眠的住宿设施也好，一直营业到深夜的快餐店也好，都是别人为他们提供的帮助。

总是在他们身边的人们也是其中之一。

不管是现人神还是普通人，都要靠别人才能活着。

在这一点上，所有人都一样。

无名英雄们每天都守在自己的岗位上。

世界就是这样延续下去的。

春夏秋冬代行者 外传

~水中花~

①

她像撒娇一样伸出了手，于是我理所当然地把她抱了起来。

我问她热不热，她回答说“不热”。

我看了看她近在咫尺的小脸蛋儿。

她有着樱桃小嘴，可爱的小鼻子，玫瑰色的脸颊，罕见的勿忘草色眼睛。

她脸上的每一个部位都证明她明显受到了神的眷顾。

我把目光转向她胡桃色的头发上，发现她的额头上挂着汗珠。

我问她真的不热吗？

她赶紧抬手擦掉额头上冒出的证据，又说了一句“不热”，然后像是想证明一样，用胳膊搂住我的脖子，紧紧地抱住我。

她大概是想说，哪怕抱得这么紧也不热吧。

她可爱的样子让我不由得微笑起来。

“我的公主好固执啊。”

“我可不想因为热就不粘在一起。”

“而且离不了人。”

“我只是离不了龙胆。”

“是啊，只是离不了我。”

这是黎明二十年的春天。

帝州的帝都迎来了一个应该称为阳春的好日子。

这一天暖和得很，地表甚至升腾起了热浪。现在还不到夏之代行者给大和呈现夏天的时期，不过，偶尔也会有这种气温格外高的日子。

我们在离帝都很近的大型室内水上乐园的入口前。

我就是秋之代行者护卫官阿左美龙胆，这一天我和往常一样正在执行警卫任务。

我保护的人自然不用说，就是这个国度的秋之代行者祝月抚子。

在几位秋乡警卫部同事的陪同下，我们离开位于创紫的秋乡，千里迢迢来到帝州。

今天是抚子和除了冬神主仆之外的其他四季代行者大人交流感情的日子。

经过上一个春天中发生的事件，我的主人抚子与年纪较长的她们成了很要好的朋友。

那么，她们为什么会在今天齐聚一堂呢?

首先，是我们秋神主仆和春神主仆在网络上一起玩游戏时，提到了与大海有关的话题。

于是，我们聊起了大家会不会游泳。

我会游泳。

抚子不会游泳。

花叶大人不会游泳。

姬鹰大人的实力算不上会游泳。

这就是我们得出的结论。

花叶大人经历了多年的监禁生活，她连玩水的机会都没有。

她似乎对游泳很感兴趣，很想试试看。

姬鹰大人也表示了她的担心，觉得如果她的主人溺水，凭她现在的游泳能力恐怕没法救回主人。

她说早就觉得需要练习游泳，但是她基本是独自一人保护花叶大人，实在抽不出空来。

抚子提出想到游泳池去看看，我欣然应允。

听到我们的对话，姬鹰大人希望我能带上她们主仆二人。她表示愿意在更衣室内照顾和护卫抚子，希望我能和她分担水上乐园中的守卫工作。

我当然马上答应，并表示愿意教她们游泳。

后来，夏神主仆从春神主仆那里听说了这次的玩水计划，她们也决定和我们一起去。

当然，我也想到了冬神主仆，向其他参加者询问是否应该邀请他们。

“和阴湿冰雪男一起去水上乐园玩？我和那家伙又不熟，能玩到一起吗？再说了，那个人恐怕没有沙滩裤吧？寒椿狼星会穿沙滩裤吗？”

“那个，我还是想先学会游泳……毕竟冻蝶是我的师父……我不想让他看到我出丑……再说这次，您想，更像是仅限女孩子的聚会嘛……”

有些人像这样提出了匿名的反对意见，我们最终决定不在这次活动中邀请冬神主仆。

我和抚子首先到达了约定见面的地点，春神主仆和夏神主仆也很快和我们会合。她们都跑过来和我们打招呼。

春之代行者花叶雏菊大人是这样说的：

“阿左美，大人，请多，指教。小抚子，也，请，多关照。”

春之代行者护卫官姬鹰樱大人是这样说的：

“抚子大人，阿左美大人，好久不见了。说是这么说，其实我们平时一直有联络嘛。今天就麻烦您教导我和雏菊大人一起学习游泳了。”

夏之代行者叶樱琉璃大人是这样说的：

“龙胆大人！小抚子！水滑梯！我要玩水滑梯！”

琉璃大人的姐姐，依然在担任护卫官职务的叶樱菖蒲大人是这样说的：

“琉璃，好好打招呼！抚子大人、阿左美大人，还有春神主仆两位大人，好久不见了。今天能见到大家，真是太荣幸了。”

这四位加上我和抚子，我们六个人今天会一起玩水。

我来这里之前其实也有过迟疑：仔细想来，女性阵营中居然有我一个男人，是不是不太对劲？

“雏菊，都，等不及，了……樱，真令人，期待啊。”
“是的，这种机会很难得，请您一定要好好放松一下，雏菊大人。”

看到齐聚一堂的女孩子们，我的迟疑马上烟消云散。

女孩子们个个活力十足，她们都盼着这次水上乐园的集体活动。

我觉得自己就像带学生们出游的领队老师，而她们似乎也是这样看待我的。

而且冬之代行者寒椿狼星大人已经嘱咐过我了。

要求我成为一把保护她们的刀。

我重新下定了决心，为了让她们玩得开心，我今天会付出最大的努力。

“诸位女士，请大家多关照抚子。我想我的准备工作应该会最快完成，大家请慢慢来吧。”

我们在水上乐园里暂时分头行动，等大家都准备好之后再重新会合。四乡和四季厅派遣的各季节护卫团队分散在水上乐园里，保护着代行者们。

我因为父母工作的关系，在故乡生活的时间比其他四乡成员更短，所以对如何使用这种游乐设施多少有些了解。

——先到水最浅的地方给不会游泳的女孩子们上游泳课吧。

我正想着该按什么顺序教她们游泳，只见首先换完衣服的夏神主仆先回来了。

“龙胆大人！快看！”

“琉璃，不要在公共设施里奔跑！阿左美大人，抚子大人很快就会和春神主仆一起来的。”

夏神主仆二人的穿着体现了她们各自的性格和喜好的泳装。琉璃大人穿着露肩比基尼，菖蒲大人是挂颈肩带连衣裙式的泳装。头发方面，琉璃大人梳着两条辫子，菖蒲大人则是一条麻花辫。夏神主仆虽然是一对长得一模一样的双胞胎，但这样看来还是会让人觉得她们二人各有千秋。

“两位都非常美。”

我只是稳稳当当地夸奖了一句，可是琉璃大人好像并不不满意。

“咦？再说点什么吧，这可是奉承的好机会。”

她皱着眉头表示不满。

“啊，对不起。”

“你不觉得我的这件泳装非常可爱吗？你不觉得这露肩的地方花边很可爱吗？只要一动它们就会跟着飘起来！”

“很可爱。”

“你看菖蒲的这件，乍一看很普通，但是挂颈肩带的蝴蝶结又大又可爱！这还不算完呢，后面还露着大片的皮肤，可性感了！”

“确实啊，很有魅力。”

“别这样，琉璃，太让人难为情了！不要强迫人家说奉承话啊！阿左美大人对不起！”

“可是，我希望龙胆大人能称赞我们啊。”

我觉得应该老老实实地满足琉璃大人的愿望。从公序良俗的观点出发，我尽可能不关注泳装，而是把表扬的视点放在了发型上。

“不……我觉得称赞过头好像也不合适，所以还在斟酌到底该如何开口。不过，只要两位允许，我很愿意称赞两位。两位的泳装当然很美，但是扎成辫子的头发也非常可爱。两位的头发平时都不扎起来，所以我觉得很新鲜。”

“真的吗？嘿嘿，这可是好不容易才扎起来的，菖蒲费了好大力气。”

“是的，是我……发型师真的很辛苦啊……”

我很理解菖蒲大人的辛苦。

“话说回来，我虽然想象过，不过没想到龙胆大人的腹肌这么厉害啊。我能摸一下吗？”

“琉璃大人，您这是想用拳头打吧？您怎么能攥着拳头问我能不能摸一下。”

“嘿嘿……”

琉璃大人脸上带着坏笑，开始用拳头打我的肚子。啪唧啪唧的拳头声响了起来。

“看拳！看拳！”

“琉！璃！”

菖蒲大人就像打开捣乱的猫爪子一样，用手刀对琉璃大人的拳头进行了制裁。菖蒲大人虽然看起来很娇弱，其实是个实力很强的护卫官。可能是菖蒲大人下手太狠，琉璃大人疼得说不出话来了。

“对不起，我的妹妹真的太不像话了。”

菖蒲大人不断鞠躬向我道歉，我赶忙拦住了她。

“没事，一点儿都不痛，没关系的。我觉得琉璃大人只是在跟我闹着玩。那个……春神主仆二位大人和抚子怎么还不来呢？”

“啊，这个……”

菖蒲大人看了看疼得还按着手的琉璃大人。

“琉璃给姬鹰大人……”

“给姬鹰大人什么？”

“我把备用的泳装给了她。樱大人带来的泳装一点儿都不可爱！于是我强迫樱大人穿上了另外一件。”

——这样真的合适吗？

“樱大人的皮肤很细腻，非常好看，别告诉别人啊……”

——把这些告诉身为男人的我真的合适吗？

我明白琉璃大人是出于信任才告诉我，但还是有些乱了阵脚。

菖蒲大人应该理解我的尴尬，于是我把视线转向这位称得上是琉璃大人监护人的护卫官身上。只见菖蒲大人重重地叹了一口气。琉璃大人格外活泼，这也导致菖蒲大人格外劳累。

“琉璃大人今天怎么这么奔放呢？”

“对不起……这个孩子有个坏习惯，撒起欢来就会变成一个任性的国王……”

“我明白了，一旦兴奋起来就……”

我知道不能让这种人喝酒或者掌握方向盘。

“不是！我又不是为所欲为！我只是作为女孩子为了她好！你想，

樱大人带来的可是竞技泳装啊！”

听到琉璃大人这样说，我想象了一下比赛时穿的普通竞技泳装。

原来如此，我明白了琉璃大人的意思。来到这样的大型室内水上乐园，更主要的目的是玩而不是学习。

到这里来的人几乎都和家人、朋友、恋人一起，所以人们选择泳装时自然更重视时尚性而不是实用性。琉璃大人可能是担心，只有姬鹰大人穿着竞技泳装，在五位女性中会显得格格不入。

“我大概明白了。姬鹰大人一定是为了学会游泳才选择了那种泳装……不过，这个设施本来就不太适合竞技游泳，我今天也只会教大家游泳的诀窍，不穿竞技泳装也完全没问题。”

“对吧？樱大人想必不会说出口，可我觉得她事后一定会后悔自己当初没有穿可爱的泳装，毕竟其他女孩子都打扮得那么可爱。所以我决定先给她穿上，免得她事后后悔。”

琉璃大人看起来很任性，其实在这些事情上想得特别周全。

“她穿的虽说是我备用的泳装，可是来之前我一直在烦恼穿哪一件才好，最终选了这一件，但那一件也非常可爱，你放心好了。樱大人穿在身上也很好看。顺便说一下，雏菊大人和小抚子的头发都是菖蒲梳的，都可爱得不得了。”

“菖蒲大人，非常感谢。”

“不用，不用。抚子大人的头发柔软蓬松……给她梳头很有意思。”

“是我让菖蒲给抚子梳头发的！”

“琉璃大人，非常感谢。”

说实话，琉璃大人待人热情，菖蒲大人则很擅长照顾别人，都给了我和抚子很大的帮助。

作为男人，有些话题是我没法涉及的。不光是抚子，还有姬鹰大人，有人能带动她们这些在玩耍方面不是很积极的参与者，我站在守护者的角度来说也算是松了口气。只要琉璃大人不做与她们本人的意愿背道而驰的事情，她们应该也不会感到反感。当然，在琉璃大人强迫姬鹰大人换泳装这一点上，我也觉得值得商榷。

就在我左思右想的时候，姬鹰大人和花叶大人带着抚子来了。

抚子牵着花叶大人的手走了过来。虽说我称赞抚子算是自吹自擂，但我还是觉得她在这些女孩子当中最可爱。

“龙胆！”

吊带连衣裙式的泳装穿在抚子身上非常好看。它是一条连体泳装，肩带是蝴蝶结状，下半身是一条短短的小裙子，上面因为有碎花图案，给人很活泼的印象，非常可爱。抚子不愿意穿孩子气的泳装，我不太赞成她穿过于暴露的泳装，我们商量后的结果就是这一件。

菖蒲大人为抚子梳好了头，头发上还给她配了瞿麦花发饰。**（注：瞿麦花在日语中也写作抚子。）**

“龙胆，快看！花朵蝴蝶结！”

抚子放开雏菊大人的手跑了过来，我马上跑过去单膝跪在了她的身边。

抚子的笑容总是那么灿烂，可是今天她心情格外好，笑容也显得格外耀眼。

“我听说了，是菖蒲大人给你配的吧，很漂亮。”

抚子的脸有点红，她害羞了。

“龙胆也很帅……”

“是吗？这只是普通的泳装。”

“我穿上泳装，不显得奇怪吗？”

“我的公主殿下怎么可能显得奇怪呢。”

抚子似乎非常高兴，抱住我的胳膊。

我抬起头，正好和面带微笑看着我们的花叶大人对视了。

花叶大人也用花朵形状的发夹把头发扎了起来，上半身是带荷叶边的比基尼，保持着她平时的清纯可爱，可以说整体上打扮得就像一位深闺中走出的大家闺秀。

——不愧是姬鹰大人。

姬鹰大人的手段果然高明，她彻底掌握了主人应该如何打扮才最可爱的精髓。

“花叶大人穿着这件泳装也很好看。”

“非，常，感，谢，嘿嘿……”

“那么，为什么姬鹰大人躲在花叶大人身后呢？虽说从身高来说，花叶大人完全没法遮住姬鹰大人……姬鹰大人的泳装也很合身啊。”

“樱，是，难为，情。”

雏菊大人面带为难的笑容回头看了看。

“樱，不要，紧的。”

“当然要紧了。”

“不会，的……非常，非常……漂，亮。”

“泳装的布料确实很漂亮啊……”

“真是的！是，樱，很，漂亮。为什么，不相信，雏菊说的，话呢？”

“雏菊大人是因为偏爱我，所以给我评分的标准定得太低。或许应该说雏菊大人给的评价都太甜言蜜语了……”

“怎么，会呢？雏菊，能吃，辣味的，咖喱……最近，已经，成了，大人。”

“这是两码事啊，雏菊大人。”

姬鹰大人被迫穿上了时尚的泳装，似乎在为自己现在的样子感到害羞，可是我不理解她为什么会觉得难为情。

“姬鹰大人，您很美啊。”

琉璃大人的备用泳装是一件纯白色的比基尼，胸口和胯部两侧装饰着蝴蝶结丝带，既文雅又清纯。琉璃大人比较喜欢白色的衣服，难怪会把这件泳装当成备用品。

而且，这件泳装确实很适合姬鹰大人。

我对姬鹰大人的境遇虽然不是太了解，但是听说过她吃了不少苦。或许是以前的那些经历，让她觉得自己打扮起来有些不对劲吧。

“作为护卫官，穿成这样是不是太缺乏紧张感了？”

姬鹰大人面带绝望的表情向我问道。

“您应该不是换一套衣服就没法发挥护卫官作用的人吧？”

“说是这么说……可是我觉得，穿成这样……不合适……还有，我身上有好多小伤疤，那个，还有，您想，还有枪伤之类的大伤……”

既是女性又是护卫官，我觉得这恐怕就是她烦恼的来源。

菖蒲马上安慰道：

“姬鹰大人，您可能不相信，其实没有人注意您的伤疤，不用担心。我也有伤疤，您看，这里和这里都有。对吧，阿左美大人？”

“是的。其实护卫官的伤疤就像勋章一样，您在我们面前不必遮遮掩掩。”

其实，春天的事件之后，大家都留下了大大小小的伤疤。包括抚子在内，其他人也开始展示自己的伤疤给别人看。

可能是我的这句话奏效了吧，姬鹰大人沉吟着，琢磨着我的话，表情渐渐变得明朗起来。

“那个，樱大人……我让你这么为难吗？我倒是觉得这件泳装穿在你身上很好看……我不是想刁难你，我只会把自己的衣服给我喜欢的人穿……”

看到琉璃大人好像有些内疚，姬鹰大人摇了摇头。

“不会的！我倒是也想……穿上这种衣服试试看。可是，我自己恐怕没法选择这样的泳装……其实现在能穿上……那个，虽然有些难为情，但是我觉得非常高兴。”

“真的?!那这件泳装就送给你吧。”

“咦！不了不了，不用了！”

“等我把夏天送到了大和，下次大家一起去海边玩吧。夏天就得去海边才行嘛，海边当然不能穿竞技泳装，你就穿它吧。禁止穿不可爱的泳装。”

“去海边玩难道不应该穿竞技泳装吗？不对，我不能收。”

“不行，必须穿，禁止穿不可爱的泳装。”

站着说了半天话之后，姬鹰大人总算离开了花叶大人的背后，于是我们开始了这次水上乐园中的游乐活动。

②

夏神主仆都深谙水性，而且琉璃大人不停地说想玩水滑梯，所以我们请菖蒲大人陪琉璃大人一起去玩，而我则引领着留下的几位女士到了浅水泳池，从向脸上泼水开始指导几位学习游泳。

“花叶大人和抚子今天要学会接触水和享受玩水的乐趣，我已经租了游泳圈。”

我把游泳圈交给二人，她们就像发现了宝物一样撒起欢来。

“游泳，圈！”
“这可是游泳圈啊，雏菊大人！”
“请先用游泳圈习惯一下玩水，然后试着用浮板练习游泳吧？”

充满童心的二人看到游泳圈非常兴奋，马上套到身上浮在水面上。她们只是客客气气地互相泼水就显得很开心，让人看了不禁露出微笑。

“这种游泳圈是带绳子的，别人能拉游泳圈。我来拉吧。”

我这样说着，抓住两个人的游泳圈的绳子轻轻拽了几下。两个人从未经历过漂浮在水面上的感觉，她们乐得叽叽喳喳尖叫起来。

“龙胆，这个真好玩啊！”

“这个，真好，玩！阿左美，大人！”

——好可爱啊。

两个女孩子太可爱了，我忍不住用上了更大的力气，拉着游泳圈在泳池里转了一圈，二人笑闹得更欢了。

——这就是父性吗？

只要她们开心，我愿意拉着她们的游泳圈一直玩下去。

姬鹰大人虽然能游几下，但是没有掌握换气的诀窍，于是我主要教她这一点。

“是这样做吗？”

“没错，是这样的。可以请您模仿一次吗？”

“好的，这样对吗？”

“好像有点不对。恕我冒昧，这样！”

“这样！”

“很完美。”

我请姬鹰大人试了自由泳、蛙泳、仰泳、蝶泳等泳姿，请她找出最适合自己的那一种。

最后，姬鹰大人发现自由泳很不错，接下来我们便进行了短距离自由泳的换气练习。

——我倒是听说过，姬鹰大人向冬之代行者护卫官寒月冻蝶大人学习过剑术。

寒月流是一种综合剑术，结合了杂耍般的体术，听说很难学会。姬鹰大人能做到这一点，可见她的运动天赋是出类拔萃的。

——难怪寒月大人愿意收她做徒弟。

她一定会举一反三，然后再拿出双倍的成果。

姬鹰大人学游泳也是非常快。

我就算什么要求都不提，姬鹰大人也会向自己提出新的要求。于是，我向她问道：

"姬鹰大人，您对阿左美一门修习的格斗术感兴趣吗？"

"呼哧，呼哧，咦？什么？这和游泳有关系吗？"

"不，没有关系，我只是在想，姬鹰大人应该能一学就会……"

"呼哧，呼哧……怎么突然说起了这个？不过，要是能变强，我就想学。只要对雏菊大人有好处，我什么都愿意做……"

就这样，我得到了一个候选门生。

"喂！你们真的不去玩水滑梯吗？我劝你们还是去玩玩吧！"

姬鹰大人完成了让人目不暇接的进化之后，夏神主仆回来了。

我瞥了一眼抚子，开始担心她会不会害怕从高处滑下去。

"你要玩水滑梯吗，抚子？"

"那个水滑梯是我也能玩的吗？"

"只要和我在一起，抚子应该也可以玩，就是所谓的监护人陪同。"

"是王子殿下陪同。"

"你说得对。"

看来抚子对水滑梯本身倒是感兴趣。花叶大人则观察了一下情况，最后也说不敢一个人玩，如果是和姬鹰大人一起滑就愿意玩玩。

于是，我们几个人陆陆续续走向了水滑梯的入口。

这里的水滑梯有很粗大的隧道和滑道，其终点处连接着浅水泳池。

像抚子这样大的孩子确实都由大人抱着滑下去。

“我们在下面守着呢！滑得漂亮点啊！”

“最后会扎进水里，水要是没过了头顶，护卫官请把主人拉起来！”

我们铭记菖蒲大人的提醒，带着主人走向了入口。

滑道好像有两种，一种是直接滑下去的，另一种是坐在大游泳圈上滑下去的。而且还有不同的高度可供挑战，低年龄的孩子只能从低的起点滑下去。提醒使用者注意的牌子上写着，直接滑下去的也好，坐在大游泳圈上滑下去的也好，只要有监护人保护，选择哪个都可以。

我们决定坐游泳圈滑，自己拿着游泳圈爬上了长长的楼梯。

“姬鹰大人，我来拿吧。”

“阿左美大人！我来吧！我能拿得了！”

“不，这种时候应该由男人来拿。”

“我很强！我能拿！”

我和姬鹰大人争夺着游泳圈，沿着楼梯向上走，到了等着游玩的队伍的末尾，没等多久就排到了滑道入口。这种滑道就是坐着游泳圈在流水的隧道中滑下去。

“哇……”

抚子看到别人消失在水流中，紧紧地贴在我的身上。

“还玩吗？”

似乎有不少孩子都会在这里吓得不敢滑下去，所以工作人员脸上也没有为难的表情，只是面带微笑看着我们。

“我是和龙胆一起滑吧？”

“是的，我会抱着抚子，绝对不会放开，我保证。”

“那么……我会加油的。”

我轻轻摸了摸抚子的头。

“花叶大人、姬鹰大人，趁着抚子鼓起了勇气，我想带她先滑，可以吗？”

“当然。不要紧的，抚子大人，滑下去之后，还有琉璃大人和菖蒲大人守着，没有什么可怕的。”

“雏菊，会给，小抚子，加油，也会，鼓起，勇气的！”

我们决定先进行挑战。在春神主仆的声援中，我抱着抚子坐在了巨大的游泳圈上。

“抚子，你能抓住前面的握柄吗？对。”

“哇，哇，哇，好……好可怕……”

虽然抚子鼓起勇气坐了上来，但是看来还是很害怕。

发现抚子的身体开始发抖，我赶紧摸了摸她头顶的发心。

“有我呢，对吧？”

听到我这样说，抚子扭头看了看我。

“嗯……有龙胆在，我不用怕……”

“没错。有我在，抚子不必感到不安。我是抚子的骑士，是抚子的王子殿下，对不对？”

“嗯……”

“那就相信我吧。”

这次，我又摸了摸抚子的额头，只听抚子扑哧一声笑了。

“灯一闪就可以开始了……请！”

负责人告诉我们先下去的挑战者已经离开了。我们的游泳圈慢慢地进入了水流不断的隧道中。

“啊哈！啊哈哈哈！”

我开心得笑了起来。水流虽然并没有多么猛，但是足以推动我们乘坐的游泳圈滑行起来。

每次转弯，抚子都会发出欢笑声。

回想起来，自从我就任护卫官，还没有像这样和她到游乐园玩过。

这次是三个季节联合的活动，而且有充足的警卫人员，所以才这么快就得以实现。

——我能让抚子拥有多少次这样的经历呢？

其他的孩子们去学校、交朋友、与同龄人恋爱的时候，抚子却忙着把秋天带给大和。

“抚子，吸一口气闭上嘴！”

我总把自己当成站在她这边的人，可我其实也只是把她逼成神的大人之一。

“嗯！”

正如菖蒲大人所说，人的身体最后会连同游泳圈一起被扔向水面。

游泳圈飞了出去，我和抚子的身体被扔进了游泳池中。

我在水中睁开了眼睛。

我虽然紧紧地抱着抚子，可也能看到她头发上系着的瞿麦花发饰慢慢地脱落了。

——真像一朵在水中绽开的花。

我伸手抓住瞿麦花，以免失去它。

——抚子。

抚子在水中闭着眼睛，她相信我一定会把她带出水面，正屏着呼吸。

我把她抱得更紧了，踩着游泳池底站了起来。

“噗……”

“抚子，没事吧？”

我正思考不知道抚子有没有喝到泳池里的水，只见她慢慢睁开眼睛，和往常一样向我伸出了手。

“龙胆。”

抚子微笑着。

“呵呵，呵呵呵。”

“看样子，好像玩得很开心啊。”
“嗯，不过啊……我笑是因为高兴。”

我刚想问为什么高兴，抚子马上给了我答案。

“龙胆真的没有放开我。”

抚子眯起眼睛看着我。

“这个……当然了，抚子怀疑我会放开吗？”

每当那双勿忘草色的眼睛凝视着我，我都会担心自己是否有资格倒映在她的眼中。我不值得抚子用那样的目光看着。

“没有，可是水流得很快……我以为龙胆可能已经放开了。”

然而，只要是为了抚子，她想让我保持什么样子我都愿意。

“哪怕赴汤蹈火，我也绝对不会放开抚子。”

让我做小丑我也愿意。

“嘿嘿……因为我是龙胆的嘛。”

让我做骑士我也愿意。

“不对啊，我是抚子的。”

让我做王子殿下我也愿意。

“是这样吗，可是我觉得自己是龙胆的。”

只要是为了你，我什么都愿意做。

“确实，抚子是我的秋神嘛。”
“对吧，我果然属于龙胆啊。”

我希望唯独我能做永远守护抚子的人。

我笑着对夏神主仆挥了挥手，抱了一下抚子。

“我的抚子。”

我在别人面前亲昵对待抚子会让她很难为情，所以我还是不要这样做比较好，但唯独这时，我无论如何都想抱她。在众人环视中被我抱住，抚子脸上露出惊讶的表情，然后用双手遮住了脸。

我再一次微笑起来。

③

在水上乐园的游戏时间转眼便过去了，我们在设施内冲过澡吃完饭，转眼已经到了傍晚。

我们走出水上乐园，看着橘红色的天空。

“龙胆，夕阳。”

“黄昏射手大人已经开始工作了啊。”
“射手大人每天都在向天空射箭，对吧？”
“是的，是这样的，不然没法把夜晚送到大和。”
“我每年只是有一段时间在工作，但是射手大人每天都要工作……真的辛苦啊……”
“是啊，确实，不过你的工作也很重要，没法简单地进行比较。”

白天气温还很高，现在也稍微显得有些凉了。
大家都看着彼此，似乎都在说是不是该解散了。
虽然大家有点舍不得告别，但是我们分别住在不同的地区，为了代行者的安全，无论如何都要确保在天黑之前赶到安全的地方。

“啊，糟糕。”

姬鹰大人发出了不像她会发出的惊叫声。

“怎么了？”

我一问，只见她脸上露出了苦笑。

“我不小心把我们在水上乐园的事告诉了冬神主仆。他们问我现在在哪里……刚才好像还给我打了电话，但我的便携终端一直放在储物柜里……为了让他们放心，我不小心把位置告诉了他们……”
“樱……雏菊，等下会，打电话，给，狼星大人，说，对不起。”
“不用吧，没有那个必要吧？我们又不是……”
“樱，便携终端，又，响了。”
“是冻蝶……我正在给他发消息，他打电话来干什么？”

和我们约好下次见面的时间后，花叶大人和姬鹰大人各自拿着响个不停的便携终端，坐上了来迎接她们的车。

我觉得春神主仆和冬神主仆关系真的很亲密，这次唯独没有邀请冬神主仆可能真的不太好。

我把这个想法说出来之后，琉璃大人和菖蒲大人同时拍了拍我的肩膀。

“这可不是那么简单的事情。你不懂啊，龙胆大人。”

“是啊，您不明白啊，阿左美大人。”

二人都用怜悯的目光看着我，看得我乱了阵脚。

“怎……怎么讲？”

“火星想必会烧到您身上，但我相信阿左美大人一定能化险为夷。”

“菖蒲大人？”

“阴湿冰雪男确实很可怕，但是我觉得那个护卫官也相当记仇，你可要帮我们说几句好话。对不起！去海边的时候，叫上他们一起去吧！回头见！”

“琉璃大人？”

夏神主仆鼓励我坚强地活下去，然后坐上了来迎接她们的车。

我总觉得春夏两边把一件不得了的苦差事硬塞给了我。

“龙胆，我们不回去吗？”

“走吧……”

来接我们的车也已经在停车场待命了。

只要坐上那辆车，抚子又将迎来一段不能外出的日子。

——真不想坐上去啊。

我居然产生了像孩子般天真的想法。

秋离宫遭到破坏，我们只能住在秋乡，现在的日子让我们感到窒息。

就像水中脱落的瞿麦花发饰一样，我们动弹不得，只能漂在那里。

在秋乡，我们没法按自己的意愿行动，只能任人摆布。

如果在秋离宫，我们就能创造出一个纯粹由会保护抚子的人构成的世界。

毕竟，秋乡里的大人们对抚子并不都是友善的。

"龙胆。"

"怎么了？"

我回过神来，把视线转向抚子。

抚子正向我伸着手。

"嗯。"

撒娇般伸出的手，代表着她对我的信赖。

正因为失去过抚子一次，所以更让我感到荣幸。

"好的，抚子。"

我理所当然地抱起抚子。这不仅仅是出于义务感。

——将来会不会有一天，你将憎恶包括我在内的束缚呢?

抚子应该隐隐约约发现了，我也是束缚她的大人之一。

——我们这样的关系能持续到什么时候呢?

我想着不知道会不会来的未来，叹起了气。

没想到，抚子回抱住我。
这还是抚子今天第一次这么撒娇。

“你不想回去吧，龙胆？”

抚子似乎认为我之所以叹气，是因为不想回到秋乡。
我对抚子苦笑了一下。

“是啊……不过，这次能来真是太好了。”

我把目光转向刚才大家齐聚一堂的地方。
晚霞下的地面上，刚才还有那么多被夕阳拉长的人影，现在只剩下我和抚子两个人的影子。
我虽然感到有些不舍，但也不仅如此。

“抚子玩得开心吗？”
“当然！”

在春天的事件中形成的凝聚力正引导着我们朝更好的方向前进。

“龙胆，谢谢你把我带出来。”

我们都是没有自由的人。

“这是什么话。”

然而，我们绝对不孤独。

这次离别之所以会给人这样的感觉，是因为大家都是说着“回头见”离开的。

“琉璃大人说要去海边，不知道去海边的时候，琉璃大人会不会邀请我们呢？”

“是的，一定会……要不然我们来邀请其他几位大人吧？我们先把计划制定好就行了。”

“对啊！龙胆果然聪明。”

我转换心情，迈起了步子。

我下定决心，总有一天，我们要两个人一起，争取到比现在更自由的未来。

“话说回来，公主殿下的热情怎么现在才来呢？我倒是觉得有好几次可以撒娇的机会……”

“可……可是，旁边还有其他的代行者大人和护卫官大人们……”

“明明我对抚子这么热情啊。”

“呜……呜呜……”

“真让我伤心啊。回去的路上请再一次撒娇。”

“三次！”

“抚子愿意撒娇三次吗？原来抚子这么宠爱我啊。”

听到这话，抚子完全没有害羞，而是理所当然一样笑着点了点头。

然后，她对我耳语道：“是啊。”

我的秋神像是想证明她的宠爱一样，又一次抱住我。

我们的影子在夕阳中融为一体，随着我的步伐摇晃起来。

春夏秋冬代行者 外传

～祭衣～

侍从拿着金线锦缎和式腰带，征求躺在榻榻米上的冬之代行者寒椿狼星的意见。狼星的回答是：

“还行吧。”

这里是冬乡正殿中的一个房间，侍从正在整理衣柜。寒椿狼星一手拿着便携终端，不耐烦地回答侍从的问题，那样子让他的侍从哭笑不得。冬之代行者护卫官寒月冻蝶则一边叹气，一边拿出其他和式腰带给狼星看。衣柜中还有很多没做成衣服的布匹正等着重见天日。

“我竟然还有颜色这么鲜艳的东西吗？”

“因为你说你只想穿黑色的衣服，所以我们把这些都收起来了。”

说是这样说，其实冻蝶的衣服也都是黑色。十年前，在失去春之代行者后，他们主仆就形成默契，都只穿黑色的衣服了。

如今，他们已经与春神主仆重逢，趁这个机会，冻蝶想让主人打扮得更华丽一点儿。

“狼星，为了纪念与雏菊大人、樱的重逢，你觉得换上颜色更鲜艳的衣服怎么样？”

“黑色不也挺好吗？”

主人不知侍从心，狼星显得很冷淡。

退一万步来讲，不感兴趣可以原谅，但是边看终端边回答这个行为不能原谅。冻蝶对狼星使用了关节技，试图没收他的便携终端，狼星则全力抵抗，冬神主仆已经形成惯例的肢体对话就这样开始了。几分钟后，狼星被放平在了榻榻米上。

“你看什么呢？”

“我弃权！我弃权！你别再这样了好不好！”

二人的争斗往往以冻蝶使用“腕挫十字固”告终。冻蝶以没收便携终端为条件放开了狼星，发现便携终端的画面上，一对年轻男女正伴随着轻快的音乐热舞。

“那是现在流行的舞蹈，冻蝶不知道吧？”

“不知道。我不太理解年轻人的流行趋势。”

“老头子……哇！住手住手！”

狼星再次在冻蝶的臂弯中尝到了痛苦。

“狼星，为什么你这么擅长让我伤心？”

“因为你不擅长让我开心！”

冻蝶又给狼星的面上加了个“铁爪”。

“好疼好疼好疼好疼！好疼！好疼！”

“我是保护你的护卫官，不是你的弄臣。我为了你什么都会做，不过仅限于你有生命危险的时候。”

狼星泪眼汪汪，但很快又若无其事地说道：

“咦，真的吗？你能跳这个舞吗？冻蝶看过的动作，一下子就能记住吧？”

“你没有听到我说的话吗，狼星？你现在有生命危险吗？”

"你现在亲手搞得我快要死过去了。"

"我没有。我怎么可能会做……那种事……"

"骗人！我痛得要死！我受伤了！"

"我已经手下留情了……真的有那么痛吗？不好意思，狼星，让我看看吧，我给你涂药……"

"不，不需要，你的治疗太粗暴了。我说，冻蝶，先给我跳一段舞作为补偿吧？我给小雏发了信息，她还没有回，我闲得不得了。给我来点小雏和樱会忍不住马上回信息的话题吧。"

冻蝶本想给狼星来个过肩摔，最后还是忍住了。他决定借这个机会让狼星答应他的要求。冻蝶其实很愿意配合别人，而且只要是他想做的事，他绝对不会轻易放弃。

"只要你同意我用嫩绿色的布匹给你做一套新衣服。"

而狼星是那种为了取悦他喜欢的女孩子愿意出卖灵魂的男人，他很爽快地答应了。

为了满足冬季之王的愿望，冻蝶模仿大和现今大受欢迎的偶像组合跳了一段舞。这段视频很快就被狼星分享给了春神主仆。

雏菊看了视频之后乐不可支，对冻蝶赞不绝口。

于是，樱醋意大发，为了对抗冻蝶，跳了那支舞中的另一个段落，拍成视频发了回来。在这个过程中，春冬斗舞当然免不了波及阿左美龙胆，受到可爱的秋神央求，他根本没法拒绝。

最可怜的就是夏神的护卫官叶樱菖蒲。无论怎么想，菖蒲都不是喜欢掺和这种事的人，结果最终还是被迫参加了斗舞。后来斗舞又演变成了四季代行者们夸耀自己护卫官的论战，不过，现在还不是说那段故事的时候。

Short Story first used in Kakuyomu Japan

春夏秋冬代行者

しゅんかしゅうとう だいこうしゃ

外传

天闻角川